Jane Eyre

Jane Eyre

CHARLOTTE BRONTË

Tradução e notas
Anna Duarte e Carlos Duarte

MARTIN CLARET

SUMÁRIO

A autora
dedica respeitosamente esta obra
ao Ilmo. Sr. W. M. Thackeray.

Introdução

Dilemas de uma época:
a narrativa transgressora de Charlotte Brontë

SANDRA REGINA GOULART ALMEIDA[1]

É difícil não imaginar certa reação de espanto, ou mesmo de indignação, de alguns dos leitores da Era Vitoriana diante de uma notória passagem de *Jane Eyre*, romance de estreia da hoje consagrada e renomada escritora inglesa Charlotte Brontë: "Tem-se a crença de que as mulheres, em geral, são bastante calmas, mas as mulheres sentem as mesmas coisas que os homens. Precisam exercitar suas faculdades e ter um campo para expandi-las, como seus irmãos costumam fazer. Elas sofrem de uma restrição tão rígida, e de uma estagnação tão

[1] Professora Titular da Faculdade de Letras da Universidade Federal de Minas Gerais. Formada em Letras pela UFMG, é Mestre e Doutora pela Universidade da Carolina do Norte, Estados Unidos. Realizou pós-doutorado em Literatura Comparada pela Universidade Columbia, em Nova Iorque. Atua na área de Literaturas de Língua Inglesa e Literatura Comparada e realiza pesquisa na área de literatura de autoria feminina nas literaturas de língua inglesa, crítica literária feminista e estudos de gênero.

absoluta, como os homens sofreriam se vivessem na mesma situação. É um pensamento estreito dos seres mais privilegiados do sexo masculino dizer que as mulheres precisam ficar isoladas do mundo para fazer pudins e cerzir meias, tocar piano e bordar bolsas. É fora de propósito condená-las, ou rir delas, se elas desejam fazer mais ou aprender mais do que o costume determinou que fosse necessário para pessoas de seu sexo". Com esse discurso aguerrido, considerado transgressor para seu tempo, Jane Eyre, a célebre heroína do romance homônimo de Charlotte Brontë, se posiciona corajosamente diante do destino reservado às mulheres na Inglaterra do século XIX. Talvez tenha sido essa uma das razões que levaram o romance, publicado em 1847, sob o pseudônimo masculino de Currer Bell, a despeito do sucesso de público, receber críticas acaloradas, principalmente a partir do momento em que se desconfiava de sua autoria feminina.

Ao questionar a ideologia vitoriana que preconizava para as mulheres a tradicional imagem do anjo do lar, o romance, que lança mão do recurso narrativo em primeira pessoa, do diálogo contínuo com os supostos interlocutores e do gênero autobiográfico para se aproximar dos leitores, inaugura na série literária inglesa uma vertente de romances de autoria feminina protagonizados por mulheres que foge do padrão estereotipado de construção das personagens femininas. O romance, à época de sua publicação, consagra uma mudança significativa na ficção produzida no período, conferindo à sua autora notoriedade quando a autoria é finalmente revelada, mas também certa controvérsia pela caracterização de uma personagem feminina sem grandes atrativos, franca, intrépida e subversiva para os padrões da época. No entanto, a jornalista vitoriana Margaret Oliphant reconhece que "a revolução mais alarmante dos tempos modernos se seguiu à invasão ocasionada pela publicação de *Jane Eyre*". Essa revolução se deu pelo fato de o romance quebrar com as regras da época em que obras literárias frequentemente se limitavam a oferecer um relato sentimental sobre os modos da sociedade local. Em *Jane Eyre*, de fato, nos deparamos com um romance distinto daqueles publicados no período. Embora se mantenha presa a alguns valores da Era Vitoriana, mesmo porque seu público estava devidamente inserido nesse contexto, Charlotte Brontë inova radicalmente na perspectiva que adota neste romance e nos demais que publica após o enorme sucesso editorial alcançado com *Jane Eyre*.

A mais velha de três irmãs também escritoras — Emily Brontë e Anne Brontë —, Charlotte Brontë, nascida em 1816, cresceu em Haworth, no condado de Yorkshire, na Inglaterra, para onde seu pai, Patrick Brontë, foi designado para atuar como reverendo da Igreja Anglicana local. Muito cedo perdeu a mãe, Maria Branwell, e, a seguir, as duas irmãs mais velhas, numa época em que a mortalidade infantil era comum, restando-lhe apenas o convívio com as duas irmãs mais novas e o irmão Branwell. Vivendo em uma região inóspita e notória pelo vento contínuo, pelo frio, e pela umidade constante, nas colinas da região inglesa de Yorkshire, tendo ao fundo o cemitério da paróquia, as irmãs Brontë desde cedo foram confrontadas com um cenário gótico e lúgubre, encontrando na imaginação fértil e na atividade de escrita contínua uma maneira de escapar da vida sem atrativos e perspectivas.

Juntamente com o irmão, que diferentemente das irmãs mais tarde se dedicou à pintura, escreveram uma série de livretos, encontrados mais tarde em forma de manuscrito, sobre estórias de heróis e reinos imaginados. Charlotte e

Branwell criaram uma saga sobre os habitantes da imaginária Angria, enquanto Emily e Anne se dedicaram a poemas e estórias sobre Gondal, país também imaginário e cenário de aventuras de heróis romanescos. Esse fazer literário, de certa forma, influenciou as obras que as escritoras produziriam no futuro, claramente evocativas dos romances góticos e de narrativas que mesclavam uma imaginação aguçada e uma percepção precisa da caracterização de personagens, oscilando, em termos de escolas literárias, entre um Romantismo já um tanto decadente e um Realismo emergente. Em muitos casos, emulavam escritores que admiravam, como o escritor de romances históricos Sir Walter Scott e o poeta romântico Lord Byron.

Esses escritos, no entanto, configuraram atividades juvenis sem nenhum objetivo profissional. A vida literária das irmãs Brontë se inicia, de fato, em 1846, com a publicação de uma coleção de poemas, sob o pseudônimo de Currer, Ellis e Acton Bell (*Poems by Currer, Ellis and Acton Bell*), seguida dos primeiros romances *Jane Eyre*, *Wuthering Heights* (*O morro dos ventos uivantes*) e *Agnes Grey,* escritos, no ano seguinte, por Charlotte, Emily e Anne Brontë, também sob os mesmos pseudônimos, respectivamente. O livro de poemas recebeu duas resenhas favoráveis, mas apenas dois volumes foram vendidos, enquanto que os romances se tornaram imediatamente um estrondoso sucesso de público. O nome verdadeiro das autoras é revelado apenas em 1848, quando Charlotte e Anne finalmente fazem uma visita a seus editores. A partir de então são registradas nos jornais da época e em cartas que Charlotte Brontë troca com alguns escritores, entre eles Robert Southey e George Henry Lewes, críticas severas com relação a seu fazer literário, geradas principalmente pelo fato de as autoras serem mulheres e produzirem obras de conteúdo tão intenso e revolucionário para os padrões da época. Nesse contexto, chama a atenção o comentário de Southey em carta dirigida a Charlotte Brontë: “A literatura não pode ser o objetivo de vida de uma mulher: não deve ser”.

O imediato sucesso obtido com a publicação dos romances nesse ano se contrapõe às tragédias familiares que levaram à morte de Branwell, ocasionada principalmente por seu comportamento boêmio, conduta desregrada e alcoolismo, típicos de personagens byronianos tão comuns na literatura do período. Emily falece de tuberculose no mesmo ano, seguida pela morte de Anne, também ocasionada pelo mesmo mal, no ano seguinte. Charlotte se torna, então, a única irmã sobrevivente, que continua sua carreira acadêmica ao mesmo tempo em que atua como editora das obras das irmãs. É dela o prefácio que apresenta a segunda edição de *Wuthering Heights,* no qual procura responder às críticas recebidas pela irmã, por produzir um texto considerado inadequado para uma mulher, justificando sua conduta pelo fato de Emily viver isoladamente em território inóspito e não estar familiarizada com as normas sociais da época.

Além de *Jane Eyre* (1847), Charlotte publica ainda *Shirley* (1849) e *Villette* (1853), que seguem a mesma tradição inaugurada com o primeiro romance. São narrativas de formação que enfocam o desenvolvimento de uma protagonista pouco convencional que desafia a rígida sociedade vitoriana. *The Professor* (O professor), escrito na mesma época em que *Jane Eyre* (1845 – 46), mas recusado pelos editores, é publicado apenas em 1857, após a morte da autora, sendo o único romance de Charlotte Brontë que tem como protagonista um personagem do sexo masculino.

Apesar de ter continuado sua vida literária até sua morte, em 1855, *Jane Eyre* permanece até hoje sendo o romance mais conhecido da autora, tendo recebido várias adaptações para o cinema. Pela citação acima mencionada, pode-se entender em parte o fascínio causado pelo romance à época de sua publicação. Com o sugestivo subtítulo de "uma autobiografia editada por Currer Bell", o romance recorre, por vezes, a eventos da vida da própria autora, conforme relatado em sua mais conhecida biografia, escrita pela também escritora Elizabeth Gaskell, publicada em 1857, *The Life of Charlotte Brontë*.

Como demonstram vários críticos, algumas passagens do romance estão relacionadas à experiência de vida da própria Charlotte Brontë, como por exemplo, os episódios narrados durante a estada de Jane Eyre no orfanato de Lowood, que equivalem, grosso modo, à experiência das irmãs Brontë na escola para filhas de párocos em Cowan Bridge, na qual as irmãs mais velhas, Maria e Elizabeth, vieram a falecer devido às péssimas condições oferecidas pela instituição. Do mesmo modo, a vivência de Anne em *Roe Head*, um internato para jovens meninas, e de Charlotte e Emily no *Pensionnat Héger*, em Bruxelas, onde aprendem o ofício de professora, transparecem nos relatos de Jane Eyre. Dessa forma, tanto a função de professora quanto a de governanta, algumas das raras possibilidades de trabalho disponíveis para mulheres de famílias de baixa renda à época, como ocorre com Jane Eyre, torna-se também o destino nada promissor de Charlotte Brontë, que encontra aí material e inspiração para sua obra ficcional. Também merece destaque o amor platônico nutrido por Charlotte com relação ao diretor do pensionato, Constantin Héger, que, casado e de religião católica, não corresponde aos sentimentos da autora. A experiência em Bruxelas retorna em mais de uma de suas obras e a figura carismática e um tanto distante de Héger inspira seus heróis byronianos e dão intensidade de sentimento a seus romances.

Encontra-se, assim, em *Jane Eyre,* por meio do relato de vida desta personagem comum, sem condições financeiras ou atrativos, mas destemida e resoluta, com um espírito revolucionário, um possível retrato da Charlotte Brontë que tanto desafiou os padrões de uma época, almejando uma liberdade de conduta que não condizia com sua posição social ou de gênero. A própria Jane Eyre retrata esse sentimento em um momento de desabafo diante dos inúmeros percalços e reveses que enfrenta: "Desejei a liberdade, suspirei pela liberdade, rezei uma prece pela liberdade que me pareceu ser levada pelo vento leve que soprava".

No entanto, não se pode limitar a leitura do romance às experiências de vida da autora, pois se parte da obra remete a uma experiência de vida, outras tantas encontram inspiração na imaginação fértil de Charlotte, aliada ao espírito da época e o gosto pelas estórias com conteúdo gótico e romanesco. Porém, ao remeter a um suposto caráter autobiográfico da obra, Brontë utiliza um recurso literário recorrente desde a ascensão do romance inglês: a tentativa de fazer da ficção um instrumento de história de uma vida, conferindo, assim, autenticidade e verossimilhança aos relatos narrados. Igualmente condizente com essa tradição é a referência constante a um interlocutor e leitor, mais provavelmente uma leitora, com o qual a narradora estabelece um pacto narrativo ao fazer desse seu confidente.

Charlotte Brontë parece perceber a necessidade de negociar os termos de sua obra de modo que traduza com acuidade os anseios do público feminino por educação e liberdade, mas que não comprometa a publicação e a recepção de seu romance, dado o contexto no qual se insere. Nesse sentido, foi, de fato, uma escritora visionária que soube conduzir com maestria a confluência de seus ideais e da ideologia de uma época em um romance que prima tanto pela construção narrativa imaginativa e bem articulada quanto pela caracterização de uma Era marcada por dilemas éticos e morais, por códigos rígidos de condutas, mas também por transgressões inevitáveis.

Prefácio da edição de 1847

Embora eu não tenha feito nenhum prefácio para a primeira edição de *Jane Eyre* por achá-lo desnecessário, esta segunda edição exige não só algumas palavras de agradecimento como também certas observações.

Meus agradecimentos são três.

Ao público, pela atenção tolerante dedicada a uma história simples com poucas pretensões.

À imprensa, pelo horizonte que sua avaliação positiva abriu para uma aspirante desconhecida.

Aos meus editores, pela ajuda que seu tato, energia, senso prático e liberalidade desabrida proporcionaram a uma autora desconhecida e sem recomendações.

A imprensa e o público são apenas personificações vagas para mim, e devo agradecer-lhes em termos vagos, mas meus editores são definidos. Assim como o são certas críticas generosas que me encorajaram de uma forma que só homens de coração aberto e mente esclarecida sabem fazer para incentivar uma lutadora desconhecida. Para eles, isto é, para meus editores e revisores exigentes, digo atenciosamente: senhores, eu lhes agradeço do fundo do meu coração.

Tendo assim reconhecido o que devo àqueles que me ajudaram e aprovaram, dirijo-me a outra classe, uma classe menor até onde sei, mas que nem por isso deve ser ignorada. Refiro-me a alguns poucos acovardados ou queixosos que têm dúvidas sobre as intenções de livros como *Jane Eyre*. Aos olhos de quem aquilo que é incomum é errado, cujos ouvidos detectam em cada protesto contra o fanatismo — o pai do crime — um insulto à religião, a regente de Deus na terra. Eu sugeriria a tais céticos algumas distinções óbvias. Lembrar-lhes-ia certas verdades simples.

Convencionalismo não é sinônimo de moralidade. Honradez para consigo próprio não é religião. Atacar o primeiro não é injuriar o último. Arrancar a máscara do rosto do fariseu não é levantar uma mão ímpia para a Coroa de Espinhos.

São condições e atos diametralmente opostos. São tão diferentes como o vício é da virtude. Os homens muitas vezes os confundem. Eles não devem ser confundidos. A aparência não deve ser confundida com a verdade, e doutrinas humanas estreitas que tendem apenas a encher de júbilo e exaltar uns poucos não devem substituir o mundo redentor do credo de Cristo. Repito que existe uma diferença. E é um bem, e não uma ação ruim, marcar de forma clara e ampla a linha de separação entre elas.

O mundo pode não gostar de ver esses conceitos separados, uma vez que se acostumou a vê-los fundidos num só por achar conveniente fazer que pela aparência externa se avalie o conteúdo — deixar que paredes caiadas de branco assegurem a pureza de um santuário. Pode-se odiar aquele que ousa avaliar ou expor — destrói o revestimento dourado e mostra a estrutura metálica por baixo dele —, profana o sepulcro e revela as relíquias das urnas. Mas o ódio que o mundo sente será cobrado em sua própria conta.

Acabe não gostava de Micaías porque ele nunca profetizava o bem a respeito dele, mas o mal. É provável que gostasse mais do filho do bajulador Quenaana. E Acabe poderia ter escapado de uma morte sangrenta caso tivesse fechado seus ouvidos à bajulação e os tivesse aberto aos bons conselhos.

Há um homem em nossos dias cujas palavras não agradam aos ouvidos delicados. E quem, segundo penso, veio antes dos grandes, como o filho de Inla veio antes dos reis que ocuparam os tronos de Judá e de Israel, e que fala a verdade profunda, com um poder tão parecido com o de um profeta quanto essencial — uma fisionomia tão destemida quanto ousada. Será o satírico de *Vanity Fair* admirado em ambientes mais refinados?[1] Não tenho como saber, mas penso que, se alguns daqueles entre os quais ele lança o fogo grego do seu sarcasmo, e sobre os quais arremessa os raios de sua denúncia, prestassem atenção às advertências dele, eles próprios ou seus descendentes poderiam ainda escapar de uma fatal Ramote-Gileade.[2]

Por que me referi a esse homem? Fiz alusão a ele, caro leitor, porque penso ver nele um intelecto mais profundo e original do que seus contemporâneos já admitiram, porque o considero como o primeiro renovador social de hoje em dia, o próprio mestre da corporação dos trabalhadores que poderia restaurar com retidão o sistema deformado das coisas. Penso que nenhum comentarista de seus escritos tenha descoberto a comparação que lhe faz jus, os termos que caracterizam com

[1] Referência ao romance do autor inglês William Makepeace Thackeray, *Vanity Fair* (*A feira das vaidades*), publicado em 1847–1848, satirizando a sociedade da Grã-Bretanha no início do século XIX.

[2] "Ramote-Gileade ou Ramote em Gileade é o nome de uma antiga cidade da Palestina, a leste da Jordânia. É citada na *Bíblia* como lugar de refúgio e último campo de batalha de Acabe.

exatidão o seu talento. Dizem que ele é como Fielding.[3] Falam da sua sagacidade, humor, habilidade cômica. Ele lembra Fielding como uma águia se parece com um abutre. Fielding poderia inclinar-se sobre a carniça, mas Thackeray jamais faria isso. Sua sagacidade é brilhante, seu humor, atraente, mas ambos mantêm com seu gênio a mesma relação que um simples raio bruxuleante tem com uma centelha elétrica mortal sob a fímbria de uma nuvem de verão escondida em seu âmago. Finalmente, fiz alusão ao Senhor Thackeray porque é a ele, caso aceite o respeito de um completo estranho, que dedico esta segunda edição de *JANE EYRE*.

CURRER BELL
21 de dezembro de 1847

[3] Refere-se ao autor Henry Fielding (1707–1754), grande romancista inglês, escreveu o célebre *Tom Jones* (1749).

Jane Eyre

I

Naquele dia não havia a menor possibilidade de se sair para um passeio. Na realidade, pela manhã tínhamos andado perambulando entre os arbustos secos durante uma hora. Mas depois do jantar, quando não havia visitas — a Senhora Reed jantava cedo —, o vento frio do inverno trouxe consigo nuvens tão ameaçadoras e uma chuva tão penetrante, que exercitar-se ao ar livre àquela hora era algo fora de cogitação. Eu estava feliz por isso. Jamais gostei de longas caminhadas, sobretudo em tardes frias. Para mim era terrível a volta para casa ao crepúsculo com os dedos das mãos e dos pés enregelados, com o coração entristecido pelas repreensões de Bessie, a governanta, e humilhada pela consciência da minha inferioridade física em relação a Eliza, John e Georgiana Reed.

Os três que mencionei estavam agora amontoados em cima da mãe na sala de visitas. Ela, reclinada num sofá junto à lareira, parecia inteiramente feliz com seus queridinhos ao seu redor que, até o momento, não estavam nem discutindo nem gritando. Quanto a mim, ela dispensara de juntar-me ao grupo dizendo que "Lamentava muito que fosse necessário manter-me a distância, mas, até que ouvisse de Bessie, ou pudesse descobrir, por sua própria observação, que eu estava esforçando-me para adquirir uma conduta mais sociável e uma disposição mais infantil, um modo mais agradável e bem-humorado — algo mais leve, franco, mais natural do que era —, realmente tinha de me excluir dos privilégios destinados apenas às crianças pequenas felizes e satisfeitas".

— O que foi que Bessie disse que eu fiz? — perguntei.

— Jane, eu não gosto dos dissimulados ou dos que fazem muitas perguntas. Além disso, há algo verdadeiramente inaceitável numa criança que se dirige aos mais velhos dessa maneira. Vá sentar-se em algum lugar e permaneça em silêncio até que possa falar com bons modos.

Escapuli para a copa, que ficava ao lado da sala de estar. Lá ficava a estante de livros. Logo peguei um deles tendo o cuidado para que o escolhido fosse cheio de ilustrações. Subi no banco do recesso da parede embaixo da janela, recolhi os pés e sentei-me de pernas cruzadas à moda turca. E, por ter fechado a cortina de tecido vermelho mesclado de algodão e lã até quase ao fim, senti-me duplamente isolada e abrigada, como num santuário.

As dobras da cortina escarlate envolviam o meu lado direito. Do lado esquerdo ficavam os vidros da janela que me protegiam, mas não me separavam do dia lúgubre de novembro. De tempos em tempos, enquanto folheava as páginas do meu livro, estudava o aspecto daquela tarde de inverno. A distância ela me oferecia um pálido vazio de neblina e nuvens. Mais de perto, um cenário de grama molhada e de arbustos castigados pelo vento, com a chuva incessante que a tudo varria com fúria impelida pela longa e lastimável tormenta.

Voltei ao meu livro — *A história das aves inglesas,* de Bewick. De um modo geral eu estava pouco ligando para o texto escrito, embora nele houvesse certas páginas da introdução que, como criança, eu não deixaria que passassem tão em branco assim. Eram as que tratavam da captura de aves marinhas das "rochas solitárias e promontórios" onde somente elas habitavam. Da costa da Noruega, repleta de ilhas a partir da sua extremidade sul, como Lindeness ou Naze, até o Cabo Norte:

> "Onde, em vastos turbilhões, o Mar do Norte
> Fervilha em torno das ilhas nuas e desgostosas
> Da distante Thule.[1] E o Atlântico erguido em grande porte
> Derrama-se entre as Hébridas tempestuosas".[2]

Como também não podia deixar passar em branco a sugestão das desoladas costas da Lapônia, da Sibéria, da Nova Zembla,[3] da Islândia, da Groenlândia e "a vasta extensão da Zona Ártica e aquelas regiões abandonadas de espaços sinistros — aquele reservatório de gelo e neve, onde sólidos campos de gelo acumulado durante séculos de inverno estão

---

[1] Lendária ilha da felicidade, no extremo norte europeu, possivelmente a Islândia.

[2] São ilhas de um largo arquipélago na costa oeste da Escócia, e em termos geológicos são compostas das mais antigas rochas das Ilhas Britânicas.

[3] Ilhas na costa ártica da Rússia, entre os mares de Barents e Kara.

vitrificados nos mais altos cumes alpinos que circundam o polo concentrando e multiplicando os rigores do frio extremo". Desses reinos de brancura mortal construí uma ideia própria. Uma ideia sombria como todas as ideias mal compreendidas que flutuam nebulosas pelo cérebro de uma criança, mas estranhamente impressionante. As palavras nessas páginas introdutórias se conectavam a vinhetas sucessivas, dando um significado tanto ao rochedo que se erguia solitário num mar repleto de vagalhões e espuma que explodiam de encontro a ele, como também ao barco quebrado, encalhado numa costa deserta. Ou até mesmo à Lua fria e espectral que contempla, por entre barras de nuvens, um navio naufragando que começa a afundar.

Não sou capaz de dizer qual o sentimento que assombrava o cemitério solitário da igreja, com suas lápides e inscrições. O portão, as duas árvores, o horizonte baixo, cercado por um muro desmoronado, e a Lua no início da fase crescente, testemunhando a hora do anoitecer.

Os dois barcos em calmaria sobre um mar adormecido para mim eram fantasmas marinhos.

O demônio agarrando o saco que o ladrão carrega às costas. Por essa figura eu passava rapidamente. Era motivo de terror.

O mesmo acontecia com aquela coisa negra com chifres sentada indiferente em uma pedra, observando a distância a multidão ao redor da forca.

Cada figura contava uma história. Com frequência era misteriosa para a minha compreensão pouco desenvolvida e meus sentimentos imperfeitos, ainda que sempre profundamente interessante. Tão interessante quanto os contos narrados às vezes por Bessie nas noites de inverno, quando calhava estar de bom humor e quando levava sua tábua de passar roupa para junto da lareira do quarto dos brinquedos. E nos deixava sentar em volta dela, e enquanto arrumava os babados rendados da Senhora Reed e, plissava as bordas de suas toucas de dormir, alimentava nossa sôfrega atenção com passagens de amor e aventura tiradas de velhos contos de fadas e velhas composições poéticas. Ou, como vim a descobrir mais tarde, vindas das páginas de *Pamela* e de *Henry, Conde de Moreland*.

Com Bewick sobre o joelho, eu então era feliz. Feliz do meu jeito, pelo menos. Não tinha medo de nada a não ser de uma interrupção, o que logo acabou por acontecer. A porta da sala do café da manhã se abriu.

— Uh-uh! Senhora Palerma! — gritou John Reed. Em seguida fez uma pausa. Ao que tudo indicava, achou que a sala estava vazia.

— Onde, diabos, ela se meteu? — continuou ele. — Lizzy? Georgy! — chamava por suas irmãs. — Jane não está aqui. Digam para mamãe que aquele bicho malvado foi para fora, para a chuva!

"É bom que eu abra a cortina" — pensei. E desejei ardentemente que ele não conseguisse descobrir meu esconderijo. Não que John Reed fosse capaz de descobri-lo sozinho. Não era assim tão rápido ou criativo em suas iniciativas. Mas foi só Eliza enfiar a cabeça pela porta para dizer em seguida:

— Ela está no banco da janela, com certeza, Jack.

E na mesma hora apareci, tremendo ante a possibilidade de ser arrastada para fora de lá por Jack.

— O que é que você deseja? — perguntei com estranho desconcerto.

— Diga "O que deseja, Senhor Reed" — foi sua resposta. — Quero que venha até aqui — e sentou-se em uma poltrona com um gesto sugestivo para que me aproximasse e ficasse de pé na sua frente.

John Reed era um jovem de quatorze anos. Quatro anos mais velho do que eu, que estava apenas com dez. Grande e corpulento para a sua idade, com uma pele encardida e pouco saudável. Traços grosseiros em um rosto largo, membros pesados e extremidades grandes. Costumava empanturrar-se à mesa, o que o tornava mal-humorado e lhe dava um olhar obscuro e nebuloso e bochechas balofas. A esta altura deveria estar na escola. Mas sua mamãe o havia trazido para casa por um ou dois meses "por causa da sua saúde delicada". O Sr. Miles, o professor, assegurou que ele ficaria muito melhor se comesse menos bolos e doces enviados de casa para a escola, mas o coração da mãe rejeitou essa opinião rude e pendeu mais para a ideia refinada de que a palidez de John se devia a uma aplicação escolar demasiada e, talvez, ao prolongado afastamento de casa.

John tinha grande afeição pela mãe e pelas irmãs e nutria grande antipatia por mim. Intimidava-me e castigava-me. Não duas ou três vezes por semana, não uma ou duas vezes por dia, mas continuamente. Cada nervo meu se contraía de medo e cada pedacinho de carne de meus ossos se encolhia quando ele se aproximava de mim. Havia momentos em que eu ficava completamente desnorteada pelo terror que me infundia, porque não tinha a quem recorrer contra suas ameaças ou castigos. Os criados não gostavam de ofender seu jovem senhor tomando as minhas dores, e a Senhora Reed era cega e surda em relação ao assunto. Jamais o via me atacar ou o ouvia insultar-me, embora uma vez ou outra ele fizesse ambas as coisas diante dela e com mais frequência pelas suas costas.

Como era habitual, obedeci a John, fui até a sua poltrona. Ele ficou uns três minutos mostrando a língua para mim, o mais para fora que podia fazer isso sem se machucar. Eu sabia que me atacaria em seguida e, embora temesse o golpe, conjecturei sobre a aparência nojenta e feia daquele que em breve teria de enfrentar. Imagino que ele conseguiu ler meus pensamentos pela expressão do meu rosto, pois na mesma hora, sem falar coisa alguma, bateu em mim com força. Eu cambaleei, e ao recobrar o equilíbrio afastei-me um passo ou dois da sua poltrona.

— Isso é pela sua insolência em responder à mamãe ainda há pouco — disse ele. — E por se esconder atrás das cortinas, e pela expressão que tinha nos olhos há dois minutos, sua ratazana!

Acostumada aos abusos de John Reed, jamais pensei em reagir a eles. Preocupava-me apenas em resistir ao golpe que, com certeza, se seguiria aos insultos.

— O que você estava fazendo atrás da cortina? — perguntou ele.

— Estava lendo.

— Mostre-me o livro.

Voltei para a janela e fui buscá-lo.

— Você não tem direito de pegar nossos livros. Você é uma dependente, como diz mamãe, e não tem dinheiro. Seu pai não lhe deixou nada. Você devia mendigar, e não viver aqui com crianças finas como nós, nem fazer as mesmas refeições que fazemos ou usar roupas compradas com o dinheiro da mamãe. Agora vou ensiná-la a não mexer em minhas prateleiras de livros, porque elas são minhas. Tudo nesta casa me pertence, ou irá pertencer dentro de poucos anos. Vá e fique em pé do lado da porta, longe do espelho e das janelas.

Foi o que fiz, sem que de pronto soubesse quais eram as suas intenções. Instintivamente desloquei-me para o lado com um grito de pavor, mas foi tarde demais. O volume já estava voando, atingiu-me e caí, batendo a cabeça na porta e sofrendo um corte. O corte sangrou e a dor era intensa. Meu terror havia passado de seu clímax, e outros sentimentos afloraram.

— Menino malvado e cruel! — disse eu. — Você é como um assassino. Um traficante de escravos. É como os imperadores romanos!

Eu havia lido a *História de Roma*, de Goldsmith, e formara minha opinião sobre Nero, Calígula, etc. Também traçara paralelos em silêncio, que nunca pensei em declarar em voz alta.

— O quê! O quê! — gritou ele. — Ela disse isso para mim? Vocês ouviram, Eliza e Georgiana? Não acham que devo contar à mamãe? Mas primeiro...

E num ímpeto correu até mim. Senti quando agarrou meus cabelos e meus ombros. Aproximou-se em desespero. Realmente o vi como um tirano, um assassino. Senti que uma gota ou duas de sangue da minha cabeça escorriam pelo pescoço, e a dor penetrante era algo perceptível. Durante um tempo tais sensações predominaram sobre o medo e eu o enfrentei em uma espécie de frenesi. Não sei muito bem o que foi que fiz com as mãos, mas ele me chamava "Ratazana! Ratazana!" aos berros. A ajuda estava agora ali bem perto dele. Eliza e Georgiana tinham corrido para a Senhora Reed, que estava no andar de cima. E ela acabara de entrar em cena seguida por Bessie e por sua criada Abbot. Fomos separados e ouvi as seguintes palavras:

— Querida! Querida! Que fúria foi essa de avançar contra o Senhor John?

— Alguém já viu um quadro de raiva como este?

Então a Senhora Reed acrescentou:

— Levem-na para o quarto vermelho e a tranquem lá.

Quatro mãos caíram imediatamente sobre mim e eu fui levada para cima.

II

Resisti durante todo o percurso. Para mim era uma situação nova, e uma circunstância que fortalecia bastante a opinião ruim que Bessie e a Senhorita Abbot nutriam a meu respeito. O fato é que eu estava um pouco descontrolada, ou, como diriam os franceses, *fora de mim mesma*. Eu tinha consciência de que uma revolta momentânea já me havia deixado sujeita a castigos estranhos, e como qualquer escravo rebelde estava decidida, em meu desespero, a ir até o fim.

— Agarre os braços dela, Senhorita Abbot. Ela é como uma gata enfurecida.

— Que vergonha, que vergonha! — gritava a criada. — Que comportamento chocante, Senhorita Eyre, atacar um jovem cavalheiro, filho da sua benfeitora! Seu jovem patrão.

— Patrão! Como assim meu patrão? Sou por acaso uma serviçal?

— Não, você é menos do que uma serviçal, pois não faz nada em troca do seu sustento. Então, sente-se aí e reflita sobre a sua maldade.

Nesse ínterim tinham-me levado para o quarto indicado pela Senhora Reed e me jogado em um tamborete. Meu impulso foi levantar-me dali num salto, mas na mesma hora dois pares de mãos me contiveram.

— Se você não ficar quieta vai ter de ser amarrada — disse Bessie. — Senhorita Abbot, empreste-me suas ligas. Ela rebentaria as minhas num segundo.

A Senhorita Abbot virou-se para retirar a liga da perna robusta. Essa preparação para imobilizar as minhas mãos e a humilhação adicional fizeram que minha fúria abrandasse.

— Não tire as ligas — gritei. — Eu ficarei quieta.

Como garantia disso, agarrei-me firmemente ao tamborete.

— Nem pense em fazer o contrário — falou Bessie.

E quando teve certeza de que eu realmente entregara os pontos, afrouxou a mão que me agarrava. Então ela e a Senhorita Abbot ficaram paradas de braços cruzados me olhando com olhos mal-encarados e desconfiados, como se estivessem incrédulas da minha sanidade.

— Ela nunca fez isso antes — falou por fim Bessie, virando-se para Abigail.

— Mas isso sempre esteve dentro dela — respondeu a outra. — Já falei várias vezes com a senhora sobre a opinião que tenho desta criança e ela concordou comigo. Trata-se de uma pequena sonsa. Jamais vi uma menina da idade dela com tamanha capa de santinha.

Bessie não respondeu, mas, depois de me olhar demoradamente, disse:

— É bom que esteja ciente, mocinha, de que está sob a responsabilidade da Senhora Reed. É ela quem a sustenta — se não fosse assim, você teria de ir para um abrigo.

Não tive o que dizer diante dessas palavras. Elas não eram nenhuma novidade para mim. Minhas primeiras memórias incluíam alusões semelhantes. Tal intimidação pela minha dependência se havia tornado uma cantilena vaga em meus ouvidos, extremamente dolorosa e esmagadora, mas apenas entendida pela metade. A Senhorita Abbot acrescentou:

— E você não deve pensar que é igual às senhoritas ou ao patrãozinho porque a Senhora Reed permite que seja criada ao lado deles. Eles terão muito dinheiro e você não terá nenhum. Esse é o seu lugar. Tente ser humilde e trate de ser agradável com eles.

— O que estamos dizendo é para o seu bem — acrescentou Bessie sem rispidez. — Devia tentar ser útil e agradável, para então, talvez, poder fazer desta casa o seu lar. Mas se se tornar irascível e rude, tenho certeza de que a senhora a mandará embora.

— Além disso — falou a Senhorita Abbot — Deus poderá castigá-la. Pode atingi-la abruptamente no meio de seus chiliques, e então para onde ela iria? Venha, Bessie, vamos deixá-la ficar aí. Não gostaria de sentir pena dela por nada deste mundo. Reze bastante, Senhorita Eyre, quando ficar sozinha, pois, se não se arrepender, algo de ruim pode descer pela chaminé e levá-la embora.

Saíram. Fecharam a porta e a trancaram.

O quarto vermelho era um quarto quadrado onde raramente alguém dormia. E eu diria que nunca alguém dormia, realmente, a não ser quando um grande número de visitantes vinha a Gateshead Hall e se tornava necessário ocupar todos os seus aposentos. Ainda assim era um dos maiores e mais imponentes aposentos da mansão. Uma cama sustentada por pilares de mogno maciço, com um dossel adamascado vermelho, estava colocada no centro do quarto, como um tabernáculo. As duas enormes janelas com seus estores sempre abaixados eram parcialmente envoltas por festões e babados de tecido semelhante. O tapete era vermelho e a mesa ao pé da cama estava coberta por um pano cor de carmim. As paredes eram de um castanho claro com um leve toque rosado e o guarda-roupa, o lavatório e as cadeiras eram todos antigos de mogno escuro polido. Em contraste com esse ambiente sombrio erguia-se majestosa uma pilha de cobertas e travesseiros brancos espalhados sobre uma colcha de Marselha branca como a neve. Perto da cabeceira da cama e um pouco menos evidente ficava uma grande poltrona com uma banqueta para descanso dos pés, estofada também de branco, e que mais parecia, como pensei, um trono desbotado.

Esse quarto era um gelo, pois raramente sua lareira era acesa. Era silencioso, pois ficava longe do quarto de brinquedos e da cozinha. Era solene porque era sabidamente pouco usado. Apenas a arrumadeira vinha aos sábados para espanar a pouca poeira acumulada nos espelhos e na mobília durante a semana. E, uma vez ou outra, a própria Senhora Reed fazia o mesmo para apreciar o conteúdo de certa gaveta secreta do guarda-roupa onde eram guardados diversos pergaminhos, sua caixa de joias e uma imagem em miniatura do seu falecido marido, e era nestas últimas palavras que repousava o segredo do quarto vermelho — o encanto que o mantinha tão solitário, a despeito da sua imponência.

O Senhor Reed falecera havia nove anos. Foi nesse quarto que ele exalou seu último suspiro. Aí ele foi velado. Daí seu ataúde foi levado pelos homens da funerária, e, desde aquele dia, um sentido sagrado e funesto o resguardou de intrusões frequentes.

O banco no qual Bessie e a amarga Senhorita Abbot me haviam deixado de castigo era um pufe baixo tipo otomano perto da lareira de mármore. A cama se erguia diante de mim. O guarda-roupa alto e escuro ficava à minha direita, com reflexos pálidos do brilho inconstante dos painéis de suas portas. As janelas abafadas pelas cortinas ficavam à minha esquerda. Um grande espelho entre elas duplicava a imponência ociosa da cama e do quarto. Eu não tinha certeza se haviam trancado a porta, e, quando ousei mexer-me, levantei-me e fui verificar. Oh, meu Deus, sim! Não havia prisão mais segura. Ao voltar, tive de passar diante do espelho. Sem querer, meu olhar fascinado explorou a profundidade que ele revelava. Tudo parecia mais frio e sombrio naquele vácuo utópico do que na vida real. E a pequena figura estranha que me olhava com rosto branco e braços que pontuavam a melancolia, com olhos brilhantes de medo que se moviam por onde tudo mais estava imóvel, causava a impressão real de um espírito. Imaginei-a parecida com um dos pequenos fantasmas, meio fada, meio duende, das histórias que Bessie contava de noite. Formas que surgiam de vales ermos cheios de samambaias e de pântanos, diante dos olhos de viajantes importunos. Voltei para o meu banco.

Naquele momento a superstição tomou conta de mim. Mas ainda não era chegada a hora de cantar sua vitória. Meu sangue continuava quente. O estado de espírito da escrava revoltada ainda me envolvia com um vigor amargo. Precisava rapidamente bloquear a torrente de pensamentos anteriores antes que fraquejasse diante do presente tenebroso.

Todos os atos violentos de tirania de John Reed, toda a arrogante indiferença de suas irmãs, toda a aversão de sua mãe, toda a parcialidade dos empregados vinham à tona em minha mente perturbada como um depósito escuro na superfície de um poço lamacento. Por que eu vivia sempre sofrendo, sendo sempre agredida e acusada, eternamente condenada? Por que nunca podia agradar? Por que era inútil tentar conquistar a simpatia de alguém? Eliza, que era cabeça-dura e egoísta, era respeitada. Georgiana, que tinha um gênio mimado, um rancor cáustico, uma atitude capciosa e insolente, era paparicada em tudo e por tudo. Sua beleza, suas bochechas cor-de-rosa e cachos dourados pareciam encantar a todos que olhavam para ela, e isso lhe dava imunidade para qualquer transgressão. John, ninguém contrariava e muito menos castigava, embora torcesse o pescoço dos pombos, matasse os pintinhos, atiçasse os cães sobre os carneiros, arrancasse as uvas das videiras cultivadas em estufa e quebrasse os botões das mais seletas plantas do jardim de inverno. Também chamava a mãe de "velha coroca". Às vezes a insultava por causa da sua pele escura, embora fosse semelhante à dele próprio. De forma grosseira desconsiderava as suas vontades. Não raro rasgava e estragava as roupas de seda dela, e ainda assim continuava a ser "o seu queridinho". E eu que ousasse cometer um erro. Mesmo quando me esforçava por cumprir cada uma das minhas obrigações, era chamada de desobediente e desagradável, emburrada e linguaruda. Isso da manhã à tarde e da tarde à noite.

Minha cabeça continuava a doer e a sangrar pelo golpe e pelo tombo que levei. Ninguém repreendeu John por ter batido em mim com tamanha brutalidade. E, só porque me revoltei contra ele para evitar sofrer mais com sua violência irracional, toda a infâmia caiu sobre mim.

"Isso é injusto! Injusto!" — dizia minha razão, que compelida pelo estímulo angustiante sentia um poder precoce, porém transitório. E a firmeza de propósito, igualmente perturbada, instigava-me a buscar algum recurso estranho capaz de me fazer escapar daquela opressão insuportável — como fugir, ou, se isso não pudesse ser feito, não mais comer nem beber, e deixar-me morrer.

Quão triste estava a minha alma naquela tarde sombria! Como estava em completo tumulto o meu cérebro e em revolta o meu coração! Ainda assim, em que escuridão e em que densa ignorância a batalha mental era travada! Eu não conseguia resposta para a incessante pergunta que me invadia — *por que* eu sofria dessa maneira? Agora, mais distanciada — há quantos anos nem sei —, vejo isso tudo com clareza.

Eu era uma intrusa em Gateshead. Não era igual a nenhuma pessoa de lá. Não tinha nada em comum com a Senhora Reed ou com seus filhos, ou com a criadagem escolhida por ela. Se eles não me amavam, de fato, eu os amava menos ainda. Eles não eram obrigados a considerar com afeto um ser que não podia ter simpatia por nenhum deles. Uma coisa heterogênea, com temperamento, aptidão e inclinações opostos aos deles. Uma coisa inútil, incapaz de despertar os seus interesses ou de lhes dar algum prazer. Uma coisa nociva que respondia com os germes da indignação ao tratamento que deles recebia, e com desprezo ao julgamento que dela faziam. Sei que, se eu fosse uma criança saudável, brilhante, descuidada, exigente, bonita, levada, embora totalmente dependente e sem amigos, a Senhora Reed teria suportado minha presença com mais complacência. Suas crianças ter-me-iam acolhido com mais cordialidade e companheirismo. Os criados teriam menor propensão a fazer de mim o bode expiatório no quarto de brinquedos.

A luz do dia começava a abandonar o quarto vermelho. Já passava das quatro horas e a tarde nublada estava inclinada a se tornar um crepúsculo entristecido. Ao ouvir a chuva que ainda continuava a bater insistente na janela da escadaria e o vento que uivava no bosque atrás da entrada, fui-me tornando cada vez mais fria como uma pedra. Em seguida, minha coragem desmoronou. Meu humor habitual de humilhação, de insegurança e de desolada depressão caiu como água sobre as brasas da minha ira que já se apagava. Resumindo, eu era má, e talvez fosse mesmo, senão como pensaria justamente em morrer de inanição? Isso certamente era um crime. Estaria eu pronta para morrer? Ou o sepulcro sob o coro da igreja de Gateshead seria um destino convidativo? Conforme me foi dito, foi naquele jazigo que o Sr. Reed havia sido sepultado. E com esse pensamento que o trazia de volta à memória, eu provocava em mim um medo cada vez maior. Não conseguia lembrar-me dele direito, mas sabia que era o único tio que eu tinha — o irmão de minha mãe — e que quando fiquei órfã levou-me para a sua casa. Sabia que em seus últimos momentos fez a Senhora Reed prometer que me criaria e me manteria como se fosse sua filha. É provável que a Senhora Reed achasse que tinha cumprido a promessa. E de fato tinha, ouso dizer, tanto quanto sua natureza foi capaz de permitir. Mas como poderia, depois da morte de seu esposo, gostar de uma intrusa que não era da sua família e com a qual não tinha nenhum laço? Deve ter sido muito penoso ter ficado presa a uma promessa difícil, a de fazer o papel de mãe de uma criança que talvez não pudesse amar, vendo essa estranha permanentemente se intrometer no seio da sua família.

Passou pela minha cabeça uma ideia singular. Eu não duvidava — nunca duvidei — que se o Senhor Reed fosse vivo me trataria carinhosamente. E agora, sentada olhando para a cama branca e as paredes cheias de sombras — e de vez em quando lançando um olhar fascinado para o reflexo tênue do espelho — comecei a me lembrar de que havia ouvido falar em homens que depois de mortos ficavam perturbados no túmulo por constatar que seus últimos desejos haviam sido violados, e revisitavam a terra para punir aqueles que não lhes foram fiéis e vingar os oprimidos. Pensei que o espírito do Senhor Reed, atormentado pelos erros da filha de sua irmã, poderia sair de sua morada — estivesse ele no jazigo da igreja ou no mundo desconhecido daqueles que se foram — e aparecer diante de mim naquele quarto. Enxuguei as lágrimas e abafei os soluços, temerosa de que algum sinal mais violento de amargura pudesse despertar uma voz sobrenatural para me confortar ou fizesse surgir das trevas algum rosto envolto em luz para se debruçar sobre mim com estranha compaixão. Senti que essa ideia, consoladora em tese, seria terrível se viesse a se realizar. Com toda a minha energia fiz um esforço para sufocá-la, um esforço para me manter firme. Retirando o cabelo de cima dos olhos, levantei a cabeça e tentei olhar em volta do quarto escurecido sem sentir medo. Nesse momento uma luz brilhou na parede. Seria, perguntei-me, um raio de luar que atravessara alguma fresta da cortina? Não, o luar estava parado, e essa luz se movia. E, enquanto eu a olhava fixo, deslizou até o teto e tremeu sobre minha cabeça. Com facilidade, posso hoje deduzir que aquele raio de luz era em tudo semelhante ao facho de uma lanterna segura pela mão de alguém que atravessava o gramado. Mas então, predisposta ao terror como estava a minha mente, abalados como estavam meus nervos, pensei que o facho que se deslocava com rapidez era o sinal pelo qual alguma visão do outro mundo se anunciava. Meu coração bateu descompassado, minha cabeça começou a esquentar, um som que identifiquei como sendo o de asas que se debatiam encheu os meus ouvidos. Alguma coisa se aproximava de mim. Eu estava oprimida, sufocada. A resistência se esfacelara. Soltei um grito selvagem e involuntário. Corri para a porta e sacudi a maçaneta numa tentativa desesperada. Do lado de fora da porta, som de passos no corredor. A chave girou na fechadura. Bessie e Abbot entraram.

— Senhorita Eyre, está sentindo-se mal? — disse Bessie.

— Que barulho mais terrível! Quase me atravessou a alma! — exclamou Abbot.

— Tirem-me daqui! Deixem que eu vá para o quarto de brinquedos — dizia eu chorando.

— Para que? Você se machucou? Viu alguma coisa? — insistiu Bessie.

— Oh! Vi uma luz, e achei que era um fantasma!

Eu agora havia conseguido agarrar a mão de Bessie, e ela não a tinha retirado de mim.

— Ela gritou de propósito — falou Abbot num tom de desdém. — E que grito! Se estivesse sentindo alguma dor seria até desculpável, mas o que queria era apenas que viéssemos até aqui. Já conheço seus truques perversos.

— O que isso tudo significa? — perguntou outra voz de modo incisivo. E a Senhora Reed veio pelo corredor, sua touca voando longe e a camisola farfalhando como uma tempestade. — Abbot e Bessie, eu creio que lhes dei ordens para que Jane Eyre ficasse no quarto vermelho até que eu mesma viesse tirá-la.

— A Senhorita Jane gritou alto demais, senhora — argumentou Bessie.

— Deixe-a — foi a resposta. — Solte as mãos de Bessie, menina. Você não será bem-sucedida em sua tentativa de sair daqui desse modo, pode estar certa. Abomino artifícios, sobretudo se partem de crianças. É meu dever mostrar-lhe que truques não causarão o efeito desejado. Agora você vai ficar aqui uma hora a mais, e somente sob uma condição de perfeita submissão e silêncio é que poderei liberá-la.

— Oh, tia! Tenha piedade! Perdoe-me! Eu não posso suportar mais isto. Deixe-me ser castigada de alguma outra maneira! Eu posso morrer se...

— Silêncio! Essa sua violência é quase repulsiva! — e era o que ela sentia, não tenho dúvida. Aos olhos dela eu era uma atriz precoce. Na verdade, me olhava como se eu fosse uma mistura de emoções virulentas, um espírito mau e uma dualidade perigosa.

Uma vez que Bessie e Abbot se retiraram, a Senhora Reed, impaciente com a minha angústia agora desvairada e com meus soluços incontroláveis, de repente me empurrou para trás e me trancou, sem maiores negociações. Ouvi-a desaparecer como um raio. Logo depois que se foi, creio que tive uma espécie de síncope e a cena foi apagada pela inconsciência.

III

A próxima lembrança que tenho é de ter acordado com o sentimento de que saía de um pesadelo assustador no qual via à minha frente o brilho avermelhado de um olhar fulminante entrecortado por barras de ferro, pretas e grossas. Ouvia vozes também, falando com um som oco como que abafadas por uma rajada de vento ou um jato de água — mas a agitação, a incerteza e a sensação predominante de terror confundiam minhas faculdades. Até que comecei a tomar consciência de que alguém estava segurando-me. Que me erguia e me colocava sentada segurando-me com mais ternura do que alguém jamais me ergueu ou me ajeitou. Apoiei a cabeça em um travesseiro, ou em um braço, e senti-me descansada.

Cinco minutos depois a nuvem de confusão dissipou-se. Eu sabia muito bem que estava na minha cama e que o brilho vermelho era o fogo da lareira do quarto de brinquedos. Era noite. Uma vela queimava sobre a mesa. Bessie estava ao pé da cama com uma bacia nas mãos, e perto do meu travesseiro havia um cavalheiro sentado em uma cadeira, inclinado sobre mim.

Senti um inexplicável alívio, uma suave certeza de proteção e segurança quando percebi que havia um estranho no quarto, um indivíduo que não pertencia a Gateshead e sem qualquer parentesco com a Senhora Reed. Desviei o olhar de Bessie, embora sua presença fosse muito menos detestável do que, por exemplo, a de Abbot, e examinei o rosto do cavalheiro. Eu o conhecia. Era o Senhor Lloyd, um farmacêutico, que algumas vezes a Senhora Reed chamava quando algum de seus empregados passava mal. Para ela e para suas crianças ela chamava um médico.

— Bem, quem sou eu? — perguntou ele.

Falei o seu nome ao mesmo tempo que lhe estendia a mão. Ele a segurou e sorriu, dizendo:

— Vamos indo bem, finalmente.

E então me deitou, chamou Bessie e lhe avisou que tomasse muito cuidado para que eu não fosse incomodada durante a noite. Para minha tristeza, após mais algumas instruções e o aviso de que deveria ser chamado no dia seguinte, foi embora. Senti-me tão protegida e confortada enquanto ele esteve sentado na cadeira junto ao meu travesseiro, que, quando fechou a porta ao sair, o quarto todo escureceu e meu coração desabou novamente, abatido por uma tristeza inefável.

— A senhorita está com vontade de dormir? — perguntou Bessie suavemente.

Mal ousei responder a ela, pois temia que sua próxima frase pudesse ser ríspida.

— Tentarei.

— Gostaria de beber ou comer alguma coisa?

— Não, muito obrigada, Bessie.

— Então acho que devo ir deitar, pois já passa da meia-noite. Mas pode chamar-me se precisar de alguma coisa durante a noite.

Que maravilhosa civilidade! Até me encorajou a fazer uma pergunta.

— Bessie, o que eu tenho? Estou doente?

— Apenas se sente mal, eu acho, por chorar tanto no quarto vermelho. Vai melhorar logo, não tenho dúvida.

Bessie foi para o aposento das empregadas, que ficava perto do meu quarto, e a ouvi dizer:

— Sarah, venha dormir comigo no quarto de brinquedos. Não me arrisco a ficar sozinha com aquela pobre criança esta noite. Ela pode morrer. Coisa mais estranha ter tido aquela síncope. Fico pensando se não viu alguma coisa. A senhora foi dura demais com ela.

Sarah voltou com ela e ambas se enfiaram na cama. Ficaram cochichando durante meia hora antes de caírem no sono. Consegui pegar pedaços do que falavam, dos quais pude apenas deduzir o assunto principal da conversa.

"Alguma coisa passou por ela, toda vestida de branco, e desapareceu." — "Um grande cão preto atrás dele" — "Três batidas fortes na porta do quarto" — "Uma luz no cemitério da igreja por sobre o seu túmulo". Etc., etc.

Por fim ambas dormiram. A lareira e a vela se apagaram. Para mim, as horas daquela longa noite passaram em uma vigília fantasmagórica, extenuada pelo medo. De um tipo que só as crianças são capazes de sentir.

Nenhuma doença séria ou prolongada deu seguimento a esse incidente do quarto vermelho. Apenas causou tamanho choque em meus nervos que até hoje sinto a sua repercussão. Sim, Senhora Reed, à senhora eu devo algumas das pontadas terríveis do medo e do sofrimento causados à minha mente. Mas tenho de perdoá-la, pois a senhora não sabia o que estava fazendo, enquanto despedaçava as fibras do meu coração, achava que estava extirpando apenas minhas tendências maléficas.

No dia seguinte, ao meio-dia, eu me levantei, me vesti e me enrolei num xale e fui sentar-me junto à lareira do quarto de brinquedos. Sentia-me fisicamente enfraquecida e alquebrada. Mas meu pior sofrimento era uma indescritível infelicidade que havia ocupado minha mente. Uma infelicidade que fazia que brotassem de mim sem parar lágrimas silentes. Tão logo eu enxugava uma gota salgada do rosto, uma nova se seguia. Apesar de tudo, pensei, devia sentir-me feliz, pois nenhum dos Reed estava ali — todos tinham saído de carruagem com sua mamãe. Abbot, também, estava costurando em outro quarto, e Bessie uma vez ou outra me dirigia uma palavra de uma bondade nada habitual, enquanto ia de um lado para outro colocando brinquedos no lugar e arrumando gavetas. Acostumada como estava a uma vida de repreensões incessantes e tarefas mal-agradecidas, esse estado de coisas deveria ter repercutido em mim como o paraíso. Mas, de fato, meus nervos em frangalhos estavam em tal estado que nenhuma calma poderia aliviá-los e nenhum prazer poderia alegrá-los.

Bessie havia descido para a cozinha. Na volta trouxe uma torta num prato de porcelana cuja pintura brilhante de uma ave-do-paraíso pousada sobre um ramo de rosas tinha o hábito de provocar em mim uma sensação entusiasmada de admiração. Tantas vezes lhe havia pedido permissão para segurar nas mãos esse prato a fim de examiná-lo mais de perto, o que até então sempre me fora negado como se eu fosse indigna de tal privilégio. E agora esse precioso recipiente estava no meu colo, e eu estava sendo cordialmente convidada a comer o delicado pedaço da torta que repousava sobre ele. Generosidade inútil! Vinda tarde demais, como a maioria das outras generosidades muito desejadas e quase sempre adiadas! Eu não podia comer aquela torta. E a plumagem do pássaro e as cores das flores pareciam estranhamente desbotadas! Coloquei de lado o prato e a torta. Bessie perguntou se eu queria um livro. A palavra *livro* agiu como um ligeiro estímulo e eu lhe pedi que buscasse *As viagens de Gulliver* na biblioteca. Esse livro já havia sido lido por mim com encantamento, vezes sem conta. Nele aprendi a apreciar a narrativa dos fatos reais e com ele descobri um novo interesse mais profundo do que aquele que encontrara nos contos de fadas. Depois de ter procurado em vão os duendes entre as folhas e as flores em forma de campânulas, debaixo de cogumelos e da erva-de-são-joão que cobriam os buracos e os cantos dos velhos muros, tinha finalmente aceitado a triste verdade de que todos haviam abandonado a Inglaterra para viver em algum país mais selvagem onde as florestas eram virgens e densas e a população mais escassa. Ao passo que os reinos de Lilliput e Brobdingnag, segundo eu acreditava, eram partes reais existentes na superfície terrestre, e não tinha dúvida de que um dia eu pudesse, em uma longa viagem, ver com meus próprios olhos os campos minúsculos, casas e árvores, o povo diminuto, as vaquinhas, carneiros e pássaros em miniatura no primeiro reino. Os campos de milho da altura de florestas, cães gigantescos e gatos monstruosos, e homens e mulheres imensos da altura de torres, no segundo. Porém, quando o volume precioso foi colocado em minhas mãos, quando virei suas páginas e procurei em suas figuras maravilhosas o encantamento que até agora jamais deixara de encontrar, tudo ficou sinistro e sombrio. Os gigantes eram duendes esqueléticos, os pigmeus, diabinhos malévolos e amedrontados. Gulliver era o mais desolado andarilho na mais terrível e perigosa das regiões. Fechei o livro, que não mais me atrevi a ler, e coloquei-o sobre a mesa ao lado da torta que nem sequer provei.

Bessie acabara de tirar o pó e arrumar o quarto, e tendo lavado as mãos abriu uma pequena gaveta cheia de lindos retalhos de seda e cetim, e começou a fazer uma nova touca para a boneca de Georgiana. Enquanto trabalhava ia cantando assim:

> "Nos dias em que andávamos feito ciganos,
> Muito tempo atrás"[1]

Eu já tinha ouvido a canção muitas vezes, e sempre com viva satisfação, pois Bessie tinha uma voz doce — pelo menos, era o que eu pensava. Mas agora, embora sua voz ainda fosse doce, descobri em sua melodia uma tristeza infinita. Às vezes, concentrada em seus afazeres cantava o refrão bem baixinho, bem devagar. "Muito tempo atrás" saía com a cadência triste de uma melodia fúnebre. Ela então entoou outra balada, desta vez uma realmente triste:

> "Meus pés doídos e as pernas cansadas de andar
> Pelas montanhas agrestes em longa caminhada,

---

[1] Balada inglesa muito popular de autoria do compositor Edwin Ransford (1805 – 1876). (N.E.)

Logo a noite cairá sombria e sem luar
Sobre o caminho da pobre criança órfã abandonada.

Por que me enviaram para tão longe e distante
Onde há brejos e rochas de pedra escura?
Os homens são cruéis, mas os anjos bons, a todo instante,
Vigiam os passos da pobre criança órfã e insegura.

Ainda longínqua a brisa suave da noite traz frescor,
Não há nuvens e o brilho das estrelas é reluzente,
Deus, com Sua misericórdia, se mostra protetor,
Estimula e conforta a pobre criança órfã e carente.

Mesmo que eu caia ao passar pela ponte quebrada
Ou me perca nos pântanos, por luzes falsas enganada,
Com promessas e bênçãos, o meu Pai ainda assim
Protegerá em Seu peito a pobre criança órfã antes do fim.

Há um pensamento de que a força traz sempre benefício
Mesmo sem proteção, sem afago e com suplício,
O Céu é um lar e um descanso que não me vai faltar,
Deus é o amigo que à pobre criança órfã irá amparar.[2]

— Venha, Senhorita Jane, não chore — disse Bessie, ao terminar. Era a mesma coisa que se tivesse dito ao fogo: "Não queime!", pois não poderia adivinhar o sofrimento mórbido ao qual eu estava presa. Durante a manhã o Senhor Lloyd voltou.

---

[2] Balada "The Poor Orphan Child", de autoria da própria Charlotte Brontë. (N.E.)

— Como? Já está de pé! — disse ele ao entrar no quarto dos brinquedos. — Bem, governanta, como está ela?

Bessie respondeu que eu estava melhor.

— Então ela deve estar mais animada. Venha aqui, Senhorita Jane. Seu nome é Jane, não?

— Sim, senhor. Jane Eyre.

— Bem, você andou chorando, Senhorita Jane Eyre. Pode dizer por quê? Sente alguma dor?

— Não, senhor.

— Oh! Aposto que está chorando porque não pôde ir passear de carruagem com a patroa — interrompeu Bessie.

— Certamente que não! Já não é mais um bebê para fazer uma pirraça dessas.

Eu também pensava assim. E com a autoestima ferida pela acusação falsa, na mesma hora respondi:

— Nunca na minha vida chorei por uma coisa dessas. Detesto passear de carruagem. Chorei porque sou infeliz.

— Que absurdo, senhorita! — disse Bessie.

O bondoso farmacêutico pareceu um pouco confuso. Eu estava de pé à sua frente. Era firme o olhar com que me encarava. Tinha olhos pequenos e cinzentos, não muito brilhantes. Mas me atrevo a dizer que deveria pensar neles como olhos bem espertos. Era um homem de feições duras, embora seu rosto fosse bem-humorado. Observando-me com vagar, falou:

— O que foi que a fez sentir-se mal ontem?

— Ela sofreu uma queda — disse Bessie, mais uma vez se adiantando à minha resposta.

— Queda! Mas como! Trata-se outra vez de um bebê! Ainda não pode equilibrar-se direito com a idade que tem? Ela deve ter oito ou nove anos.

— Fui derrubada — foi a explicação contundente que se desprendeu de mim depois de sentir meu orgulho ser ferido de novo. — Mas não foi isso que me fez ficar doente — acrescentei, enquanto o Senhor Lloyd colocava uma pitada de rapé na mão.

Assim que recolocou a caixinha de rapé no bolso do colete, a sineta soou alto para anunciar o jantar dos empregados. E ele sabia o que aquilo significava.

— Governanta, esse chamado foi para você — disse ele. — Pode descer que vou fazer companhia à Senhorita Jane até que volte.

Bessie teria preferido ficar, mas fora obrigada a ir, pois a pontualidade das refeições era rigidamente imposta em Gateshead Hall.

— Se não foi a queda que a fez ficar doente, o que foi então? — prosseguiu o Senhor Lloyd, depois que Bessie saiu.

— Deixaram-me trancada em um quarto onde há um fantasma até a noite chegar e tudo ficar escuro.

A um só tempo, o Senhor Lloyd sorriu e franziu a testa.

— Fantasma! O quê? Então você é realmente um bebê! Tem medo de fantasmas?

— Do fantasma de Senhor Reed, tenho sim. Ele morreu naquele quarto e ficou deitado lá. Se puder ser evitado, nem Bessie nem ninguém mais entra lá depois que escurece. E foi uma crueldade me deixarem trancada lá, sozinha, sem ao menos uma vela — foi tão cruel que será impossível esquecer.

— Tolice! E é isso que a faz sentir-se tão infeliz? Está com medo agora à luz do dia?

— Não, mas a noite não tarda a voltar. E, além disso, sou muito infeliz — sou muito infeliz por outras coisas.

— Que outras coisas? Você pode dizer-me alguma delas?

Como gostaria de responder plenamente a essa pergunta! Como era difícil formular qualquer resposta! As crianças podem sentir, mas não conseguem analisar seus sentimentos. Se a análise é feita parcialmente em pensamento, não sabem como expressar o resultado desse processo em palavras. Entretanto, temendo perder essa primeira e única oportunidade de desabafar a dor que sentia, depois de uma pausa apreensiva, consegui formular uma resposta incipiente que, no entanto, até onde foi possível, era verdadeira.

— Por um único motivo, não tenho pai ou mãe, irmãos ou irmãs.

— Você tem uma tia bondosa e primas.

Fiz mais uma pausa e então desajeitadamente falei:

— Mas John Reed me derrubou com um golpe e minha tia me trancou no quarto vermelho.

Pela segunda vez o Senhor Lloyd tirou a caixinha de rapé do bolso do colete.

— Você não acha que Gateshead Hall é uma casa muito bonita? — perguntou ele. — Você não se sente agradecida por ter um lugar assim tão bonito para morar?

— Esta não é minha casa, senhor. E Abbot diz que eu tenho menos direito de estar aqui que um empregado.

— Oh! Você não pode ser tão boba a ponto de querer deixar um lugar tão esplêndido quanto este.

— Se eu tivesse outro lugar para ir, me sentiria feliz por deixá-lo. Mas nunca conseguirei sair de Gateshead antes que me torne adulta.

— Talvez possa. Quem sabe? Você tem algum parente além da Senhora Reed?

— Acho que não, senhor.

— Ninguém da parte do seu pai?

— Não sei, uma vez perguntei à tia Reed e ela disse que é provável que eu tenha parentes pobres, afastados, com o sobrenome Eyre, mas ela não sabe nada sobre eles.

— Caso existam, você gostaria de viver com eles?

Eu refleti. Se para gente grande a pobreza parece terrível, imagine para as crianças. Elas não têm muita noção do que seja uma pobreza digna, trabalhadora e respeitável. Pensam na palavra apenas como sinônimo de roupas esfarrapadas, comida escassa, lareiras apagadas, maneiras rudes e vícios desprezíveis. Para mim a pobreza era um sinônimo de degradação.

— Não, não gostaria de viver entre os pobres — foi a minha resposta.

— Mesmo se eles fossem gentis com você?

Sacudi a cabeça. Não conseguia ver como as pessoas pobres seriam capazes de ser gentis. E ter de aprender a falar como elas, adotar seus modos, esquecer a educação, crescer como uma das mulheres pobres que algumas vezes vi cuidando de seus filhos ou lavando suas roupas nas portas dos casebres da aldeia de Gateshead. Não, eu não era corajosa o bastante para comprar a liberdade pelo preço daquela casta.

— Mas seus parentes são assim tão pobres? Não são pessoas trabalhadoras?

— Não sei dizer. Tia Reed diz que, se eu tiver parentes, devem ser um grupo de mendigos. E eu não gostaria de viver como mendiga.

— Gostaria de ir para a escola?

Mais uma vez refleti. Tinha uma pálida ideia do que era a escola. Algumas vezes Bessie falava dela como um lugar onde as jovens sentavam em bancos toscos, usavam tábuas presas às costas,[3] e onde se esperava que fossem extremamente bem-educadas e formais. John Reed odiava a sua escola e insultava seu mestre. Mas os exemplos de John Reed não serviam de parâmetro para mim, e se os relatos sobre a disciplina da escola obtidos por Bessie por intermédio de duas jovens de uma família para a qual trabalhara antes de vir para Gateshead, eram um tanto apavorantes, havia detalhes de certas habilidades desenvolvidas por essas jovens que, do meu ponto de vista, eram também atraentes. Ela falava com entusiasmo das lindas pinturas de paisagens e flores que as duas faziam, das canções que cantavam e peças que encenavam, das bolsas que teciam e dos livros franceses que traduziam. Até meu espírito ficava tocado pelo desejo de imitá-las. Além do mais, a escola poderia trazer uma mudança completa. Implicava uma longa viagem e a separação completa de Gateshead. A entrada em uma nova vida.

— Por certo eu gostaria de ir para a escola.

Foi essa a conclusão a que cheguei após minhas reflexões.

— Bem, bem, quem sabe o que pode acontecer? — disse o Senhor Lloyd ao levantar-se. — A criança tem necessidade de mudar de ares e de cenário — e acrescentou, como se falasse para si mesmo, — seus nervos não estão em bom estado.

Bessie acabara de voltar, ao mesmo tempo que se ouvia o barulho da carruagem sobre a entrada de cascalho.

— Governanta, é a sua senhora chegando? — perguntou o Senhor Lloyd. — Gostaria de falar com ela antes de ir embora.

---

[3] Costume antigo de usar tábuas de madeira (*backboards*) presas às costas para correção de postura, visando a manter a coluna ereta.

Bessie convidou-o então à sala do café da manhã, e foi na frente para lhe mostrar o caminho. Tenho a impressão de que, na conversa que teve com a Senhora Reed, o farmacêutico se tenha aventurado a sugerir que eu fosse enviada para uma escola. E sem dúvida a sugestão foi prontamente aceita. Depois que eu já estava na cama numa das noites seguintes, Abbot comentou o assunto com Bessie pensando que eu já estava dormindo. Ambas costuravam no quarto de brinquedos.

— Em minha opinião, a Senhora ficou feliz com a possibilidade de se ver livre dessa criança enfadonha e doente que parece estar sempre desconfiada de todo mundo, como se nos vigiasse e tramasse planos às escondidas.

Penso que Abbot acreditava que eu era uma versão infantil de Guy Fawkes.[4]

Naquela mesma ocasião, soube pela primeira vez, nas conversas entre Abbot e Bessie, que meu pai fora um pastor pobre e que minha mãe se casara contra os desejos de seus amigos, que o consideravam uma pessoa inferior a ela. Meu avô Reed ficou tão irritado com a desobediência dela, que a deserdou sem direito a um centavo. E depois de um ano de casados, meu pai contraiu febre tifoide ao visitar os pobres de uma cidade industrial onde sua paróquia ficava e onde havia uma epidemia da doença. Minha mãe também se contaminou e, com um mês de intervalo entre um e outro, ambos morreram.

---

[4] Um dos soldados revolucionários da Conspiração da Pólvora (Inglaterra, 1605), Fawkes era católico apostólico romano fervoroso, e se rebelou contra o rei Jaime I, que era contra o catolicismo; colaborou com o plano de explodir o Palácio de Westminster com a intenção de matar o rei e os membros do Parlamento para restabelecer o poder da Igreja. O plano falhou, e ele foi morto e esquartejado.

Quando Bessie ouviu essa narrativa disse com um suspiro:

— A Senhorita Jane é digna de pena, também, Abbot.

— Sim — respondeu Abbot —, se ela fosse uma criança amável e bonita, seria fácil sentir compaixão pelo seu desamparo, mas quem vai importar-se com uma pessoa tão insuportável como ela?

— Não muitos, com certeza — concordou Bessie. — Por outro lado, na mesma condição, uma lindeza como a Senhorita Georgiana causaria muito mais comoção.

— Sim, sou doidinha pela Senhorita Georgiana — gritou a zelosa Abbot. — Uma gracinha! Com seus longos cachinhos e seus olhos azuis, e que cor de pele linda. É como se fosse uma pintura! — Bessie, eu gostaria de um coelho galês para o jantar.

— Eu também, e com cebola assada. Venha, vamos descer.

E foram embora.

IV

Da minha conversa com o Senhor Lloyd e do conteúdo do diálogo entre Bessie e Abbot, juntei esperança suficiente para concretizar o desejo de ficar boa. Em silêncio, a mudança tão desejada e esperada por mim dava sinais de que se aproximava. E, no entanto, demorou a chegar. Dias e semanas se passaram. Recuperei a saúde, voltei ao meu estado normal, mas o assunto tão acalentado dentro de mim não foi mencionado novamente. De tempos em tempos a Senhora Reed me avaliava com um olhar severo, mas raramente me dirigia a palavra. Desde minha doença, ela traçou uma linha divisória mais marcante entre mim e seus filhos, e me colocou para dormir sozinha em um pequeno cubículo. Além disso passei a ficar isolada o tempo inteiro no quarto de brinquedos, onde fazia minhas refeições, enquanto meus primos ficavam sempre na sala de visitas.

Ela não me deu sequer uma pista de que me mandaria para a escola. Ainda assim eu sentia uma certeza instintiva de que a Senhora Reed não aguentaria por mais tempo me manter debaixo do mesmo teto que ela. Agora mais do que nunca, quando se virava para mim, expressava no olhar uma aversão profunda e indisfarçável.

Claro que Eliza e Georgiana agiam de acordo com suas ordens, e falavam comigo o mínimo possível. John me mostrava a língua sempre que me via, e uma vez tentou bater em mim. Mas como reagi na mesma hora contra ele, tomada pelo mesmo sentimento de ira profunda e revolta desesperada que provocaram meu abalo anterior, ele achou melhor desistir e correr de mim com uma risada meio afetada e nervosa, jurando que eu havia quebrado seu nariz. Eu tinha, na verdade, erguido a mão com o punho fechado para o golpe mais violento que meus dedos pudessem desfechar em direção à parte proeminente do seu rosto. E quando vi que tal gesto, ou a minha expressão, o assustava, desejei aproveitar minha vantagem e partir com tudo para cima dele. Mas ele já havia ido para a sua mamãe. Ouvi-o em um tom choroso começar o relato fantasioso de como "aquela malvada daquela Jane Eyre" voara sobre ele como uma gata raivosa. Sua fala foi cortada com súbita dureza.

— Não me venha contar nada sobre ela, John. Já lhe disse para não chegar perto dela. Ela não merece sua atenção. Não quero que você ou suas irmãs se juntem a ela.

E ali, debruçada no corrimão, de repente comecei a gritar sem nenhum controle sobre minhas palavras:

— Eles não têm dignidade suficiente para se juntar a mim.

A Senhora Reed era uma mulher gorda e pesada. Porém, ao ouvir aquelas palavras insólitas e arrogantes, subiu a escada com extrema agilidade, me arrastou como um furacão para o quarto de brinquedos, e, me espremendo contra a beirada de minha cama, desafiou-me em voz enfática a levantar dali ou pronunciar uma única sílaba, durante o resto do dia.

— O que o Tio Reed se fosse vivo lhe diria? — foi o questionamento involuntário que fiz. Digo involuntário, pois parecia que minha língua pronunciava palavras sem o meu consentimento. Algo falava por mim sem que eu tivesse controle algum.

— O quê? — falou a Senhora Reed, sem fôlego. Seu olhar cinzento e frio, normalmente comportado, tornou-se perturbado por uma expressão de medo. Largou o meu braço e olhou-me como se não soubesse se eu era criança ou demônio. Mas agora eu estava ali para o que desse e viesse.

— Meu Tio Reed está no céu, e pode ver tudo o que você faz e pensa. Como papai e mamãe. Eles sabem que você me tranca o dia todo, e o quanto deseja que eu morra.

Na mesma hora a Senhora Reed se recompôs, deu um safanão ao golpear minhas orelhas com as duas mãos e saiu sem dizer uma palavra. Bessie preencheu o intervalo com um sermão de uma hora no qual provou por todos os meios possíveis que eu era a criança mais perversa e descarada que ela jamais vira. Acreditei no que dizia como uma meia verdade, pois realmente eu tinha no meu peito apenas sentimentos rancorosos.

Novembro, dezembro, e metade de janeiro passaram. O Natal e o Ano Novo foram comemorados em Gateshead com as alegres festividades tradicionais. Troca de presentes, jantares e festas faziam parte da comemoração. Claro que fui excluída de cada um desses divertimentos. Meu quinhão da alegria consistiu em assistir às trocas diárias de roupa de Eliza e Georgiana e em vê-las descer para a sala de visitas em seus vestidos de musselina e fitas escarlates e cabelos elaboradamente cacheados. E de mais tarde ouvir o som do piano ou da harpa lá embaixo, o caminhar de lá e para cá do mordomo e do lacaio, o tilintar das taças e da porcelana quando as bebidas eram servidas, o murmúrio entrecortado das conversas enquanto as portas da sala de visitas se abriam e fechavam. Quando ficava cansada, me retirava do patamar superior da escadaria para o quarto de brinquedos solitário e silencioso. Lá, embora triste, eu não me sentia diminuída. Para dizer a verdade, não tinha a menor vontade de ter a companhia de pessoas, pois quando estava entre elas raramente era notada. E se Bessie fosse mais gentil e companheira, para mim seria um prazer passar as noites tranquilamente com ela, em vez de passá-las sob o olhar assustador da Senhora Reed, numa sala cheia de senhoras e cavalheiros. Mas Bessie, logo que terminava de vestir suas jovens senhoritas, tinha o costume de retirar-se para os lugares animados da cozinha e dos quartos dos empregados. Em geral levava a vela junto. Eu então me sentava com minha boneca no colo junto à lareira até o fogo diminuir, dando uma olhada em volta, vez ou outra, para ter certeza de que nada pior do que eu mesma assombraria o quarto. E, quando as brasas baixavam para um vermelho escuro, trocava de roupa bem depressa, afrouxando o quanto podia os nós e cadarços, e buscava abrigo do frio e da escuridão na minha cama. Junto comigo levava sempre a minha boneca. Os seres humanos devem ter a quem amar, e, na falta de objetos mais dignos de afeição, eu me contentava em encontrar prazer no amor e no carinho de uma imagem desbotada e surrada como a miniatura de um espantalho. Hoje fico surpresa ao lembrar com que sinceridade absurda eu era louca por aquele pequeno brinquedo, um pouco imaginando que a boneca estava viva e era capaz de sentimentos. Não conseguia dormir a não ser que ela estivesse grudada na minha camisola. E, enquanto se mantivesse ali, quieta e quente, eu me sentia feliz, acreditando que o mesmo acontecia com ela.

As horas pareciam demorar um tempo maior para passar, enquanto esperava que as visitas fossem embora e o som dos passos de Bessie ecoasse pela escada. Às vezes, aproveitando alguma brecha, se acontecia de ela subir para buscar seu dedal ou sua tesoura, ou talvez trazer-me alguma coisa em lugar do jantar — um pão doce ou um bolinho de queijo — então se sentaria na cama enquanto eu comia, e, quando eu tivesse acabado, arrumaria as cobertas à minha volta, me daria dois beijos e diria — "Boa noite, Senhorita Jane" — e assim, gentil, Bessie me parecia a pessoa mais delicada e bonita do mundo. O que mais desejava é que ela pudesse ser gentil e amável sempre, sem nunca me empurrar ou me repreender ou me criticar injustamente, como era seu hábito constante. Penso que Bessie Lee deve ter sido uma menina naturalmente bem-dotada, pois era competente em tudo o que fazia, e tinha um talento extraordinário para contar histórias. Pelo menos era a impressão que me ficava das histórias infantis que contava no quarto de brinquedos. Ela era também muito bonita, se minhas lembranças do seu rosto e da sua pessoa estão corretas. Lembro-me dela como uma jovem esbelta, de cabelos pretos, olhos escuros e feições muito perfeitas em uma pele clara e saudável, porém com um temperamento caprichoso e insensato, e ideias indiferentes de princípios ou justiça. Mesmo do jeito como era, eu gostava mais dela do que de qualquer outra pessoa em Gateshead Hall.

Era dia quinze de janeiro, lá pelas nove horas da manhã, Bessie descera para o café da manhã. Minhas primas ainda não haviam sido chamadas por sua mamãe. Eliza já estava colocando o chapéu e um casaco quente para ir lá fora alimentar as galinhas — tarefa da qual gostava muito. Não menos do que vender os ovos para a governanta e assim juntar o dinheiro que obtinha. Tinha uma queda para negócios e uma propensão marcante para a poupança. Não apenas pela venda de ovos e galinhas, mas também pelos negócios que fazia com o jardineiro acerca dos tubérculos das flores, sementes e mudas de plantas. Aquele empregado tinha ordens da Senhora Reed de comprar de sua filha todos os produtos de seus gramados e canteiros que a menina desejasse vender. Eliza venderia o cabelo da sua cabeça se pudesse com isso obter um bom lucro. O dinheiro que obtinha era inicialmente guardado em lugares secretos, enrolado em um pano ou num papel. Mas quando alguns desses esconderijos foram descobertos pela arrumadeira, e temerosa de um dia perder seu tesouro valioso, Eliza aceitou confiá-lo à mãe, a uma taxa de juros abusiva — cinquenta ou sessenta por cento a cada trimestre, enquanto mantinha o controle da sua conta em um pequeno caderno com uma cautelosa precisão.

Georgiana, sentada em uma banqueta alta, penteava seu cabelo em frente ao espelho e entremeava os cachos com flores artificiais e penas naturais que havia encontrado estocadas em uma gaveta no sótão. Eu estava arrumando minha cama depois de receber ordens estritas de Bessie para deixar tudo pronto antes de ela voltar, pois com frequência Bessie me contratava como uma espécie de subempregada, para arrumar o quarto, tirar o pó das cadeiras, etc. Depois de ter esticado a manta e dobrado minha camisola, fui até o banco sob a janela para colocar em ordem alguns livros de histórias e a mobília da casa de bonecas que estava espalhada por ali. Uma ordem abrupta de Georgiana para que eu não tocasse nos seus brinquedos — as cadeirinhas e espelhos, os pratinhos e xícaras eram todos dela — me impediu de continuar a arrumação. Então, por não ter mais nada para fazer, soprei sobre o vidro ornamentado de flores da janela para desembaçá-lo e abrir um espaço através do qual eu pudesse olhar para o jardim lá fora, onde tudo ainda estava petrificado depois de uma forte nevasca.

Dessa janela era possível ver o chalé do caseiro e a entrada. Eu havia acabado de dissolver um bocado da camada prateada de gelo que se formara sobre a vidraça para poder olhar lá fora, quando vi os portões serem abertos e uma carruagem entrar. Fiquei olhando-a com indiferença enquanto descia pela aleia. Sempre vinham muitas carruagens a Gateshead, mas nenhuma delas trazia visitantes que me interessassem. Essa parou na frente da casa. A campainha tocou bem alto e o recém-chegado entrou. Como isso não significava nada para mim, minha atenção se desviou para o espetáculo de um tordo faminto que veio e chilreou nos ramos da cerejeira sem folhas, plantada junto à parede perto do caixilho da janela. Os restos de pão e leite do meu café da manhã permaneciam na mesa, e, tendo desfeito em pedacinhos um resto de pão, fazia força para abrir um pouco a janela e colocar as migalhas no parapeito, quando Bessie subiu correndo a escada e entrou no quarto de brinquedos.

— Senhorita Jane, tire seu avental. O que está fazendo aí? Já lavou as mãos e o rosto esta manhã?

Antes de lhe dar uma resposta forcei o trinco mais uma vez, porque queria que o passarinho recebesse as migalhas.

O caixilho cedeu e espalhei as migalhas, algumas delas sobre a pedra, outras sobre os galhos da cerejeira. Então, fechando a janela, respondi:

— Não, Bessie, acabei de tirar o pó das cadeiras.

— Menina problemática e desleixada! E o que é que está fazendo agora? Está vermelha, como se estivesse fazendo algum malfeito. Mas para que você estava abrindo a janela?

Fui poupada do trabalho de lhe dar uma resposta porque Bessie parecia estar com pressa demais para ouvir explicações. Arrastou-me até o lavatório e sem dó nem piedade deu uma breve esfregada com sabão no meu rosto e nas mãos, depois jogou água e me enxugou com uma toalha áspera. Penteou meu cabelo com uma escova de cerdas macias, despiu meu avental, levou-me às pressas para o topo da escada e me mandou descer imediatamente, pois era esperada na sala do café da manhã.

Deveria ter perguntado quem é que queria ver-me — deveria ter perguntado se a Senhora Reed estava lá também — mas Bessie já tinha voltado e fechado a porta do quarto de brinquedos atrás de mim. Desci devagar. Já fazia mais de três meses que eu não era chamada à presença da Senhora Reed. Confinada tanto tempo ao quarto de brinquedos, a sala do café da manhã, a sala de jantar e a sala de visitas haviam-se tornado lugares amedrontadores para mim, aos quais tinha pavor de ser levada.

Agora estava parada no saguão vazio. À minha frente estava a porta da sala do café da manhã e eu parei, intimidada e trêmula. O que haviam feito de mim aqueles dias para que eu me tornasse uma pobre covarde com medo de uma punição injusta! Tinha medo de voltar para o quarto de brinquedos ao mesmo tempo que tinha medo de avançar para a sala.

Fiquei insegura durante dez minutos. O toque insistente da campainha da sala de café da manhã decidiu por mim. Eu *precisava* entrar.

"Quem poderia querer-me?" — perguntei a mim mesma enquanto com as duas mãos girava a maçaneta da porta, que resistiu por um ou dois segundos aos meus esforços. "O que é que eu iria encontrar na sala além de Tia Reed? Um homem ou uma mulher?" A maçaneta girou, a porta se abriu e passando por ela com uma mesura olhei para cima e vi uma coluna negra! Pelo menos foi o que me pareceu, de início, a forma reta, estreita e revestida de preto sobre o tapete. O rosto era como uma máscara esculpida colocada sobre a coluna, como um capitel.

A Senhora Reed ocupava sua cadeira de sempre ao lado da lareira. Fez um sinal para que eu me aproximasse. Assim que o fiz ela me apresentou para o estranho bloco imóvel com as seguintes palavras:

— Esta é a menina a respeito da qual lhe falei.

Ele, pois que se tratava de um homem, virou a cabeça devagar para o meu lado, com dois olhos cinzentos indagadores que piscavam debaixo de um par de grossas sobrancelhas, me examinou e falou solenemente, em voz baixa:

— Ela é pequena. Qual é a idade dela?

— Dez anos.

— Isso tudo? — foi a resposta duvidosa. E prolongou seu exame por mais alguns minutos.

— Seu nome, menina?

— Jane Eyre, senhor.

Ao pronunciar essas palavras ergui os olhos. Ele era um cavalheiro muito alto, pelo menos para mim, que era muito baixinha. Os traços do seu rosto eram proeminentes, assim como todas as linhas da sua estrutura, que eram severas e recatadas.

— Muito bem, Jane Eyre, você é uma boa menina?

Impossível responder a isso de modo afirmativo. Meu pequeno mundo nutria uma opinião contrária. Fiquei calada. A Senhora Reed respondeu por mim com um aceno expressivo de cabeça, acrescentando logo em seguida:

— Talvez quanto menos falarmos sobre tal assunto melhor, Senhor Brocklehurst.

— Lamento muito ouvir isso! Ela e eu devemos ter uma conversa — e, voltando na direção da poltrona oposta à da Senhora Reed, sentou-se.

— Venha cá — disse ele.

Caminhei sobre o tapete. Ele me ajeitou bem à sua frente. Que rosto era aquele, agora que estava quase ao mesmo nível que o meu! Que nariz grande e que boca! E como os seus dentes eram largos e saltados para fora!

— Nada é mais triste do que uma criança malcriada — começou ele — principalmente uma mocinha malcriada. Você sabe para onde vão os maus depois que morrem?

— Vão para o inferno — foi minha resposta ortodoxa imediata.

— E o que é o inferno? Você pode me dizer?

— Um poço cheio de fogo.

— E você gostaria de cair nesse poço e ficar lá sendo queimada para sempre?

— Não, senhor.

— E o que precisa fazer para evitar que isso aconteça?

Meditei por instantes. Minha resposta, quando finalmente despontou, era questionável:

— Devo manter-me em boa saúde e não morrer.

— Como pode manter uma boa saúde? Crianças mais novas do que você morrem diariamente. Eu enterrei uma criança de cinco anos há um ou dois dias, uma criança boa cuja alma agora está no céu. No entanto, receio que o mesmo não pudesse ser dito a seu respeito, caso fosse chamada.

Sem ter condições de contestar sua dúvida, apenas desviei o olhar para seus dois pés enormes plantados sobre o tapete, e suspirei, desejando estar longe dali.

— Espero que esse suspiro tenha saído do seu coração, e que você se arrependa se alguma vez incomodou sua excelente benfeitora.

"Benfeitora! Benfeitora!" — falei dentro de mim. — "Todos chamam a Senhora Reed de minha benfeitora. Se for assim, benfeitora significa algo desagradável."

— Você diz suas preces à noite e pela manhã? — continuou meu interrogador.

— Sim, senhor.

— Você lê a *Bíblia*?

— Às vezes.

— Com prazer? Gosta de lê-la?

— Gosto das Revelações e do Livro de Daniel, e do Gênesis e de Samuel, e um pouco do Êxodo e algumas partes dos Reis e Crônicas, e Jó e Jonas.

— E dos Salmos? Espero que goste deles.

— Não, senhor.

— Não? Oh, isso é de estarrecer! Tenho um menino, mais novo do que você, que sabe seis Salmos de cor. Quando pergunto se gostaria mais de comer um bolo de nozes ou de aprender um versículo de um Salmo, ele responde:

"Oh, o versículo de um Salmo! Os anjos cantam Salmos", diz ele. "Desejo ser um anjo aqui embaixo." Então ele ganha duas nozes como recompensa por sua devoção infantil.

— Os Salmos não são interessantes — comentei.

— Isso prova que você tem um coração perverso, e deve rezar para que Deus o mude, para que lhe dê um coração novo e puro, para que leve embora seu coração de pedra e lhe conceda um coração de carne.

Eu estava à beira de lhe fazer uma pergunta sobre como se daria essa operação de troca do meu coração quando a Senhora Reed interrompeu dizendo que eu me sentasse. E então ela tomou a palavra.

— Senhor Brocklehurst, creio que na carta que lhe enviei há três semanas insinuei que esta menina não possui o caráter e as qualidades que eu gostaria que tivesse. Se o senhor a admitisse na escola Lowood, ficaria satisfeita se a superintendente e os professores fossem avisados a manter uma vigilância rigorosa sobre ela e, sobretudo, que voltassem sua atenção para o seu principal defeito, que é uma tendência à dissimulação. Digo isso para que você ouça, Jane, e para que não tente enganar o Senhor Brocklehurst.

Enfim, eu devia mesmo temer a Senhora Reed ou desgostar dela, pois era de sua natureza ferir-me com crueldade. Jamais me senti feliz em sua presença. Por mais que eu tivesse cuidado para não desobedecê-la, embora me fosse custoso agradar-lhe, meus esforços eram sempre repelidos e pagos com frases como a que acabara de dizer. E agora, pronunciada diante de um estranho, a acusação cortava o meu coração. Percebi vagamente que ela estava destruindo a esperança da nova fase de vida que me estava destinada. Eu sentia, embora não pudesse exprimir meu sentimento, que ela estava semeando aversão e crueldade ao longo do meu caminho futuro. Vi-me transformada, aos olhos do Senhor Brocklehurst, em uma criança nociva e astuciosa. E o que poderia eu fazer para reparar o prejuízo?

"Nada, realmente" — pensei, enquanto lutava para reprimir um soluço. Apressadamente enxuguei algumas lágrimas, evidências impotentes da minha angústia.

— A dissimulação em uma criança é realmente um defeito grave — disse o Senhor Brocklehurst. — É semelhante à falsidade, e todos os mentirosos terão como destino o lago no qual arde fogo e enxofre. Ela deve, contudo, ser vigiada, Senhora Reed. Vou falar com a Senhorita Temple e com os professores.

— Desejaria que ela fosse educada de um modo dentro de suas possibilidades — continuou a minha benfeitora — para que se tornasse útil e conservasse a humildade. Quanto às férias, com a sua permissão, ela poderá passá-las sempre em Lowood.

— Suas decisões são perfeitamente sensatas, senhora — respondeu o Senhor Brocklehurst. — A humildade é uma graça cristã, e particularmente apropriada aos alunos de Lowood. Por essa razão eu dedico um cuidado especial para que ela seja cultivada entre eles. Tenho estudado a melhor forma para que o sentimento mundano do orgulho seja dominado, e apenas há alguns dias tive a agradável prova do meu sucesso. Minha segunda filha, Augusta, foi visitar a escola com sua mamãe, e na volta exclamou — "Ah, querido papai, como todas as meninas de Lowood parecem tranquilas e simples, com seus cabelos penteados para trás das orelhas, seus aventais compridos e os pequenos bolsos em seus vestidos, se parecem com os filhos dos pobres e, disse ela, olharam para o meu vestido e o de mamãe como se jamais tivessem visto um vestido de seda antes".

— Essa é a conduta que mais aprovo — respondeu a Senhora Reed. — Se eu procurasse por toda a Inglaterra, dificilmente encontraria um sistema mais adequado para uma criança como Jane Eyre. Austeridade, meu caro Senhor Brocklehurst, sou adepta da austeridade em todas as coisas.

— Senhora, a austeridade é o primeiro dos deveres cristãos e tem sido observado em todos os programas da instituição de Lowood. Alimentação e vestuário simples, acomodações modestas, hábitos saudáveis e ativos. Assim são as normas diárias da casa e de seus habitantes.

— Excelente. Então posso contar que essa criança será recebida como aluna em Lowood, e lá será treinada em conformidade com sua posição e expectativas?

— Pode contar com isso, senhora. Ela será colocada na ala seletiva, e acredito que se mostrará grata por esse privilégio inestimável.

— Então irei mandá-la o mais cedo possível, Senhor Brocklehurst, pois lhe asseguro que estou ansiosa por me ver livre da responsabilidade que estava tornando-se cada vez mais exaustiva.

— Não tenha dúvida, não tenha dúvida, senhora. Agora lhe desejo um bom dia. Voltarei a Brocklehurst Hall no decorrer de uma semana ou duas. Meu bom amigo, o arquidiácono, não me permitirá abandoná-lo antes. Mandarei avisar à Senhorita Temple de que ela deve esperar a chegada de uma nova aluna, de modo que não haverá dificuldades em recebê-la. Até mais ver.

— Até mais ver, Senhor Brocklehurst. Recomende-me à Senhora e à Senhorita Brocklehurst, e a Augusta e Theodore, e ao Mestre Broughton Brocklehurst.

— Farei isso, senhora. Mocinha, aqui está um livro intitulado *Guia da criança*. Leia-o com atenção, principalmente a parte sobre o "relato da triste morte súbita de Martha G", uma criança malcriada, viciada na falsidade e na dissimulação.

Com essas palavras o Senhor Brocklehurst colocou em minhas mãos um livreto fino, com a capa costurada, e, tendo chamado sua carruagem, partiu.

A Senhora Reed e eu ficamos sozinhas. Alguns minutos se passaram em silêncio. Ela estava costurando e eu a estava observando. A Senhora Reed devia ter naquela época trinta e seis ou trinta e sete anos. Era uma mulher robusta de ombros quadrados e membros fortes, não era alta e, embora gorda, não era obesa. Tinha um rosto largo e uma papada bem desenvolvida, sua testa era larga, seu queixo era proeminente, boca e nariz normais e sob as sobrancelhas finas brilhavam olhos destituídos de compaixão. Sua pele era escura e opaca, o cabelo, quase louro. Sua constituição era perfeita como um sino. A doença jamais passou perto dela. Era uma administradora correta e inteligente, sua casa e seus inquilinos estavam inteiramente sob o seu controle. Suas crianças somente por algumas vezes ousavam desafiar sua autoridade e rir dela com desprezo. Vestia-se bem e tinha uma presença e um porte ideais para usar roupas elegantes.

Sentada em um banquinho baixo, a poucos metros de sua poltrona, eu examinava atentamente sua figura e lia os seus traços. Em minha mão segurava o folheto que falava sobre a morte súbita da mentirosa, cuja narrativa me havia sido indicada como um aviso apropriado. O que acabara de acontecer, o que a Senhora Reed acabara de dizer ao Senhor Brocklehurst a meu respeito e todo o teor da conversa que tiveram, tudo estava fresco e vivo fervilhando na minha mente. Sentia cada palavra com a mesma intensidade e clareza com que tinha ouvido, e agora um ressentimento se infiltrara em mim.

A Senhora Reed levantou os olhos da costura que fazia. Seu olhar caiu sobre o meu, ao mesmo tempo que seus dedos ágeis pararam de se movimentar.

—Vá para o quarto, volte para o quarto de brinquedos— foi a ordem que me deu. Meu jeito de olhar ou alguma outra coisa deve ter batido nela como ofensa, pois seu tom de voz denotava grande irritação reprimida. Levantei-me, fui até a porta. Voltei. Caminhei até a janela do outro lado da sala e depois cheguei perto dela.

Falar, eu precisava falar. Eu tinha sido pisada de forma implacável e tinha de revidar. Mas como? Que forças eu tinha para revidar a retaliação feita por minha antagonista? Juntei minhas energias para lançá-las nesta frase inesperada:

— Não sou dissimulada. Se fosse, diria que a amo, mas declaro não ter amor pela senhora. Detesto-a mais do que a qualquer coisa pior neste mundo, exceto John Reed. E este livro sobre a mentirosa a senhora pode dar para a sua filha Georgiana, pois é ela que conta mentiras, e não eu.

As mãos da Senhora Reed ainda continuavam sobre o trabalho parado. Seus olhos de gelo continuavam cravados friamente nos meus.

— O que mais você tem a dizer? — perguntou ela, num tom que normalmente um adulto dirige a outro adulto, diferente de como se fala com uma criança.

Aqueles olhos, aquela voz despertaram toda a antipatia que eu tinha por ela. Tremendo da cabeça aos pés, vibrando com uma agitação desgovernada, continuei:

— Estou feliz porque a senhora não é minha parenta. Jamais voltarei a chamá-la de tia enquanto eu estiver viva. Jamais virei vê-la depois que crescer. E se alguém me perguntar o quanto eu gosto da senhora, e de como era tratada pela senhora, direi que qualquer pensamento sobre a senhora me faz ficar doente, e que a senhora me tratava com extrema crueldade.

— Como ousa afirmar essas coisas, Jane Eyre?

— Como ouso, Senhora Reed? Como ouso? Porque essa é a *verdade*. A senhora pensa que eu não tenho sentimentos e que posso ser tratada sem um pingo de amor ou gentileza. Mas não posso viver dessa maneira e a senhora não tem compaixão. Devo lembrar-lhe como a senhora me empurrou — de forma brusca e violenta — para o quarto vermelho e me trancou para que eu ficasse lá até o dia da minha morte, embora eu estivesse em agonia, embora eu tenha gritado chorando, sufocada de aflição, "tenha piedade! tenha piedade, Tia Reed", e aquele castigo me foi dado pela senhora porque seu filho malvado me bateu — me bateu por nada. Contarei a quem quer que me pergunte exatamente essa história. As pessoas pensam que a senhora é uma boa mulher, mas a senhora é má, não tem coração. *A senhora* é que é dissimulada!

Antes que eu terminasse essa resposta, minha alma começou a se expandir, a exultar com um sentimento estranho de liberdade, de triunfo, que eu jamais havia sentido. Era como se um laço invisível tivesse sido rompido e que eu havia lutado por uma liberdade esperada. Não era um sentimento sem razão de ser. A Senhora Reed parecia assustada. Seu trabalho manual escorregara do seu joelho. Estava levantando as mãos, balançando-se para a frente e para trás, e torcendo o rosto como se fosse gritar.

— Jane, você está inteiramente equivocada. O que se passa com você? Por que é que está tremendo tanto? Quer beber um pouco d'água?

— Não, Senhora Reed.

— Há alguma outra coisa que deseje, Jane? Eu lhe asseguro, quero ser sua amiga.

— Não, a senhora não quer, não. A senhora disse ao Senhor Brocklehurst que eu tinha um péssimo caráter, uma tendência à falsidade. E eu farei que todos em Lowood saibam quem a senhora é, e o que tem feito.

— Jane, você não compreende essas coisas. As crianças precisam ter seus defeitos corrigidos.

— Falsidade não é um defeito meu — gritei com uma voz alta e selvagem.

— Mas você é irascível, Jane, isto você tem de admitir. E agora volte para o quarto de brinquedos. Vá para lá, minha querida, e descanse um pouco.

— Não sou sua querida e não posso descansar. Mande-me logo para a escola, Senhora Reed, pois odeio viver aqui.

— Irei realmente mandá-la para a escola o mais depressa que puder — murmurou a Senhora Reed quase num grunhido. E pegando seu trabalho retirou-se da sala intempestivamente.

Fui deixada lá sozinha — vencedora no campo de batalha. Foi a batalha mais dura que já havia lutado e a primeira vitória que obtive. Fiquei por alguns instantes sobre o tapete onde o Senhor Brocklehurst tinha estado, desfrutando solitária a minha conquista. Primeiro ri para mim mesma e me senti exultante. Mas a sensação ardente de prazer declinou tão rápido quanto os batimentos acelerados da minha pulsação. Uma criança não podia discutir com os mais velhos como eu tinha feito. Não podia liberar de forma incontrolável seus sentimentos de fúria, como eu havia liberado os meus — sem experimentar mais tarde o remorso e o medo da reação. O cume coberto pela charneca sendo devorado pelas chamas seria um bom símbolo de como estava minha mente ao ter acusado e ameaçado a Senhora Reed. Agora o mesmo cume coberto pela charneca queimada, devastado e morto depois das chamas, teria representado com propriedade minha condição seguinte, quando meia hora de silêncio e reflexão me mostrou a loucura da minha conduta, e a tristeza de odiar e de ser odiada daquela maneira.

Pela primeira vez eu provara algo semelhante à vingança. Com certo aroma do vinho, ao ser engolido, morno e rascante. O gosto que ficou era metálico. De bom grado eu iria agora mesmo até a Senhora Reed para lhe pedir perdão. Mas sabia por experiência própria, e também por instinto, que aquela seria a maneira que a faria me repudiar e desprezar em dobro, o que reacenderia todos os impulsos turbulentos da minha natureza.

Deveria buscar, com empenho, algo melhor do que a habilidade que tinha de exercitar uma língua tão afiada. Queria nutrir-me de sentimentos menos demoníacos do que os da sombria indignação. Peguei um livro — o de contos árabes —, sentei e me empenhei em sua leitura. Não conseguia entender o que estava escrito. Meus pensamentos se interpunham entre mim e a página que normalmente me causava o maior fascínio. Abri a porta de vidro da sala do café da manhã. Os arbustos estavam imóveis. A camada de gelo enegrecida reinava soberana sem a interferência do sol ou do vento. Cobri a cabeça e os braços com a barra da minha túnica, e saí para passear por uma parte do jardim que ficava mais isolada, mas não encontrei nenhum encanto no silêncio das árvores, nas pinhas caídas, nas relíquias congeladas do outono, nos montes de folhas avermelhadas, varridas por ventanias anteriores e agora enrijecidas no chão. Encostada a um portão, olhei para o campo ermo onde nem sequer um carneiro pastava, onde a grama descorada estava queimada pelo frio. O dia estava bastante cinzento e um céu pesado pronto a nevar encobria tudo. De vez em quando flocos de neve esparsos iam sendo depositados pelo caminho petrificado e pelo pasto branco sem derreter. Fiquei ali de pé, como uma criança infeliz, sussurrando para mim mesma, vezes sem conta — "O que devo fazer? O que devo fazer?".

De repente, escutei com clareza uma voz me chamar:

— Senhorita Jane! Onde a senhorita está? Venha almoçar!

Era Bessie — com eu bem sabia — mas não me mexi. Seus passos leves vieram deslizando pelo caminho.

— Sua coisinha desobediente! — disse ela. — Por que não vem quando é chamada?

Comparada com os pensamentos que estivera remoendo, a presença de Bessie parecia animadora, embora, como de costume, ela estivesse zangada. A questão era que depois do meu embate vitorioso com a Senhora Reed, eu não estava disposta a ligar muito para a zanga passageira da governanta. Mas estava disposta a me aconchegar em seu coração jovem e iluminado. Abracei-a e disse:

— Ora, Bessie, não se zangue!

Aquele ato foi mais espontâneo e destemido do que qualquer outro que eu me permitia. De alguma forma ela gostou.

— Você é uma criança estranha, Senhorita Jane — disse ela ao me olhar. — Irrequieta e solitária, e em breve irá para a escola, não?

Eu assenti.

— E não ficará triste por abandonar a pobre Bessie?

— E Bessie liga para mim? Ela está sempre ralhando comigo.

— Porque você é menina rebelde, assustada e um pouco envergonhada. Você deveria ser mais destemida.

— O quê? Para apanhar ainda mais?

— Que absurdo! Mas é certo que você sempre leva vantagem. Quando minha mãe veio visitar-me na semana passada, disse que não desejava que um de seus filhos pequenos estivesse em seu lugar. Agora, vamos entrar, pois tenho boas notícias para você.

— Não creio que tenha, Bessie.

— O que você quer dizer, menina? Porque está olhando-me com esse olhar tristonho? Bem, a senhora, as meninas e o Senhor John vão sair esta tarde para um chá, e você poderá ir tomar chá comigo. Vou mandar fazer um bolinho para você e então poderá ajudar-me a arrumar as suas gavetas, pois logo devo arrumar as suas coisas. A patroa quer que você deixe Gateshead em um ou dois dias, e tem de escolher os brinquedos que deseja levar.

— Bessie, tem de me prometer que não vai ralhar comigo até o dia em que eu for embora.

— Bem, farei isso. Mas desde que se comporte e não tenha medo de mim. Não rebata, quando eu falar com você de um modo um pouco mais ríspido. Este jeito é só provocante.

— Acho que não vou mais ter medo de você, Bessie, porque já estou acostumada com seu jeito. Tenho receio das pessoas do outro grupo que conhecerei em breve.

— Se você demonstrar esse receio, elas não vão gostar de você.

— Como você, Bessie?

— Eu não desgosto de você, senhorita. Tenho mais afeição por você do que por todas as outras.

— Mas não demonstra.

— Sua engraçadinha! Você está falando de um modo diferente. O que a faz assim tão despachada e atrevida?

— Porque em breve estarei longe de você, e além do mais...

Eu ia dizer algo sobre o que se passara entre eu e a Senhora Reed. Mas pensei bem e achei melhor ficar em silêncio.

— Então está feliz em me deixar?

— De jeito nenhum, Bessie. Sem dúvida, estou é triste.

— Quem diria! Sem dúvida! Com que calma esta minha senhorinha diz isso! Aposto que se eu fosse lhe pedir um beijo você não me daria. Diria que sem dúvida não me beijaria.

— Beijarei sim, com prazer. Abaixe a cabeça.

Bessie inclinou-se para a frente e nos abraçamos. Voltei para dentro de casa junto dela, muito confortada. Aquela tarde transcorreu em paz e harmonia, e à noite Bessie contou-me algumas de suas histórias mais encantadoras e cantou algumas de suas mais doces canções. Até mesmo para mim a vida tinha apresentado seus raios de sol.

V

Naquele dia 19 de janeiro, as badaladas das cinco horas da manhã mal tinham terminado de bater quando Bessie entrou no meu quartinho com uma vela na mão e me encontrou acordada, já quase pronta. Eu havia acordado meia hora antes, já tinha lavado o rosto e me vestido à luz do luar que se despedia e cujos raios passavam através da janela estreita, indo iluminar um pedaço da minha cama. Eu estava para deixar Gateshead na carruagem que passaria em frente ao portão às seis da manhã. Àquela hora Bessie, a única pessoa que estava acordada, já acendera a lareira no quarto de brinquedos onde agora preparava meu café da manhã. Poucas crianças conseguem comer quando ficam excitadas com a expectativa de uma viagem. Eu não era diferente. Bessie tentou em vão que eu tomasse mais algumas colheradas de leite fervido e comesse o pão que preparara para mim. Embrulhou alguns biscoitos num papel e os colocou na minha bolsa. Em seguida ajudou-me a vestir o casaco e o chapéu e, enrolada em um xale, saiu junto comigo do quarto de brinquedos. Quando passamos pelo quarto da Senhora Reed ela falou:

— Você não vai entrar e se despedir da Senhora Reed?

— Não, Bessie. Ela veio até a minha cama ontem à noite quando você desceu para o jantar e disse-me que eu não a incomodasse pela manhã, tampouco aos meus primos. Disse-me para que lembrasse sempre que ela foi minha melhor amiga, e que falasse dela sempre com gratidão pela sua acolhida.

— E o que foi que a senhorita respondeu?

— Não falei nada. Cobri o rosto com as cobertas e virei-me para a parede.

— Isso foi errado, Senhorita Jane.

— Não, Bessie, de fato, foi o certo. Sua senhora jamais foi minha amiga, sempre foi minha inimiga.

— Oh, Senhorita Jane! Não diga isso!

— Adeus, Gateshead! — gritei quando passamos pelo corredor e saímos pela porta da frente.

A Lua já se recolhera, e estava muito escuro. Bessie carregava uma lanterna cuja luz batia nos degraus molhados e no caminho de cascalho encharcado pelo degelo recente. A manhã de inverno estava fria e úmida. Meus dentes batiam uns nos outros enquanto descia apressada pelo caminho. Havia luz no chalé do caseiro. Quando chegamos mais perto, encontramos a esposa dele juntando gravetos para alimentar o fogo. Meu baú, que fora levado para lá na tarde anterior, estava amarrado junto à porta. Faltavam poucos minutos para as seis. E pouco antes de a hora chegar, o ruído distante das rodas anunciou que a carruagem estava a caminho. Fui até a porta e observei seus faróis que se aproximavam rapidamente através da escuridão.

— Ela está indo sozinha? — perguntou a esposa do caseiro.

— Sim.

— O lugar para onde vai é muito distante?

— Oitenta quilômetros.

— Como é longe! Fico pensando como a Senhora Reed tem coragem de mandá-la sozinha para um lugar tão afastado.

A carruagem chegou. Em frente aos portões, lá estava ela com seus quatro cavalos, carregada de passageiros. O cocheiro gritou para que nos apressássemos. Meu baú foi levado para o teto. Larguei do pescoço de Bessie, ao qual me pendurara para que pudesse lhe dar um monte de beijos.

— Cuide bem dela — gritou Bessie para o cocheiro enquanto este me ajudava a entrar.

— Pode deixar, pode deixar — foi a resposta. A porta foi batida e uma voz anunciou — Está tudo certo — e partimos. Foi assim que me separei de Bessie e de Gateshead. Dessa forma fui mandada embora para regiões desconhecidas, e, segundo me parecia então, regiões remotas e misteriosas.

Lembro-me pouco da viagem. Sei apenas que o dia me pareceu ter uma duração fora do normal e era como se tivéssemos percorrido centenas de quilômetros pela estrada. Passamos por diversas cidades. E em uma delas, uma das maiores, a carruagem parou. Os cavalos foram retirados e os passageiros desceram para jantar. Eu fui conduzida a uma estalagem onde o cocheiro queria que eu jantasse, mas como eu não tinha apetite ele me deixou numa sala imensa com uma lareira em cada extremidade, um candelabro pendente do teto e uma pequena galeria vermelha cheia de instrumentos musicais. Ali fiquei durante certo tempo andando e me sentindo muito estranha e com um medo mortal de que alguém viesse raptar-me, pois eu acreditava em raptores, suas façanhas figuravam sempre nas histórias contadas por Bessie junto à lareira. Felizmente o cocheiro voltou. Uma vez mais fui colocada na carruagem pelo meu protetor, que subiu para o seu lugar, fez soar uma buzina rouca e lá fomos nós pela estrada de pedras de L...

A tarde caiu molhada e um pouco encoberta pelo nevoeiro. Enquanto atravessávamos a bruma comecei a sentir que já nos tínhamos afastado muito de Gateshead. Deixamos de passar por dentro das cidades. A paisagem mudou e montanhas cinzentas se ergueram no horizonte. Enquanto a luz do crepúsculo ia decaindo, íamos descendo por um vale e um bosque escuro. E depois que a noite caiu comecei a ouvir o vento selvagem correndo por entre as árvores.

Embalada por aquele som, finalmente caí no sono. Mal comecei a sonhar quando a súbita parada do movimento me fez despertar. A porta da carruagem foi aberta e uma pessoa que parecia ser uma criada estava de pé do lado de fora. Pude ver seu rosto e seu vestido iluminados pelas luzes das lanternas.

— Há aí uma menina chamada Jane Eyre? — perguntou ela. Eu respondi "sim" e fui trazida para fora. Meu baú foi retirado do teto e a carruagem prosseguiu.

Eu estava cansada de ficar sentada tanto tempo, e atordoada com o barulho e o movimento da carruagem. Ao retomar a consciência, olhei em torno. Chuva, vento e escuridão enchiam o ar. Mesmo assim consegui distinguir à minha frente um muro com uma porta aberta nele. Passei por ela com a minha nova guia. Depois que entramos, ela a fechou com chave. Agora podia ver claramente uma casa ou casas — porque o prédio estendia-se para longe — com muitas janelas, e luzes acesas em algumas delas. Fomos por um caminho de cascalho largo que espirrava água em nossas pernas quando pisávamos, e entramos por uma porta. Ali a criada me conduziu por uma passagem até uma sala com lareira, onde me deixou sozinha.

Fiquei de pé e aqueci meus dedos dormentes no calor do fogo, e em seguida olhei ao redor. Não havia uma vela, mas a luz da lareira mostrava, a intervalos, as paredes revestidas de papel, os tapetes, as cortinas, a mobília de mogno lustroso. Era um salão de recepção, não tão espaçoso e esplêndido como a sala de visitas de Gateshead, mas bastante confortável. Fiquei intrigada com o tema do quadro pendurado na parede e tentava decifrá-lo quando uma porta se abriu e uma pessoa, seguida de perto por outra, entrou carregando uma luz.

A primeira era uma senhora alta com cabelos e olhos pretos e testa grande e pálida. Sua figura estava parcialmente encoberta por um xale, seu ar era grave e seu porte, ereto.

— A menina é jovem demais para ter sido mandada sozinha — disse ela, depositando a vela sobre a mesa.

Ela me olhou atentamente durante um ou dois minutos e acrescentou em seguida:

— É melhor que seja levada logo para a cama. Ela parece cansada. Está cansada? — perguntou, colocando a mão sobre meu ombro.

— Um pouco, senhora.

— E também com fome, sem dúvida. Faça que jante antes de ir para a cama, Senhorita Miller. Esta é a primeira vez que você se separa de seus pais para vir para a escola, minha pequena?

Expliquei-lhe que eu não tinha pais. Ela me perguntou há quanto tempo eles tinham morrido, em seguida qual era a minha idade, qual era o meu nome, se eu sabia ler, escrever e costurar um pouco. Depois tocou gentilmente o meu rosto com o dedo e disse que esperava que eu fosse uma boa menina, e me dispensou junto com a Senhorita Miller.

A senhora que ficou no salão devia ter cerca de vinte e nove anos e a que foi comigo pareceu ser alguns anos mais jovem. A primeira impressionou-me por sua voz, sua aparência e postura. A Senhorita Miller era mais comum. Tinha pele rosada e um semblante abatido. Andava com passo apressado e ativo, como se estivesse sempre muito atarefada com um milhão de coisas por fazer. E parecia, como descobri mais tarde, o que realmente era. Uma professora assistente. Guiada por ela atravessei ala por ala e passagem por passagem de um prédio enorme e irregular. Até que, ao sair do silêncio total e um pouco sombrio que impregnava aquela parte do prédio que tínhamos percorrido, deparamos com o murmúrio de muitas vozes. Finalmente entramos em uma sala larga e extensa com duas mesas compridas, uma em cada extremidade. Sobre cada mesa ardia um par de velas e sentadas em bancos em torno delas havia uma porção de meninas, de todas as idades, desde os nove ou dez até os vinte anos. Vistas pela luz fraca das velas pareciam ser muitas. Um número incontável, que na realidade não passava de oitenta. Estavam todas vestidas com o mesmo uniforme composto de uma túnica de um feitio estranho e avental comprido. Era hora do estudo. Estavam concentradas em fazer suas tarefas para o dia seguinte. E o murmúrio que eu ouvira era o resultado do sussurro das repetições do que precisavam decorar.

A Senhorita Miller fez um sinal para que eu me sentasse num banco perto da porta. Foi para o final da sala comprida e falou em voz alta:

— Monitoras, recolham o material de estudo e o coloquem fora das mesas!

Quatro meninas altas surgiram de mesas diferentes, circularam em volta delas, pegaram os livros e os recolheram. A Senhorita Miller deu uma nova ordem de comando:

— Monitoras, peguem as bandejas da ceia!

As meninas altas saíram e voltaram logo depois, cada uma delas com uma bandeja arrumada com porções de algo que eu não sabia o que era. No meio da bandeja uma jarra de água e uma caneca. As porções foram distribuídas. Quem quisesse um gole d'água teria de beber na caneca que era comum a todas. Quando chegou a minha vez bebi água, pois estava com sede, mas a emoção e o cansaço me tornaram incapaz de tocar na comida. No entanto, agora consegui ver que o alimento servido era bolo de aveia, uma fatia fina cortada em pedacinhos para cada uma de nós.

Terminada a refeição, a Senhorita Miller leu preces e as classes, em formação, subiram a escada em filas duplas. Àquela hora, totalmente dominada pelo cansaço, mal pude perceber que tipo de lugar era o dormitório. Só notei que era muito comprido, como a sala de estudos. Nessa noite eu dividiria a cama com a Senhorita Miller, que me ajudou a trocar de roupa. Quando deitei, olhei para as longas filas de camas, cada uma foi rapidamente ocupada por duas pessoas. Em dez minutos a única luz foi apagada e, em meio ao silêncio e à completa escuridão, caí no sono.

A noite passou bem rápido. Eu estava cansada demais para sonhar. Acordei uma só vez ao ouvir as rajadas furiosas de vento e a chuva torrencial que caía. Senti que a Senhorita Miller já se havia deitado ao meu lado. Quando abri os olhos mais uma vez, ouvi um sino que tocava alto. As meninas já estavam acordadas e se vestiam. O dia ainda não clareara e uma ou duas velas ardiam no dormitório. Eu também, embora relutante, tive de me levantar. Estava muito frio e me agasalhei o melhor que pude, pois estava tremendo. Esperei até que uma bacia ficasse livre e fui lavar-me. No meio do dormitório, sobre cavaletes, havia uma bacia para cada seis meninas. O sino tocou outra vez. Todas formaram uma fila dupla e dessa maneira desceram em ordem a escada e entraram na sala de estudos fria e mal iluminada. A Senhorita Miller leu algumas preces e em seguida falou:

— Classes, em forma!

Alguns minutos de grande tumulto se seguiram, durante os quais a Senhorita Miller exclamava repetidas vezes: "Silêncio! Ordem!". Quando se aquietaram, vi que todas haviam formado quatro semicírculos diante de quatro cadeiras colocadas nas quatro mesas. Todas seguravam seus livros nas mãos e sobre cada mesa havia um grande livro, como uma *Bíblia*, defronte do lugar vazio. Depois de uma pausa de alguns segundos, quebrada somente por um sussurrar de contagem, a Senhorita Miller foi de classe em classe contando baixinho num som indefinido.

Uma campainha soou ao longe. Na mesma hora três senhoras entraram na sala, cada uma delas foi até uma das mesas e sentou-se. A Senhorita Miller assumiu a quarta cadeira vaga, que era a que ficava mais perto da porta, e em torno da qual estavam reunidas as crianças menores. Fui chamada para a classe das menores e sentei-me na última fila.

As tarefas começariam agora. A chamada do dia foi feita e em seguida foram lidos alguns trechos das Escrituras seguidos por uma demorada leitura de capítulos da *Bíblia*, o que durou uma hora. Quando a leitura terminou, já era dia claro.

A incansável campainha soou pela quarta vez. As classes foram organizadas em fila e marcharam para dentro da sala do café da manhã. Como fiquei satisfeita ante a perspectiva de ter algo para comer! Estava prestes a adoecer de inanição por ter comido tão pouco no dia anterior.

O refeitório era uma sala grande e sombria. Em duas mesas compridas havia duas bacias fumegantes que, para a minha decepção, exalavam um cheiro nada convidativo. Vi uma manifestação geral de descontentamento quando os odores da refeição encontraram as narinas daquelas que estavam destinadas a degustá-la. No início da fila as meninas mais altas da primeira classe levantaram e murmuraram:

— Que nojo, o mingau queimou outra vez!

— Silêncio! — cortou uma voz. Não era a da Senhorita Miller, mas de uma das professoras superiores, figura baixa e soturna, muito bem-vestida, mas de aspecto rabugento, que se colocara na cabeceira de uma das mesas, enquanto outra senhora mais robusta ocupara a outra. Procurei em vão pela senhora que me recebera na noite anterior. Ela não estava por ali. A Senhorita Miller ocupava a extremidade da mesa na qual eu estava sentada e uma senhora estranha e idosa que parecia estrangeira, e era, como descobri mais tarde, a professora de francês, ocupou a outra ponta da mesa. Uma prece longa foi recitada seguida de um hino cantado. Logo depois uma empregada trouxe um pouco de chá para as professoras e a refeição teve início.

Esfomeada e quase desmaiando de fraqueza, devorei uma colherada ou duas da minha porção, sem pensar em seu gosto. Mas, assim que a fome pior foi abrandada, percebi que tinha nas mãos uma mistura nauseabunda de mingau queimado quase tão ruim como batatas podres. A fome foi maior que o nojo.

As colheradas se sucediam devagar. Vi cada uma das meninas provar e tentar engolir a comida, mas para a maioria delas o esforço não demorou a virar desistência. O café da manhã acabado, quase todo mundo ficou de barriga vazia. Graças foram dadas pelo que não havíamos recebido e um segundo hino foi entoado, em seguida o refeitório se esvaziou e nós fomos para a sala de estudos. Eu fui uma das últimas a sair. Ao passar pelas mesas vi uma das professoras pegar uma bacia de mingau e provar seu conteúdo. Ela olhou para as outras. Todos os semblantes expressaram contrariedade, e uma delas, a mais corpulenta, sussurrou:

— Que coisa abominável! Que vergonha!

Passou-se um quarto de hora antes do reinício das aulas, durante o qual a sala de estudos esteve mergulhada na mais completa bagunça. Nesse intervalo parecia que era permitido falar alto e com mais liberdade, e o privilégio foi bem aproveitado. A conversa se resumia ao café da manhã, do qual todo mundo falava mal. Coitadas! Aquele era o único consolo que tinham. A Senhorita Miller era a única professora na sala. O grupo de meninas maiores a rodeava e falava com gestos intensos e mal-humorados. Ouvi quando o nome do Senhor Brocklehurst foi pronunciado por alguém. Nesse momento a Senhorita Miller reagiu sacudindo a cabeça em sinal de desaprovação, mas não estava muito empenhada em acabar com a indignação geral. Sem dúvida compartilhava da mesma opinião.

Um relógio na sala de estudo bateu nove horas, a Senhorita Miller deixou o seu círculo, colocou-se no meio da sala e falou em voz alta:

— Silêncio! Em seus lugares!

A disciplina prevaleceu. Em cinco minutos a confusão reinante se transformara em ordem e um silêncio ainda maior reprimiu a Babel do vozerio. As professoras mais graduadas reassumiram seus postos, pontualmente. Mas reinava ainda no ar uma impressão de expectativa. Dispostas nos bancos nas laterais da sala, oitenta meninas estavam imóveis e eretas. Pareciam os membros de uma congregação estranha, todas com os cabelos penteados para trás do rosto, sem um cacho visível. Com vestido marrom fechado até o pescoço, com uma gola postiça estreita, com pequenos bolsos, mais ou menos como sacolas escocesas amarradas na frente, destinados a servir como bolsas de trabalho. Todas, também, usavam meias de lã e sapatos rústicos com fivelas de latão. Mais de vinte delas, vestidas com o mesmo uniforme, eram moças feitas, ou melhor, mulheres jovens. Aquelas roupas lhes assentavam mal e davam um ar esquisito até mesmo às mais bonitas.

Eu ainda observava as alunas e as professoras, pelas quais não senti simpatia alguma. A mais corpulenta era um pouco grosseira, a mais escura, um pouco intimidante, a estrangeira era rude e grotesca, e a Senhorita Miller, coitadinha, tinha uma cor arroxeada, castigada pelo tempo e pelo excesso de trabalho. Meus olhos vagavam de um rosto para outro quando a classe toda se levantou ao mesmo tempo, como se fosse movida por uma única mola.

Qual era o problema? Eu não tinha ouvido qualquer ordem a ser cumprida. Fiquei intrigada. Antes que pudesse recobrar meu juízo, as classes estavam outra vez sentadas, mas todos os olhares agora se voltavam para um ponto. O meu seguiu a mesma direção e se encontrou com a personagem que me recebera na noite anterior. Estava de pé no final da sala, perto da lareira, pois havia fogo aceso em cada uma das extremidades. E passava em revista as duas fileiras de meninas, severa e silenciosamente. A Senhorita Miller aproximou-se e pareceu perguntar-lhe alguma coisa, e, tendo ouvido a resposta, voltou para o seu lugar e falou em voz alta:

— Monitoras da primeira classe, tragam os globos!

Enquanto a ordem estava sendo executada, a senhora se movia lentamente pela sala. Acho que tenho uma tendência considerável à veneração, pois ainda guardo a sensação de deslumbramento e temor com que meus olhos seguiram seus passos. Vista agora, em plena luz do dia, parecia alta, bonita e bem constituída. Tinha olhos castanhos com um brilho afável nas íris, e a linha perfeita nas longas pestanas curvadas suavizava a brancura da sua fronte ampla. Em cada têmpora o cabelo, de um castanho bem escuro, caía em cachos redondos de acordo com a moda da época, que não adotava nem cachos soltos nem mechas longas. Seu vestido também, à moda da época, era de uma fazenda púrpura, com aplicações de veludo negro em estilo espanhol. Um relógio de ouro brilhava em sua cintura. Naquele tempo os relógios não eram tão comuns como agora. Deixo que o leitor acrescente, para que a imagem se complete, feições refinadas, uma tez, embora pálida, bem clara, e um ar e um andar imponentes, e assim terá, pelo menos, uma ideia mais aproximada da aparência da Senhorita Temple que as palavras podem descrever. Aliás, Maria Temple, como mais tarde soube ao ver seu nome escrito em um livro de orações a mim confiado para levar à igreja.

A superintendente de Lowood, porque esta era a função dessa senhora, depois de sentar-se defronte a um par de globos colocados em uma das mesas, reuniu a primeira classe à sua volta e começou a dar uma aula de geografia. As classes menos adiantadas foram chamadas pelas professoras para recapitulações em história, em gramática, etc., que duraram quase uma hora. Depois aulas de caligrafia, aritmética e aulas de música foram dadas pela Senhorita Temple para algumas das meninas mais velhas. A duração de cada aula era controlada pelo relógio, até que, por fim, soaram as doze badaladas do meio-dia. A superintendente levantou-se:

— Tenho algumas palavras para as alunas — disse ela.

Ao som da sua voz, certo tumulto pelo término das aulas do dia que ameaçava começar foi interrompido. Ela continuou:

— Hoje vocês tiveram um café da manhã que não conseguiram tomar e devem estar com fome. Dei ordens para que um almoço de pão e queijo seja servido a todas.

As professoras olharam para ela um tanto surpresas.

— Tal acontecimento é de minha responsabilidade — acrescentou ela num tom explicativo dirigido a todas. E ao terminar a frase deixou a sala.

Logo trouxeram o pão e o queijo, que foram distribuídos para deleite e alívio da escola inteira. A ordem então foi dada — "Para o jardim!". Cada uma colocou um chapéu de palha rústico com cadarços de algodão colorido e uma capa de lã cinzenta grosseira. Eu também recebi as mesmas roupas e, seguindo o fluxo, fui parar do lado de fora.

O jardim era um pátio interno, circundado por muros tão altos que impediam qualquer vista do exterior. Havia uma varanda coberta de um lado e calçadas largas ladeavam o centro de um espaço dividido em uma série de pequenos canteiros. Esses canteiros eram divididos entre as alunas para que cada uma cultivasse seu pequeno jardim. Quando estivessem cobertos de flores sem dúvida iriam ficar muito bonitos, mas agora, no fim de janeiro, estavam secos, gelados, marrons e queimados. Quando parei, só de olhar ao redor comecei a tremer. O dia era totalmente impróprio para atividades ao ar livre. Não estava chovendo, mas o tempo estava escuro, coberto pela garoa e pelo nevoeiro amarelado. O chão sob nossos pés estava encharcado em virtude do aguaceiro do dia anterior. As maiores e mais fortes correram para o pátio e por ali ficaram envolvidas em jogos ativos, mas as mais fracas e magras se reuniram na varanda em busca de proteção para se esquentar. Entre elas estava eu, e, enquanto o denso nevoeiro entrava por nossos corpos, que tremiam, repetidas vezes se ouvia o som de uma tosse abafada.

Até aquele momento eu não havia falado com ninguém e ninguém pareceu notar a minha presença. Permaneci em pé, esquecida, mas essa sensação de isolamento não era novidade para mim, e não me oprimia tanto assim. Fiquei encostada em uma das colunas da varanda, fechei bem a capa cinzenta junto ao corpo na tentativa de esquecer o frio que me cortava por fora e a fome insatisfeita que me roía por dentro, e deixei-me levar pelo que observava e pensava. Minhas reflexões eram indefinidas e fragmentárias demais para merecer um registro. Eu nem sabia muito bem onde estava. Gateshead e a minha vida anterior pareciam flutuar a uma distância incomensurável. O presente era vago e estranho, e eu não conseguia fazer conjecturas acerca do futuro. Olhei em volta daquilo que parecia o jardim de um convento e logo depois para o prédio, que era bem grande, com metade cinzenta e velha e a outra metade bastante nova. A parte nova, onde ficavam a sala de estudos e o dormitório, era iluminada por janelas gradeadas por treliças, que davam ao prédio um aspecto de igreja. Uma placa de pedra sobre a entrada trazia a seguinte inscrição:

"Instituição de Lowood — esta parte foi reconstruída no *Anno Domini...* por Naomi Brocklehurst, de Brocklehurst Hall, neste condado". — "Que a sua luz brilhe sobre os homens para que eles possam ver vossas boas obras e glorifiquem vosso Pai que está no Céu" — São Mateus, v. 16.

Li aquelas palavras vezes sem conta. Senti que deviam ter uma explicação e que eu era incapaz de penetrar em seu significado. Ainda estava pensando sobre o que queria dizer a palavra "Instituição", esforçando-me para entender a relação dela com as primeiras palavras e com o versículo da Escritura, quando o som de uma tosse bem atrás de mim fez que eu virasse a cabeça. Vi uma menina sentada num banco de pedra próximo. Estava inclinada sobre um livro, em cuja leitura atenta parecia interessada. De onde estava pude ler o título — era *Rasselas* — nome que me soou curioso, e consequentemente atraente. Ao virar a página ela olhou para cima e então lhe falei:

— Esse seu livro é interessante? — já com a intenção de lhe perguntar se depois podia emprestar-me.

— Gosto dele — respondeu ela, depois de uma pausa de um ou dois segundos, durante os quais me examinou.

— E sobre o que é o livro? — continuei. Não sei de onde tirei a ousadia de iniciar uma conversa com uma estranha. Tal iniciativa era contrária à minha natureza e aos meus hábitos. Mas acho que o fato de ela estar com um livro despertou minha simpatia, porque eu também gostava de ler, embora histórias banais e infantis. Eu não podia assimilar ou compreender algo mais sério ou substancial.

— Você pode dar uma olhada, se quiser — respondeu a menina, oferecendo-me o livro.

Eu o peguei. Uma olhada ligeira foi o suficiente para me convencer de que o conteúdo era menos interessante do que o título — *Rasselas.* Parecia tedioso demais para a superficialidade do meu gosto. Não vi nada sobre fadas, nada sobre gênios, nenhuma variedade atraente era apresentada entre as páginas do livro estritamente cobertas por palavras. Devolvi-o para ela. Ela o recebeu em silêncio, e, sem dizer nada, estava para retomar sua atitude estudiosa. De novo me aventurei a incomodá-la:

— Poderia dizer-me o que é que significam as palavras sobre a porta? O que é Instituição Lowood?

— A casa aonde você veio morar.

— E por que é chamada de Instituição? De algum modo ela é diferente de outras escolas?

— Em parte é uma instituição de caridade. Você e eu e o resto de nós somos crianças carentes. Suponho que você seja órfã. Seu pai ou sua mãe não estão mortos?

— Ambos morreram há muito tempo.

— Bem, todas as meninas aqui perderam um ou ambos os pais, e esta é uma Instituição para a educação de órfãs.

— E não se paga nada? Eles nos mantêm em troca de nada?

— Pagamos sim, ou nossos amigos pagam quinze libras ao ano por cada uma de nós.

— Então por que nos chamam de crianças carentes?

— Porque quinze libras não são suficientes para pagar nosso sustento e nossos estudos, e a diferença é completada por doações.

— E quem são os doadores?

— Várias senhoras e cavalheiros bondosos da vizinhança e de Londres.

— Quem foi Naomi Brocklehurst?

— Foi a senhora que construiu a parte nova do prédio, como diz a placa, e seu filho supervisiona e dirige tudo mais aqui.

— Por quê?

— Porque ele é tesoureiro e administrador do estabelecimento.

— Então esta casa não pertence àquela senhora alta que usa um relógio e que disse que iríamos ganhar pão e queijo?

— A Senhorita Temple? Oh, não! Bom seria se fosse. Ela tem de prestar contas de tudo ao Senhor Brocklehurst. O Senhor Brocklehurst é quem compra todos os nossos mantimentos e roupas.

— E ele mora aqui?

— Não. Ele mora a três quilômetros daqui, numa casa enorme.

— E ele é um homem bom?

— Ele é pastor, e dizem que é um homem que pratica o bem.

— Você disse que aquela senhora alta se chama Senhorita Temple?

— Sim.

— Como se chamam as outras professoras?

— Aquela com as bochechas vermelhas é a Senhorita Smith, e dá aulas de corte e costura para que façamos nossas próprias roupas, nossos vestidos e capas e tudo mais. A baixinha de cabelos pretos é a Senhorita Scatcherd, que ensina história e gramática e toma as lições da recuperação. Aquela que usa um xale e usa um lenço amarrado do lado com uma fita amarela é Madame Pierrot. Veio de Lisle, na França, e ensina francês.

— Você gosta das professoras?

— Gosto bastante.

—Você gosta daquela escura baixinha, e da Senhora? Não consigo pronunciar o nome delas como você.

— A Senhorita Scatcherd é temperamental, e é preciso tomar cuidado para não ofendê-la. Madame Pierrot não é má pessoa.

— Mas a Senhorita Temple é a melhor delas, não é?

— A Senhorita Temple é muito boa e muito inteligente. Ela se destaca das outras por ser a mais culta.

— Faz muito tempo que você está aqui?

— Dois anos.

—Você é órfã?

— Minha mãe morreu.

—Você é feliz aqui?

—Você faz muitas perguntas. Já lhe dei respostas suficientes por hoje. Agora quero ler.

Mas naquele momento a sineta tocou chamando-nos para o jantar. Voltamos com todas as outras para o prédio. O cheiro que agora enchia o ar do refeitório era um pouco mais apetitoso do que aquele que entrara por nossas narinas no café da manhã. O jantar foi servido em duas enormes vasilhas de folha de flandres, de onde saía um forte vapor impregnado de gordura rançosa. Descobri que a refeição consistia de uma mistura cozida de batatas insípidas e lascas estranhas de carne cor de ferrugem. Cada aluna recebeu um prato razoavelmente cheio desse cozido. Comi o que pude e fiquei perguntando-me se a comida de todos os dias seria como aquela.

Depois do jantar, nos mudamos imediatamente para a sala de estudos. As aulas recomeçaram e continuaram até cinco horas da tarde. O único acontecimento marcante da tarde foi ver a menina com quem havia conversado na varanda ter caído na desgraça da Senhorita Scatcherd na aula de história, sendo obrigada a ficar de pé de castigo no meio da grande sala de estudos. O castigo me pareceu bastante vergonhoso, sobretudo por ela ser mais velha — deveria ter uns treze anos ou pouco mais. Supus que ela fosse demonstrar sinais de grande aflição ou constrangimento, mas para a minha surpresa ela não chorou e tampouco ficou vermelha de vergonha. Impassível, embora séria, era alvo de todos os olhares. "Como pode aguentar isso com tanta calma, tão controlada?" — perguntei a mim mesma. "Se eu estivesse em seu lugar desejaria que a terra se abrisse e me engolisse. Ela tem um jeito de quem está pensando em algo além do castigo — além da sua situação. Algo que não está à sua volta ou diante dela. Eu já ouvira falar em devaneio — será que ela está sonhando acordada agora? Os olhos delas estão fixos no chão, mas tenho certeza de que eles não o vêm. Parece estar olhando-se por dentro, para o fundo do seu coração. Acredito que esteja olhando para o que guarda na lembrança e não para o que realmente está acontecendo ali. Fico indagando-me que tipo de menina é essa. Se é boa ou má."

Pouco depois das cinco da tarde foi-nos servida outra refeição, que consistia de meia fatia de pão preto e uma pequena caneca de café. Devorei o pão e bebi o café com gosto. Mas teria ficado mais feliz se a quantidade fosse maior. Ainda fiquei com fome. Seguiu-se um recreio de meia hora e depois mais estudo. Depois um copo d'água e um pedaço de bolo de aveia, preces e cama. O meu primeiro dia em Lowood.

VI

O dia seguinte começou como o anterior, levantar da cama e se vestir sob a luz da candeia. Porém nessa manhã fomos desobrigadas da cerimônia da lavagem matinal. A água dos jarros estava congelada. Uma mudança de tempo na noite anterior, com um vento noroeste penetrante que assoviou sem parar por entre as frestas das janelas do nosso dormitório e nos fez tiritar na cama, transformou o conteúdo dos jarros em gelo.

Antes de terminar a longa hora e meia de preces e leitura da *Bíblia*, eu já me sentia prestes a morrer de frio. Finalmente a hora do café da manhã chegou, e nesse dia o mingau não estava queimado. Embora a qualidade fosse aceitável, a quantidade deixava a desejar. Como a minha porção parecia pequena! Gostaria que fosse o dobro.

No decorrer do dia, fui colocada na quarta classe e recebi as tarefas e deveres habituais. Até aí, eu fora apenas espectadora do que acontecia em Lowood, mas agora estava para me tornar participante. De saída, pouco acostumada a decorar texto, as lições me pareceram longas e difíceis. As mudanças frequentes de tarefa para tarefa também me confundiram. Fiquei contente quando por volta das três horas da tarde a Senhorita Smith colocou em minhas mãos um corte de musselina de um metro e oitenta, uma agulha, um dedal, etc. e mandou que eu fosse sentar-me num canto sossegado da sala de estudos e fizesse a bainha. Naquele momento muitas das outras meninas também estavam costurando, mas uma das classes ainda continuava lendo de pé em volta da Senhorita Scatcherd, e, como tudo o mais estava quieto, o assunto da aula podia ser ouvido junto com a maneira com que cada menina o interpretava, bem como as críticas e os elogios feitos pela Senhorita Scatcherd sobre os seus desempenhos. Tratava-se de uma história inglesa. Entre as leitoras reconheci minha conhecida da varanda. No início da aula estava entre os primeiros lugares da classe, mas, em virtude de alguns erros de pronúncia ou alguma desatenção à pontuação, de súbito, foi colocada no final da sala. Mesmo naquela posição obscura a Senhorita Scatcherd continuava a vigiá-la. Era sempre chamada à atenção pelo que parecia ser seu sobrenome. Aqui as meninas eram nomeadas assim, como os meninos o são em outros lugares — "Burns, você está pisando sobre o lado do sapato, ajeite seus dedos para fora imediatamente". Ou "Burns, você está esticando o queixo de um modo desagradável, coloque-o para dentro". "Burns, mantenha a cabeça erguida, que não quero vê-la na minha frente com essa atitude", etc., etc.

Depois que um capítulo foi lido duas vezes, os livros foram fechados e as meninas submetidas a um teste. Na lição do dia estavam incluídas parte do reinado de Carlos I e questões diversas sobre pesos e medidas, valores da moeda e taxas de navegação, que a maioria delas parecia ser incapaz de responder. Mesmo assim, cada pequena dificuldade era solucionada imediatamente quando chegava a vez de Burns. Sua memória parecia ter retido a essência de toda a aula, e ela acertava as respostas de todos os pontos. Fiquei na expectativa de que a Senhorita Scatcherd a elogiasse, mas ao invés disso gritou:

— Sua menina suja e desagradável! Você não limpou as unhas esta manhã!

Burns não respondeu. Imaginei qual teria sido o motivo do seu silêncio.

"Por que" — pensei — "ela não explica que não pôde lavar as unhas nem o rosto, porque a água estava congelada?".

Minha atenção foi desviada pela Senhorita Smith, que me pediu que segurasse uma meada de linha enquanto ela a enrolava. Falava comigo de tempos em tempos para saber se eu já estivera antes na escola, se eu sabia fazer molde, costurar, tricotar, etc., e, até que me dispensasse, não deixei de observar os movimentos da Senhorita Scatcherd. Quando voltei ao meu lugar, ela estava dando uma ordem, cujo teor eu não consegui captar, mas Burns imediatamente deixou a classe, foi para o pequeno cubículo onde eram guardados os livros, e voltou meio minuto depois trazendo na mão um feixe de galhos amarrados em ramo em uma das extremidades. Essa ferramenta odiosa foi entregue à Senhorita Scatcherd com uma mesura respeitosa. Então em silêncio e sem ter sido mandada, desabotoou seu avental e na mesma hora a professora golpeou sua nuca uma dúzia de vezes com o feixe de galhos. Nem mesmo uma lágrima saiu dos olhos de Burns. E, enquanto eu fazia uma pausa na minha costura por ter os dedos trêmulos diante do espetáculo, com um sentimento inútil de raiva, nenhum dos traços de seu rosto pensativo mudou de expressão.

— Menina insensível! — exclamou a Senhorita Scatcherd. — Nada pode corrigir seus hábitos relaxados. Vá guardar as varetas.

Burns obedeceu. Prestei atenção nela quando saiu do cubículo onde os livros eram guardados. Guardava o lenço no bolso. Um vestígio de lágrima brilhava em sua face.

O recreio da tarde era a parte mais agradável do dia em Lowood. O pedaço de pão e o gole de café das cinco horas reacendiam a disposição, embora não saciassem a fome. As longas repressões do dia eram abrandadas. Eu sentia a sala de estudos mais acolhedora do que na parte da manhã, pois suas lareiras eram alimentadas para arder por mais tempo e, de certa forma, reduzir o uso das velas. O lusco-fusco avermelhado, o alvoroço permitido, o burburinho das vozes davam boas-vindas à sensação de liberdade.

No final daquele dia em que vira a Senhorita Scatcherd açoitar sua aluna Burns, fiquei por ali, como de costume, entre as mesas e grupos que riam. Isolada comigo mesma, embora sem sentir solidão. Algumas vezes em que passei pelas janelas levantei a cortina e olhei para fora. Nevava bastante, e a neve ia acumulando-se na parte de baixo das vidraças. Eu podia ver a diferença entre o alegre tumulto do lado de dentro e o gemido inconsolável do vento do lado de fora.

É bem provável que, se eu tivesse deixado um lar acolhedor e pais bondosos recentemente, aquela teria sido a hora em que, inconformada, lamentaria a separação. Aquele vento me entristeceria o coração. O caos no escuro teria perturbado a minha paz. Porém o que aconteceu foi que recebi de ambos um estímulo estranho, espontâneo e agitado, e desejei que o vento uivasse com mais força, que a obscuridade se aprofundasse em escuridão e que a confusão se erguesse num clamor.

Pulando por cima dos bancos e engatinhando por baixo das mesas fui para perto de uma das lareiras. Encontrei Burns lá, ajoelhada defronte à que tinha uma alta grade protetora, ensimesmada, taciturna e abstraída de tudo ao seu redor pela companhia de um livro, o qual era lido sob a luz fraca das brasas.

— Ainda é *Rasselas*? — perguntei atrás dela.

Sim — respondeu — acabei agora de lê-lo.

Cinco minutos depois ela o fechou. Fiquei contente com isso.

"Agora, posso fazer que ela fale" — foi o que pensei ao sentar-me no chão junto a ela.

— Qual é o seu nome, além de Burns?

— Helen.

— Você veio de muito longe daqui?

— Vim de um lugar ao norte, bem longe daqui, quase na fronteira da Escócia.

— E irá voltar para lá um dia?

— Espero que sim, mas ninguém pode ter certeza do futuro.

— Você deve querer ir embora de Lowood, não?

— Não, por que iria querer? Fui mandada para Lowood para receber uma educação, e não teria sentido ir embora daqui sem ter alcançado esse objetivo.

— Mas aquela professora, a Senhorita Scatcherd, é tão cruel com você!

— Cruel? Nem tanto! Ela é severa e não gosta que eu cometa erros.

— Se eu estivesse em seu lugar não teria nenhum apreço por ela. Eu me rebelaria contra ela. Tiraria a vara da sua mão se me batesse com ela e a quebraria bem debaixo do seu nariz.

— Provavelmente você não iria fazer nada disso. Caso fizesse, o Senhor Brocklehurst a expulsaria da escola. E isso seria uma vergonha para os seus parentes. É muito melhor suportar pacientemente com inteligência uma dor que ninguém sente, exceto você, do que cometer um ato precipitado cujas consequências terríveis se estenderão a todos que lhe são ligados. E, além do mais, a *Bíblia* nos diz que se deve pagar o mal com o bem.

— De qualquer modo, me parece degradante ser açoitada e mandada ficar de pé no centro de uma sala cheia de gente. E você já é grande. Eu que sou bem mais nova não suportaria tal coisa.

— Mesmo assim seria seu dever suportar o que não pudesse ser evitado. É fraqueza e tolice dizer que *não suportaria* aquilo que o destino decide que precisa ser suportado.

Eu a ouvi com admiração. Não conseguia compreender sua doutrina de resistência. E menos ainda entendia ou simpatizava com a indulgência que ela expressava por seu algoz. Ademais, sentia que Helen Burns enxergava as coisas de um ângulo invisível aos meus olhos. Desconfiava que ela podia estar certa e eu errada. Mas queria pensar com mais profundidade sobre o assunto. Como Félix, deixaria isso de lado para outra ocasião conveniente.

— Você diz que tem defeitos, Helen. Que defeitos são esses? Para mim você parece ser uma ótima pessoa.

— Então aprenda comigo a não julgar as aparências. Como disse a Senhorita Scatcherd, eu sou relaxada. Raramente coloco e mantenho as coisas em ordem, sou descuidada e esqueço as regras. Fico lendo enquanto deveria estudar minhas lições, sou desorganizada. E às vezes digo, como você, que não consigo *suportar* esses métodos sistemáticos. Isso tudo é muito exasperador para a Senhorita Scatcherd, que é, por natureza, organizada, rigorosa e precavida.

— E mal-humorada e cruel — acrescentei. Mas Helen Burns não iria admitir minha opinião. Ficou calada.

— A Senhorita Temple é tão severa com você quanto a Senhorita Scatcherd?

Logo que pronunciei o nome da Senhorita Temple, um discreto sorriso esboçou-se em seu rosto sério.

— A Senhorita Temple é um poço de bondade. Para ela é doloroso ter de ser severa com quem quer que seja. Mesmo com as que são piores. Aponta minhas falhas e fala delas comigo de um modo gentil, e me recompensa com toda a generosidade se faço algo que mereça um elogio. Uma prova de que infelizmente minha natureza já nasceu defeituosa é que até mesmo as censuras que me faz, sempre com doçura e razão, não têm influência positiva sobre minhas falhas. E mesmo o seu elogio, que eu valorizo acima de tudo, não basta para me estimular a ser mais cuidadosa e previdente.

— Isto é curioso — disse eu. — É muito fácil ser cuidadosa.

— Para *você*, não tenho dúvida disso. Observei-a durante a aula esta manhã, e vi que se mantinha sempre atenta. Dava a impressão de que seus pensamentos nunca se dispersavam enquanto a Senhorita Miller explicava a lição e lhe fazia perguntas. Agora, os meus pensamentos vagueiam, e, quando eu deveria ouvir a Senhorita Scatcherd e assimilar tudo o que fala, eu me distancio do som da sua voz e mergulho numa espécie de sonho, na maior parte das vezes. Há ocasiões em que penso estar em Northumberland e que os sons que escuto ao meu redor vêm de um riacho que corre através de Deepden, perto da nossa casa, e então, quando chega a minha vez de responder, tenho de ser acordada. E como não ouvi nada do que foi lido porque ouvia o som do riacho imaginário, não tenho uma resposta pronta.

— Ainda assim você respondeu bem esta tarde.

— Foi pura sorte. O assunto sobre o qual estávamos lendo me interessou. Esta tarde, em vez de sonhar com Deepden, fiquei imaginando como um homem como Carlos I, que desejava ser correto em tudo, pôde agir com tanta injustiça e insensatez algumas vezes o fez, e lamentei que tivesse sido assim, que com a sua integridade e consciência não pudesse enxergar além das prerrogativas da Coroa. Se ao menos tivesse olhado adiante e constatado onde estava indo aquilo que chamam de espírito da época! Ainda assim, eu gosto de Carlos I. Eu o respeito — e tenho pena dele também, esse pobre rei assassinado! Sim, seus inimigos eram os piores. Derramaram o sangue que não tinham o direito de derramar. Como tiveram coragem de matá-lo?

Agora Helen estava falando para si mesma. Esquecera que eu não conseguia entendê-la muito bem, que eu era ignorante, ou quase isso, a respeito do assunto de que falava. Eu a trouxe de volta para o meu nível.

— E, quando a Senhorita Temple lhe ensina alguma coisa, os seus pensamentos também vagueiam?

— Não com essa frequência, porque em geral a Senhorita Temple tem alguma coisa para dizer que é mais nova do que minhas próprias reflexões. Sua linguagem é particularmente agradável, e as informações que transmite em geral são justamente aquilo que eu desejava aprender.

— Então, com a Senhorita Temple você é boa, não?

— Sim, com naturalidade. Não faço esforço nenhum, sigo por onde a tendência me guia. Não há mérito nesse tipo de virtude.

— Há bastante. Você é boa com aqueles que são bons com você. E isso é tudo que sempre desejei ser. Se as pessoas fossem sempre gentis e obedientes para com aqueles que são cruéis e injustos, os maus teriam sempre um ganho, nunca sentiriam medo, jamais se alterariam, mas sua maldade cresceria cada vez mais. Quando somos atingidos sem razão, devemos revidar com muita força. Tenho certeza de que devemos revidar com tamanha força que ensinemos a pessoa que nos agrediu a nunca mais fazer tal coisa.

— Você irá mudar de ideia, espero, quando for mais velha. Por enquanto não passa de uma garotinha inculta.

— Mas eu sinto isso, Helen. Não posso senão detestar aqueles que, por mais que eu faça para agradar, insistem em não gostar de mim. Devo resistir àqueles que me castigam injustamente. Isso é tão natural quanto amar os que demonstram afeição, ou aceitar o castigo quando sinto que é merecido.

— As tribos bárbaras e selvagens têm tal doutrina, mas os cristãos e as nações civilizadas a repudiam.

— Como assim? Não estou entendendo.

— Não é a violência que sobrepuja o ódio — nem é a vingança que cura as injúrias.

— O que é, então?

— Leia o Novo Testamento e observe o que Cristo diz e como Ele age. Faça das palavras Dele a sua regra e da conduta Dele o seu exemplo.

— E o que Ele diz?

— Amai vossos inimigos. Abençoai aqueles que vos amaldiçoam. Fazei o bem àqueles que vos odeiam e vos usam com má intenção.

— Então deveria amar a Senhora Reed, o que não consigo fazer. Deveria abençoar seu filho John, o que é impossível.

Como resposta Helen Burns me pediu que explicasse o que acabara de dizer, e continuei a colocar para fora, do meu jeito, a história dos meus sofrimentos e ressentimentos. Amarga e agressiva quando provocada, falei como me sentia, sem reservas ou panos quentes.

Helen ouviu-me até o fim, pacientemente. Esperei então que fosse fazer alguma observação, mas ela não disse nada.

— Bem — perguntei impaciente —, a Senhora Reed não é uma mulher má e sem coração?

— Ela foi cruel com você, sem dúvida, porque, veja só, ela não gosta de pessoas com características iguais às que você tem. Assim como a Senhorita Scatcherd não gosta das minhas. Como você lembra em detalhes tudo o que sua tia lhe fez e lhe disse! Que impressão tão profunda a injustiça que ela lhe fez deixou em seu coração! Não deixo que nenhum tratamento tão cruel assim deixe marcas em meus sentimentos. Você não teria sido mais feliz se tivesse tentado esquecer a severidade dela, junto com as emoções passionais que isso lhe provocou? A vida me parece curta demais para ser gasta na alimentação da animosidade ou no armazenamento dos malfeitos. Nós somos e devemos ser, uma e todas neste mundo, pessoas carregadas de defeitos. Mas em breve vai chegar o tempo em que, acredito, devemos nos livrar deles ao abdicarmos de nossos corpos corruptíveis. Quando a degradação e o pecado nos abandonarem junto com esta carcaça incômoda de carne e somente a centelha do espírito permanecer — o princípio intangível da vida e do pensamento, tão puro como o que foi deixado pelo Criador para inspirar a criatura. De onde veio é para onde voltará, talvez para se conectar de novo com um ser mais elevado que o homem, ou talvez para passar por gradações em direção à glória, ou talvez para passar da pálida alma humana ao brilho angelical! Certamente jamais se deixará que, ao contrário, do homem se degenere para o demônio? Não, não posso acreditar nisso. Meu credo é outro, o qual ninguém jamais me ensinou, e que raramente menciono, mas no qual me delicio, e ao qual me apego, pois que leva esperança a todos. Ele faz da eternidade um repouso, um lar poderoso, e não um terror e um abismo. Com esse credo posso distinguir claramente entre o criminoso e seu crime, posso assim perdoar sinceramente o primeiro e abominar o último. Com esse credo, a vingança nunca preocupa o meu coração, a degradação nunca me repugna profundamente, a injustiça nunca me esmaga e rebaixa. Vivo com tranquilidade, à espera do fim.

Enquanto Helen terminava a frase, sua cabeça, sempre curvada, se abaixou um pouco mais. Vi pela sua expressão que não desejava mais conversar comigo, mas sim com seus próprios pensamentos. Ela não teve muito tempo para meditar, pois uma monitora, uma menina alta e grosseira, apareceu e foi logo gritando com um forte sotaque de Cumberland:

— Helen Burns, se você não for arrumar sua gaveta e dobrar seu trabalho agora mesmo, direi à Senhorita Scatcherd para vir aqui e ver o que você está fazendo!

Helen suspirou enquanto seu devaneio se desfazia, e levantando-se obedeceu à monitora sem responder e sem demora.

VII

Meu primeiro trimestre em Lowood me pareceu uma eternidade. E, no entanto, nem de longe foi parecido com a era de ouro. Dele fez parte uma luta cansativa, pelas dificuldades de me habituar às novas regras e tarefas incomuns. O medo do fracasso nessas duas questões me atormentava mais do que os sofrimentos físicos do meu destino, embora estes não fossem de se jogar fora.

Durante os meses de janeiro, fevereiro e parte de março, a neve acumulada, e mesmo depois o degelo, tornaram as estradas quase intransitáveis, o que impediu nossa atuação além dos muros do jardim, a não ser para ir à igreja. Mas apesar da limitação tínhamos de passar uma hora por dia ao ar livre. Nossas roupas eram insuficientes para nos proteger do frio intenso. Não tínhamos botas, a neve entrava em nossos sapatos e se derretia lá dentro. Nossas mãos sem luvas tornavam-se dormentes e cobertas de frieiras, e o mesmo acontecia com nossos pés. Lembro-me de que, por conta disso, eu sofria todas as noites de inquietante irritação causada por meus pés quando inflamavam e da tortura pela manhã de ter de enfiar meus dedos inchados, duros e em carne viva, dentro dos sapatos. Com o suprimento minguado da comida, mal tínhamos o suficiente para manter vivo um frágil inválido, e, com o apetite voraz de crianças em desenvolvimento, isso se tornava um suplício. Essa deficiência de nutrição levava a um abuso que atingia em cheio as alunas mais jovens. Sempre que tinham oportunidade, as mais velhas e mais famintas convenciam ou ameaçavam as mais novas e roubavam a porção que lhes cabia. Muitas vezes tive de dividir com duas outras o precioso pedaço de pão preto distribuído à hora do chá. E, depois de renunciar a um terço do conteúdo da minha caneca de café, tinha de engolir o que restava na companhia das lágrimas secretas que brotavam de mim em virtude da fome.

Os domingos eram os dias mais lúgubres daquele inverno. Tínhamos de caminhar mais de três quilômetros até a igreja de Brocklebridge, onde nosso benfeitor pregava. Saíamos com frio e chegávamos congeladas à igreja. Durante o culto matutino ficávamos quase petrificadas. Era muito longe para voltarmos a tempo da refeição do jantar. Então, entre um sermão e outro, recebíamos uma porção de carne fria e pão, na mesma proporção de penúria das nossas refeições comuns.

Quando terminava o culto da tarde, voltávamos por uma estrada íngreme e exposta ao vento implacável do inverno, que soprava dos cumes nevados do norte e que por pouco não arrancava a nossa pele do rosto.

Lembro-me da Senhorita Temple caminhando ligeira e rápida junto à nossa formação encolhida de frio, com sua capa de xadrez que fustigada pelo vento se grudava em seu corpo, incentivando-nos com palavras e com seu exemplo a continuar nossa caminhada mantendo a coragem, como dizia ela, "como soldados valentes". As outras professoras, pobrezinhas, geralmente estavam tão desanimadas que nem sequer tinham condição de encorajar as outras.

Como ansiávamos pela luz e pelo calor de uma lareira quando voltávamos! Mas, para as crianças menores, pelo menos, esse prazer seria negado. Cada uma das lareiras da sala de estudo da escola era imediatamente cercada por uma fila dupla das maiores, e atrás delas ficavam as menores emboladas em grupos, com os braços magros enrolados nos aventais.

Um pequeno consolo vinha na hora do chá sob a forma de uma ração dupla de pão — uma fatia inteira, em vez de metade — com o acréscimo delicioso de uma fina camada de manteiga que era a guloseima semanal que todas esperávamos de domingo a domingo. Eu geralmente dava um jeito de guardar uma parte da refeição generosa para mim mesma. Mas o restante, invariavelmente, era forçada a repartir com alguém.

A noite de domingo era usada para recitar de cor o catecismo da igreja, e o quinto, sexto e sétimo capítulos de São Mateus, e ouvir um longo sermão lido pela Senhorita Miller, cujos bocejos incontroláveis atestavam sua exaustão. Um frequente interlúdio nessas atividades era a representação da parte de Eutiques[1] feita por meia dúzia das meninas menores

[1] Citação bíblica: "E lá estava sentado na janela certo jovem chamado Eutiques; tendo caído em um sono profundo enquanto Paulo prolongava a pregação, fora de si, despencou do terceiro andar abaixo, e foi levantado morto". Atos, capítulo 20, versículo 9.

que, vencidas pelo sono, podiam cair, se não do terceiro andar como ele, pelo menos do terceiro banco, e voltavam a ser erguidas meio mortas. O remédio era empurrá-las para o centro da sala de estudo e obrigá-las a ficar de pé ali até o final do sermão. Algumas vezes seus pés escorregavam e elas iam afundando juntas numa pilha. Eram então colocadas de pé escoradas pelos bancos altos das monitoras.

Ainda não mencionei as visitas do Senhor Brocklehurst, embora esse cavalheiro tivesse estado fora durante a maior parte do primeiro mês em que cheguei, por ter talvez prolongado sua estadia com seu amigo, o arquidiácono. Sua ausência foi um alívio para mim. Não preciso dizer que tinha minhas razões para temer a sua volta. Mas afinal, um dia, ele voltou.

Uma tarde, quando fazia três semanas que eu havia chegado a Lowood, estava sentada com uma lousa nas mãos, atrapalhada com uma divisão de muitos algarismos, quando meus olhos perdidos se ergueram em abstração em direção à janela e viram uma figura que passava. Reconheci, quase por instinto, aquela forma esquelética. E quando, dois minutos depois, toda a escola, incluindo as professoras, se levantou *en masse,*[2] não foi necessário nem levantar os olhos para ter certeza de quem havia entrado com tamanha reverência. A passos largos atravessou a sala de estudo e ao lado da Senhorita Temple, que também se levantara, parou de pé a mesma coluna negra que franziu a testa para mim com um desdém ameaçador sobre o tapete colocado em frente à lareira de Gateshead. Eu agora via de lado aquela figura arquitetônica. Sim, estava certa. Era o Senhor Brocklehurst, em seu sobretudo abotoado até em cima, parecendo mais alto, mais fino e mais rígido que nunca.

---

[2] Em francês: todos juntos.

Eu tinha minhas próprias razões para me sentir atemorizada com essa aparição. Lembrava-me perfeitamente das alusões pérfidas feitas pela Senhora Reed sobre meu temperamento, etc., e da promessa feita pelo Senhor Brocklehurst de que notificaria a Senhorita Temple e as outras professoras sobre a minha natureza malévola. Durante o tempo todo temi o cumprimento dessa promessa. Todo santo dia eu esperava pela vinda do homem que traria informações a respeito do meu passado que me tornariam para sempre uma criança má. E agora ali estava ele. De pé ao lado da Senhorita Temple falava baixo ao seu ouvido. Eu não tinha dúvida de que estava revelando a ela minha natureza vil. E eu observava com ansiedade a reação do olhar dela, esperando que a qualquer momento seu globo ocular se viraria para me encarar com repugnância e desprezo. Eu também estiquei o ouvido. E, como estava sentada bem na frente da sala, pude captar a maioria das coisas que ele dizia, o que trouxe um alívio imediato à minha apreensão.

— Senhorita Temple, suponho que a linha que trouxe de Lowton irá servir. Ao que me pareceu é da qualidade indicada para as camisas de algodão, e comprei também as agulhas adequadas. Diga à Senhorita Smith que me esqueci de preparar o memorando das agulhas de cerzir, mas que terá alguns documentos na semana que vem, e que ela não deve dar mais de uma de cada vez para cada aluna, pois, como são facilmente levadas ao descuido, poderão perdê-las. Ah, senhora, também gostaria que as meias de lã fossem mais bem cuidadas! Da última vez em que estive aqui, fui até o quintal de trás e examinei algumas das roupas que secavam no varal. Muitas das meias pretas estavam em péssimo estado de conservação.

Pelo tamanho dos buracos, estou certo de que não vêm sendo remendadas de tempos em tempos como devem.

Ele fez uma pausa.

— Suas recomendações serão atendidas, senhor — disse a Senhorita Temple.

— E, senhora — continuou ele —, a lavadeira me diz que algumas das meninas recebem duas golas postiças lavadas por semana. Isso é muito. As regras mandam dar a cada aluna somente uma.

— Acho que posso explicar em que circunstâncias foram usadas, senhor. Agnes e Catherine Johnstone foram convidadas para tomar chá com algumas amigas em Lowton na quinta-feira passada, e por esse motivo permiti que usassem golas limpas nessa ocasião.

O Senhor Brocklehurst assentiu.

— Bem, desta vez passa. Mas, por favor, não deixe que isso se repita com muita frequência. E há outra coisa com a qual fiquei surpreso — descobri, ao fazer as contas com o guarda-livros, que um almoço consistindo de pão e queijo foi servido duas vezes para as meninas durante a última quinzena. Como aconteceu isso? Consultei o regulamento e vi que não há qualquer menção a tal cardápio no almoço. Quem foi que introduziu essa novidade? E com que autoridade?

— A responsabilidade se deve toda a mim, senhor — respondeu a Senhorita Temple. — O café da manhã foi tão mal preparado que as alunas não puderam comê-lo, e eu me atrevi a não permitir que ficassem com fome até a hora do jantar.

— Senhora, permita-me um instante. Sei que está a par de que meu plano de educação dessas meninas não é acostumá-las a hábitos de luxos e tolerâncias, mas sim torná-las resistentes, pacientes e abnegadas. Na ocorrência de qualquer contratempo acidental da alimentação, como algum ingrediente estragado, a falta ou o excesso de tempero em algum prato, tal incidente não deve ser anulado, substituído por algo mais delicado que compense a perda. Mimos assim acostumam mal o corpo e invalidam o objetivo desta instituição. Tal fato deveria ser aproveitado para a edificação espiritual das alunas, encorajando-as a demonstrar firmeza diante de uma privação temporária. Uma breve preleção nessas ocasiões não deveria ser subestimada. Uma instrutora sensata usaria a oportunidade para se referir aos sofrimentos dos primeiros cristãos, aos tormentos dos mártires, às exortações de nosso bendito Senhor ao convidar os seus discípulos a pegarem suas cruzes e a segui-Lo, às Suas advertências de que o homem não deveria viver somente de pão, mas sim de todas as palavras saídas da boca de Deus, aos seus divinos lenitivos, "bem-aventurados aqueles que têm fome e sede em meu nome". Ah, senhora, quando coloca pão e queijo em vez de mingau queimado nas bocas dessas crianças, pode estar de fato alimentando seus corpos fracos, mas não tem a mínima ideia de como deixou famintas suas almas imortais!

O Senhor Brocklehurst fez outra pausa, talvez dominado por seus próprios sentimentos. A Senhorita Temple havia abaixado os olhos quando ele começara a dirigir sua fala, mas agora os levantava para fitá-lo. O rosto dela, naturalmente branco como o mármore, parecia ter assumido também a frieza e a rigidez que são próprias desse tipo de pedra. Sobretudo, por sua boca trancada, como se fosse preciso usar o cinzel de um escultor para abri-la, e sua testa, que gradualmente se tornava de uma dureza pétrea.

Enquanto isso, o Senhor Brocklehurst, de pé defronte à lareira com as mãos para trás, inspecionava majestosamente a escola toda. De súbito, piscou um dos olhos como se tivesse encontrado algo que fascinara ou chocara sua pupila. Dando meia volta, falou com uma rapidez que não tinha sido usada até aquele momento:

— Senhorita Temple, Senhorita Temple, o que — *o que é* aquela menina com cabelos cacheados? Cabelo ruivo, senhora, cacheado — todo cacheado — e apontou a bengala para o objeto horroroso. Quando fez isso, toda a sua mão tremia.

— Aquela é Julia Severn — respondeu a Senhorita Temple com toda a calma.

— Julia Severn, senhora! E por que ela ou alguma outra tem o cabelo encaracolado? Por que, em desacordo com todas as regras e princípios desta casa, ela se iguala ao resto do mundo mundano, logo aqui num estabelecimento evangélico de caridade, e usa o cabelo assim tão encaracolado?

— Os cachos do cabelo de Julia são naturais — respondeu a Senhorita Temple ainda com mais calma.

— Naturais! Sim, mas nós não somos iguais a todo mundo. Desejo que essas meninas sejam crianças da Graça Divina. E por que essa abundância toda? Já falei várias vezes que desejo que os cabelos sejam presos, com discrição e simplicidade. Senhorita Temple, o cabelo dessa menina deve ser inteiramente cortado. Vou mandar um barbeiro amanhã. E vejo que outras também têm cabelos em excesso como, por exemplo, aquela menina alta. Diga-lhe que se vire de costas. Diga a todas da primeira fila que se levantem e fiquem viradas para a parede.

A Senhorita Temple passou o lenço sobre os lábios, como para disfarçar o sorriso involuntário que esboçava. Contudo, deu a ordem, e a primeira classe obedeceu ao que lhe fora ordenado. Inclinando-me um pouco para trás em meu banco, podia ver os olhares e as caretas com que reagiam àquela exigência. Era uma pena que também o Senhor Brocklehurst não pudesse olhar seus rostos. Se pudesse, talvez tivesse percebido que, por mais que controlasse o nosso exterior, o nosso interior estava mais além de sua interferência do que imaginava.

Ele examinou o outro lado daquelas moedas vivas durante uns cinco minutos e em seguida pronunciou a sentença. As suas palavras soaram como o toque de sinos fúnebres:

— Todos esses coques devem ser cortados.

A Senhorita Temple parecia prestes a objetar.

— Senhora — prosseguiu ele. — Eu tenho um Mestre a quem devo servir cujo reino não é deste mundo. Minha missão é refrear nessas meninas as luxúrias da carne, ensiná-las a se vestir com recato e sobriedade, não com cabelos trançados e roupas caras. Cada uma dessas jovens à nossa frente tem uma trança feita nos cabelos por pura vaidade, e que, repito, deve ser cortada. Pense no tempo gasto e...

O Senhor Brocklehurst foi interrompido. Três outras visitantes, três senhoras, irromperam sala adentro. Deveriam ter chegado um pouco antes para ouvir a preleção que ele fizera sobre as roupas, pois estavam esplendidamente vestidas com veludo, seda e peles. As duas mais novas do trio, lindas jovens de dezesseis e dezessete anos, usavam chapéu cinzento de pele de castor, na última moda, enfeitado com plumas de avestruz, e por baixo da aba caía uma profusão de cabelos soltos elaboradamente encacheados. A mais velha estava envolta num caro xale de veludo debruado de arminho e usava um aplique de cachos franceses.

Essas senhoras foram recebidas pela Senhorita Temple com deferência, como Senhora e Senhoritas Brocklehurst, e foram conduzidas a assentos de honra na frente da sala. Parecia que tinham vindo de carruagem com o reverendo, do qual eram parentas, e, enquanto ele tratava de negócios com a governanta, fazia perguntas na lavanderia e dava instruções à superintendente, elas já haviam realizado uma vistoria nos quartos do pavimento superior. Agora prosseguiam com as críticas e reclamações à Senhorita Smith, que era a encarregada das roupas de cama e da inspeção dos dormitórios. Mas eu não tive tempo de ouvir o que falavam, pois outros assuntos mais interessantes desviaram a minha atenção.

Até então, embora estivesse atenta à conversa entre o Senhor Brocklehurst e a Senhorita Temple, não havia esquecido também de garantir minha segurança pessoal, que, como pensei, poderia ser resguardada caso me mantivesse longe da observação. Para essa finalidade, tinha-me sentado bem atrás da fila, e, fingindo estar ocupada com a conta que fazia, levantei minha lousa de um modo que pudesse esconder meu rosto. Teria escapado da ser notada se minha lousa traiçoeira não tivesse escapulido de minha mão e caído, com um estrondo um tanto inoportuno, o que fez que todos os olhares caíssem sobre mim. Senti que estava tudo acabado agora e curvei-me para apanhar os dois pedaços da lousa, reunindo minhas forças para o pior. E o pior aconteceu.

— Que menina desastrada! — falou o Senhor Brocklehurst. E logo depois acrescentou:

— Vejo que é a aluna nova — e, antes que eu pudesse respirar, continuou — Não devo esquecer que tenho algo a dizer a respeito dela.

Em seguida, em voz alta, e quão alta ela me pareceu, falou:

— Que a criança que quebrou a lousa se aproxime.

Por minha própria vontade não conseguia me mexer. Estava paralisada. Mas as duas meninas maiores que estavam sentadas, cada uma em um dos meus lados, me colocaram de pé e me empurraram em direção ao temível juiz. Então a Senhorita Temple gentilmente me acompanhou até os pés dele e me sussurrou um conselho:

— Não tenha medo, Jane, eu vi que foi um acidente. Você não vai ser castigada.

Aquele sussurro delicado entrou em meu coração como um punhal.

"Mais um minuto e ela irá desprezar-me como a uma hipócrita" — pensei eu. E um impulso de raiva contra Reed, Brocklehurst e companhia fez que meus pulsos latejassem diante dessa convicção. Eu não era como Helen Burns.

— Tragam aquele tamborete — ordenou o Senhor Brocklehurst, apontando para um banco alto do qual uma monitora acabara de se levantar. Ele foi trazido.

— Sentem a criança nele.

E eu fui colocada ali, nem sei por quem. Não estava em condições de notar detalhes. Apenas tinha consciência de que me levantaram até a altura do nariz do Senhor Brocklehurst e que ele estava a menos de um metro de mim, e que um mar de capas de cetim e pelica alaranjada e cor de púrpura e uma nuvem de plumas prateadas se estendiam e oscilavam abaixo de mim.

O Senhor Brocklehurst pigarreou.

— Senhoras — disse ele dirigindo-se à sua família presente [illegible], Senhorita Temple, professoras e crianças, todas podem ver esta menina?

É claro que viam, pois eu sentia seus olhos como vidros incandescentes que queimavam a minha pele.

— Podem ver que ela ainda é jovem. Podem observar que ainda guarda formas infantis. Deus graciosamente lhe deu a forma perfeita que Ele deu a todos nós. Nenhuma deformidade a destaca com características marcantes. Quem pensaria que o Demônio encontrou nela uma serva e agente sua? Entretanto, lamento dizer, é disto que se trata.

Uma pausa — durante a qual comecei a sentir a paralisia de meus nervos e que o Rubicão[3] já havia atravessado, e que o julgamento, longe de se esquivar, precisava ser mantido com firmeza.

— Minhas queridas crianças — prosseguiu o reverendo feito de mármore negro, com *pathos*,[4] — este é um momento triste, uma ocasião melancólica, pois é meu dever alertá-las que esta menina, que poderia ser um dos cordeiros de Deus, é uma renegada, desgarrou-se do rebanho, e é sem dúvida uma intrusa, um ser de natureza diferente. Vocês devem ficar prevenidas contra ela e não devem seguir o seu exemplo. Se necessário procurem evitar a companhia dela, excluí-la de suas brincadeiras e afastá-la de suas conversas. Professoras, as senhoritas devem vigiá-la. Mantenham seus olhos voltados para os movimentos dela, pesem bem as suas palavras, examinem suas ações, castiguem o seu corpo para salvar a sua alma. Se, de fato, tal salvação for possível. Porque, as palavras me

---

[3] "No dia 10 de Janeiro de 49 a.C., Júlio César atravessou o rio Rubicão, proferindo as famosas palavras *alea jacta est*, isto é, "os dados estão lançados". Desde aí, a expressão "atravessar o Rubicão" adquiriu um significado paradigmático de qualquer situação que chegue a um ponto de não retorno.

[4] Qualidade que desperta sentimento de piedade ou tristeza: capacidade de comover, enternecer.

faltam enquanto digo isto, esta menina, esta criança, nascida numa terra cristã, pior do que muitas pagãs que rezam para Brahma e se ajoelham diante de Jagannatha,[5] esta menina é uma mentirosa!

Em seguida fez uma pausa de dez minutos. A essa altura, em pleno domínio de minhas faculdades mentais, aproveitei para observar as mulheres Brocklehurst, que tiravam seus lenços de bolso para enxugar os olhos, enquanto a senhora mais velha se balançava para a frente e para trás e as duas mais jovens sussurravam:

— Que coisa horrível!

O Senhor Brocklehurst continuou:

— Isso foi o que eu ouvi de seus benfeitores. Da senhora piedosa e caridosa que a adotou quando ela era órfã e a criou como se fosse sua própria filha e cuja bondade e generosidade a menina infeliz pagou com tamanha ingratidão que, ao final, obrigou sua excelente protetora a separá-la de seus próprios filhos, temerosa de que seu exemplo pernicioso contaminasse a pureza deles. Ela foi mandada para cá para que fosse curada, como fizeram os judeus antigos quando mandaram seus doentes para o turbulento lago de Betesda. E, professoras, superintendente, eu lhes suplico que não deixem nunca a água estagnar em volta dela.

Com essa sublime conclusão o Senhor Brocklehurst abotoou o último botão do seu sobretudo, murmurou algo para a sua família, que se levantou, e curvou-se para a Senhorita Temple. Todas aquelas pessoas importantes saíram da sala em grande estilo. Ao chegar à porta, meu juiz virou-se e disse:

---

5 Brahma é o deus hindu da criação do universo. Jagannatha é uma representação do deus, e significa “o senhor que reina no Universo”.

— Que ela fique mais meia hora nesse tamborete e que ninguém lhe dirija a palavra durante o resto do dia.

Lá fiquei eu, encarapitada no alto. Eu que dissera que não suportaria a vergonha de ficar de pé de castigo no meio da sala, estava agora exposta à vista de todas num pedestal de infâmia. As sensações que eu sentia não poderiam ser expressas em nenhum idioma. Mas, assim que todas se levantaram, sufocando minha respiração e apertando minha garganta, uma menina veio na minha direção e passou por mim e, ao passar, levantou os olhos e me olhou. Que luz estranha aquele olhar causou! Que sentimento extraordinário aquele raio despertou em mim! Como aquele novo sentimento me confortou! Era como se um mártir, um herói, tivesse passado por um escravo ou uma vítima, e ao passar lhe transmitisse sua força. Dominei a crescente histeria que sentia, ergui a cabeça e ajeitei com firmeza o corpo sentado no banco. Ao fazer uma pergunta inocente sobre o trabalho que fizera para Senhorita Smith, Helen Burns foi censurada pela trivialidade das questões levantadas. Ao voltar para o seu lugar passou por mim e sorriu. Que sorriso! Lembro-me dele agora. Sei que eram as emanações de um intelecto refinado, de uma coragem verdadeira, que iluminavam suas feições, seu rosto fino, seus olhos fundos e cinzentos, como o reflexo de um anjo. Até aquele momento Helen Burns usava em volta do braço uma faixa de "desleixada". Há menos de uma hora eu a ouvira ser condenada pela Senhorita Scatcherd a um jantar de pão e água no dia seguinte, porque borrara um exercício ao copiá-lo. Como a natureza do homem é imperfeita! Há pontos que estão lá na superfície do planeta mais brilhante. E os olhos da Senhorita Scatcherd só conseguem enxergar defeitos diminutos e estão cegos para a imensidão brilhante dos astros.

VIII

Antes de terminar a meia hora do meu castigo, o relógio bateu cinco horas. A aula foi encerrada e todos foram para o refeitório tomar o chá. Arrisquei-me a descer do banco. Já estava escuro lá fora. Recolhi-me a um canto e fiquei sentada no chão. A força que por tanto tempo me mantivera firme começava a se dissipar. Os efeitos adversos de tudo que acontecera me invadiram. Logo a tristeza se apossou de mim de forma tão esmagadora e humilhante que afundei a cara no chão. Agora estava em prantos. Helen Burns não estava ali. Nada havia que me amparasse. Deixei-me levar pelo abandono de mim mesma, e minhas lágrimas lavaram o piso de madeira. Tinha planejado ser boa e fazer o melhor possível em Lowood, fazer muitos amigos, conquistar respeito e ganhar afeto. Já fizera um progresso visível. Conquistara até a dirigente da minha classe. A Senhorita Miller me elogiara calorosamente. A Senhorita Temple sorrira em aprovação e me prometera ensinar a desenhar e deixar que eu aprendesse francês se eu continuasse a melhorar meu rendimento por mais dois meses. E mais, fui bem acolhida por minhas colegas, tratada como igual pelas que tinham a minha idade e não maltratada por ninguém. Agora aqui estava eu mais uma vez esmagada e massacrada. Será que conseguiria erguer-me de novo?

"Nunca" — pensei. E ardentemente desejei a morte. Enquanto eu refletia sobre isso entre soluços, alguém se aproximou. Levantei-me. Mais uma vez era Helen Burns que chegava perto de mim. O fogo que definhava conseguiu mostrar-me que ela atravessava a sala comprida e vazia trazendo café e pão para mim.

— Venha, coma alguma coisa — disse ela. Mas afastei tanto o café quanto o pão, pois senti que em minha condição uma gota ou uma migalha engolida poderia fazer-me engasgar. Helen olhou-me, provavelmente surpresa. Embora eu fizesse um grande esforço, não conseguia fazer que minha perturbação cessasse, e continuei a chorar alto. Ela sentou-se no chão perto de mim, abraçou os joelhos e apoiou a cabeça sobre eles. E naquela posição permaneceu silenciosa como uma indiana. Eu fui a primeira a falar:

— Helen, por que você está aqui com uma menina que todo mundo acredita ser uma mentirosa?

—Todo mundo, Jane? Ora, havia somente oitenta pessoas nesta sala que ouviram você ser chamada assim, e o mundo tem centenas de milhões de pessoas.

— Mas o que eu tenho a ver com milhões de pessoas? As oitenta eu sei que me desprezam.

— Você está enganada, Jane. É bem provável que ninguém na escola a despreze ou desgoste de você. Muitas, eu tenho certeza, sentem uma enorme pena de você.

— Como podem ter pena de mim depois do que o Senhor Brocklehurst falou?

— O Senhor Brocklehurst não é Deus, nem sequer é um grande homem ou mesmo um homem admirável. E por aqui é pouco querido. Nunca fez nada para que gostassem dele. Se a tivesse tratado como uma de suas favoritas, você encontraria inimigas, declaradas ou ocultas, à sua volta. Da forma como ele a tratou, muitas desejariam oferecer simpatia a você, se tivessem coragem. As professoras e alunas poderão olhá-la com frieza por um dia ou dois, mas sentimentos amistosos estão escondidos em seus corações. Se for insistente e se comportar bem, esses sentimentos irão aparecer dentro em breve com mais evidência do que a sua contenção. Além do mais, Jane — ela fez uma pausa:

— O que, Helen? — disse eu colocando a mão sobre a dela. Ela apertou meus dedos com carinho para esquentá-los, e continuou:

— Se todo mundo a odiasse, e acreditasse que você era má, mas se sua própria consciência a aprovasse e absolvesse da culpa, não estaria sem amigos.

— Não. Sei que deveria pensar bem de mim mesma. Mas isso não é o bastante. Se os outros não me amam, prefiro morrer a viver. Não posso suportar ser solitária e odiada, Helen. Veja só. Para ter o seu afeto ou da Senhorita Temple, ou de qualquer outra de quem eu goste, eu me submeteria voluntariamente a ter o osso do meu braço quebrado, ou deixaria que um touro me jogasse para o alto, ou ficaria atrás de um cavalo que me desse coices e esmagasse meu peito com seus cascos.

— Basta, Jane! Você pensa demais sobre o amor dos seres humanos. Você é muito impulsiva, muito impetuosa. A mão do Todo-poderoso que a criou e deu vida a seu corpo dotou-a de outros recursos além desse seu "eu" frágil, ou de criaturas frágeis como você. Além desta terra e além da raça humana, existe um mundo invisível e um reino dos espíritos, e esse mundo está ao nosso redor, pois está em todos os lugares. E esses espíritos velam por nós, pois têm a missão de nos guardar. E se estivermos morrendo de dor e de vergonha, se o desprezo nos feriu por todos os lados e o ódio nos oprimiu, os anjos veem nosso martírio e reconhecem a nossa inocência, se formos inocentes. E eu sei que você é inocente da acusação feita pelo Senhor Brocklehurst, que somente repetiu de forma inconsistente e pomposa o que a Senhora Reed lhe dissera a seu respeito. Percebi em você a natureza sincera do seu olhar e do seu semblante transparente, e Deus espera apenas a separação do espírito da carne para nos coroar com uma grande recompensa. Por que então devemos nos deixar afundar tomados pelo infortúnio quando a vida em breve irá acabar e a morte é certamente uma porta para a felicidade e a glória?

Fiquei calada. Helen tinha-me acalmado. Mas na tranquilidade que me transmitira havia uma ponta de tristeza inexprimível. Enquanto falava tive a sensação de que havia mágoa, mas não consegui saber de onde vinha. Quando terminou de falar acelerou a respiração e tossiu discretamente, o que fez que por alguns momentos eu me esquecesse da dor que sentia para me preocupar um pouco com ela.

Com a cabeça apoiada no ombro de Helen, coloquei meus braços em volta de sua cintura. Ela me apertou contra si e ficamos quietas em silêncio. Não ficamos assim por muito tempo, pois outra pessoa entrou na sala. Algumas nuvens carregadas tinham sido varridas do céu por um vento forte, deixando a Lua à mostra. E sua luz filtrada através de uma janela próxima brilhava sobre nós duas e sobre o vulto que se aproximava, o qual, na mesma hora, nós reconhecemos como sendo da Senhorita Temple.

— Vim aqui com o propósito de encontrá-la, Jane Eyre — disse ela. — Quero que venha ao meu quarto, e, como Helen Burns está com você, pode vir também.

Fomos. Sob a orientação da superintendente tivemos de passar por lugares intrincados e subir uma escada antes de chegar aos seus aposentos. Lá havia uma boa lareira e o ambiente parecia acolhedor. A Senhorita Temple falou para Helen Burns se sentar em uma poltrona baixa ao lado da lareira e ela própria se sentou em outra e me chamou para ficar ao seu lado.

— Passou tudo? — perguntou ela, olhando para mim. — Já chorou todas as suas tristezas?

— Receio que jamais conseguirei fazer isso.

— Por quê?

— Porque fui acusada injustamente. A senhora e todo mundo agora pensarão que eu sou uma pessoa malvada.

— Iremos pensar que você é, minha criança, o que você demonstrar ser. Continue a se portar como uma menina boa, que isso é o suficiente para nós.

Será que consigo, Senhorita Temple?

— É claro — disse ela, passando o braço em volta de mim. — E agora me diga quem é a senhora a quem o Senhor Brocklehurst chamou de sua benfeitora?

— É a Senhora Reed, esposa de meu tio. Quando meu tio morreu, deixou-me aos cuidados dela.

— Quer dizer então que ela não a adotou por vontade própria?

— Não, senhora. Ela ficou aborrecida por ter de fazer isso, mas meu tio, como muitas vezes ouvi os empregados dizerem, antes de morrer fez que ela prometesse que depois que ele morresse cuidaria de mim para sempre.

— Bem, Jane, agora você sabe, ou pelo menos ficará sabendo depois que eu lhe disser, que quando um criminoso é acusado tem sempre o direito de falar em sua defesa. Você foi acusada de falsidade. Defenda-se para mim da melhor maneira que puder. Diga aquilo que sua memória diz ser verdade. Mas não acrescente nem exagere nada.

Decidi do fundo do coração que seria mais moderada e mais correta. E, depois de ter refletido durante alguns minutos a fim de organizar com coerência o que tinha para dizer, contei-lhe toda a história da minha infância infeliz. Emocionalmente extenuada, minhas palavras foram mais brandas do que normalmente eram quando falava sobre aquele assunto triste. Atenta aos conselhos de Helen, falei com menos ressentimento e desgosto do que eu costumava fazer. Assim, controlada e simplificada, minha história soou mais plausível. Ao continuá-la, senti que a Senhorita Temple acreditava totalmente em mim.

Durante meu relato mencionei que o Senhor Lloyd viera ver-me depois do desfalecimento que tive, pois nunca me esqueci do episódio apavorante do quarto vermelho. E ao detalhar aquele episódio minha agitação chegou ao extremo, pois nada podia suavizar, na minha reconstituição, o espasmo de agonia que oprimiu meu coração quando a Senhora Reed desdenhou de minhas súplicas desesperadas por perdão e me trancou pela segunda vez naquela câmara escura e assombrada.

Terminei. A Senhorita Temple me olhou por alguns minutos em silêncio. Depois falou:

— Sei alguma coisa do Senhor Lloyd. Vou escrever para ele. Se a resposta dele estiver em concordância com suas declarações, você será inocentada publicamente de todas as imputações. Por mim, Jane, você já está livre desde agora.

Ela me beijou e ainda me manteve ao seu lado, onde fiquei com imenso prazer, pois desfrutei da alegria infantil da contemplação do seu rosto, seu vestido, seus discretos adornos, sua testa clara, os caracóis brilhantes dos cachos de seus cabelos e seus olhos escuros luminosos. Então, ela voltou-se para Helen Burns:

— Como você está sentindo se nesta noite, Helen? Você tossiu muito durante o dia?

— Acho que não muito, senhora.

— E a dor no peito?

— Está um pouco melhor.

A Senhorita Temple levantou-se, pegou a mão dela e tomou seu pulso. Logo depois regressou ao lugar onde estivera sentada. Nessa hora eu a ouvi suspirar baixinho. Ficou pensativa por alguns instantes, e levantando-se animada falou:

— Como vocês são minhas visitas esta noite, é preciso que as trate como tal.

E tocou sua sineta.

Bárbara disse à empregada que veio atendê-la —, ainda não tomei meu chá. Traga a bandeja e coloque xícaras para estas duas mocinhas.

E logo a bandeja foi trazida. Quão lindas, aos meus olhos, eram as xícaras de porcelana e o bule brilhante, colocados na pequena mesa redonda perto do fogo! Quão perfumado era o vapor que se desprendia da bebida e também o cheiro das torradas, das quais, para minha própria tristeza, pois a fome começava a me roer por dentro, coube somente uma pequena porção. A Senhorita Temple percebeu isso também.

— Bárbara — disse ela —, você não poderia trazer um pouco mais de pão e manteiga? O que há aqui não é suficiente para três pessoas.

Bárbara saiu e retornou em seguida.

— Perdoe, senhora, mas a Senhora Harden disse ter colocado a quantidade costumeira.

Devo dizer que a Senhora Harden era a governanta, uma mulher que, como o Senhor Brocklehurst, tinha o coração feito de partes iguais de osso de baleia e ferro.

— Ah, muito bem — respondeu a Senhorita Temple —, suponho que temos de fazer que isto seja suficiente para nós, Bárbara.

E, enquanto a empregada se retirava, ela acrescentou com um sorriso:

— Felizmente tenho como suprir deficiências como essas.

Depois de nos convidar, a mim e a Helen, a nos aproximar da mesa onde colocara defronte ao lugar de cada uma a xícara de chá e uma fatia de torrada, deliciosa embora fina, levantou-se, abriu uma gaveta e tirou dela um embrulho de papel que foi aberto diante de nossos olhos revelando um pedaço de bom tamanho de bolo de sementes.

— Pensei em dar a cada uma de vocês um pedaço para levarem consigo — disse ela —, mas, como há poucas torradas, é melhor que comam agora.

E começou a cortar fatias com uma mão generosa.

Naquela noite nos banqueteamos em néctar e ambrosia.[1] E não menos delicioso do que nosso entretenimento foi o

---

[1] A ambrosia é a comida dos deuses, e o néctar é a sua bebida.

sorriso de gratificação com que nossa anfitriã nos observava enquanto saciávamos o nosso apetite esfomeado com as iguarias que nos oferecera.

Terminado o chá e retirada a bandeja, mais uma vez nos chamou para perto do fogo. Sentamo-nos uma de cada lado dela e agora a conversa seguiu entre ela e Helen, que para mim, sem dúvida, foi um privilégio ter tido a permissão de ouvir.

A Senhorita Temple tinha algo de serenidade em sua expressão, de grandeza em sua conduta, de refinado decoro em sua linguagem que impedia digressão para o entusiasmo, animação e ansiedade. Possuía algo que aprimorava o prazer de quem a admirava e a ouvia, com um sentido controlado de reverência, que era o que eu sentia agora. Mas fiquei impressionada e maravilhada com Helen.

A refeição confortante, o fogo brilhante, a presença e gentileza de sua amada instrutora, ou talvez, mais do que isso, alguma coisa muito genuína em sua mente tinha ativado suas forças interiores. Elas despertaram e se inflamaram. De início avivaram a cor do seu rosto, que até então eu só vira pálido e macilento. Depois brilharam em seus olhos, que de pronto adquiriram uma beleza mais singular do que a da Senhorita Temple. Uma beleza que não era nem pela cor nem pelas pestanas compridas ou pelas sobrancelhas desenhadas, mas sim uma beleza de significado, de movimento, de esplendor. Então sua alma aflorou de seus lábios e a linguagem fluiu não sei dizer de onde. Como uma menina de quatorze anos podia ter um coração grande o suficiente, vigoroso o suficiente para conter a expansão da energia da mais pura, completa e sincera eloquência? Assim foi, para mim, a qualidade das palavras de Helen naquela noite memorável. Seu espírito parecia apressado em viver dentro de um instante breve o tanto que muitos vivem durante uma existência prolongada.

Elas conversaram sobre coisas que eu nunca tinha ouvido falar. Sobre nações e tempos passados. Sobre países distantes. Sobre segredos da natureza descobertos ou presumíveis. Falaram sobre livros, e quantos haviam lido! E que estoque de conhecimento elas possuíam! Ao mesmo tempo, nomes e autores franceses lhes pareciam plenamente familiares. Mas meu espanto atingiu o clímax quando a Senhorita Temple perguntou a Helen se alguma vez ela tivera um momento para resgatar o latim que seu pai lhe ensinara e, pegando um livro de uma estante, propôs que lesse uma página de Virgílio. Helen obedeceu, e minha veneração ia ficando maior a cada frase que eu ouvia. Mal terminara de ler, o sino anunciou que era hora de irmos para a cama. E nenhum atraso era tolerado. A Senhorita Temple abraçou a nós duas, dizendo, como se nos tivesse puxado para seu coração:

— Deus as abençoe, minhas crianças!

Ela conservou Helen junto a si por um pouco mais de tempo. E a soltou com visível relutância. Foi em Helen que seu olhar se fixou até a porta. Foi por Helen que ela deixou escapar um suspiro triste pela segunda vez. Por ela, enxugou uma lágrima que escorria pelo seu pescoço.

Ao chegarmos ao dormitório, ouvimos a voz da Senhorita Scatcherd. Estava examinando as gavetas e acabara de abrir a de Helen Burns. E, quando entramos, Helen foi recebida com uma forte repreensão e o anúncio de que no dia seguinte, como castigo, teria de andar com meia dúzia das peças de roupas mal dobradas penduradas ao ombro.

— Minhas coisas estavam de fato numa desordem vergonhosa — Helen murmurou baixinho para mim. — Pretendia arrumá-las, mas esqueci.

Na manhã seguinte, a Senhorita Scatcherd escreveu em letras grandes num pedaço de papelão a palavra "Desleixada" e prendeu-o em volta da testa larga e inteligente de Helen como se fosse um amuleto. Ela usou aquilo até a noite, pacientemente, e sem rancor, por ter considerado o castigo merecido. No momento em que a Senhorita Scatcherd se retirou depois das aulas da tarde, corri até Helen, retirei aquilo, rasguei e atirei na lareira. A fúria que ela era incapaz de expressar queimou em minha alma durante o dia todo, e lágrimas contínuas e grossas e quentes arderam em meu rosto, pois o espetáculo da sua triste resignação provocou uma dor intolerável no meu coração.

Cerca de uma semana após os incidentes que contei acima, a Senhorita Temple recebeu a resposta da carta que havia escrito para o Senhor Lloyd. O que ele dissera vinha corroborar o meu relato. A Senhorita Temple reuniu a escola toda e anunciou que havia sido efetuada uma investigação sobre as acusações feitas a Jane Eyre e que estava muito feliz em poder declarar que ela estava livre de qualquer imputação. As professoras então vieram cumprimentar-me e me beijaram, e um murmúrio de satisfação correu pelas filas de minhas companheiras.

A partir daquele instante, aliviada daquele peso opressivo, comecei a trabalhar de novo, resolvida a trilhar meu caminho apesar de qualquer dificuldade. Trabalhei pesado, e meu sucesso foi proporcional ao meu esforço. Minha memória, que não era de todo coerente, melhorou bastante com a prática. Os exercícios aguçaram minha inteligência. Em poucas semanas fui passada para uma classe mais adiantada e em menos de dois meses tive permissão para ter aulas de francês e desenho. Aprendi os dois primeiros tempos do verbo *être* e no mesmo dia desenhei minha primeira casa, cujas paredes, aliás, ganhavam em inclinação da torre de Pisa. Naquela noite, ao ir para a cama, esqueci-me de preparar o providencial jantar imaginário de batatas quentes assadas ou de pão branco e leite fresco, com o qual eu costumava distrair o meu anseio interno por comida. Em vez disso, deliciei-me com o espetáculo de desenhos que idealizei no escuro. Trabalhos feitos, todos eles, por minhas próprias mãos. Casas e árvores de traçado livre a lápis, rochas e ruínas pitorescas. Grupos de bois e vacas como os vistos nas pinturas de Cuyp,[2] singelas pinturas de borboletas voando sobre botões de rosas, de pássaros bicando cerejas maduras, de ninhos de cambaxirras contendo ovos perolados circundados por ramos de hera. Examinei também, em pensamento, a possibilidade de ser capaz algum dia de traduzir com fluência pequenos livros franceses de história que Madame Pierrot me mostrara naquele dia. E, sem resolver esse problema de forma satisfatória, acabei caindo em um sono profundo e suave.

Como bem disse Salomão — "É melhor um jantar de ervas servido com amor do que a carne farta servida com ódio".

Eu agora não trocaria Lowood com todas as suas privações por Gateshead com todo o seu luxo.

---

[2] Aelbert Jacobsz Cuyp foi um pintor holandês do período barroco que ficou famoso pelas paisagens campestres em que se destacam belos efeitos de luz.

IX

Mas as privações, ou melhor, as dificuldades de Lowood diminuíram. A primavera desabrochava. Na verdade já havia chegado. As geadas do inverno já tinham acabado, a neve havia derretido e seus ventos cortantes, amainado. Meus pés miseráveis, esfolados e inchados, que me faziam mancar durante o frio de janeiro, começaram a cicatrizar e desinchar sob os ares mais amenos de abril. As noites e as manhãs não mais congelavam o sangue dentro de nossas veias com suas temperaturas de um frio semelhante ao das calotas polares. Agora podíamos suportar a hora do recreio que passávamos no jardim que começava a ficar agradável e festivo; algumas vezes, por conta de um dia ensolarado ou graças ao verde que crescia sobre os canteiros amarronzados e expostos ao frescor diário, incentivávamos nossa imaginação a pensar que durante a noite a Esperança os atravessava e deixava, a cada manhã, os vestígios brilhantes de seus passos. As flores despontavam entre a folhagem. Eram fura-neves, flores de açafrão, prímulas púrpuras e amores-perfeitos dourados. Agora, nas tardes das quintas-feiras, com somente meio período de aula, saíamos para passear, e encontrávamos flores ainda mais bonitas que desabrochavam na borda dos caminhos por baixo das cercas vivas.

Descobri também que, além dos altos muros protegidos por estacas do nosso jardim interno, do lado de fora, nos esperavam prazeres e encantos só limitados pelo horizonte. Tais prazeres consistiam em descortinar, no majestoso contorno de uma montanha, os inumeráveis tons de verde e de sombras, o córrego brilhante cheio de pedras escuras e redemoinhos borbulhantes. Como esse cenário era diferente quando eu o vi definido sob o céu cor de chumbo do inverno, enrijecido pela geada, coberto de neve! Quando a neblina fria como a morte era soprada ao impulso do vento leste ao longo daqueles picos cor de púrpura, e escorregava até a várzea onde se misturava com o nevoeiro gelado do riacho! O próprio riacho agora era uma torrente, turva e incontrolável, rasgava o bosque e produzia no ar um som delirante, muitas vezes engrossado pela chuva forte ou pelo granizo que rodopiava no ar. E a floresta às suas margens, *esta* ainda mostrava uma fileira de esqueletos de árvores.

Abril avançou para maio — brilhante e sereno, assim foi o mês de maio. Dias de céu azul e sol ameno, e ventos suaves do oeste ou do sul que haviam chegado para completar. Agora a vegetação amadurecia com vigor. Lowood parecia ter soltados os cabelos e os sacudia livres. Tudo agora era verde e florido. Seus grandes esqueletos de olmos, freixos e carvalhos tinham restaurado a sua vida majestosa. As plantas silvestres haviam brotado em profusão em seus recessos. Uma variedade infinita de musgos preencheu os espaços e tornou o chão brilhante com a riqueza saudável das prímulas silvestres. Pude ver o seu brilho dourado pálido em pontos ofuscados e dispersos de suave luminosidade. Eu apreciava tudo isso com frequência e plenitude, livre, sem ser vigiada e quase sozinha. E para essa liberdade e prazer havia uma causa, sobre a qual começo agora a me referir.

Já não descrevi um bom lugar para se viver, quando falei dele encravado junto à montanha e à floresta, à beira de um riacho? Sem dúvida um lugar por demais prazeroso, mas quanto a ser saudável, ou não, isso é outro assunto.

Esse vale ladeado pela floresta onde ficava Lowood era o berço de nevoeiros e de doenças advindas da umidade que traziam. Com a chegada prematura da primavera, uma dessas doenças se infiltrou rapidamente no Asilo de Órfãos, espalhando tifo pelo ar que se respirava em salas de aula e dormitórios lotados, e, antes da chegada do mês de maio, transformou a instituição em um hospital.

A semi-inanição e os resfriados negligenciados deixaram a maioria das alunas predispostas a contrair infecções. Quarenta e cinco das oitenta meninas caíram doentes ao mesmo tempo. As aulas foram suspensas e as regras, relaxadas. Às poucas que continuavam saudáveis foram concedidas licenças quase ilimitadas, uma vez que o atendimento médico insistia na necessidade de exercício frequente para mantê-las com saúde, pois ninguém tinha como vigiá-las ou controlá-las. Toda a atenção da Senhorita Temple era dedicada às pacientes. Ela vivia na enfermaria, de onde não saía a não ser para descansar durante algumas poucas horas durante a noite. As professoras estavam totalmente ocupadas em arrumar e tomar outras providências para a partida das meninas que tinham a felicidade de ter amigos e parentes dispostos a retirá-las do risco de contágio. Muitas já enfermas iam para casa apenas para morrer. Algumas morriam na escola e eram enterradas rapidamente, pois a natureza da doença proibia qualquer demora.

Enquanto a doença passou a ser uma habitante de Lowood, e a morte, uma visita frequente; enquanto havia tristeza e medo dentro de suas paredes; enquanto as salas e os corredores tresandavam a cheiro de hospital, as drogas e as pastilhas lutavam em vão para vencer os eflúvios da mortandade, aquele mês de maio sem nuvens brilhava sobre as montanhas e florestas do outro lado dos portões. O jardim, também, resplandecia de flores. Os pés de malva-rosa estavam grandes como árvores, os lírios desabrocharam, as tulipas e rosas se abriram. As bordas dos canteiros estavam alegres com as boninas cor de carmim e as margaridas dobradas. As rosas amarelas também desabrocharam e ficavam abertas da manhã à noite exalando seu perfume forte de maçã. Esses tesouros de fragrâncias eram todos inúteis para a maioria das internas de Lowood, exceto para fornecer uma vez ou outra um punhado de ervas e flores para colocar nos caixões.

Porém eu e as outras tantas que continuavam aproveitávamos bem toda a beleza desse cenário e da estação. Foi-nos permitida a liberdade de perambular pela floresta, como ciganas, da manhã à noite. Fazíamos o que queríamos, íamos onde gostávamos de ir. Vivíamos muito melhor. O Senhor Brocklehurst e sua família agora nem chegavam perto de Lowood. As tarefas da administração também não eram mais controladas. A governanta enfezada foi embora com medo de contrair a infecção, e sua sucessora, que tinha sido zeladora no Dispensário de Lowton, desacostumada com as regras da sua nova casa, era comparativamente liberal. Além do mais havia menos gente para alimentar. As que estavam doentes comiam pouco. Nossas tigelas de café da manhã ficaram mais cheias. Quando não tinham tempo para preparar um jantar normal, o que acontecia com frequência, nos era dado um pedaço grande de torta fria, ou uma fatia grossa de pão e queijo que levávamos conosco para a floresta, onde cada uma escolhia o lugar de que mais gostava e jantava com fartura.

Meu lugar predileto era uma pedra larga e lisa, branca e seca, que ficava no meio do riacho, na qual só se podia chegar por dentro d'água, façanha que eu havia conquistado descalça. A pedra era larga o bastante para acomodar confortavelmente outra menina além de mim, e naquela ocasião a minha companheira escolhida era Mary Ann Wilson, uma garota esperta e observadora, cuja companhia me dava prazer, em parte porque ela era bem-humorada e original e por outro lado porque possuía modos que me deixavam à vontade. Por ela ser mais velha do que eu alguns anos, conhecia mais do mundo e podia contar-me muitas coisas que eu tinha vontade de saber. Junto dela minha curiosidade encontrava gratificação. Também era condescendente para com os meus defeitos, jamais fazia restrição ou puxava as rédeas de qualquer coisa que eu dissesse. Tinha o dom de contar histórias, enquanto o meu dom era fazer análises. Ela gostava de dar informações e eu, de fazer perguntas. Assim nos dávamos muito bem uma com a outra, o que resultava em muita diversão, sem grande aperfeiçoamento, a partir de nossas trocas.

E nesse meio-tempo por onde andava Helen Burns? Por que eu não aproveitava esses dias maravilhosos de liberdade em sua companhia? Teria eu me esquecido dela, ou era eu tão tola a ponto de estar cansada de sua amizade pura? É claro que Mary Ann Wilson não chegava aos pés da minha primeira amiga.

Podia apenas contar histórias que me distraíam, e responder a qualquer mexerico atrevido ou picante que eu contasse. Ao passo que, se falei a verdade sobre Helen, ela estava qualificada a dar àqueles que tinham o privilégio de desfrutar de sua companhia um gosto pelas coisas muito mais elevadas.

É verdade, caro leitor, era assim que eu sentia. E mesmo eu sendo um ser imperfeito, com muitos erros e poucos acertos, jamais me cansei de Helen Burns, tampouco deixei de ter por ela um sentimento de afeto, muito mais forte, terno e respeitoso do que qualquer outro que tenha existido em meu coração. Como poderia ser de outra maneira, quando Helen em todo tempo e em todas as circunstâncias demonstrou por mim uma amizade firme e fiel, jamais afetada pelo azedume do mau-humor ou perturbada por qualquer irritação? Mas no momento Helen estava doente. Tinha sido afastada do meu convívio semanas antes e colocada em um quarto do segundo pavimento, que eu não conhecia. Ela não estava na parte hospitalar da casa com as pacientes que tinham febre, porque seu mal era a tuberculose, não o tifo. E em minha ignorância entendi que tuberculose era algo não muito grave, que o tempo e os cuidados médicos iriam, por certo, aliviar.

Essa minha ideia era confirmada pelo fato de ela ter descido uma ou duas vezes durante as tardes mais quentes de sol e de ter sido levada para o jardim pela Senhorita Temple. No entanto, nessas ocasiões me proibiram de estar ou de falar com ela. Eu só a vi da janela da sala de estudo, e assim mesmo de forma indefinida, pois estava sempre muito agasalhada e sentada bem longe sob a cobertura da varanda.

Uma noite no começo de junho fiquei acordada até muito tarde com Mary Ann na floresta. Como de costume, nos tínhamos separado das outras e afastado para bem longe, tão longe que acabamos por nos perder e tivemos de pedir informações em um chalé retirado. Lá viviam um homem e uma mulher que criavam porcos semisselvagens alimentados pelas castanhas que caíam no chão da floresta. Quando voltamos, depois que a Lua já estava alta, nos deparamos com um pônei, que sabíamos ser do médico, parado no portão do jardim. Mary Ann observou que era provável que alguém estivesse muito mal para que o Senhor Bates fosse chamado àquela hora da noite. Ela entrou. Eu vinha um pouco mais atrás, pois queria plantar no meu canteiro um punhado de raízes que trouxera da floresta e que temia que murchassem se deixasse para plantar na manhã seguinte. Feito isso, ainda fiquei mais um tempo por ali. As flores cheiravam tão bem quando eram molhadas pelo orvalho! A noite estava agradável, tão tranquila, tão cálida. A luz do ocaso que ainda brilhava no lado oeste prometia um lindo dia seguinte. E a Lua se exibia majestosa do lado leste. Eu apreciava essas coisas como só uma criança pode apreciar, quando passou pela minha cabeça algo que nunca pensara antes:

"Como deve ser triste estar agora numa cama, doente e sofrendo o risco de morrer! Este mundo é tão maravilhoso! Como seria horrível ser chamada, e ser levada dele, sabe-se lá para onde!".

Então meu pensamento fez seu primeiro esforço sério para tentar compreender o que me haviam dito sobre céu e inferno. Pela primeira vez fiquei perplexa ao olhar para trás, para cada lado e para a frente e ver por toda parte um vazio insondável. E perceber que o único lugar que era de verdade — era o presente. Tudo mais era uma nuvem sem forma, um buraco sem fundo. E comecei a tremer diante do pensamento de como seria cambalear e mergulhar no meio desse caos. Enquanto pensava essas coisas, ouvi a porta da frente se abrir. O Senhor Bates saiu acompanhado por uma enfermeira. Depois que ela o viu montar no cavalo e partir, virou-se e já estava pronta para fechar a porta quando corri em sua direção.

— Como está Helen Burns?

— Está muito mal — foi a resposta.

— Foi a ela que o Senhor Bates veio ver?

— Foi.

— E o que foi que falou sobre ela?

— Ele disse que não ficará aqui por muito tempo.

Essa frase, se tivesse sido dita no dia anterior, teria sido interpretada como o aviso de que ela seria levada para Northumberland, para sua casa. Não teria suspeitado que isto pudesse significar que estava morrendo. Mas soube disso no exato momento em que falei com a enfermeira. Ficou claro em minha mente que Helen Burns estava em contagem regressiva de seus últimos dias neste mundo, e que iria ser levada para a região dos espíritos, se é que ela existia. Sofri um choque de horror e, depois um forte sentimento de pesar — um desejo e uma necessidade imensa de vê-la, e então perguntei em que quarto ela estava.

— Ela está no quarto da Senhorita Temple — disse a enfermeira.

— Posso subir para falar com ela?

— Ah, não, minha criança! Não é aconselhável. E agora já é hora de entrar. Você pegará a febre se ficar aí fora no sereno.

A enfermeira fechou a porta da frente e eu entrei pela lateral que levava à sala de estudo. Eu chegara bem no horário do recolhimento. Eram nove horas e a Senhorita Miller estava chamando as meninas para a cama.

Talvez duas horas mais tarde, lá pelas onze da noite, quando, sem ter conseguido dormir, avaliei que pelo completo silêncio no dormitório minhas companheiras estavam envoltas num sono profundo, levantei-me pé ante pé. Coloquei o vestido por cima da camisola e, sem calçar os sapatos, sai em busca do quarto da Senhorita Temple. Ele ficava quase na outra extremidade do prédio, mas eu sabia como chegar lá. E a luz clara da lua de verão, num céu sem nuvens, entrava pelas janelas do corredor aqui e ali, e me ajudava a encontrar o caminho sem dificuldade. Um cheiro de cânfora e vinagre aquecido me avisou quando cheguei perto do quarto das doentes. Passei defronte da porta o mais rápido que pude com medo de que a enfermeira que estava no plantão da noite pudesse ouvir-me. Temia ser descoberta e mandada de volta, mas eu *tinha* de ver Helen, tinha de abraçá-la antes que ela morresse. Tinha de dar-lhe um último beijo, trocar com ela uma última palavra.

Depois de descer a escadaria, atravessei a parte de baixo do prédio, consegui abrir e fechar duas portas sem fazer barulho. E encontrei outro lance de escada. Subi, e logo do lado oposto estava a porta do quarto da Senhorita Temple. Vi uma luz saindo pelo buraco da fechadura e por baixo da porta; um silêncio profundo preservava o ambiente. Ao me aproximar, percebi que a porta estava encostada, provavelmente para permitir que um pouco de ar fresco circulasse pelo ambiente fechado onde morava a doença. Sem hesitação e com um impulso impaciente da alma e dos sentidos trêmulos aguçados pela agonia, empurrei a porta e olhei para dentro. Meus olhos buscavam Helen e temiam encontrar a morte.

Junto da cama da Senhorita Temple e parcialmente encoberto por um cortinado branco, havia uma espécie de berço. Vi o contorno de uma forma sob as cobertas, mas o rosto estava oculto pela madeira do suporte lateral. A enfermeira com quem eu falara no jardim dormia sentada numa poltrona. Uma vela ardia fracamente sobre a mesa. A Senhorita Temple não estava à vista. Soube mais tarde que havia sido chamada para socorrer uma paciente que entrara em delírio na sala das doentes. Avancei quarto adentro e parei ao lado do berço. Estava com a mão no cortinado, mas preferi falar antes de abri-lo. Tinha medo de me deparar com um cadáver.

— Helen — sussurrei baixinho —, você está acordada?

Ela se mexeu, afastou o cortinado e vi o seu rosto, pálido, consumido, porém composto. Parecia tão pouco mudada que meus temores se dissiparam na mesma hora.

— É você, Jane? — perguntou ela, com sua voz suave.

"Oh!" — pensei —, "ela não vai morrer. Devem ter-se enganado. Não poderia falar e parecer assim tão tranquila se estivesse no fim".

Aproximei-me mais do berço e a beijei. Sua testa estava fria e suas faces eram também frias, da mesma forma que sua mão e seu pulso. Mas ela sorria como antes.

— Por que foi que você veio aqui, Jane? Já passa das onze horas. Ouvi o carrilhão do relógio faz alguns minutos.

— Vim para vê-la, Helen. Soube que você estava muito doente e não poderia dormir sem antes vir aqui e falar com você.

— Então você veio despedir-se de mim. É provável que tenha chegado na hora certa.

— Você vai a algum lugar, Helen? Vai para casa?

— Sim, chegou o tempo de ir para casa. Para a minha última morada.

— Não, Helen, não! — parei aflita.

E, enquanto tentava engolir minhas lágrimas, Helen teve um acesso de tosse que, felizmente, não acordou a enfermeira. Quando o acesso passou, foi tomada por alguns minutos de exaustão, mas depois sussurrou:

— Jane, seus pezinhos estão no chão frio. Deite-se e cubra-se com a minha manta.

Foi o que fiz. Ela colocou seu braço à minha volta e eu me aninhei junto dela. Depois de um longo silêncio ela continuou a sussurrar:

— Estou muito feliz, Jane, e quando você souber da minha morte irá precisar de certeza e não de pesar. Não há por que ficar triste. Todos nós vamos morrer um dia, e a doença que me está levando não é dolorosa. Ela é suave e gradativa. Minha mente está em repouso. Não deixarei ninguém se enlutar com a minha perda. Só tenho meu pai, e ele se casou recentemente e não sentirá minha falta. Ao morrer cedo escaparei dos grandes sofrimentos. Não tenho qualidades ou talentos que façam que minha vida seja importante para o mundo. Estaria sempre em falta com alguma coisa.

— Mas para onde é que você está indo, Helen? Você pode ver? Você sabe?

— Eu creio, tenho fé. Estou indo para Deus.

— Onde é que Deus está? O que é Deus?

— É o meu e o seu Criador que jamais destrói aquilo que criou. Confio inteiramente em Seu poder e me entrego totalmente ao Seu amor. Conto as horas para a chegada desse acontecimento memorável que irá reintegrar-me a Ele e revelá-Lo a mim.

— Você então tem certeza, Helen, de que existe tal lugar chamado Céu e que nossas almas podem ir para lá depois da morte?

— Tenho certeza de que existe uma vida futura. Acredito na bondade de Deus. Entrego minha parte imortal a Ele sem qualquer receio. Deus é meu pai, Deus é meu amigo e eu O amo e creio que Ele me ama.

— E irei vê-la outra vez, Helen, quando eu morrer?

— Você irá para a mesma região de felicidade onde será recebida pelo mesmo poderoso Pai universal, não tenha dúvida, Jane querida.

Continuei perguntando, mas desta vez em pensamento. "Onde fica essa região? Será que ela existe?" — e apertei minhas mãos em volta de Helen. Ela parecia mais querida por mim do que nunca. Minha sensação é que eu não devia deixá-la partir. Fiquei com o rosto escondido no seu pescoço. Então, ela disse com uma voz suave:

— Como me sinto bem! Aquele último acesso de tosse me cansou um pouco. Acho que quero dormir. Mas não vá embora, Jane. Quero que fique junto de mim.

— Ficarei aqui com você, Helen querida. Ninguém irá tirar-me daqui.

— Você está bem aquecida?

— Sim.

— Boa noite, Jane.

— Boa noite, Helen.

Ela me beijou e eu a beijei, e ambas adormecemos.

Quando acordei já era dia. Um movimento incomum me fez levantar. Olhei para cima. Eu estava nos braços de alguém. A enfermeira me carregava no colo pelo corredor de volta para o dormitório. Não fui repreendida por ter deixado a minha cama. As pessoas tinham outras coisas com que se preocupar. Nenhuma explicação foi dada às minhas perguntas, mas um dia ou dois mais tarde soube que a Senhorita Temple, ao voltar para o quarto de madrugada, me encontrou deitada no berço com o rosto apoiado no ombro de Helen Burns e meus braços em volta de seu pescoço. Eu estava dormindo e Helen estava — morta.

Seu túmulo fica no pátio da igreja de Brocklebridge. Durante quinze anos depois da sua morte foi coberto apenas por um monte de grama. Mas agora uma lápide de mármore marca o local, com o nome dela e a palavra — *Resurgam.*[1]

---

[1] Em latim: "eu ressuscitarei".

X

Até este ponto tenho recordado com detalhes os acontecimentos da minha existência insignificante. Dediquei quase o mesmo número de capítulos aos primeiros dez anos da minha vida. Porém esta não é para ser uma autobiografia convencional. E estou inclinada a recorrer apenas à memória onde sei que os relatos despertarão algum grau de interesse. Portanto darei agora um salto de oito anos quase em silêncio. Apenas umas poucas linhas serão necessárias para manter os elos unidos.

Quando a febre tifoide cumpriu sua missão de devastação em Lowood, aos poucos foi desapare cendo de lá. Mas não antes de sua virulência e o número de vítimas terem chamado a atenção pública para a situação da escola. Foi realizada uma investigação sobre a origem do flagelo, e devagar os vários fatos que vieram à tona provocaram uma grande indignação. A natureza insalubre do lugar, a quantidade e a qualidade da alimentação servida às crianças, a água salobra e fétida usada no preparo das refeições, as roupas e as acomodações miseráveis das alunas, todas essas coisas foram descobertas, e a descoberta produziu um resultado mortificante para o Senhor Brocklehurst, porém benéfico para a instituição.

Várias pessoas benevolentes e de posses do condado contribuíram em grande parte para a construção de um prédio mais adequado e mais bem situado. Novos regulamentos foram criados. Melhorias na dieta e nas roupas foram aplicadas. Os recursos da escola passaram a ser administrados por um comitê. O Senhor Brocklehurst, que por sua boa situação financeira e suas ligações familiares não pôde ser ignorado, manteve ainda o cargo de tesoureiro, mas era auxiliado no exercício de suas atribuições por cavalheiros de mente mais aberta e esclarecida. O escritório que tinha também foi dividido com pessoas que sabiam combinar razão com rigor, conforto com economia, compaixão com retidão. Com aperfeiçoamento, e com o tempo, a escola tornou-se uma instituição verdadeiramente útil e nobre. Eu permaneci dentro de suas paredes por mais oito anos depois dessa sua reforma, seis como aluna e dois como professora, e em ambas as modalidades presto meu testemunho do seu valor e importância.

Durante esses oito anos minha vida transcorreu sem variações, mas nunca com infortúnio, porque eu tinha muita atividade. Tinha os meios para uma educação excelente ao meu alcance, uma predileção por alguns de meus estudos e um desejo de excelência em tudo, aliados a um imenso prazer em agradar a minhas professoras, principalmente as que eu amava e que me incentivavam. De forma plena aproveitei muito das vantagens que me foram oferecidas. Com o tempo vim a ser a primeira aluna da primeira classe, quando então me foi dado o cargo de professora, que desempenhei com zelo durante dois anos, ao fim dos quais houve uma alteração.

A Senhorita Temple, mesmo depois de todas as mudanças, continuou sendo a superintendente. Eu devia a melhor parte do meu aprendizado às instruções dela. Sua amizade e companhia foram meu consolo ininterrupto quando me amparou como uma mãe, governanta e ultimamente como uma grande companheira. Durante aquele período acabou por se casar e mudar com o marido, um pastor, um homem excelente e merecedor de uma esposa como ela, para um condado distante, o que foi uma perda para mim.

Desde o dia em que partiu nem de longe fui mais a pessoa que era antes. Com ela foram-se embora todo o sentimento apaziguado, todas as associações que, de certa forma, fizeram de Lowood um lar para mim. Eu absorvi algo da natureza dela e muito de seus hábitos, pensamentos mais harmoniosos e, o que era melhor, sentimentos mais sensatos pareciam ter-se instalado na minha mente. Tinha dado um voto de fidelidade ao dever e à ordem. Estava sossegada. Acreditava estar contente. Eu parecia ser uma pessoa disciplinada e de caráter discreto, aos olhos dos outros, e mesmo aos meus.

Mas o destino, na figura do reverendo Senhor Nasmyth, colocou-se entre mim e a Senhorita Temple. Logo após a cerimônia do seu casamento, já vestida para a viagem, a vi entrar na carruagem. Vi quando a carruagem subiu a montanha e desapareceu por trás da sua crista. Recolhi-me ao meu quarto e lá fiquei isolada a maior parte daquele meio-feriado decretado em homenagem à ocasião.

A maior parte do tempo, eu andei no quarto de cá para lá. Imaginei estar apenas lamentando a minha perda e pensando uma forma de repará-la, mas quando minhas reflexões chegaram a uma conclusão, olhei para fora e me dei conta de que a tarde tinha ido embora e a noite já ia alta, e ocorreu-me outra coisa — que durante aquele intervalo eu passara por uma transformação e que minha mente rejeitara tudo o que a Senhorita Temple me emprestara. Ou melhor, que ela levara consigo a atmosfera serena que eu respirava em sua companhia e que agora eu voltara ao meu estado natural e que emoções antigas estavam voltando a ocupar seus lugares. Não era como se um apoio tivesse sido retirado, mas sim com se a motivação tivesse desaparecido. Não era a tranquilidade que agora me faltava, era o motivo pelo qual ela que deixara de existir. Durante alguns anos o meu mundo se resumira a Lowood. Minha experiência de vida tinha sido pautada em suas regras e regulamentos, mas agora eu percebia que o mundo real era maior, e que um campo extenso de esperanças e medos, de sensações e excitações aguardava aqueles que tivessem coragem de seguir adiante em sua vastidão para buscar o verdadeiro conhecimento da vida em meio aos seus perigos.

Fui até minha janela, abri-a e olhei para fora. Lá estavam as duas alas do prédio. O jardim, os arrabaldes de Lowood e o horizonte montanhoso. Meu olhar passou por todos os componentes desse cenário para repousar no que estava mais distante, os picos azuis. Eram eles que eu ansiava ultrapassar fazia tempo. Tudo dentro de seus limites rochosos e da charneca me parecia os limites de uma prisão ou de um exílio. Segui com o olhar a estrada branca e sinuosa que circundava a base da montanha e desaparecia em um desfiladeiro entre duas outras. Como desejava segui-la até onde fosse! Lembrava-me da vez em que viajei por aquela mesma estrada numa carruagem. Lembrava-me de descer aquela montanha ao crepúsculo. Um século parecia ter-se passado desde o dia em que fui trazida para Lowood, de onde nunca mais saí. Todas as minhas férias foram passadas na escola. A Senhora Reed nunca me mandou buscar para visitar Gateshead. Nem ela nem ninguém da família jamais veio visitar-me. Eu nunca tive com quem me comunicar no mundo exterior fosse por cartas ou mensagens. As regras da escola, os deveres da escola, seus hábitos e conceitos, as vozes, os rostos, as frases, as roupas e as preferências e antipatias — era tudo o que eu conhecia da vida. E agora sentia que aquilo não era o bastante. Cansei-me da rotina de oito anos, em uma única tarde. Desejei a liberdade, suspirei pela liberdade, rezei uma prece pela liberdade que me pareceu ser levada pelo vento leve que soprava. Então abandonei a oração e fiz uma súplica mais humilde por mudança, por estímulo. E esse pedido pareceu também ser levado para o vazio.

"Então, conceda-me pelo menos uma nova ocupação!" — gritei em desespero.

Naquela hora a sineta que anunciava a hora do jantar chamou-me para o pavimento inferior.

Não estava mais livre para retomar a cadeia de reflexões que fora interrompida, senão na hora de ir para a cama. Mesmo assim, uma professora que ocupava o mesmo quarto que eu me afastou do tema o qual queria tanto retomar, com uma efusão prolongada de conversa-fiada. Como desejei que o sono a silenciasse! Parecia que, se eu pudesse resgatar a ideia que povoara por último a minha mente durante aquele tempo em que estive olhando pela janela, alguma sugestão interessante poderia surgir para o meu alívio.

A Senhorita Gryce começou a roncar, finalmente. Ela era uma galesa corpulenta, e até agora eu nunca havia considerado seus roncos sob outro aspecto que não fosse um transtorno. Nessa noite saudei as primeiras notas com profunda satisfação. Estava livre de interrupções. Os meus pensamentos meio apagados foram revividos instantaneamente.

"Uma nova ocupação! Alguma coisa assim" — falei comigo mesma mentalmente, porque não podia falar alto. — "Sei que há alguma coisa, porque essa possibilidade não soa assim tão atraente. Não me chega como uma palavra igual a liberdade, excitação, entretenimento, que são sons verdadeiramente deliciosos. Mas como meros sons, tão vazios e fugazes, que é total perda de tempo dar ouvido a eles. Mas ocupação! Isto deve ser algo concreto. Qualquer pessoa pode ter uma ocupação. Trabalhei aqui durante oito anos, agora quero trabalhar em outro lugar. Será que não poderia conseguir alguma coisa que fosse fruto da minha escolha? Isso é uma coisa palpável? Sim, sim, sim, a finalidade não é assim tão difícil se eu possuo um cérebro ativo o bastante para descobrir os meios de alcançá-la."

Sentei-me na cama a fim de despertar essa resposta em meu cérebro. A noite estava fria, cobri os ombros com um xale e comecei *a pensar*, outra vez, com todas as minhas forças.

"O que é que eu quero? Um lugar novo, numa casa nova entre outros rostos e novas circunstâncias. Quero isso porque é inútil querer qualquer coisa melhor. Como é que as pessoas fazem para conseguir outro lugar para ir? Acho que procuram seus amigos. Eu não tenho amigos. Há muitas outras pessoas que não têm amigos, que têm de procurar por si mesmas, ajudar a si próprias. E qual é o recurso que elas têm?"

Eu não sabia dizer, não tinha uma resposta. Então mandei que meu cérebro me desse uma resposta, e depressa. Ele trabalhou e trabalhou depressa. Senti o seu pulsar na cabeça e nas têmporas, mas durante quase uma hora ele trabalhou no caos, e seus esforços não resultaram em nada. Desassossegada por um trabalho em vão, levantei-me e dei uma volta no quarto, abri a cortina, reparei em uma ou duas estrelas, tremendo de frio, e voltei para a cama.

Em minha ausência, uma fada boa depositou a sugestão pedida em meu travesseiro, pois ao me deitar veio à minha mente tranquila e naturalmente: "aqueles que querem uma nova ocupação anunciam isso. Você deve colocar um anúncio no jornal do condado".

Mas como? Não sei nada sobre anúncios.

A resposta chegou de mansinho na mesma hora:

"Você deve botar o anúncio e o dinheiro para pagá-lo num envelope para o editor do jornal. Precisa colocar isso no correio de Lowton o quanto antes. As respostas devem ser enviadas a J. E. no próprio posto do correio. Pode voltar lá uma semana depois e perguntar se já teve resposta, e se alguma tiver chegado deverá fazer o que for preciso".

Repassei essa cena na cabeça por duas, três vezes, até minha mente ter assimilado tudo. Consegui que isso adquirisse uma forma clara e prática. Fiquei satisfeita e fui dormir.

Assim que o dia clareou, me levantei. Estava com meu anúncio pronto, envelopado e subscritado antes mesmo de a sineta tocar para o início das aulas. Ele dizia o seguinte:

"Jovem acostumada a dar aulas deseja encontrar um emprego em casa de família com filhos de menos de quatorze anos. Ela tem qualificações que a habilitam a ensinar boas noções de inglês, além de francês, desenho e música. Respostas para J. E. Posto do correio do condado de Lowton".

Para escrever o anúncio pensei, primeiro, que eu tinha sido professora durante dois anos. Segundo, que como tinha pouco mais de dezoito anos não iria dar certo cuidar de alunos quase da minha idade e, portanto, estipulei uma faixa etária. E por último que naquele tempo, caro leitor, essa pequena lista de atributos era considerada bastante abrangente.

A carta ficou trancada na minha gaveta o dia todo. Depois do chá, pedi licença à superintendente para ir até Lowton a fim de fazer algumas compras para mim e para uma ou duas de minhas colegas professoras. A permissão foi dada na mesma hora. Eu parti. Era uma caminhada de pouco mais de três quilômetros. A tarde estava úmida, mas os dias continuavam mais longos. Entrei em uma loja ou duas, pus a carta no correio e voltei debaixo de uma chuva forte, com as roupas ensopadas, mas com o coração aliviado.

A semana seguinte pareceu longa. Mas chegou ao fim, como tudo neste mundo, e uma vez mais, no final de um dia agradável de outono, lá estava eu indo a pé pela estrada que me levaria à Lowton. Era uma trilha muito pitoresca. O caminho seguia o curso do riacho e suas curvas suaves cortavam a várzea. Eu pensava mais nas cartas que podiam ou não estar esperando-me na pequena cidade para onde eu estava indo do que na beleza do prado ou das águas do riacho.

Naquela ocasião, a desculpa para a minha saída foi um par de sapatos que precisavam de conserto. Assim, me livrei primeiro dessa incumbência, e atravessei a ruazinha tranquila do sapateiro até o posto do correio. Quem tomava conta dele era uma senhora que usava óculos de aro de chifre no nariz e mitenes nas mãos.

— Há alguma carta endereçada para J. E. ? — perguntei.

Ela me olhou por cima dos óculos, abriu uma gaveta e remexeu o seu conteúdo durante um longo tempo. Tão longo, que minhas esperanças começaram a balançar. Depois de manter o envelope diante dos óculos por quase cinco minutos colocou-o em cima do balcão acompanhado de um olhar desconfiado e inquisidor — finalmente era para J. E.

— Há apenas uma? — perguntei.

— Não há mais nada — respondeu ela.

Coloquei o envelope no bolso e virei o rosto para a direção que me levaria para casa. Não pude abri-lo naquele momento. O regulamento me obrigava a estar de volta antes das oito, e já eram sete e meia.

Varias obrigações aguardavam minha chegada. Tive de ficar com as meninas durante a hora de estudos. E depois era o meu dia de ler as orações e de acompanhá-las ao dormitório. Feito tudo isso, jantei com as outras professoras. Finalmente, quando nos retiramos para dormir, a inevitável Senhorita Gryce já estava no meu quarto. Tínhamos apenas um toco de vela no nosso castiçal, e temi que ela ficasse falando até que a vela se consumisse por inteiro. Para minha felicidade, entretanto, a sopa substanciosa que ela tomara produziu um efeito soporífero. Antes que eu terminasse de me despir, ela já havia começado a roncar. Ainda restavam alguns centímetros da vela. Naquele instante peguei a carta e quebrei o lacre, que trazia a inicial "F". O conteúdo da carta era breve:

"Se J. E. que na última quinta-feira colocou um anúncio no jornal do condado possui os requisitos mencionados, e se tem condições de apresentar referências satisfatórias em relação ao seu caráter e competência, pode ser-lhe oferecida colocação em uma residência onde há apenas uma aluna, uma menina de menos de dez anos de idade, e onde o salário é de trinta libras por ano. Pede-se a J. E. que envie referências, nome, endereço e detalhes para a Senhora Fairfax, Thornfield, nas cercanias de Millcote, condado de…

Examinei a carta durante um bom tempo — a caligrafia era antiga e um tanto incerta, como a de uma senhora de idade. Esta circunstância era satisfatória. O que me provocava certo medo era o fato de que, ao agir por conta própria, sem nenhuma orientação, estivesse correndo o risco de me meter em alguma encrenca. Acima de tudo, eu desejava que o resultado dos meus esforços fosse respeitável, adequado, *en règle.*[1] Sentia que uma senhora de idade se adequava perfeitamente bem à colocação que eu pretendia. Senhora Fairfax! Eu a via com um vestido preto e um chapéu de viúva. Talvez um pouco fria, mas nunca uma pessoa sem educação. Uma típica senhora inglesa respeitável. Thornfield, sem dúvida, era o nome de sua propriedade. Um lugar com certo estilo, com certeza, embora não tenha conseguido imaginar como seria por dentro. Millcote, condado de… Tentei encontrar o mapa da Inglaterra. Sim, eu o vi. Como também a cidade e o condado. Ficava cerca de cem quilômetros mais perto de Londres do que o condado em que eu morava atualmente. O que era apropriado para mim. Fazia tempo que eu queria ir para onde houvesse vida e movimento. Millcote era uma grande cidade manufatureira às margens do rio A… Um lugar bem agitado, sem dúvida. Nada melhor. Não que minha imaginação fosse muito fascinada pela ideia de chaminés e nuvens de fumaça, mas — argumentei — "Thornfield provavelmente deve ficar a uma boa distância da cidade".

[1] Em francês: decente, bem composto, apresentável.

O toco da vela caiu e o pavio se apagou.

No dia seguinte novos passos foram dados. Meus planos não poderiam mais ficar guardados em meu peito. Era preciso reparti-los com outras pessoas para que atingissem o sucesso. Tendo solicitado e obtido uma audiência com a superintendente durante o recreio da tarde, disse a ela que tinha a possibilidade de obter um emprego cujo salário seria o dobro do que eu recebia agora — em Lowood eu ganhava apenas quinze libras por ano. E pedi que ela comunicasse a minha intenção ao Senhor Brocklehurst, ou a alguma outra pessoa do comitê, e averiguasse se eu poderia apresentá-los como referências. Ela gentilmente aceitou agir como minha intermediária. No dia seguinte, a questão foi colocada para o Senhor Brocklehurst, que disse que a Senhora Reed deveria também ser consultada, uma vez que fora minha guardiã natural. Uma nota então lhe foi enviada. Ela em resposta disse que eu "poderia fazer o que achasse melhor, pois já há muito tempo não tinha qualquer interferência em minha vida".

Essa nota retornou para o comitê e, afinal, depois do que me pareceu demorar um século, uma dispensa formal me foi concedida para que melhorasse minha condição de vida da forma que quisesse. E que receberia imediatamente uma declaração assinada pelos inspetores da instituição atestando que eu sempre tivera conduta impecável tanto como professora quanto como aluna em Lowood.

Cerca de um mês depois recebi a tal declaração e enviei uma cópia à Senhora Fairfax, e como resposta ela informou que estava satisfeita e fixou uma data, dentro de quinze dias, para que eu me apresentasse e assumisse o cargo de governanta da casa.

Eu agora estava ocupada com os preparativos. A quinzena simplesmente voou. Eu não tinha um guarda-roupa assim tão grande, embora fosse adequado às minhas necessidades, e no último dia tive tempo para arrumar o meu baú, aliás, o mesmo que eu trouxera de Gateshead havia oito anos.

O baú foi amarrado com cordas, e nele foi preso meu cartão. Em meia hora chegaria o carregador para levá-lo até Lowton, onde também eu deveria estar no dia seguinte bem cedo para pegar a carruagem. Escovei meu vestido preto de viagem, arrumei o chapéu, as luvas e o agasalho para as mãos. Verifiquei bem todas as minhas gavetas para ver se não esquecera nada. E agora, não tendo outra coisa a fazer, sentei-me e tentei descansar. Mas não pude. Embora não tivesse parado o dia todo, não consegui repousar nem um minuto. Estava entusiasmada demais. Uma fase da minha vida estava por terminar essa noite e uma nova se iniciaria na manhã seguinte. Era impossível descansar nesse intervalo. Ficaria numa vigília desassossegada enquanto a mudança não se completasse.

— Senhorita — disse uma criada que me encontrou no saguão, onde eu andava de lá para cá como um espírito inquieto —, há uma pessoa lá embaixo que deseja vê-la.

"É o carregador, sem dúvida" — pensei, e corri para baixo sem perguntar quem podia ser. Passei pelo salão de trás, a sala de estar das professoras, cuja porta estava entreaberta, para ir para a cozinha, quando alguém correu:

— É ela, tenho certeza! — poderia lembrar-me dela em qualquer lugar — gritou a pessoa, que impediu meus passos, e pegou a minha mão.

Eu olhei. Vi uma mulher com um tipo de matrona, embora fosse ainda jovem e tivesse ótima aparência, cabelos e olhos pretos e um rosto jovial, muito bem vestida, embora com roupas de criada.

— Muito bem, quem sou eu? — perguntou ela com uma voz e um sorriso que eu reconheci pela metade. — Você não se teria esquecido de mim, não, Senhorita Jane?

No segundo seguinte eu já a estava abraçando e beijando efusivamente.

— Bessie! Bessie! Bessie! — foi tudo o que eu disse.

Ela meio que riu e meio que chorou e ambas entramos no salão. Junto da lareira estava um garotinho de seus três anos vestido com uma túnica xadrez e calça comprida.

— Este é o meu filhinho — disse Bessie.

— Então, você se casou, Bessie?

— Sim: já faz quase cinco anos, com Robert Leaven, o cocheiro. E temos também uma menina além do Bobby, que eu trouxe comigo. Dei a ela o nome de Jane.

— E você não mora mais em Gateshead?

— Moro no chalé do caseiro. Ele foi embora.

— Bem, e como é que eles estão se arranjando? Conte-me tudo sobre eles, Bessie. Mas primeiro sente-se. Bobby, venha cá e se sente no meu colo, está bem?

Mas Bobby preferiu ir para junto de sua mãe.

— A senhorita não ficou muito alta, Senhorita Jane, nem muito corpulenta — continuou a Senhora Leaven. — Eu me arrisco a dizer que não cuidaram muito bem da senhorita aqui na escola. A Senhorita Reed é mais alta que a senhorita, e Senhorita Georgiana daria duas da senhorita de largura.

— Suponho que Georgiana tenha ficado bonita, não, Bessie?

— Muito. Ela foi para Londres no inverno passado com a mãe, e todos lá a admiraram, e um jovem cavalheiro ficou apaixonado por ela. Mas os parentes dele foram contra o casamento. E nem imagine o que aconteceu! Ele e a Senhorita Georgiana resolveram fugir, mas foram descobertos e impedidos. Foi a Senhorita Reed quem os descobriu. Penso que teve inveja. Agora ela e a irmã vivem juntas qual cão e gato. Estão sempre se estranhando.

— Bem, e o que aconteceu com John Reed?

— Ah, ele não vai indo tão bem quanto sua mãe gostaria. Entrou para a universidade e "foi ao pau", que é como eles falam lá. Então seus tios quiseram que ele se tornasse advogado, e estudasse direito, mas ele é um jovem desregrado, e eles nunca conseguirão que venha a ser qualquer coisa na vida. É o que eu penso.

— E ficou bonito?

— Ele ficou bem alto. Algumas pessoas o acham um jovem muito bem-apessoado, mas seus lábios são muito grossos.

— E a Senhora Reed?

— A senhora está com uma aparência boa e forte, mas acho que já não está muito bem da cabeça. A conduta do Senhor John a aborrece porque ele é muito perdulário.

— Foi ela que a mandou aqui, Bessie?

— Não, de jeito nenhum. Fazia muito tempo que eu queria vê-la, e quando soube que chegara uma carta sua dizendo que a senhorita ia mudar-se para outra parte do país, achei melhor vir vê-la antes que ficasse fora do meu alcance.

— Temo que tenha ficado decepcionada com minha aparência, Bessie — falei rindo. Percebi que o olhar de Bessie, embora expressasse estima, não demonstrava admiração.

— Não, Senhorita Jane, não é isso. A senhorita está muito distinta. Parece uma dama. Está exatamente como eu esperava encontrar, afinal a senhorita não foi uma criança bonita.

Sorri para Bessie ao ouvir sua resposta franca. Senti que estava sendo honesta, mas confesso que não fiquei indiferente à importância da sua apreciação. Aos dezoito anos a maioria das pessoas deseja agradar aos outros, e a convicção de que não se tem uma aparência capaz de cooperar com esse desejo não é nada gratificante.

— Contudo, aposto que a senhorita é muito bem preparada — continuou Bessie, como uma espécie de consolo. — O que sabe fazer? Sabe tocar piano?

— Um pouco.

Havia um piano na sala. Bessie foi até ele, abriu-o e me pediu que sentasse e tocasse uma música. Toquei uma ou duas valsas e ela ficou encantada.

— As Senhoritas Reed não tocam assim tão bem! — disse exultante. — Sempre falei que nos estudos a senhorita iria deixá-los no chinelo. A senhorita sabe desenhar?

— Aquela pintura que está ali sobre a chaminé da lareira é um dos meus quadros.

Era uma paisagem feita em aquarela que eu dera de presente à superintendente em agradecimento por sua mediação a meu favor junto ao comitê. Foi ela quem mandou emoldurar.

— É muito bonita, Senhorita Jane! É um quadro lindo como os que o professor de pintura da Senhorita Reed costuma pintar, sem falar que as senhoritas jamais conseguiriam chegar nem perto de algo semelhante. E a senhorita também aprendeu a falar francês?

— Sim, Bessie, posso tanto ler quanto falar.

— E pode também trabalhar em musselina e tela?

— Posso.

— Ah, então a senhorita é uma verdadeira dama, Senhorita Jane! Eu sabia que seria. A senhorita terá muito sucesso na vida, queiram seus parentes ou não. Há uma coisa que gostaria de lhe perguntar. A senhorita alguma vez ouviu alguma coisa sobre os parentes do seu pai, os Eyre?

— Nunca em toda a minha vida.

— Bem, como a senhorita sabe, a Senhora Reed sempre falou que eles eram muito pobres e desprezíveis. Podem até ser pobres, mas acredito que são tão ilustres quanto os Reed, porque um dia, há sete anos, um Senhor Eyre veio a Gateshead à sua procura. A patroa disse que a senhorita estava numa escola que ficava a 80 quilômetros. Ao que parece, ele ficou desapontado, pois estava só de passagem e não podia gastar mais tempo. Estava de viagem para um país estrangeiro e em um dia ou dois seu navio partiria de Londres. Ele aparentava ser um cavalheiro distinto, e eu penso que era irmão de seu pai.

— Para que país estrangeiro ele estava indo, Bessie?

— Para uma ilha a milhares de quilômetros daqui, onde se fabrica vinho. Foi o que me disse o mordomo.

— Madeira? — sugeri.

— Sim, é isso. A palavra era essa.

— Então ele foi embora?

— Sim, não ficou muito tempo na casa. A senhora foi muito arrogante com ele. Mais tarde se referiu a ele como "comerciante medíocre". O meu Robert acredita que ele seja um comerciante de vinhos.

— É bem possível — respondi — ou quem sabe empregado ou representante de um comerciante de vinhos.

Bessie e eu conversamos sobre os velhos tempos por mais uma hora e então ela teve de ir embora. Ainda a vi outra vez, por alguns minutos, na manhã do dia seguinte em Lowton enquanto esperava a carruagem. Finalmente nos separamos defronte ao portão com o brasão dos Brocklehurst. E cada uma de nós tomou um caminho diferente. Ela foi para o lado de Lowood Fell para encontrar o transporte que a levaria de volta para Gateshead e eu entrei no veículo que me transportaria para novas atividades e uma nova vida nos desconhecidos arredores de Millcote.

XI

Um novo capítulo num romance é como um novo ato de uma peça de teatro. E quando eu levantar a cortina desta vez, caro leitor, deve imaginar uma sala na estalagem George Inn, em Millcote, revestida por um papel de parede com um estampado graúdo como costumam ser os das salas das estalagens. Um tapete bem típico assim como o mobiliário e os ornamentos espalhafatosos sobre a lareira, um retrato do rei Jorge III e outro do Príncipe de Gales e uma pintura representando a Morte assinada por Wolfe. Tudo isso ficaria visível aos seus olhos pela luz de um lampião a óleo pendurado no teto, e pelo fogo magnífico de uma lareira perto da qual me sentei com capa e chapéu. O agasalho de mãos e o guarda-chuva ficaram em cima da mesa enquanto eu esquentava pernas e mãos dormentes e contraídas pelo frio depois de dezesseis horas de exposição ao clima de um dia de outubro. Saí de Lowton às quatro horas da manhã, e os relógios de Millcote acabavam de marcar oito horas da noite.

Caro leitor, posso até parecer estar acomodada confortavelmente, mas minha mente não está tranquila. Pensei que quando a carruagem chegasse aqui haveria alguém à minha espera. Assim que desci e pisei nos degraus da escada de madeira que os empregados da estalagem colocaram na porta da carruagem, olhei ansiosa ao redor na expectativa de ouvir alguém me chamar pelo nome e de ver algum tipo de carruagem esperando para me levar até Thornfield. Mas não havia nada disso à vista. Quando perguntei a um garçom se estivera alguém ali perguntado pela Senhorita Eyre, recebi resposta negativa. Portanto, não tive outro recurso senão pedir que me levassem para uma sala privada. E aqui estou eu, esperando, enquanto todos os tipos de dúvidas e medos perturbam meus pensamentos.

É uma situação bastante estranha para uma jovem inexperiente sentir-se sozinha no mundo, à deriva, sem nenhuma conexão, sem saber se o porto ao qual quer chegar vai ser alcançado, e por vários fatores impossibilitada de retornar ao ponto de partida. O encantamento da aventura adocica essa sensação, o calor do orgulho a acalenta, mas o pulsar do medo a perturba. E o medo aqui no meu caso se tornou predominante, quando depois de meia hora eu ainda continuava sozinha. Resolvi tocar a campainha.

— Há algum lugar pelas vizinhanças chamado Thornfield? — perguntei ao garçom que atendeu ao meu chamado.

— Thornfield? Não conheço, não, senhora. Vou perguntar no bar — ele desapareceu, mas retornou em seguida.

— Seu nome é Eyre, senhorita?

— Sim.

— Há uma pessoa aqui que espera a senhorita.

Levantei-me de um salto, peguei o agasalho e o guarda-chuva, e me precipitei pelo corredor da estalagem. Havia um homem de pé junto à porta aberta, e na rua iluminada por um lampião vi vagamente uma carruagem puxada por um único cavalo.

— Suponho que esta seja a sua bagagem — disse o homem de repente, com o dedo apontado para o meu baú, que estava no corredor.

— Sim.

Ele o levou para o veículo, que era um tipo de carruagem, e eu embarquei. Antes que fechasse a porta perguntei se Thornfield era longe dali.

— Pouco menos de dez quilômetros.

— Em quanto tempo chegaremos lá?

— Em uma hora e meia.

Ele fechou a porta da carruagem, subiu na boleia e partimos. Fomos indo devagar, o que me deu bastante tempo para refletir. Sentia-me contente por estar finalmente perto do final da minha jornada. E enquanto viajava recostada naquela carruagem confortável sem elegância alguma, ia pensando na vida.

"Imagino" — pensei —, "a julgar pela simplicidade do empregado e da carruagem, que a Senhora Fairfax não seja uma pessoa que goste de ostentação. Tanto melhor. A única vez que eu vivi entre pessoas finas fui muito infeliz na companhia delas. E agora me pergunto se a senhora vive sozinha com a menina pequena. Se for assim, e se for uma pessoa amável, eu garanto que me darei bem com ela. Farei o melhor que puder para que seja assim. É uma pena que mesmo fazendo o melhor possível nem sempre temos a melhor retribuição.

De fato, em Lowood tomei esta resolução, a mantive e tive sucesso com o apoio de todos. Mas com a Senhora Reed, lembro-me bem, o melhor de mim era sempre tratado com desprezo. Peço a Deus que a Senhora Fairfax não se mostre uma segunda Senhora Reed. Mas se for assim não tenho intenção de permanecer por lá. Na pior das hipóteses posso colocar um novo anúncio. Mas quanto ainda faltaria para chegarmos?"

Abaixei a janela e olhei para fora. Millcote ficara para trás, e julgando pela quantidade de luzes me parecia um lugar bem grande, pelo menos bem maior do que Lowton. Até onde podia enxergar, estávamos agora passando por uma terra comum descampada, mas havia casas espalhadas aqui e ali. Achei que estávamos numa região diferente de Lowood, mais populosa, menos pitoresca, mais agitada e menos romântica.

A estrada era pesada, a noite estava nublada. O cocheiro deixou o cavalo trotar o tempo todo, hora e meia se passara e já lá se iam quase duas quando ele se virou da boleia e falou:

— Estamos quase chegando a Thornfield.

Olhei mais uma vez para fora. Estávamos passando por uma igreja. Avistei sua torre larga e baixa contra o céu onde o sino acabara de bater um quarto de hora. Vi também um conjunto de luzes numa encosta, assinalando uma povoação ou uma aldeia. Cerca de dez minutos depois o cocheiro apeou e abriu um par de portões. Atravessamos e eles se fecharam atrás de nós. Subimos uma ladeira vagarosamente e chegamos diante da longa fachada da casa. Através de cortina de uma das janelas em arco via-se o brilho de uma vela. Todo o resto estava mergulhado na escuridão. A carruagem parou diante da porta da frente, que foi aberta por uma criada. Desci e entrei.

— Queira seguir por aqui, senhora — disse a moça. Eu a acompanhei por um vestíbulo quadrado com portas altas por todos os lados. Ela me conduziu a uma sala cuja iluminação dupla da lareira e da vela, à primeira vista, me ofuscou em contraste com a escuridão a que meus olhos se haviam acostumado durante as últimas duas horas. Contudo, quando voltei a enxergar, apresentou-se diante de mim a visão de um cenário aconchegante e agradável.

Uma sala acanhada e acolhedora com uma mesa redonda ao lado de uma lareira agradável, uma poltrona antiga de espaldar alto na qual estava sentada uma senhora idosa e pequena, a mais bem-composta que se possa imaginar, com uma touca de viúva, um vestido de seda preto e um avental de musselina, branco como a neve. Exatamente como eu tinha pensado que a Senhora Fairfax seria, ainda que menos imponente e com uma aparência mais suave. Estava ocupada com um tricô e tinha um gato grande deitado a seus pés. Não faltava nada ao redor para completar a beleza ideal do conforto doméstico. Aquela cena para a apresentação da nova governanta não poderia ser mais reconfortante. Não havia qualquer ostentação para oprimir, nenhuma pompa para desconcertar. Assim que entrei na sala, a senhora se levantou e veio gentilmente me receber.

— Muito prazer. Como vai, minha querida? Receio que tenha tido uma viagem enfadonha. John conduz a carruagem muito devagar. Você deve estar com frio, venha para perto da lareira.

— É a Senhora Fairfax, suponho.

— Sim, sou eu mesma. Mas sente-se.

Ela me levou até a sua cadeira e começou a retirar meu xale e a desamarrar o cadarço do meu chapéu. Supliquei que não se incomodasse com essas coisas.

— Ora, não é incômodo nenhum. Posso imaginar o quanto suas mãos devem estar dormentes de tanto frio. Leah, prepare um pouco de ponche quente e um ou dois sanduíches. Aqui estão as chaves da despensa.

E tirou do bolso o maior molho de chaves que uma dona de casa consegue carregar e entregou-o à criada.

— Agora, então, chegue mais para perto do fogo — continuou ela. — Trouxe sua bagagem com você, não foi, minha querida?

— Sim, senhora.

— Vou providenciar para que seja colocada no seu quarto — disse ela, saindo apressada.

"Ela me trata como se eu fosse uma visita" — pensei. "Nem de longe esperava uma recepção como essa. Eu previa somente frieza e afetação. Pelo que já ouvira falar, esse não era o tipo de tratamento dado a uma governanta, mas era muito cedo para que eu me entusiasmasse."

Ela voltou. Retirou de cima da mesa um ou dois livros e o trabalho de tricô abrindo espaço para a bandeja que Leah trazia, e também foi ela mesma que me serviu a refeição ligeira. Senti-me um tanto embaraçada por estar sendo objeto da maior atenção que jamais recebera, e, ainda por cima, vinda da minha patroa, de alguém superior. Mas, como ela própria demonstrava estar fazendo algo com a maior naturalidade, achei melhor aceitar em silêncio a sua gentileza.

— Terei o prazer de conhecer a Senhorita Fairfax hoje à noite? — perguntei, enquanto me servia do que ela me havia oferecido.

— O que foi que disse, minha querida? Sou um pouco surda — murmurou a boa senhora, aproximando o ouvido da minha boca.

Repeti a pergunta mais claramente.

— A Senhorita Fairfax? Ah, deve estar referindo-se à Senhorita Varens! Varens é o nome da sua futura aluna.

— Mas claro! Então ela não é sua filha?

— Não. Eu não tenho família.

Eu poderia ter aproveitado minha primeira pergunta para indagar qual a ligação que a Senhorita Varens tinha com ela, mas lembrei-me que não era educado fazer muitas perguntas. Além de tudo, mais cedo ou mais tarde ficaria sabendo.

— Fico muito contente — continuou ela enquanto se sentava defronte a mim e colocava o gato no colo —, fico muito contente que tenha vindo morar aqui. Agora, será muito agradável ter companhia. Na verdade este lugar é sempre agradável, pois Thornfield é uma mansão velha excelente, talvez um tanto descuidada nos últimos anos, mas ainda continua a ser um lugar digno para se viver. Embora, como sabe, durante o inverno qualquer pessoa se sinta meio sozinha e melancólica. Mesmo que viva em uma ótima casa. Eu quis dizer sozinha mesmo. Leah é uma ótima moça, e John e sua esposa são pessoas bastante decentes, com certeza. Mas veja você, são apenas empregados, e não se pode conversar com eles de igual para igual. Manter a distância devida é necessário para que não se perca a autoridade. Tenho certeza de que no inverno passado — se é que se lembra de que foi extremamente severo, quando não nevava, chovia e ventava — não apareceu vivalma; apenas o açougueiro e o carteiro vieram a esta casa, de novembro até fevereiro, e realmente me senti bastante melancólica sentada aqui noite após noite, sozinha. Leah ficou comigo algumas vezes para ler, mas penso que a pobre moça não gostava muito dessa tarefa. E se sentia limitada. Na primavera e no verão é bem melhor. O sol e dias mais longos fazem toda a diferença, Depois, logo no começo do outono, a pequena Adela Varens e sua babá chegaram. Uma criança torna a casa cheia de vida na mesma hora. E agora que você está aqui, acho que vou ficar muito contente.

Meu coração ficou enternecido por ouvir o que aquela senhora respeitável dizia. Puxei minha cadeira para mais perto dela e desejei sinceramente com todas as forças que achasse minha companhia tão agradável quanto esperava.

— Mas não irei prendê-la aqui sentada a noite toda — disse ela. — Já é quase meia-noite e você viajou o dia inteiro. Deve estar cansada. Se seus pés já estiverem bem aquecidos, vou mostrar-lhe o seu quarto. Quis que ele fosse preparado próximo ao meu. É um aposento pequeno, mas achei que você gostaria mais dele que de um dos quartos grandes da frente. Com certeza estes têm uma mobília melhor, mas são tristes e isolados, nem eu mesma durmo neles.

Agradeci a consideração pela escolha que havia feito e, como eu realmente me sentia muito cansada depois da longa viagem, expressei o desejo de me recolher. Ela pegou a vela e eu a segui pela casa. Primeiro, foi verificar se a porta da frente estava trancada, e depois de retirar a chave da fechadura se dirigiu para a escadaria que desembocava no pavimento superior. Os degraus e corrimãos eram de carvalho. A janela que a iluminava durante o dia era alta e guarnecida com treliça. Tanto ela quanto o longo corredor, para o qual davam as portas abertas dos quartos, pareciam mais pertencer a uma igreja do que a uma casa. Um ar frio como o de uma cripta permeava a escadaria e o corredor, sugerindo pensamentos tristes de amplidão e isolamento. Fiquei contente quando finalmente, ao entrarmos no meu quarto, verifiquei que ele era pequeno e mobiliado com peças simples de estilo moderno.

Depois que a Senhora Fairfax me desejou boa-noite, fechei a porta, corri os olhos lentamente ao redor do aposento e de certa forma desfiz a impressão funesta causada pelo saguão amplo, pela escadaria espaçosa e por aquele corredor frio, em função do aspecto mais alegre do meu pequeno quarto. Lembrei que, após um dia de grande cansaço físico e ansiedade, era como se eu tivesse chegado sã e salva ao céu. Um sentimento de gratidão brotou no meu coração, e me ajoelhei ao lado da cama e agradeci por tudo, sem me esquecer, antes de levantar, de pedir proteção no caminho que se abria à minha frente, e energia para retribuir a gentileza que tão sinceramente me fora oferecida antes mesmo que eu a merecesse. Naquela noite dormi numa cama sem espinhos e num quarto sem medo. E na mesma hora cai num sono profundo, exausta e contente. Quando acordei o dia já ia alto.

O quarto me pareceu um lugarzinho bem iluminado com o sol que brilhava entre as cortinas de chintz azul, e meu espírito se alegrou ao ver as paredes forradas de papel e o chão atapetado, completamente diferente do piso de tábuas e das paredes de gesso manchadas de Lowood. As aparências têm um grande efeito sobre os jovens. Senti que uma nova fase auspiciosa de vida havia começado para mim, uma nova fase que iria ter suas flores e prazeres, assim como seus espinhos e dificuldades. Meus sentidos, pela mudança de cenário e pelo novo campo de esperanças que se abria, pareciam todos despertos. Não conseguia definir com precisão o que esperavam de mim, mas algo agradável acabaria por chegar. Talvez não naquele mesmo dia, ou naquele mês, mas num período indefinido ainda por vir.

Levantei-me e vesti me com aprumo, embora com simplicidade. Mesmo tendo somente roupas extremamente modestas, eu era cuidadosa e organizada por natureza. Não tinha o hábito de me descuidar ou me tornar desleixada com a aparência. Ao contrário, sempre quis causar a melhor impressão possível e agradar, e sentia necessidade de me fazer bonita. Às vezes, lamentava por não ser bonita por natureza, e desejava ter as maçãs do rosto rosadas, nariz afilado, e boca vermelha e pequena. Queria ser alta, imponente, com um corpo esguio e harmonioso. Achava uma infelicidade ser tão baixa, pálida e ter traços tão irregulares e tão marcantes. E por que tinha eu tais aspirações e desgostos? Não conseguiria dizer o motivo, com clareza, nem para mim mesma, mas tinha lá meus motivos e minhas razões. Contudo, depois de escovar os cabelos e vestir o vestido preto — que, embora discreto, tinha o mérito de cair bem em mim — ajustei a gola postiça de um branco impecável e achei que estava apresentável o suficiente para aparecer diante da Senhora Fairfax. Pelo menos, minha nova aluna não se afastaria de mim por aversão. Arrisquei sair do quarto depois de ter aberto a janela e de ter verificado se deixara tudo arrumado sobre a penteadeira.

Atravessei o corredor comprido e atapetado, desci os degraus de carvalho escorregadios e cheguei ao saguão. Fiquei ali parada durante um minuto. Olhei para os quadros nas paredes — um deles, me lembro, mostrava um homem de aspecto austero com armadura, e outro, uma senhora com o cabelo empoado de talco e um colar de pérolas —, para o grande candelabro de bronze pendente do teto, para o grande relógio cuja caixa de carvalho era curiosamente esculpida e tão escura quanto o ébano pelo polimento constante. Tudo tinha uma aparência nobre e majestosa, para mim que não estava acostumada àquele esplendor. A porta do vestíbulo, que tinha vidro até a metade, estava aberta. Parei diante do seu portal. A manhã de outono estava linda. O sol da manhã brilhava serenamente sobre os bosques queimados e sobre os campos ainda verdes. Fui caminhando até o gramado, ergui os olhos e observei a fachada da mansão. Tinha três pavimentos de proporções não tão vastas, embora fosse digna de admiração. Parecia mais o solar de um cavalheiro do que a propriedade de um nobre. As ameias em volta do topo lhe davam uma aparência pitoresca. Por trás da sua fachada cinzenta se destacava um ninho de gralhas cujas moradoras barulhentas voavam sobre o gramado e o terreno, para pousar na grande campina que era separada por uma cerca e onde uma fileira de árvores, espinhentas, grandes e velhas, fortes e cheias de nós, do tamanho de carvalhos, explicava a denominação da mansão, ou seja, Thornfield.[1] Ao longe ficavam as montanhas, não tão altas como as de Lowton nem tão escarpadas como barreiras que me separassem do mundo dos vivos. Mas eram montanhas bastante tranquilas e ermas que pareciam abraçar e isolar Thornfield de uma forma que eu não esperava encontrar perto da localidade agitada de Millcote. Havia uma pequena aldeia encravada na encosta de uma dessas montanhas, cujos telhados se misturavam com as árvores. A igreja da região ficava mais perto de Thornfield. Sua velha torre era visível num outeiro que ficava entre a casa e os portões.

Eu ainda apreciava a vista tranquila e o ar fresco e agradável, atraída pelo canto das gralhas, examinava a fachada larga e respeitável da mansão enquanto pensava que lugar incrível era aquele para uma pessoa tão solitária como a Senhora Fairfax morar, quando ela surgiu na porta:

---

[1] Thornfield significa “campo de espinheiros”.

— Então, já está de pé? — disse ela. — Vejo que é madrugadora.

Dirigi-me até onde ela estava e fui recebida com um beijo afável e um aperto de mão.

— Está gostando de Thornfield? — perguntou.

Respondi que estava gostando muito.

— Sim — disse ela —, é um lugar muito bonito, mas receio que esteja precisando de uma reforma que depende de o Senhor Rochester colocar na cabeça que deve vir morar aqui permanentemente ou, pelo menos, vir com mais frequência. Casas grandes e terrenos bem cuidados necessitam da presença do proprietário.

— Senhor Rochester? — perguntei. — Quem é esse senhor?

— É o proprietário de Thornfield — respondeu ela com tranquilidade. — Não sabia que seu nome é Rochester?

Era claro que eu não sabia. Jamais ouvira o seu nome antes. Porém a velha senhora parecia considerar a existência dele como um fato de conhecimento geral, como se todo mundo soubesse disso naturalmente.

— Eu pensei — continuei — que Thornfield pertencesse à senhora.

— A mim? Que Deus a abençoe, menina. Que ideia! A mim? Eu sou apenas a administradora que toma conta dela. Na verdade, tenho um parentesco afastado com os Rochester pelo lado materno, ou pelo menos meu marido tinha. Ele era pastor da paróquia de Hay naquela aldeiazinha além da montanha e tomava conta daquela igreja perto dos portões. A mãe do Senhor Rochester era uma Fairfax, e prima em segundo grau do meu marido. Mas nunca me prevaleci dessa relação que, na verdade, não significa nada para mim. Considero-me uma governanta como qualquer outra. Meu patrão é sempre cordial comigo e não espero nada mais do que isso.

— E a menina pequena — minha aluna?

— O Senhor Rochester é seu tutor. Ele me encarregou de encontrar uma preceptora para ela. Creio que ele quer que ela seja educada aqui no condado. Aí chega ela com a babá, sua *bonne*, que é como ela a chama.

O enigma então estava explicado. Aquela viúva afável e gentil não era uma grande dama, mas uma pessoa subalterna como eu. Não gostava menos dela por esse motivo, ao contrário, me sentia melhor do que nunca. A igualdade entre ela e eu era real e não o simples resultado de uma condescendência da parte dela. Tanto melhor. Assim me sentia mais livre para trabalhar.

Enquanto refletia sobre o que acabara de descobrir, uma menininha veio correndo pelo gramado, e atrás dela vinha sua criada. Olhei para a minha aluna que no primeiro momento pareceu ignorar a minha presença. Era ainda muito pequena — talvez com sete ou oito anos — franzina, com o rostinho pálido e uma cabeleira farta encaracolada que caía até a cintura.

Bom dia, Senhorita Adela — disse a Senhora Fairfax. — Venha falar com a senhora que chegou para ser sua professora e fazer que você, um dia, seja uma pessoa muito bem preparada.

Ela se aproximou.

— *C'est là ma gouvernante?*[2] — perguntou à babá, apontando para mim. E esta respondeu:

[2] Em francês: "Essa é a minha governanta?".

— *Mais oui, certainement.*[3]

— Elas são estrangeiras? — perguntei, surpresa por ouvi-las falar em francês.

— A babá é de fora, e Adela nasceu no continente, e creio que de lá nunca saiu senão há seis meses. Logo que chegou aqui era incapaz de falar inglês. Agora pode confundir-se, mas fala um pouco. Eu não a compreendo, pois ela o mistura muito com o francês. Mas aposto que você vai entender tudo o que ela diz.

Felizmente eu tinha a sorte de ter aprendido francês com uma senhora francesa, e toda vez que tinha um tempinho livre gostava de praticar meu francês com Madame Pierrot. Durante os últimos sete anos, diariamente, estudara francês por conta própria, esforçando-me para não ter sotaque e para imitar da melhor maneira a pronúncia da minha professora. Acabei por adquirir certo grau de desembaraço e fluência nessa língua, e provavelmente não ficaria em apuros com *Mademoiselle* Adèle. Ao saber que eu era sua governanta, aproximou-se e apertou minha mão. Enquanto eu a levava para o café da manhã, conversei um pouco com ela em sua própria língua. De início ela me respondeu economizando palavras, mas depois de nos sentarmos à mesa — e de me examinar por uns bons dez minutos com seus grandes olhos cor de avelã — desandou a falar.

— Oh! — gritou ela — Você fala a minha língua tão bem quanto o Senhor Rochester. Posso falar com você do mesmo modo que falo com ele e com Sophie. Ela vai gostar de saber disso, porque aqui ninguém entende o que ela fala. Madame

[3] Em francês: "Certamente sim".

Fairfax só fala inglês. Sophie é minha babá, ela veio comigo pelo mar em um grande navio com uma chaminé que soltava fumaça, e como soltava fumaça! Eu fiquei enjoada como Sophie e também como o Senhor Rochester. O Senhor Rochester ficou deitado num sofá numa linda sala que chamavam de salão e eu e Sophie, em camas menores em outro lugar. Eu quase caí da minha, pois era quase igual a uma prateleira. E, *Mademoiselle* — qual é o seu nome?

— Eyre, Jane Eyre.

— *Aire*? Ora! Não consigo falar isso. Bem, nosso navio chegou pela manhã, antes mesmo do nascer do sol, numa grande cidade. Uma cidade enorme, com casas muito escuras e enfumaçadas. Nem um pouco parecida com a cidade limpa de onde eu vim. E o Senhor Rochester me levou em seus braços da prancha de descida do navio para a terra, e Sophie veio depois e todos pegamos uma carruagem que nos levou até uma casa grande e bonita, maior e mais bonita do que essa aqui, chamada hotel. Ficamos ali por quase uma semana. Eu e Sophie costumávamos caminhar todos os dias num jardim cheio de árvores chamado parque. E havia muitas crianças lá, além de mim, e um lago com lindos pássaros que alimentei com migalhas de pão.

— A senhorita consegue entendê-la quando ela fala assim tão depressa? — perguntou a Senhora Fairfax.

Eu a entendia perfeitamente, pois fora acostumada à maneira fluente de Madame Pierrot.

— Gostaria — continuou a gentil senhora — que a senhorita lhe fizesse uma ou duas perguntas sobre os seus pais. Fico me perguntado se ela se lembra deles.

— Adèle — perguntei — com quem você vivia quando morava naquela cidade limpinha da qual falou?

— Vivi lá com mamãe há muito tempo. Mas ela foi ficar com a Virgem Maria. Mamãe costumava ensinar-me a dançar, a cantar e a recitar versos. Muitos cavalheiros e damas vinham visitar mamãe e eu costumava dançar para eles, ou sentar em seu colo e cantar para eles. Eu gostava. Quer me ouvir cantar agora?

Ela já havia terminado o café da manhã e então permiti que nos desse uma amostra de suas habilidades. Descendo da sua cadeira, ela veio e subiu no meu colo. Então, cruzando as mãos diante de si com um recato afetado — jogando para trás os cabelos encaracolados — ergueu os olhos para o teto e começou a cantar um trecho de alguma ópera. Era um trecho da ária de uma mulher abandonada que depois de se lamentar pela perfídia do seu amante, recorre ao orgulho para se sentir mais forte, pede à sua criada que a cubra com as joias mais ricas e a vista com o mais belo dos vestidos. E resolve naquela noite se encontrar com o seu traidor no baile para lhe provar — pela exuberância do seu comportamento — quão pouco o seu abandono a havia afetado.

O tema me pareceu uma escolha estranha para uma cantora infantil, mas suponho que a questão principal residia em ouvir a beleza daquela música que falava de amor e ciúme em palavras cantadas por lábios infantis, o que era de muito mau gosto — pelo menos foi isso o que pensei.

Adèle cantou a cançoneta com ótima afinação, com a *naïveté*[4] própria da sua idade.

Depois disso ela saltou do meu colo e disse — Agora, *Mademoiselle*, vou declamar uma poesia.

---

[4] Em francês: "inocência, ingenuidade, singeleza, pureza".

Fazendo pose ela começou *La Ligue des Rats; fable de La Fontaine*,[5] e declamou o pequeno poema com atenção à pontuação e ênfase, flexibilidade na voz e gestos apropriados e bastante incomuns numa criança da sua idade, o que demonstrava que ela fora cuidadosamente treinada.

— Foi a sua mamãe quem lhe ensinou esses versos? — perguntei.

— Sim, e ela costumava dizê-los desta maneira: "*Qu'avez vous donc? Lui dit un de ces rats; parlez!*".[6] Ela me fazia levantar a mão, assim, para me lembrar de elevar a voz ao fazer essa pergunta.

— Agora quer que eu dance para você?

— Não, por enquanto está bem. Mas depois que sua mamãe foi se encontrar com a Virgem Maria, como disse antes, com quem você foi morar?

Com Madame Frédéric e seu marido. Ela tomou conta de mim, mas não tem parentesco comigo. Acho que ela é pobre, pois a casa dela não era tão boa quanto a da mamãe. Não fiquei lá muito tempo. O Senhor Rochester perguntou se eu queria morar com ele na Inglaterra e eu disse que sim, pois conheci o Senhor Rochester antes de conhecer Madame Frédéric e ele sempre foi gentil comigo e me deu roupas e brinquedos. Mas como vê ele não manteve a palavra, pois me trouxe para a Inglaterra e agora foi embora e jamais voltei a vê-lo.

Depois do café da manhã, Adèle e eu nos retiramos para a biblioteca, cuja sala, ao que parece, foi destinada pelo Senhor Rochester para ser a sala de aula. A maioria dos livros estava em armários com portas de vidro, entretanto havia uma

---

[5] "A liga dos Ratos", fábula de La Fontaine.

[6] Em francês: "Então, o que tendes vós? perguntou-lhe um dos ratos: Falai!".

estante aberta que continha tudo que era necessário para as matérias elementares, além de muitos livros de literatura leve, poesia, biografias, viagens, alguns romances, etc. Suponho que tenha considerado que esses livros seriam os que a governanta necessitaria para o seu uso pessoal. E, realmente, eles me convinham perfeitamente naquele momento. Comparados com os poucos que eu uma vez ou outra pude escolher em Lowood, eram como uma colheita farta de entretenimento e informação. Na sala havia um piano de armário bastante novo e bem afinado, além de um cavalete de pintura e dois globos.

Achei minha aluna bastante dócil, embora avessa à persistência. Ela não fora acostumada a qualquer tarefa regular de espécie alguma. Senti que de início seria precipitado exigir muito dela. Assim, quando já havíamos conversado bastante e eu havia conseguido fazê-la aprender alguma coisa — e a manhã se aproximava do meio-dia — permiti que voltasse para a sua babá. Então me dispus a preparar alguns desenhos para ela, até a hora do jantar.

Quando estava subindo para pegar meu bloco e meus lápis, a Senhora Fairfax me chamou:

— Imagino que a aula do horário da manhã já tenha terminado — disse ela.

A sala em que estava tinha a porta de duas abas totalmente aberta. Entrei quando ela me chamou. Era um salão majestoso com cadeiras e cortinas carmesins, um tapete turco, paredes revestidas por painéis de nogueira, uma janela enorme com vidros de cristal bisotado e o teto alto, ricamente trabalhado. A Senhora Fairfax estava espanando uns delicados vasos de calcita púrpura que estavam em cima do aparador.

— Que sala linda! — exclamei enquanto olhava à minha volta, pois jamais vira nada que tivesse nem a metade de tanta opulência.

— Sim, esta é a sala de jantar. Acabei de abrir a janela para deixar entrar em pouco de ar e sol, pois as coisas costumam ficar úmidas em recintos que se usam raramente. A sala de visitas, mais adiante, parece um mausoléu.

Ela apontou para um arco amplo correspondente ao da janela, de onde pendia uma cortina também carmesim que estava agora enrolada. Subi dois degraus largos e ao passar os olhos pensei ter vislumbrado um lugar de conto de fadas, tão reluzente essa visão pareceu aos meus olhos de iniciante, embora fosse somente uma linda sala de visitas que continha um *boudoir.*[7] Ambas as partes tinham tapete branco enfeitado com guirlandas brilhantes de flores, e o teto era trabalhado com desenhos de cachos e folhas de uvas. Em um rico contraste, sofás e banquetas estofados cor de carmim, e, sobre a bancada da lareira, feita de mármore de Paros,[8] adornos de cristal vermelho da Boêmia. Entre as janelas, grandes espelhos repetiam a mistura dos dois tons como neve e fogo.

— Como a senhora conserva estas salas arrumadas, Senhora Fairfax! Sem poeira, sem capas para cobrir os móveis. Não fosse pelo ar frio, se poderia pensar que elas são usadas diariamente — disse eu.

— É porque, Senhorita Eyre, embora as visitas do Senhor Rochester sejam raras, elas são sempre inesperadas. E como percebi que ele fica mal-humorado ao encontrar as coisas desarrumadas, e tampouco quer ver as coisas sendo arrumadas

[7] Em francês: saleta de recepção (entre outros significados).

[8] Mármore grego da Ilha de Paros, do arquipélago de Cíclades, no Mar Egeu.

de qualquer maneira com a sua chegada, decidi que seria melhor manter as salas sempre arrumadas.

— O Senhor Rochester é um tipo de homem exigente e difícil de ser agradado?

— Não exatamente. Mas tem hábitos e gostos de um cavalheiro e espera que as coisas estejam bem cuidadas do jeito que lhe agrada.

— A senhora gosta dele? As pessoas, de um modo geral, gostam dele?

— Ah, sim. Sua família sempre foi muito respeitada por aqui. Quase todas as terras das redondezas — até onde os olhos possam enxergar — pertencem aos Rochester desde sempre.

— Bem, mas fora a questão das terras, a senhora gosta dele? Ele é querido pelo que é?

— Eu não tenho motivo algum para desgostar dele. E penso que todos os que moram em suas terras o consideram um proprietário justo e liberal, mas, de verdade mesmo, jamais morou aqui entre seus arrendatários por muito tempo.

— Mas ele não tem nenhuma peculiaridade? Em resumo, qual é o caráter dele?

— Bem! Suponho que o caráter dele seja impecável. Talvez seja uma pessoa pouco comum. Viajou muito e viu muitas coisas do mundo, penso eu. Atrevo-me a assegurar que é uma pessoa muito inteligente. Na realidade, nunca conversei demoradamente com ele.

— De que modo ele é uma pessoa pouco comum?

— Não sei, não é fácil descrevê-lo. Ele não tem nada de surpreendente, mas dá para sentir algo quando ele fala com a gente. Nunca se tem absoluta certeza se está brincando ou falando sério, se está satisfeito ou não, resumindo, não dá para entendê-lo completamente. Pelo menos eu não consigo. Embora nada disso tenha importância. Ele é um ótimo patrão.

Isso foi tudo o que consegui saber sobre o patrão da Senhora Fairfax e meu. Existem pessoas que parecem não saber como descrever o caráter das outras ou de observar e descrever seus pontos marcantes, sejam eles em relação a pessoas ou coisas. Ficava evidente que a boa senhora pertencia a um tipo assim. Minhas indagações deixaram-na confusa, mas não conseguiram fazer que fosse mais explícita. Aos olhos dela, o Senhor Rochester era um cavalheiro, um latifundiário e nada mais. E ela não perguntara nem procurara aprofundar-se sobre ele, e na certa ficou admirada do meu desejo de obter uma noção mais ampla sobre a sua identidade.

Ao sairmos da sala de jantar, ela propôs mostrar-me o resto da casa. Eu a segui subindo e descendo escadas, espantada, pois tudo era muito bonito e estava muito bem-arrumado. Achei os quartos grandes da frente magníficos, e alguns dos quartos do terceiro andar, embora baixos e escuros, eram muito interessantes pelo ar de antiguidade que tinham. A mobília que fora feita para os aposentos do pavimento inferior acabara por ser levada para cima, conforme a moda da ocasião, e a pouca luz que entrava pelas janelas estreitas mostrava estrados de cama de cem anos de idade, arcas de carvalho ou nogueira que lembravam arcas hebraicas, por seus entalhes estranhos de folhas de palmeira e cabeças de anjos. Fileiras de cadeiras austeras com espaldar alto e estreito, bancos ainda mais antiquados cujas almofadas conservavam aparentes os bordados feitos a mão por duas gerações que já tinham virado pó de caixão. Todas essas relíquias davam, ao terceiro pavimento de Thornfield Hall, o aspecto de uma casa do passado, um santuário de lembranças. Eu gostava da quietude, da penumbra, da singularidade desses refúgios durante o dia. Mas de maneira alguma desejava passar a noite numa daquelas camas largas e de madeira maciça. Algumas delas encerradas por portas de carvalho, outras obscurecidas por cortinados ingleses pesados trabalhados em relevo retratando efígies de flores e pássaros estranhos e seres humanos ainda mais estranhos. De fato, todos eles realmente deveriam parecer muito estranhos ao brilho pálido do luar.

— Era nestes quartos que dormiam os empregados? — perguntei.

— Não. Eles ocupavam uma série de quartos menores nos fundos. Ninguém jamais dormiu aqui. Dir-se-ia mesmo que, se houvesse um fantasma em Thornfield Hall, o seu esconderijo seria aqui.

— É o que eu penso. O que quer dizer que aqui não há fantasmas, não é?

— Não que eu tenha ouvido falar — respondeu a Senhora Fairfax, sorrindo.

— Nem tradição de algum? Nem lendas ou histórias sobre fantasmas?

— Creio que não. Mesmo assim diz-se que os Rochester foram uma raça bem mais violenta do que tranquila, em seu tempo. Talvez seja por isso que hoje em dia descansem em paz em seus túmulos.

— Sim, "após a febre agitada da vida eles descansam em paz" — murmurei. — Para onde a senhora está indo agora, Senhora Fairfax? — perguntei, porque ela já estava afastando-se para adiante.

— Lá para o terraço das ameias. Quer ver a vista que se tem lá de cima?

Eu a segui por uma escadinha estreita até o sótão e dele por outra escada e por um alçapão até o telhado do prédio. Estava agora no mesmo nível das gralhas e podia ver os seus ninhos. Inclinando-me sobre as ameias e olhando bem para baixo examinei o terreno como se fosse um mapa. O gramado brilhante e aveludado arrematando a base cinzenta da mansão. O campo, amplo como um parque salpicado por suas árvores antigas. A mata parda e serena, cortada por um caminho visivelmente coberto de capim já alto e mais verdejante do que a folhagem que ainda havia nas árvores, a igreja junto aos portões, a estrada, as montanhas tranquilas, tudo repousando sob o sol daquele dia de outono. O horizonte limitado por um azul límpido marmorizado e por um branco perolado. Nenhum detalhe da cena era extraordinário, mas o todo era agradável. Quando voltei dali e passei outra vez pelo alçapão, tive dificuldade em enxergar os degraus da escada. O sótão era escuro como um túmulo em comparação com o arco azul do céu para o qual eu estivera olhando, assim como o cenário ensolarado do bosque, do pasto e das montanhas verdes do qual a mansão era o centro e de cima da qual eu contemplara tudo isso maravilhada.

Por um momento a Senhora Fairfax ficou mais atrás para fechar o alçapão. Eu, desviando das coisas e tateando, acabei por encontrar a saída do sótão e descer pela escadinha estreita. Permaneci certo tempo no corredor comprido que separava os quartos da frente do terceiro andar dos que ficavam atrás. Era uma passagem de teto baixo, escura, com uma única janela na extremidade, e com suas duas fileiras de portas pretas de tamanho muito menor que o normal. Todas fechadas. Parecia mais com um corredor do castelo do Barba Azul.

Enquanto eu caminhava com passos delicados, chegou aos meus ouvidos o último som que se esperava ouvir naquele lugar tão quieto — uma gargalhada. Era uma gargalhada curiosa, distinta, formal, melancólica. Parei. Apenas por um instante, o som cessou. Começou outra vez, mais alto, pois da primeira vez, embora audível, tinha sido baixo. Transformou-se num clamor estrondoso que pareceu despertar um eco em cada quarto solitário, embora saísse apenas de um, cuja porta eu podia identificar.

— Senhora Fairfax! — gritei, pois agora a ouvi descendo a escadaria. — A senhora ouviu a gargalhada? Quem é que riu?

— É provável que tenha sido um dos empregados — disse ela. — Talvez Grace Poole. — A senhora ouviu? — perguntei outra vez.

— Sim, é claro. Quase sempre a escuto. Ela costura em um desses quartos. Às vezes Leah fica com ela. As duas juntas quase sempre são bem barulhentas.

A gargalhada repetiu-se em seu tom baixo e silábico, e acabou por terminar em um murmúrio bizarro.

— Grace! — exclamou a Senhora Fairfax.

Eu realmente não esperava que nenhuma Grace respondesse, pois a gargalhada era trágica e sobrenatural como eu jamais ouvira. E se não fosse pouco mais de meio-dia, e se a gargalhada debochada não estivesse acompanhada de nenhuma circunstância fantasmagórica, e o cenário e o momento não fossem tão pouco favoráveis ao medo, eu teria sentido um temor sobrenatural. Entretanto, o que aconteceu a seguir mostrou-me o quanto fui tola por me deixar impressionar.

A porta mais perto de mim se abriu e uma empregada saiu. Era uma mulher com idade entre trinta e quarenta anos, uma figura arrumada e corpulenta, de cabelos ruivos, com o rosto simples e rústico. Dificilmente poder-se-ia conceber uma aparição menos romântica ou menos fantasmagórica do que aquela.

— Muito barulho, Grace — disse a Senhora Fairfax. — Lembre-se das regras! — Grace cumprimentou-a com uma mesura silenciosa e voltou a entrar.

— Ela é a pessoa que temos para costurar e ajudar a Leah em seu trabalho doméstico — continuou a viúva. — Não é lá essas coisas, mas seu trabalho é satisfatório. Aliás, como foi que se saiu com sua nova aluna hoje de manhã?

A conversa, que agora estava voltada para Adèle, continuou até chegarmos à parte de baixo iluminada e alegre. Adèle veio correndo nos encontrar no corredor, e exclamou:

— *Mesdames, vous êtes servies?* — e acrescentou — *J'ai bien faim, moi!*[9]

Encontramos o jantar pronto nos esperando no quarto da Senhora Fairfax.

[9] Em francês: "Senhoras, estão servidas?" — "Eu estou morta de fome!".

XII

A promessa de uma função tranquila sentida nas primeiras impressões desde minha chegada a Thornfield Hall não foram desmentidas à medida que fui familiarizando-me melhor com o lugar e com as pessoas que ali viviam. A Senhora Fairfax era exatamente aquilo que parecia, uma mulher bondosa de temperamento calmo, com uma boa educação e inteligência mediana. Minha aluna era uma criança ativa, que tinha sido mimada e estragada e, portanto, às vezes era geniosa, mas, como estava inteiramente dedicada aos meus cuidados, e nenhuma interferência precipitada de quem quer que fosse jamais demoveu meus planos para o seu desenvolvimento, ela logo se esqueceu de seus pequenos caprichos e se tornou obediente e receptiva às minhas aulas. Não possuía grandes talentos, nenhum traço marcante de caráter ou sentimento ou gosto muito peculiar que a colocassem um centímetro acima do nível comum à sua idade. Por outro lado também não possuía qualquer deficiência ou vício que a colocasse abaixo do nível. Fez um progresso razoável, enquanto nutria por mim um afeto forte e vigoroso, embora pouco profundo. A sua simplicidade, seus modos infantis e esforços para agradar inspiravam em mim, em retribuição, um grau de simpatia que nos contentava a ambas, na companhia uma da outra.

Isso, *par parenthèse,*[1] pode ser tomado como uma linguagem fria por pessoas acostumadas a regras pomposas sobre a natureza angelical das crianças, e o dever dos que foram encarregados da sua educação e de cultivar nelas uma devoção à beira da idolatria. Mas não estou escrevendo para estimular o egoísmo dos pais, para repetir hipocrisias ou apoiar a fraude, estou apenas falando a verdade. Eu sentia uma preocupação consciente pelo bem-estar e pelo progresso de Adèle, além de sentir um apreço tranquilo por aquele pequenino ser. Da mesma forma apreciava a Senhora Fairfax em reconhecimento à sua gentileza e ao prazer que sua companhia me proporcionava, à consideração que ela demonstrava ter por mim e ao seu caráter e sua mente equilibrados.

Quem quiser culpar-me que me culpe se eu acrescentar que, uma vez ou outra, saía sozinha para caminhar pelo jardim, ia até os portões e olhava através deles para a estrada. Ou enquanto Adèle brincava com a babá, e a Senhora Fairfax fazia geleias na despensa, eu subia os três lances de escada, levantava o alçapão do sótão e chegava à cobertura e olhava para longe, para o campo, para as montanhas e o horizonte a distância e sentia falta de ter um poder de visão que me levasse além daqueles limites e que pudesse atingir aquele mundo agitado

[1] Em francês: "a propósito".

das cidades e regiões cheias de vida de que eu ouvira falar, mas que jamais havia visto. Então desejava ter mais do que a experiência prática que possuía. Queria mais interação com pessoas como eu, queria conhecer outras pessoas diferentes daquelas que estavam ali ao meu alcance. Eu valorizava o que a Senhora Fairfax e Adèle tinham de bom, mas acreditava na existência de outros tipos de bondade mais interessantes, que eu queria apreciar.

Quem me culparia por isso? Sem dúvida muita gente. E ainda por cima eu seria chamada de insaciável. Não podia evitar. A inquietação fazia parte da minha natureza, mesmo que algumas vezes até me causasse sofrimento. Então meu único alívio era caminhar para lá e para cá ao longo do corredor do terceiro pavimento, protegida pelo silêncio e pela solidão daquele lugar. E permitia que o olhar de minha mente viajasse pelas lindas visões que surgiam à sua frente. E com certeza eram tantas e tão efusivas, que deixavam meu coração exultante em completa agitação, porém também expandiam a vida e, o melhor de tudo, abriam o meu ouvido interior para uma história que nunca terminava, uma história criada pela minha imaginação, cuja narrativa era ininterrupta. Uma história estimulada por todos os acontecimentos, vida, fogo, sentimento que eu desejava e até então não tinha experimentado em minha existência.

É inútil dizer que os seres humanos deveriam contentar-se com a tranquilidade. Eles precisam da ação. E, se não a encontram, irão criá-la. Milhões estão condenados a um destino mais pacato que o meu, e milhões vivem uma revolta silenciosa contra sua sorte. Ninguém sabe quantas revoltas, além das revoltas políticas, fermentam na multidão da vida das pessoas na Terra. Tem-se a crença de que as mulheres, em geral, são bastante calmas, mas as mulheres sentem as mesmas coisas que os homens. Precisam exercitar suas faculdades e ter um campo para expandi-las, como seus irmãos costumam fazer. Elas sofrem de uma restrição tão rígida, e de uma estagnação tão absoluta, como os homens sofreriam se vivessem na mesma situação. É um pensamento estreito dos seres mais privilegiados do sexo masculino dizer que as mulheres precisam ficar isoladas do mundo para fazer pudins e cerzir meias, tocar piano e bordar bolsas. É fora de propósito condená-las, ou rir delas, se elas desejam fazer mais ou aprender mais do que o costume determinou que fosse necessário para pessoas do seu sexo.

Com certa frequência eu ouvia as risadas de Grace Poole quando estava sozinha. A mesma gargalhada estrondosa, o mesmo vagaroso "ha! ha!", que quando ouvi pela primeira vez me fez tremer. Ouvia também seus murmúrios excêntricos, mais estranhos ainda do que suas gargalhadas. Havia dias em que ficava bem silenciosa. Porém havia outros em que eu não poderia explicar os sons que ouvia. Algumas vezes eu a via. Saía do quarto com uma bacia ou um prato, ou uma bandeja nas mãos, ia até a cozinha e voltava logo, geralmente com uma caneca de cerveja. Aliás, que me desculpe o leitor romântico por lhe revelar a crua verdade! Sua aparência sempre colaborou para amenizar a curiosidade despertada por suas qualidades orais. Tinha uma aparência carrancuda e séria, e não apresentava nenhuma característica capaz de despertar interesse. Fiz algumas tentativas de puxar conversa, mas ela parecia ser uma pessoa de poucas palavras. Quase sempre uma resposta monossilábica cortava qualquer esforço nesse sentido.

Os outros membros da criadagem, ou seja, John e sua esposa Leah, a criada da casa, e Sophie, a babá francesa, eram pessoas educadas. Mas sem qualquer atributo significativo. Eu costumava falar em francês com Sophie, e às vezes lhe fazia perguntas sobre a sua terra natal, entretanto, ela não era dada a descrições ou narrativas, e geralmente dava respostas insípidas e confusas, calculadas mais para acabar do que para continuar a conversa.

Outubro, novembro e dezembro passaram. Numa tarde de janeiro, a Senhora Fairfax me pediu que desse umas férias para Adèle, porque ela se resfriara e, como a menina defendeu a sugestão com um ardor que me fez lembrar o quanto as férias haviam sido preciosas para mim durante a infância, eu concordei, por achar favorável mostrar flexibilidade quanto a essa questão. O dia estava lindo e calmo, embora muito frio. Eu me sentia cansada por ter ficado imóvel durante toda a manhã, sentada na biblioteca. A Senhora Fairfax acabara de escrever uma carta que deveria ser colocada no correio. Então, coloquei o chapéu e vesti o casaco, e me ofereci para levá-la até Hay, cuja distância de pouco mais de três quilômetros prometia uma agradável caminhada numa tarde de inverno, tendo visto Adèle confortavelmente sentada em sua cadeirinha ao lado da lareira da sala de visitas da Senhora Fairfax, dei-lhe sua melhor boneca de cera — que eu costumava guardar embrulhada em papel prateado dentro de uma gaveta — para brincar e um livro de histórias caso mudasse de ideia e buscasse outra distração. Depois de responder ao seu comentário — *Revenez bientôt, ma bonne amie, ma chère Mlle Jeanette,*[2] — dei-lhe um beijo e saí.

---

[2] Em francês: "Volte logo, minha boa amiga, minha querida Senhorita Jeanette".

O chão estava duro, o ar, parado, e meu caminho, deserto. Comecei a caminhada com passos rápidos para me esquentar, mas passei a ir diminuindo o passo para apreciar e analisar melhor as sensações de alegria que eclodiam em mim naquele momento e naquele lugar. Eram três horas. O sino da igreja bateu assim que passei sob o campanário. O encantamento daquela hora consistia na aproximação do lusco-fusco, na descida lenta da luz desmaiada do sol. Eu já estava a pouco mais de um quilômetro de Thornfield, indo por uma alameda que durante o verão era famosa por suas roseiras, pelas nozes e amoras no outono e que mesmo agora possuía alguns tesouros de roseiras-bravas cor de coral e espinheiros. No entanto, a maior beleza no inverno era a completa solidão e as árvores desfolhadas. Se uma lufada de vento agitasse o ar, não faria qualquer ruído por ali, pois não havia sequer uma folha nas árvores e os espinheiros e as aveleiras estavam tão imóveis quanto as pedras brancas e desgastadas do caminho. E de cada lado dele, ao longe, só se viam os campos, agora sem o gado, e pequenos pássaros marrons que uma vez ou outra se mexiam na cerca viva tal qual folhas secas que se esqueceram de cair.

O caminho se inclinava numa subida cada vez mais íngreme até Hay. Quando atingi o meio do percurso, sentei-me um pouco no degrau de um passadiço que dava em um campo. Enrolando-me na manta e enfiando as mãos no regalo passei a não sentir mais o frio, embora estivesse tudo gelado, como se podia ver pela camada de gelo que cobria o calçamento onde um filete d'água, agora congelado, havia transbordado após um degelo rápido de alguns dias antes. De onde estava sentada eu podia ver Thornfield lá embaixo. A mansão cinzenta com ameias era o principal destaque no vale abaixo de mim. Seus bosques e os ninhos de gralhas elevavam-se em oposição ao oeste. Fiquei ali até o sol mergulhar entre as árvores e afundar vermelho e tranquilo por trás delas. E então segui em direção ao leste.

No topo da montanha acima da minha cabeça já se via a Lua nascente, branca como uma nuvem, porém mais brilhante a cada instante que passava. Pairava sobre Hay, meio perdida entre as árvores, uma fumaça azul desprendida de alguma das poucas chaminés. Ainda faltavam dois quilômetros para chegar até lá, mas em virtude do silêncio absoluto eu podia ouvir os seus discretos murmúrios de vida. Meus ouvidos percebiam também o fluir das correntezas. Em que vales ou em que depressões eu não saberia dizer. Havia muitas montanhas para além de Hay, e sem dúvida, muitos córregos passavam por suas gargantas. Aquela tarde calma revelava também o murmúrio dos cursos d'água mais próximos, e o sussurro dos mais distantes.

Um barulho forte, ao mesmo tempo distante e claro, quebrou aqueles sussurros e murmúrios. Um resoluto "tec--tec". Um metálico tinir que se sobrepôs ao suave desaguar. Como se em uma pintura, uma massa sólida de um penhasco ou o tronco áspero de um grande carvalho fosse pintado em primeiro plano e desfizesse a noção de profundidade de uma montanha azul do horizonte ensolarado e da mistura de nuvens onde os matizes combinavam entre si.

O ruído vinha da estrada de pedra. Um cavalo em breve iria aparecer. As curvas do caminho ainda o ocultavam, mas ele se aproximava. Já estava por me levantar, mas, como a estrada era estreita, continuei sentada para deixá-lo passar. Naqueles tempos eu era jovem, e toda sorte de fantasias, alegres e obscuras, povoava minha mente. As lembranças das histórias contadas pelas empregadas estavam lá junto com outras bobagens, e, quando elas vinham à tona, a juventude que amadurecia lhes acrescentava uma força e uma vivacidade maiores do que a infância pôde dar. Enquanto o cavalo se aproximava, e eu prestava atenção ao seu surgimento através do lusco-fusco, lembrei certas histórias contadas por Bessie, nas quais havia um espírito no norte da Inglaterra chamado *Gytrash* que, na forma de um cavalo, mula ou cachorro grande, assombrava as estradas solitárias e, às vezes, passava por cima de viajantes pegos de surpresa pelo cair da noite. Como esse cavalo que agora estava vindo para cima de mim.

Já estava bem perto, embora não estivesse ainda visível, quando, além do "pocotó-pocotó", ouvi outro som sob a cerca viva. Bem perto, e por baixo dos troncos das aveleiras, surgiu um cão grande branco e preto que por suas cores se destacou entre as árvores. Ele era exatamente a descrição do *Gytrash* de Bessie — um animal como um leão, com o pelo comprido e uma cabeça enorme. Entretanto passou por mim sem fazer nada. Nem sequer parou para me encarar com seus olhos caninos sobrenaturais, como era mais ou menos de se esperar. O cavalo veio em seguida — era um cavalo alto e trazia um cavaleiro. A presença do ser humano quebrou o encanto na mesma hora. Ninguém jamais montaria um *Gytrash.* Ele andava sempre sozinho, e embora, segundo conta a lenda, os gnomos pudessem pegar carona na carcaça da besta, dificilmente poderiam assumir a forma humana. Mas aquele não era um *Gytrash* — era apenas um viajante cortando caminho em direção a Millcote. Ele passou e eu segui em frente. Poucos passos além, eu me virei. Um som de algo deslizando e uma exclamação "Que diabo está acontecendo agora?", foi seguida do barulho forte de uma queda e chamou minha atenção. O homem e o cavalo estavam caídos no chão. Haviam escorregado na camada de gelo que cobria o calçamento. O cão veio voltando e ao ver seu dono em apuros e ouvir o cavalo bufar, pôs-se a latir até que as montanhas ao redor produziram seu eco que era intenso, proporcional ao seu tamanho. Ele cheirou os dois que caíram e então veio correndo até mim, que era tudo o que podia fazer — não havia outra ajuda por perto a que pudesse recorrer. Eu obedeci e fui até onde estava o viajante caído, agora lutando para se ver livre de sua montaria. Seus esforços eram tão vigorosos que pensei que talvez não se tivesse machucado, mas mesmo assim perguntei:

— O senhor se machucou?

Acho que ele estava praguejando, mas não tenho certeza. Entretanto, estava dizendo alguma coisa que o impedia de me responder diretamente.

— Posso fazer alguma coisa? — perguntei.

— Basta que fique apenas de lado — respondeu ele enquanto se erguia. Primeiro de joelhos, e depois de pé. Afastei-me. O processo de levantar, bater com os pés e fazer uns barulhos acompanhados de latidos e relinchos fez que eu me colocasse a alguns metros de distância. Mas não me afastara quase nada quando vi o que felizmente aconteceu em seguida. O cavalo se restabeleceu e o cão foi silenciado com um simples, "Quieto, Pilot!". O viajante, agora curvado, examinava seu pé e sua perna, experimentando-os. Ao que me pareceu, alguma coisa doía, pois ele se sentou no degrau do qual eu acabara de me levantar.

Eu queria ser útil, e acho que fui intrometida, pois me aproximei dele outra vez.

— Se o senhor estiver machucado e quiser uma ajuda, posso buscar alguma coisa em Thornfield Hall ou em Hay.

— Obrigado. Pode deixar comigo. Não tenho nenhum osso quebrado, apenas alguma torção — e levantou-se outra vez experimentando o pé, mas o resultado produziu um involuntário "Ai!".

Ainda havia um pouco da luz do dia, e a Lua estava brilhante e polida. Eu podia vê-lo com alguma clareza. Seu corpo estava coberto por uma capa com gola de pele e fecho de metal, própria para cavalgar. Certos detalhes não eram visíveis, mas deu para ver a sua altura e a largura do seu peito. Seu rosto era moreno, com traços duros e cenho pesado. Seus olhos e sobrancelhas juntos mostravam que naquele momento estava irado. Já não era jovem, entretanto não chegara à meia-idade. Talvez tivesse uns trinta e cinco anos, ou perto disso. Não senti medo dele, apenas uma leve timidez. Se fosse um jovem cavalheiro bonito e de aparência heroica, eu não me atreveria a ficar ali, fazer perguntas contra a sua vontade e oferecer meus serviços sem ter sido chamada. Na verdade, jamais vira um jovem bonito e nunca em minha vida falara com algum. Eu tinha uma espécie de reverência e respeito teórico em relação à beleza, à elegância, ao cavalheirismo e ao deslumbramento. Tivesse eu encontrado tais qualidades encarnadas em forma masculina, saberia instintivamente que não tinha nem poderia ter qualquer afinidade com nada em mim e me evitaria como se evita o fogo, o relâmpago ou qualquer outra coisa brilhante, porém adversa.

Se por acaso o estranho tivesse sorrido, e demonstrado bom humor para comigo, quando me dirigi a ele, se tivesse declinado com simpatia e agradecido o meu oferecimento de ajuda, eu teria seguido o meu caminho sem qualquer vontade de fazer mais perguntas. No entanto, a testa franzida e a rudeza daquele viajante me fizeram ficar à vontade. Fiquei parada onde estava, e, quando ele me disse que fosse embora, eu repliquei:

— Não penso em abandoná-lo aqui, senhor, numa hora dessas, nesta estrada deserta, até me certificar de que consegue montar.

Ele me deu uma olhada séria quando lhe disse essas palavras. Até então mal tinha virado os olhos na minha direção.

— Acho que você é quem deveria estar em casa a uma hora dessas — disse ele. — Se é que mora nestas redondezas. De onde é que você vem?

— Dali embaixo. E não tenho medo algum de estar aqui a esta hora quando a luz da lua está no céu. Posso ir correndo com prazer até Hay para o senhor, se for o seu desejo. Na verdade estava indo para lá colocar uma carta no correio.

— Então você mora ali embaixo, quer dizer, naquela casa com as ameias? — disse ele apontando para Thornfield Hall, sobre a qual a Lua lançava um brilho branco, destacando-a da floresta, que, por contraste com o céu do oriente, parecia uma massa de sombras.

— Sim, senhor.

— De quem é aquela casa?

— Do Senhor Rochester.

— Você conhece o Senhor Rochester?

— Não, nunca o vi.

— Então ele nao mora lá?

— Não.

— Sabe me dizer onde ele está?

— Não sei.

— É claro que você não é uma das criadas da mansão, não é? Você é...

Ele parou, correu os olhos pela minha roupa, que, como de costume era bem simples — um casaco preto de lã de carneiro, um chapéu preto de castor. Nenhum dos dois nem parecidos com os que a criada de uma dama usaria. Parecia confuso em decidir o que é que eu era. Então eu o ajudei.

— Sou a governanta.

— Ah, a governanta! — repetiu ele. — O diabo que me carregue se não foi um esquecimento! A governanta! — e mais uma vez passou em revista a minha vestimenta. Dois minutos depois se levantou do degrau e seu rosto expressou dor quando ele tentou andar.

— Não posso pedir para buscar ajuda — disse ele. — Mas posso pedir que me ajude sozinha, se fizer a gentileza.

— Sim, senhor.

— Você não tem um guarda-chuva que me sirva de bengala?

— Não.

— Tente pegar a rédea do meu cavalo e traga-o até aqui. Você não tem medo, tem?

Eu teria medo de tocar em um cavalo se estivesse sozinha, mas, uma vez que ele me disse para fazê-lo, dispus-me a obedecer. Coloquei o regalo sobre o degrau e fui até o cavalo. Esforcei-me para pegar a rédea, mas ele era arisco e não me deixava chegar perto da sua cabeça. Tentei e tentei, em vão. Ao mesmo tempo tinha medo de ser pisada por suas patas dianteiras. O viajante esperou e ficou observando durante certo tempo, e por fim riu.

Pelo que vi — disse —, a montanha nunca irá a Maomé, portanto, o que você tem a fazer é ajudar Maomé a ir até a montanha. Peço-lhe então o favor de vir até aqui.

Fui até onde ele estava.

— Desculpe-me — continuou ele —, a necessidade me obriga a usá-la.

Colocou a mão pesada em meu ombro, se apoiou com certa pressão e foi mancando até o cavalo. Tendo agarrado a rédea, ele o dominou com rapidez e saltou para a sela fazendo uma careta sombria, pois ao fazer esse esforço sua distensão reclamou.

— Agora — disse ele, soltando o lábio inferior que mordia — só falta pegar meu chicote, que está ali debaixo da cerca viva.

Fui até lá e o achei.

— Muito obrigado. Agora se apresse com a carta para Hay, e volte o mais depressa que puder.

Um toque de calcanhar com a espora fez o cavalo dar um primeiro passo e depois ir embora. O cão foi correndo em seu encalço e os três desapareceram:

"Como a urze que pelo descampado aflora
O vento rebelde que sopra o leva embora".[3]

Peguei o regalo e continuei minha caminhada. Aquele incidente veio e passou por mim. Foi um incidente sem relevância, sem romantismo, sem maiores interesses. Contudo, um simples momento deixou a marca de mudança em uma vida monótona. Minha ajuda fora necessária e requisitada. E eu a dei. Foi prazeroso sentir que havia feito alguma coisa, embora trivial e passageira. Foi uma participação ativa, e eu

[3] "Fallen Is Thy Throne" (1816), do poeta irlandês Thomas Moore (1779–1852). (N. E.)

estava cansada de uma existência totalmente passiva. Um novo rosto, também, foi como um novo quadro introduzido na galeria da memória, diferente de todos os outros que lá estavam pendurados. Primeiro por ser masculino e segundo porque era moreno, forte e severo. Ainda estava em minha mente quando entrei em Hay e coloquei a carta no correio. Continuei a vê-lo quando desci depressa a montanha a caminho de casa. Quando passei pelo degrau escavado na terra, parei um minuto, olhei ao meu redor e apurei o ouvido com a ideia de que os cascos de um cavalo voltariam a soar sobre o calçamento e um cavaleiro com uma capa, com um cão da raça Terranova como um *Gytrash,* surgiria mais uma vez. Vi apenas a cerca viva e um salgueiro à minha frente, alto e reto, indo encontrar os raios do luar. Ouvi apenas o som do vento passando entre as árvores que rodeavam Thornfield a pouco menos de dois quilômetros. E, quando olhei na direção de onde vinha o murmúrio, meu olhar atravessou a frente da casa e vislumbrou uma luz que iluminava uma janela, o que me fez lembrar que eu estava atrasada, e me apressei.

Não gostei de entrar outra vez em Thornfield. Passar por seu portal era como voltar à estagnação. Cruzar o vestíbulo silencioso, subir a escadaria sombria, ir até o meu pequeno quarto solitário, depois encontrar a tranquila Senhora Fairfax e passar as longas tardes de inverno com ela, e só com ela, era o mesmo que acabar com todo o entusiasmo despertado pela minha caminhada, e outra vez colocar grilhões invisíveis de uma existência monótona e estagnada em meus sentimentos. Uma existência em que eu me tornara incapaz de apreciar vários privilégios de segurança e tranquilidade. Que bem me teria feito, naquela ocasião, ter sido atirada nas tempestades de uma vida incerta e de lutas, e ter aprendido pela experiência dura e amarga a gozar da calma que agora me fazia descontente! Sim, quase como o grande bem que faria a um homem, cansado de estar sentado, sair da sua mais confortável poltrona para dar uma longa caminhada. Nas minhas circunstâncias, era quase tão natural esse desejo de me movimentar quanto seria para ele.

Demorei-me um pouco nos portões. Demorei mais um pouco no gramado. Andei para trás e para a frente na calçada. As cortinas da porta de vidro estavam fechadas. Eu não podia ver o que se passava no interior, e tanto os meus olhos quanto o meu espírito pareciam desviar-se daquela casa sombria, daquele lugar vazio e cinzento cheio de celas escuras — que é como ela me parecia —, e ir para a imensidão do céu à minha frente, uma abundância azul liberta da mácula de nuvens. A Lua subindo em sua marcha solene. Sua esfera celeste parecendo olhar para cima à medida que se afastava das montanhas de trás das quais surgira, e ia ficando cada vez mais longe e mais abaixo, ainda aspirando atingir o zênite, a escura meia-noite em sua profundidade insondável e sua distância incomensurável. E aquelas estrelas tremeluzentes que lhe seguiam o curso e faziam meu coração tremer e minhas veias brilharem quando as mirava.

Pequenas coisas nos trazem de volta à Terra. O relógio soou no corredor. Foi o bastante. Despedi-me da Lua e das estrelas, abri a porta e entrei.

O vestíbulo não estava escuro, tampouco estava bem iluminado. Havia apenas a luz do candeeiro de bronze pendente do teto. Uma luz mortiça enchia o corredor e os primeiros degraus da escadaria de carvalho. Esse brilho avermelhado vinha da grande sala de jantar, cujas duas portas estavam abertas e mostravam um ótimo fogo na lareira refletindo o piso de mármore e as ferramentas de ferro próprias para lidar com o fogo, como também as cortinas de cor púrpura e a mobília polida destacando-se pelo seu brilho. Revelava também um grupo de pessoas em torno da lareira. Vi-os com alguma dificuldade e mal percebi as vozes animadas entre as quais distingui a de Adèle, quando a porta se fechou.

Corri para o quarto da Senhora Fairfax. Lá também a lareira estava acessa, porém não havia nenhuma vela e tampouco a Senhora Fairfax. O que vi, sentado no tapete e olhando para o fogo, foi um grande cão preto e branco peludo como o *Gytrash* que eu vira no caminho. Era tão parecido com ele que dei um passo à frente e falei:

— "Pilot" — e ele se levantou, veio ao meu encontro para me farejar. Fiz-lhe um carinho e ele abanou a grande cauda. Parecia uma criatura misteriosa demais para ficar ao meu lado, sozinha, e eu nem sabia de onde viera. Toquei a campainha, pois eu queria uma vela. E também queria ficar a par de quem era o visitante. Leah entrou.

— Que cão é este?

— Ele veio com o patrão.

— Com quem?

— Com o patrão, que acabou de chegar. O Senhor Rochester.

— É verdade? E a Senhora Fairfax está com ele?

— Sim, ela e a Senhorita Adèle estão na sala de jantar, e John foi chamar o médico porque o patrão sofreu um acidente. Seu cavalo caiu e ele torceu o tornozelo.

— O cavalo caiu na estrada para Hay?

— Sim, ele escorregou no gelo ao descer o morro.

— Sei. Por favor, Leah, traga-me uma vela.

Leah trouxe a vela. Ao voltar trouxe junto a Senhora Fairfax, que repetiu a notícia, acrescentando que o Senhor Carter, o médico, chegara e estava agora com o Senhor Rochester. Então, ela saiu para dar ordens para o chá, e eu fui para cima trocar de roupa.

XIII

Ao que parece, seguindo a recomendação do médico, o Senhor Rochester foi para a cama mais cedo naquela noite. Tampouco se levantou cedo na manhã seguinte. Quando desceu, foi para tratar de negócios. Seu agente e alguns de seus arrendatários haviam chegado e esperavam para falar com ele.

Adèle e eu tivemos de deixar a biblioteca livre. Ela seria usada como sala de recepção para os visitantes. Uma lareira foi acesa num dos aposentos do pavimento superior e para lá levei os nossos livros e arrumei o ambiente para se tornar a nossa nova sala de aula. Durante a manhã percebi que Thornfield Hall estava diferente. Não era mais um lugar silencioso como uma igreja. A cada hora, ou de duas em duas, se ouvia alguém bater à porta ou o toque de um sino. Ouviam-se também passos atravessando o corredor e vozes novas falando em tons diferentes lá embaixo. Um riacho do mundo externo estava correndo pela casa, que agora tinha um senhor. De minha parte, eu estava gostando bem disso.

Não foi fácil dar a aula para Adèle naquele dia. Ela não conseguia concentrar-se. Ia toda hora até a porta e olhava por cima dos balaústres para ver se podia vislumbrar o Senhor Rochester, ou então inventava pretextos para descer a fim de ir, como desconfiei, até a biblioteca, onde sua presença não era desejada. Por fim, quando fiquei um pouco zangada e mandei que ficasse quieta, ela continuou a falar ininterruptamente de seu "*ami, Monsieur Edward Fairfax de Rochester*", como ela o chamava. Eu nunca ouvira antes o primeiro nome do meu patrão. Ela não parava de conjecturar quais os presentes que lhe teria trazido, pois parecia que ele lhe dissera na noite anterior que, quando sua bagagem de Millcote chegasse, entre as coisas que trazia havia uma caixinha cujo conteúdo iria interessar a ela.

Et cela doit signifier — disse ela — *qu'il y aura là dedans un cadeau pour moi, et peut-être pour vous aussi, Mademoiselle. Monsieur a parlé de vous: il m'a demandé le nom de ma gouvernante, et si elle n'etait pas une petite personne, assez mince et un peu pâle. J'ai dit qu'oui: car c'est vrai, n'est-ce pas, Mademoiselle?*[1]

Eu e minha aluna jantamos como de costume na sala de visitas da Senhora Fairfax. Durante a tarde ventava e nevava o tempo todo, e nós ficamos na sala de aula. Quando escureceu permiti que Adèle deixasse os livros e as tarefas e descesse correndo. Pelo relativo silêncio que reinava lá embaixo, e pelo fim dos toques de campainha, imaginei que àquela hora

---

[1] Em francês: "E isso deve querer dizer que haverá dentro dela um presente para mim, e talvez para a senhorita também. O senhor me falou da senhorita: perguntou-me o nome da minha governanta, e se não era uma pessoa pequenina, muito magra e um pouco pálida. Respondi que sim: pois é verdade, não é senhorita?".

o Senhor Rochester já estivesse livre. Tendo ficado só, caminhei até a janela, mas não havia nada que pudesse ser visto lá fora. O lusco-fusco e os flocos de neve tomavam conta da paisagem e escondiam a maioria dos arbustos no gramado. Fechei a cortina e voltei para junto da lareira.

Nas brasas acesas fui traçando um quadro parecido com o que me lembrava do castelo de Heidelberg, no Reno, quando a Senhora Fairfax entrou, desfazendo com sua entrada o mosaico incandescente que eu estivera construindo e também alguns pensamentos indesejáveis que começavam a invadir a minha solidão.

— O Senhor Rochester ficaria feliz se a senhorita e sua aluna fossem tomar chá com ele na sala de visitas esta tarde — disse ela. — Ele esteve muito ocupado durante o dia todo, e não pôde vê-la antes.

— E a que horas ele costuma tomar o chá? — perguntei.

— Oh, às seis horas. Ele se recolhe cedo quando está no campo. É melhor você ir trocar de roupa. Vou junto para ajudá-la a fechar o vestido. Aqui está uma vela.

— É necessário trocar de roupa?

— Sim, é melhor. Sempre me visto para a noite quando o Senhor Rochester está aqui.

Essa cerimônia adicional parecia um tanto pomposa. Contudo, dirigi-me ao quarto e troquei, com a ajuda da Senhora Fairfax, meu vestido preto por outro de seda também preto. O melhor e o único que eu tinha para essas ocasiões, além de outro, cinza claro, que, segundo a noção de elegância que eu trouxera de Lowton, era requintado demais para ser usado, exceto em ocasiões especiais.

— Você precisa de um adorno — disse a Senhora Fairfax. Eu tinha um único broche de pérola que a Senhorita Temple me dera como lembrança de despedida. Coloquei-o, e então descemos para o pavimento inferior. Desacostumada como eu estava de estranhos, foi um verdadeiro teste aparecer assim formalmente, por convocação, diante do Senhor Rochester. Deixei que a Senhora Fairfax entrasse na sala de jantar na minha frente e mantive-me à sua sombra enquanto cruzávamos o aposento e passávamos pela arcada, cuja cortina agora estava pendente, para entrar no elegante recesso que ficava por trás dela.

Duas velas de cera estavam acesas sobre a mesa, e duas sobre a lareira. Aquecendo-se ao fogo de uma lareira magnífica, Pilot estava deitado e Adèle, ajoelhada ao seu lado. O Senhor Rochester estava reclinado num sofá com o pé apoiado numa almofada. Olhava para Adèle e para o cão. O fogo brilhava forte, iluminando seu rosto. Reconheci meu viajante com sobrancelhas espessas e salientes, a testa quadrada, mais quadrada ainda pelo penteado que colocava seu cabelo preto repartido para o lado. Reconheci seu nariz decidido, mais notável por sua personalidade do que por sua beleza. Suas narinas grandes, que pensei fossem a marca de um temperamento irascível, sua boca austera, o queixo e o maxilar, que, sem dúvida, guardavam, os três, um aspecto severo. Percebi que seu corpo, agora sem a capa, se enquadrava em harmonia com a sua fisionomia. Suponho que aquela fosse uma figura digna de um atleta. Peito largo, flanco estreito, porém não era alto e tampouco gracioso.

O Senhor Rochester deve ter percebido a chegada da Senhora Fairfax e de mim, mas pareceu que não fazia questão de notar nossa presença, pois em nenhum momento ergueu a cabeça enquanto nos aproximávamos.

— Aqui está a Senhorita Eyre, senhor — disse a Senhora Fairfax com sua maneira delicada de falar. Ele se curvou, embora não tirasse os olhos do cão e da menina.

— Faça que a Senhorita Eyre se sente — disse ele. E havia em sua saudação forçada e no tom impaciente e formal de sua voz algo que parecia querer dizer — "Que diabo me interessa saber se a Senhorita Eyre está aqui ou não? Agora não estou disposto a lhe fazer sala".

Sentei-me sem qualquer constrangimento. Uma recepção mais polida provavelmente ter-me-ia desconcertado. Eu não teria como retribui-la com graça e elegância. Mas o rompante caprichoso com o qual me recebeu deixou-me livre de qualquer obrigação, e, ao contrário, sua quietude adequada me colocou em vantagem. Além do mais, a excentricidade de seus modos era instigante. Fiquei interessada em ver como ele iria levar isso adiante.

Continuou como se fosse uma estátua, isto é, não falou e tampouco se moveu. A Senhora Fairfax parecia pensar na necessidade de que alguém fosse mais amável, e começou a falar. Gentil, como sempre — e como de costume bastante limitada —, era condescendente com ele pela pressão dos negócios que tivera durante todo o dia e pelo desconforto que devia estar sentindo devido àquela contorção dolorosa. Então elogiou a paciência e a perseverança dele em enfrentar tudo isso.

— Senhora, eu gostaria de um pouco de chá — foi a única resposta que recebeu.

Ela apressou-se por fazer soar a campainha e, quando a bandeja chegou, adiantou-se para arrumar as xícaras, as colheres, etc. Eu e Adèle fomos para a mesa, mas o patrão não saiu do sofá.

— Você passaria a xícara para o Senhor Rochester? — disse a Senhora Fairfax para mim. — Adèle é capaz de derramar o chá.

Fiz o que ela me pediu. Quando ele tomou a xícara da minha mão, Adèle, achando o momento propício para fazer o pedido em meu favor, gritou:

— *N'est-ce pas, Monsieur, qu'il y a un cadeau pour Mademoiselle Eyre dans votre petit coffre?*[2]

— Quem foi que falou em *cadeaux*? — disse ele de um modo grosseiro. — A senhorita estava esperando algum presente, Senhorita Eyre? Gosta de presentes? — e procurou meu rosto com um olhar fechado, irado e penetrante.

— Não sei dizer ao certo, senhor. Tenho pouca experiência com essas coisas, embora em geral sejam agradáveis.

— Em geral, agradáveis? Mas o que é que *a senhorita* acha?

— Gostaria de ter tempo, senhor, antes de poder dar-lhe uma resposta aceitável. Um presente tem muitos aspectos, não é? E devemos considerá-los todos antes de emitir uma opinião quanto à sua natureza.

— Senhorita Eyre, a senhorita não é uma pessoa tão ingênua quanto Adèle. Ela pede um *cadeau* aos gritos na mesma hora em que me vê. A senhorita faz rodeios.

— Porque tenho menos confiança sobre aquilo que mereço do que Adèle. Ela confia na sua velha amizade e no que está acostumada, pois diz que o senhor sempre teve o hábito de lhe dar brinquedos. Entretanto, no meu caso, eu ficaria confusa, uma vez que sou uma estranha que não fez nada para ser merecedora de uma lembrança.

— Ora, não me venha com falsa modéstia! Testei Adèle o bastante para descobrir que a senhorita deve ter padecido

---

[2] Em francês: "Não é verdade senhor, que há um presente para a Senhorita Eyre em sua caixa?"

com ela. Ela não é brilhante, não tem talentos, mas mesmo assim teve grande progresso em muito pouco tempo.

— O senhor acaba de me dar um *cadeau.* Estou lisonjeada com o que disse. É o que os professores mais desejam. O reconhecimento pelo progresso de seus alunos.

— Hum-hum! — disse o Senhor Rochester, e tomou o seu chá em silêncio.

—Venham para perto do fogo — disse o patrão quando a bandeja foi levada e a Senhora Fairfax voltou para um canto com o seu tricô. Ao mesmo tempo Adèle me puxava pela mão pela sala para me mostrar os lindos livros e enfeites sobre os aparadores e *chiffonnières.*[3] Mas obedecemos como se estivéssemos cumprindo um dever. Adèle quis sentar no meu colo, mas lhe foi dito que fosse brincar com Pilot.

— A senhorita já está morando em minha casa há três meses, não?

— Sim, senhor.

— E veio de...?

— Da escola de Lowood, senhor, no condado de Lowton.

— Ah! Uma instituição de caridade. Por quantos anos permaneceu lá?

— Oito anos.

— Oito anos! A senhorita deve ter muita tenacidade na vida. Penso que metade do tempo numa instituição como aquela seria capaz de acabar com qualquer um! Não me surpreende que tenha a aparência de que veio de outro mundo. Fiquei impressionado refletindo de onde a senhorita tinha tirado esse seu rosto. Quando me encontrou ontem à noite

[3] Pequeno móvel, um tipo de cômoda antiga estilo Luís XV.

na estrada de Hay pensei, nem sei por que, em contos de fadas, e estive a ponto de lhe perguntar se tinha enfeitiçado meu cavalo. Até agora não tenho certeza! Quem são seus pais?

— Eu não tenho pais.

— E nunca teve, suponho. A senhorita guarda alguma lembrança deles?

— Não.

— Foi o que imaginei. E assim estava sentada lá naquele degrau esperando por amigos?

— Por quem, senhor?

— Os homenzinhos verdes. A noite de luar estava propícia para esse encontro. Será que o interrompi e por isso espalhou aquele maldito gelo sobre o calçamento?

Eu sacudi a cabeça.

— Os homenzinhos verdes abandonaram a Inglaterra há cem anos — disse eu, falando com a mesma seriedade que ele. — E nem mesmo na estrada de Hay ou nos campos ao longo dela seria possível o senhor encontrar algum vestígio deles. Não creio que a Lua, do verão ou da colheita, ou do inverno, venha a brilhar outra vez sobre as festas que faziam.

A Senhora Fairfax deixou cair o seu tricô e levantou um olhar que parecia indagar que tipo de conversa era aquela.

— Bem — continuou o Senhor Rochester —, se você não possui pais, deve ter algum parente. Tios ou tias, quem sabe?

— Não, nenhum que eu jamais tenha visto.

— E sua casa?

— Não tenho nenhuma.

— Onde moram seus irmãos ou irmãs?

— Não tenho irmãos ou irmãs.

— Quem a recomendou para vir para cá?

— Coloquei um anúncio e a Senhora Fairfax respondeu a ele.

— Sim — disse a boa senhora, que agora sabia do que se falava — eu agradeço diariamente a escolha que a Providência divina permitiu que eu fizesse. A Senhorita Eyre tem sido uma companhia inestimável para mim, e uma professora gentil e cuidadosa para Adèle.

— Não se incomode em descrever seu caráter — respondeu o Senhor Rochester. — Elogios não irão influenciar-me. Farei meu próprio julgamento. Ela começou por derrubar o meu cavalo.

— Como, senhor? — disse a Senhora Fairfax.

— Devo a ela esta contorção.

A viúva olhou desconcertada.

— Senhorita Eyre, você alguma vez morou na cidade?

— Não, senhor.

— Viveu em sociedade?

— Em nenhuma, a não ser a das alunas e professoras de Lowood, e agora a dos empregados de Thornfield.

— E já leu bastante?

— Apenas os livros que me caíram nas mãos, e não foram muitos, ou muito eruditos.

— Você viveu a vida de uma freira. Não há dúvida de que tenha recebido um bom treinamento religioso. Brocklehurst, que dirige Lowood, como sei, é pastor, não?

— Sim, senhor.

— E é provável que vocês, meninas, o adorassem, como um convento cheio de religiosas adorariam sua diretora.

Não, senhor.

— Você é bem fria! Não! Veja só! Uma noviça que não adora o seu pastor! Isto soa como uma blasfêmia.

— Eu não gostava do Senhor Brocklehurst e não era a única que tinha esse sentimento. Ele é um homem rude, ao mesmo tempo pomposo e radical. Mandou cortar nossos cabelos e em nome da economia nos comprava agulhas e linhas de má qualidade com as quais quase não conseguíamos costurar.

— Isso era uma falsa economia — atalhou a Senhora Fairfax, que outra vez pegava o fio da meada da conversa.

— E esses eram os piores danos que ele causava? — perguntou o Senhor Rochester.

— Quando era o supervisor do departamento de provisões, antes de ter sido nomeado um comitê para dirigi-lo, ele nos deixava passar fome e nos aborrecia com longos sermões uma vez por semana, com leituras vespertinas de livros de sua autoria sobre mortes súbitas e julgamentos, o que nos deixava com medo de ir para a cama.

— Que idade você tinha quando foi para Lowood?

— Cerca de dez anos.

— E ficou lá mais oito anos. E então agora tem dezoito, não?

Eu assenti.

— Aritmética, viu. É muito útil, e sem a ajuda dela dificilmente poderia ter adivinhado a sua idade. Isso é uma coisa bem difícil de estabelecer, quando a aparência e as feições variam tanto, como é o seu caso. E, então, o que foi que aprendeu em Lowood? Sabe tocar piano?

— Um pouco.

— Claro, é a resposta esperada. Vá para a biblioteca, quer dizer, por gentileza. Desculpe minha maneira de falar como se fosse uma ordem. Estou acostumado a dizer "Faça isto", e o que eu ordeno é feito. Não posso modificar meu hábito para falar com uma nova ocupante da casa. Então, vá até a biblioteca, leve uma vela consigo. Deixe a porta aberta, sente-se ao piano e toque uma música.

E lá fui eu, obedecendo-o.

— Basta! — gritou ele depois de alguns minutos. — Vejo que a senhorita realmente toca *um pouco*, como qualquer outra escolar inglesa. Talvez um pouco melhor do que algumas, mas não muito bem.

Fechei o piano e voltei. O Senhor Rochester continuou:

— Adèle me mostrou alguns desenhos esta manhã e me disse que foram feitos pela senhorita. Não sei se foram inteiramente feitos pela senhorita. Será que algum mestre a ajudou?

— Não, de forma alguma! — repliquei.

— Ah! Isso mexe com sua vaidade. Muito bem, traga-me seu porta-fólio de desenhos, já que pode afirmar que o seu conteúdo é original. Mas não dê sua palavra a não ser que tenha certeza. Sei reconhecer uma cópia.

— Então não direi nada e o senhor poderá julgar por si mesmo.

Fui buscar o meu porta-fólio na biblioteca.

— Aproxime a mesa — disse ele.

Empurrei-a para perto do sofá. Adèle e a Senhora Fairfax também se acercaram para ver os desenhos.

— Sem aglomerações — falou o Senhor Rochester. — Vá tirando os desenhos de minhas mãos à medida que forem vistos. Mas não fique com o rosto muito em cima de mim.

Ele examinou detalhadamente cada desenho e pintura. Separou três. Os demais, depois que examinou, colocou de lado.

— Leve os para a outra mesa, Senhora Fairfax — disse ele — e veja-os junto com Adèle. E, senhorita — disse olhando para mim —, ocupe seu lugar aqui outra vez e responda às minhas perguntas. Vejo que esses desenhos foram feitos a mão. Essa mão foi a sua?

— Sim, senhor.

— E quando encontrou tempo para fazê-los? Devem ter tomado muito tempo e muita imaginação.

— Eu os fiz nas últimas duas férias que passei em Lowood, quando tinha todo o meu tempo livre.

— E de onde os copiou?

— De minha própria cabeça.

— Essa cabeça que agora vejo sobre os seus ombros?

— Sim, senhor.

— E ela tem ainda mais alguma coisa do mesmo tipo guardada?

— Devo pensar que sim. Tenho esperança de que sejam ainda melhores.

Ele espalhou as pinturas em sua frente e voltou a observá-las agora alternadamente.

Enquanto ele está tão ocupado com isso, aproveito, caro leitor, para dizer-lhe como eram elas. Mas primeiro devo avisar que não são assim nenhuma maravilha. Os temas, é verdade, tinham brotado vívidos em minha mente. Como eram criados com os olhos da minha alma, tornavam-se impressionantes antes mesmo que eu tentasse dar-lhes uma forma. Mas minha mão nunca conseguiu acompanhar minha fantasia, e cada um deles não resultou senão em um pálido retrato do que eu imaginara.

Eram pinturas feitas em aquarela. A primeira representava nuvens baixas e vívidas girando sobre um mar revolto. Tudo o que estava distante era difuso, assim como o que estava em primeiro plano, ou melhor, as ondas maiores, pois não havia terra. Um raio de luz destacava o relevo de um mastro quase submerso sobre o qual estava pousado um corvo-marinho escuro e grande, com as asas salpicadas de espuma. Segurava no bico uma pulseira de ouro cravejada de pedras preciosas que pintei com as cores mais vivas da minha palheta e as mais resplandecentes que meu lápis poderia conceber. Afundando na água esverdeada, abaixo do pássaro e do mastro, via-se o corpo de um afogado. O único membro claramente visível era seu braço branco, de onde a pulseira fora retirada ou arrancada pela força das águas.

A segunda pintura mostrava em primeiro plano o cume indistinto de uma montanha coberta de relva e com algumas folhas espalhadas como se tivessem sido sopradas pela brisa. Além e acima se estendia um imenso céu azul-escuro como o da hora do crepúsculo. Ascendendo ao céu se via a imagem do um busto de mulher pintado em cores tão pálidas e suaves quanto eu pude combinar. A fronte vagamente distinta estava coroada por uma estrela. Mais abaixo, as feições eram vistas como se envoltas em vapor. Os olhos escuros e selvagens brilhavam. O cabelo se derramava de forma sombria, como uma nuvem sem brilho rasgada pela tempestade ou pela descarga elétrica. No pescoço havia um reflexo pálido que lembrava o luar. O mesmo brilho desmaiado tocava a sequência de nuvens finas sobre as quais o olhar da estrela vespertina se erguia com uma mesura.

A terceira mostrava o cume de um *iceberg* se avolumando na direção do céu de inverno polar. Ao longo da linha do horizonte as luzes da aurora boreal elevavam suas lanças sombrias enfileiradas. Com tudo isso projetado ao fundo, assomava em primeiro plano uma cabeça — uma cabeça colossal que repousava inclinada sobre o *Iceberg*. Duas mãos finas unidas sob a testa a suportavam e sugeriam o esboço de um véu de luto em frente à parte inferior do rosto, deixando visíveis apenas uma fisionomia pálida, branca como um osso, e um olhar vazio e fixo, sem qualquer expressão que não o brilho do desespero. Acima das têmporas, em meio às dobras de um turbante negro indistinto e inconsistente como uma nuvem, brilhava um círculo de chamas brancas pontilhado de fagulhas de um tom mais sinistro. Esse pálido arco era "a imitação de uma coroa real", que como um diadema era "a forma que não tinha forma".

— Sentia-se feliz quando pintou esses quadros? — perguntou o Senhor Rochester em seguida.

— Sim, senhor, eu estava absorta e feliz. Em resumo, pintá-los me proporcionou um dos maiores prazeres que jamais senti.

— Isso não quer dizer muito. Seus prazeres, como a senhorita mesma disse, tinham sido poucos. Mas ouso dizer que viveu em uma espécie de terra dos sonhos dos artistas enquanto misturava e combinava essas cores estranhas. Tomou-lhe muito tempo pintar cada um deles?

— Estava de férias e como não tinha outra coisa a fazer dediquei-me a eles em tempo integral. Os dias mais longos de verão contribuíram para o meu total aproveitamento.

— E ficou satisfeita com o resultado de seu trabalho intenso?

— Longe disso. Senti-me atormentada pelo contraste entre a minha ideia e o que dela resultava. Em cada caso que imaginei havia algo impossível de ser realizado por mim.

— Não exatamente. A senhorita protegeu a sombra de seu pensamento. Nada mais do que isso, talvez. Faltou-lhe a habilidade e a técnica do artista para lhes dar uma existência plena. Assim mesmo, em se tratando se uma jovem estudante, esses olhos na estrela vespertina a senhorita deve ter visto em algum sonho. Como conseguiu fazê-los parecer tão nítidos e mesmo assim sem brilho algum? Pois que o planeta acima sufoca seus raios? E qual é o significado que jaz nas suas solenes profundezas? E quem foi que lhe ensinou a pintar o vento? Há uma forte ventania soprando no céu e no topo desta montanha. E onde foi que a senhorita viu o Latmos? Porque este monte aqui é o Latmos. Pronto, leve as pinturas.

Mal eu tinha acabado de amarrar os cadarços do porta-fólio quando, consultando seu relógio, ele disse de repente:

— São nove horas. Que intenções são essas, Senhorita Eyre, de deixar Adèle acordada até essa hora? Leve-a para a cama.

Antes de se retirar da sala Adèle foi despedir-se dele com um beijo. Ele tolerou o carinho, mas não pareceu gostar dele mais do que Pilot gostaria.

— Agora, desejo uma boa noite a todos — disse ele, movimentando a mão em direção à porta. Uma indicação de que estava cansado de nossa companhia e desejava dispensar-nos. A Senhora Fairfax dobrou seu tricô, eu peguei meu porta-fólio. Fizemos uma mesura para ele e recebemos um frio cumprimento como resposta, e nos retiramos.

— A senhora disse que o Senhor Rochester não era uma pessoa com visíveis peculiaridades — observei à Senhora Fairfax quando voltei ao seu quarto depois de colocar Adèle na cama.

— E é?

— Penso que sim. Ele é bem inconstante e severo.

— É verdade. Não há dúvida de que é a impressão que causa a uma pessoa estranha, mas estou tão acostumada com os seus modos, que nem os percebo. E se seu temperamento tem peculiaridades, é preciso relevar.

— Por quê?

— Em parte porque essa é a sua natureza e nenhum de nós pode mudar a própria natureza, e também porque, sem dúvida, tem pensamentos tristes a atormentá-lo, e isso faz que seu espírito se mantenha instável.

— Sobre o quê?

— Problemas familiares, para começar.

— Mas ele não tem família.

— Não tem, mas já teve. Ou, ao menos, parentes. Ele perdeu seu irmão mais velho há poucos anos.

— Seu irmão *mais velho*?

— Sim. Não faz muito tempo que o Senhor Rochester tomou posse das propriedades. Há apenas nove anos.

— Nove anos é um tempo considerável. Ele gostava tanto assim do irmão para ainda estar inconsolável pela sua perda?

— Quem sabe? Não. Talvez não. Creio que havia algum desentendimento entre eles. O Senhor Rowland Rochester não era muito justo com o Senhor Edward. E é provável que tenha colocado o pai contra ele. O velho se apegava demais ao dinheiro e ansiava por conservar íntegra a propriedade da família. Não gostaria de torná-la menor por divisão e também ansiava que o Senhor Edward tivesse riquezas que mantivessem a continuidade do nome. Então, logo que ele teve idade suficiente, foram tomadas algumas providências não muito justas e que o prejudicaram bastante. O velho Senhor Rochester e o Senhor Rowland se uniram em um acordo que colocou o Senhor Edward em uma situação muito penosa para fazer a própria fortuna. Qual foi exatamente esse acordo eu nunca soube ao certo. Mas para o espírito dele sei que foi um grande sofrimento. O Senhor Edward não é de perdoar facilmente e rompeu com a família. E só agora, depois de muitos anos, foi que conseguiu equilibrar sua vida. Acho que nunca ficou morando por mais de quinze dias seguidos em Thornfield desde que herdou essa propriedade com a morte do irmão, que não deixou testamento. Não é de se admirar que evite este velho lugar.

— E por que deveria evitá-lo?

— Talvez o ache sombrio.

A resposta foi evasiva. Eu queria ter ouvido uma resposta mais clara. Mas a Senhora Fairfax ou não podia ou não queria dar uma informação mais explícita quanto à origem e à natureza das provações do Senhor Rochester. Assegurou que para ela mesma eram um mistério e que a maior parte do que sabia não passava de conjecturas, apenas. Entretanto, ficou evidente que gostaria que eu mudasse de assunto, o que fiz imediatamente.

XIV

Por uma sequência de dias quase não vi o Senhor Rochester. Enquanto pelas manhãs parecia sempre estar ocupado com os negócios, à tarde recebia cavalheiros de Millcote ou das vizinhanças, que algumas vezes ficavam para jantar. Quando se recuperou o bastante da torção na perna, voltou a andar a cavalo em longos passeios talvez em retribuição às visitas que tivera, pois em geral não retornava à casa senão tarde da noite. Nesse período, até mesmo Adèle era raramente chamada à presença dele. E toda a minha relação se restringiu a encontros ocasionais com ele, no corredor ou na escadaria, ou na galeria quando costumava passar por mim com arrogância ou frieza ao tomar conhecimento da minha presença, com um aceno de cabeça distante ou um olhar gelado, e em outras vezes quando se curvava com um sorriso e uma afabilidade cavalheiresca. Suas mudanças de humor não me ofendiam, porque sabia que não tinham nada a ver comigo. Seu fluxo e refluxo dependiam de causas que não me diziam respeito.

Um dia, ele teve companhia para o jantar, e mandou buscar meu porta-fólio para, sem dúvida, exibir o seu conteúdo. Os cavalheiros foram embora cedo, para participar de uma reunião pública em Millcote, como fui informada pela Senhora Fairfax. Mas, como a noite estava úmida e desagradável, o Senhor Rochester não os acompanhou. Assim que se foram, ele tocou a campainha. Recebi o recado de que eu e Adèle deveríamos descer. Escovei o cabelo de Adèle e arrumei-a. Não troquei de roupa porque estava segura de que meu estilo Quaker[1] era adequado e que não havia nada por corrigir. Tudo, incluindo meus cachos trançados, era planejado para ser simples e discreto para evitar o desmazelo. Descemos. Adèle, indócil, se perguntava quando o *petit coffre* chegaria, pois devido a algum engano a entrega estava atrasada. Ela foi gratificada. Quando entramos na sala, lá estava sobre a mesa a pequena caixa. Ela pareceu adivinhar do que se tratava.

— *Ma boîte! Ma boîte!*[2] — exclamou ela, correndo em sua direção.

— Sim, finalmente aí está a sua *boîte*. Leve-a para um canto, sua genuína parisiense, e se divirta em abrir suas entranhas — falou o Sr. Rochester com um tom de voz profundo e sarcástico, saído das profundezas de uma imensa poltrona ao lado da lareira. — E preste atenção — continuou —, não

[1] É o nome dado ao membro de um grupo religioso de tradição protestante, chamado "Sociedade Religiosa dos Amigos", que se opõe à Igreja Anglicana. Vivem sem qualquer organização clerical, pregando a pureza moral, o pacifismo, a solidariedade e a filantropia.

[2] Em francês: "Minha caixa! Minha caixa!"

venha incomodar-me com detalhes do procedimento anatômico, ou qualquer outro comentário sobre o seu conteúdo. A sua operação deve ser feita em silêncio. *Tiens-toi tranquile, enfant; comprends-tu?*[3]

Dificilmente Adèle precisaria de advertência. Já se retirara para um sofá com o seu tesouro e estava ocupada desamarrando o cordão que fechava a tampa. Livrando-se desse obstáculo, e afastando os papéis de embrulho de papel fino prateado, ela exclamou simplesmente:

— *Oh ciel! Que c'est beau!*[4] — e ficou absorta em contemplação extática.

— A Senhorita Eyre está ai? — perguntou o patrão, mal se virando do assento para olhar para a porta onde eu estava.

— Ah! Muito bem, aproxime-se e sente-se aqui. — E puxou uma cadeira para perto da sua. — Não sou muito afeiçoado à tagarelice das crianças — continuou —, pois um velho solteirão como eu não costuma associar coisas agradáveis à voz de falsete com que falam. Para mim seria intolerável ter de passar uma tarde inteira num *tête-à-tête* com uma pirralha. Não arraste essa cadeira para mais longe, Senhorita Eyre, sente-se exatamente onde eu a coloquei, quer dizer, por favor. Eu me atrapalho com essas formalidades! É comum me esquecer delas. Tampouco tenho qualquer afeição por senhoras idosas simplórias. A propósito, não posso esquecer de uma que tenho e que não deve ser negligenciada. Ela é uma Fairfax, ou se casou com um deles. Dizem que esse sangue é mais grosso que a água.

---

[3] Em francês: "Fique quietinha, criança, compreendeu?".

[4] Em francês: "Oh, céus! Como é lindo!".

Ele tocou a campainha e mandou que chamassem a Senhora Fairfax, que chegou logo, trazendo nas mãos sua cesta de tricô.

— Boa noite, senhora. Chamei-a por um motivo de caridade. Proibi Adèle de comentar comigo sobre os presentes, e ela está com cócegas para falar deles. Tenha a bondade de atendê-la como ouvinte e interlocutora. Será uma das ações mais benevolentes que a senhora jamais praticou.

De fato, Adèle, assim que viu a Senhora Fairfax, chamou-a para o sofá, e rapidamente encheu o colo dela com o conteúdo de porcelana, marfim e cera de sua *boîte*, ao mesmo tempo que soltava exclamações de arrebatamento num inglês arrevesado no qual era mestra.

— Agora que já fiz meu papel de bom anfitrião — continuou o Senhor Rochester — e coloquei meus convidados de forma que possam distrair-se entre si, gostaria de ter a liberdade de me dedicar ao meu próprio prazer. Senhorita Eyre, chegue sua cadeira um pouco mais para perto. A senhorita ainda está muito longe e não posso vê-la sem ter de mudar esta poltrona confortável de posição, o que não pretendo fazer.

Fiz o que me foi ordenado, embora preferisse ter permanecido um pouco mais na penumbra. Mas o Senhor Rochester tinha um modo tão direto de dar ordens que parecia uma obrigação obedecê-lo sem pestanejar.

Como eu disse, estávamos na sala de jantar. O lustre que fora aceso para o jantar enchia o ambiente de uma iluminação festiva. A grande lareira estava vermelha e cintilante. As cortinas cor de púrpura pendiam ricas e fartas diante das janelas altas e do arco ainda mais alto. Tudo estava em silêncio, salvo a conversa baixinha de Adèle, que não ousava aumentar a voz. Cada pausa era somente preenchida pelo barulho da chuva de inverno que batia contra as vidraças.

O Senhor Rochester, sentado em sua poltrona forrada de um tecido adamascado, parecia diferente da vez anterior. Não tão severo nem tão sombrio. Havia um sorriso em seus lábios, e os olhos brilhavam, não sei se pelo efeito do vinho ou não, embora esta fosse a razão mais provável. Em resumo, estava com o humor satisfeito depois do jantar. Mais expansivo e jovial, e com uma atitude mais relaxada do que o temperamento frio e rígido que exibira pela manhã. Mesmo assim ainda parecia conter extremo amargor com a cabeça volumosa recostada contra o estofamento da poltrona, as feições rígidas como que talhadas em granito iluminadas pela luz do fogo, e seus grandes olhos escuros. Na verdade, seus grandes olhos escuros eram também muito bonitos, e quando não sofriam certa mudança em sua profundidade, se não denotavam suavidade, ao menos lembravam esse sentimento.

Ele permaneceu com os olhos no fogo por dois minutos, e durante esse mesmo tempo fiquei observando-o quando, de repente, ao se virar, deu de cara comigo.

— A senhorita está estudando-me, Senhorita Eyre — disse ele. — A senhorita acha que sou bonito?

Teria dado àquela pergunta uma resposta vaga e educada, se tivesse tido tempo de pensar antes no que dizer, mas de alguma forma as palavras escapuliram da minha língua sem qualquer aviso:

— Não, senhor.

— Ah! Pela minha honra! A senhorita tem algo bastante singular — disse ele. — A senhorita tem um ar de uma pequena *nonnette*.[5] Estranha, quieta, séria e simples, sentada aí com as mãos postas diante de si, e os olhos sempre abaixados

[5] Em francês: "Jovem religiosa, noviça".

para o tapete, exceto, a propósito, quando estão cravados diretamente em meu rosto. Como agora, por exemplo. E quando alguém lhe faz uma pergunta ou faz uma observação que é obrigada a responder, a senhorita solta uma resposta, que, se não é grosseira, é pelo menos brusca. O que é que me diz disso?

— Senhor, eu fui bastante impulsiva. E peço desculpas. Deveria ter respondido que não é fácil dar uma resposta de improviso a uma pergunta sobre aparências. E que a maioria dos gostos difere bastante. E que a beleza não tem tanta importância, ou algo assim.

— A senhorita não deveria ter respondido nada disso. Realmente, a beleza importa pouco! Portanto, sob o pretexto de suavizar o insulto anterior, de atacar e depois me acalmar até a quietude, a senhorita enfia astuciosamente um canivete embaixo da minha orelha! Continue. Qual é o defeito que vê em mim, diga! Suponho que tenho todas as minhas partes no lugar e todos os traços do meu rosto como qualquer outro homem, não?

— Senhor Rochester, permita-me retirar minha primeira resposta. Não pretendia dar nenhuma resposta crítica, foi apenas um erro.

— Justamente, foi o que eu achei. E a senhorita deve ser responsável por ele. Critique-me, então. Minha testa não lhe agrada?

Ele levantou as ondas negras do cabelo, que caíam horizontalmente em suas sobrancelhas, e deixou à mostra um excesso indiscutível de competência intelectual e uma abrupta carência onde deveria existir um suave sinal de benevolência.

— E agora, senhorita, me acha um tolo?

— Longe disso, senhor. Talvez o senhor me achasse rude caso eu perguntasse de volta se o senhor é um filantropo.

— Aí está outra vez! Outra espetadela com o canivete, quando fingia fazer um carinho em minha cabeça. E isso porque eu disse que não gostava da companhia de crianças e de senhoras de idade. E devo falar isto baixo! Não, minha jovem. Em geral, não sou um filantropo, entretanto tenho consciência — e apontou para as saliências na testa que dizem ser indício dessa faculdade e que, felizmente, eram bastante conspícuas, alargando, de fato, a parte superior da cabeça. — E, ademais, já tive um coração que guardava uma espécie de ternura rude. Quando eu tinha a sua idade, era um rapaz sensível, com predileção pelos fracos, desvalidos e infelizes. Mas a sorte me golpeou, chegou mesmo a me amassar com seus punhos, e hoje eu posso me gabar de ser forte e resistente como uma bola de borracha. Ainda aberto. Com um ou dois pontos fracos e no meio de tudo um ponto suscetível. Sim, será que ainda existe salvação para mim?

— Salvação de que, senhor?

— De que eu deixe de ser uma bola de borracha e me transforme em uma pessoa de carne e osso?

Naquela hora não tive dúvida, decididamente ele havia bebido vinho demais. Eu não sabia o que dizer em resposta àquela pergunta esquisita. Como poderia eu dizer se ele seria capaz de se transformar?

— A senhorita parece bastante confusa, Senhorita Eyre. Embora não seja mais bonita do que eu, emana um ar de perplexidade que lhe é conveniente, pois mantém os olhos curiosos afastados do meu rosto e ocupados com as flores da lã do tapete. Continue confusa. Minha jovem, esta noite eu estou disposto a ser gregário e comunicativo.

Tendo dito isso levantou-se da poltrona e ficou com o braço encostado na bancada de mármore em cima da lareira.

Naquela pose, sua forma podia ser vista com a mesma nitidez do rosto. Os ombros de uma largura incomum eram quase desproporcionais em relação aos quadris. Estou certa de que a maioria das pessoas o classificaria como um homem feio, contudo, havia em seu porte muita altivez inconsciente e muita displicência e desembaraço em seu comportamento. Um jeito de total indiferença para com sua própria aparência, uma tamanha confiança na força das outras qualidades, intrínsecas e exteriores, para compensar a falta de uma simples atração pessoal, que, qualquer um que olhasse para ele, inevitavelmente, tenderia a compartilhar de sua indiferença e, mesmo que de maneira cega e imperfeita, acreditaria nele.

— Estou disposto a ser gregário e comunicativo esta noite — repetiu ele —, e foi por isso que a chamei. A lareira e o candelabro não foram companhias suficientes para mim. Nem mesmo Pilot, porque nenhum deles sabe falar. Adèle está um degrau acima, mas ainda longe do ideal. O mesmo digo em relação à Senhora Fairfax. A senhorita, estou convencido de que pode adequar-se ao meu propósito, se quiser. A senhorita me deixou confuso na primeira noite que a convidei para vir aqui. Desde então quase a esqueci. Outras ideias a tiraram da minha mente. Porém, esta noite resolvi ficar relaxado e disposto a dispensar o que me importuna e resgatar aquilo que me agrada. Agora me agradaria conhecê-la por dentro, saber mais sobre a senhorita. Portanto, fale.

Em vez de falar, eu sorri. Não um sorriso complacente ou tampouco submisso.

— Fale — ordenou ele.

— Sobre o que, senhor?

— Sobre o que desejar. Tanto o assunto quanto o modo com que vai tratá-lo, deixo inteiramente à sua escolha.

Então me sentei e fiquei calada. "Se ele espera que eu fale apenas por falar e me mostrar, descobrirá que se dirigiu à pessoa errada" — pensei.

— A senhorita é muda, Senhorita Eyre?

Eu não dava um pio mesmo. Ele curvou de leve a cabeça em minha direção, e com um rápido olhar pareceu mergulhar em meus olhos.

— Teimosa — disse ele — e aborrecida. Ah, uma coisa tem a ver com a outra. Fiz meu pedido de uma forma absurda, quase insolente. Senhorita Eyre, eu peço desculpas. O caso é que, de uma vez por todas, não desejo tratá-la como uma pessoa inferior, Devo dizer, corrigindo o que disse, que admito a minha superioridade seja em virtude apenas dos quase vinte anos de diferença de nossas idades e de um século de experiência. Isto é legítimo, *et j'y tiens,*[6] como diria Adèle, E é por causa dessa superioridade, e só por ela, que desejo que a senhorita tenha a bondade de conversar agora um pouco comigo e distrair meus pensamentos, que estão cansados de bater no mesmo ponto. Corroídos como um prego enferrujado.

Ele dignara-se a uma explicação, quase um pedido de desculpa, e eu não fiquei insensível à sua condescendência, nem queria aparentar isso.

— Estou disposta a distraí-lo, se for possível, senhor, mas não posso introduzir um assunto, porque como vou saber o que lhe interessa? Faça-me perguntas e farei o melhor possível para respondê-las.

[6] Em francês: "e eu me importo".

— Então, em primeiro lugar, a senhorita concorda comigo que tenho o direito de ser um pouco dominador, abrupto, talvez exigente, às vezes, sobre as coisas que falo, ou seja, que tenho idade suficiente para ser seu pai, e que batalhei através de variadas experiências com muitos homens de muitas nacionalidades e viajei meio mundo, enquanto a senhorita vivia tranquilamente com um grupo de pessoas numa casa?

— Como queira, senhor.

— Isso não é uma resposta. Ou melhor, é uma resposta irritante, porque é evasiva. Responda claramente.

— Senhor, eu não acho que tenha o direito de comandar o que digo somente por ser mais velho do que eu, ou porque tenha visto mais do mundo do que eu. Sua afirmação de superioridade depende do uso que fez de seu tempo e de sua experiência.

— Hummm! Uma resposta rápida. Mas não posso permitir isso, uma vez que nunca se aplicaria ao meu caso. Uma vez que fiz um uso indiferente, para não dizer ruim, de ambas as prerrogativas. Então, deixando a superioridade fora da questão, a senhorita deve continuar a concordar em receber ordens agora e de vez em quando, sem se sentir ressentida ou magoada pelo tom de comando. Está bem assim?

Eu sorri. Pensei comigo mesma o quanto o Senhor Rochester *era* esquisito. Parecia esquecer que me pagava trinta libras por ano para receber ordens.

— O sorriso lhe cai bem — disse ele observando instantaneamente a minha expressão. —Mas fale também.

— Senhor, eu estava pensando que poucos patrões iriam preocupar-se em perguntar aos empregados, que, queiram ou não, são pagos por eles, se se irritaram ou se magoaram com suas ordens.

— Empregados pagos! O quê? A senhorita é minha empregada paga, então? Oh, sim, eu me havia esquecido de seu salário! Bem, então, já que estamos falando em base mercenária, a senhorita concorda comigo em me deixar fazer o papel de valentão?

— Não, senhor, não nessa base. Mas na base que o faz esquecer o salário pago e, de fato, se importar se um dependente seu se sente confortável, ou não, sob sua dependência, eu concordo de coração.

— E consentirá em dispensar um grande número de formas e frases convencionais sem pensar que a omissão deriva da insolência?

Estou certa de que sim, jamais confundiria informalidade com insolência. Prefiro a primeira. Quanto à segunda, ninguém nascido livre iria submeter-se a ela, mesmo em troca de um salário.

— Equívoco! Muitos que nascem livres submetem-se a qualquer coisa por um salário. Portanto, guarde isso para si, e não se aventure em generalizações sobre aquilo que a senhorita é totalmente ignorante. Contudo, cumprimento-a mentalmente por sua resposta, a despeito da sua incorreção. Muito mais pela maneira com que foi dita do que pelo conteúdo do discurso. A maneira foi franca e sincera. Quase não se vê isso, ao contrário, o que se vê é afetação ou frieza, estupidez ou incompreensão como retribuições comuns à inocência. Nem três entre três mil governantas recém-saídas de uma escola teriam respondido como a senhorita acaba de fazer. Não tenho intenção de bajulá-la. Se a senhorita foi forjada em um molde diferente da maioria, não é mérito seu e sim da natureza. E então, afinal, chego rapidamente à minha conclusão. Pelo que sei até agora, a senhorita pode não ser melhor do que o resto. Pode ter defeitos intoleráveis que compensam suas boas qualidades, que são poucas.

"E o senhor também" — pensei eu.

Meu olhar se encontrou com o dele enquanto essa ideia cruzava a minha mente. Ele pareceu ler meus olhos, e respondeu como se o conteúdo tivesse sido dito tal qual foi imaginado:

— Sim, sim, a senhorita tem razão. Tenho muitos defeitos, bem sei, e lhe garanto que não desejo amenizá-los. Deus sabe que eu não preciso ser tão severo para com os outros. Tenho uma existência anterior, uma série de atos, uma vida manchada a contemplar dentro do peito que bem poderiam ser chamados de escárnio e de censura de meus vizinhos para comigo. Eu comecei, ou melhor, fui empurrado para um rumo errado. Assim como outros infratores, gosto de colocar metade da culpa na má sorte e nas circunstâncias adversas. Isso foi aos vinte e um anos, e desde então jamais voltei para o bom caminho. Mas eu poderia ter sido muito diferente. Poderia ter sido tão bom quanto a senhorita. Mais sábio. Quase tão sem máculas. Invejo-a, invejo sua paz de espírito, sua consciência limpa, sua memória impoluta. Minha jovem, uma memória sem máculas e não contaminada deve ser um tesouro raro, uma fonte inesgotável de puro refrigério, não é?

— Como era a sua memória aos dezoito anos, senhor?

— Muito boa naquela época. Límpida, saudável. Nenhum jorro de água pútrida a transformara em poça de água fétida. Aos dezoito anos eu era como a senhorita. Era igual. A natureza fez que eu fosse, no geral, um homem bom, Senhorita Eyre. Um dos melhores, e veja que já não sou assim. A senhorita poderia mesmo dizer que nada vê. Pelo menos me sinto lisonjeado por ler isso em seus olhos. A propósito, cuidado com o que a senhorita expressa através deles. Sou rápido em interpretar essa linguagem. Mas creia no que digo. Não sou um vilão. A senhorita não deve supor tal coisa. Não deve atribuir a mim essa atitude má. De qualquer forma, creio piamente que sou um pecador comum e banal, talvez em virtude mais das circunstâncias que da minha inclinação natural; que sou insignificante em todos os pobres e pequenos esbanjamentos mesquinhos com os quais os ricos e inúteis tentam dar sentido à vida. A senhorita se surpreende por eu estar fazendo confissões? Saiba que no decurso de sua vida a senhorita muitas vezes se verá escolhida como confidente involuntária dos segredos de seus conhecidos. As pessoas descobrirão instintivamente, como aconteceu comigo, que seu ponto forte não é falar de si própria, mas sim ouvir o que os outros têm a dizer de si mesmos. Sentirão também que a senhorita é capaz de ouvir as indiscrições alheias sem mostrar desprezo malevolente, mas sim com uma compaixão inata. Não menos confortante e encorajadora pelo fato de ser muito discreta em sua manifestação.

— Como o senhor sabe? — como pode adivinhar isso tudo, senhor?

— Sei muito bem. Então sigo adiante quase tão livremente como se estivesse escrevendo meus pensamentos em um diário. A senhorita poderia dizer que eu devia ter sido superior às circunstâncias. Deveria sim, deveria sim. Mas, como vê, não fui. Quando o destino se virou contra mim não tive a sabedoria de permanecer frio. Fiquei desesperado e então degenerei. Agora, quando qualquer pessoa simplória me causa desgosto pela sua vulgaridade insignificante, nao posso gabar-me de ser melhor do que ela. Sou obrigado a confessar que ela e eu estamos no mesmo nível. Quem dera me tivesse mantido firme! Deus sabe o quanto! O remorso é terrível quando somos levados ao erro, Senhorita Eyre. O remorso é o veneno da vida.

— Dizem que o arrependimento é a sua cura, senhor.

— Não, não é a sua cura. A transformação, sim, pode ser a sua cura. E eu poderia transformar-me, ainda tenho força para isso, se... Mas para que pensar sobre isso, impedido, oprimido, amaldiçoado como estou? Além do mais, como a felicidade me é irrevogavelmente negada, tenho o direito de extrair prazer da vida, e *irei* fazê-lo, custe o que custar.

— Assim o senhor irá degenerar-se ainda mais.

— Pode ser que sim. Mas o que isso importa se eu puder obter prazer novo e doce? E posso obtê-lo tão novo e doce quanto o mel silvestre que a abelha acumula na charneca.

— Ela o irá picar e o mel terá gosto amargo, senhor.

— Como a senhorita sabe? A senhorita nunca o provou. A senhorita parece tão séria e solene, mas é tão ignorante sobre essas coisas quanto este camafeu — e pegou um que estava na prateleira sobre a lareira. — Não tem qualquer direito de me passar um sermão, sua neófita, que ainda não passou pelo pórtico da vida e desconhece completamente os seus mistérios.

— Lembro-lhe apenas suas próprias palavras. O senhor disse que seus erros lhe trouxeram o remorso e que o remorso é o veneno da existência.

— E quem fala em erro agora? Dificilmente acho que a ideia que me passou pela cabeça foi um erro. Acredito que tenha sido uma inspiração em vez de uma tentação. E foi muito agradável, muito reconfortante. E está acontecendo de novo! Não é o demônio, asseguro-lhe. Ou, se for, vem vestido com as roupas de um anjo de luz. Penso que devo acolher um convidado tão belo quanto esse quando pede para entrar em meu coração.

— Desconfie dele, senhor. Ele não é um anjo verdadeiro.

— Mais uma vez pergunto. Como a senhorita sabe? Com que sabedoria pensa distinguir entre um anjo caído no abismo e um mensageiro do trono eterno, entre um guia e um sedutor?

— Julgo pelo seu semblante, senhor, que parecia transtornado quando disse que a sugestão retornara à sua mente. Tenho certeza de que irá trazer-lhe mais sofrimento se lhe der ouvidos.

— De maneira nenhuma — ele é portador da mensagem mais graciosa do mundo. Além do que a senhorita não é a guardiã da minha consciência, portanto não se incomode. Entre aqui, belo viajante.

Falou essas palavras como se as falasse para uma visão invisível a quaisquer olhos que não os dele próprio. Em seguida, cruzou os braços que estavam colocados sobre o peito, como se abraçasse aquele ser invisível.

— Agora — continuou ele voltando a se dirigir a mim, — recebi o peregrino. Uma divindade disfarçada como, de verdade, acredito. Já me fez muito bem. Meu coração, que era uma espécie de cemitério, será agora um relicário.

— Para ser franca, senhor, eu não o entendo de forma alguma. Não posso continuar a manter esta conversa, porque ela está além da minha profundidade. Uma coisa eu sei. O senhor disse que não era tão bom quanto gostaria de ser, e que lamentava sua própria imperfeição. Uma coisa eu posso compreender. O senhor deu a entender que ter uma memória maculada era uma maldição perpétua. Parece-me que, caso o senhor tentasse em tempo e com mais empenho, poderia descobrir que é possível se tornar a pessoa que o senhor mesmo aprovaria. E que, se a partir desse dia, começasse a corrigir seus pensamentos e ações com determinação, em poucos anos teria reunido uma coleção nova e imaculada de lembranças às quais poderia recorrer com prazer.

— Bem pensado e bem dito, Senhorita Eyre. Neste momento estou pavimentando com energia a estrada para o inferno.

— Como?

— Estou cheio de boas intenções que acredito sejam tão duradouras quanto uma rocha. Tenho certeza de que meus conhecidos e meus objetivos serão outros, diferentes de antes.

— E melhores?

— E melhores. Tanto quanto o minério puro é melhor do que a suja escória. A senhorita parece duvidar de mim. Não tenho dúvida sobre mim mesmo. Sei qual é o meu objetivo, quais os meus motivos, e neste momento decreto uma lei inalterável, como as leis dos medas e dos persas, pois que ambas estão certas.

— Não podem estar, senhor. As leis necessitam de um novo regulamento que as validem.

— Estão, sim, Senhorita Eyre, embora realmente necessitem de um novo estatuto. Um conjunto de circunstâncias inéditas demanda regras inéditas.

— Essa máxima soa perigosa, senhor, porque é possível ver logo que é plausível de abuso.

— Quão perspicaz! É verdade. Mas juro pelos deuses da minha propriedade que não abusarei.

— O senhor é humano e falível.

— Sou, sim. E a senhorita também. E daí?

— Os humanos e falíveis não deveriam arrogar-se um poder do qual somente o divino e perfeito pode incumbir-se.

— Que poder é esse?

— O de declarar uma linha de ação estranha que embora não aprovada é a certa.

— Certa. Essa é a palavra. Você a falou.

— *Possa* ser a certa, então — disse eu enquanto me levantava, considerando inútil continuar uma discussão que era totalmente obscura para mim. E ademais consciente de que o caráter do meu interlocutor estava além do meu entendimento. Pelo menos além do meu alcance naquele instante. Além disso sentia a incerteza e o vago senso de insegurança que acompanham a convicção da ignorância.

— Onde é que a senhorita vai?

— Vou colocar Adèle na cama. Já passa da sua hora de dormir.

— Você está com medo de mim porque eu falo como uma esfinge.

— Sua linguagem é enigmática, sim, senhor, mas, embora me deixe confusa, certamente não me amedronta.

— A senhorita *está* com medo. Seu amor-próprio teme cometer algum erro.

— Nesse sentido realmente me sinto apreensiva. Não tenho vontade de falar coisas sem sentido.

— Se desejasse falar, eu encontraria sentido em suas palavras de um modo sério e tranquilo. Nunca ri, Senhorita Eyre? Não se dê ao trabalho de responder, vejo que ri raramente. Mas pode rir com alegria. Acredite-me, a senhorita não é uma pessoa intransigente, assim como eu também não sou naturalmente cruel. As restrições de Lowood de alguma forma ainda pesam sobre a senhorita. Controlam sua expressão, abafam a sua voz e restringem seus movimentos. E a fazem sentir medo de sorrir com alegria, de falar livremente, ou de se movimentar com rapidez na presença de um homem e um irmão, ou pai, ou senhor, ou o que quiser. Mas com o tempo penso que irá aprender a ser natural comigo, como eu acho impossível ser convencional com a senhorita. E então sua aparência e seus movimentos terão mais vivacidade e variedade do que ousam oferecer agora. Às vezes percebo um olhar de curiosidade como o de um pássaro entre as barras de uma gaiola. Vívido, inquieto. Um cativo resoluto ali está ele. Se fosse livre voaria acima das nuvens. A senhorita ainda está inclinada a ir?

— Já são nove horas, senhor.

— Não se importe — espere um minuto. Adèle ainda não está pronta para ir para a cama. A posição na qual estou, Senhorita Eyre, com as costas voltadas para a lareira e o rosto para a sala, favorece a observação. Enquanto falava com a senhorita, olhei algumas vezes para Adèle. Tenho meus próprios motivos para achar que ela merece um estudo curioso. Motivos esses que talvez, não certamente, algum dia eu poderei compartilhar com a senhorita. Há dez minutos, ela tirou da sua caixa um pequeno vestido de seda cor-de-rosa. Seu rosto ficou iluminado de fascínio ao desembrulhá-lo. A faceirice corre em seu sangue, se mistura com seu cérebro e tempera a medula de seus ossos. *Il faut que je l'essaie*!, disse ela, *Et à l'instant même*![7] — e saiu correndo da sala. Ela agora está lá com Sophie, provando o vestido. Dentro de poucos minutos irá voltar e eu sei o que verei. Ela é uma miniatura

[7] Em francês: "Preciso experimentá-lo!", "E agora mesmo!".

de Céline Varens, como ela costumava aparecer nas pensões durante o levante de.... mas deixe isso para lá. Contudo, meus sentimentos mais ternos estão para receber um choque, tal é o meu pressentimento. Fique agora para ver o que irá acontecer.

Não demorou muito e os pequenos passos de Adèle foram ouvidos soando pelo corredor. Ela entrou, transformada, como seu tutor predissera. Um vestido muito curto de cetim cor-de-rosa com uma saia ampla substituía o vestido marrom que ela usava antes. Uma grinalda de botões de rosa circundava sua testa. Seus pés estavam calçados com meias de seda e pequenas sandálias brancas de cetim.

— *Est-ce que ma robe va bien?* — gritou ela adiantando-se — *Et mes souliers? Et mes bas? Tenez, je crois que je vais danser!*[8]

E abrindo a saia do vestido saiu dançando pela sala até chegar onde estava o Senhor Rochester. Deu um leve giro na ponta dos pés defronte dele e se ajoelhou aos seus pés, exclamando:

— *Monsieur, je vous remercie mille fois de votre bonté.*[9]

E então, levantando-se, acrescentou:

— *C'est comme cela que maman faisait, n'est-ce pas, Monsieur?*[10]

— Exatamente! — respondeu ele. — E, *comme celà*, foi que ela me enfeitiçou e levou o ouro que eu tinha nos meus bolsos ingleses. Eu também fui ingênuo, Senhorita Eyre, bastante ingênuo. Já tive também a aparência primaveril que a senhorita tem hoje. Contudo, minha primavera se foi, mas deixou em minhas mãos esta florzinha francesa de quem, às vezes,

---

[8] Em francês: "Meu vestido me cai bem? E meus sapatos? E as minhas meias? Olhem, acho que vou dançar!".

[9] Em francês: "Senhor, eu lhe agradeço mil vezes por sua bondade".

[10] Em francês: "É como mamãe fazia, não é, senhor?".

penso em me livrar. Sem mais valorizar agora a raiz de onde ela veio e tendo descoberto que ela era de um tipo que nada, a não ser ouro em pó, poderia adubar, gosto apenas pela metade de sua flor em botão, principalmente quando ela se mostra tão artificial como agora mesmo. Eu a conservo e a educo mais pelo princípio católico de expiar os meus inúmeros pecados, grandes e pequenos, com uma boa ação. Um dia ainda irei explicar-lhe tudo isso. Boa noite.

XV

Numa ocasião posterior o Senhor Rochester acabou mesmo por me explicar tudo. Foi numa tarde quando por acaso encontrou comigo e com Adèle no jardim. Enquanto ela brincava com Pilot e sua peteca, ele me convidou a ficar passeando por uma aleia de faias de onde era possível vigiar Adèle.

Então me contou que ela era filha de Céline Varens, uma francesa, dançarina de ópera, por quem ele nutriu o que chamou de uma grande "*passion*". Céline fingiu retribuir essa paixão com um ardor ainda maior. Ele se julgava seu ídolo, feio como era, e acreditava que ela preferia seu *taille d'athlète*[1] à elegância do Apolo do Belvedere.

[1] Em francês: "Porte de atleta".

— E então, Senhorita Eyre, fiquei tão lisonjeado pela preferência da sílfide gaulesa por seu gnomo britânico, que a instalei numa mansão. Coloquei uma completa criadagem à sua disposição, uma carruagem, agasalhos da Caxemira, diamantes, rendas, etc. Em resumo, comecei a cavar a minha própria ruína no mais puro estilo, como tantos outros tolos. Parece que não tive a originalidade de buscar uma estrada nova para a vergonha e a destruição, mas continuei pela mesma rota com uma exatidão estúpida sem me desviar um centímetro do seu foco. E tive, como merecia, o mesmo destino de outros tantos tolos. Uma noite, ao chegar sem aviso em sua casa para visitá-la, constatei que havia saído. Mas a noite estava quente e eu, cansado de caminhar pelas ruas de Paris, resolvi sentar-me em seu *boudoir,*[2] feliz por respirar o ar consagrado pela presença tão recente dela. Não, eu exagerei. Nunca achei que dela emanasse qualquer virtude consagradora. Em vez disso ela deixara atrás de si uma espécie de perfume concentrado, um aroma de almíscar e âmbar e não uma fragrância de santidade. Por me sentir um pouco sufocado pelos cheiros das flores de estufa e das essências espargidas no ar, lembrei-me de abrir a janela e ir para a varanda. Era uma noite tranquila e serena de luar com os lampiões de gás acesos do lado de fora. Na varanda havia uma ou duas cadeiras. Sentei-me numa delas e peguei um charuto. Aliás, irei fazer o mesmo agora, se a Senhorita não se importar.

Aqui fez uma pausa, preenchida pelo ritual de preparar e acender um charuto. Depois que o colocou nos lábios e

---

[2] Nome, em francês, que se dá ao espaço do quarto de uma dama reservado ao seu embelezamento, com o mobiliário adequado: penteadeira com um banco (toucador), espelho, lugar para guardar seus perfumes, artigos de maquiagem, adereços de cabelo, etc.

soprou uma trilha de fumaça perfumada do puro Havana no ar frio de uma tarde sem sol, continuou:

— Naquela época eu também gostava de bombons, Senhorita Eyre, e estava *croquant*[3] — ignore o barbarismo —, *croquant* as delícias de chocolate e fumando alternadamente, enquanto observava as carruagens que passavam pelas ruas elegantes próximas ao teatro da Ópera, quando surgiu uma carruagem de luxo fechada e puxada por uma linda parelha de cavalos ingleses bem visível na noite iluminada. Reconheci a *voiture*[4] que eu dera a Céline. Ela estava de volta. É claro que meu coração bateu impaciente contra o gradil de ferro sobre o qual eu estava debruçado. Como eu previa, a carruagem parou na porta da mansão. A minha chama, esta é a palavra correta para designar uma *innamorata* de ópera, saltou. Embora estivesse envolta em uma capa, a propósito, um agasalho desnecessário para uma noite de junho, reconheci-a instantaneamente por seu pé pequeno, despontando da saia de seu vestido enquanto descia os degraus da carruagem. Debruçado sobre o parapeito da varanda, estava eu a ponto de murmurar *Mon Ange*,[5] num tom por certo audível apenas aos ouvidos do meu amor, quando uma figura saiu da carruagem depois dela. Também vestindo uma capa. Mas foi um calcanhar com esporas que pisou no chão, e foi uma cabeça coberta por um chapéu que passou naquele momento sob a arcada da *porte cochère*[6] da mansão.

---

[3] Em francês: mastigando ruidosamente (verbo *croquer*).

[4] Em francês: "carruagem" (carro, viatura, veículo).

[5] Em francês: "Meu Anjo."

[6] Termo de arquitetura, em francês, para o pórtico de entrada de cavalos e carruagens das grandes edificações antigas.

A senhorita nunca sentiu ciúmes, não é, Senhorita Eyre? Claro que não. Nem preciso perguntar, porque jamais se sentiu apaixonada. É necessário experimentar os dois sentimentos primeiro. Sua alma está adormecida. Ainda está para ser dado o choque que deverá acordá-la. Acha que toda a existência desliza em um fluxo tranquilo no qual a sua juventude é carregada adiante. Flutuando com os olhos fechados e os ouvidos tapados, não lhe é permitido ver as rochas agressivas não muito longe no leito da correnteza, como também as ondas que quebram em sua base. Mas eu lhe digo, e a senhorita pode gravar minhas palavras, que um dia ainda irá atravessar por uma passagem escarpada do canal, onde a correnteza inteira da vida será quebrada pelo redemoinho e tumulto, espuma e barulho. Ou se espatifará em átomos sobre as pontas das escarpas ou será erguida por alguma onda grande e depositada em correntes mais calmas, como essa em que eu estou agora. Gosto de um dia como este, gosto deste céu de aço, gosto do rigor e da quietude do mundo sob esta geada. Gosto de Thornfield, de sua antiguidade, seu isolamento, suas velhas árvores, seus espinheiros, sua fachada cinzenta e suas linhas de janelas escuras refletindo este firmamento metálico. E mesmo assim por quanto tempo abominei pensar neste lugar, evitando-o como se fosse uma grande casa assolada por uma praga! Como ainda abomino.

Ele trincou os dentes e ficou calado. Parou de caminhar e bateu forte com a bota contra o solo endurecido. Um pensamento odioso parecia tê-lo pego de súbito, e o segurara com tanta força que não conseguiu ir adiante.

Estávamos subindo a alameda quando então parou. O pátio de entrada da mansão estava à nossa frente. Levantou os olhos para as suas ameias, projetou sobre elas um olhar como eu jamais tinha visto. Dor, vergonha, ira. Impaciência, desgosto, ódio pareciam conter momentaneamente a agitação de um conflito. Nas grandes pupilas dilatadas sob suas sobrancelhas negras. Selvagem era essa luta primordial. Mas outro sentimento se ergueu e triunfou. Algo duro e cínico. Obstinado e com vontade própria. Acalmou a paixão e petrificou seu semblante. Então, seguiu em frente:

— Durante o tempo em que fiquei calado, Senhorita Eyre, estava acertando uma questão com meu destino. Ele ficou ali parado junto ao tronco daquela faia, como uma das bruxas que apareceram para Macbeth na charneca de Forres. "Você gosta de Thornfield?", disse o destino ao erguer o dedo. E em seguida escreveu uma lembrança no ar que corria em hieróglifos lúgubres por toda a fachada da casa, entre a fileira de cima e a de baixo das janelas, "Goste dela se puder! Goste dela se tiver coragem!". E eu disse: "Eu irei gostar dela". "Terei coragem de gostar dela", acrescentou taciturno.

"Manterei minha palavra. Quebrarei todos os obstáculos à felicidade, à bondade, sim, à bondade. Desejo ser um homem melhor do que tenho sido e do que sou. Como o leviatã de Jó que quebrou o arpão, o dardo e a armadura, obstáculos que outros consideram ser de ferro e latão, eu os considerarei como sendo de palha e madeira podre."

Adèle vinha correndo para ele com sua peteca.

— Sai para lá — gritou ele de modo áspero. — Fique longe, menina, ou vá procurar Sophie!

Acompanhando seu caminhar em silêncio, aventurei-me a lembrá-lo do ponto em que tinha sido abruptamente interrompido.

— O senhor então saiu da varanda, senhor? — perguntei. — Quando *Mademoiselle* Varens entrou?

Esperava ao menos uma repreensão pela pergunta um tanto inoportuna, mas, ao contrário, acordando de sua abstração mal-humorada, ele pousou os olhos sobre mim e a sombra pareceu dissipar-se de suas sobrancelhas:

— Oh, esqueci-me de Céline! Bem, para resumir, quando vi minha encantadora entrar acompanhada por um cavalheiro, pareceu-me ouvir um silvo, e a serpente verde do ciúme elevou-se ondulada da varanda iluminada pelo luar, deslizou para dentro do meu colete e em dois minutos atingiu o âmago do meu coração.

— Estranho! — exclamou ele de súbito ao recomeçar do mesmo ponto. — Estranho que eu tivesse escolhido a senhorita para confidente de tudo isto, minha jovem. Mais do que estranho é que a senhorita pudesse ouvir-me calada como se fosse a coisa mais comum do mundo, para um homem como eu, contar histórias de sua amante da ópera para uma moça singular e inexperiente como a senhorita! Mas esta última singularidade explica a primeira, como já disse uma vez. A senhorita foi feita, por sua gravidade, consideração e cautela, para ser a destinatária de segredos. Além do mais, sei bem que tipo de mente é essa que coloquei em contato com a minha. Sei que ela não é passível de ser infectada. É uma mente peculiar, única. Felizmente não tenho a menor intenção de prejudicá-la. Mas, se o fizesse, sua mente recusaria qualquer dano vindo de mim. Quanto mais conversarmos, melhor, pois, enquanto não posso feri-la, a senhorita pode refrescar-me.

Depois dessa digressão ele prosseguiu:

— Permaneci na varanda. "Eles virão para o *boudoir*, sem dúvida" — pensei. — "Deixe-me preparar uma emboscada." Assim, passando minha mão através da janela aberta, fechei a cortina sobre ela, deixando apenas uma abertura pela qual pudesse observar tudo. A seguir fechei o caixilho, deixando uma fresta suficiente para ouvir os sussurros das juras dos amantes. Depois voltei a me sentar na cadeira, e o casal entrou. Meu olho foi rápido para a fresta. A camareira de Céline acendeu um lampião, colocou-o sobre a mesa e retirou-se. Assim pude ver claramente o casal. Ambos tiraram a capa e ali estava a Varens, resplandecente em cetim e joias, presentes dados por mim, naturalmente. E ali estava seu acompanhante vestido com um uniforme de oficial. Eu já o conhecia. Era um jovem devasso com o título de visconde. Um desmiolado e perigoso jovem que encontrei em algumas reuniões sociais e que nunca pensei em odiar, visto que lhe dispensava um desprezo absoluto. Ao reconhecê-lo, a presa venenosa da serpente do ciúme foi instantaneamente quebrada. No mesmo instante meu amor por Céline se extinguiu para sempre. Uma mulher que podia trair-me com um rival como aquele, não merecia que eu lutasse por ela. Merecia apenas desprezo. No entanto, menos desprezo do que eu, que fui feito de bobo por ela. Logo depois, começaram a conversar. Sua conversa me colocou inteiramente à vontade. Era frívola, mercenária, impiedosa e insensata, era mais calculada para enfadar do que para causar raiva ao ouvinte. Sobre a mesa eu havia deixado um cartão que, ao ser percebido, trouxe à baila o meu nome. Nenhum dos dois possuía a energia ou a astúcia para me ridicularizar, mas me insultaram da forma mais grosseira e baixa que puderam. Principalmente Céline, que se mostrou quase brilhante sobre meus defeitos pessoais ou deformidades, como ela os chamou. Ora, era seu costume lançar-se em ardorosa admiração sobre o que ela chamava de "minha *beauté mâle*",[7] no que se diferencia diametralmente da

[7] Em francês: "beleza máscula".

senhorita, que disse logo em nossa segunda conversa que não me achava atraente. Essa diferença me surpreendeu naquele momento e...

Nisso Adèle veio correndo outra vez.

— *Monsieur*, John acaba de dizer que seu agente chegou e deseja vê-lo.

— Ah! Neste caso devo resumir. Abri a janela e fui até eles. A proteção que mantinha em relação a Céline estava desfeita, e lhe dei um aviso para que desocupasse a mansão. Ofereci-lhe algum dinheiro para as necessidades imediatas. Não dei atenção aos gritos, à crise histérica, às súplicas, aos protestos e descontroles. Combinei um encontro com o visconde no Bois de Boulogne. Na manhã seguinte tive o prazer de encontrá-lo. Deixei uma bala em um de seus braços estiolados, fracos como a asa de um pinto saído do ovo, e com isso pensei ter-me livrado daquela gente. Mas infelizmente, seis meses antes, a Varens havia tido esta menina, Adèle, que afirmava ser minha filha. E talvez seja mesmo, embora eu não veja provas dessa paternidade lastimável escritas em sua fisionomia. Pilot se parece mais comigo do que ela. Alguns anos depois de ter-me separado de sua mãe, ela abandonou a criança e fugiu para a Itália com um músico ou cantor. Nunca tomei conhecimento de qualquer reivindicação natural da parte de Adèle para que fosse criada por mim, porque não sou seu pai. Mas, ao saber que ela estava desamparada, tirei a pobre da lama em Paris e a trouxe para cá, para que crescesse sem contaminação no solo saudável de um jardim inglês. A Senhora Fairfax encontrou a senhorita para ser sua professora. Mas, agora que sabe que ela é a filha ilegítima de uma corista francesa da Ópera, talvez pense de forma diferente a respeito do seu cargo e da sua protegida. Pode ser que um dia venha a mim com a notícia de que encontrou outro lugar, pedindo-me para procurar outra governanta, etc., não?

— Não. Adèle não é responsável pelos erros da mãe ou pelos seus. Tenho preocupação por ela. E, agora que sei quem é, em certo sentido, sem parentes, abandonada por sua mãe e renegada pelo senhor, irei apegar-me ainda mais a ela. Como poderia eu preferir uma criança mimada de uma família rica, que odiasse sua governanta como um estorvo, a uma pequena órfã que vem até ela em busca de uma amiga?

— Oh, é sob essa luz que a senhorita vê as coisas! Bem, preciso ir agora e a senhorita também. Está escurecendo.

Mas ainda fiquei ali fora um pouco mais com Adèle e Pilot. Apostei corrida com ela e jogamos peteca com raquete. Quando fomos para dentro e tirei seu chapéu e seu casaco, coloquei-a no colo e fiquei com ela ali mais uma hora, permitindo que tagarelasse como gostava, sem repreender as pequenas liberdades e trivialidades nas quais era mestra quando lhe davam muita atenção, e que revelavam nela uma superficialidade de caráter, com certeza herdada da mãe, e dificilmente apropriada a uma mente inglesa. Ainda assim, tinha seus méritos. E eu estava disposta a apreciar ao máximo tudo o que tinha de bom. Procurei em seu semblante traços de similaridade com o Senhor Rochester, mas não os encontrei. Nenhum vestígio, nenhuma expressão que mostrasse qualquer relação. Era uma pena. Se ela pudesse ter alguma semelhança com ele, certamente ele a veria com outros olhos.

Não foi senão depois de me recolher aos meus aposentos para dormir que pude refletir sobre o que o Senhor Rochester me contara. Como dissera, era provável não haver nada de extraordinário no conteúdo da narrativa. A paixão de um inglês rico por uma dançarina francesa e a traição dela é o que, sem dúvida acontece todos os dias na sociedade. Mas havia algo decididamente estranho no paroxismo da emoção que tomou conta dele quando expressou a atual satisfação de seu estado de espírito, e seu prazer recentemente renovado na velha mansão e seus arredores. Meditei questionando-me sobre esse incidente. Porém fui abandonando gradualmente esse pensamento, e, por achá-lo inexplicável no presente, passei a considerar as atitudes do meu patrão para comigo. A confiança que ele atribuíra a mim parecia um tributo à minha discrição. Era assim que eu a via e aceitava. Sua conduta tinha ficado agora, há algumas semanas, mais uniforme em relação a mim do que no início. Não parecia mais que eu o atrapalhava. Ele não tinha mais ataques de frieza arrogante. Quando nos encontrávamos por acaso, os encontros pareciam cordiais. Tinha sempre uma palavra ou um sorriso para mim. Quando eu recebia um convite formal para encontrá-lo, era sempre honrada por sua cordialidade ao receber-me, o que me fazia sentir que realmente tinha o poder de entretê-lo e que essas conversas à noite eram promovidas tanto para o seu prazer como para meu benefício.

Na verdade, em comparação com ele, eu falava pouco, mas o ouvia falar com gosto. Ele era comunicativo por natureza. Gostava de abrir para estranhos um mundo de vislumbres de cenas e costumes do mundo, não me refiro a suas cenas corruptas e costumes perversos, mas, sim, ao que era extraído de grandes acontecimentos e das novidades estranhas que os caracterizavam. E eu tinha uma grande satisfação em receber as ideias novas que me oferecia, em imaginar as imagens que me descrevia, seguindo-o em seus pensamentos por novas regiões que me eram reveladas, sem nunca me assustar ou aborrecer com alguma alusão perniciosa.

A naturalidade de suas maneiras me libertava de restrições dolorosas. A franqueza amistosa, correta e cordial com a qual me tratava aproximou-me dele. Algumas vezes sentia como se ele fosse mais um parente meu do que meu patrão. Ainda assim às vezes era autoritário, mas isso não me incomodava, pois via que esse era o seu jeito. Tão feliz e gratificada fiquei com esse novo interesse pela vida, que deixei de lamentar a morte de parentes. A fina lua crescente do meu destino parecia alargar-se. Os hiatos da minha existência foram preenchidos. Minha saúde corporal melhorou. Ganhei corpo e fiquei mais forte.

E agora aos meus olhos o Senhor Rochester continuava feio? Não, leitor, a gratidão associada a outras coisas, todas agradáveis e calorosas, fizeram de seu rosto a coisa que eu mais gostava de ver. A presença dele numa sala era mais animada do que o fogo mais brilhante de uma lareira. Eu não havia esquecido seus defeitos e na verdade não poderia, pois ele os colocava com frequência diante de mim. Era orgulhoso, sardônico, ríspido com aqueles que eram inferiores a ele. Secretamente, em minha alma, eu sabia que sua grande bondade para comigo era contrabalançada por uma severidade injusta para com muitos outros. Era também mal-humorado, assim, sem motivo algum. Mais de uma vez, quando fui chamada para ler para ele, encontrei-o sentado sozinho na biblioteca com a cabeça baixa enfiada entre os braços. E quando a levantava, uma carranca quase maligna escurecia suas feições. Mas eu acreditava que seu mau humor, sua rispidez e seus defeitos morais do passado, digo passado porque agora parecia tê-los corrigido, tinham origem em alguma encruzilhada cruel do destino. Acreditava que ele era por natureza um homem de melhores tendências, princípios nobres e gostos refinados do que os que foram desenvolvidos pelas circunstâncias, instigados pela educação ou encorajados pelo destino. Achava que nele havia uma índole e um excelente caráter mesmo que ainda permanecessem um tanto prejudicados e confusos. Não posso negar que eu sofria por seu sofrimento, o que quer que fosse, e que faria tudo para mitigá-lo.

Embora àquela hora minha vela já se houvesse extinguido e eu estivesse deitada na cama, não consegui dormir pensando na cara que ele fizera quando parou na alameda para dizer como seu destino se erguera à sua frente e o desafiara a ser feliz em Thornfield.

"Por que não?" — perguntei a mim mesma. "O que é que o afasta da casa? Será que irá logo embora dela? A Senhora Fairfax disse que raramente passa aqui mais de quinze dias de cada vez. E já está aqui há oito semanas. Se ele se for embora, a mudança será dolorosa. Supondo que fique ausente durante a primavera, o verão e o outono, o tempo parecerá sem graça mesmo nos dias bonitos de sol!"

Mal posso saber se dormi ou não depois dessas reflexões. De qualquer modo, o meu despertar foi acompanhado de um vago murmúrio, singular e lúgubre, que soava, pensei, acima de mim. Desejava que minha vela ainda estivesse acesa. A noite estava terrivelmente escura. Senti-me oprimida. Levantei-me e sentei na cama apurando o ouvido. O som havia cessado.

Tentei voltar a dormir, mas meu coração batia ansiosamente. Minha tranquilidade interior fora quebrada. Ao longe, o relógio do corredor lá de baixo bateu duas horas. Naquele momento me pareceu que a porta do meu quarto tinha sido tocada. Era como se dedos tivessem apalpado os painéis da porta tateando um caminho ao longo da galeria escura do lado de fora.

— Quem está aí? — disse eu. Mas ninguém respondeu. Congelei de medo.

Na mesma hora lembrei-me de que podia ter sido Pilot, que costumava subir até a soleira da porta do quarto do Senhor Rochester quando por um descuido a porta da cozinha era esquecida aberta. Algumas vezes, eu mesma já o vira deitado ali, de manhã. Aquela ideia me acalmou um pouco. Deitei-me outra vez. O silêncio acalmou meus nervos, e como a quietude voltou a reinar pela casa toda comecei a sentir a moleza do sono que retornava. Mas estava fadada a não dormir naquela noite. Mal um sonho se aproximou de meus ouvidos e se dissipou amedrontado, atemorizado por um incidente de arrepiar.

Era uma gargalhada demoníaca — baixa, abafada e profunda — que saía, ao que parecia, pelo buraco da fechadura da porta do meu quarto. A cabeceira da minha cama ficava perto da porta, e de início pensei que a gargalhada fosse de um duende parado ao lado da minha cama, ou melhor, agachado em meu travesseiro. Mas me levantei, olhei em volta e não consegui ver nada. E, enquanto ainda tentava ver alguma coisa, o som sobrenatural retornou. Percebi que vinha do outro lado dos painéis da porta. Meu primeiro impulso foi levantar-me e trancar a porta, e em seguida tornar a gritar:

— Quem está aí?

Algo murmurou e gemeu. Logo depois passos se retiraram do corredor e foram para a escadaria que levava ao terceiro andar. Pouco tempo antes havia sido feita uma porta para isolar o acesso à escadaria. Ouvi quando ela foi aberta e fechada, e tudo voltou ao silêncio.

"Será que foi Grace Poole? E estará ela possuída pelo demônio?" — pensei. Impossível continuar por mais tempo sozinha. Tinha de ir ao encontro da Senhora Fairfax. Vesti-me rapidamente, coloquei um xale, retirei a tranca da porta e a abri com a mão trêmula. Logo em frente havia uma vela acesa sobre a passadeira do corredor. Fiquei surpresa ao ver aquilo, e mais ainda ao perceber o ar bastante turvo, como se estivesse cheio de fumaça. Ao olhar para a direita e para a esquerda para tentar descobrir onde eram formadas aquelas espirais azuis, tomei consciência de um cheiro forte de queimado.

Alguma coisa estalou. Era uma porta entreaberta — a porta do Senhor Rochester. Era de lá que a nuvem de fumaça saía. Não pensei mais na Senhora Fairfax. Não pensei mais em Grace Poole ou na gargalhada. Num instante eu estava dentro do quarto. Línguas de fogo lambiam a volta da cama. As cortinas estavam em chamas. No meio do calor e da fumaça, o Senhor Rochester jazia deitado, imóvel, num sono profundo.

— Acorde! Acorde! — eu gritava. Sacudi-o, mas ele apenas murmurava e se virava. A fumaça o intoxicara. Nenhum segundo sequer podia ser perdido. Os próprios lençóis começavam a alimentar o fogo. Corri para pegar sua bacia e seu jarro de água. Felizmente a bacia era grande e o jarro bem fundo, e ambos estavam cheios de água. Ergui-os e despejei o conteúdo sobre a cama e seu ocupante. Corri até o meu quarto e trouxe meu próprio jarro de água, de novo batizei a cama e, com a ajuda de Deus, consegui apagar as chamas que a estavam devorando.

O chiado das chamas que foram extintas, a quebra de um cântaro que escapou das minhas mãos depois que o esvaziei e, sobretudo, o desaguar abrupto da água do banho que eu lhe dei, fizeram que finalmente o Senhor Rochester se levantasse. Embora agora estivesse escuro, eu sabia que ele acordara, porque o ouvi lançando imprecações estranhas ao se descobrir deitado numa poça d'água.

— Está havendo uma inundação? — gritou ele.

— Não, senhor — respondi. — Mas houve um incêndio. Levante-se. Ele foi apagado. Vou buscar uma vela para o senhor.

— Em nome de todos os elfos da cristandade, é a Senhorita Jane Eyre? — perguntou ele. — O que foi que fez comigo, sua bruxa, feiticeira? Quem é que está aqui no quarto além da senhorita? Queria me afogar?

— Irei trazer uma vela, senhor, e, em nome dos céus, levante-se. Alguém tramou alguma coisa. O senhor logo poderá descobrir também o que e quem foi.

— Pronto! Já estou de pé, mas o risco é seu de ir buscar uma vela. Espere dois minutos até que eu vista roupas secas, se é que ainda há alguma. Sim, aqui está o meu roupão. Agora, corra!

Eu corri mesmo. Trouxe a vela que ainda estava acesa no corredor. Ele a retirou da minha mão, a ergueu e olhou para a cama toda enegrecida e chamuscada, os lençóis ensopados, o tapete em torno boiando na água.

— O que é isto? E quem fez isto? — perguntou ele.

Fiz um breve resumo do que se passara. A gargalhada estranha que ouvi no corredor, os passos subindo para o terceiro andar, a fumaça, o cheiro e o fogo que me levou para o seu quarto. Em que estado encontrei as coisas ali, e como derramara sobre ele toda a água que pude conseguir.

Ele me ouviu bastante sério. Seu rosto, enquanto eu falava, mostrava mais preocupação do que surpresa. E, após eu ter concluído, não falou nada durante algum tempo.

— Devo chamar a Senhora Fairfax? — perguntei.

— A Senhora Fairfax? Não. Para que diabos a iria chamar? O que ela pode fazer? Deixe-a dormir sossegada.

— Então irei chamar Leah e acordarei John e sua mulher.

— De jeito nenhum. Fique aqui. A senhorita está apenas com o xale. Se não estiver bastante aquecida, pode pegar minha capa ali adiante. Enrole-se nela e sente-se na poltrona. Ali está a capa. Vou colocá-la na senhorita. Pronto, descanse os pés no tamborete para mantê-los longe do chão molhado. Vou deixá-la por alguns minutos. Terei de levar a vela. Fique onde está até que eu volte. Fique tão quieta quanto um camundongo. Preciso fazer uma visita ao andar de cima. Lembre-se, não se mexa nem chame qualquer pessoa.

Ele se foi. Vi que a luz ia afastando-se. Ele percorreu o corredor com muita leveza, abriu a porta da escadaria sem barulho algum, fechou-a atrás de si e o último raio de luz desapareceu. Fui deixada em total escuridão. Atenta a qualquer barulho, não ouvi nada. Passou-se bastante tempo. Fui ficando cansada. Estava frio, apesar da capa, e eu não via mais motivo para ficar ali, uma vez que eu não tinha despertado a casa. Estava a ponto de causar um desprazer ao Senhor Rochester ao desobedecer a suas ordens quando a luz voltou a iluminar fracamente o corredor e ouvi o som de passos sobre a passadeira. "Espero que seja ele" — pensei — "e não algo pior".

Ele entrou outra vez no quarto, pálido e deprimido.

— Descobri tudo — disse, colocando a vela no lavatório — foi o que eu pensei.

— Como assim, senhor?

Ele não respondeu, mas permaneceu com os braços cruzados olhando para o chão. Ao fim de alguns minutos acrescentou em um tom estranho:

— Não me lembro de a senhorita ter dito que viu alguma coisa quando abriu a porta do seu quarto.

— Não, senhor. Vi apenas a vela no chão.

— Mas ouviu uma gargalhada estranha, não? Já teria ouvido a mesma gargalhada antes, ou algo parecido com ela?

— Sim, senhor. Há uma mulher que costura aqui, chamada Grace Poole, que ri dessa maneira. Ela é uma pessoa estranha.

— É isso. Grace Poole. Como você adivinhou? Ela é como a senhorita disse, estranha. Bastante. Bem, preciso refletir sobre isso. Ao mesmo tempo, estou satisfeito por ser a senhorita a única pessoa além de mim que sabe dos detalhes precisos do que aconteceu esta noite. A senhorita não é tagarela. Não diga nada sobre isso. Irei de alguma forma justificar o que aconteceu aqui — disse apontando para a cama. — Agora volte para o seu quarto. Posso muito bem me ajeitar no sofá da biblioteca pelo resto da noite. Já são quase quatro horas. Em duas horas os empregados estarão de pé.

— Então, boa noite, senhor — disse, retirando-me.

Ele pareceu surpreso, o que era incoerente, pois acabara de me mandar embora.

— Como! — exclamou — A senhorita já está me deixando, e dessa maneira?

— O senhor disse que eu devia ir.

— Mas não sem uma despedida, não sem uma palavra ou duas de reconhecimento e boa vontade. Não, em suma, com essa pressa, de maneira seca. Porque você salvou a minha vida! Livrou-me de uma morte horrível e lancinante! E vai saindo assim como se fôssemos dois estranhos! Ao menos aperte minha mão.

Ele estendeu a mão e eu dei-lhe a minha. Primeiro a pegou com uma das suas mãos e depois com as duas.

— A senhorita salvou a minha vida. Fico feliz de ter uma dívida imensa para consigo. Não tenho mais palavras. Nada mais seria tolerável para mim na minha condição de credor do que esta obrigação. Mas com a senhorita é diferente. Essa obrigação não é um fardo para mim, Jane.

Ele fez uma pausa e olhou para mim. Palavras quase visíveis fizeram tremer seus lábios, mas sua voz não se fez ouvir.

— Boa noite mais uma vez, senhor. Não há débito algum, e não existe qualquer fardo ou obrigação pelo que aconteceu.

— Eu sabia — continuou ele — que, de algum modo, a senhorita iria fazer-me bem de alguma forma, em algum momento. Vi isso em seus olhos quando a olhei pela primeira vez. A expressão do seu olhar e o seu sorriso não...

Outra vez fez uma pausa.

— Não — continuou apressado — trouxe prazer ao fundo de meu coração à toa. As pessoas falam de simpatia natural. E já ouvi falar de gente de bom gênio. Há pequenas verdades nas fábulas mais loucas. Minha cara salvadora, boa noite!

Sua voz estava carregada de uma energia estranha, e havia um brilho estranho no olhar.

— Fico feliz por ter ficado acordada — disse eu, e fui retirando-me.

— Como! Você está mesmo indo embora?

— Estou com frio, senhor.

— Frio? Sim — e com os pés numa poça! Vá, então, Jane, vá! — mas ele continuou segurando a minha mão e eu não consegui sair. Foi então que pensei em um modo de me livrar daquela situação.

— Acho que a Senhora Fairfax vem vindo, senhor — disse eu.

— Bem, então, deixe-me — relaxou seus dedos e eu escapuli.

Voltei para a minha cama, mas nem pensei em dormir. Até amanhecer estava como que boiando num mar revolto, onde uma correnteza de problemas rolava sobre ondas de felicidade. Pensei algumas vezes em ter visto uma praia além das águas revoltas, tranquila como as montanhas de Beulá. E uma vez ou outra uma brisa refrescante despertada pela esperança levava meu espírito de forma vitoriosa até um córrego. Mas eu não podia alcançá-lo, mesmo na imaginação. Uma brisa contrária soprava a terra para longe e me afastava dela. A razão resistiria ao delírio. O julgamento advertia a paixão. Agitada demais para dormir, levantei-me logo que o dia clareou.

XVI

No dia que se seguiu àquela noite insone, temi e desejei ao mesmo tempo encontrar o Senhor Rochester. Queria ouvir outra vez a sua voz, mas temia encontrar seu olhar. Durante toda a manhã, alimentei a expectativa de que ele fosse aparecer. Não era seu hábito entrar na sala em que eu dava aula, mas como antes já fizera isso por alguns minutos, a minha impressão era de que naquele dia viria para uma visita.

Mas a manhã transcorreu como de costume. Nada aconteceu para interromper o curso tranquilo dos estudos de Adèle. Apenas ouvi certo alvoroço nas vizinhanças do quarto do Senhor Rochester logo após o café da manhã. Eram as vozes da Senhora Fairfax, de Leah e da cozinheira — isto é, a esposa de John — e até mesmo a dele, em tons acalorados. Ouvi exclamações como — "Graças a

Deus o patrão não foi queimado na cama!" — "É sempre um perigo deixar uma vela acesa durante a noite!" — "Felizmente teve a presença de espírito de pensar no cântaro de água!" — "Incrível ele não ter acordado ninguém!" — "Esperemos que não se resfrie por ter dormido no sofá da biblioteca!", etc.

Passadas as primeiras confabulações seguiu-se o som das esfregadelas e arrumações para que tudo fosse colocado outra vez no lugar. Ao descer para jantar, quando passei pela porta do quarto do Senhor Rochester vi que tudo havia sido restaurado e estava em perfeita ordem. Somente a cama perdera o dossel. Leah estava no banco da janela limpando as vidraças escurecidas pela fumaça. Por um triz não me dirigi a ela para saber qual a interpretação que haviam dado ao incidente. Só não o fiz porque ao entrar no quarto me deparei com uma segunda pessoa. Numa cadeira ao lado da cama, uma mulher costurava argolas para as novas cortinas. E essa mulher não era outra senão Grace Poole.

Lá estava ela sentada, séria e taciturna como de costume, em seu vestido marrom, avental xadrez, o lenço branco e a touca. Estava concentrada no trabalho que parecia absorver todos os seus pensamentos. Em seu rosto duro e em suas feições banais não havia sinal algum da palidez e do desespero que seriam esperados numa mulher que tentara cometer um assassinato na noite anterior e cuja vítima a descobriu em seu esconderijo, como acreditei, e a acusou do crime que tentara perpetrar. Eu estava surpresa e confusa. Ela levantou a cabeça e me pegou com os olhos grudados nela. Sem nenhum choque. Nenhuma mudança na cor do rosto que denunciasse qualquer tipo de emoção, sentimento de culpa ou medo de ser descoberta. Ela disse — "Bom dia, Senhorita" — com seu jeito fleumático e breve. Pegou uma nova argola e mais fita e continuou sua costura.

"Irei testá-la" — pensei. — "Essa atitude impassível e enigmática está além da compreensão."

— Bom dia, Grace — disse eu. — O que foi que aconteceu aqui? Acho que há alguns segundos ouvi todos os empregados falando ao mesmo tempo.

— Foi o patrão que ficou lendo na cama ontem à noite, acabou adormecendo com a vela acesa e o cortinado incendiou-se. Felizmente ele acordou antes que a roupa de cama ou a madeira da cama também pegasse fogo, e conseguiu apagar as chamas com a água do jarro.

— Que coisa estranha! — disse eu em voz baixa. Depois, olhando fixo para ela — O Senhor Rochester não acordou ninguém? Ninguém ouviu sua movimentação?

Ela ergueu o olhar mais uma vez para mim. E desta vez havia algo diferente em sua expressão. Pareceu que me examinava com cuidado para depois então responder:

— Os empregados dormem muito longe, a senhorita sabe, era pouco provável que ouvissem. O quarto da Senhora Fairfax e o seu são os mais próximos do quarto do patrão. Mas a Senhora Fairfax disse que não ouviu nada. Quando as pessoas ficam mais velhas costumam ter um sono mais pesado.

Fez uma pausa, e acrescentou com certa indiferença estudada, mas em tom significativo:

— Mas a senhorita é jovem, e se poderia dizer que tem um sono leve. Será que não ouviu nenhum barulho?

— Ouvi — disse eu em voz baixa para que Leah, que ainda limpava as vidraças, não pudesse ouvir. — E de início pensei ter sido Pilot. Mas Pilot não sabe rir. E tenho certeza de que ouvi uma gargalhada bem estranha.

Ela pegou outra meada de linha, encerou-a com cuidado, enfiou-a na agulha com mão firme, e com toda a compostura observou:

— É difícil que o patrão pudesse soltar uma gargalhada, senhorita, quando corria grande perigo. A senhorita devia estar sonhando.

— Eu não estava sonhando — respondi, aumentando o tom de voz, pois sua frieza de bronze me provocou. Mais uma vez ela me olhou com o mesmo olhar consciente de quem analisa.

— A senhorita disse ao patrão que ouviu uma gargalhada? — perguntou ela.

— Não tive oportunidade de falar com ele hoje pela manhã.

— A senhorita não pensou em abrir a porta do seu quarto para dar uma olhada no corredor? — perguntou ela em seguida.

Ela parecia estar fazendo um interrogatório, tentando extrair de mim alguma coisa a mais. A ideia de que desconfiasse que eu sabia ou suspeitava da sua culpa poderia despertar nela o desejo de planejar alguma maldade contra mim. Achei aconselhável ser prudente.

— Ao contrário — disse eu —, passei a tranca na porta do quarto.

— A senhorita então não tem o hábito de passar a tranca na porta todas as noites antes de dormir?

“Danada! Estava querendo saber dos meus hábitos, para poder executar seus planos com segurança contra mim!”. Mais uma vez minha indignação prevaleceu sobre a prudência, e eu respondi rispidamente:

— Até agora não me preocupei em trancar a porta por não achar necessário. Não imaginava que houvesse algum perigo ou perturbação que eu pudesse temer na Mansão Thornfield. Mas daqui por diante vou ser bem cuidadosa e me cercar de proteção antes de me aventurar a ir para a cama — disse, acentuando as palavras.

— É uma coisa sábia a fazer — foi a resposta. — Que eu saiba, a vizinhança é bastante tranquila e jamais ouvi falar de ameaça de roubo desde que trabalho aqui. Embora haja centenas de libras na prataria valiosa que fica guardada nas prateleiras dos armários, como se sabe. E veja, para uma casa desse tamanho o número de empregados é pequeno, embora suficiente, pois o patrão passa muito pouco tempo aqui. E nas vezes que aparece, sendo solteiro, não precisa de muitos serviçais. Mas sempre penso que é melhor prevenir do que remediar. Antes uma porta bem trancada com um ferrolho bem passado do que um dano que possa ameaçar-nos. Muita gente, senhorita, deixa tudo nas mãos da Providência divina. Eu digo sempre que a Providência não deve dispensar os meios, embora Deus os abençoe quando eles são usados com discrição.

E neste ponto encerrou sua arenga, longa por sinal para uma pessoa como ela, e pronunciada com o recato afetado de uma Quaker.

Eu ainda continuava absolutamente abismada com o que para mim parecia ser seu incrível sangue-frio e a mais inescrutável hipocrisia, quando a cozinheira entrou.

— Senhorita Poole — disse ela, dirigindo-se a Grace —, o jantar dos empregados estará pronto num instante. A senhorita não vai descer?

— Não. Coloque minha cerveja preta e um pedaço de torta numa bandeja que eu a levarei para cima.

— A senhorita vai querer um pouco de carne?

— Apenas um pouquinho, e também um pouco de queijo, só isso.

— E sagu, não?

— Não se incomode com isso agora. Mais tarde descerei antes da hora do chá — eu mesma o irei preparar.

A cozinheira, então, se virou para mim e disse que a Senhora Fairfax estava esperando-me. E então me retirei.

Durante o jantar mal ouvi as conclusões da Senhora Fairfax sobre o incêndio do cortinado, ocupada que estava em tentar decifrar a charada de Grace Poole em relação ao seu caráter enigmático, e mais ainda em tentar entender o papel dela em Thornfield, me questionando por que ela não fora levada para a prisão naquela manhã mesmo, ou no mínimo demitida do emprego. Seu patrão se declarara quase convicto de sua culpa no ocorrido durante a noite anterior. Que causa misteriosa seria essa que o impedia de acusá-la? E por que me pedira segredo? Era estranho. Por alguma razão, um cavalheiro audaz, vingativo e arrogante como ele parecia estar nas mãos de uma de suas piores serviçais, tanto assim que quando ela atentou contra a sua vida, não só deixou de acusá-la publicamente, como também a livrou de qualquer tipo de punição pelo ocorrido. Se Grace fosse jovem e bonita, me arriscaria a pensar que sentimentos mais ternos do que prudência ou medo tivessem influenciado o Senhor Rochester a protegê-la. Mas sendo ela feia e abrutalhada como era, esta me parecia uma ideia totalmente fora de propósito. "Entretanto" — pensava eu — "ela já tinha sido jovem um dia, na mesma época da juventude de seu patrão. E certa vez a Senhora Fairfax dissera que ela vivia na mansão desde muitos anos. Acho que em nenhum momento da vida foi bonita, mas, pelo que sei, talvez possuísse um caráter original e determinado para de alguma forma compensar a falta de outros atrativos pessoais. Gente decidida e excêntrica faz bem o gosto do Senhor Rochester. Grace, pelo menos, é excêntrica. Quem sabe se um capricho antigo, uma extravagância possível para uma pessoa de natureza impulsiva como a dele, o tenha colocado à mercê dela. E agora ela possui uma influência secreta sobre as ações do patrão, resultado da sua própria imprudência, da qual ele não pode nem consegue livrar-se?".

Mas, ao chegar a tal ponto de minhas conjecturas, a figura antiquada e sem graça da Senhorita Poole, com aquele rosto desagradavelmente seco e rude, apareceu tão nítida em minha mente, que pensei: "Não. Isso não é possível!". Minha suspeita não podia estar correta. Mas a voz secreta que nos fala ao coração disse: "Tampouco você é bonita, e talvez o Senhor Rochester a aprecie. Você vem percebendo com frequência demonstrações disso. E ontem à noite, lembre-se das palavras dele, lembre-se do seu olhar, lembre-se da sua voz!".

Eu me lembrava de tudo. De suas palavras, seu olhar e do tom que nesse momento pareciam renovar-se vividamente. Eu agora estava na sala de aula. Adèle estava desenhando. Debrucei-me sobre ela e a ajudei com o lápis. Ela olhou para cima, assustada:

— *Qu'avez vous, Mademoiselle?* — disse ela. —*Vos doigts tremblent comme la feuille, et vou joues sont rouges: mais, rouges comme des cerises.*[1]

— Estou com calor, Adèle, por ter ficado inclinada!

Ela continuou desenhando e eu fiquei pensando.

[1] Em francês: "O que é que a senhorita tem? Seus dedos estão tremendo como uma folha e as suas faces estão vermelhas, mas vermelhas como as cerejas".

Bem depressa afastei da cabeça a ideia odiosa que vinha alimentando a respeito de Grace Poole. Aquilo me enojava. Ao me comparar a ela descobri o quanto éramos diferentes. Bessie Leaven dissera que eu estava bastante parecida com uma dama. E falou a verdade mesmo — eu era uma dama. Ainda mais agora que minha aparência estava muito melhor do que quando Bessie me viu. Eu tinha mais cor e mais tônus, mais vida e mais entusiasmo, porque tinha esperanças mais vívidas e prazeres mais finos.

"A noite se aproxima" — pensei enquanto olhava pela janela. — "Hoje ainda não ouvi a voz do Senhor Rochester ou seus passos pela casa. Mas com certeza irei vê-lo antes que escureça." Temi o encontro pela manhã, mas agora o desejava, porque a expectativa fora tão ambígua que se tornou impaciente.

Quando escureceu totalmente e Adèle me deixou para ir brincar com Sophie, meu desejo de encontrá-lo aumentou bastante. Ouvi tocar o sino lá embaixo. Ouvi Leah subir com uma mensagem. Por vezes pensei ter ouvido os passos do Senhor Rochester e me virei para a porta, na esperança que ela se abrisse e ele entrasse. A porta permaneceu fechada. Apenas a escuridão entrava pela janela. Ainda não era tão tarde assim. Ele sempre me mandava chamar lá pelas sete ou oito horas, e ainda eram seis. Decerto eu não ficaria desapontada nessa noite quando tinha tantas coisas para lhe dizer! Gostaria mais uma vez de abordar o assunto de Grace Poole e de ouvir o que ele teria para responder. De forma objetiva queria perguntar-lhe se realmente acreditava que ela era a responsável pelo horrível atentado da noite anterior. E, se assim fosse, por que preferiu manter a perversidade dela em segredo. Pouco importava se minha curiosidade o irritasse.

Sabia bem o prazer de perturbá-lo e de acalmá-lo de forma alternada. Era algo que me deliciava fazer, e uma intuição segura sempre me impedia de ir longe demais. E nunca me aventurava a ultrapassar o limite da provocação. Gostava da testar minha habilidade na beira do precipício. Guardando todas as mínimas formas de respeito, todo o decoro da minha posição, ainda podia enfrentá-lo em uma discussão sem o incômodo do medo e do constrangimento. O que servia tanto a ele quanto a mim.

Por fim o piso da escadaria rangeu. Leah fez sua aparição, mas foi apenas para informar que o chá estava servido no quarto da Senhora Fairfax. E para lá fui eu, satisfeita por descer, finalmente. Porque assim, imaginei, estaria mais perto da presença do Senhor Rochester.

— Você deve estar querendo seu chá — disse a boa senhora, quando me juntei a ela. — Comeu tão pouco no jantar. Receio — continuou — que não esteja sentindo-se bem hoje. Parece afogueada e febril.

— Oh, estou bem! Nunca me senti melhor.

— Então precisa provar isso ao demonstrar um bom apetite. Será que poderia encher o bule de chá enquanto eu retiro a agulha do meu tricô?

Depois de guardar seu material levantou-se para fechar a cortina que até então mantivera aberta, talvez com o propósito de aproveitar ao máximo a luz do dia. Agora o crepúsculo estava mergulhando tudo, rapidamente, na escuridão.

A noite hoje está clara — disse ela olhando pelas vidraças — embora sem estrelas. O Senhor Rochester teve um dia favorável para a sua viagem.

— Viagem! O Senhor Rochester se foi para algum lugar? Eu não sabia que ele estava fora.

— Oh, ele saiu logo depois que tomou o café da manhã! Foi para Leas, para a casa do Senhor Eshton, uns dezesseis quilômetros além de Millcote. Creio que há um grande grupo de amigos reunido lá — Lorde Ingram, Sir George Lynne, o Coronel Dent e outras pessoas.

— A senhora espera que ele retorne ainda esta noite?

— Não, nem amanhã. Penso que vai ficar por lá uma semana ou mais, provavelmente. Quando esses aristocratas refinados se reúnem ficam tão cercados de elegância e alegria, tão bem providos de tudo o que pode dar prazer e diversão, que não têm nenhuma pressa em se separar. Principalmente os cavalheiros que nessas ocasiões são sempre muito requisitados. E penso que o Senhor Rochester, que tem tanto talento e é uma pessoa tão alegre em sociedade, seja um dos preferidos. As damas o apreciam muito. Talvez nem passe pela sua cabeça que aos olhos delas a aparência dele seja favorecida. Mas suponho que seus dons e habilidades, e quem sabe sua fortuna e sangue azul, são capazes de superar qualquer falha eventual em seu aspecto.

— E as damas estão hospedadas também em Leas?

— Lá estão a Senhora Eshton e suas três filhas, que são jovens realmente muito elegantes. E também as nobres Blanche e Mary Ingram, mulheres muito bonitas, creio. Eu mesma vi Blanche, há seis ou sete anos, quando ela ainda era uma menina de dezoito anos. Ela esteve aqui para uma festa e um baile que o Senhor Rochester deu no Natal. Você deveria ver a sala de jantar naquele dia, com sua rica decoração, toda iluminada! Penso que havia umas cinquenta pessoas entre damas e cavalheiros presentes. Todos de famílias importantes do país! E a Senhorita Ingram foi considerada a mais bela da noite.

— A senhora disse que a viu, Senhora Fairfax. Como era ela?

— Sim, eu a vi. As portas da sala de jantar estavam abertas e, como era a época do Natal, foi permitido que os empregados se reunissem no corredor para ouvir algumas das damas que cantavam e tocavam piano. O Senhor Rochester permitiu que eu entrasse e ficasse sentada num canto sossegado assistindo a tudo. Jamais vi uma cena tão maravilhosa. As damas usavam vestidos magníficos. A maioria delas, pelo menos as mais jovens, eram todas lindas. Mas a Senhorita Ingram certamente era a rainha.

— E como era ela?

— Alta, busto perfeito, ombros em suava declive, pescoço longo e gracioso. Rosto cor de oliva, morena clara, feições nobres. Olhos bem parecidos com os do Senhor Rochester, grandes e escuros, tão brilhantes quanto as joias que usava. E uma bela cabeleira, negra como um corvo e muito bem penteada. Uma coroa de grossas tranças atrás, e na frente os cachos mais longos e brilhantes que jamais vi. Estava toda vestida de branco. Um xale cor de âmbar passava por seu ombro e cruzava o peito, amarrado de um lado, e descia em pontas longas e franjadas até a altura do joelho. Usava no cabelo uma flor também cor de âmbar que contrastava bem com a massa negra dos seus cachos.

— Na certa foi muito admirada, não?

— Sim, com certeza. Não apenas por sua beleza, como também por seus talentos. Foi uma das damas que cantaram. Um cavalheiro a acompanhou ao piano. Ela e o Senhor Rochester cantaram um dueto.

— O Senhor Rochester? Não sabia que ele canta.

— Oh! Ele tem uma linda voz de baixo, e um gosto musical excelente.

— E que tipo de voz tem a Senhorita Ingram?

— Uma voz profunda e poderosa. Cantou divinamente. Foi uma dádiva ouvi-la. Depois ela também tocou. Não sou boa para avaliar um bom músico, mas o Senhor Rochester é, e o ouvi dizer que a execução dela foi notável.

— E essa dama linda e bem dotada não é casada?

— Parece que não. Penso que nem ela nem sua irmã têm grandes fortunas. As propriedades do velho Lorde Ingram eram inalienáveis, e seu filho mais velho herdou quase tudo.

— Mas imagino que algum nobre ou cavalheiro rico tenha-se interessado por ela, o Senhor Rochester, por exemplo. Ele é rico, não?

— Oh, sim! Mas veja que há uma diferença considerável entre as idades deles. O Senhor Rochester está quase com quarenta, e ela não tem senão vinte e cinco.

— E o que tem isso? Cada vez mais os casais de idades diferentes estão casando-se.

— É verdade. Mesmo assim é difícil imaginar que o Senhor Rochester pudesse nutrir esse tipo de ideia. Mas você não comeu nada. E mal provou alguma coisa depois que começou a tomar o chá.

— Não estou com vontade de comer qualquer coisa. Posso servir-me de um pouco mais de chá?

Eu estava outra vez por retomar o assunto da probabilidade de uma união entre o Senhor Rochester e a linda Senhorita Blanche, mas Adèle chegou, e a conversa tomou um rumo diferente.

Quando fiquei sozinha de novo rememorei as informações que havia conseguido. Olhei para o meu coração, examinei os pensamentos e sentimentos e empenhei-me em trazer de volta com mão firme para o seio do bom-senso aqueles que se tinham desviado pelas trilhas perdidas e sem fronteiras da imaginação.

Fazendo meu próprio julgamento, a memória trouxe à tona as provas de esperanças, desejos e sentimentos que eu vinha nutrindo desde a noite anterior por um estado geral de espírito ao qual me entregara nas duas últimas semanas. A razão deu um passo à frente e mostrou, com seu modo sensato, por uma história simples e sem rodeios, como eu rejeitara o real e devorara o ideal com avidez. E a sentença que proferi foi a seguinte:

Que jamais alguém mais idiota do que Jane Eyre tinha respirado o sopro da vida. Que jamais uma idiota mais fantasiosa do que ela tinha-se fartado de mentiras adocicadas e bebido seu veneno como se fosse néctar.

"*Você*" — disse eu —, "favorita do Senhor Rochester? *Você*, dotada do poder de agradar-lhe? *Você*, de alguma forma importante para ele? Vá! Sua loucura me faz mal. E você se entregou ao prazer de sinais ocasionais de predileção — sinais equivocados mostrados por um cavalheiro de família e homem do mundo a uma noviça dependente. Como se atreveu? Pobre simplória estúpida! Nem mesmo seu interesse próprio fez de você uma pessoa mais sábia? Esta manhã você não repetiu para si mesma a cena passageira da noite anterior? Cubra o rosto e se envergonhe! Ele fez algum elogio aos seus olhos? Sua cega ingênua! Abra suas turvas pálpebras e olhe bem para a sua própria insensatez amaldiçoada! Não faz bem a mulher alguma ser exaltada por seu superior, que possivelmente não pode ter a intenção de se casar com ela. É loucura deixar que um amor secreto se inflame dentro de qualquer mulher que, se não correspondido ou desconhecido, pode devorar a vida que o alimenta e se descoberto e correspondido pode levar, como fogo fátuo, a pantanais em cujo lodo ela ficará aprisionada para sempre!

"Então, Jane Eyre, ouça sua sentença. Amanhã coloque o espelho na sua frente e desenhe nele com giz a própria imagem, fielmente, sem abrandar um defeito, sem omitir qualquer linha grosseira ou suavizar qualquer irregularidade desagradável. E escreva abaixo dela — retrato de uma governanta inconsequente, pobre e sem graça. Depois, pegue um pedaço de marfim macio, aquele que você já tem preparado em sua caixa de desenho. Pegue sua palheta, misture suas tintas mais frescas, melhores e mais claras. Escolha os pincéis de pelo de camelo mais delicados, e com cuidado faça um esboço do rosto mais lindo que possa imaginar. Pinte-o com as cores e os matizes mais suaves segundo a descrição de Blanche Ingram feita pela Senhora Fairfax. Lembre-se dos cachos negros, dos olhos orientais. Como! Você está tomando o Senhor Rochester como um modelo! Atenção! Sem lamúria! Sem emoção! Sem arrependimento! Só vou tolerar bom-senso e determinação! Lembre-se do contorno majestoso, embora harmonioso, do pescoço e do busto grego. Deixe o braço roliço e encantador e a mão delicada bem visíveis. Não omita nem o anel de diamantes nem o bracelete de ouro. Retrate com fidelidade a roupa, as rendas finas e o cetim brilhante, o lenço gracioso e a rosa dourada. Chame-o de Blanche, uma dama perfeita da sociedade.

"Daqui para diante, sempre que tecer fantasias de que o Senhor Rochester pensa em você, pegue essas duas pinturas e compare-as. E diga: 'Bastaria o Senhor Rochester querer, para conquistar o amor dessa jovem nobre. Por que iria perder tempo pensando nesta plebeia indigente e insignificante?'"

"É isso o que farei", resolvi. E, tendo firmado essa determinação, fiquei mais calma e adormeci.

Mantive minha palavra. Uma ou duas horas bastaram para desenhar meu próprio retrato em *crayon,* e em menos de quinze dias terminei uma miniatura em marfim de uma Blanche Ingram imaginária. Tinha um lindo rosto que, comparado com a figura real desenhada em *crayon,* mostrava um contraste tão grande quanto o autocontrole desejaria. Essas tarefas me trouxeram benefícios. Mantiveram minha mente e minhas mãos ocupadas e me deram forças e firmeza para as novas impressões que quis gravar de forma indelével em meu coração.

Não demorou muito e tive motivos para comemorar a disciplina proveitosa à qual obriguei meus sentimentos a se submeterem. Graças a ela pude enfrentar os acontecimentos que se seguiram com uma serenidade digna. Se me tivessem pegado desprevenida, eu provavelmente não teria conseguido nem mesmo manter uma postura externa adequada.

XVII

Uma semana se passou e nenhuma notícia do Senhor Rochester. Dez dias e ele continuava ausente. A Senhora Fairfax disse que não ficaria surpresa se fosse direto de Leas para Londres, e de lá para o Continente e não voltasse a mostrar o rosto em Thornfield senão no próximo ano. Não era raro que desaparecesse da mansão de forma abrupta e inesperada. Ao ouvir isso, comecei a sentir um estranho frio e um desânimo no coração. Na realidade, era a sensação nauseante de desapontamento que eu me permitira sentir. Mas recuperando meu juízo e retornando aos meus princípios, de pronto recoloquei as emoções no lugar. Foi algo maravilhoso como reagi àquele fiasco momentâneo, como também consegui enxergar com clareza que os movimentos do Senhor Rochester não eram algo da minha conta. Não que eu me humilhasse e me colocasse numa posição inferior. Ao contrário, eu apenas disse:

"Você não tem nada a ver com o patrão de Thornfield a não ser receber o salário que ele lhe paga para ensinar à sua protegida, e ser grata pelo tratamento respeitoso e amável que tem o direito de receber das mãos dele, caso cumpra sua obrigação. Mas, esteja certa de que essa é a única relação que existe com seriedade entre você e ele. Portanto, não o torne objeto de seus sentimentos mais delicados, seu arrebatamento, sua agonia e coisas que tais. Ele não é da mesma classe que você. Fique com os seus iguais, respeite a si própria e evite desperdiçar o amor do seu coração, da sua alma e vigor onde tal dádiva não é desejada e seria desprezada".

Continuei a realizar com tranquilidade as minhas atividades diárias. Mas volta e meia pela minha cabeça passavam motivos pelos quais eu deveria abandonar Thornfield. Instintivamente começava a compor anúncios e a fazer conjecturas sobre novas condições de trabalho. Não pensava em refrear esses pensamentos. Deixaria que germinassem e dessem frutos caso tivessem capacidade para tanto.

O Senhor Rochester estava ausente havia uma quinzena, quando o correio trouxe uma carta para a Senhora Fairfax.

— É do patrão — disse ela, ao olhar para o endereço do remetente. — Agora suponho que saberemos para quando devemos esperar, ou não, o seu retorno.

Estávamos na mesa do café da manhã. Enquanto ela rompia o lacre e lia a carta continuei a tomar o café. Ele estava quente e atribuí ao seu calor o rubor que, de súbito, me subiu à face. Preferi não levar em consideração a razão pela qual minha mão tremeu tanto a ponto de, num gesto involuntário, fazer que eu derramasse no pires metade do conteúdo da xícara.

— Bem, às vezes penso que ficamos sem nada para fazer aqui durante tempo demais. Mas agora temos a chance de ficar bastante ocupadas. Pelo menos por certo tempo — disse a Senhora Fairfax ainda segurando a carta diante dos óculos.

Até que eu me permitisse obter maiores explicações, amarrei o avental de Adèle, que estava solto, ajudei-a com outro bolinho e voltei a encher sua caneca com leite, e só depois disso tudo foi que falei casualmente:

— Não é provável que o Senhor Rochester volte logo, não?

— Na verdade, está voltando, sim. Daqui a três dias, segundo diz. O que será na próxima quinta-feira. E não voltará sozinho. Não sei quantas das pessoas requintadas de Leas virão com ele. Mandou preparar os melhores quartos. E a biblioteca e as salas de visitas devem ser limpas e devo contratar mais gente para ajudar na cozinha na George Inn, em Millcote e onde mais for possível. E as damas irão trazer suas amas e os cavalheiros, seus criados. Assim teremos a casa cheia — e a Senhora Fairfax engoliu seu café da manhã e apressou-se em tomar as providências.

Como ela havia previsto, os três dias foram muito atarefados. Sempre pensei que todos os quartos de Thornfield eram bonitos, limpos e bem arrumados. Mas parece que me havia enganado. Três mulheres vieram ajudar. E havia tanto o que esfregar e polir, tanta parede para lavar, tapetes para bater e tirar do lugar, limpar e recolocar os quadros, limpar os espelhos e lustres, preparar as lareiras dos quartos e arejar lençóis e edredons como nunca vi nada igual. Nem antes nem depois. Adèle corria solta no meio de tudo aquilo. Os preparativos para a recepção dos hóspedes e a possibilidade de sua chegada pareceram levá-la ao êxtase. Queria que Sophie examinasse todas as suas *toilettes,* como ela chamava seus vestidos, para reformar qualquer das que estivessem *passées*,[1] e para arejar e ajeitar as novas. Por si própria, não fez outra coisa senão brincar em todos os quartos, pular nos estrados de todas as camas, deitar nos colchões e empilhar almofadas e travesseiros diante de enormes lareiras acesas. Foi dispensada dos deveres escolares. A Senhora Fairfax me havia pressionado a auxiliá-la nos preparativos, e passei os dias na despensa ajudando, ou atrapalhando, ela e a cozinheira. Aprendi a preparar manjares, bolinhos de queijo e doces e bolos franceses, amarrar as aves de caça para assar e decorar travessas de sobremesas.

O grupo era esperado na tarde de quinta-feira, a tempo para o jantar às seis horas. Até aquele momento não tinha tido tempo para alimentar quimeras. E penso que estive tão ocupada e tão alegre quanto os outros, com exceção de Adèle, que ganhava de todos em animação e alegria. Apesar de tudo, uma vez ou outra meu bom humor fraquejava e, independente da minha vontade, era jogado de volta á região das dúvidas e presságios, e conjecturas sombrias. Isso acontecia quando via a porta da escadaria para o terceiro andar — que ultimamente era mantida trancada — abrir-se devagar e dar passagem para Grace Poole, com sua touca, seu avental e lenço branco. Ou quando a via deslizar ao longo do corredor com seus passos abafados pelos chinelos ou quando a via olhar para o alvoroço dos quartos de pernas para o ar — e dizer alguma coisa, talvez para a arrumadeira, sobre o modo correto de polir a grelha da lareira ou limpar o mármore da prateleira acima da lareira, ou remover as manchas dos papéis de parede e depois seguir o seu caminho. Uma vez ao dia desceria à cozinha, para jantar, fumar cachimbo junto ao fogo e se ir embora com a caneca

[1] Em francês: "ultrapassadas".

de cerveja preta para o seu retiro privado lá em cima, em seu esconderijo sombrio. Só uma hora, das vinte e quatro do dia, ela passava lá embaixo com os empregados. Todo o resto do tempo era passado em algum quarto de teto baixo revestido de carvalho do terceiro pavimento. Era lá que se sentava e ficava costurando — e provavelmente dando gargalhadas lúgubres para si mesma, tão sem companhia e solitária como uma prisioneira na cela.

A coisa mais estranha era que nenhuma outra pessoa da casa, exceto eu, sabia dos hábitos dela, ou parecia espantar-se com eles. Ninguém falava sobre a sua atividade ou seu emprego. Ninguém sequer tinha pena de sua solidão e isolamento. Uma vez eu ouvi parte de uma conversa entre Leah e uma das arrumadeiras, cujo assunto era Grace. Leah dizia alguma coisa que eu não havia entendido e a arrumadeira comentou:

— Então, ela recebe um bom salário?

Sim — disse Leah —, eu gostaria de ganhar tanto quanto ela. Não que eu tenha a reclamar do que eu ganho. Aqui em Thornfield não há mesquinhez. Mas não é nem um quinto da soma do que a Senhorita Poole ganha. E ela está economizando. Vai ao banco em Millcote, a cada três meses. Eu não deveria surpreender-me, mas ela já economizou o bastante para viver com independência se desejar sair daqui. Mas suponho que esteja acostumada com o lugar. Não tem nem quarenta anos, é forte e capaz, cheia de disposição para qualquer coisa. É cedo ainda para que pare de trabalhar.

— Ouso dizer que ela é trabalhadeira — disse a arrumadeira.

— Ah, melhor do que ninguém ela sabe o que tem a fazer! — Leah voltou a falar com ênfase. — E não é qualquer um que pode ocupar o seu lugar, nem por todo o dinheiro que ela ganha.

— Não é mesmo! — foi a resposta. — Imagino se o patrão...

A arrumadeira ia continuar, mas Leah virou-se ao perceber minha presença e no mesmo instante fez um gesto para a sua companheira.

— Ela não sabe? — ouvi a mulher sussurrar.

Leah sacudiu a cabeça e a conversa foi interrompida. Tudo o que eu entendera se resumia no seguinte — havia um mistério em Thornfield e eu estava proibida de participar dele.

A quinta-feira chegou. Todo o trabalho tinha sido feito desde a noite anterior. Os tapetes foram colocados, os cortinados, pendurados, as cobertas, alvejadas, as penteadeiras, arrumadas, a mobília, polida, flores foram colocadas em vasos. Os quartos e os salões estavam tão frescos e brilhantes tanto quanto as muitas mãos puderam fazer. O corredor também estava um brinco e o grande relógio entalhado, assim como os degraus e os balaústres da escadaria, que foram polidos até ficarem brilhantes como vidro. Na sala de jantar, o aparador cintilava com a prataria. Na sala de visitas e no *boudoir* havia vários vasos com flores exóticas por todos os lados.

A tarde chegou. A Senhora Fairfax se vestiu com seu melhor vestido de cetim negro, luvas e seu relógio de ouro, pois era de sua incumbência receber o grupo, conduzir as damas aos seus aposentos, etc. Adèle, também, deveria estar vestida, embora eu achasse que teria pouca chance de ser apresentada aos convidados, pelo menos naquele dia. Entretanto, para agradá-la, permiti que Sophie a vestisse com um de seus vestidos curtos de musselina. No meu caso, não era necessária qualquer mudança. Era pouco provável que fosse chamada a abandonar o santuário da minha sala de aula, pois ela agora se tornara o meu santuário. Um agradável refúgio em dias turbulentos.

Aquele fora um dia ameno e sereno de primavera, um daqueles dias de fim de março ou início de abril, o Sol brilhando sobre a Terra como um arauto do verão. Agora começava a escurecer, mas a noite continuava amena. Fui para a sala de aula trabalhar com a janela aberta.

— Está ficando tarde — disse a Senhora Fairfax ao entrar, com seu vestido farfalhando como um sussurro. — Fico satisfeita por ter ordenado o jantar uma hora mais tarde da que o Senhor Rochester mencionou, pois agora já passa das seis. Mandei John até os portões para ver se há alguma coisa na estrada. De lá se pode ter uma visão maior na direção de Millcote — e foi até a janela. — Aqui está ele! Então, John, alguma novidade? — perguntou, inclinando-se para fora.

— Eles estão chegando, senhora — foi a resposta. — Estarão aqui em dez minutos.

Adèle voou para a janela. Eu a segui, tomando cuidado para ficar ao seu lado, protegida pela cortina, de tal forma que pudesse ver sem ser vista.

Os dez minutos avaliados por John pareciam muito longos, mas por fim pudemos ouvir o barulho das rodas das carruagens. Quatro cavaleiros vieram a galope pela entrada e atrás deles duas carruagens abertas. Véus e plumas esvoaçantes enchiam os veículos. Dois cavaleiros eram jovens vistosos. O terceiro era o Senhor Rochester, montado em seu cavalo preto, Mesrour, e Pilot, que vinha pulando na sua frente. Ao seu lado cavalgava uma dama, e ele e ela eram os primeiros do grupo. Seu traje de montaria cor de púrpura quase se arrastava no chão, seu véu flutuava ao sabor da brisa. Misturados em suas dobras transparentes, e reluzindo entre elas, brilhavam copiosos cachos negros como as asas de um corvo.

— Senhorita Ingram! — exclamou a Senhora Fairfax, e correu para o seu posto lá embaixo.

Ocupando toda a extensão do caminho da entrada, rapidamente a cavalgada virou a esquina da casa e a perdi de vista. Adèle agora pedia para descer, mas a peguei no colo e a fiz entender que ela, de maneira alguma, devia pensar em se atrever a surgir diante das damas, nem agora nem em qualquer outro momento, a menos que fosse chamada pelo Senhor Rochester. Caso desobedecesse, ele ficaria muito zangado, etc. Ao me ouvir, derramou algumas lágrimas, mas, como continuei a olhá-la de forma impassível, achou melhor enxugá-las.

Era possível ouvir um vozerio alegre no saguão da casa. Os tons graves dos cavalheiros e as vozes mais agudas das damas se misturavam harmoniosamente, e acima de todas se distinguia a voz sonora do senhor da Mansão Thornfield, dando as boas-vindas sob o seu teto aos convidados alegres e galantes. Então, passos leves subiram a escadaria e deslizaram pelo corredor, seguidos por risinhos discretos e animados e por um abrir e fechar de portas. Depois, durante certo tempo tudo ficou em silêncio.

— *Elles changent de toilettes*[2] — disse Adèle, que, ouvindo com atenção, seguia cada movimento e suspirava.

— *Chez maman* — continuou ela —, *quand il y avait du monde, je les suivais partout, au salon et à leurs chambres; souvent*

[2] Em francês: "Elas estão trocando de roupa".

je regardais les femmes de chambre coiffer et habiller les dames, et c'était si amusant: comme cela on apprend.[3]

— Você não está com fome, Adèle?

— *Mais oui, Mademoiselle: voilà cinq ou six heures que nous n'avons pas mangé.*[4]

— Bem, agora, enquanto as damas estão em seus quartos, vou lá embaixo buscar alguma coisa para você comer.

E, saindo com precaução do meu asilo, procurei a escada dos fundos, que levava diretamente à cozinha. Tudo por lá era fogo e agitação. A sopa e o peixe estavam no último estágio de preparação, e a cozinheira se debruçava sobre as panelas de corpo e alma a ponto de ela mesma entrar em estado de combustão espontânea. Na sala dos empregados, dois cocheiros e três criados dos cavalheiros estavam sentados, ou de pé, junto ao fogo. Suponho que as damas de companhia estivessem lá em cima com a suas patroas. Os novos empregados que foram contratados em Millcote estavam circulando por toda parte. Costurando esse caos, consegui finalmente chegar até a despensa. Lá peguei um pouco de galinha fria, um pão, algumas tortas, um ou dois pratos, uma faca e um garfo. Feita essa aquisição, bati rapidamente em retirada. Mal tinha passado pelo corredor e estava fechando a porta atrás de mim quando um barulho me avisou que as damas estavam para sair de seus quartos. Eu não podia chegar à sala de aula sem passar por algumas de suas portas, e corria o risco de ser surpreendida com minha carga de provisões. Assim fiquei

---

[3] Em francês: "Na casa de minha mãe, quando havia convidados, eu os seguia por toda parte, à sala de visitas e aos seus quartos; costumava ver as criadas pentearem e vestirem as damas, e era muito divertido: é assim que se aprende".

[4] Em francês: "Mas claro, senhorita, já se vão cinco ou seis horas desde que comemos".

imóvel nesta extremidade, que, por não ter janelas, era escura, bastante escura agora, pois o Sol já se pusera e o crepúsculo invadia o céu.

Justo nesta hora os quartos liberaram suas alegres ocupantes, uma após a outra. Cada qual mais feliz e contente que a próxima, com vestidos que brilhavam na obscuridade. Por um momento elas se juntaram na outra extremidade do corredor, conversando em voz baixa cheia de vivacidade. E em seguida desceram a escadaria quase tão silenciosamente quanto uma bruma brilhante rolando montanha abaixo. Seu surgimento coletivo me deixou a impressão de elegância de berço, à qual eu jamais fora apresentada.

Encontrei Adèle espreitando pela porta da sala de aula que mantinha entreaberta. — Que damas bonitas — gritou ela em inglês. — Oh, eu queria poder ter ido com elas! Você acha que depois do jantar o Senhor Rochester, mais cedo ou mais tarde, mandará chamar-nos?

— Não. Claro que não. O Senhor Rochester tem outras coisas em que pensar. Hoje à noite não se preocupe mais com as damas. Quem sabe você irá vê-las amanhã. Aqui está seu jantar.

Ela estava realmente com fome, e a galinha e as tortas serviram para distrair sua atenção durante certo tempo. Foi bom eu ter trazido esse farnel, caso contrário nós duas, e Sophie, com a qual reparti parte da nossa comida, teríamos corrido o risco de ficar sem jantar. Todos lá embaixo estavam ocupados demais para pensar em nós. A sobremesa não foi servida senão depois das nove horas. E às dez ainda era possível ouvir os passos dos homens para lá e para cá com bandejas de café. Permiti que Adèle ficasse acordada até mais tarde do que o costume, pois ela disse que não poderia deitar-se enquanto as portas lá debaixo continuassem a se abrir e a se fechar, e as pessoas a fazer barulho. Além do mais, acrescentou ela, talvez o Senhor Rochester a chamasse quando já estivesse com a roupa de dormir, *et alors quel dommage!*[5]

Contei-lhe histórias até onde se interessou em ouvi-las, mas depois a levei para o corredor. O lampião agora estava aceso e, olhando por cima do balaústre, ela se divertia ao ver os criados que passavam para lá e para cá. Quando a noite já ia alta, ouviu-se o som da música que vinha da sala de visitas, para onde o piano havia sido levado. Adèle e eu nos sentamos no degrau do topo da escada e ficamos ouvindo. Naquele momento era uma voz que se mesclava com os ricos sons do instrumento. Era uma dama quem cantava, e sua voz era muito delicada. Terminado o seu solo, seguiu-se um dueto e depois um coral. Um alegre murmúrio de conversas preenchia os intervalos. Durante bastante tempo fiquei ali, ouvindo. De repente, descobri que meus ouvidos estavam somente interessados em analisar os sons que se misturavam, tentando descobrir no meio da confusão o timbre da voz do Senhor Rochester. Quando conseguiram captá-lo, o que logo ocorreu, encontraram mais uma tarefa, discernir dos tons indistintos, em virtude da distância, a composição das palavras.

O relógio bateu onze horas. Eu olhei para Adèle, cuja cabeça estava apoiada no meu ombro. Seus olhos estavam cada vez mais pesados. Então a peguei nos braços e a carreguei para a cama. Já era quase uma hora quando os cavalheiros e as damas se recolheram em seus quartos.

O dia seguinte foi tão bonito quanto o anterior, e o grupo resolveu fazer uma excursão até algum lugar nas vizinhanças.

[5] Em francês: "E isto seria uma pena!".

Eles saíram cedo, uns a cavalo, o resto em carruagens. Testemunhei tanto a partida quanto o retorno. A Senhorita Ingram, como antes, era a única amazona. E, assim como na chegada, o Senhor Rochester galopava ao seu lado. Os dois iam um pouco separados do restante do grupo. Eu chamei a atenção desse detalhe para a Senhora Fairfax, que estava na janela comigo:

— A senhora disse que não era provável que pensassem em casamento — disse eu —, mas veja como é evidente que o Senhor Rochester a prefere entre todas as outras damas.

— Sim, ouso dizer. Sem dúvida, ele a admira.

— E ela a ele — acrescentei. — Veja como inclina a cabeça na direção dele como se estivesse trocando confidências. Gostaria de poder ver o rosto dela, do qual não consegui ainda nem um vislumbre.

— Você irá vê-la esta noite — respondeu a Senhora Fairfax. — Comentei com o Senhor Rochester o quanto Adèle gostaria de conhecer as damas, e ele disse "Oh, então que ela venha à sala de visitas depois do jantar. E peça à Senhorita Eyre para acompanhá-la".

— Sim, ele disse isso por pura educação. Não preciso ir, com certeza — respondi.

— Bem, comentei com ele que, como a senhorita não estava acostumada a ter companhia, eu achava que não gostaria de aparecer diante de tanta gente, todos estranhos. E ele na mesma hora respondeu daquela sua maneira — "Bobagem! Se ela não quiser vir, diga-lhe que é meu desejo pessoal, e se ainda assim ela resistir, diga-lhe que eu irei buscá-la de qualquer jeito".

— Não vou dar-lhe esse trabalho — respondi. — Já que não há outra saída, irei. Mas a contragosto. A Senhora vai estar lá, Senhora Fairfax?

— Não. Pedi que me dispensasse e ele aceitou meu pedido. Eu lhe direi como se comportar a fim de evitar o constrangimento de fazer uma entrada formal no salão, que é a parte mais desagradável desse trabalho. A senhorita deve ir para a sala de visitas enquanto ela estiver vazia, antes de as damas deixarem a mesa do jantar. Escolha o seu lugar num canto mais reservado. A senhorita não precisa ficar muito tempo depois que os cavalheiros entrarem, a não ser que queira. Deixe que o Senhor Rochester a veja e depois saia de mansinho. Ninguém irá notá-la.

— E a Senhora acha que essas pessoas irão demorar-se muito tempo aqui?

Talvez duas ou três semanas. Certamente não mais do que isso. Depois do feriado da Páscoa, Sir George Lynn, que foi eleito recentemente o representante de Millcote, terá de ir à cidade para a sua posse. Talvez o Senhor Rochester o acompanhe. Surpreende-me ele já ter-se demorado tanto aqui em Thornfield.

Foi com certo medo que percebi que a hora em que eu deveria ir para a sala de visitas se aproximava. Adèle estivera em êxtase durante o dia todo, depois de saber que à noite seria apresentada às damas. E só se acalmou depois que Sophie começou a operação de vesti-la. Daí em diante, a importância de toda a arrumação aquietou-a mais ainda. E, depois de ter os cachos arrumados em cascatas bem penteadas, vestir seu vestido de cetim cor-de-rosa com a faixa da cintura terminando atrás num laço grande e perfeito, calçar as luvas, assumiu um ar tão grave quanto um juiz. Não foi necessário avisá-la para ter cuidado para não desarrumar o vestido, pois quando ficou pronta sentou-se séria em sua cadeirinha, não antes de levantar a saia de cetim com medo de amarrotá-la. E me garantiu que não iria mexer-se até que eu estivesse pronta. Eu fui bem rápida. Logo coloquei o meu melhor vestido, o cinza-prateado que fora comprado para o casamento da Senhorita Temple e que desde então nunca mais fora usado. Penteei o cabelo, e nele prendi meu único enfeite, o broche de pérola. Fomos para baixo.

Felizmente havia outra entrada para a sala de visitas além da que dava para o salão onde todos estavam jantando. Encontramos a sala vazia. Um bom fogo queimava em silêncio na lareira de mármore, e velas de cera brilhavam solitárias entre as flores exóticas que enfeitavam as mesas. Uma cortina carmim pendia do arco e separava os dois salões. Era uma separação tênue dos que estavam no salão vizinho, mas, falavam num tom tão baixo que não se entendia nada da conversa, a não ser um murmúrio indistinguível.

Adèle, que parecia ainda estar ainda tomada por um ar de solenidade, estava sentada, sem dizer palavra, no tamborete que indiquei para ela. Eu me afastei para um banco ao lado da janela, peguei um livro que estava numa das mesas e esforcei-me para ler. Adèle trouxe o seu tamborete para junto dos meus pés. Não demorou muito, tocou meu joelho.

— O que foi, Adèle?

— *Est-ce que je ne puis pas prendre une seule de ces fleurs magnifiques, Mademoiselle? Seulement pour completer ma toilette?*[6]

— Você pensa demais na sua toalete, Adèle, mas pode colocar uma flor.

Então peguei uma rosa de um vaso e a prendi em sua faixa. Ela deu um suspiro de satisfação inefável, como se sua taça de

---

[6] Em francês: "Será que posso pegar somente uma dessas flores magníficas, senhorita? Apenas para completar minha toalete?".

felicidade estivesse agora completamente cheia. Virei o rosto para o lado a fim de esconder um sorriso que não pude evitar. Havia alguma coisa ridícula e ao mesmo tempo lamentável, na devoção inata daquela pequena parisiense por questões de vestimenta.

Agora o som baixo das pessoas foi-se tornando cada vez mais audível. A cortina do arco foi aberta e a sala de jantar ficou exposta, com seu lustre iluminando as pratas e os cristais do arranjo dos pratos de sobremesa que cobriam a mesa comprida. Um grupo de damas parou em pé sob o arco. Elas entraram, e a cortina se fechou atrás delas.

Eram oito, embora ao se agruparem dessem a impressão de estar em maior número. Algumas delas eram altíssimas. A maioria estava vestida de branco com saias rodadas que faziam que elas parecessem ainda mais altas, assim como a névoa amplia a aparência da Lua. Levantei-me e lhes fiz uma reverência. Uma ou duas balançaram a cabeça em retribuição. As outras só me deram uma olhada.

Elas se espalharam pela sala, e pela leveza e graça de seus movimentos me fizeram lembrar um bando de pássaros brancos. Algumas se reclinaram nos sofás e nas otomanas. Outras se debruçaram sobre as mesas para examinar as flores e os livros. O resto do grupo se juntou em volta da lareira. Todas falavam em um tom de voz baixo e claro que parecia ser o habitual. Fiquei sabendo seus nomes mais tarde, mas posso mencioná-los agora mesmo.

Em primeiro lugar, a Senhora Eshton e suas duas filhas. Ela, sem dúvida, devia ter sido uma mulher muito bonita e ainda estava bem conservada. Amy, a filha mais velha, era baixa, ingênua, de rosto e maneiras infantis e de formas provocantes. Seu vestido branco de musselina com a faixa azul lhe caía muito bem. A mais jovem, Louisa, era mais alta e com um porte mais elegante. Tinha um rosto bonito, do tipo que os franceses chamam de *minois chiffonné*.[7] Ambas as irmãs era belas como lírios

Lady Lynn era uma figura grande e volumosa de seus quarenta anos, muito empertigada e altiva, ricamente vestida em um traje de cetim furta-cor. Seu cabelo escuro brilhava sob a sombra de uma pluma azul e era preso por um diadema de pedras preciosas.

A esposa do Coronel Dent era menos espalhafatosa. Mas demonstrava um ar mais nobre. De aparência esbelta, tinha o rosto pálido e suave, e o cabelo farto. Seu vestido de cetim preto, seu lenço de fina renda estrangeira e seus enfeites de pérolas me agradaram mais do que o radiante arco-íris da outra dama de título ilustre.

Mas as três que mais chamavam atenção — em parte talvez por serem as mais vistosas do grupo — eram a viúva Lady Ingram e suas filhas Blanche e Mary. Entre as mulheres presentes eram as mais altas. A viúva devia ter entre quarenta e cinquenta anos. Suas formas ainda conservavam certa beleza. Seu cabelo, pelo menos à luz das velas, ainda era preto e seus dentes, também, pareciam ainda perfeitos. Muitas pessoas devem tê-la classificado como mulher de aparência esplêndida para a sua idade, isto se fosse apenas analisado o seu físico. De resto, tinha uma expressão de arrogância quase insuportável em seu porte e em suas feições. O perfil era romano e o queixo duplo que desaparecia dentro do pescoço era semelhante a um pilar. Esses traços me pareciam não só inchados como sombrios, como também sulcados pelo orgulho.

[7] Em francês: "um rosto comum que nem por isso deixa de ser agradável".

E o queixo apresentava a mesma característica, com uma posição empinada de maneira antinatural. Da mesma forma, tinha um olhar ameaçador e duro. Para mim, era semelhante ao da Senhora Reed. Movia a boca de forma afetada ao pronunciar as palavras. Sua voz era profunda e as inflexões eram pomposas, dogmáticas, em resumo, era insuportável. Seu vestido de veludo carmesim e o turbante de um tecido indiano com detalhes dourados lhe conferiam, como suponho que pensasse, uma autêntica dignidade imperial.

Blanche e Mary tinham a mesma altura — retas e altas, como dois álamos. Mary era muito magra para a sua altura, mas Blanche parecia modelada como uma Diana. Eu olhei para ela, é claro, com um interesse especial. Primeiro, queria ver se sua aparência correspondia à descrição feita pela Senhora Fairfax. Em segundo lugar, se era parecida com a miniatura que eu pintara dela e, em terceiro lugar, admito, se ela atendia ao provável gosto do Senhor Rochester.

Até onde era possível averiguar, ela correspondia ponto por ponto, tanto à minha pintura quanto à descrição feita pela Senhora Fairfax. O busto nobre, os ombros inclinados, o pescoço gracioso, os olhos e os cachos negros estavam todos ali. Mas, e o rosto? O rosto dela era como o da mãe. Uma versão jovem, sem rugas. As mesmas sobrancelhas baixas, os mesmos traços altivos, o mesmo orgulho. Entretanto, o orgulho não era tão sinistro. Sorria com constância e seu riso era satírico, assim como a expressão habitual e arrogante de seus lábios arqueados.

Um gênio tem consciência da sua genialidade. Não sei dizer se a Senhorita Ingram era um gênio, mas era convencida. Na verdade, bem convencida. Entrou em uma discussão sobre botânica com a gentil Senhora Dent. Parecia que a Senhora

Dent não sabia muita coisa acerca dessa ciência, embora gostasse de flores, como ela mesma disse, "principalmente das mais agrestes". Já a Senhorita Ingram dominava o assunto e percorreu o vocabulário sobre as espécies com um ar de superioridade. Percebi num instante que ela estava, para empregar o termo adequado, "usando a Senhora Dent como ponte", ou seja, tirando partido da ignorância dela. A "ponte" podia ser inteligente, mas decididamente era de mau gosto. Ela tocava piano. Sua execução era brilhante. Ela cantava, e sua voz era linda. Em particular, falava francês com sua mãe e falava bem, com fluência e boa pronúncia.

Mary tinha uma aparência mais meiga e franca do que Blanche, e traços mais suaves também emolduravam uma pele bem mais clara. A Senhorita Ingram era morena como uma espanhola. Mas Mary não tinha vivacidade. Seu rosto era inexpressivo, seu olhar era sem brilho. Não tinha nada a dizer, e uma vez sentada permaneceu imóvel como uma estátua em seu nicho. Ambas as irmãs estavam com vestido branco imaculado.

E eu? Será que agora achava que a Senhorita Ingram seria uma boa escolha para o Senhor Rochester? Não tinha como dizer. Não sabia qual era o gosto dele em relação à beleza feminina. Se ele gostasse do tipo majestático, ela era a própria. Perfeita, animada. Como é de se supor, muitos cavalheiros a admirariam e com certeza *ele* a admirava conforme a avaliação que me fora feita. Ainda faltava vê-los juntos para afastar a última sombra de dúvida.

Caro leitor, como certamente você já esperava, Adèle não ficou imóvel sentada no tamborete aos meus pés durante esse tempo todo. Quando as senhoras entraram, ela se levantou e foi ao encontro delas, fez uma reverência e falou solenemente —

— *Bonjour, mesdames.*[8]

A Senhorita Ingram abaixou os olhos na direção dela e com um ar de mofa exclamou:

— Oh, vejam que bonequinha!

Ao que Lady Lynn acrescentou:

— Suponho que seja a protegida do Senhor Rochester. A menina francesa de quem nos falou.

A Senhora Dent tomou a mão dela gentilmente e deu-lhe um beijo. Amy e Louise Eshton gritaram o mesmo tempo:

— Que criança adorável!

Chamaram-na para o sofá onde ela agora estava sentada, escondida entre as duas, conversando alternadamente em francês e em um inglês arrevesado que roubava não apenas a atenção das damas, mas também a da Senhora Eshton e a de Lady Lynn. Estava eufórica por se sentir mimada por todas.

Por último, ao ser servido o café, os cavalheiros são chamados. Eu me sentei na penumbra, se é que havia alguma penumbra em uma sala iluminada com tanto esplendor. A cortina da janela contribuía para me manter meio encoberta. Mais uma vez se abre a cortina sob o arco e eles entram. O aparecimento coletivo dos cavalheiros, como foi o das damas, é pomposo. Todos estão vestidos de preto. A maioria é alta e alguns são jovens. Henry e Frederick Lynn são realmente dois janotas muito elegantes e o Coronel Dent é um belo oficial. O Senhor Eshton, o magistrado do distrito, é um perfeito cavalheiro. Seus cabelos são brancos e suas sobrancelhas e costeletas ainda são pretas, o que lhe dá a aparência de um *père noble de théâtre.*[9] Lord Ingram, assim como suas irmãs, é muito

[8] Em francês: "Bom dia, senhoras".

[9] Em linguagem teatral, o ator que faz o papel principal.

alto e também bonito como elas. Mas compartilha o mesmo ar apático e indiferente de Mary. Parece ter o comprimento de pernas maior do que vivacidade de sangue e vigor de cérebro.

E onde é que está o Senhor Rochester?

Ele entra por último. Eu não estou olhando para o arco, mas ainda assim o vejo entrar. Tento concentrar minha atenção nas agulhas e nas malhas da bolsa que estou tecendo. Quero pensar apenas no trabalho que executo com as mãos e só ver as contas prateadas das linhas de seda em meu colo. Ao mesmo tempo que vejo distintamente a figura dele, o que me faz lembrar, inevitavelmente, do momento em que o vi pela última vez, quando eu havia acabado de lhe prestar aquilo que chamou de serviço essencial, quando segurou minha mão e me fitou com olhos que revelavam um coração transbordante de ansiedade e de cujas emoções eu fazia parte. Como eu estivera próxima dele naquele momento! O que tinha ocorrido desde então que mudou a posição de um em relação ao outro? Agora, quão distantes e quão separados estávamos! Tão separados que nem sequer esperei que viesse falar comigo. Nem me admirei que, sem me olhar, foi sentar-se do outro lado da sala e começou a conversar com algumas das damas.

Logo que vi a atenção dele concentrada nelas aproveitei para olhá-lo sem ser vista, e meus olhos foram levados diretamente para o seu rosto. Não consegui controlar as minhas pálpebras. Elas permaneceram abertas com as pupilas pregadas nele. Eu o olhava, e era agudo o prazer que isso me proporcionava, um precioso e pungente prazer qual ouro puro com um ponto de agonia duro como o aço. Um prazer como o que deve sentir o homem morto de sede que constata que o poço até ao qual rastejou está envenenado, e mesmo assim se inclina e bebe goles divinos.

A maior verdade é que *a beleza está nos olhos de quem vê*. O rosto sem cor do meu patrão, suas faces cor de oliva, o testa grande e quadrada, as sobrancelhas espessas e negras, os olhos profundos, traços fortes e firmes, boca rígida — rosto repleto de energia, decisão e poder — de belo não tinha nada, segundo a convenção para o modelo de beleza. Porém, para mim era mais do que bonito. Nele transbordava um interesse e uma influência que me dominavam, que tiravam meus sentimentos do meu próprio poder e os acorrentavam ao dele. Não tive a intenção de amá-lo. O leitor sabe o quanto lutei para extirpar da minha alma os germes do amor que lá descobri. E agora, vendo-o outra vez, espontaneamente renasciam viçosos e fortes! Ele me fez que o amasse sem mesmo reparar em mim.

Comparei-o com seus hóspedes. O que eram a graça galante nos Lynn, a elegância lânguida em Lord Ingram e até mesmo a distinção militar do Coronel Dent, em comparação com sua aparência nata de vigor e seu poder genuíno? Eu não simpatizei com a aparência e a expressão de nenhum deles, embora imaginasse o quanto agradariam à maioria das pessoas, que os qualificaria como atraentes, elegantes, pomposos. Ao mesmo tempo que poderiam dizer que o Senhor Rochester possuía traços desagradáveis e uma aparência melancólica. Eu os observava aos sorrisos e gargalhadas, e isso não significava nada para mim. A luz das velas tinha mais alma do que os sorrisos deles. O ruído da sineta era tão significativo quanto suas gargalhadas. Vi o Senhor Rochester sorrir, seus traços rígidos se tornaram suaves, seu olhar ficou mais brilhante e gentil, e ambos irradiavam doçura e perspicácia. Ele estava falando naquele momento com Louisa e Amy Eshton. Fiquei imaginando se poderiam receber com calma aquele olhar que para mim parecia tão penetrante. Esperei vê-las baixar os olhos e corar e fiquei satisfeita ao ver que nada disso aconteceu. Pensei: "ele não significa para elas o mesmo que significa para mim. Então não é do tipo delas, e creio que é do meu. Tenho certeza que é. Tenho afinidades com ele e entendo a linguagem de seu semblante e de seus movimentos. Tenho algo na cabeça e no coração, no meu sangue e nervos que me sintoniza mentalmente com ele, embora a classe e a riqueza nos separem bastante. Há alguns dias eu não havia dito que não tinha nada a ver com ele exceto receber de suas mãos o meu salário? Proibi-me de pensar nele de qualquer outro modo que não fosse o de um patrão. Foi uma blasfêmia contra a natureza! Todos os sentimentos bons, verdadeiros e fortes que tenho se unem impulsivamente ao redor dele. Sei que devo ocultar meus sentimentos, devo reprimir as esperanças, devo lembrar-me de que ele não pode interessar-se muito por mim. Quando digo que sou do mesmo tipo que ele, não quero dizer que eu tenha sua capacidade de influenciar e seu poder de atrair. Quero dizer apenas que tenho certos gostos e sentimentos em comum com ele. Devo, então, repetir sem parar que estamos separados para sempre. E que ainda assim, enquanto puder respirar e pensar, eu irei amá-lo".

O café está servido. Desde a entrada dos cavalheiros, as damas se tornaram vivazes como cotovias. A conversa cresce animada e alegre. O Coronel Dent e o Senhor Eshton discutem sobre política. Suas esposas apenas ouvem. As duas viúvas orgulhosas, Lady Lynn e Lady Ingram, confabulam. Sir George, cuja descrição me escapuliu, era um cavalheiro do interior, grande e de aparência saudável. Está de pé diante do sofá delas com a xícara de café na mão, e uma vez ou outra fala alguma coisa. O Senhor Frederick Lynn sentou-se ao lado de Mary Ingram e está mostrando a ela as belíssimas gravuras de um livro. E ela olha, sorri de vez em quando, mas aparentemente fala pouco. Lorde Ingram, alto e fleumático, está com os braços cruzados e apoiados no topo do encosto da poltrona da pequena e animada Amy Eshton. Ela olha na direção dele e tagarela sem parar como uma cambaxirra. Dá para perceber que gosta mais dele do que do Senhor Rochester. Henry Lynn apossou-se de uma banqueta otomana aos pés de Louisa. Adèle a divide com ele. Ele tenta falar em francês com ela, e Louisa ri de seus erros crassos. Quem será o par de Blanche Ingram? Ela está de pé sozinha defronte à mesa, curvada sobre um álbum. Parece estar esperando que alguém a note, e pelo jeito não quer esperar muito, pois ela própria seleciona um par.

O Senhor Rochester, tendo deixado os Eshton, está de pé defronte à lareira, tão solitário como ela defronte à mesa. Ela o olha, e vai para o outro lado da lareira.

— Senhor Rochester, achei que o senhor não gostasse muito de crianças.

— Eu também.

— Então o que foi que o levou a criar essa pequena boneca? — apontou para Adèle. — Onde foi que a encontrou?

— Não a encontrei. Ela foi deixada em minhas mãos.

— O senhor devia mandá-la para a escola.

— Não pude. As escolas são muito caras.

— Suponho então que o senhor tenha conseguido uma governanta para ela. Vi uma pessoa com ela ainda há pouco, será que se foi? Oh, não! Ainda está ali, atrás da cortina daquela janela. É claro que o senhor paga um salário a ela e penso que seja caro. Sem falar que tem de mantê-la.

Temi que a alusão feita a mim fizesse que o Senhor Rochester olhasse em minha direção. Mas, devo confessar, era isso o que eu esperava! Sem querer encolhi-me ainda mais atrás da cortina. Mas ele nem sequer voltou os olhos para mim.

— Não pensei sobre essa questão — disse ele indiferente, olhando direto para a frente.

— Não, vocês homens nunca pensam em economia e bom-senso. O senhor deveria ouvir o que mamãe tem a dizer sobre governantas. No nosso tempo, Mary e eu tivemos, pelo menos, uma dúzia delas. A metade era detestável e as demais, ridículas. E todas eram um pesadelo. Elas não eram assim, mamãe?

— Você falou comigo, meu bem?

A jovem, dessa forma reconhecida como propriedade da viúva, reiterou a pergunta com uma explicação, ao que ela respondeu:

— Minha querida, nem me fale de governantas. Essa palavra me dá nos nervos. Fui vítima da incompetência e do capricho delas. Agradeço aos céus por ter-me livrado de todas!

A Senhora Dent inclinou-se na direção da piedosa senhora que acabara de falar e sussurrou algo em seu ouvido. Pela resposta que provocou, presumo que ela lhe tenha lembrado de que havia uma pessoa daquela raça abominável presente na sala.

— *Tant pis!*[10] — disse Sua Excelência. — Espero que isso lhe faça bem!

E então, com voz mais baixa, mas alta o suficiente para que eu a ouvisse, completou:

[10] Em francês: "Tanto pior!".

— Eu a notei. Sou craque em julgar as pessoas pela fisionomia. Vi na fisionomia dela todos os defeitos da sua classe.

— E quais são eles, senhora? — perguntou em voz alta o Senhor Rochester.

— Irei dizer-lhe mais tarde em particular — respondeu ela, balançando seu turbante três vezes de forma solene.

— Mas até lá minha curiosidade terá perdido a fome. Ela deseja ser saciada agora.

— Pergunte a Blanche. Ela está mais perto do senhor.

— Oh, não o mande perguntar a mim, mamãe! Tenho apenas uma palavra para falar sobre toda essa classe. Elas são uma praga. Não que eu tenha sofrido muito nas mãos delas. Eu tinha o cuidado de virar o jogo. Quantas peças Theodore e eu pregamos nas nossas Senhorita Wilson, Senhora Grey e Madame Joubert! Mary estava sempre com muito sono para participar das tramas espirituosas que armávamos para elas. A mais engraçada era Madame Joubert. A Senhorita Wilson era uma pobre criatura doentia, lacrimosa e deprimida que, para resumir, não valia a pena o empenho de derrotá-la. A Senhora Grey era rude e insensível, e nenhum golpe surtia efeito sobre ela. Mas a pobre Madame Joubert! Ainda consigo vê-la louca de raiva quando a atazanávamos até ao seu limite de tolerância. Derramávamos nosso chá, esmigalhávamos nosso pão com manteiga, jogávamos nossos livros para o teto e batucávamos com as réguas na escrivaninha, na grade e nos ferros da lareira. Theodore, você se lembra daqueles dias divertidos?

— E como! — falou Lorde Ingram com sua fala arrastada — e a pobre velha costumava gritar "Oh, crianças malvadas!" enquanto a repreendíamos dizendo que era uma ousadia dela querer ensinar qualquer coisa a pessoas inteligentes como nós, quando ela própria era tão ignorante.

— Era o que fazíamos. E Tedo lembra que eu o ajudei a acusar, ou importunar, seu tutor, o Senhor Vining cara pálida, o pároco ainda nos cueiros, como costumávamos chamá-lo. Ele e a Senhorita Wilson tomaram a liberdade de se apaixonar um pelo outro, ou pelo menos era assim que Tedo e eu pensávamos. Vários olhares ternos e suspiros foram pegos por nós e interpretados como sinais de "*la belle passion*", e eu prometi a você que logo nossa descoberta cairia na boca do povo. E usamos isso como uma espécie de alavanca para remover esses pesos mortos da casa. Nossa querida mamãe, assim que suspeitou do caso, concluiu que aquilo era uma inclinação imoral. Não foi, senhora minha mãe?

— Claro, minha querida. E eu estava totalmente certa. Há milhares de motivos pelos quais não devem ser toleradas as ligações entre governantas e tutores em qualquer casa de respeito, nem por um instante. Primeiro...

— Oh, adorada mamãe! Poupe-nos de enumerações! *Au reste*,[11] todos nós sabemos — o perigo dos maus exemplos para a inocência das crianças, distrações e consequente negligência para com os deveres dos envolvidos, aliança mútua e dependência, confidência descambando para a insolência acompanhada da insurreição e do completo caos. Não estou certa, Baronesa Ingram de Ingram Park?

— Minha flor-de-lis, você está certíssima, como sempre.

— Então, como não há necessidade de se falar mais disso, mudemos de assunto.

Amy Eshton, sem ter ouvido ou prestado atenção ao que se falou por último, juntou-se à conversa com sua fala suave e infantil:

---

[11] Em francês: "o resto."

— Louisa e eu costumávamos também desafiar a nossa governanta. Mas ela era uma criatura muito boa e aturava tudo. Nada a perturbava. Jamais brigava conosco, não é mesmo, Louisa?

— Não, nunca. Podíamos fazer o que desse na telha, desarrumar a sua escrivaninha e sua caixa de trabalhos e revirar as coisas das suas gavetas. Ela tinha um humor tão bom que era incapaz de nos negar qualquer coisa.

— Penso que agora — disse a Senhorita Ingram revirando os lábios com sarcasmo — teremos um resumo das memórias de todas as governantas existentes. Para evitar isso, mais uma vez sugiro que se mude de assunto. Senhor Rochester, o senhor apoia a minha sugestão?

— Senhora, eu a apoio nesse ponto, assim como em qualquer outro.

— Então cabe a mim o ônus de apresentar outro assunto. *Signor* Eduardo, o senhor está disposto a cantar esta noite?

— Donna Bianca, o que a senhora ordena eu obedeço.

— Então, senhor, passo às suas mãos minha ordem soberana de colocar seus pulmões e seus outros órgãos vocais ao meu serviço real.

— Quem não se disporia a ser o *Rizzio*[12] de uma Mary tão divina?

— Um figo para *Rizzio*! — gritou ela balançando os cachos de seus cabelos ao se encaminhar para o piano. — Sou de opinião de que David deve ter sido um tipo bem insípido. Gosto mais de ter Bothwell[13] em minha mente, um homem

[12] David Rizzio, músico e secretário particular da Rainha Maria da Escócia, assassinado em 1566.

[13] James Hepburn, quarto Conde de Bothwell e terceiro marido da rainha Maria da Escócia.

não é nada sem uma pitada diabólica. A história pode bem dizer quem foi James Hepburn, mas eu acho que ele era o tipo de herói-bandido selvagem e destemido a quem eu teria concedido o presente de minha mão.

— Ouçam, cavalheiros! Quem dentre vocês se parece mais com Bothwell? — gritou o Senhor Rochester.

— Eu diria que a preferência recairia sobre você mesmo — respondeu o Coronel Dent.

— Quanta honra, fico muito grato a você — foi a sua resposta.

A Senhorita Ingram, que agora estava sentada com toda a graça ao piano, e qual uma rainha arrumava seu vestido branco como a neve, começou uma introdução brilhante enquanto falava. Parecia ter atingido o seu maior momento da noite, tanto em suas palavras quanto em sua atitude, que pareciam destinadas a despertar não apenas a admiração, como também o espanto dos espectadores. Era evidente que estava inclinada a surpreendê-los com alguma coisa impressionante e ousada.

— Oh, estou cansada desses jovens de hoje! — exclamou ela, correndo os dedos pelo teclado. — Pobres coisas insignificantes, que não estão aptos a dar um passo além dos portões do parque de seus papais nem ir muito longe sem a permissão e a proteção de suas mamães! São criaturas apenas preocupadas com seus próprios rostinhos bonitos, suas mãos imaculadas e seus pequeninos pés, como se um homem tivesse alguma coisa a ver com beleza! Como se o encanto não fosse uma prerrogativa especial da mulher, seu legado e sua herança legítima! Digo que uma *mulher* feia é uma mácula da criação. Mas em se falando de *cavalheiros*, basta que eles tenham apenas força e coragem. Que seu lema seja caçar, atirar e lutar. O resto não vale nada. Este seria o meu recurso, fosse eu um homem.

Depois de uma pausa que não foi interrompida por ninguém continuou:

— Quando me casar, estou decidida a não tornar meu marido um rival, mas sim o meu oposto. Não irei sofrer qualquer competição pelo trono. Exigirei homenagens exclusivas. A dedicação dele não deverá ser compartilhada entre mim e a imagem que ele vê no espelho. Senhor Rochester, cante agora e eu irei tocar para o senhor.

— Sou todo obediência — foi a resposta.

— Então, aqui está uma canção dos corsários. Eu adoro os corsários. Por isso, cante *con spirito.*[14]

— As ordens vindas dos lábios da Senhorita Ingram colocam sentimento até mesmo numa caneca com leite e água.

— Então, cuidado. Se o senhor não me agradar o envergonharei ao mostrar como isso deveria ser feito.

— Isto equivale a oferecer um prêmio à incapacidade. Agora devo esforçar-me em errar.

— *Gardez-vous en bien*![15] Se o senhor errar de propósito, inventarei um castigo à altura.

— A Senhorita Ingram deveria ser clemente, pois tem nas mãos o poder de impor um castigo além da resistência de qualquer mortal.

— Ah, explique-se! — ordenou a dama.

— Perdoe-me, senhora. Não há motivo para explicações. Sua fina sensibilidade deve informar lhe que um franzir de testa seu seria um substituto suficiente para uma pena capital.

— Cante! — disse ela, e tocando o teclado mais uma vez, começou um acompanhamento inspirado.

---

[14] Em italiano: "com sentimento, com emoção", no que diz respeito à música.

[15] Em francês: "Não se atreva a isso!"

“Agora é a hora de dar o fora daqui” — pensei, mas os tons que encheram o ar me prenderam. A Senhora Fairfax dissera que o Senhor Rochester possuía uma ótima voz. Era verdade, tinha uma voz melodiosa de baixo, na qual colocava todo o sentimento, toda a própria força descobrindo um caminho do ouvido ao coração e lá despertando estranhas sensações. Esperei até sua última vibração profunda, até que a maré das conversas então interrompidas retomasse seu fluxo. Abandonei então meu canto protegido e saí pela porta lateral, que felizmente estava perto. De lá, uma passagem estreita levava ao saguão. Ao atravessá-lo, percebi que minha sandália estava solta. Parei para amarrá-la. Com esse propósito ajoelhei-me na passadeira ao pé da escada. Ouvi o barulho da porta da sala de jantar se abrir e um cavalheiro saiu. Apressada me levantei e fiquei cara a cara com ele, o Senhor Rochester.

— Como está a senhorita? — perguntou ele.

— Estou muito bem, senhor.

— Por que não veio falar comigo na sala?

Achei que devia devolver a pergunta para ele, mas não queria tomar essa liberdade. Respondi:

— Não quis incomodá-lo, pois o senhor parecia muito ocupado.

— O que fez na minha ausência?

— Nada em particular. Fiquei ensinando a Adèle, como de costume.

— E cada vez mais pálida, como vi logo que cheguei. O que foi que houve?

— Nada de mais, senhor.

— A senhorita pegou um resfriado depois daquela noite em que quase me afogou?

— Não, senhor.

— Volte para a sala de visitas. A senhorita está indo embora cedo demais.

— Estou cansada, senhor.

Ele me olhou durante um minuto.

— E um pouco deprimida — disse ele. — O que é que há? Diga-me.

— Não há nada, senhor. Não estou deprimida.

— Afirmo que está. Tão deprimida que, com certeza, mais algumas poucas palavras trariam lágrimas aos seus olhos, que estão agora brilhando e nadando. Uma gota escorregou da pestana e caiu no ladrilho. Se eu tivesse tempo e não estivesse com um medo mortal de que algum criado pedante e tagarela passasse, ficaria sabendo o que tudo isso significa. Bem, por esta noite eu a desculpo. Mas entenda que enquanto meus hóspedes estiverem aqui, espero que a senhorita apareça todas as noites na sala de visitas. É um desejo meu. Não deixe de atendê-lo. Agora vá, e diga a Sophie que venha buscar Adèle. Boa noite, minha...

Ele parou, mordendo o lábio. E num gesto brusco foi embora.

XVIII

Aqueles foram dias felizes em Thornfield Hall. E também dias agitados. Quão diferentes dos primeiros três meses de quietude, monotonia e isolamento que passei sob o seu teto! Todos os sentimentos tristes pareciam ter sido banidos da casa e todas as sombrias associações, esquecidas. Havia vida por toda parte, movimento o dia inteiro. Agora não se podia mais cruzar o corredor, antes tão silencioso, nem entrar nos quartos da frente, antes tão vazios, sem encontrar uma aia elegante ou um camareiro alinhado.

A cozinha, a copa dos mordomos, a sala dos criados, o saguão da entrada eram igualmente animados. E os salões só ficavam em silêncio e eram abandonados quando o céu azul e o sol acolhedor de um dia ameno de primavera chamavam seus ocupantes para os jardins. Mesmo quando o tempo fechava, e a chuva insistia em cair por dias seguidos, nem a umidade parecia prejudicar o deleite soberano. Em consequência da interrupção do divertimento ao ar livre, os passatempos dentro de casa se tornavam ainda mais vivos e variados.

Fiquei imaginando o que fariam na primeira noite em que foi proposta uma mudança de diversão. Falaram em "brincar de mímica", e eu, na minha ignorância, não entendi o que aquilo queria dizer. Os criados foram chamados, as mesas da sala de jantar foram retiradas, a disposição das luzes, modificada, as cadeiras, arrumadas em semicírculo do lado oposto ao arco. Enquanto o Senhor Rochester e os outros cavalheiros orientavam as alterações a serem feitas, as senhoras subiam e desciam a escadaria chamando por suas criadas. A Senhora Fairfax foi requisitada para dar informações sobre o que havia na casa em termos de xales, vestidos, panos de qualquer espécie. E os guarda-roupas do terceiro andar foram revirados e surgiram brocados e anáguas com armação, mantos de cetim, modelos em preto, lapelas de rendas e babados, etc., que foram levados para baixo nos braços das criadas. Então foi feita uma seleção e as coisas escolhidas foram colocadas no *boudoir* da sala de visitas.

Enquanto isso, o Senhor Rochester voltara a reunir as senhoras à sua volta e selecionava algumas para serem suas parceiras.

— A Senhorita Ingram é minha, naturalmente — disse ele. Em seguida chamou as duas Senhoritas Eshton e a Senhora Dent. Olhou para mim, que por acaso estava por perto, pois acabara de prender o fecho da pulseira da Senhora Dent, que se soltara.

— Você gostaria de participar? — perguntou ele.

Sacudi a cabeça. Ele não insistiu, como eu temia que fizesse. Permitiu que eu voltasse tranquilamente para o meu lugar de sempre.

Ele e seus ajudantes retiraram-se para trás das cortinas. O outro grupo, que foi liderado pelo Coronel Dent, sentou-se nas cadeiras postas em meia-lua. Um dos cavalheiros, o Senhor Eshton, observando-me, dava a impressão de que iria convidar-me a participar do seu grupo. Mas a Senhora Ingram na mesma hora descartou a ideia.

— Não — ouvi-a dizer — ela parece muito estúpida para este tipo de jogo.

Ouviu-se o toque de uma sineta e a cortina se abriu. Sob o arco, a figura corpulenta de Sir George Lynn, que fora igualmente escolhido pelo Senhor Rochester, surgiu logo, envolvida por um lençol branco. Adiante dele, sobre uma mesa, via-se um grande livro aberto e ao seu lado estava Amy Eshton, vestida com a capa do Senhor Rochester e com um livro na mão. Alguém nos bastidores tocava a sineta com entusiasmo. Então Adèle, que insistira em participar do grupo de seu protetor, chegou à frente do espaço delimitado e foi espalhando por toda a volta o conteúdo de uma cesta de flores que trazia nos braços. Então, a figura magnífica da Senhorita Ingram surgiu, toda de branco, com um longo véu na cabeça e uma guirlanda de rosas em volta da testa. Ao seu lado caminhava o Senhor Rochester e juntos aproximaram-se da mesa. Ajoelharam-se, enquanto a Senhora Dent e Louisa Eshton, também vestidas de branco, tomaram seu lugar às suas costas. Seguiu-se uma cerimônia, muda, na qual era fácil reconhecer a pantomima de um casamento. Quando terminou, o Coronel Dent e seu grupo confabularam em sussurros durante dois minutos, e então o Coronel falou:

— Noiva! — o Senhor Rochester curvou-se e a cortina se fechou.

Passou-se um bom tempo antes que fosse aberta de novo. Esta segunda abertura mostrava um cenário mais bem elaborado que o anterior. A sala de visitas, como eu dissera anteriormente, ficava dois degraus acima da sala de jantar, e no alto do segundo degrau, recuada uns dois metros para o interior da sala, destacava-se uma grande bacia de mármore — que eu reconheci como sendo um dos enfeites da estufa que costumava servir de aquário para exóticos peixes dourados — e deve ter havido alguma dificuldade em transportá-la de onde viera, por conta de seu tamanho e peso.

Sentado no tapete, ao lado dessa bacia, via-se o Senhor Rochester envolto em alguns xales, com um turbante na cabeça. Seus olhos negros, sua pele morena e sua aparência islâmica se harmonizavam perfeitamente com a fantasia. Ele parecia um perfeito emir do Oriente, um agente ou uma vítima de estrangulamento. Em seguida, a Senhorita Ingram fez sua aparição. Também se vestia à moda oriental. Um lenço escarlate amarrado como uma faixa em volta da cintura. Um lenço bordado atado com um nó em torno das têmporas. Seus braços bem torneados nus. Um deles levantado sustentava um cântaro colocado com graça sobre a cabeça. Tanto sua fantasia quanto suas feições e sua atitude sugeriam a ideia de uma princesa israelita do tempo dos patriarcas. E, sem dúvida, aquela era a personagem que pretendia representar.

Aproximou-se da bacia e curvou-se sobre ela como se fosse encher o seu cântaro e depois o recolocou sobre a cabeça. O personagem ao lado da bacia agora parecia abordá-la para fazer algum pedido. Rapidamente ela desceu o cântaro e o entregou a ele para que bebesse. Então, de dentro de suas vestes, ele retirou uma caixa de joias e a abriu para mostrar-lhe ricas pulseiras e brincos. Ela fez uma expressão de espanto e admiração. Ajoelhado, ele depositou aquele tesouro aos pés dela. Os olhares e gestos dela demonstravam incredulidade e prazer. O estranho colocou as pulseiras em seus braços e os brincos em suas orelhas. Eram Eliezer e Rebeca,[1] só faltavam os camelos.

O outro grupo se reuniu mais uma vez. Aparentemente havia divergência sobre a palavra ou as sílabas que a cena ilustrou. O Coronel Dent, porta-voz do grupo, pediu que fosse mostrado um quadro geral e a cortina foi mais uma vez fechada.

Em sua terceira abertura, apenas uma parte da sala de visitas foi revelada. O resto estava oculto atrás uma tela feita de um pano ou de uma cortina preta, pendurada ao alto. A bacia de mármore fora retirada. Em seu lugar foram colocadas uma mesa e uma cadeira da cozinha. Tais objetos ficavam visíveis por uma luz suave que vinha de uma lanterna de chifre, e todas as velas haviam sido apagadas.

No meio desse cenário soturno, via-se um homem sentado com os punhos cerrados e apoiados nos joelhos, olhos baixos e fixos no chão. Reconheci logo o Senhor Rochester, embora estivesse com o rosto sujo de fuligem e roupas mal arranjadas sobre o corpo. Um dos braços de seu casaco pendia como se tivesse sido quase arrancado em alguma luta. As feições desesperadas e feias, o cabelo em desalinho bem podiam tê-lo disfarçado. Ao se mover, ouviu-se o ruído de uma corrente — em seus pulsos viam-se grilhões.

— *Bridewell!*[2] — exclamou o Coronel Dent, matando a charada.

---

[1] Personagens bíblicos do livro do Gênesis (24:1-61).

[2] Em inglês: "prisão, cadeia" (é o nome de uma instituição carcerária inglesa), e mata toda a charada, porque a palavra engloba as duas encenações: *bride* (noiva) e o casamento, *well* (poço) simbolizado pela bacia da primeira encenação.

Demorou um bom tempo para que os participantes voltassem a se vestir com suas roupas normais e entrassem na sala de jantar. O Senhor Rochester conduzia a Senhorita Ingram. Ela o estava cumprimentando por sua atuação.

— Você sabe — disse ela — que, dos três personagens que representou, gostei mais do último? Se tivesse alguns anos a menos, que galante salteador de estradas não teria sido!

— Será que toda a fuligem saiu quando lavei o rosto? — disse ele ao se virar para ela.

— Oh, meu Deus! Sim, foi uma pena. Nada combinou tão bem com seu rosto quanto a maquiagem do rufião.

— Então, a senhorita gostaria mesmo de um herói assaltante, não?

— Um herói inglês que fosse salteador de estradas seria a segunda melhor coisa depois de um bandido italiano, e este só poderia ser superado por um pirata levantino.[3]

— Bem, seja eu o que for, lembre-se de que a senhorita é minha esposa. Casamo-nos há uma hora, na presença de todas estas testemunhas.

Ela deu um risinho e corou.

— Agora, Dent — continuou o Senhor Rochester — é a vez do seu grupo.

E, quando o outro grupo se retirava, o resto do seu veio sentar-se nos lugares agora vazios. A Senhorita Ingram ficou à direita do seu líder e os outros adivinhadores tomaram as cadeiras ao lado dos dois. Agora eu não estava mais olhando para os atores. Não tinha sequer qualquer interesse que a cortina se abrisse. Minha atenção concentrara-se nos espectadores.

---

[3] Nome dado aos que são naturais do Levante (conjunto dos países do Mediterrâneo oriental).

Meus olhos, que há algum tempo estavam fixos no arco, eram agora irresistivelmente atraídos pelo semicírculo das cadeiras. Qual a charada encenada pelo grupo do Coronel Dent, quais as palavras que escolheram e qual o desempenho de seus participantes, nem mais me lembro. Mas vejo ainda a consulta que se seguia a cada cena. Vejo o Senhor Rochester se virar para a Senhorita Ingram e ela para ele. Vejo-a quando inclina a cabeça na direção dele até quase seus cachos negros tocarem em seu ombro e roçarem em seu rosto. Ouço os sussurros mútuos. Lembro-me dos olhares que trocaram. E algumas vezes até mesmo me vem à memória o sentimento despertado pelo espetáculo a que eu assistia.

Já lhe foi contado, leitor, que eu aprendera a amar o Senhor Rochester. Não podia agora deixar de amá-lo só porque descobri que ele deixara de notar a minha presença, porque podia passar horas perto dele sem que, sequer uma vez, virasse os olhos na minha direção. Não podia agora deixar de amá-lo só porque via que todas as suas atenções eram dirigidas a uma grande dama, que me tratava com desprezo e nem sequer me tocava com a bainha de suas roupas quando passava por mim. E caso o olhar dela, escuro e arrogante, caísse sobre mim sem querer, o retiraria no mesmo instante como se tivesse caído sobre algo que não merecia ser visto. Eu não podia deixar de amá-lo só porque tinha certeza de que ele logo se casaria com essa verdadeira dama. Só porque eu lia diariamente no semblante dela uma orgulhosa segurança das intenções dele. Ou só porque a cada hora testemunhava nele um estilo de corte que a ela era dirigida, de uma forma displicente na qual escolhia mais ser cortejado do que cortejar, e ainda assim sua displicência era cativante. E seu orgulho, irresistível.

Em tais circunstâncias não havia nada capaz de esfriar ou mesmo acabar com o amor que eu sentia, apesar do imenso desespero que me causava. Como deve notar, leitor, essa provocação de ciúme era demais. Como uma mulher na minha posição tinha a ousadia de sentir ciúme de outra como a Senhorita Ingram? Mas eu não sentia ciúme. Só raramente. A natureza da dor que eu sofria não podia ser explicada por essa palavra. A Senhorita Ingram estava um ponto abaixo da escala do ciúme. Era inferior demais para provocar tal sentimento. Perdoe-me este aparente paradoxo. Mas sei da razão por que disse isso. Ela era muito exibida, mas não era autêntica. Tinha uma bela aparência, muitos dotes brilhantes, mas sua mente era pobre, seu coração era estéril por natureza. Nada brotava espontaneamente naquele solo. Não havia nela nenhum frescor que tornasse delicioso qualquer fruto natural. Ela não era uma pessoa boa, não era original. Costumava repetir frases feitas tiradas de livros. Não apresentava nem tinha uma opinião que fosse própria. Defendia o mais alto grau de sentimentos, mas não conhecia os sentimentos de benevolência e compaixão. Nela não havia ternura e verdade. Com frequência revelava isso, pela irritação desmedida e pela antipatia odiosa que dirigia contra a pequena Adèle, afastando-a de si com algum nome insultante quando a menina se aproximava dela. Algumas vezes até expulsando-a da sala e sempre a tratando com frieza e acrimônia. Outros olhos, além dos meus, viam essas manifestações do seu caráter e as observavam com atenção, de maneira penetrante e astuciosa. Sim, seu futuro noivo, o próprio Senhor Rochester, exercia sobre sua pretendente uma vigilância ininterrupta. E era dessa perspicácia, desse seu cuidado, dessa consciência perfeita e clara dos defeitos de sua bela, e dessa óbvia falta de paixão dos seus sentimentos em relação a ela, que a minha dor constante e tortuosa surgiu.

Eu vi que ele ia se casar com ela, por razões de família, ou quem sabe por razões políticas, porque a posição dela e suas ligações o favoreciam. Sentia que ele não lhe havia dado o seu amor e que as qualidades dela eram insuficientes para dele ganhar tal tesouro. Esse era o ponto. Era aí que o nervo exposto era tocado, era aí que a febre se mantinha alimentada — *ela não fora capaz de enfeitiçá-lo.*

Se ela tivesse conseguido a vitória imediata e ele se tivesse se rendido e sinceramente colocado seu coração aos seus pés, eu teria coberto o meu rosto, e virado a cara para a parede e morrido para os dois. Em sentido figurado: se a Senhorita Ingram fosse uma mulher nobre e bondosa, dotada de força, fervor, bondade e compreensão, eu teria tido uma luta de vida ou morte com dois tigres — o ciúme e o desespero. E então, com meu coração dilacerado e devorado, poderia admirá-la, reconhecido sua excelência e me calado pelo resto de meus dias. E, quanto mais absoluta fosse a superioridade dela, mais profunda seria a minha admiração, e mais tranquila e verdadeira seria minha aquiescência. Mas do jeito em que estavam as coisas, ver o esforço da Senhorita Ingram para enfeitiçar o Senhor Rochester, testemunhar o repetido fracasso de suas tentativas e a falta de noção de que tinha fracassado, vê-la lançar em vão cada flecha imaginando que havia atingido o alvo, pavonear-se cegamente com o sucesso, quando seu orgulho e sua autocomplacência afastavam cada vez mais aquilo que gostaria de encantar, testemunhar *isso*, era como estar sob uma emoção incessante e um comedimento implacável. Porque, em cada fracasso dela presenciado, eu via como teria sido bem-sucedida. Eu sabia que as flechas que eram atiradas sem cessar contra o peito do Senhor Rochester e que caíam inofensivas aos seus pés poderiam, se atiradas por mão mais certeira, penetrar fundo em seu coração orgulhoso e trazer amor aos seus olhos severos e doçura ao seu rosto sarcástico. Ou, melhor ainda, sem uso de armas. Uma conquista silenciosa seria uma vitória certa.

"Por que não consegue atraí-lo mais, quando é privilegiada por tê-lo tão perto dela?" — perguntei a mim mesma. "Na certa, não consegue nem gostar dele de verdade, ou não gosta dele com um afeto verdadeiro! Se gostasse, não precisava forjar seus sorrisos de forma tão excessiva, lançar seus olhares de forma tão persistente, fabricar ares tão elaborados, fazer tantas gracinhas. A mim parece que ela poderia chegar mais perto do coração dele se ficasse simplesmente quieta ao seu lado, falando pouco e olhando-o menos. Já vira no rosto dele uma expressão diferente dessa que o endurece agora quando ela se aproxima dele com tamanha vivacidade. E esta mudança aconteceu espontaneamente. Não foi algo provocado por artes vulgares e manobras calculadas. E é preciso aceitá-lo, responder ao que ele perguntou sem pretensão, falar quando for necessário, sem trejeitos, só assim aumentariam e cresceriam a ternura e a jovialidade, que o acalentariam como um raio de sol. Como ela conseguirá agradar-lhe quando forem casados? Não acho que seria capaz de lidar com isso. No entanto, tal comportamento não é impossível. E creio que a mulher casada pode chegar a ser — como realmente acredito — a pessoa mais feliz que o sol ilumina."

Eu não disse ainda nada que condene o projeto do Senhor Rochester de um casamento por interesse. Mas fui surpreendida pela descoberta de que seria esta a sua intenção. Sempre o enxerguei como um homem incapaz de escolher uma esposa sob a influência de motivos tão mesquinhos. Mas quanto mais eu levava em consideração a posição, a educação, etc. de ambas as partes, menos eu me sentia apta a julgar e culpar ele ou a Senhorita Ingram por agirem de acordo com ideias e princípios que lhes foram instilados, sem dúvida, desde a infância. Todos os de sua classe social tinham esses princípios. Supunha então que tivessem motivos para conservá-los, mesmo que não fossem compreendidos. A mim parecia que, se eu fosse um cavalheiro como ele, traria para o meu peito uma mulher que pudesse amar. Mas as vantagens óbvias para a própria felicidade do marido oferecidas por tal plano me convenciam de que deveria haver argumentos contra sua adoção de forma generalizada. Argumentos sobre os quais eu era totalmente ignorante. Se fosse de outra forma, então o resto do mundo agiria como eu gostaria que agisse.

Mas em outros pontos, assim como neste, eu estava tornando-me muito indulgente para com meu patrão. Eu estava esquecida dos defeitos que antes havia enxergado com um olhar tão atento. Antes estivera empenhada em estudar todas as facetas do seu caráter. Considerar seu lado bom e seu lado mau, e pela medida justa de ambos formar um julgamento correto. Agora eu não via mais o ruim. O sarcasmo que me fora repulsivo, a rispidez que uma vez me assustara eram apenas temperos fortes em um prato escolhido. Sua presença era penetrante, mas sua ausência poderia ser sentida como relativamente insípida. E quanto àquela vaga indefinição — seria uma expressão sinistra ou penosa, intencional ou triste, que se abria em seus olhos, uma vez ou outra, diante de um observador cuidadoso, e se fechava de novo antes que se pudesse sondar a estranha profundeza parcialmente revelada. Aquela vaga indefinição que costumava antes me amedrontar e me encolher, como se eu vagueasse entre montanhas vulcânicas e de súbito sentisse o solo estremecer e se abrir numa fenda. Aquele algo que, a intervalos, contemplava, ainda com o coração pulsando forte, mas não com os nervos paralisados. Em vez de desejar evitar, eu ansiava por ousar adivinhá-la. E achava a Senhorita Ingram uma felizarda porque um dia poderia olhar dentro daquele abismo à vontade, explorar seus segredos e analisar sua natureza.

Nesse meio-tempo, enquanto eu somente pensava em meu patrão e sua futura noiva — e só via a eles, só ouvia a conversa deles e só considerava importantes os seus movimentos — o resto do grupo estava ocupado em seus próprios interesses e prazeres. Lady Lynn e Lady Ingram continuavam a entabular diálogos solenes, enquanto agitavam seus turbantes em concordâncias recíprocas e erguiam suas quatro mãos em gestos de surpresa, ou mistério, ou horror, segundo o tema sobre o qual seus mexericos discorriam, como um par de fantoches em tamanho grande. A comedida Senhora Dent conversava com a bem-humorada Senhora Eshton, e algumas vezes as duas compartilhavam uma palavra ou um sorriso cortês comigo. *Sir* George Lynn, o Coronel Dent e o Senhor Eshton discutiam sobre política ou problemas do condado ou questões de justiça. Lorde Ingram flertava com Amy Eshton. Louisa tocava e cantava para uma das Senhoritas Lynn. E Mary Ingram ouvia languidamente os discursos galantes da outra. Algumas vezes todos, como se tivessem combinado, paravam a conversa paralela para observar e ouvir os atores principais, porque, afinal de contas, o Senhor Rochester e a Senhorita Ingram — que estava sempre grudada nele — eram a vida e a alma do grupo. Se ele se ausentava da sala durante algum tempo, um tédio perceptível parecia apoderar-se do espírito de seus hóspedes. E quando voltava dava um novo impulso à vivacidade das conversas.

A falta da influência animadora que exercia foi especialmente sentida no dia em que foi chamado a Millcote a negócios e não voltaria, ao que tudo indicava, senão noite alta. A tarde estava chuvosa e a caminhada que o grupo planejava fazer, para conhecer um acampamento de ciganos armado há pouco numa terra comunal adiante de Hay, teve de ser efetivamente cancelada. Alguns dos cavalheiros foram para os estábulos. Os mais jovens se juntaram às moças e foram jogar na sala de bilhar. As viúvas Ingram e Lynn encontraram consolo num tranquilo jogo de cartas. Blanche Ingram, depois de haver repelido os esforços da Senhora Dent e da Senhora Eshton para entabular uma conversa com ela, com um arrogante silêncio, começou a cantarolar algumas canções e árias sentimentais ao piano. E depois resolveu retirar um romance na biblioteca, lançou-se com altiva indiferença sobre um sofá e se preparou para passar as horas tediosas daquela ausência sob os encantos da ficção. A sala e a casa estavam em silêncio, E somente, de vez em quando, vinda do andar superior, a alegria ruidosa dos jogadores de bilhar podia ser ouvida daqui debaixo.

O crepúsculo vinha chegando, e o relógio já havia avisado que era hora de se vestir para o jantar, quando a pequena Adèle se ajoelhou ao meu lado no banco da janela da sala de visitas e exclamou subitamente:

— *Voilà Monsieur Rochester, qui revient!*[4]

Eu me virei e a Senhorita Ingram pulou para fora do seu sofá. Os outros, também, interromperam as suas mais diversas atividades. Ao mesmo tempo um barulho de rodas e de patas

[4] Em francês: "Veja, o Senhor Rochester está de volta!".

de cavalos sobre o cascalho molhado tornou-se audível. Era uma carruagem que se aproximava.

— O que teria dado nele para voltar para casa dessa maneira? — disse a Senhorita Ingram. — Ele montava Mesrour, seu cavalo negro, quando saiu, não foi? E Pilot estava com ele. O que ele teria feito com os animais?

Ao dizer isso, ela despencou sua figura alta e suas roupas amplas para tão perto da janela que fui obrigada a inclinar-me para trás quase a ponto de quebrar minha espinha. Em seu ímpeto não me viu imediatamente, mas quando viu, seu lábio se enroscou numa careta e ela trocou de janela. A carruagem parou. O cocheiro tocou a campainha da porta e um cavalheiro apeou vestido com um traje de viagem. Mas não era o Senhor Rochester quem chegava. Era um homem alto e bem-vestido, um estranho.

— Como é provocante! — exclamou a Senhorita Ingram. — Você, sua macaquinha cansativa! — disse, dirigindo-se a Adèle — quem foi que a pendurou na janela para dar notícias falsas? — e me lançou um olhar fulminante, como se a culpa fosse minha.

Era possível ouvir algumas palavras no vestíbulo, e logo depois o recém-chegado entrou. Ele curvou-se num cumprimento a Lady Ingram com se ela fosse a pessoa mais velha ali presente.

— Parece que cheguei numa ocasião inoportuna — disse ele —, quando meu amigo, o Senhor Rochester, não está em casa. Mas venho de muito longe e presumo que, como me considero um velho amigo, posso instalar-me aqui até que ele volte.

Seus modos eram muito educados. Seu sotaque chamou minha atenção como sendo algo incomum. Não exatamente estrangeiro, mas também nem tão inglês assim. Devia ter a idade do Senhor Rochester — entre trinta e quarenta. Sua figura era singularmente pálida. Fora isso era um homem muito bem-apessoado, mormente à primeira vista. Num exame mais minucioso, era possível detectar algo desagradável em seu rosto, ou melhor, algo que não chegava a agradar. Seus traços eram equilibrados, porém relaxados demais, Seus olhos eram grandes e bem delineados, mas o olhar por eles projetado era vazio e sem vida — pelo menos foi o que pensei.

O som da campainha que anunciava a troca de roupa para o jantar dispersou o grupo. Não foi senão depois do jantar que voltei a vê-lo. E então me pareceu mais à vontade. Mas de sua fisionomia ainda gostei menos do que antes. Ela me pareceu ao mesmo tempo inquieta e inanimada. Seu olhar vagava e não havia sentido nesse seu vagar, e isso lhe dava um ar estranho, que não me lembro de ter visto jamais. Embora fosse um homem cordial e de uma aparência não de todo desagradável, ele me causava repulsa. Não havia força naquela pele macia do seu rosto oval. Não havia firmeza naquele nariz aquilino e na pequena boca vermelha como cereja. Mesmo na testa baixa não havia qualquer pensamento. Os olhos castanhos e inexpressivos não mostravam comando algum.

Sentada em meu canto costumeiro sob a luz dos candelabros da bancada de cima da lareira que incidia diretamente nele pude observá-lo — pois ocupava a poltrona mais próxima do fogo e se esgueirava cada vez mais para perto dele como se estivesse com frio — e compará-lo com o Senhor Rochester. Penso que, e falo com deferência, o contraste não poderia ser maior do que aquele entre um ganso lustroso e um falcão feroz. Entre um carneiro manso e um cão de guarda de pelo duro e olhos perspicazes.

Ele falara do Senhor Rochester como um velho amigo. Devia ser curiosa a amizade entre os dois. Na realidade soava como uma incisiva ilustração para o velho ditado que diz que "os extremos se atraem".

Dois ou três dos cavalheiros se sentaram perto dele. Eu captava aqui e ali fragmentos das conversas que tinham. No início eu não via muito sentido no que ouvia, pois a conversa de Louisa Eshton e Mary Ingram, sentadas perto de mim, confundia as frases fragmentadas que me chegavam a intervalos. Elas conversavam sobre o visitante estranho. Ambas o chamavam de "homem bonito". Louisa disse que ele era "um amor de criatura e que ela o adorava". E Mary chamava atenção para a sua "pequena boquinha linda e seu belo nariz", como seus ideais de charme.

— E que testa doce ele tem! — exclamou Louisa. — Tão lisa, sem nenhuma daquelas rugas irregulares que eu detesto. E um olhar e um sorriso tão plácidos!

Então, para meu grande alívio, o Senhor Henry Lynn, do outro lado da sala, chamou-as para acertar algum ponto sobre a excursão adiada a Hay Common.

Agora eu estava livre para concentrar minha atenção no grupo diante da lareira, e logo entendi que o recém-chegado se chamava Senhor Mason. Que havia acabado de aportar na Inglaterra e que vinha de um país quente, e por essa razão, sem dúvida, tinha o rosto tão descorado, e se sentava tão perto do fogo, e não tirava o sobretudo dentro de casa. A certa altura as palavras Jamaica, Kingston e Spanish Town sinalizaram que vinha das Índias Ocidentais. E não foi sem certa surpresa que entendi que fora lá que conhecera o Senhor Rochester e haviam ficado amigos. Falou que seu amigo não gostava de temperaturas altas, dos furacões e das estações chuvosas daquela região. Eu sabia que o Senhor Rochester tinha viajado bastante. A Senhora Fairfax me dissera isso. Mas pensei que suas andanças se tivessem limitado apenas ao continente europeu, e até agora nunca tinha ouvido sequer uma pista sobre viagens a praias mais longínquas.

Eu estava refletindo sobre essas coisas, quando um incidente, ainda por cima inesperado, interrompeu a cadeia dos meus pensamentos. O Senhor Mason, que tremia cada vez que alguém abria a porta, pediu um pouco mais de carvão para pôr no fogo, que começava a se extinguir, embora as cinzas ainda estivessem quentes e incandescentes. O criado que trouxe o carvão, ao sair, parou perto da cadeira do Senhor Eshton e disse alguma coisa para ele em voz baixa, da qual ouvi apenas as palavras "a velha senhora", e "bastante encrenqueira".

— Diga-lhe que se não for embora será levada ao pelourinho — respondeu o magistrado.

— Não. Pare! — interrompeu o Coronel Dent. — Não a despeça, Eshton. Talvez possamos levar as coisas a um acordo. É melhor consultar as senhoras.

E falando alto continuou:

— Senhoras, soube que estavam planejando visitar o acampamento de ciganos em Hay Common. Sam está dizendo que uma das velhas bruxas está na sala dos empregados e insiste em ser trazida até a presença das *pessoas finas* para ler a sua sorte. As senhoras gostariam de vê-la?

— Sinceramente, Coronel — exclamou Lady Ingram — o senhor não iria estimular uma impostora como essa, iria? Mande-a embora, sem sombra de dúvida, agora!

— Mas não posso obrigá-la a ir embora, minha senhora — disse o criado. — Nem eu nem qualquer dos outros criados. A Senhora Fairfax está com ela neste instante solicitando que se vá, mas ela se sentou junto à chaminé da lareira e diz que nada irá tirá-la de lá até que a deixem vir até aqui.

— O que é que ela quer? — perguntou a Senhora Eshton.

— Ler a sorte dos grã-finos, senhora. Jura que tem de fazer isso e que o fará.

— E como ela é? — perguntaram as Senhoritas Eshton em uníssono.

— É uma criatura velha e feia, senhorita. Quase tão negra quanto a fuligem.

— Ora, ela é uma feiticeira de verdade! — exclamou Frederick Lynn. — Vamos deixá-la entrar, é claro.

— Pensando bem — replicou seu irmão —, seria uma pena imensa desperdiçar essa chance de nos divertirmos.

— Meus queridos rapazes, o que estão pensando? — disse a Senhora Lynn.

— Eu não poderia tolerar tal procedimento inconsequente — concordou a viúva Ingram.

— De fato, mamãe. Mas pode, sim, e irá tolerar — disse Blanche com seu tom arrogante enquanto girava sobre a banqueta do piano onde até então estivera sentada e calada, aparentemente examinando diversas partituras. — Tenho curiosidade de ouvir sobre a minha sorte. Portanto, Sam, faça que a megera entre.

— Querida Blanche, lembre-se...

— Eu sei. Lembro tudo o que a senhora possa sugerir. Mas preciso saber a minha sorte, e rápido, Sam!

— Sim, sim, sim! — exclamaram os mais jovens, tanto as moças quanto os rapazes. — Que ela venha. Será uma diversão e tanto!

O criado ainda esperava.

— Ela é uma pessoa horrível — disse ele.

— Vá! — ordenou a Senhora Ingram. E o homem foi.

Na mesma hora a excitação tomou conta do grupo todo. Um rastilho ia incendiando risadas e troças quando Sam retornou.

— Ela não quer vir — disse ele. — Falou que sua missão não é aparecer perante o "rebanho vulgar". Foram as palavras dela. Devo indicar um quarto onde ela vai ficar sozinha, e aqueles que desejarem consultá-la devem ir até ela um a um.

— Está vendo só, Blanche, minha rainha — começou Lady Ingram — ela é abusada. Estou avisando, meu anjinho.

— Leve-a para a biblioteca, é claro — cortou o "meu anjinho". Também não estou aqui para ouvir o que ela tem a dizer diante do "rebanho vulgar". Quero que fale comigo a sós. A lareira da biblioteca está acesa?

— Está, sim, senhora. A mulher é muito barulhenta.

— Chega de conversa, idiota! Faça o que eu mandei.

Sam desapareceu mais uma vez. O mistério, a animação e a expectativa cresceram.

— Ela está pronta — disse o criado ao voltar — e deseja saber quem será seu primeiro consulente.

— Acho melhor eu ir vê-la antes que alguma das senhoras vá até lá — disse o Coronel Dent.

— Sam, diga a ela que um cavalheiro irá vê-la.

Sam foi e voltou.

— Senhor, ela disse que não irá ver nenhum cavalheiro e que não precisam incomodar-se em chegar perto dela, nem — acrescentou ele com dificuldade suprimindo um risinho — qualquer das senhoras, exceto as moças solteiras.

— Por Júpiter, ela é exigente! — exclamou Henry Lynn.

A Senhorita Ingram levantou-se solenemente.

— Eu irei primeiro — disse ela num tom que melhor ficaria na boca de um líder de um grupo de obstinados ao saltar na frente de seus homens.

— Oh, minha querida! Oh, meu amor! Espere um pouco. Pense bem! — exclamou sua mãe. Mas ela escapuliu dali, majestosa e calada, atravessou a porta que foi aberta pelo Coronel Dent e a ouvimos entrar na biblioteca.

Seguiu-se certo silêncio. Lady Ingram considerou que aquele era *le cas*[5] para se cruzar os dedos, e foi o que fez. A Senhorita Mary disse, por seu turno, que jamais ousaria aventurar-se àquilo. Amy e Louisa Eshton reprimiam um risinho nervoso e pareciam um pouco assustadas.

Minutos se passaram com vagar. Quinze foram contados antes de a porta da biblioteca se abrir de novo. A Senhorita Ingram passou pelo arco e voltou para onde estávamos.

Iria rir? Iria tomar aquilo como brincadeira? Todos os olhares convergiram para ela ávidos de curiosidade, e ela encontrou os olhos de todos com repulsa e frieza. Não parecia nem perturbada nem feliz. Foi andando dura até seu lugar e sentou-se em silêncio.

— Bem, Blanche? — falou Lorde Ingram.

— Irmã, o que foi que ela disse? — perguntou Mary.

— O que é que você achou? O que foi que sentiu? Ela realmente sabe ler a sorte? — perguntaram em uníssono as Senhoritas Eshton.

— Ora, ora, meus amigos — argumentou a Senhorita Ingram — não me pressionem. Realmente os seus órgãos de curiosidade e credulidade se excitam com muita facilidade. Pela importância que vocês todos estão dando a isso —

[5] Em francês: "o caso".

inclusive você, mamãe — parece que acreditam que estamos com uma autêntica feiticeira aqui dentro de casa e que ela tem estreita aliança com o "velho cavalheiro". O que vi foi só uma cigana vagabunda. Ela praticou de forma banal a ciência da leitura da palma da minha mão e me disse o que pessoas do tipo dela costumam dizer. Meu capricho foi satisfeito. Agora acho que o Senhor Eshton fará um grande bem em mandá-la para o pelourinho amanhã de manhã, como ameaçou.

A Senhorita Ingram pegou um livro, recostou-se na cadeira e não quis mais conversa com ninguém. Eu fiquei a observá-la por quase meia hora. Durante todo o tempo nem sequer virou uma página do livro, e seu rosto foi tornando-se cada vez mais sombrio, mais insatisfeito, e com uma expressão azeda de desapontamento cada vez maior. Era óbvio que ela não tinha ouvido nada que lhe agradasse. E me pareceu, por sua prolongada atitude sombria e taciturna, que ela, embora quisesse professar indiferença, atribuiu uma indevida importância a qualquer das revelações que lhe foram feitas.

Enquanto isso, Mary Ingram, Amy e Louisa Eshton disseram que não tinham coragem de ir sozinhas, embora todas quisessem ir. Foi então aberta uma negociação por intermédio de Sam. E com grande dificuldade, depois de muitas idas e vindas, que penso terem dado a Sam uma grande dor nas pernas, foi obtida permissão da bruxa rigorosa para que as três a consultassem juntas.

A visita das três não foi tão discreta quanto a da Senhorita Ingram. Ouvíamos risinhos histéricos e gritinhos vindos da biblioteca. E ao final de cerca de vinte minutos a porta se abriu num estrondo e elas vieram correndo pelo saguão como se estivessem meio assustadas ou fora de juízo.

— Tenho certeza de que ela tem algo fora do comum! — exclamaram todas. — Ela nos disse cada coisa! Sabe tudo sobre nós! — e desabaram ofegantes nas poltronas trazidas pelos cavalheiros.

Pressionadas a dar maiores informações, disseram que ela falou de coisas que haviam dito e feito quando eram crianças. Descreveu os livros e os enfeites que elas tinham em seus *boudoirs* em casa, lembranças que parentes lhes tinham presenteado. Afirmaram que ela até adivinhou os pensamentos delas, e sussurrou em cada ouvido o nome da pessoa de quem mais gostavam no mundo, e a cada uma foi revelado qual era o seu maior desejo pessoal.

Nessa altura do relato, os cavalheiros interromperam e pediram que esclarecessem melhor os dois últimos pontos. Mas conseguiram apenas rubores, exclamações e risinhos nervosos em resposta à curiosidade inoportuna dos homens. Enquanto isso, as matronas lhes ofereciam sais aromáticos e leques. E reiteravam repetidas vezes a preocupação pelos conselhos que lhes haviam dado. Sem serem ouvidos, os cavalheiros mais velhos riam e os mais jovens apressavam-se em socorrer as beldades mais agitadas.

No meio daquela confusão, e enquanto meus olhos e ouvidos observavam com atenção àquela cena diante de mim, ouvi um pigarro perto do meu cotovelo. Virei-me e vi Sam.

— Senhorita, por favor, a cigana afirma que há outra moça solteira na sala que ainda não foi vê-la, e jura que não irá embora enquanto não falar com todas. Pensei que só poderia ser a senhorita, pois não resta nenhuma outra. O que devo dizer a ela?

— Oh, sem dúvida alguma, eu vou — respondi.

Fiquei satisfeita pela oportunidade inesperada de satisfazer também a minha aguçada curiosidade. Escapuli da sala sem que ninguém percebesse, pois todos estavam amontoados em torno do trio que acabara de retornar da consulta, e fechei a porta atrás de mim sem fazer barulho.

— Se desejar, senhorita — disse Sam — posso esperá-la no corredor. E se ela a assustar, basta me chamar que entro lá.

— Não, Sam. Volte para a cozinha. Não estou com o menor medo.

E não estava, mesmo. O que eu estava era curiosa e excitada.

XIX

A biblioteca parecia bem tranquila quando entrei, e a cigana — se é que era mesmo uma cigana — estava sentada numa poltrona bem aconchegante ao lado da chaminé da lareira. Vestia uma capa vermelha e um chapéu preto, ou melhor, um chapéu de cigana de aba larga, amarrado por um lenço debaixo do queixo. Uma vela apagada estava sobre a mesa. Ela estava inclinada sobre a lareira e parecia estar lendo com a ajuda da luz do fogo um pequeno livro de capa preta, que parecia ser um livro de orações. Como a maioria das mulheres velhas, resmungava algumas palavras de si para si, enquanto lia. Não interrompeu essa atividade assim que entrei. Parecia querer terminar o parágrafo que estava lendo.

Parei em pé sobre o tapete e esquentei minhas mãos, que estavam muito frias porque eu ficara sentada distante da lareira na sala de visitas. Sentia-me mais tranquila do que nunca. Na aparência da cigana realmente não havia nada que pudesse abalar a calma de alguém. Ela fechou seu livro e vagarosamente ergueu os olhos. Parte do seu rosto estava sob a sombra parcial da aba do chapéu, mas ainda assim, quando ela o levantou pude ver que era um rosto estranho. Parecia ser todo marrom e preto. Tufos de cabelo como os de um duende saíam por baixo de uma faixa branca que passava sob o queixo e encobria metade das faces, ou melhor, maxilares. Seus olhos encararam os meus, com um olhar destemido e direto.

— Bem, e a senhorita quer saber a sua sorte, não? — disse ela com uma voz tão firme quanto seu olhar, tão grosseira quanto seus traços.

— Não me incomodo com ela, dona. Faça o que achar melhor, mas devo avisar que não acredito nisso.

— É próprio do seu atrevimento dizer tal coisa. Não esperava outra coisa de você. Percebi isso assim que ouvi seus passos cruzarem o portal.

— Foi mesmo? Tem um ouvido e tanto.

— Tenho, sim, e também bons olhos e um raciocínio rápido.

— É preciso que os tenha, neste seu ofício.

— E tenho, mesmo, principalmente quando aparecem consulentes como a senhorita. Por que não está tremendo?

— Não estou com frio.

— Por que não ficou pálida?

— Não estou doente.

— Por que não leva em conta a minha arte?

— Não sou tola.

A velha encarquilhada camuflou uma risada por baixo do seu chapéu e lenço. E então pegou um cachimbo pequeno, acendeu-o e começou a fumar. Tendo-se deleitado durante algum tempo com a fumaça sedativa, ergueu o corpo curvado, tirou o cachimbo dos lábios e, olhando firme para o fogo, disse com segurança:

—A senhorita está com frio. Está doente e é tola.

— Prove o que disse — retruquei.

— Irei provar em poucas palavras. Está com frio porque está sozinha. Não há ninguém para acender o fogo que tem dentro de si. Está doente porque os melhores sentimentos, os mais elevados e doces dedicados a um homem são mantidos bem longe de você. É tola porque, por mais que sofra, não moverá uma palha para que esses sentimentos se aproximem nem dá um passo para encontrá-los onde eles esperam pela senhorita.

Ela colocou novamente o cachimbo na boca e voltou a dar vigorosas baforadas.

— Você deve dizer sempre essas coisas para qualquer um que saiba ser dependente vivendo solitária em uma casa grande como esta.

— Eu poderia dizer isso para qualquer pessoa, sim. Mas não seria uma verdade para quase todas elas?

— Se nas mesmas circunstâncias que eu.

— Sim, exatamente, no seu caso. Mas me mostre outra pessoa que esteja exatamente na mesma situação que a senhorita.

— Seria fácil encontrar milhares.

Dificilmente encontraria uma. Se não sabia isso, a senhorita está em uma situação muito peculiar. Muito próxima da felicidade. Sim, ela está bem ao seu alcance. As coisas essenciais estão todas preparadas, e basta apenas um movimento para combiná-las. O acaso as colocou um pouco separadas. Deixe que se juntem e o resultado será a grande felicidade.

— Não entendo enigmas. Jamais pude adivinhar uma charada em minha vida.

— Se deseja que eu fale mais claramente, mostre-me a palma da sua mão.

— E devo colocar nela algum dinheiro, suponho.

— Certamente.

Dei-lhe um xelim. Ela o colocou dentro de um velho pé de meia que tirou do bolso. E depois de tê-lo fechado com um nó e guardado, pediu-me que estendesse a mão. Eu a estendi. Ela aproximou o rosto da palma e observou-a com atenção, sem tocá-la.

— Ela é muito fina — disse — não posso fazer nada com uma mão assim. Quase sem linhas. E afinal o que mais há em uma palma? O destino não está escrito aqui.

— Acredito no que diz — respondi.

— Não — continuou ela — ele está em seu rosto. Na testa, próximo dos olhos, nas linhas da boca. Ajoelhe-se e levante a cabeça.

— Ah, agora você está chegando à verdade! — disse eu, enquanto a obedecia — acho melhor começar a colocar fé na senhora.

Ajoelhei-me a cerca de meio metro dela. Ela atiçou o fogo até que uma faísca de luz surgiu do carvão. Entretanto a claridade levantada apenas aprofundou a sombra em seu rosto. Já estava todo iluminado.

— Gostaria de saber com que sentimentos a senhorita veio até mim esta noite — disse ela, depois de examinar-me por certo tempo. — Gostaria de saber que pensamentos ocupam o seu coração durante todas as horas em que esteve sentada no outro salão com aquela gente fina esvoaçando na sua frente como sombras de uma lanterna mágica. Há tão pouca identidade entre você e elas, que é como se elas fossem meras sombras de formas humanas sem substância concreta.

— Sinto-me cansada, às vezes com sono, mas raramente triste.

— Então a senhorita tem alguma esperança secreta que a anima e estimula com murmúrios do futuro?

— Não. A maior esperança que tenho é de economizar dinheiro suficiente para montar algum dia uma escola em uma pequena casa alugada por mim mesma.

— Como nutriente para o espírito isso é muito pouco, ainda mais ficando sentada naquele banco da janela. Veja como conheço seus hábitos.

— Na certa soube disso por intermédio dos empregados.

— Ah, a senhorita se acha muito esperta. Bem, talvez tenha feito isso. Para falar a verdade, eu conheço um deles, a Senhora Poole…

Fiquei de pé ao ouvir esse nome.

"Então conhece, conhece é?" — pensei eu — "afinal, existe mesmo bruxaria nessa história!"

— Não fique alarmada — continuou aquele ser estranho. — A Senhora Poole é de confiança. Reservada e quieta. Qualquer pessoa pode confiar nela. Mas, como eu estava dizendo, a senhorita, sentada naquele banco da janela, não pensa em outra coisa senão em sua escola futura, não? A senhorita não tem interesse em ter como companhia alguém que ocupa os sofás e as poltronas à sua frente? Não há um rosto que a senhorita estuda? Uma figura cujos movimentos acompanhe pelo menos por curiosidade?

— Gosto de observar todos os rostos, todas as figuras.

— Mas nunca destacou do resto uma em especial — ou que sejam duas?

— Faço isso sempre, quando os gestos ou os olhares de um dos pares parecem contar alguma história. Ficar apreciando essas pessoas é divertido.

— E que tipo de história gosta mais de ouvir?

— Oh, não tenho muita escolha! Em geral, eles acabam abordando o mesmo tema — fazer a corte. Com promessa de terminar na mesma catástrofe — casamento.

— E a senhorita gosta desse tema monótono?

— De forma alguma. Não ligo nem um pouco. Isso não me diz nada.

— Não lhe diz nada? Quando uma dama, jovem e cheia de vida e saúde, cheia de graça e beleza e dotada de talentos e fortuna se senta e sorri nos olhos de um cavalheiro que a senhorita...

— Eu, o quê?

— Algum que a senhorita conhece — e de quem talvez tenha uma boa impressão.

— Não conheço os cavalheiros que estão aqui. Mal troquei uma sílaba com um deles. E falando em boa impressão, vejo que alguns são respeitáveis, imponentes e de meia-idade. Outros são jovens, vistosos, bonitos e vivazes, mas com certeza todos estão prontos a acolher os sorrisos de quem lhes agrada, sem que eu tenha a sensação de que em momento algum estou incluída nesse intercâmbio.

— A senhorita não conhece os cavalheiros aqui? Não trocou uma sílaba com algum deles? Incluiria também o patrão desta casa?

— Ele não está em casa.

— Observação profunda essa! E uma escapadela muito engenhosa! Ele foi para Millcote esta manhã e estará de volta esta noite ou amanhã de manhã. Será que esta circunstância o exclui da lista de seus conhecidos e o oculta como se não existisse?

— Não. Mas tenho dificuldade em entender o que o Senhor Rochester tem a ver com o que está falando.

— Eu estava falando de mulheres sorrindo para os olhos dos cavalheiros, e ultimamente tantos sorrisos têm sido dispensados ao Senhor Rochester, que os olhos dele acabaram transbordando como duas taças cheias além da borda. A senhorita não notou isso?

— O Senhor Rochester tem o direito de aproveitar a companhia de seus hóspedes.

— Não se está discutindo o direito dele, mas a senhorita nunca prestou atenção que, de todas as histórias aqui faladas sobre matrimônio, o Senhor Rochester tem sido alvo das mais animadas e recorrentes?

— A ansiedade do ouvinte acelera a língua de um narrador — disse isto mais para mim mesma do que para a cigana, cuja fala estranha, a voz e as maneiras tinham, àquela altura, me envolvido em uma espécie de sonho. Saíam dos lábios dela frases inesperadas, uma após outra, que terminaram por me envolver numa teia de mistificação. Fiquei imaginando que espírito invisível se instalara no meu coração observando seus movimentos e tomando nota de cada uma de suas pulsações durante semanas.

— Ansiedade do ouvinte! — repetiu ela. — Sim. O Senhor Rochester tem ficado sentado horas a fio com seu ouvido inclinado para os lábios fascinantes que se comprazem com as coisas ditas. O Senhor Rochester estava bastante receptivo em receber e parecia agradecido pelo passatempo que lhe proporcionavam, a senhorita notou isso, não?

— Agradecido! Não me lembro de ter detectado gratidão em seu semblante.

— Detectado! Então a senhorita analisou as expressões dele. E o que foi que detectou em vez de gratidão?

Não respondi.

— Viu amor. Não viu? E, ao imaginar o futuro, viu-o casado, e viu sua noiva feliz?

— Hum! Não exatamente. Seu poder de bruxa parece falhar às vezes.

— O que, diabos, você viu, então?

— Não interessa. Vim aqui para fazer perguntas, e não para confessar nada. É de conhecimento de todos que o Senhor Rochester está para se casar, não?

— Sim. Com a bela Senhorita Ingram.

— Logo?

— As aparências levariam a essa conclusão. E, sem dúvida, serão um casal excepcionalmente feliz, embora, com a audácia de quem quer que clame por um castigo, a senhorita pareça duvidar disso. É improvável que não tenha amor por essa dama linda, talentosa, espirituosa e nobre. E que ela, ao que tudo indica, o ame também, se não à sua pessoa, pelo menos ao seu bolso. Sei que ela vê nas propriedades do Senhor Rochester o máximo de vantagens. Mas, que Deus me perdoe, há uma hora estive abordando com ela algo a esse respeito, o que a deixou extremamente preocupada. Os cantos de sua boca caíram pelo menos um centímetro. Eu deveria avisar seu pretendente de rosto escuro para abrir o olho, pois se surgir outro com uma lista de inquilinos ainda mais longa e transparente, ele está destruído.

— Mas, dona, eu não vim aqui para saber da fortuna do Senhor Rochester. Vim saber da minha sorte, e a senhora nada me disse sobre ela.

— Sua sorte é ainda ambígua. Quando examinei o seu rosto, um traço contradisse o outro. O acaso lhe conferiu um quinhão de felicidade, disso eu sei. Já sabia antes mesmo de vir aqui esta noite. Sua sorte colocou essa felicidade cuidadosamente ao seu lado. Eu a vi fazer isso. Está dependendo apenas de que estique a mão e a pegue. Mas fará isso? É a pergunta que me faço. Ajoelhe-se outra vez sobre o tapete.

— Não demore muito comigo. O fogo está muito forte.

Ajoelhei-me. Ela não se aproximou de mim, apenas me contemplou, recostada na poltrona. Começou a murmurar:

— A chama brilha nos olhos. Os olhos brilham como o orvalho e parecem suaves e repletos de sentimentos. Riem do meu jargão. São suscetíveis. Através de sua esfera clara, uma impressão dá lugar a outra. Quando param de sorrir, estão tristes. Um cansaço inconsciente pesa sobre as pálpebras. Isso significa melancolia causada pela solidão. Evitam-me. Não sofrerão mais um exame detalhado. Parecem negar, com uma expressão debochada, a verdade das descobertas que já fiz e repudiar a acusação tanto de sensibilidade como de desgosto. O orgulho e a reserva apenas confirmam minha opinião. Os olhos comprovam.

Quanto à boca, às vezes se delicia em risos. Foi feita para revelar tudo o que o cérebro concebe. Mas, aposto que pode silenciar muitas coisas que o coração experimenta. Móvel e flexível, ela não foi feita jamais para ficar selada no silêncio eterno da solidão. É uma boca que deveria falar bastante, sorrir com mais frequência e ter afeição humana por seu interlocutor. Este recurso é também favorável.

Não vejo nenhum inimigo no que diz respeito à sorte, a não ser na sua fronte. Ela tem a intenção de dizer — "posso viver sozinha, se o amor-próprio e as circunstâncias exigirem que assim seja feito." Não preciso vender minha alma para comprar a felicidade. Tenho um tesouro interno que nasceu comigo e que pode manter-me viva ainda que todos os prazeres externos me sejam negados, ou oferecidos a um preço que eu não possa pagar. A fronte declara que a razão está firme em seu lugar e que mantém as rédeas do controle, e não deixará que os sentimentos disparem e a arrastem para pântanos selvagens. Bárbaras como são, as paixões podem rugir furiosas e os desejos podem imaginar toda sorte de coisas vãs. Mas o discernimento continua a ser a última palavra sobre qualquer discussão, e o voto decisivo em todas as decisões. Ventania, terremoto e fogo podem passar, mas continuarei a seguir aquela voz ainda pequena que interpreta os ditames da consciência.

Bem colocado, fronte. Sua declaração será respeitada. Meus planos já foram traçados, planos corretos, por sinal, e foi por meio deles que atendi a pretensão da consciência e os conselhos da razão. Sei o quão cedo a juventude irá evaporar e seu frescor perecer, se, na taça de bênçãos ofertada, for detectada uma só chama de vergonha ou um sabor de remorso. Não quero sacrifícios, mágoas, dissolução. Não é essa a minha intenção. Desejo estimular, não arruinar. Desejo conquistar gratidão, não arrancar lágrimas de sangue — não, nem de sal. Minha colheita deve ser de sorrisos, de carinhos, de doçura. Isso me basta. Acho que estou envolvida por uma espécie de delírio exótico. Gostaria de prolongar este momento *ad infinitum*, mas não me atrevo a fazê-lo. Até agora consegui manter o completo controle sobre mim. Agi como jurei para mim mesma que agiria. Mas seguir adiante poderia ser um teste além de minhas forças. Levante-se, Senhorita Eyre. Deixe-me agora. A peça terminou.

Onde é que eu estava? Acordei ou dormi? Estive sonhando? Será que ainda estou sonhando? A voz daquela velha mulher havia mudado. Seu sotaque, seus gestos e tudo mais eram tão familiares para mim como a imagem de meu rosto no espelho, como se as palavras fossem ditas pela minha própria boca. Levantei-me, mas não fui embora. Fiquei olhando. Aticei o fogo, e olhei outra vez. Mas ela puxou o chapéu e o lenço para encobrir ainda mais o rosto e fez outra vez um gesto para que eu fosse embora. A chama iluminou sua mão estendida. Na mesma hora, já desperta e atenta às descobertas, bati o olho naquela mão. Não era mais a mão murcha de um duende ou mais velha do que a minha própria mão. Não, era uma mão arredondada, flexível, com dedos macios, bem cuidados e simétricos. Inclinando-me mais para a frente, percebi um anel largo que brilhava no dedo mínimo, e ao observá-lo melhor reconheci a gema preciosa que eu já vira centenas de vezes antes. Olhei outra vez para o seu rosto, que não mais me evitava, ao contrário, o chapéu foi posto para o lado, o lenço, retirado e a cabeça, inclinada para a frente.

— Então Jane, você me conhece? — perguntou a voz familiar.

— Basta que retire a capa vermelha, senhor, e então…

— Mas o cadarço está com um nó — ajude-me.

— Arrebente-o, senhor.

Pronto, então. Lá se foi — e o Senhor Rochester tirou o seu disfarce.

— Ora, senhor, que ideia estranha!

— Mas foi bem feita, não? Você não achou?

Com as damas o senhor deve ter-se saído muito bem.

— Mas não com a senhorita?

— O senhor não representou a cigana comigo.

— Qual foi então o personagem que representei? Foi a mim mesmo?

— Não, foi alguém desconhecido. Em resumo, acho que estava tentando extrair alguma coisa de mim. Ficou falando coisas sem sentido para que eu também falasse coisas sem sentido. Não foi nada justo o que o senhor fez.

— Você me desculpa, Jane?

— Não posso responder até que tenha feito uma avaliação melhor sobre tudo isso. Se eu concluir que não caí em nenhuma cilada, tentarei perdoá-lo, mas o que fez não foi direito.

— Oh, a senhorita foi impecável. Muito cuidadosa e muito sensível.

Eu refleti e conclui que, no todo, tinha sido, mesmo. Senti-me reconfortada. De qualquer forma, eu estivera em guarda quase desde o princípio da entrevista. Suspeitei de uma farsa. Sabia que ciganos e leitores de sorte não se expressam da maneira que aquela velha se expressava. Além do mais, percebi sua voz forçada, do mesmo modo que a preocupação constante em ocultar o próprio rosto. Mas na minha cabeça as suspeitas recaíam sobre Grace Poole, aquele enigma vivo, aquele mistério dos mistérios como eu a considerava. Jamais imaginara que pudesse ser o Senhor Rochester.

Bem — disse ele. — Sobre o que está pensando? O que significa esse sorriso cerimonioso?

— Admiração e cumprimentos consagrados a mim mesma, senhor. Tenho sua permissão para me retirar agora, senhor?

— Não. Fique mais um instante. Diga-me o que as pessoas estão fazendo na sala de visitas.

— Tecendo considerações sobre a cigana, é o meu palpite.

— Sente-se! Quero ouvir o que falaram sobre mim.

— É melhor que eu não me demore muito, senhor. Já deve ser quase onze horas. Ah, o senhor sabe, Senhor Rochester, que um estranho chegou aqui depois que o senhor partiu hoje de manhã?

— Um estranho? Não. Quem pode ser? Eu não estava esperando ninguém. Ele já se foi?

— Não, disse que o conhecia há muito tempo e que podia tomar a liberdade de instalar-se aqui até que o senhor voltasse.

— O diabo que podia! Ele disse o seu nome?

— O nome dele é Mason, senhor. E vem das Índias Ocidentais, de Spanish Town, na Jamaica, acho eu.

O Senhor Rochester estava de pé ao meu lado. Havia segurado minha mão como se fosse conduzir-me para a poltrona. Enquanto eu falava, apertou meu pulso com força. O sorriso de seus lábios congelou. Tive a impressão de que sua respiração havia sido interrompida por um espasmo.

— Mason! Índias Ocidentais! — disse ele, como se fosse a voz de um autômato enunciando palavras soltas. — Mason! Índias Ocidentais! — repetiu e repetiu mais três vezes, e entre as repetições seu rosto foi ficando mais branco do que as cinzas. Parecia não saber o que estava fazendo.

— Está sentindo-se mal, senhor? — perguntei.

— Jane, eu sofri um golpe. Eu sofri um golpe! — disse ele cambaleando.

— Apoie-se em mim, senhor.

— Jane, uma vez você me ofereceu o seu ombro. Deixe que eu me apoie nele agora outra vez.

— Sim, senhor, sim. Aqui está o meu braço.

Ele se sentou e fez que eu me sentasse ao seu lado. Segurando minha mão entre as suas, ele a esfregou ao mesmo tempo que olhava para mim com o mais perturbado e temeroso dos olhares.

— Minha pequena amiga! — disse ele. — Quem dera estivesse sozinho com a senhorita numa ilha tranquila. Sem preocupações, perigos e recordações terríveis.

— Posso ajudá-lo, senhor? Eu daria minha vida para servi-lo.

— Jane, se a ajuda for necessária irei buscá-la em suas mãos, prometo-lhe.

— Obrigada, senhor. Diga-me o que fazer. Tentarei fazê-lo custe o que custar.

— Traga-me agora uma taça de vinho da sala de jantar. Eles estarão lá jantando. Diga-me se Mason está com eles e o que ele está fazendo.

Fui. Encontrei o grupo todo na sala de jantar como o Senhor Rochester tinha previsto. Ainda não estavam à mesa. A ceia fora colocada no aparador e cada um se serviu do que escolheu. Ficaram por ali e acolá divididos em grupos, com pratos e taças nas mãos. Todos pareciam estar divertindo-se muito. Por toda parte muita risada e conversas animadas. O Senhor Mason estava de pé junto à lareira conversando com o Coronel e a Senhora Dent. Parecia estar tão alegre quanto os outros.

Enchi uma taça de vinho. Notei que a Senhorita Ingram me olhou com a testa franzida quando fiz isso. Arrisco-me a supor que pensou que eu tomara uma liberdade bastante ousada. E voltei para a biblioteca.

A palidez extrema do rosto do Senhor Rochester havia desaparecido, e ele parecia ter retomado a firmeza e a severidade de sempre. Tomou-me a taça das mãos.

— Saúde, espírito servidor! — ele disse. E de um gole tomou todo o vinho e me devolveu a taça. — O que estão fazendo, Jane?

— Estão rindo e conversando, senhor.

— Não estão sérios e enigmáticos como se tivessem ouvido alguma coisa estranha?

— Estão todos brincando alegremente.

— E Mason?

— Também estava rindo.

— Se todas essas pessoas viessem até aqui e cuspissem em mim, o que faria, Jane?

— Eu as expulsaria da sala, senhor. Se isso fosse possível.

Ele deu um meio sorriso.

— Mas se eu me encaminhasse até eles e eles apenas me olhassem com frieza e sussurrassem entre si com desprezo. Depois me virassem as costas e fossem abandonando-me, um a um, o que faria? Iria embora com eles?

— Penso que não, senhor. Teria mais prazer em ficar com o senhor.

— Para me confortar?

— Sim, senhor, para confortá-lo, tanto quanto pudesse.

— E se eles a proibissem de ficar ao meu lado?

— Provavelmente não tomaria conhecimento da proibição deles, e, se tomasse, não me importaria com ela.

— Então teria coragem de enfrentá-los por minha causa?

— Aventurar-me-ia a fazer o mesmo por qualquer amigo que merecesse meu apoio, como tenho certeza que o senhor merece.

— Volte agora para a sala. Dirija-se em silêncio até Mason e sussurre em seu ouvido que o Senhor Rochester chegou e deseja vê-lo. Traga-o até aqui e em seguida deixe-nos a sós.

— Sim, senhor.

Fiz o que ele me pediu. Todos olharam para mim quando fui passando direto entre eles. Encontrei o Senhor Mason e lhe transmiti a mensagem. Saí da sala na frente dele, conduzi-o até a biblioteca e fui para o segundo pavimento.

Muito mais tarde, depois de já estar na cama há algum tempo, ouvi os hóspedes irem para os seus quartos. Reconheci a voz do Senhor Rochester, que dizia:

— Por aqui, Mason, este é o seu quarto.

Ele falava em um tom animado. Seu humor alegre acalmou meu coração. Dormi em seguida.

XX

Tinha-me esquecido de fechar a cortina, como fazia toda noite. E também de cerrar a veneziana da janela. Era uma bela noite de Lua cheia, e o céu estava sem nuvem alguma. Em consequência disso quando a Lua, que seguia seu caminho pelo espaço, parou diante da minha janela e me olhou com seu olhar glorioso através das vidraças descobertas, eu despertei. Acordada no meio da noite, abri os olhos e olhei para seu disco platinado e claro como um cristal. Estava linda e soberana. Ergui o corpo e estendi o braço para puxar a cortina.

Valha-me Deus, que grito!

A noite, seu silêncio e sua quietude e tudo mais foi rasgado por um som selvagem, agudo e estridente que percorreu Thornfield Hall de ponta a ponta.

Minha pulsação parou. Meu coração congelou. Meu braço estendido ficou paralisado. O grito morreu e não se repetiu. De fato, o ser que havia dado aquele grito horrível não poderia logo repeti-lo. Nem o mais selvagem condor lá em seu ninho entre as nuvens dos Andes poderia produzir tal grito por duas vezes seguidas. A coisa que se expressara com tamanha fúria teria de se recuperar antes que pudesse repetir o esforço.

O som veio do terceiro andar, pois passou sobre mim. Sobre mim. Sim, do quarto que ficava exatamente sobre o meu teto. E agora eu ouvia os sons de uma luta. Uma luta mortal, a julgar pelo barulho que fazia quando uma voz meio abafada gritou:

— Socorro, socorro! Socorro! — três vezes quase sem intervalo. — Ninguém virá me socorrer? — gritou.

E então, enquanto os sons de golpes e batidas selvagens se sucediam, pude ouvir através das madeiras e do revestimento:

— Rochester! Rochester, pelo amor de Deus, acuda!

Abriu-se a porta de um dos quartos. Alguém correu, ou se precipitou ao longo da galeria. Outros passos foram ouvidos no pavimento de cima e alguma coisa caiu. De repente tudo ficou em silêncio.

Vesti algumas roupas, embora o medo me fizesse tremer, e saí do meu aposento. Todos estavam acordados. Exclamações e murmúrios de medo soavam em cada um dos quartos. As portas foram se abrindo, uma após a outra, e seus ocupantes olhavam para fora. O corredor se encheu de gente. Cavalheiros e damas tinham saltado da cama. — O que foi isso? — Quem foi que se machucou? — O que foi que aconteceu? — Tragam uma luz — É algum incêndio? — São ladrões? — Para onde devemos correr? — eram as perguntas confusas que todos faziam. Não fosse pelo luar, todos estariam na mais completa escuridão. Eles corriam de um lado para o outro, amontoavam-se. Alguns soluçavam, outros tropeçavam. A confusão era absoluta.

— Onde, diabos, está Rochester? — gritou o Coronel Dent. — Não o encontrei em sua cama.

— Aqui! Aqui! — ouviu-se em resposta. — Acalmem-se todos. Estou chegando.

E a porta do fim do corredor foi aberta e dela surgiu o Senhor Rochester com uma vela. Vinha justamente do andar de cima. Uma das senhoras correu até ele e agarrou seus braços. Era a Senhorita Ingram.

Que coisa terrível foi essa que aconteceu? — disse ela. — Fale! Deixe-nos saber logo do pior!

— Mas não fiquem puxando-me ou me estrangulando — respondeu ele.

Agora as Senhoritas Eshton é que estavam penduradas nele, e as duas viúvas enroladas em vastos panos brancos o envolviam como as velas enfunadas de um navio.

— Está tudo bem! Está tudo bem! — gritou ele. — Foi apenas um ensaio de *Much Ado About Nothing.*[1] Senhoras, afastem-se, ou não poderei responder por mim.

E ele parecia mesmo fora de si. Seus olhos escuros faiscavam. Com certo esforço para acalmar-se, ele acrescentou:

— Foi uma criada que teve um pesadelo. Mas está tudo bem. Ela é uma pessoa muito nervosa e instável. Sem dúvida acreditou que seu sonho fosse uma aparição aterradora, ou algo semelhante, e teve uma explosão de medo. Agora preciso

---

[1] *Muito barulho por nada*, comédia de William Shakespeare, apresentada pela primeira vez em 1598.

que todos voltem aos seus aposentos, porque enquanto a casa não voltar à normalidade ela não poderá ser atendida. Cavalheiros, tenham a gentileza de dar o exemplo às damas. Senhorita Ingram, tenho certeza de que não deixará de demonstrar superioridade a medos sem sentido. Amy e Louisa, voltem para o seu ninho como duas pombinhas que são.

Senhoras — disse dirigindo-se às viúvas —, se ficarem mais um pouco aqui neste corredor gelado, com certeza de que irão resfriar-se.

Assim, alternando persuasão e ordem, ele conseguiu fazer que todos fossem para os seus quartos. Eu não esperei que me mandasse de volta para o meu, e retirei-me sem ser notada, assim como sem ser notada havia saído dele.

Não para voltar a dormir, entretanto. Ao contrário. Vesti-me com todo o cuidado. Era quase certo que os sons que eu ouvira depois do grito e as palavras que foram ditas foram escutados somente por mim, pois vieram do quarto em cima do meu. E deixaram claro para mim que não foi o pesadelo de uma criada que espalhou o terror pela casa naquela noite, como também que a explicação dada pelo Senhor Rochester foi meramente uma invenção criada para acalmar seus hóspedes. Então vesti-me para ficar preparada no caso de alguma emergência. Depois de pronta, sentei-me um bom tempo à janela e fiquei olhando os jardins e o campo prateado à espera de algo que ainda não sabia bem o que seria. Para mim, alguma coisa aconteceu após aquele grito estranho, aquela luta e o chamado.

Nada. A calma voltou. Aos poucos os murmúrios e movimentos foram cessando, e cerca de uma hora depois, Thornfield Hall estava outra vez tão silenciosa quanto um deserto. Parecia que o sono e a noite haviam retomado o seu império.

Enquanto isso, a Lua declinava no horizonte. Estava para desaparecer. Como começou a ficar desagradável permanecer ali sentada na friagem, achei melhor voltar para a cama, mesmo vestida como estava. Afastei-me da janela e andei pelo tapete fazendo o menor barulho possível. Ao sentar para tirar os sapatos, uma mão cautelosa bateu levemente na porta.

— Estão precisando de mim? — perguntei.

— A senhorita está acordada? — perguntou a voz que eu esperava ouvir, ou seja, a do meu patrão.

— Estou, sim, senhor.

— E vestida?

— Sim.

— Então saia daí, em silêncio.

Obedeci. O Senhor Rochester estava parado no corredor segurando uma vela.

— Preciso da senhorita — disse ele. — Venha por aqui, devagar, e não faça barulho.

Meus chinelos eram finos. Eu podia andar sobre a passadeira com a mesma suavidade de um gato. Ele foi pela galeria, subiu a escada e parou no corredor escuro e baixo do fatídico terceiro andar. Eu o segui e parei ao seu lado.

— A senhorita tem uma esponja em seu quarto? — perguntou ele num sussurro.

— Tenho, sim, senhor.

— E tem também sais, sais voláteis?

Sim, tenho.

— Então volte e traga-os.

Voltei. Procurei a esponja no descanso do lavatório e os sais na gaveta e mais uma vez refiz meus passos. Ele ainda estava esperando. Tinha uma chave na mão e, aproximando-se de uma das portas pretas e pequenas, colocou-a na fechadura. Fez uma pausa e dirigiu-se mais uma vez a mim:

— Jane, se sente mal ao ver sangue?

— Penso que não. Ainda não passei por essa experiência.

Senti um arrepio enquanto respondia, mas não sentia frio ou fraqueza.

— Dê-me a sua mão — disse ele. — Não vale a pena arriscar-se a desmaiar.

Coloquei meus dedos entre os dele.

— Quentes e firmes — foi o comentário que fez antes de girar a chave e abrir a porta.

Lembrei-me de ter visto esse quarto antes, no dia em que a Senhora Fairfax mostrou a casa. Era revestido de tapetes, só que agora os tapetes estavam enrolados em um canto e revelavam uma porta que ficava escondida por trás de uma das paredes. Essa porta estava aberta e uma luz brilhava lá dentro. Então ouvi um som como um rosnado, como o de um cão brigando. Abaixando a vela, o Senhor Rochester falou:

— Espere um minuto — e entrou no aposento. Uma gargalhada saudou a sua entrada. A princípio bem barulhenta, terminou no "ha! ha!" demoníaco de Grace Poole. Então era *ela* quem estava ali. Ele fez algum tipo de arrumação lá dentro sem falar, embora eu tenha ouvido uma voz baixa que lhe foi dirigida. Ele saiu e fechou a porta atrás de si.

— Aqui, Jane! — disse ele.

E eu fui para o outro lado de uma cama grande com o cortinado fechado que tomava uma parte considerável do quarto. Ao lado da cabeceira da cama havia uma poltrona e nela estava sentado um homem todo vestido, com exceção do casaco. Estava imóvel. Sua cabeça pendia para trás. Seus olhos estavam fechados. O Senhor Rochester elevou a vela acima dele e reconheci o rosto pálido do estranho Senhor Mason.

Vi também que um lado da sua roupa branca e um dos braços estavam quase totalmente encharcados de sangue.

— Segure a vela — falou o Senhor Rochester, e eu a peguei.

Foi até o lavatório e trouxe a bacia com água.

— Segure isto — disse. Eu obedeci. Ele pegou a esponja, mergulhou-a na água e esfregou-a naquele rosto cadavérico. Pediu minha garrafa de sais e colocou um pouco nas narinas. Devagar o Senhor Mason foi abrindo os olhos e gemeu. O Senhor Rochester abriu a camisa do homem, cujo braço e ombro tinham sido enfaixados, e limpou com a esponja o sangue que continuava a escorrer sem parar.

— Há algum perigo imediato? — murmurou o Senhor Mason.

— Não! É apenas um arranhão. Não se impressione, homem. Aguente firme! Irei agora mesmo buscar um médico. Você, ao que espero, poderá ser levado pela manhã.

— Jane — continuou ele.

— Sim, senhor.

— Tenho de deixá-la aqui neste quarto com este cavalheiro, por uma hora ou talvez duas. A senhorita limpará o braço dele com a esponja como eu fiz caso volte a sangrar. Se ele sentir que vai desmaiar, leve um copo d'água aos seus lábios e coloque os sais no seu nariz. E não fale com ele sob qualquer pretexto. E, Richard, você corre risco de vida se falar com ela. Abra os lábios ou se agite e eu não responderei pelas consequências.

O pobre homem gemeu mais uma vez. Tudo indicava que não ousaria mexer-se. O medo da morte ou de alguma outra coisa parecia mantê-lo paralisado. O Senhor Rochester colocou em minhas mãos a esponja agora ensopada de sangue e eu comecei a usá-la como ele havia feito.

Ele me olhou por um segundo e disse:

— Lembre-se, sem conversa! — e saiu do quarto.

Eu experimentei um sentimento estranho quando a chave girou na fechadura e ouvi o som dos passos dele cada vez mais longe, indo embora.

Aqui, então, estava eu, no terceiro pavimento, presa numa de suas celas misteriosas, envolta pela noite e com um espetáculo sangrento e pálido sob meus olhos e minhas mãos, e uma assassina separada de mim apenas por uma porta. Sim. Isso é que era assustador! O resto eu podia aguentar, mas tremia só de pensar em Grace Poole se jogando em cima de mim.

Entretanto tinha de ficar no meu posto. Tinha de olhar para aquele rosto fantasmagórico, aqueles lábios azulados e inertes proibidos de se mover. Aqueles olhos, ora fechados, ora abertos, ora vagando pelo quarto, ora olhando fixos para mim, sempre vidrados com o embotamento do horror. Tinha de enfiar minha mão vezes e mais vezes na bacia de água sanguinolenta e limpar o sangue que pingava da ferida. Via que a luz da vela ia minguando sobre a minha atividade. As sombras aumentavam na tapeçaria antiga à minha volta, tornavam o dossel da cama antiga e enorme cada vez mais negra, e tremiam estranhamente sobre as portas de um grande armário do outro lado do quarto, cuja frente era dividida em doze painéis que mostravam, com desenho austero, as cabeças dos doze apóstolos, cada uma em um painel, como se estivessem em uma moldura. Enquanto, acima de todos, no topo do móvel, via-se um crucifixo de ébano com a imagem do Cristo agonizando.

Nesse instante era Lucas, o médico barbudo, que franzia testa. Depois era a longa cabeleira de São João que balançava e em outro momento era a face diabólica de Judas que assomava do painel e parecia ganhar vida ameaçando revelar o arquitraidor — o próprio Satanás — na forma de seu subordinado, de acordo com a escuridão variável, que segundo a luz trêmula, ora iluminava aqui, ora iluminava acolá.

Em meio a tudo isso eu não só tinha de ouvir como vigiar. Ouvir os movimentos do animal selvagem ou do diabo em seu covil. Mas, desde que o Senhor Rochester o visitara, parecia que ficara enfeitiçado. Durante o resto da noite só ouvi três sons entre três longos intervalos — um estalo, a volta do rosnado de um cão e um gemido humano profundo.

Então meus próprios pensamentos me preocuparam. Que crime era esse, que vivia encarnado e sequestrado dentro da mansão, que não podia ser expulso nem dominado pelo seu proprietário? Que mistério era esse que surgia ora em fogo, ora em sangue nas piores horas da noite? Que criatura era aquela que, sob a máscara e a forma de uma mulher comum, produzia aquela voz, num momento como a de um demônio zombeteiro, e, depois, de uma ave de rapina sequiosa por carniça?

E quem era esse estranho visitante pacato e tranquilo que agora se tornara envolvido nessa teia de horror, esse homem sobre o qual eu estava debruçada? E por que a Fúria voltou-se contra ele? O que foi que fez que ele procurasse esse lugar da casa, altas horas, quando devia estar na cama dormindo? Eu ouvira o Senhor Rochester designar um quarto para ele na parte de baixo. O que o trouxera aqui para cima? E por que agora ele estava tão subjugado pela violência ou traição cometida contra ele? Por que se submeteu assim tão mansamente ao segredo que o Senhor Rochester lhe impunha? E por que o Senhor Rochester lhe impunha esse segredo? Seu hóspede fora atacado; numa ocasião anterior, sua própria vida fora ameaçada; e ambos os atentados foram envolvidos em segredo e mergulhados no esquecimento por ele! Por último, vi que o Senhor Mason estava submisso ao Senhor Rochester a tal ponto que a vontade impetuosa deste último se impunha sobre a inércia dele. As poucas palavras trocadas pelos dois me certificaram disso. Era evidente que, em seu primeiro encontro, a disposição passiva de um influenciou a energia ativa do outro. E de onde então surgiu a consternação do Senhor Rochester quando soube da chegada do senhor Mason? Por que o simples nome deste passivo indivíduo — que agora podia ser controlado como uma criança apenas pela palavra do Senhor Rochester — caíra sobre meu patrão algumas horas antes como um raio sobre um carvalho?

Oh! Jamais me esqueceria de seu olhar e sua palidez quando ele sussurrou para mim — "Jane, eu sofri um golpe! Eu sofri um golpe".

Não vou esquecer-me do seu braço trêmulo apoiado em meu ombro. E não era qualquer coisa à toa que podia abater o espírito resoluto e abalar a estrutura forte de Fairfax Rochester.

"Quando é que ele vai voltar? Quando é que ele vai voltar?" — eu me perguntava enquanto a noite se arrastava. Enquanto meu paciente desfalecido sangrava e gemia enfraquecido. Nem o dia nem a ajuda chegavam. Várias vezes levei água aos lábios brancos de Mason. Várias vezes lhe ofereci também os sais estimulantes. A sensação era que meus esforços não estavam adiantando nada. Nem ao seu sofrimento corporal e mental, nem à sua perda de sangue, ou a essas três coisas combinadas que estavam acabando rapidamente com a sua resistência. Ele gemia tanto e parecia tão fraco, delirante e perdido, que eu temia que estivesse morrendo. Mas não podia sequer falar com ele.

A vela finalmente chegou ao fim e apagou-se. E com o seu final percebi uma luz cinzenta entrando pelas cortinas das janelas. Começava a amanhecer. Ouvi o latido de Pilot ao longe, em seu canil no jardim. Minhas esperanças voltaram. Não sem motivo. Cinco minutos depois o barulho da chave na fechadura avisou-me do alívio em minha vigília. Não deve ter durado mais de duas horas, mas parecia que durara semanas e semanas.

O Senhor Rochester entrou, e com ele o médico que fora buscar.

— Vamos, Carter, apresse-se — disse ele para o médico. Dou-lhe não mais do que meia hora para tratar do ferimento, enfaixá-lo e levar o paciente para baixo.

— Mas ele poderá mover-se, senhor?

— Não tenho a menor dúvida. Isso não é nada sério. Ele está nervoso e precisa ser reanimado. Vamos, comece a trabalhar.

O Senhor Rochester abriu a cortina pesada, levantou a veneziana para que toda a luz do dia possível invadisse o ambiente. Fiquei surpresa ao ver que a madrugada se fora e que já estava amanhecendo. Listras rosadas começavam a brilhar ao leste. Ele então se aproximou de Mason, de quem o médico já estava cuidando.

— E agora, meu bom amigo, como está sentindo-se? — perguntou ele.

— Receio que ela tenha acabado comigo — foi a fraca resposta que se ouviu.

— Que nada! Coragem! Daqui a uns quinze dias você já estará bom. Perdeu apenas um pouco de sangue, só isso. Carter, assegure a ele que ele não corre nenhum perigo.

— Posso assegurar isso com toda a consciência — disse Carter, que agora desfazia as ataduras. — Apenas gostaria de ter podido chegar aqui mais cedo, pois ele não teria perdido tanto sangue. Mas, o que é isto? A carne do ombro dele está cortada e arrancada. Este ferimento não foi feito com uma faca. Houve dentes aqui!

— Ela me mordeu — murmurou ele — dilacerou-me como uma tigresa quando o Senhor Rochester tomou a faca dela.

— Você não devia ter gritado. Devia tê-la agarrado na mesma hora — disse o Senhor Rochester.

— Mas naquelas circunstâncias o que se podia fazer? — retornou Mason. — Oh, foi aterrorizante — acrescentou, tremendo. — Eu não esperava por isso. No princípio ela parecia tão tranquila.

— Eu o avisei — foi a resposta do seu amigo. — Eu disse que ficasse atento quando estivesse perto dela. Além do mais, poderia ter esperado até amanhã para que eu fosse com você. Foi uma tolice tentar falar com ela durante a noite e sozinho.

— Eu pensei que poderia fazer-lhe algum bem.

— Você pensou! Você pensou! Fico impaciente só de ouvi-lo. De qualquer modo, você já sofreu as consequências, e é provável que as sofra ainda mais por não ter ouvido meus conselhos. Portanto, não vou falar mais nada. Carter, depressa! Depressa! Logo o sol irá nascer, e preciso tirá-lo daqui.

— É para já, senhor. O ombro já está enfaixado. Preciso ver este outro ferimento no braço. Acho que ela também enfiou os dentes por aqui.

— Ela chupou meu sangue. Disse que iria esgotar o meu coração — falou Mason.

Vi o Senhor Rochester estremecer. Uma expressão singular de náusea, horror e ódio tomou conta do seu rosto, quase a ponto de deformá-lo, mas ele apenas falou:

— Vamos, Richard, fique calado e esqueça as tolices que ela falou. Não as repita.

— Quem dera pudesse esquecê-las — foi a resposta.

— Esquecerá quando tiver saído do país. Quando voltar para Spanish Town poderá pensar nela como morta e enterrada, ou melhor, não precisará mais pensar nela.

— É impossível me esquecer desta noite.

— Não é impossível. Energia, homem! Há duas horas você pensou que estivesse morto como um arenque, e está aí vivo e falando. Pronto! Carter terminou com você, ou quase. Eu irei deixá-lo em condições em um instante. Jane — virou-se para mim pela primeira vez desde que retornara —, pegue esta chave. Desça, entre no meu quarto e vá até o quarto de vestir. Pegue uma camisa limpa e um cachecol na gaveta de cima do guarda-roupa e traga-os aqui, e ligeiro.

Fui, encontrei o móvel mencionado, peguei o que ele dissera e voltei.

— Agora — disse ele — vá para o outro lado da cama enquanto o arrumamos. Mas não saia do quarto, pois a senhorita pode ser útil outra vez.

Fiz o que ele mandou.

— Jane, já havia alguém lá embaixo quando desceu? perguntou o Senhor Rochester em seguida.

— Não, senhor. Tudo estava em silêncio.

— Tiraremos você daqui com sucesso, Dick. E será melhor, tanto para sua segurança quanto para a daquela pobre criatura. Já me esforcei muito para evitar uma exposição, e não gostaria que isso acontecesse, afinal. Aqui, Carter, ajude-o a vestir o casaco. Onde foi que você deixou sua capa de pele? Você não pode viajar nem um quilômetro e meio sem ela, neste clima frio. Em seu quarto? Jane corra até lá embaixo no quarto do Senhor Mason, aquele que fica em seguida ao meu, e traga a capa que vai encontrar lá.

Mais uma vez fui correndo e voltei trazendo uma manta enorme forrada de pele.

— Agora tenho outra missão para a senhorita — disse meu incansável patrão —, vai ter de voltar ao meu quarto. Que bênção ter pés de veludo, Jane! Um mensageiro desajeitado não serviria de nada numa conjuntura dessa. A senhorita deve abrir a gaveta do meio da minha cômoda e pegar um pequeno frasco e um pequeno copo que irá encontrar lá. Rápido!

Fui voando até lá e trouxe o que fora pedido.

— Muito bem! Doutor, agora, eu preciso tomar a liberdade de dar ao paciente uma dose disto, sob a minha inteira responsabilidade. Adquiri este estimulante em Roma de um charlatão italiano. Um camarada que você teria posto para correr, Carter. Não é algo para ser usado indiscriminadamente, mas serve para certas ocasiões, como esta, por exemplo.

— Jane, um pouco d'água.

Ele ergueu o minúsculo copo e eu coloquei água até a metade com a garrafa que estava em cima do lavatório.

— Assim está bem. Agora umedeça a boca do frasco.

Fiz o que ele mandou. E depois ele pingou doze gotas de um líquido carmesim que ofereceu a Mason.

— Beba, Richard. Vai devolver o ânimo que está lhe faltando, por uma ou duas horas.

— Não irá me fazer mal? É um estimulante?

— Beba, beba! Beba!

O Senhor Mason obedeceu, porque evidentemente era inútil resistir. Ele agora estava vestido. Ainda parecia pálido, mas não estava mais ensanguentado e sujo. O Senhor Rochester deixou-o ficar ali uns três minutos a mais depois de ter bebido o líquido e o pegou pelo braço.

— Agora estou certo de que pode sustentar-se de pé — disse. — Tente.

O paciente se levantou.

— Carter, pegue-o pelo outro ombro. Ânimo, Richard. Comece a andar. Isso!

— Sinto-me melhor — observou o Senhor Mason.

— Tenho certeza que sim. Agora, Jane, vá antes de nós para a escada de trás. Destranque a porta do corredor lateral e fale ao cocheiro da carruagem que está no jardim, ou ali por fora, pois eu disse a ele que não passasse com as rodas por cima da calçada, para se preparar porque estamos indo. E, Jane, se encontrar alguém, volte até o pé da escada e pigarreie.

Já eram cinco e meia, e o Sol estava para nascer. Mas eu encontrei a cozinha ainda escura e silenciosa. A porta do corredor lateral estava fechada. Eu a abri com o menor barulho possível. O jardim estava silencioso, mas os portões estavam inteiramente abertos, e ali estava a carruagem com os cavalos já arreados e o cocheiro sentado na boleia. Aproximei-me dele e disse que os cavalheiros estavam chegando. Ele assentiu. Em seguida olhei à minha volta e apurei o ouvido. A quietude da manhã estava presente em tudo. As cortinas das janelas dos quartos dos criados ainda estavam fechadas. Os passarinhos começavam a cantar nas árvores do pomar, cujos galhos pendiam por cima do muro e cobriam um dos lados do jardim como guirlandas. Os cavalos de carruagem, fechados ainda nos estábulos, batiam com as patas no chão de vez em quando. Tudo o mais estava quieto.

Os cavalheiros apareceram. Mason, apoiado pelo Senhor Rochester e pelo médico, conseguia caminhar com certa desenvoltura. Eles o ajudaram a entrar na carruagem. Carter o acompanhou.

— Cuide bem dele — falou o Senhor Rochester para o médico. — E mantenha-o em sua casa até que ele fique bom. Eu irei até lá em um ou dois dias para ver como vai indo. Richard, como é que você está?

— O ar fresco me revigorou, Fairfax.

— Deixe a janela deste lado aberta, Carter. Não há vento. Adeus, Dick.

— Fairfax...

— Sim, o que é?

— Que cuidem bem dela. Que ela seja tratada com o carinho que for possível. Que ela...

Ele parou e explodiu em lágrimas.

— Faço o possível. Tenho feito, e continuarei a fazer — foi a resposta do Senhor Rochester, que fechou a porta da carruagem, e o veículo partiu.

— Ainda assim gostaria que Deus desse um fim nisto tudo! — acrescentou, ao fechar e passar a chave nos pesados portões do jardim.

Isso feito, ele foi andando com passos vagarosos e um ar distraído em direção à porta do muro que margeava o pomar. Eu, supondo que ele não precisasse mais de mim, preparava-me para voltar para a casa. Entretanto, mais uma vez ouvi-o chamar:

— Jane!

Ele abrira a porta do jardim e estava parado à minha espera.

— Venha até aqui um instante tomar um pouco de ar fresco — disse ele. — Aquela casa é uma masmorra. A senhorita não acha?

— Para mim parece uma masmorra esplêndida, senhor.

— O deslumbramento da inexperiência está sobre os seus olhos — respondeu ele. — E você a vê através de um véu encantado. Não consegue discernir que o brilho dourado é lama e que as cortinas de seda são teias de aranha. Que o mármore é uma pedra sórdida e as madeiras polidas são mero refugo de cascas de árvores. Agora *aqui* — e ele apontou para o pomar frondoso no qual entráramos — tudo é real, doce e puro.

Ele foi por um caminho margeado de um dos lados por buxos, com macieiras, pereiras e cerejeiras e por várias flores conhecidas, como goivos, cravos, prímulas e amores-perfeitos, misturadas com artemísias, rosas amarelas e várias ervas aromáticas. Todas agora estavam viçosas em virtude da sucessão de chuvas de abril seguidas de uma linda manhã de primavera. O sol vinha entrando pelo lado leste, e sua luz iluminava as árvores úmidas e orvalhadas e brilhava no caminho sob elas.

— Aceita uma flor, Jane?

Ele pegou um rosa que começava a se abrir, a primeira do pé, e a ofereceu para mim.

— Obrigada, senhor.

— Gosta desta aurora, Jane? Deste céu, com suas nuvens altas e claras, que na certa desaparecerão à medida que o dia esquente, e dessa atmosfera plácida e perfumada?

— Sim, gosto muito.

— A senhorita passou uma noite estranha, Jane.

— Sim, senhor.

— Isso fez que ficasse pálida. Teve medo quando a deixei, sozinha com Mason?

— Tive medo de que viesse alguém do quarto interno.

— Mas eu tranquei a porta e estava com a chave no bolso. Eu seria um pastor descuidado se tivesse deixado uma ovelha desprotegida, minha ovelha de estimação, tão perto do covil do lobo. Você estava segura.

— Grace Poole ainda vai continuar morando aqui, senhor?

— Sim, não encha sua cabeça de preocupações por causa dela. Retire de vez essa história de seus pensamentos.

— Mas me parece que sua vida corre perigo enquanto ela está aqui.

— Disso nunca tenha medo. Tomarei o maior cuidado.

— O perigo pelo qual o senhor passou ontem à noite já acabou?

— Eu não posso garantir isso até que Mason esteja fora da Inglaterra. Nem mesmo depois disso. Viver, para mim, Jane, é estar na beira de uma cratera que pode rachar e jorrar fogo a qualquer momento.

— Mas o Senhor Mason parece ser um homem que se pode levar com facilidade. É evidente que a sua influência sobre ele, senhor, é poderosa. Ele jamais o desafiará ou magoará de propósito.

— Oh, claro que não! Mason não vai desafiar-me nem vai causar-me qualquer mal de propósito. Mas é possível que em algum momento isso aconteça, sem querer, por uma palavra dita sem intenção, que me prive, se não da vida, pelo menos, e para sempre, da felicidade.

— Diga-lhe então que tome cuidado, senhor. Deixe que ele saiba qual é o seu receio, e mostre a ele como evitar o perigo.

Ele deu um riso sardônico e pegou minha mão de modo apressado. E mais rápida do que ele fui eu em retirá-la em seguida.

— Se eu pudesse fazer isso, sua simplória, diga-me, onde estaria o perigo? Aniquilado na mesma hora. Desde que eu conheço Mason, só tive de lhe dizer "Faça isto" para que a coisa fosse feita. Mas não posso dar-lhe ordens neste caso. Não posso dizer-lhe "Tenha cuidado para não me ferir, Richard", pois é imperativo que eu o mantenha sem saber que pode machucar-me. Agora a senhorita parece confusa, e eu irei confundi-la ainda mais. A senhorita é minha amiguinha, não é?

— Gosto de servi-lo, senhor. E de obedecer em tudo que seja certo.

— Certo. Eu vejo que assim faz. Vejo o contentamento genuíno em suas atitudes e em seu modo de ser, seu olhar e seu rosto, quando me ajuda e me agrada, trabalhando para mim e junto comigo "*em tudo que seja certo*", como a senhorita sempre diz. Pois se eu mandasse fazer algo que achasse errado, não só não o faria com tanta presteza, entusiasmo genuíno, vivacidade e animação, como se viraria para mim, quieta e pálida, e diria — "Não senhor, isso é impossível. Não posso fazer isso porque é errado" e ficaria imóvel como uma estrela fixa. Ora, a senhorita também tem poder sobre mim, e pode magoar-me. Embora não ouse mostrar-lhe onde sou vulnerável, visto que, por mais fiel ou amiga que seja, poderia voltar-se contra mim de forma certeira.

— Se o senhor não tem mais medo do Senhor Mason do que de mim, então está em perfeita segurança.

— Deus queira que assim seja! Aqui, Jane, sente-se sob esta pérgula.

A pérgula era um arco no muro coberto de hera, e sob ele havia um banco rústico. O Senhor Rochester sentou-se nele, deixando um espaço para mim. Preferi ficar em pé à frente dele.

— Sente-se — disse ele — ,o banco é espaçoso o bastante para duas pessoas. A senhorita não está hesitando em sentar ao meu lado, está? Acha isso errado, Jane?

Minha resposta foi sentar-me ao seu lado. Achei que recusar teria sido inconveniente.

— Agora, minha amiguinha, enquanto o sol bebe o orvalho — enquanto todas as flores deste velho jardim acordam e se expandem, e os pássaros vão buscar no milharal o desjejum dos seus filhotes, e as abelhas começam o seu primeiro período de trabalho, vou contar-lhe um caso, no qual a senhorita deve colocar-se como se o tivesse vivido. Mas primeiro olhe para mim e me diga se está à vontade e não temerosa de que seja um erro meu detê-la, ou um erro seu ficar aqui.

— Não, senhor. Estou satisfeita.

— Bem, então, Jane, peça ajuda à sua imaginação. Suponha que não é mais uma moça bem-criada e disciplinada, mas sim um rapaz rebelde e mimado desde pequeno. Imagine que vive num país estrangeiro e que nele cometeu um grande erro. Não importa de que natureza foi ou qual foi o motivo, mas o fato é que esse erro teve consequências que o perseguem desde sempre e mancham toda a sua existência. Veja bem que não falei em *crime*. Não estou falando em derramamento de sangue ou qualquer outro ato culposo que possa tornar aquele que o perpetrou passível das penas da lei. A palavra que uso é *erro*. Com o tempo, os resultados daquilo que fez se tornam absolutamente insuportáveis e a senhorita adota medidas para obter alívio. Medidas incomuns, porém não ilegais ou censuráveis. Ainda assim continua infeliz porque a esperança a abandonou nos confins da vida. Seu sol do meio-dia morre num eclipse que a senhorita sente que não a deixará até mesmo quando o poente chegar. Lembranças amargas e baixas acabaram tornando-se o único alimento de sua memória. A senhorita vaga daqui para lá buscando um pouco de sossego no exílio, e a felicidade no prazer, quer dizer, em um prazer sensual e cruel como aquele que entorpece o intelecto e deteriora os sentimentos. Com o coração cansado e a alma abatida, a senhorita volta para a sua terra depois de anos de banimento voluntário e estabelece uma nova amizade, onde e como não importa. Encontra nessa pessoa desconhecida muitas das boas e brilhantes qualidades que procurou durante vinte anos e nunca encontrou. E elas são todas frescas, saudáveis, sem sujeira e sem nódoas. Uma companhia como essa a traz de volta à vida e a regenera. A senhorita sente que bons dias voltaram — dias de desejos mais elevados, de sentimentos mais puros. A senhorita deseja recomeçar a viver e passar os dias que lhe restam de um modo mais virtuoso como um ser imortal. Para alcançar esse fim é justificável que ultrapasse um obstáculo convencional, um mero impedimento que nem a sua consciência glorifica nem o seu julgamento aprova?

Ele fez uma pausa à espera de uma resposta. E o que eu podia dizer? Ah, se algum anjo bom pudesse sugerir uma resposta satisfatória e certeira! Vã aspiração! O vento leste sussurrou na hera atrás de mim, mas nenhum Ariel gentil emprestou seu sopro como um meio de expressão. Os pássaros cantavam no alto das árvores, mas o seu canto, embora doce, não continha palavras.

Mais uma vez o Senhor Rochester colocou sua pergunta:

— Será que o homem errante e pecador, agora arrependido e desejoso de um descanso, pode enfrentar a opinião do mundo, a fim de unir a ele para sempre essa gentil, graciosa e genial desconhecida, garantindo assim sua própria paz de espírito e a regeneração da sua vida?

— Senhor — respondi —, a paz de um errante, ou a regeneração de um pecador jamais deveriam estar vinculadas a outra pessoa. Os homens e as mulheres morrem, os filósofos falham em sabedoria e os cristãos, em bondade. Se alguém que o senhor conhece sofreu e errou, deixe que apele para o Alto, e não a seus iguais, para ter forças para se corrigir e conforto para se curar.

— Mas, e o instrumento? O instrumento! Deus, que faz a obra, ordena o instrumento. Eu mesmo, digo-lhe sem parábolas, tenho sido um homem mundano, dissoluto e impaciente. Acho que encontrei o instrumento para a minha cura em...

Ele fez uma pausa. Os pássaros continuaram a celebrar, as folhas continuaram a sussurrar. Quase perguntei aos pássaros se não iriam parar de cantar e às folhas, de sussurrar, para que eu ouvisse o que estava para ser revelado. Mas teria de esperar ainda muitos minutos, pela demora prolongada com que o silêncio se fez. Por fim, olhei para ele, que olhava ansioso para mim.

— Minha pequena amiga — disse ele com um tom de voz diferente, ao mesmo tempo que seu rosto também ficara diferente, perdendo toda suavidade e gravidade e tornando-se severo e sarcástico —, já notou minha inclinação terna pela Senhorita Ingram. Acha que, se eu me casasse com ela, ela me regeneraria com uma vingança?

Na mesma hora levantou-se e foi para a outra extremidade da calçada. Ao voltar vinha cantarolando uma canção.

— Jane, Jane — disse ele, parando defronte a mim —, está muito pálida em virtude de suas vigílias. Não me amaldiçoe por ter perturbado o seu descanso.

— Amaldiçoá-lo? Não, senhor.

— Aperte a minha mão para confirmar o que disse. Que dedos mais frios! Ontem à noite eles estavam mais quentes quando os toquei na porta do quarto misterioso. Jane, você me ajudaria outra vez com uma vigília?

— Sempre que eu puder ser útil, senhor.

— Por exemplo, na noite anterior ao meu casamento! Tenho certeza de que não conseguirei dormir. Promete ficar comigo para me fazer companhia? Para a senhorita posso falar sobre a minha amada, porque agora a senhorita a viu e a conhece.

— Sim, senhor.

— Ela é uma pessoa rara, não é, Jane?

— Sim, senhor.

— Uma mulher forte, realmente forte, Jane. Alta, morena e robusta com um cabelo como o das mulheres de Cartago devem ter sido. Deus me abençoe! Lá estão Dent e Lynn nos estábulos! Vá pela moita, e entre por aquela portinha.

Enquanto eu ia por um lado ele ia pelo outro, e o ouvi falar alegremente:

— Esta manhã Mason saiu na frente de vocês todos. Foi embora antes do nascer do sol. Acordei às quatro para me despedir dele.

XXI

Os pressentimentos são coisas estranhas! Assim como as afinidades e os presságios. E essas três coisas, se combinadas, formam um mistério para o qual a humanidade ainda não descobriu a chave. Jamais em minha vida ri de pressentimentos, porque eu própria tive alguns bem estranhos. Acredito que existem afinidades, por exemplo, entre parentes distantes e separados há muito tempo, que apesar da separação e sem contato algum, conservam a mesma unidade da fonte da qual tiveram origem — cujo funcionamento confunde a compreensão dos mortais. E os presságios, até onde sabemos, não passam de afinidades entre a natureza e o homem.

Quando eu era pequena, com meus seis anos, ouvi uma noite Bessie Leaven dizer para Martha Abbot que vinha sonhando com uma criança, e que sonhar com criança era sinal de problema, ou para si própria ou para algum parente seu. O que eu ouvi poderia ter muito bem desaparecido da minha memória, não fosse uma circunstância que de imediato se seguiu e que, sem dúvida, serviu para fixá-la de forma indelével. No dia seguinte mandaram Bessie para casa, para o leito de morte de sua irmã pequena.

Ultimamente vinha lembrando-me desse presságio e do incidente que se seguiu, pois, durante a semana anterior, poucas foram as noites em que não sonhei com uma criança. Algumas vezes a acalmei em meus braços, algumas vezes a embalei em meus joelhos, algumas vezes a vi brincando com as margaridas em um jardim, ou chapinhando as mãos na água corrente. Uma noite foi uma criança que choramingava, e, na seguinte, uma que ria. Ora se aninhava junto a mim, ora se afastava de mim correndo, mas qualquer que fosse seu estado de espírito, qualquer que fosse a aparência que tivesse, não deixou de vir ao meu encontro no momento em que eu começava a sonhar, durante sete noites sucessivas.

Não gostava da repetição da mesma ideia. Dessa estranha recorrência de uma imagem. Ficava nervosa quando se aproximava a hora de ir para a cama, quando a possibilidade da visão se tornava mais próxima. Foi na companhia dessa criança fantasma que eu acordei naquela noite em que escutei o grito. E foi na tarde do dia que se seguiu que fui chamada ao andar de baixo por uma mensagem de que alguém queria ver-me na sala da Senhora Fairfax. Ao chegar lá encontrei um homem que me esperava e que tinha a aparência de um criado. Estava vestido de luto fechado e o chapéu que segurava tinha em volta da copa uma fita de crepe preta.

— Atrevo-me a dizer que a senhorita não se lembra de mim — disse ele levantando-se quando eu entrei — mas meu nome é Leaven. Eu era o cocheiro da Senhora Reed quando a senhorita morava em Gateshead, oito ou nove anos atrás, e ainda moro lá.

— Oh, Robert, como vai você? Lembro-me muito bem de você. Lembra-se que às vezes costumava levar-me para cavalgar no pônei da Senhorita Georgiana? Como vai Bessie? Você casou-se com Bessie?

— Sim, senhorita. Minha esposa vai muito bem. Obrigado. Ela me deu mais uma filha há uns dois meses, e agora temos três. Tanto a mãe como a menina vão bem.

— E o resto da família da casa, vai bem, Robert?

— Sinto muito não poder dar notícias melhores deles, senhorita. Eles vão indo muito mal, estão passando por grandes problemas.

— Espero que nenhum deles tenha morrido — disse eu, olhando para a sua roupa preta. Ele também olhou para a fita de crepe em volta do chapéu, e respondeu:

— O Senhor John morreu fez uma semana ontem em seu apartamento em Londres.

— O Senhor John?

— Sim.

— E como é que está a mãe dele?

— Veja só, Senhorita Eyre, isto não é um infortúnio comum. A vida dele vinha sendo desregrada já há muito tempo. Durante os três últimos anos ele se entregou a estranhos hábitos de vida, e sua morte foi chocante.

— Eu soube por Bessie que ele não ia bem.

— Não ia bem! Não podia ir pior. Arruinou sua saúde e acabou com sua fortuna na companhia dos piores homens e mulheres. Devia muito dinheiro e acabou preso. Sua mãe o tirou da prisão por duas vezes, mas tão logo saía, voltava para as velhas companhias e os velhos hábitos. Não tinha uma cabeça firme. As pessoas sem escrúpulos com as quais convivia o ludibriavam de todas as maneiras. Voltou para Gateshead três semanas atrás e queria que a patroa passasse tudo para o nome dele. A patroa se recusou. As posses dela ficaram muito reduzidas em função das extravagâncias dele. Assim ele voltou para Londres, e a notícia que chegou depois foi que ele estava morto. Como morreu é algo que só Deus sabe, mas dizem que se matou.

Eu fiquei calada. As notícias eram horríveis. Robert Leaven continuou:

— A patroa também está com a saúde abalada já faz algum tempo. Engordou demais, o que lhe tirou a força física. A falta de dinheiro e o medo da pobreza a abateram muito. A notícia da morte do Senhor John e da forma inesperada como chegou lhe causaram um derrame. Ela ficou três dias sem conseguir falar. Mas na quinta-feira passada já parecia melhor. Queria dizer alguma coisa, e fazia sinais para minha esposa e resmungava. Entretanto, só hoje pela manhã foi que Bessie entendeu que ela estava tentando falar o seu nome, e por fim conseguiu falar — "Traga Jane, vá buscar Jane Eyre, quero falar com ela!". Bessie não tem certeza se ela está em seu juízo perfeito, ou o que foi que ela quis dizer com aquelas palavras. Mas falou com a Senhorita Reed e com a Senhorita Georgiana e avisou-as que ia mandar chamar a senhorita. De início as duas não concordaram, entretanto a mãe delas ficou tão impaciente repetindo "Jane, Jane", tantas vezes, que por fim elas aceitaram. Eu saí de Gateshead ontem, e se a senhorita puder se aprontar, eu gostaria de levá-la para lá comigo amanhã de manhã cedo.

— Sim, Robert, eu estarei pronta. Acho que devo ir.

— Eu acho o mesmo, senhorita. Bessie falou que tinha certeza de que a senhorita não iria recusar-se. Mas suponho que precise pedir licença para poder ir, não?

— Sim, é o que farei agora mesmo — e levando Robert para a sala dos criados, e tendo-o deixado aos cuidados da mulher de John e do próprio, fui procurar o Senhor Rochester.

Ele não estava em nenhum dos quartos inferiores. Não estava no jardim, nos estábulos ou no campo. Perguntei à Senhora Fairfax se ela o tinha visto. Sim, ela achava que estava jogando bilhar com a Senhorita Ingram. Fui correndo até a sala de bilhar. De lá vinha o barulho das bolas e o murmúrio de vozes. O Senhor Rochester, a Senhorita Ingram e as duas Senhoritas Eshton e seus admiradores estavam entretidos no jogo. Foi preciso alguma coragem para interromper um jogo tão animado. Contudo, minha missão era algo que não podia ser adiado, e assim me aproximei do patrão, que estava ao lado da Senhorita Ingram. Quando cheguei mais perto, ela se virou e me olhou com arrogância. Seus olhos pareciam perguntar "O que essa criatura rastejante quer agora?", e, quando falei em voz baixa "Senhor Rochester", ela fez um movimento como se estivesse ordenando-me que fosse embora. Lembro-me da aparência dela naquele momento, muito graciosa e de chamar a atenção. Usava um vestido matutino de crepe azul-celeste, e nos cabelos um lenço de gaze também azul. Estivera extremamente animada com o jogo, e nem a irritação ou a empáfia diminuíram a expressão de soberba do seu rosto.

— Essa pessoa quer falar com você? — perguntou ela ao Senhor Rochester.

Ele virou-se para ver quem era *essa pessoa*. Fez uma careta curiosa — uma de suas demonstrações estranhas e ambíguas — largou seu taco e acompanhou-me para fora da sala.

— Bem, Jane? — disse ele, de costas para a porta da sala de estudos, que ele fechara.

— Por favor, senhor, desejo que me conceda uma licença por uma ou duas semanas.

— Para fazer o que? Para ir aonde?

— Para visitar uma senhora doente que mandou chamar-me.

— Que senhora doente é essa? Onde é que ela mora?

— Em Gateshead, no condado.

— No condado? Fica a centenas de quilômetros daqui! Quem pode ser ela para mandar chamar pessoas de tão longe para vê-la?

— O nome dela é Reed, senhor. Senhora Reed.

— Reed de Gateshead? Havia um magistrado em Gateshead.

— É a viúva dele, senhor.

— E o que é que a senhorita tem a ver com ela? Como a conhece?

— O Senhor Reed era meu tio, irmão de minha mãe.

— O diabo que era! A senhorita nunca me disse isso antes. Sempre disse que não tinha parentes.

— E não tinha mesmo. O Senhor Reed está morto e a esposa dele me mandou embora de casa.

— Por quê?

— Porque eu era pobre, era um fardo para ela, e ela não gostava de mim.

— Mas Reed teve filhos? Você deve ter primos, não? Ontem Sir George Lynn estava falando de um Reed de Gateshead, que, segundo disse, era um grande mau caráter da cidade. E Ingram falava de uma Georgiana Reed, do mesmo lugar, e que foi muito admirada em Londres por sua beleza, um ou dois anos atrás.

— John Reed também morreu, senhor. Morreu na ruína e acabou com metade da fortuna da família. Supõe-se que tenha cometido suicídio. A notícia chocou tanto sua mãe que a levou a um ataque apoplético.

— E que bem poderá fazer a ela? Não tem sentido, Jane! Eu jamais pensaria em viajar centenas de quilômetros para visitar uma velha senhora que talvez morra antes de a senhorita chegar a vê-la. Além do mais, pelo que disse há pouco, ela a expulsou de casa.

— Sim, senhor, mas isso foi há muito tempo. E quando as circunstâncias eram outras. Eu agora não poderia deixar de atender a um pedido dela.

— E quanto tempo pretende ficar fora?

— O mínimo possível, senhor.

— Prometa-me que não irá passar de uma semana...

— É melhor eu não fazê-lo. Pode ser que tenha de quebrar minha promessa.

— De qualquer modo irá voltar. Sob nenhum pretexto será induzida a ficar morando com ela para sempre, está bem?

— Oh, não! Se tudo correr bem, voltarei, com certeza.

— E quem é que irá com a senhorita? Não irá viajar centenas de quilômetros sozinha.

— Não, senhor, ela mandou seu cocheiro.

— E ele é uma pessoa de confiança?

— Sim, senhor, já vive há dez anos com a família.

O Senhor Rochester meditou. — E quando deseja partir?

— Amanhã cedo, senhor.

— Bem, a senhorita precisa levar algum dinheiro. Não pode ir viajar sem dinheiro e ouso dizer que a senhorita não tem muito. Eu ainda não paguei o seu salário. Quanto tem aí, Jane? — perguntou ele sorrindo.

Peguei minha bolsa, que, por sinal, era bem magra. — Cinco xelins, senhor.

Ele tomou a bolsa da minha mão, despejou seu conteúdo na palma da sua mão e riu, como se a escassez o divertisse. Em seguida pegou sua carteira.

— Aqui — disse ele entregando-me uma nota. Era uma nota de cinquenta libras, e o que ele me devia não passava de quinze. Eu disse que não tinha troco.

— Eu não quero troco, sabe disso. Este é o seu salário.

Recusei-me a aceitar mais do que me era devido. Ele amarrou a cara, a princípio, mas então, como se tivesse lembrado de alguma coisa, falou:

— Certo. Certo! É melhor não lhe dar tudo agora. Talvez fique fora três meses se eu lhe der as cinquenta libras. Aqui estão dez, não é o bastante?

— É, sim, senhor. Mas agora o senhor ainda me deve cinco.

— Então volte para recebê-las. Sou o seu banqueiro com quarenta libras.

— Senhor Rochester, devo também mencionar outra questão de negócios ao senhor, enquanto tenho a oportunidade.

— Que questão de negócios? Estou curioso para saber.

— O senhor informou-me que irá casar-se em breve, não?

— Sim, e daí?

— Nesse caso, senhor, Adèle precisa ir para uma escola. Tenho certeza que o senhor percebe a necessidade disso.

— Para tirá-la do caminho da minha noiva, que se não fosse assim poderia repudiá-la de um modo um tanto veemente? Sua sugestão faz sentido, sem dúvida. Adèle, como a senhorita diz, precisa ir para uma escola. E a senhorita, é claro, deve ir direto para — o demônio?

— Espero que não, senhor. No entanto preciso procurar outro emprego em algum lugar.

— Mas é claro! — exclamou ele com uma voz anasalada e uma careta também fantástica e ridícula. Ficou olhando-me por alguns minutos.

— E suponho que a senhorita vá pedir à velha mamãe Reed ou às senhoritas suas filhas que lhe arranjem um emprego, não?

— Não, senhor. Não tenho uma intimidade tal com minhas parentas que justificasse o pedido de algum favor. Mas irei colocar um anúncio.

— A senhorita é capaz de subir a pé as pirâmides do Egito — grunhiu ele — só para colocar seu anúncio! Que pena que não lhe dei uma libra de ouro apenas, em vez de dez. Devolva-me nove libras, Jane. Preciso delas.

Eu também preciso senhor. — respondi, segurando minha bolsa atrás de mim. — Não posso abrir mão de jeito nenhum deste dinheiro.

— Sua avarentinha! — disse ele. — Recusa um pedido pecuniário meu! Dê-me as cinco libras, Jane.

— Nem cinco xelins, nem cinco centavos.

— Só me deixe olhar seu dinheiro.

— Não, senhor, não confio no senhor.

— Jane!

— Senhor?

— Prometa me uma coisa.

— Prometo-lhe qualquer coisa que pense ser capaz de realizar.

— Não coloque nenhum anúncio, e deixe que eu fique encarregado de lhe conseguir um emprego. Eu encontrarei um quando chegar a hora.

— Ficarei contente com isso, senhor. E por sua vez o senhor me prometa que Adèle e eu estaremos seguras e fora desta casa antes que a sua noiva venha morar aqui.

— Muito bem! Muito bem! Dou-lhe minha palavra. Então a senhorita parte amanhã?

— Sim, senhor. Bem cedo.

— Virá até a sala de visitas depois do jantar?

— Não, senhor, preciso preparar-me para a viagem.

— Então devemos nos despedir por enquanto?

— Suponho que sim, senhor.

— E como é que as pessoas realizam esse rito de despedida, Jane? Ensine-me, que não sei como fazer.

— Elas dizem adeus, ou outra palavra que prefiram.

— Então diga.

— Adeus, Senhor Rochester, por enquanto.

— E o que eu devo dizer?

— A mesma coisa, caso queira, senhor.

— Adeus, Senhorita Eyre, por enquanto. É só isso?

— Sim.

— Em minha opinião isso me parece escasso, seco e pouco amistoso. Gostaria de ter algo mais. Algo que pudesse ser acrescentado ao rito. Se apertássemos as mãos, por exemplo. Mas não, também não iria contentar-me com isso. Então a senhorita não faz mais nada do que dizer adeus, Jane?

— Basta isso, senhor. Uma palavra sincera pode transmitir tanta boa vontade como muitas.

— É provável que sim, mas a palavra adeus é vazia e fria.

"Por quanto tempo ainda ele pretendia ficar ali com as costas apoiadas na porta?" — perguntei a mim mesma. "Quero começar a me arrumar."

A campainha para o jantar soou e num instante ele saiu apressado sem dizer sequer uma sílaba. Não o vi mais durante o resto do dia, e saí antes que estivesse de pé na manhã seguinte.

Chegamos ao chalé de Gateshead às cinco da tarde do dia primeiro de maio. Saltei ali antes de subir para o *hall* de entrada da casa. Tudo estava muito limpo e arrumado. As janelas tinham pequenas cortinas brancas, o piso não tinha qualquer mancha, a grelha de proteção e os ferros da lareira estavam brunidos e o fogo crepitava. Bessie, sentada defronte à lareira, cuidava de seu recém-nascido e Robert e sua irmã brincavam quietos num canto.

— Deus a abençoe! Eu sabia que viria! — exclamou a Senhora Leaven, quando entrei.

— Sim, Bessie — disse eu depois de beijá-la —, e espero não ter chegado tarde. Como está a Senhora Reed? Continua viva, espero.

— Sim, ainda está viva, e mais sensível e mais lúcida do que antes. O médico diz que ainda pode resistir por mais uma ou duas semanas. Porém acha difícil que venha a se recuperar.

— Ela tem falado em mim, ultimamente?

— Ela falou na senhorita esta manhã desejando que viesse. Agora está dormindo, ou estava dez minutos atrás, quando fui até a casa. Em geral ela fica numa espécie de letargia durante a tarde toda, e acorda às seis ou sete. Gostaria de descansar aqui uma hora, e depois disso eu subo até lá com a senhorita?

Robert entrou. Bessie colocou no berço a criança, que adormecera, e foi recebê-lo. Depois insistiu que eu tirasse o chapéu e tomasse uma xícara de chá, pois parecia pálida e cansada. Fiquei contente em aceitar a hospitalidade dela, e deixei que ela retirasse os acessórios usados na viagem tão passivamente quanto deixava que ela me despisse quando eu era criança.

Os velhos tempos se acumularam em minha lembrança enquanto a via desempenhar suas tarefas — arrumando a bandeja do chá com as melhores louças, cortando o pão e a manteiga, assando um bolo, e entre uma coisa e outra dando empurrões e tapinhas nos pequenos Robert e Jane como fazia comigo outrora. Bessie conservava seu temperamento agitado assim como seus pés ligeiros e sua boa aparência.

Pronto o chá, fiz menção de me encaminhar até a mesa. Mas ela pediu naquele seu velho tom autoritário que eu ficasse onde estava. Iria servir-me ao lado da lareira, disse ela. E colocou diante de mim uma pequena mesinha redonda com minha xícara e um prato de torradas, igualzinho ao que fazia, ao me favorecer com uma gulodice furtada e servida às escondidas numa cadeira do quarto de brinquedos. E eu sorri e obedeci, como fazia naquele tempo.

Ela quis saber se eu estava feliz em Thornfield Hall, e que tipo de pessoa era a minha patroa. E quando disse a ela que havia apenas um patrão, quis saber se ele era um cavalheiro gentil, e se eu gostava dele. Eu lhe disse que ele era um homem bem feio, porém um cavalheiro, e que me tratava com gentileza e que eu estava contente. Em seguida comecei a descrever para ela o grupo alegre que se hospedara na casa nos últimos tempos. Bessie ouviu esses detalhes com interesse. Era o tipo de assunto que ela mais apreciava.

Nessa conversa uma hora se passou rapidamente. Bessie me devolveu o chapéu, etc. Acompanhada por ela saí do seu chalé e fui para a mansão. Foi também em sua companhia que eu, havia quase nove anos, desci o caminho pelo qual agora subia. Eu deixara aquele teto hostil com o coração em desespero e amargor numa manhã escura, enevoada e fria de janeiro, com um sentimento de proscrição quase reprobatório, para partir em busca do abrigo gelado de Lowood, aquela fronteira tão longínqua e inexplorada. Aquele mesmo teto hostil agora se erguia diante de mim. Minhas expectativas ainda eram duvidosas, e eu sentia ainda o coração dolorido. A sensação era de que eu ainda era uma pessoa errante diante do mundo imenso, porém experimentava uma confiança mais firme em mim mesma e em minhas próprias forças. E tinha menos medo da opressão. A ferida aberta de meus erros já estava agora cicatrizada. A chama do ressentimento tinha-se extinguido.

— Primeiro, a senhorita deve ir até a sala do café da manhã — disse Bessie enquanto tomava a minha frente no saguão de entrada. — As jovens devem estar lá.

No momento seguinte lá estava eu naquele aposento. Todas as peças do mobiliário pareciam estar do mesmo jeito que estavam naquela manhã em que eu fui apresentada ao Senhor Brocklehurst. O tapete sobre o qual ele ficara parado ainda cobria o piso diante da lareira. Olhando para os armários de livros pensei poder distinguir os dois volumes dos *Pássaros ingleses* de Bewick no mesmo lugar na terceira prateleira, e *As viagens de Gulliver* e *As mil e uma noites* na prateleira logo acima. Aqueles objetos inanimados não haviam mudado. Porém as coisas vivas pareciam ter alterado a visão do passado.

As duas jovens surgiram diante de mim. Uma muito alta, quase tão alta quanto a Senhorita Ingram e também muito magra, com o rosto amarelado e uma aparência severa. Havia alguma coisa de ascético em sua fisionomia, que era aumentada pela extrema simplicidade da saia de corte reto de um vestido de lã preta, uma gola de linho engomada, o cabelo penteado para trás enfeitado por um colar de contas de ébano com um crucifixo, como uma freira. Tive certeza de que aquela era Eliza, embora só conseguisse traçar uma vaga semelhança com a menina de quem eu me lembrava e esse rosto alongado e sem cor.

A outra certamente era Georgiana. Mas não aquela Georgiana como eu me lembrava. A menina — esguia como uma fada — de onze anos apenas. Esta aqui era uma donzela madura, muito gorda, com a pele como a de uma boneca de cera, com traços bonitos e bem-feitos, olhos azuis lânguidos e cabelo de cachinhos amarelos. O seu vestido também era preto, mas o modelo era totalmente diferente do da irmã — mais harmonioso e bonito — tão elegante quanto o da outra parecia puritano.

Em cada uma das irmãs era possível ver um traço da mãe — e apenas um. A filha mais velha, magra e pálida, tinha os olhos cor de âmbar da Senhora Reed. A filha mais nova, viçosa e exuberante, tinha os traços do queixo e do maxilar — talvez um pouco mais brandos, mas ainda assim emprestando uma dureza indescritível ao rosto, que, por outro lado, era voluptuoso e rechonchudo.

Ambas as moças, quando me aproximei, levantaram-se para me receber, e ambas me chamaram de "Senhorita Eyre". O cumprimento de Eliza foi curto e abrupto, sem um sorriso, ao final do qual ela voltou a se sentar e a fixar seu olhar no fogo, e pareceu ignorar-me. Georgiana acrescentou ao seu "Como tem passado?" várias perguntas comuns sobre a minha viagem, sobre o tempo e coisas parecidas, ditas com uma voz arrastada e acompanhada de vários olhares de soslaio que me mediam da cabeça aos pés. E que ora passavam pelas dobras da minha capa de lã de carneiro, ora se demoravam um pouco mais no arranjo do meu chapéu. As jovens damas têm uma maneira notável de fazer que saibamos que, para elas, somos um *enigma,* sem na verdade dizerem uma palavra. Certa maneira desdenhosa de olhar, certa frieza de trejeitos, um tom de desinteresse expressam seus sentimentos na medida exata, sem comprometê-las com uma rudeza visível, tanto em palavras quanto em atos.

Entretanto, um riso de escárnio, dissimulado ou escancarado, não tinha mais sobre mim o poder que tivera outrora. Ao sentar-me entre minhas primas, surpreendi-me ao ver como me sentia confortável ante a total indiferença de uma e as intenções meio sarcásticas da outra. Eliza não me mortificou nem Georgiana tampouco me irritou. O fato era que eu tinha outras coisas em que pensar. Os sentimentos daqueles últimos meses tinham mexido comigo de uma forma muito mais devastadora do que elas pudessem provocar. Dores e prazeres tão mais agudos e requintados foram mais instigados do que elas jamais teriam o poder de infligir ou importunar, e suas atitudes não me preocupavam, nem para o bem nem para o mal.

— Como está a Senhora Reed? — perguntei logo, olhando com calma para Georgiana, que pensou que deveria empinar o nariz com a pergunta direta como se eu tivesse tomado uma liberdade inesperada.

— A Senhora Reed? Ah, mamãe, você quer dizer. Está muito mal e duvido que possa vê-la esta noite.

Se você pudesse — disse eu — simplesmente ir lá em cima e lhe dizer que cheguei, ficaria muito grata.

Georgiana quase quicou, e arregalou os olhos azuis, grandes e selvagens.

— Sei que ela expressou o desejo de me ver — acrescentei — e eu não retardaria o atendimento do seu desejo por mais tempo do que o absolutamente necessário.

— Mamãe não gosta de ser perturbada ao anoitecer — exclamou Eliza.

Na mesma hora me levantei, com toda calma retirei o chapéu e as luvas sem ter sido convidada para isso, e disse que iria ter com Bessie na cozinha e lhe pedir que averiguasse se a Senhora Reed estava ou não disposta a me receber naquela noite. Saí e, depois de ter encontrado Bessie e ter-lhe dado meu recado, segui adiante para tomar outras providencias. Até então tinha o hábito de sempre me retrair ante a arrogância. Se um ano antes tivesse sido recebida como fui dessa vez, na manhã seguinte deixaria Gateshead. Agora me foi revelado numa só atitude que isso teria sido uma decisão tola. Afinal, eu viajara centenas de quilômetros para visitar minha tia, e ficaria com ela até ela se sentir melhor, ou morrer. Quanto ao orgulho ou à loucura de suas filhas, eu os colocaria de lado e me libertaria deles. Assim, dirigi-me à governanta e pedi que me indicasse um quarto, disse-lhe que provavelmente minha visita duraria uma ou duas semanas, fiz que carregasse minha mala para o quarto e acompanhei-a. No caminho encontrei Bessie.

— A patroa está acordada — disse ela. — Falei que a senhorita está aqui. Venha, e vamos lá ver se ela a reconhece.

Eu não precisava ser guiada até aquele quarto que conhecia tão bem, ao qual fora outrora tantas vezes chamada para ser castigada ou repreendida. Segui apressada na frente de Bessie. Abri a porta suavemente. Uma luz mortiça fora colocada em cima da mesa, pois já começava a ficar escuro. Ali estava a grande cama com seu dossel de quatro colunas e o cortinado cor de âmbar, a penteadeira, a poltrona de braços, a banqueta de descansar os pés, na qual eu fui centenas de vezes sentenciada a me ajoelhar e pedir perdão pelas ofensas que não cometera. Olhei para um determinado canto, que ficava mais próximo de onde eu estava, na esperança de ver o contorno fino da temida vara flexível que costumava ficar escondida ali, pronta para saltar feito um capeta e bater na palma trêmula da minha mão ou no meu pescoço encolhido. Aproximei-me da cama. Abri as cortinas e debrucei-me sobre a pilha de travesseiros.

Bem me lembrava do rosto da Senhora Reed e procurei ansiosamente a imagem conhecida. É uma dádiva ver o tempo sufocar os desejos de vingança e silenciar os arroubos de raiva e aversão. Cheia de ódio e amargor havia deixado essa mulher e voltava para ela agora sem outra emoção que não fosse uma espécie de pesar pelo seu sofrimento e uma vontade imensa de esquecer e perdoar todas as ofensas, de me reconciliar com ela e apertar sua mão como amiga.

O rosto tão bem conhecido ali estava. Fechado, inflexível como sempre. Ali estavam aquele olhar peculiar que nada poderia enternecer e a sobrancelha erguida, arrogante e despótica. Quantas vezes ela se abaixara sobre mim com ameaças e ódio! E como agora voltavam à lembrança os terrores e as aflições da infância! Ainda assim abaixei-me e a beijei. Ela me olhou.

— É Jane Eyre? — disse ela.

— Sim, tia Reed. Como vai, querida tia?

Uma vez eu jurara que jamais voltaria a chamá-la de tia. Mas pensei que não seria pecado algum esquecer e quebrar esse juramento agora. Meus dedos apertaram a sua mão, que estava do lado de fora do lençol. Se ela apertasse a minha com ternura, eu teria naquele momento sentido um prazer verdadeiro. Mas as naturezas inflexíveis não se suavizam com facilidade, tanto quanto as antipatias não se dissipam tão depressa. A Senhora Reed retirou sua mão da minha e, desviando o rosto do meu olhar, observou que a noite estava quente.

Olhou-me outra vez com frieza e na mesma hora senti que a opinião que tinha sobre mim — seus sentimentos para comigo — não tinham mudado nem iriam mudar. Vi naquele olhar duro como pedra, opaco para a ternura, indissolúvel para as lágrimas, que ela estava resolvida a me considerar má até o fim. Porque acreditar que eu era boa não lhe daria qualquer prazer. Somente um sentimento de mortificação.

Senti dor, e em seguida senti raiva. Depois senti uma determinação de subjugá-la, de poder dominá-la não importassem sua natureza e vontade. As lágrimas encheram meus olhos como na infância, mas eu as mandei de volta para o lugar de onde vieram. Puxei uma cadeira para perto da cama, sentei-me e inclinei-me sobre o travesseiro.

— A senhora mandou que eu viesse — disse eu — e aqui estou. E tenho a intenção de ficar até ver como irá reagir.

— Oh, claro! Você já esteve com minhas filhas?

— Sim.

— Bem, você pode dizer-lhes que desejo que fique até que possamos conversar sobre algumas coisas que estão na minha cabeça. Hoje já está tarde e eu tenho dificuldade em me lembrar delas. De qualquer modo há algo que gostaria de lhe dizer. Deixe-me ver.

O olhar perdido e a mudança do tom da sua fala mostravam que a ruína se apossara do seu porte outrora tão altivo. Virando-se agitada, enrolou-se nas cobertas. Meu cotovelo apoiado em um dos cantos da colcha a prendeu. Na mesma hora ficou irritada.

— Sente-se! — disse ela. — Não me aborreça prendendo assim a minha colcha. Você é Jane Eyre?

— Sim, sou Jane Eyre.

— Eu tive mais problemas com aquela criança do que qualquer um acreditaria. Foi um fardo deixado nas minhas mãos.

E muitos aborrecimentos me causou, todos os dias, todas as horas, com seu temperamento incompreensível, seus súbitos rompantes de mau humor e a sua vigilância contínua e incomum de todos os nossos movimentos! Afirmo que uma vez falou comigo como se fosse louca ou o próprio diabo. E nunca criança alguma falou ou me olhou do jeito que ela fez. Fiquei contente por tê-la mandado embora daqui de casa. O que foi que fizeram com ela em Lowood? A febre se espalhou por lá, e muitas das alunas morreram. Entretanto, ela não morreu. Mas eu digo que morreu. Pelo menos desejei que tivesse morrido!

— Desejo estranho, Senhora Reed. Por que a senhora a odeia tanto assim?

— Nunca gostei da mãe dela, pois ela era a única irmã do meu marido e a grande favorita dele. Ele se opôs a que sua família a deserdasse quando se casou com um homem de uma classe social mais baixa, e, quando soube da morte dela, chorou como um palerma. Queria então mandar buscar o bebê da irmã, embora eu lhe implorasse que a entregasse a uma babá paga para tomar conta dela. Eu a odiei desde a primeira vez que a vi. Era uma coisinha doente, chorosa e franzina! Chorava no berço a noite inteira, não aos berros como qualquer outra criança, mas choramingando e gemendo. Reed tinha pena dela. Ele costumava niná-la e lhe dava tanta atenção como se ela fosse sua própria filha. Mais até, na verdade, do que dera às suas quando tinham a mesma idade. Tentou fazer que meus filhos fossem amigos da pequena indigente. Meus queridinhos não conseguiam suportá-la e ele ficava zangado quando demonstravam sua antipatia por ela. Na fase final da sua doença mandava que a trouxessem para sua cama, o tempo todo. E uma hora antes de morrer obrigou-me a jurar que cuidaria daquela criatura. Eu preferia ter sido encarregada de cuidar de um pirralho pobre saído de um orfanato. Mas ele era um fraco, naturalmente fraco. John não se parece nada com o pai, o que me alegra. John se parece comigo e com meus irmãos — é um Gibson. Oh, seria tão bom se parasse de me atormentar com cartas pedindo dinheiro! Não tenho mais dinheiro para lhe dar. Estamos empobrecendo. Preciso mandar embora metade dos empregados e fechar parte da casa ou então me desfazer dela. Nunca me submeterei a tal coisa — mas como é que iremos continuar? Dois terços de meus rendimentos vão para pagamento de juros de hipotecas. John joga desbragadamente e sempre perde — pobre rapaz! Vive cercado por trapaceiros. John está arruinado e degradado. Está com uma aparência horrível. Sinto vergonha por ele quando o vejo.

Ela estava ficando muito agitada.

— Acho melhor deixá-la agora — disse eu a Bessie, que estava do outro lado da cama.

— Talvez fosse melhor, senhorita. De noite ela sempre fala dessa maneira. Durante a manhã ela fica mais calma.

Levantei-me.

— Pare! — exclamou a Senhora Reed. — Há outra coisa que desejo dizer. Ele me ameaça — vive ameaçando-me com sua própria morte, ou com a minha. E às vezes, quando sonho com ele, o vejo estirado com um grande ferimento na garganta, ou com o rosto enegrecido e inchado. Cheguei a um estranho impasse. Tenho problemas graves. O que ainda se pode fazer? Como se pode conseguir dinheiro?

Bessie agora se esforçava para persuadi-la a tomar um gole de um sedativo. Depois de alguma luta acabou conseguindo. Não demorou muito a Senhora Reed ficou mais calma e entrou num estado letárgico. Então saí dali.

Levou mais do que dez dias até que eu pudesse ter outra conversa com ela. Ela continuava ora delirante, ora letárgica, e o médico proibiu tudo que pudesse provocar uma agitação dolorosa. Enquanto isso, minha relação com Georgiana e Eliza ia melhorando como podia. A princípio elas foram realmente muito frias. Metade do dia Eliza ficava sentada costurando, lendo ou escrevendo, e raramente dirigia uma palavra a mim ou a sua irmã. Georgiana podia passar horas falando absurdos para o seu canário sem sequer notar a minha presença. Mas eu estava determinada a não me deixar abater pela falta do que fazer ou pelo tédio. Trouxera meu material de desenho e foi ele que me salvou das duas ameaças.

Com minha caixa de lápis e algumas folhas de papel, sentava-me perto da janela, bem longe delas, e preenchia o tempo fazendo vinhetas rebuscadas que representavam as cenas que iam formando-se no caleidoscópio da minha imaginação fértil — um vislumbre do mar entre dois penhascos, a Lua nascendo e um barco cruzando na frente dela. Uma touceira de juncos e plantas aquáticas dentre os quais aparecia a cabeça de uma ninfa coroada por flores de lótus ou um duende sentado num ninho de pardal sob uma guirlanda de espinheiros em flor.

Uma manhã, senti vontade de desenhar um rosto. Que tipo de rosto seria não me importava em saber. Peguei um lápis preto macio, apontei-o e comecei a trabalhar. Em pouco tempo havia traçado no papel uma testa larga e proeminente e o perfil de um rosto quadrado. Aquele contorno me agradou. Meus dedos continuaram ativamente a preencher os detalhes. Sobrancelhas horizontais acentuadas precisavam ser desenhadas sob aquela testa. Depois naturalmente surgiu um nariz bem definido, reto e com narinas grandes. Uma boca de aspecto flexível que nada tinha de pequena. Um queixo firme com uma covinha visível no meio. Era evidente que seria necessário um par de costeletas e uma cabeleira negra armada nas têmporas e ondulada acima da testa. Deixei os olhos por último, porque precisavam de um trabalho mais cuidadoso. Desenhei-os grandes e bem definidos. Fiz as pestanas compridas e escuras, e íris grandes e brilhantes. "Está bom, mas ainda falta alguma coisa", pensei, enquanto apreciava o efeito. "Eles pedem mais força e alma", e acentuei mais o preto do sombreado para que as luzes se destacassem mais. Um ou dois toques felizes garantiram o sucesso. Lá estava, diante de mim, o rosto de um amigo. E o que me importava se aquelas duas mocinhas dessem as costas para mim? Eu o olhei. Sorri ante a grande semelhança. Estava enlevada e feliz.

— É o retrato de alguém que você conhece? — perguntou Eliza, que se aproximara de mim sem que eu notasse. Respondi que era apenas um retrato imaginário, e na mesma hora escondi o desenho sob as outras folhas de papel. É claro que menti. De fato era uma representação bastante fiel do Senhor Rochester. Também nada disso tinha a ver com ela ou com qualquer outra pessoa, além de mim mesma. Georgiana também se aproximou para ver. Classificou o que eu acabara de fazer como o retrato de "um homem feio", mas os outros desenhos lhe foram de grande agrado. Ambas pareceram surpresas com a minha habilidade. Ofereci-me para fazer o retrato delas, e as duas, uma de cada vez, posaram para um perfil feito a lápis. Então Georgiana resolveu buscar seu próprio álbum. Prometi contribuir com uma aquarela, o que imediatamente a fez ficar de bom humor. Ela sugeriu uma caminhada pelo jardim. Antes de completarmos duas horas juntas, já trocávamos confidências. Ela me contou sobre um inverno maravilhoso que passara em Londres havia duas temporadas, da admiração que provocara e da atenção que recebera, e fez algumas insinuações sobre uma conquista aristocrática. Com o correr da tarde e da noite essas insinuações se alargaram. E várias conversas ternas que tiveram foram detalhadas e várias cenas sentimentais foram representadas. Em suma, nesse dia uma novela romântica sobre a vida elegante foi improvisada por ela para mim. As conversas entre nós foram aprofundadas dia após dia. Sempre versavam sobre o mesmo tema — ela própria, seus amores e aflições. Era estranho que nunca se referisse à doença da mãe, ou à morte do irmão, ou ao estado precário das perspectivas futuras da família. Sua mente parecia estar inteiramente ocupada pelas reminiscências de divertimentos do passado e aspirações do que aconteceria depois das perdas. Não ficava mais do que cinco minutos por dia no quarto da sua mãe doente.

Eliza ainda falava muito pouco. Claro que não lhe sobrava tempo para falar. Jamais vi uma pessoa mais ocupada do que ela aparentava ser, embora fosse difícil dizer o que fazia ou descobrir qualquer resultado em tanta atividade. Acordava cedo com um despertador. Não sei com que ela se ocupava antes do café da manhã, porém, depois dessa refeição ela dividia seu tempo em partes regulares, e cada hora era destinada a uma tarefa. Três vezes ao dia estudava um pequeno livro que depois de uma rápida olhada descobri ser um livro de orações. Uma vez perguntei a ela o que lhe atraía tanto naquele livro e ela respondeu:

— A Rubrica.

Dedicava três horas do dia para pespontar, com linha dourada, a bainha de um pano cor de carmim, quase tão grande quanto um tapete. Em resposta às minhas perguntas sobre o uso desta peça, informou-me que era uma toalha para o altar da nova igreja construída perto de Gateshead. Dedicava duas horas ao seu diário, duas ao trabalho na horta e uma para atualizar suas contas. Parecia não querer companhia ou conversa. Acredito que era feliz ao seu modo. Sua rotina lhe bastava. Nada a incomodava mais do que a ocorrência de qualquer incidente que a forçasse a mudar a regularidade de seus hábitos metódicos.

Uma noite, disposta a ser mais comunicativa do que costumava, ela me falou que a conduta de John e a ameaça de ruína da família haviam sido uma fonte de profunda aflição para ela. Mas que agora acalmara a mente e tomara uma resolução. Ela cuidara de garantir a sua própria fortuna. E quando sua mãe morresse — era totalmente improvável que se recuperasse ou fosse durar muito tempo, como observou ela com tranquilidade — iria executar um projeto que acalentava havia muito tempo. Buscar um lugar de retiro onde seus hábitos metódicos não pudessem ser perturbados e onde estaria protegida da frivolidade do mundo. Perguntei se Georgiana a acompanharia. É claro que não. Georgiana e ela não tinham nada em comum — jamais tiveram. Eliza não aguentaria de jeito algum a companhia da irmã. Georgiana deveria seguir o seu rumo e ela seguiria o seu.

Quando Georgiana não abria o coração para mim, ficava estirada no sofá durante a maior parte do tempo a lastimar-se do tédio da casa e a ansiar ininterruptamente pela vinda da sua tia Gibson trazendo-lhe um convite para passar um tempo na cidade. Seria muito melhor, dizia ela, se pudesse sair dali durante um mês ou dois — até que tudo tivesse acabado.

Não perguntei o que ela queria dizer com "até que tudo tivesse acabado", mas suponho que se referia à esperada morte da sua mãe e aos tristes rituais fúnebres que se seguiriam.

Eliza não se importava com a indolência da irmã, desde que seus resmungos não ocorressem na frente dela. Contudo, um dia, ao colocar de lado o caderno de contabilidade e começar a preparar seu bordado, subitamente, teve a seguinte reação:

— Georgiana, acho que nenhum animal mais inútil e absurdo do que você teve permissão de habitar a face da terra. Sua vida não faz sentido, você não devia ter tido o direito de nascer. Em vez de viver sua vida consigo mesma, como qualquer ser racional costuma fazer, não faz outra coisa senão atrelar sua fraqueza à força de alguém. E, se não consegue encontrar ninguém disposto a carregar essa coisa gorda, fraca, balofa e inútil que é você, reclama que é maltratada, negligenciada e sofredora. E depois, para você a vida tem de ser um cenário contínuo de mudança e excitação, sem o qual o mundo torna-se uma prisão. Você tem de ser admirada, cortejada, adulada, tem de ter música dança e vida social, caso contrário corre o risco de morrer de tédio. Por que você não usa a consciência para divisar um modo de ser independente dos esforços e das vontades dos outros? Pegue um dia, divida-o em partes e a cada parte atribua uma tarefa. Não deixe um quarto de hora, dez ou cinco minutos sem utilidade. Use o tempo todo. Faça uma coisa de cada vez, com método, com rigorosa regularidade. O dia irá terminar antes mesmo de você perceber que começou. E não estará em dívida com ninguém por ter ficado livre de um momento ocioso. Não terá de ir atrás da companhia, da conversa, da aprovação e paciência de quem quer que seja, pois, em resumo, terá vivido como deve viver um ser independente. Aceite este conselho. O primeiro e o último que posso oferecer, e então não vai precisar de mim ou de quem quer que seja, aconteça o que acontecer. Ignore-o e continue como está, resmungando, se lamentando e vivendo como uma preguiçosa, e sofrerá as consequências da sua idiotice, por mais insuportáveis e piores que elas sejam. E lhe falo com toda franqueza, e ouça, pois não irei repetir o que vou dizer agora — é assim exatamente que agirei. Depois da morte da minha mãe, lavarei minhas mãos quanto a você. A partir do dia em que o caixão dela for levado à cripta da igreja de Gateshead, você e eu iremos ficar tão separadas como se jamais nos tivéssemos conhecido. Não precisa pensar que, por termos nascido dos mesmos pais por um acaso do destino, devo tolerar que fique grudada em mim até mesmo para as mais fracas reivindicações. Posso dizer com tranquilidade, se toda a raça humana, exceto nós, desaparecesse, e só restássemos nós duas na face da terra, eu a deixaria no Velho Mundo e iria sozinha para o Novo.

Ela calou a boca.

— Podia ter-se poupado do transtorno de me lançar tamanha desgraça — respondeu Georgiana. — Todo mundo sabe que você é a criatura mais egoísta e sem coração que existe neste mundo. E *eu* conheço bem o seu ódio vingativo contra mim. Já tive uma amostra dele antes, na peça que me pregou em relação a Lord Edwin Vere. Não suportaria que eu sobressaísse a você, tivesse um título, fosse recebida em círculos onde você não teria coragem de mostrar o rosto, e por isso agiu como espiã e informante e arruinou para sempre as minhas pretensões.

Georgiana pegou seu lenço e durante uma hora inteira ficou assoando o nariz. Eliza sentou-se fria, impassível, e de modo laborioso voltou ao trabalho.

Sentimentos verdadeiros e generosos são considerados sem importância para algumas pessoas, mas ali estavam pessoas de duas naturezas diversas. Uma intoleravelmente ácida, e outra miseravelmente insossa, às quais tais sentimentos faziam falta. Sentir sem antes julgar é como beber algo sem gosto, mas julgar sem sentimento é demasiado amargo e rascante para ser engolido.

A tarde era de chuva e ventania. Georgiana adormecera no sofá lendo um romance. Eliza tinha ido à igreja nova assistir à celebração de um dia santo, pois em termos de religião ela era extremamente formal. Nenhum tempo ruim jamais a impediu de cumprir pontualmente aquilo que considerava um dever religioso. Todo domingo, com sol ou chuva, ia três vezes à igreja, e com frequência nos dias de semana em que houvesse orações.

Lembrei então de subir para ver como estava passando a moribunda, que ficara deitada lá quase sem atenção e cuidados. Até mesmo os criados lhe davam uma atenção mínima. A enfermeira que fora contratada, que não era vigiada, dava-lhe o mínimo de atenção e escapulia do quarto toda vez que tinha oportunidade. Bessie era fiel, mas tinha a própria família com que se ocupar, e só uma vez ou outra vinha à mansão. Encontrei o quarto da doente sem ninguém, como já imaginava. A enfermeira não estava lá e a doente estava deitada imóvel, aparentemente letárgica. Seu rosto lívido mergulhado nos travesseiros. O fogo morrendo na lareira. Reabasteci a lareira, estiquei a roupa de cama enquanto por alguns instantes fiquei olhando para aquela que agora não podia olhar para mim. Então, fui até a janela.

A chuva batia forte contra a vidraça, o vento soprava tempestuoso.

"Ali jaz uma pessoa" — pensei — "que em breve estará além da hostilidade dos elementos terrenos. Para onde voará esse espírito que agora reluta em abandonar o corpo material, quando finalmente se libertar?".

Ao ponderar sobre esse grande mistério, lembrei-me de Helen Burns e das palavras que disse ao morrer — da sua fé — da doutrina da igualdade entre as almas desencarnadas. Ainda podia ouvir o som das suas palavras — e ainda guardava na lembrança sua aparência pálida e etérea, sua face enfraquecida e seu olhar sublime enquanto jazia plácida no seu leito de morte e sussurrava seu anseio de ser levada de volta para os braços de seu Pai divino, quando partiu do leito uma voz fraca murmurando por atrás de mim:

— Quem está aí?

Eu sabia que a Senhora Reed já não falava há dias. Estaria recuperando-se? Fui até ela:

— Sou eu, Tia Reed.

— Eu quem? — foi a sua resposta. — Quem é você? — disse olhando-me com surpresa e certo alarme, mas sem exasperação. — Você me é completamente estranha. — Onde está Bessie?

— Está na casa dela, tia.

— Tia! — repetiu ela. — Quem é que me chama de tia? Você não é uma das Gibson, mas mesmo assim eu a conheço. Esse rosto, o olhar e a testa me são familiares. Você se parece com... se parece com Jane Eyre!

Eu não disse nada. Tive medo de provocar algum choque ao revelar minha identidade.

— Sim — disse ela —, receio ser um engano. Meus pensamentos me confundem. Queria ver Jane Eyre, e estou buscando uma parecença onde não existe nenhuma. Além do mais, em oito anos ela deve ter mudado muito.

Eu então a tranquilizei, ao dizer, com toda a calma que eu era mesmo a pessoa que supunha e desejava que fosse. E ao ver que fora entendida, e que os sentidos dela pareciam estar em ordem, expliquei que Bessie mandara seu marido ir buscar-me em Thornfield.

— Sei que estou muito doente — disse ela depois de algum tempo. — Há pouco estive tentando virar-me e percebi que não consigo mover um membro sequer. É bom que eu possa aliviar minha mente antes de morrer. Aquilo em que pensamos pouco quando temos saúde torna-se um fardo numa hora como esta. A enfermeira está aí? Ou, além de você, não há mais ninguém no quarto?

Disse a ela que estávamos sozinhas.

— Bem, eu lhe fiz mal duas vezes, do que agora me arrependo. A primeira foi quebrar a promessa feita ao meu marido de criá-la como se fosse minha própria filha, e a outra... — ela parou por um instante. — Afinal, talvez não tenha assim tanta importância — murmurou para si mesma. — E depois pode ser que eu melhore. É doloroso me humilhar assim diante dela.

Fez um esforço para mudar de posição, mas não conseguiu. Seu rosto transformou-se. Parecia estar sentindo algo dentro de si, talvez o prenúncio do último suspiro.

— Bem, preciso acabar logo com isso. A eternidade me espera. É melhor lhe dizer logo. Vá até minha maleta de toucador e pegue uma carta que irá encontrar dentro dela.

Obedeci às suas instruções.

— Leia a carta — disse ela.

Ela era curta e dizia o seguinte:

Senhora, tenha a bondade de me enviar o endereço de minha sobrinha Jane Eyre e de me informar como ela vai passando. Tenho a intenção de lhe escrever, em breve, para que venha ter comigo aqui na Ilha da Madeira. A Providência divina premiou meus esforços e me deu meios suficientes para uma subsistência segura, e como não me casei nem tive filhos, desejo adotá-la enquanto estiver vivo, e quando morrer deixar de herança para ela o que eu possua — fico, Madame, atenciosamente, etc., etc.

John Eyre, Ilha da Madeira

Estava datada de três anos atrás.

— Por que eu nunca soube disso? — perguntei.

— Porque eu a detestava tanto e tão completamente que nunca lhe estenderia a mão que a levasse à prosperidade. Jamais esqueci a sua conduta comigo, Jane. A fúria com a qual uma vez investiu contra mim, o tom de voz com o qual afirmou detestar-me mais do que a qualquer coisa no mundo, o olhar e a voz nada infantis com os quais disse que só de pensar um mim sentia vontade de vomitar, e afirmou que eu a tratava com uma crueldade impiedosa. Nunca pude esquecer o que eu senti quando se ergueu e deixou escorrer o veneno que tinha em sua mente. Senti medo, como se um animal no qual eu tivesse batido ou empurrado me olhasse com olhos humanos e me amaldiçoasse com uma voz masculina. Traga-me um pouco d'água! E depressa!

Querida Senhora Reed — disse eu enquanto lhe oferecia a água que me havia pedido — não pense mais sobre isso, deixe que isso vá embora de sua mente. Perdoe-me por minha linguagem extremada. Eu era uma criança naquela época. Já se passaram oito ou nove anos desde aquele dia.

Ela não prestou atenção a nada do que eu dissera, mas, depois que bebeu a água e tomou fôlego, continuou:

— Saiba que não pude esquecer, e resolvi vingar-me. Pois não podia suportar vê-la adotada por seu tio e desfrutando de tranquilidade e conforto. Escrevi para ele e disse que sentia muito por desapontá-lo, mas Jane Eyre tinha morrido. Morrera de febre tifoide em Lowood. Agora faça o que achar melhor. Escreva para ele e desminta o que eu escrevi. Exponha minha falsidade, se assim quiser. Penso que você nasceu para ser o meu tormento. Minha última hora é atormentada pela recordação de um ato que, não fosse por você, eu jamais teria sido tentada a cometer.

— Se pudesse ao menos se convencer a não pensar mais nisso, tia, e se me olhasse com bondade e perdão...

— Você tem uma inclinação para a maldade — disse ela — que até hoje não consigo entender como pôde ser paciente e tranquila durante nove anos da sua vida sob o tratamento que recebia e no décimo ano irromper com fogo e violência. Jamais vou entender.

— Minha inclinação para a maldade, tal qual pensa, não existe. Sou geniosa, mas não sou vingativa. Muitas vezes, quando criança, teria ficado feliz em amá-la, se a senhora tivesse deixado. E faz muito tempo que desejo sinceramente me reconciliar com a senhora. Dê-me um beijo, tia.

Aproximei meu rosto dos lábios dela, mas ela não o tocou. Disse que eu a estava oprimindo por inclinar-me sobre sua cama, e mais uma vez pediu água. Depois que repousei seu corpo — pois eu a levantara e a sustentara em meus braços enquanto ela bebia — cobri com as minhas mãos a sua mão gelada e fechada como uma concha. Seus dedos frágeis se encolheram mais ao toque dos meus. Seus olhos vidrados evitaram o meu olhar.

— Ame-me, então, ou odeie-me, como quiser — disse eu por fim. — A senhora tem o meu perdão pleno e sincero. Agora, peça o perdão de Deus e fique em paz.

Pobre mulher sofredora! Era tarde demais para que fizesse o esforço de mudar sua maneira de pensar. Viva, sempre me odiou. Na hora da morte devia me odiar ainda mais.

A enfermeira entrou seguida por Bessie. Eu ainda fiquei por ali mais uma meia hora na esperança de ver algum sinal de amizade. Mas ela não me mostrou nenhum. Decaía rapidamente em um estado de completo estupor. Sua mente nem sequer voltou a se reanimar. À meia-noite daquele dia ela morreu. Eu não estava presente naquele momento para fechar seus olhos. Muito menos suas filhas. No dia seguinte vieram nos avisar que já estava tudo terminado. Seu corpo havia sido preparado. Eliza e eu fomos vê-la. Georgiana, que explodira num choro convulsivo, disse que não ousaria vê-la. Ali estava agora estendida Sarah Reed, outrora uma pessoa ativa de físico robusto. Seu olhar pétreo estava coberto pelas pálpebras frias, suas sobrancelhas e suas feições fortes ainda mostravam a imponência de sua alma inexorável. Para mim aquele corpo era um objeto estranho e solene. Contemplei-o com tristeza e dor. Sem benevolência, nada de ternura, de piedade ou de esperança, pois ele não inspirava nenhum desses sentimentos. Apenas uma angústia áspera pela infelicidade *dela*, não pela *minha* perda, e um desalento sombrio e sem lágrimas pelo terror de uma morte como aquela.

Eliza observou sua mãe com calma. Depois de um instante de silêncio, comentou:

— Com a constituição que tinha deveria ter vivido bem mais. Sua vida foi abreviada pelas preocupações.

Então, por um instante, sua boca estremeceu num espasmo. Assim que passou, ela se virou e saiu do quarto, e eu a segui. Nenhuma de nós duas derramou sequer uma lágrima.

XXII

O Senhor Rochester me dera apenas uma licença de uma semana. Ainda assim se passou um mês antes que eu deixasse Gateshead. Quis ter partido imediatamente após o enterro, mas Georgiana suplicou que eu ficasse até que pudesse partir para Londres, onde finalmente fora convidada a ir com seu tio, o Senhor Gibson, que viera providenciar o sepultamento de sua irmã e acertar os negócios da família. Georgiana me disse que temia ficar sozinha com Eliza. Dela não conseguia nem compreensão em sua tristeza, nem consolo em seus temores nem ajuda para seus preparativos. Assim aguentei ao máximo os lamentos de sua mente fraca e egoísta, e dei o melhor de mim ao costurar e empacotar seus vestidos. Mas a verdade era que, enquanto eu trabalhava, ela ficava à toa e eu pensava comigo mesma:

"Se você e eu tivéssemos de viver juntas, prima, a coisa seria bem diferente. Eu não me contentaria em ser, mansamente, a parte tolerante. Iria designar-lhe uma parcela de trabalho e a obrigaria a cumpri-la, ou ela ficaria sem ser feita. E insistiria também para que guardasse dentro de si mesma algumas de suas arrastadas lamentações um tanto insinceras. É só porque nossa relação é transitória e acontece num momento de luto que me permito ser paciente e complacente".

Por fim assisti à saída de Georgiana. Mas, agora era a vez de Eliza me pedir para ficar por mais uma semana. Explicou que seus planos necessitavam de todo o seu tempo e atenção. Estava de partida para um lugar não revelado e ficava o dia todo em seu próprio quarto, com a porta trancada por dentro, enchendo baús, esvaziando gavetas, queimando papéis sem se comunicar com ninguém. Queria que eu tomasse conta da casa, atendesse às visitas e respondesse às cartas de condolências.

Certa manhã anunciou que eu já podia ir embora.

— E agradeço-lhe — acrescentou — pelos seus valiosos serviços e sua conduta discreta! Há uma diferença entre viver com alguém como você e com Georgiana. Você faz a sua parte na vida e não é um fardo para ninguém. Amanhã parto para o continente. Irei viver numa casa de religiosas perto de Lisle, um convento de freiras, como se pode dizer. Lá estarei em paz e não serei incomodada. Irei dedicar-me ao estudo dos dogmas do catolicismo romano e a um estudo cuidadoso sobre o sistema de trabalho dentro da religião. Se eu achar que essa meta, como suspeito, é a melhor como garantia de que a vida transcorra de maneira decente e organizada, abraçarei os princípios de Roma e provavelmente me tornarei freira.

Não me surpreendi com esta resolução e tampouco tentei dissuadi-la.

"A vocação irá cair-lhe muito bem" — pensei. — "Que ela lhe seja boa!"

Ao nos despedirmos, ela disse:

— Adeus, prima Jane Eyre. Desejo-lhe tudo de bom. Você é uma pessoa de juízo.

Eu então respondi:

— Você também é uma pessoa de juízo, prima Eliza, mas suponho que o juízo que tem será enterrado vivo num convento francês dentro de um ano. Entretanto, isso não é da minha conta, e, se isso é o que quer, eu não tenho de me meter.

— Você está no seu direito — disse ela. E com essas palavras cada uma de nós foi para o seu caminho.

Como eu talvez não volte a me referir a ela ou à sua irmã, devo aqui aproveitar para dizer que Georgiana encontrou um par vantajoso e acabou casando-se com um homem mais velho e muito rico. Eliza acabou tornando-se freira e hoje é a madre superiora do convento no qual passou o período em que foi noviça e para o qual doou sua fortuna.

Não sabia como as pessoas se sentiam ao voltar para casa depois de uma ausência, fosse ela longa ou curta, jamais experimentara esse sentimento. Sabia como era voltar para Gateshead, quando era criança, depois de um longo passeio e ser repreendida por parecer fria e sombria. E mais tarde, como era voltar da igreja em Lowood, ansiosa por uma refeição farta e um bom fogo e não ter nenhuma dessas duas coisas. Nenhum desses retornos era muito agradável ou desejável. Não havia uma bússola que me levasse para um ponto determinado, aumentando seu poder de atração à medida que eu dele me aproximava. Voltar a Thornfield ainda era algo a ser experimentado.

Minha viagem pareceu-me tediosa. Um enorme tédio. Quase oitenta quilômetros em um dia, uma noite passada numa estalagem, outros oitenta quilômetros no dia seguinte. Durante as primeiras doze horas eu pensei nos últimos momentos da Senhora Reed. Vi seu rosto desfigurado e sem cor, e ouvi sua voz alterada e estranha. Pensei no dia do enterro, no caixão, no coche, no séquito de arrendatários de terras e empregados vestidos de preto, e nos poucos parentes. A cova aberta, a igreja em silêncio, a cerimônia solene. Depois pensei em Eliza e Georgiana. Via esta última como o centro das atenções em um salão de baile e a primeira como uma interna na cela de um convento. Refleti e analisei suas peculiaridades individuais, pessoais e de caráter. A chegada à noite na cidade grande dissipou tais pensamentos. A noite fez que tomassem outro rumo. Deitada em minha cama de viajante, troquei a lembrança pela expectativa do que me esperava.

Estava voltando para Thornfield. Mas por quanto tempo ainda ficaria por lá? Não muito. Disso eu tinha certeza. Tive notícias, pela Senhora Fairfax, de que durante a minha ausência os hóspedes da mansão tinham ido embora e que o Senhor Rochester partira para Londres havia três semanas, mas que estaria de volta dentro de quinze dias. A Senhora Fairfax imaginava que ele fora tratar dos preparativos do seu casamento, pois falara sobre a compra de uma nova carruagem. Disse também que a ideia do seu casamento com a Senhorita Ingram ainda soava estranha para ela, mas, pelo que todos diziam e pelo que ela mesma pôde ver, não havia mais dúvidas de que o casamento ocorreria em breve.

"Você seria uma incrédula bem esquisita se duvidasse disso" — foi o comentário mental que fiz. — "Não há dúvidas."

A pergunta que se seguiu foi a seguinte — "Para onde é que eu iria?"

Sonhei a noite toda com a Senhorita Ingram. Num sonho vívido de manhã, a vi fechando os portões de Thornfield na minha cara e apontando em direção à outra estrada. E o Senhor Rochester só olhava com os braços cruzados. Parecia sorrir com deboche tanto por ela quanto por mim.

Eu não avisara à Senhora Fairfax o dia exato do meu retorno porque não queria que nenhuma carruagem ou carroça fosse esperar-me em Millcote. Estava disposta a fazer o caminho de volta a pé e com muita tranquilidade. Depois de deixar meu baú aos cuidados do rapaz da estrebaria, escapuli da George Inn às seis da tarde de um dia de junho e peguei a velha estrada para Thornfield. Uma estrada que passava principalmente por dentro dos campos e que agora era pouco movimentada.

Aquela não era uma tarde de verão luminosa e esplêndida, embora fosse clara e amena. Os camponeses juntavam o feno ao longo de toda a estrada. E o céu, longe de estar completamente sem nuvens, prenunciava um tempo bom para o futuro. Seu azul — onde esse azul estava visível — era suave e a camada de nuvens, alta e tênue. Para os lados do oeste, também estava calor sem nenhum vislumbre de água para amenizá-lo. Era como se uma lareira estivesse acesa, um altar estivesse queimando por trás do véu marmóreo de vapor e por suas aberturas refulgisse um brilho vermelho dourado.

Eu me sentia feliz à medida que a estrada diminuía à minha frente. Tão feliz, que cheguei a parar uma vez para me perguntar o que aquela alegria toda significava. E para lembrar à minha razão que não era para a minha casa que eu estava voltando, ou para um lugar de descanso permanente, ou um lugar onde amigos queridos esperavam ansiosos pela minha chegada.

"A Senhora Fairfax com certeza lhe dará as boas-vindas com um sorriso calmo" — pensei —"e a pequena Adèle baterá palmas e pulará ao vê-la. Mas você sabe muito bem que está pensando em outra pessoa que não elas, e que essa pessoa não está pensando em você".

Mas existe algo mais teimoso do que a juventude? Algo mais cego do que a inexperiência? Essas duas coisas afirmavam que já era um prazer enorme ter o privilégio de olhar outra vez para o Senhor Rochester, olhasse ele para mim ou não. E acrescentavam — "Apresse-se! Apresse-se! Fique com ele enquanto pode. Apenas mais uns poucos dias ou semanas, no máximo, e depois se separará dele para sempre!". Então estrangulei a nova agonia que acabara de nascer, uma coisa distorcida com a qual não podia compactuar. E corri em frente.

Também nas campinas de Thornfield havia certo burburinho, ou melhor, os camponeses estavam deixando o trabalho e indo embora para as suas casas com os ancinhos nos ombros, agora, bem na hora em que estou de chegada. Tenho só de atravessar mais um ou dois campos e então cruzar a estrada e chegar aos portões. Como as cercas vivas estão cheias de rosas! Mas não tenho tempo de colher nenhuma. Quero logo estar em casa. Passei por um espinheiro alto que derramava galhos cheios de folhas e flores pelo caminho. Avisto as pedras estreitas dos degraus da entrada. E vejo o Senhor Rochester ali sentado com um caderno e um lápis na mão. Está escrevendo.

Bem, ele não é um fantasma. Mas ainda assim cada um dos meus nervos se contrai. Por um momento estou além do meu próprio domínio. O que isso significa? Não pensei que pudesse tremer dessa maneira quando o visse, ou que perdesse a voz ou o poder de me movimentar na presença dele. Voltarei até ele assim que puder mexer-me. Não preciso fazer esse papelão idiota. Sei outra maneira de entrar na casa. Mas isso nada significa, mesmo que eu soubesse outras vinte maneiras, pois ele já me vira.

— Olá! — gritou ele largando o caderno e o lápis. — Aí está você! Vamos, venha, por favor.

Suponho que eu deva ter entrado. Só não sei como. Com pouca consciência de meus movimentos e tentando parecer calma, busco controlar os músculos do meu rosto, que se rebelam insolentes contra a minha vontade e lutam para expressar o que resolvi esconder. Mas estou usando um véu que está caído sobre o rosto. Posso recompor-me e me comportar de maneira decente.

— Essa não é Jane Eyre? E está voltando a pé de Millcote? Sim, esse é mais um de seus truques. Não pedir a carruagem e vir fazendo barulho pelas estradas e caminhos como qualquer mortal, para infiltrar-se pelas vizinhanças da sua casa junto com o crepúsculo, como se fosse um sonho ou uma sombra. Que diabos a senhorita fez consigo mesma durante este mês que passou?

— Estive com minha tia que morreu.

— Uma resposta típica de Jane! Que os bons anjos me protejam! Ela vem de outro mundo, da residência de pessoas que estão mortas. E diz isso ao me encontrar aqui sozinho no crepúsculo! Se eu tivesse coragem a tocaria para ver se é feita de matéria ou se não passa de uma sombra, ou se é um duende! Mas seria o mesmo que ir ao pântano para me apoderar de um fogo-fátuo. Irresponsável! Irresponsável! — acrescentou ele. E depois de uma pausa:

— Ausentou-se de mim por um mês inteiro, sou capaz de jurar que me esqueceu.

Eu sabia que seria prazeroso encontrar outra vez o meu patrão, mesmo que em pedaços pelo medo de que logo o perderia, e pela consciência de que eu não significava nada para ele. Mas havia sempre no Senhor Rochester — pelo menos era o que eu pensava — um saudável poder de transmitir felicidade para aves estranhas e perdidas como eu, que somente podem provar as migalhas que ele jogava, era como me fartar em um banquete. Suas últimas palavras foram como um bálsamo. Pareciam insinuar que de alguma forma se importava que eu me tivesse esquecido ou não dele. E ele falara de Thornfield como se fosse a minha casa. Quem dera que fosse a minha casa!

Ele não se afastou do degrau da entrada, e eu não quis pedir para passar. Logo perguntei se ele não estivera em Londres.

— Sim, suponho que soube disso por intermédio de outra pessoa.

— Foi a Senhora Fairfax que me disse na carta.

— E ela lhe disse o que eu fui fazer lá?

— Sim, senhor! Todos sabiam qual era seu objetivo.

— A senhorita precisa ver a carruagem, Jane, e me dizer se não acha que combinará bem com a Senhora Rochester. E se ela não ficará parecendo a Rainha Boadicea,[1] recostada em almofadas cor de púrpura. Jane, eu gostaria de ter uma aparência externa melhor para ser um par digno dela. Diga-me agora, a senhorita, que é uma fada, se não pode fazer-me um

---

[1] Boadicea ou Boadicca, Buduica ou Bonduca, rainha celta que liderou os icenos e outras tribos contra os romanos que ocupavam a Grã-Bretanha em 60 ou 61 d.C.

feitiço, ou alguma poção mágica, ou alguma coisa desse tipo, para que eu venha a ser um homem bonito?

— Isso é algo que está além de um passe de mágica, senhor — e em pensamento acrescentei:

"Um olho apaixonado é o único amuleto necessário, e para tal o senhor é suficientemente bonito, ou melhor, sua austeridade está muito além de qualquer beleza".

Às vezes o Senhor Rochester lia os meus pensamentos com uma acuidade que eu não entendia. Naquele momento não tomou conhecimento da minha resposta abrupta e sonora. Mas sorriu com um sorriso que só ele tinha e que usava apenas em raras ocasiões. Parecia achar que o sorriso servia bem a propósitos banais, mas era a emoção de um verdadeiro raio de sol que agora derramava sobre mim.

— Passe, Jane. — disse ele, afastando-se para que eu passasse pelo degrau. — Suba para a casa e leve os seus pés nômades cansados para a soleira da casa de um amigo.

Agora, tudo o que eu tinha a fazer era obedecer em silêncio. Não havia necessidade de esticar a conversa. Passei pelo degrau sem dizer palavra e quis sair dali com calma. Um impulso me deteve. Uma força fez que me virasse. E eu disse — ou algo dentro de mim falou em meu lugar e a despeito de mim.

— Obrigado, Senhor Rochester, pela sua bondade. Estou estranhamente muito satisfeita por ter voltado outra vez para o senhor. Minha casa. Minha única casa é onde o senhor está.

Fui andando tão depressa que nem mesmo ele seria capaz de me alcançar se tentasse. A pequena Adèle ficou quase louca de satisfação ao ver-me. A Senhora Fairfax recebeu-me com a sua acolhida amistosa habitual. Leah sorriu e até Sophie me saudou com um alegre *bonsoir*. Tudo isso foi muito agradável.

Não há nada melhor do que ser amada por seus semelhantes e sentir que sua presença é algo que se soma ao conforto deles.

Naquela noite, com extrema convicção, fechei os olhos em relação ao futuro. Fechei os ouvidos à voz que continuava a me alertar sobre a separação iminente e a vinda da tristeza. Quando o chá terminou, a Senhora Fairfax pegou o seu tricô, e eu me sentei num banquinho perto dela. Adèle, ajoelhada no tapete, aninhou-se junto a mim e um sentimento de afeição mútua pareceu envolver-nos com uma aura dourada de paz. Murmurei uma prece silenciosa para que nós não nos separássemos tão cedo. E, enquanto estávamos assim, o Senhor Rochester entrou de repente, nos olhou, e pareceu feliz em ver a harmonia daquele grupo, pois disse que a velha senhora agora parecia feliz por ter sua filha adotiva de volta, e acrescentou que viu que Adèle estava *prête à croquer sa petite maman Anglaise.*[2] Quase cheguei a ter esperança de que ele nos mantivesse em algum lugar, juntas, sob sua proteção, depois do seu casamento, e não nos privasse do raio de sol da sua presença.

Uma quinzena de calma duvidosa se seguiu ao meu retorno a Thornfield Hall. Nada era comentado sobre o casamento do patrão e eu não vi qualquer preparativo para esse acontecimento. Quase todos os dias eu perguntava à Senhora Fairfax se ouvira alguma coisa sobre essa decisão, e sua resposta era sempre negativa. Uma vez me disse que ela mesma perguntara ao Senhor Rochester quando é que ele traria sua noiva para casa, mas ele respondeu com uma brincadeira e com um daqueles seus olhares estranhos. E ela ficou sem saber.

[2] Em francês: "Prestes a triturar sua mãezinha inglesa".

Uma coisa particularmente me surpreendeu, não havia idas e vindas nem visitas a Ingram Park, que ficava a 32 quilômetros, nos limites do outro condado. Mas afinal o que era essa distância para um amante apaixonado? Para um cavaleiro experiente e incansável como o Senhor Rochester, aquilo poderia ser apenas a cavalgada de uma manhã. Comecei a acalentar esperanças do que não tinha sequer o direito de imaginar. Que o noivado estava desfeito, que os rumores eram um engano, que uma das duas partes mudara de ideia. Costumava olhar para o rosto do meu patrão em busca de algum sinal de tristeza ou de raiva. Mas não conseguia lembrar-me de quantas vezes ele estivera assim tão uniformemente desanuviado de maus sentimentos. Se, nos momentos em que eu e minha aluna passávamos com ele, eu perdia a alegria e mergulhava num desânimo inevitável, ele se mostrava ainda mais alegre. Ele nunca me chamou com tanta frequência, nunca foi tão gentil comigo — e, meu Deus! Eu nunca o amei tanto.

XXIII

Um solstício de verão esplêndido brilhou sobre a Inglaterra. Durante longo tempo, sucessivos dias de sol tão radiantes e de céu do mais puro azul como quase nunca se vê favoreceram nossa terra sempre encharcada. Era como se uma sequência de dias italianos vindos do sul como uma revoada gloriosa de aves migrantes parasse para descansar nos rochedos de Albion. O feno todo fora colhido. Os campos com a vegetação ainda baixa estavam verdes ao redor de Thornfield. As estradas brancas e compactadas, as árvores frondosas, as cercas vivas e os bosques cheios de folhas escuras contrastavam com a coloração ensolarada dos campos ceifados que entre eles se intercalavam.

Na véspera do solstício, Adèle, cansada de colher morango silvestre na Hay Lane durante metade do dia, fora dormir junto com o pôr do sol. Esperei que caísse no sono, deixei-a e fui para o jardim.

Aquela era a hora mais doce de todas, "em que o dia havia consumido o seu fogo ardente" e o sereno caía frio nos prados arquejantes e nos cumes secos. No lugar em que o sol se deitara simplesmente absoluto — sem a pompa das nuvens — espalhara pelo céu uma cor púrpura solene, com a luminosidade vermelha de um rubi, como a chama de uma fornalha queimando em um ponto sobre o cume da montanha, que se estendia cada vez mais alta e mais longínqua, cada vez mais tênue e suave, sobre a metade do firmamento. O leste tinha o seu próprio encanto de azul profundo, assim como sua modesta pedra preciosa, uma estrela que se erguia solitária. E em breve ostentaria a Lua, que ainda se escondia abaixo do horizonte.

Andei durante certo tempo sobre a calçada, mas o cheiro sutil e bem conhecido — de charuto — escapava por uma das janelas. Vi que a janela da biblioteca estava entreaberta. Sabia que dali podia estar sendo observada e, por isso, afastei-me e fui para o pomar. Não havia refúgio mais protegido e mais paradisíaco na propriedade. Era cheio de árvores e estava coalhado de flores. De um dos lados, era separado do pátio por muro muito alto e do outro havia uma aleia de faias que como uma tela o separava do gramado. Ao fundo, havia uma cerca caída, sua única separação dos campos solitários. Um caminho que serpenteava margeado por loureiros prolongava-se até a cerca, terminando num enorme castanheiro, cuja base fora contornada por um banco. Aqui qualquer um podia perambular sem ser visto. Enquanto caía o sereno, reinava o silêncio e o crepúsculo se adensava, parecia que eu poderia ficar sob aquele abrigo para sempre. Mas, enquanto caminhava por aqueles canteiros de flores e frutos da parte mais alta daquela área cercada, atraída para lá pela luz da Lua crescente que se lançava sobre aquela parte mais aberta, parei — não por causa de um som ou da visão de algo — mas, uma vez mais, alertada por um aroma.

A roseira brava e a artemísia, o jasmim, o cravo e a rosa já vinham fazendo sua oferenda vespertina de perfumar o ar. Este novo aroma não era nem de folha nem de flor. Ele era — e o conhecia bem — do charuto do Senhor Rochester. Olho à minha volta e escuto. Vejo árvores carregadas de frutos maduros. Ouço o canto de um rouxinol na floresta distante quase meio quilômetro dali. Nenhum vulto visível, nenhum som de passos se aproximando, mas o perfume aumenta. É preciso fugir dali. Tento escapar pela portinhola que dá para as moitas de arbustos e vejo o Senhor Rochester entrando. Dou um passo atrás para um recanto na hera. Ele não vai ficar ali muito tempo. Logo irá voltar para o lugar de onde veio e se eu ficasse ali bem quieta ele jamais poderia ver-me.

Mas não. Ele gosta do anoitecer e deste jardim antigo e atraente tanto quanto eu. E dá uma volta, ora levantando os galhos carregados do pé de groselha para examinar seus frutos grandes como ameixas. Ora pegando uma cereja madura do muro, ora parando em uma touceira de flores para inalar seu perfume ou para admirar as gotas de sereno de suas pétalas. Uma mariposa grande passa por mim zumbindo e pousa sobre uma planta ao pé do Senhor Rochester. Ele a vê e se curva para examiná-la.

“Agora que ele está de costas para mim” — penso eu — “e está também ocupado, talvez, se eu andar sem fazer barulho, possa escapar daqui sem ser notada”.

Piso na beirada da grama para que o ruído dos seixos do caminho não me denuncie. Ele estava de pé entre os canteiros a uns dois metros de onde eu deveria passar. A mariposa aparentemente prendia sua atenção. "Vou poder passar com certeza" — pensei. Ao passar por sua sombra comprida no jardim iluminada pela Lua, que ainda não estava muito alta, ele falou baixinho, sem se virar:

— Jane, olhe só para este bichinho.

Eu não fizera qualquer ruído. Ele não tinha olhos nas costas. Será que sua sombra teria percebido? Primeiro levei um susto e depois me aproximei dele.

— Veja as suas asas — disse ele. — Ele me faz lembrar muito um inseto das Índias Ocidentais. Aqui na Inglaterra é raro se ver um inseto noturno tão grande assim. Veja, voou!

A mariposa voou para longe. Eu também recuei timidamente. Mas o Senhor Rochester me seguiu e, quando chegamos ao pequeno portão, ele disse:

— Volte. Numa noite tão linda como essa é uma pena ficar dentro de casa. E com certeza ninguém deseja ficar na cama enquanto o pôr do sol se encontra assim com o nascer da lua.

Um de meus defeitos é que, embora às vezes tenha a língua pronta para uma resposta, há ocasiões em que ela me falta para dar uma boa desculpa. E essa falta ocorre sempre em um momento crítico, quando uma simples palavra ou um pretexto plausível poderia livrar-me de um embaraço penoso. Eu não estava com vontade de caminhar àquela hora com o Senhor Rochester pelo pomar sombrio. Mas não consegui encontrar um motivo que justificasse minha partida. Segui-o a passos lentos, com o pensamento ocupado em descobrir um meio de escapar daquela situação. No entanto, ele parecia tão calmo e também tão sério que me senti envergonhada de parecer tão confusa. A maldade — se é que existia alguma maldade — parecia estar só em mim. A mente dele estava inconsciente e tranquila.

— Jane — recomeçou ele, quando entramos na calçada dos loureiros e devagar caminhamos na direção da cerca e do castanheiro —, Thornfield é um lugar muito agradável no verão, não acha?

— É, sim, senhor.

— Deve ter ficado, de alguma forma, um pouco apegada à casa. A senhorita, que tem um olhar observador sobre as belezas naturais e que se envolve com as coisas, não?

— Realmente, me apeguei a ela.

— Embora eu não entenda como seja, percebo também que a senhorita desenvolveu um cuidado especial por aquela garotinha tola, Adèle, e até mesmo pela simplória Senhora Fairfax, não?

— Sim, senhor, embora de maneiras diferentes. Gosto das duas.

— E ficaria triste em se separar delas?

— Sim.

— Que pena! — disse ele, depois de um suspiro e uma pausa.

— É sempre assim na vida — continuou ele. — Tão logo a gente se estabelece em um lugar agradável e tranquilo, uma voz nos chama para levantar e seguir adiante, pois a hora do repouso acabou.

— Devo ir embora para algum lugar, senhor? — perguntei. — Devo deixar Thornfield?

— Acho que deve, sim, Jane. Sinto muito, Jane, mas realmente acredito que deva ir.

Aquilo foi como um golpe. Mas eu não me deixei abater.

— Bem, senhor, eu estarei pronta quando chegar uma ordem para que eu me vá.

— Já chegou. Precisa ir embora esta noite.

— Então o senhor *vai* casar-se, senhor?

— E-xa-ta-men-te. Pre-ci-sa-men-te. Com sua habitual perspicácia, acertou em cheio.

— E vai ser logo, Senhor?

— Sim, logo, logo, minha... quero dizer, Senhorita Eyre. E deve lembrar-se, Jane, da primeira vez quando algum boato, ou mesmo eu, fez a senhorita ficar sabendo da minha intenção de colocar meu pescoço de solteirão no laço sagrado e de entrar no templo santificado do matrimônio e, em resumo, tomar a Senhorita Ingram em meu âmago. Ela quer agarrar tudo o que pode, mas isto não vem ao caso. Não se pode esperar tanto de uma criatura tão excelente como a minha linda Blanche. Bem, como eu ia dizendo... Ouça-me, Jane! A senhorita não está olhando para o lado à procura de outras mariposas, está? Aquela era apenas uma joaninha, filha, que voava para casa. Quero lembrar que foi a senhorita quem me disse primeiro, com essa sua discrição que eu respeito, com a antevisão, a prudência e a humildade que caracterizam sua posição, que, caso eu viesse a me casar com a Senhorita Ingram, seria melhor que tanto a senhorita quanto Adèle fossem embora o quanto antes. Passo por cima da espécie de calúnia contida nessa sugestão sobre o caráter da minha amada. Na verdade, Jane, quando estiver bem longe, tentarei não pensar nessa frase. Apenas vou levar em conta a sua sabedoria, que é tal, que fiz dela o meu lema. Adèle deverá ir para uma escola e a senhorita, Senhorita Eyre, deve procurar um novo emprego.

— Sim, senhor. Colocarei um anúncio imediatamente. Enquanto isso, suponho que...

Eu ia dizer — "suponho que possa ficar aqui até que encontre outro lugar para o qual eu possa ir". Mas parei porque não valia a pena arriscar uma frase assim tão longa, pois não teria como controlar minhas palavras.

— Dentro de um mês espero estar recém-casado — continuou o Senhor Rochester — e neste meio-tempo eu mesmo irei procurar um emprego e um lugar para abrigar a senhorita.

— Muito obrigada, senhor. Sinto muito em lhe dar...

— Não há do que se desculpar! Considero que quando uma subordinada faz bem o seu trabalho, como foi o seu caso, ela tem direito de pedir ao patrão um mínimo de ajuda que lhe possa dar. Na verdade, já soube, pela minha futura sogra, de um lugar que acho que vai servir-lhe. É para cuidar da educação das cinco filhas da Senhora Dionysius O'Gall, de Bitternutt Lodge, em Connaught, na Irlanda. Acho que a senhorita irá gostar da Irlanda. Dizem que as pessoas de lá são muito afetuosas.

— Fica muito longe daqui, senhor.

— Isso não importa. Uma moça com o seu juízo não irá importar-se nem com a viagem nem com a distância.

— Não com a viagem, mas sim com a distância. Além do mais, o mar é um obstáculo entre mim e...

— E o quê?

— A Inglaterra, Thornfield, e...

— E o que mais?

— E o *senhor*.

Falei isso quase sem querer, e um pouco contra a minha vontade, e as lágrimas saltaram dos meus olhos. Contudo, não chorei a ponto de ser ouvida e evitei soluçar. Pensar na Senhora O'Gall de Bitternutt Lodge esfriou meu coração. Senti um frio ainda maior ao pensar no mar de sal e espuma destinado, ao que parecia, a se colocar entre mim e meu patrão, ao lado de quem eu agora caminhava. E mais gelada ainda fiquei ao pensar na amplidão do oceano — de riqueza, classe social e costumes — que se interpunham entre mim e aquele a quem eu amava, natural e inevitavelmente.

— É muito longe daqui — repeti.

— É verdade, é bem longe. E quando a senhorita for para Bitternutt Lodge, em Connaught, na Irlanda, não a verei nunca mais, Jane, com toda a certeza. Nunca vou à Irlanda nem aprecio tanto assim aquele país. Fomos sempre bons amigos, não, Jane?

— Sim, senhor.

— E quando os amigos estão para se separar, eles apreciam passar o pouco tempo que lhes resta o mais próximo um do outro. Venha, vamos conversar tranquilamente por uma meia hora sobre a viagem e a partida, enquanto as estrelas começam a brilhar no céu infinito. Aqui sob o castanheiro, no banco sobre suas raízes. Venha, sentemo-nos aqui em paz esta noite, pois nunca mais iremos sentar-nos aqui juntos.

Ele se sentou e fez que eu me sentasse.

— Daqui até a Irlanda é uma viagem e tanto, Janet, e sinto muito ter de mandar minha amiga em viagens tão cansativas. Mas de que outra maneira melhor poderia tê-la ajudado? A senhorita se sente como se fosse minha parenta, Jane?

Dessa vez não poderia arriscar uma resposta. Meu coração havia parado.

— Porque — disse ele — às vezes tenho um sentimento estranho em relação a você. Principalmente quando está perto de mim, como agora. É como se eu tivesse um fio preso por baixo de minhas costelas do lado esquerdo, amarrado apertado a um fio semelhante situado do mesmo lado do seu pequeno corpo. E se aquele Canal tempestuoso e os trezentos e vinte quilômetros de terra se interpuserem entre nós, tenho receio de que essa linha de comunhão venha a se partir, e aí sinto uma sensação nervosa de que sangrarei por dentro. Quanto à senhorita... ter-me-á esquecido.

— Isso *jamais* aconteceria. O senhor sabe...

Não consegui mais falar.

— Jane, está ouvindo o rouxinol cantando na floresta? Ouça!

Ao ouvi-lo, comecei a soluçar convulsivamente. Não consegui reprimir por mais tempo aquilo que estava sentindo. Fui obrigada a ceder enquanto tremia da cabeça aos pés com uma profunda angústia. Quando falei, foi apenas para expressar o desejo forte de jamais ter nascido ou jamais ter vindo para Thornfield.

— A senhorita está triste por ir embora?

A força da emoção, provocada pela tristeza e pelo amor dentro de mim, estava dominando e lutando para assumir o controle e predominar, superar, viver, crescer e reinar, afinal. Sim, e falar...

— Lamento deixar Thornfield. Eu amo Thornfield. Amo porque vivi aqui uma vida prazerosa, pelo menos durante certo tempo. Jamais me trataram mal. Nunca fui espezinhada. Não fui obrigada a viver junto de gente com mentalidade inferior ou excluída de qualquer vislumbre de contato com o que é brilhante e vigoroso e superior. Pude estar cara a cara com aquilo que reverencio, com o que me dá prazer. Pude falar com alguém com uma mente original, vigorosa e aberta. Conheci-o, Senhor Rochester. E o medo e a angústia me golpeiam ao sentir que tenho de me separar para sempre do senhor. Vejo a necessidade dessa partida como a necessidade da morte.

— Onde a senhorita vê necessidade? — perguntou ele subitamente.

— Onde? O senhor a colocou diante de mim.

— De que forma?

— Na forma da Senhorita Ingram. Sua noiva. Uma mulher nobre e bonita.

— Minha noiva! Que noiva? Eu não tenho noiva!

— Mas terá.

— Sim, terei! Terei! — falou ele com os dentes cerrados.

— Então devo ir-me. Conforme o senhor falou.

— Não. Deve ficar! Juro. E será mantido o juramento.

— Eu lhe digo que devo ir! — respondi, incitada por algo que beirava a paixão. — O senhor pensa que eu posso ficar para me tornar um nada para o senhor? O senhor pensa que eu sou um autômato? Uma máquina sem sentimentos? E que possa aguentar que tirem a migalha de pão de meus lábios e a gota d'água da vida de minha taça? O senhor pensa que por eu ser pobre, sombria, simples e pequena, não tenho alma ou coração? Se pensa, está enganado! Tenho tanta alma quanto o senhor. E um coração ainda maior! E se Deus me tivesse presenteado com alguma beleza, e mais riqueza, eu tornaria tão árduo para o senhor deixar-me o quanto me é árduo deixá-lo agora. Não estou falando neste momento seguindo as normas de conduta e convencionalismo, tampouco com a carne mortal. É o meu espírito quem se dirige ao seu espírito, como se ambos estivessem mortos e estivessem aos pés de Deus. Como iguais. Que é o que somos!

— Que é o que somos! — repetiu o Senhor Rochester. — É isso. — acrescentou ele abraçando-me e apertando-me contra o seu peito, pressionando seus lábios contra os meus. — É isso, Jane!

— Sim, é isso, senhor — acrescentei. — E ao mesmo tempo não é, pois o senhor é um homem casado — ou como se fosse casado — e com alguém que lhe é inferior, com alguém com que o senhor não tem afinidade, a quem não creio que ame verdadeiramente. O que tenho observado é que o senhor a olha e fala dela com desprezo. Eu rejeitaria uma união como essa e por isso sou melhor do que o senhor. Deixe que eu me vá!

— Para onde, Jane? Para a Irlanda?

— Sim, para a Irlanda. Já falei o que pensava, e agora posso ir para qualquer lugar.

— Jane, tenha calma. Não lute dessa maneira, como um pássaro selvagem e frenético que está arrancando sua própria plumagem em desespero.

— Não sou um pássaro, e não fui presa em uma armadilha. Sou um ser humano livre com minha vontade independente, que ora exerço para deixá-lo.

Com um esforço consegui me libertar e me coloquei de pé diante dele.

— A sua vontade decidirá o seu destino — disse ele. — Ofereço-lhe minha mão, meu coração e uma parte de tudo o que possuo.

— O senhor está representando uma farsa, da qual só posso rir.

— Peço-lhe que passe o resto da vida ao meu lado para ser minha metade e minha melhor companheira nesta terra.

— Para isso o senhor já fez a sua escolha, e deve ser fiel a ela.

— Jane, fique em silêncio uns poucos minutos. A senhorita está agitada demais. Eu também irei ficar calado.

Uma lufada de vento veio varrendo o caminho dos loureiros e passou em agitação sobre os galhos do castanheiro. E foi embora. Para longe, para uma distância indefinida e morreu. O canto do rouxinol era então o único som daquele momento, e ao ouvi-lo chorei outra vez. O Senhor Rochester estava quieto, olhando para mim de maneira gentil e séria. Passou-se algum tempo até que falasse. Por fim disse:

— Venha para junto de mim, Jane, vamos explicar tudo um ao outro e nos entender.

— Jamais irei para junto do senhor outra vez. Já desliguei os laços e não há como voltar.

— Mas, Jane, eu lhe rogo que seja minha mulher. A senhorita é a única com a qual pretendo casar-me.

Eu fiquei em silêncio. Achei que ele estava zombando de mim.

— Venha, Jane — venha mais para perto.

— Sua noiva está entre nós.

Ele se levantou e com um passo largo me alcançou.

— Minha noiva está aqui — disse ele puxando-me para junto de si — porque minha igual e semelhante está aqui. Jane, se casaria comigo?

Eu continuei sem responder enquanto tentava me soltar de seu abraço, pois ainda estava incrédula.

— Você duvida de mim, Jane?

— Inteiramente.

— Não acredita em mim?

— Nem um pouquinho.

— Sou um mentiroso aos seus olhos? — perguntou ele apaixonadamente. — Sua pequena cética, *irá* convencer-se. Qual é o amor que eu tenho pela Senhorita Ingram? Nenhum. E isso a senhorita sabe. Qual é o amor que ela tem por mim?

Nenhum, como eu pude comprovar com tristeza. Eu causei um boato para que ela ficasse sabendo que minha fortuna não era sequer um terço do que se supunha, e depois disso fui ver qual tinha sido o resultado. E este foi de frieza tanto da parte dela quanto de sua mãe. Eu não iria, não poderia, me casar com a Senhorita Ingram. Você, sua estranha, sua quase extraterrestre! Eu a amo como amo minha própria carne. Você, pobre e obscura, pequena e simples como é, eu suplico que me aceite como marido.

— Como assim, eu? — perguntei. Começava a acreditar em sua seriedade, e principalmente pela sua falta de educação, a acreditar em sua sinceridade. — Eu que não tenho um amigo sequer no mundo exceto o senhor, se é que o senhor é meu amigo, nem tenho um xelim sequer além do que o Senhor me paga?

— Você, Jane, preciso tê-la para mim — inteiramente para mim. Você quer ser minha? Diga que sim, rapidamente.

— Senhor Rochester, deixe-me olhá-lo. Vire o rosto para o luar.

— Por quê?

— Porque quero ler o seu rosto. Vire-se!

— Pronto! Você encontrará aí algo pouco mais legível do que uma página amassada e rabiscada. Leia, mas faça-o depressa, porque estou sofrendo.

O rosto dele estava muito agitado e corado e havia marcas fortes em seu semblante e brilhos estranhos em seus olhos.

— Oh, Jane, você está torturando-me! — exclamou ele. — Com esse exame, e ainda mais com esse seu olhar consciencioso e benevolente, me tortura ainda mais!

Como eu poderia fazer isso? Se o senhor está dizendo a verdade, e se sua proposta é real, meus únicos sentimentos só podem ser de gratidão e dedicação. Eles não podem torturá-lo.

— Gratidão! — exclamou ele. E acrescentou nervoso: — Jane, me aceite, logo. Diga: Edward. Fale o meu nome: Edward, eu me casarei com você.

— O senhor está mesmo determinado? Realmente me ama? Deseja sinceramente que eu seja sua esposa?

— Desejo. E se for necessário jurar para satisfazê-la, eu juro.

— Então, senhor, eu me caso com o senhor.

— Com você, Edward. Minha querida esposa!

— Meu querido Edward.

— Venha para mim, então. Venha inteiramente para mim — disse ele. E acrescentou com sua voz mais grave, falando ao meu ouvido, com o rosto colado ao meu. — Faça a minha felicidade. E eu farei a sua.

— E que Deus me perdoe! — acrescentou ele depois de algum tempo. — Que nenhum homem se intrometa comigo. Eu a tenho e não irei deixá-la.

— Ninguém está intrometendo-se, senhor. Não tenho parentes que possam intrometer-se.

— Não. E isso é o melhor de tudo — disse ele.

E, se eu o amasse menos, teria achado selvagens o seu jeito de falar e a sua aparência. Porém ali, ao seu lado, salva do pesadelo da separação, levada para o paraíso da união, pensava apenas em sorver a bênção que me fora dada com abundância.

Ele repetia sem parar — Você está feliz, Jane?

E eu respondia sem parar — Sim.

Depois do que ele murmurou:

— As coisas irão harmonizar-se, terão de se harmonizar. Afinal, eu não a encontrei sem amigos, com frio e sem conforto? Não disse que a protegerei, cuidarei e confortarei? Não há amor em meu coração e determinação na minha decisão?

Isso contará diante do tribunal de Deus. Sei que meu Criador aprova o que eu faço. Para o julgamento do mundo eu lavo as minhas mãos. A opinião dos homens, essa eu desafio.

Mas o que acontecera com a noite? A Lua ainda não tinha desaparecido no horizonte e já estava tudo escuro. Eu tinha até dificuldade de ver o rosto do meu patrão, mesmo estando tão perto dele. E o que estava acontecendo ao castanheiro? Ele gemia e se vergava, enquanto o vento rugia na aleia dos loureiros e vinha fustigar-nos.

— Temos de entrar — falou o Senhor Rochester. — O tempo está mudando. Eu poderia ficar aqui sentado com você, Jane, até de manhã.

"Eu também" — pensei — "poderia ficar aqui com você".

Eu devia ter dito isso, talvez, mas uma faísca lívida e vívida saltou de uma nuvem para a qual eu estava olhando e se ouviu um estalo, um estrondo, e um ruído intenso próximo a nós. E só pensei em esconder os olhos no ombro do Senhor Rochester.

A chuva desabou depressa. Ele correu comigo pela calçada através do jardim até a casa. Mas já estávamos praticamente ensopados antes mesmo de passar pelo portal de entrada. Ele tirava o meu xale e sacudia a água do meu cabelo solto no vestíbulo quando a Senhora Fairfax surgiu na sala. Eu não a vi imediatamente, tampouco o Senhor Rochester. A lamparina estava acesa. O relógio ia bater doze horas.

— Vá logo tirar suas roupas molhadas — disse ele. — E, antes que se vá, boa-noite. Boa-noite, minha querida!

Ele me beijou repetidamente. Quando levantei os olhos e saí de seus braços, ali estava a viúva perto da janela, pálida, grave e assombrada. Eu apenas sorri para ela e corri para cima. "As explicações ficarão para outra hora" — pensei. Ainda assim, ao chegar ao meu quarto, senti uma dor forte ante a ideia de que ela pudesse interpretar de maneira errada, ainda que temporariamente, o que tinha visto. Mas num instante a alegria apagou em mim todo e qualquer outro sentimento. Tão forte quanto o barulho do vento que soprava. E tão perto e profunda quanto os trovões que ressoavam estrondosos e frequentes, quanto os raios rebrilhavam, e pujante como a chuva que caía em cataratas numa tempestade que durou duas horas. Eu não senti qualquer medo e sim apenas certo respeito. Durante a tempestade, o Senhor Rochester veio três vezes até minha porta para perguntar se eu estava bem e calma, o que foi um conforto e uma força maior do que tudo.

Antes de eu sair da cama na manhã seguinte, a pequena Adèle entrou correndo para me contar que o grande castanheiro do fim do pomar fora atingido por um raio durante a noite e se partira ao meio.

XXIV

Ao me levantar e me vestir, pensei melhor sobre o que acontecera e me perguntei se não havia sonhado. Não teria certeza se era realidade até que reencontrasse o Senhor Rochester e pudesse ouvi-lo repetir suas palavras de amor e sua promessa.

Enquanto penteava o cabelo, olhei para meu rosto no espelho e percebi que ele já não era mais tão sem graça. Havia esperança em seu aspecto e vida em sua cor, e meus olhos pareciam ter encontrado a fonte da fruição e dela retirado, por empréstimo, os raios de suas ondulações brilhantes. Antes, havia evitado encarar o meu patrão por temer que não gostasse da minha aparência, mas agora tinha certeza de poder erguer o rosto para ele sem que minhas feições esfriassem sua admiração. Peguei um vestido simples, porém limpo e leve, da gaveta e vesti-o. Parecia que roupa alguma me caíra tão bem, pois nunca havia usado uma roupa em um estado de tamanha felicidade.

Não fiquei surpresa ao chegar lá embaixo no vestíbulo e ver que uma brilhante manhã de junho se seguira à tempestade da noite. E ao sentir, através da porta de vidro aberta, a aragem fresca e perfumada. A natureza devia ficar contente por me ver tão feliz. Uma pedinte e seu filho, ambos pálidos e andrajosos, vinham subindo pela alameda, e eu corri até eles para dar-lhes todo o dinheiro que tinha na bolsa. Uns três ou quatro xelins. Bem ou mal, eles precisavam compartilhar de minha alegria. As gralhas piavam, e pássaros animados cantavam, mas nada era tão alegre ou musical quanto meu coração exultante.

A Senhora Fairfax surpreendeu-me olhando pela janela, e com um semblante triste disse com seriedade:

— Senhorita Eyre, não vai vir tomar seu café da manhã?

Durante o café ela ficou quieta e fria. Mas eu não podia esclarecer, naquele momento, o que acontecera. Teria de esperar o meu patrão para dar as explicações. E ela também teria de fazer o mesmo. Comi o que pude e subi ao andar de cima, apressada. Encontrei Adèle saindo da sala de aula.

— Onde é que você está indo? Está na hora da aula.

— O Senhor Rochester mandou que eu fosse para o quarto das crianças.

— Onde está ele?

— Está lá — disse ela apontando para a sala que havia deixado. Eu entrei, e lá estava ele.

— Venha cá me desejar bom-dia — disse ele.

Fui com prazer. E agora não foi mais uma palavra fria, ou mesmo um aperto de mão que eu recebi, mas sim um abraço e um beijo. Parecia natural. Parecia estimulante ser amada dessa maneira e tratada por ele com tanto carinho.

— Jane, você parece que floresceu, sorridente e bonita — disse ele. — Está muito bonita nesta manhã. Você é aquele meu duende pálido? Minha semente de mostarda? É aquela menina de rosto iluminado com suas covinhas e seus lábios cor-de-rosa, cabelo castanho e macio de cetim, e olhos radiantes de avelã?

Tenho olhos verdes, caro leitor, mas o seu engano deve ser desculpado, pois para ele, suponho, deviam ter adquirido uma nova coloração.

— É Jane Eyre, sim, senhor.

— Que logo será Jane Rochester — acrescentou ele. — Dentro de quatro semanas, Janet. Nem um dia a mais. Ouviu isto?

Claro que ouvi. Embora não conseguisse entender bem, pois me sentia tonta. O sentimento, a declaração que fizera, foi algo mais forte do que alegria. Algo que me atingiu e me deixou atônita. Aquele era, eu penso, quase um sentimento de medo.

— Você estava corada e agora está branca, Jane. Por que isso?

— Porque o senhor me deu um novo nome, Jane Rochester, que parece tão estranho.

— Sim, Senhora Rochester — disse ele. — Jovem Senhora Rochester, a jovem noiva de Fairfax Rochester.

— Nunca vai ser assim, senhor. Não soa como tal. Os seres humanos nunca desfrutam de uma felicidade completa neste mundo. Eu não nasci para um destino diferente do restante dos meus semelhantes. Imaginar esta sorte que caiu sobre mim é como um conto de fadas, como um sonho.

— Sonho que posso e vou realizar. E começarei hoje. Esta manhã. Escrevi para o meu Banco em Londres para me mandar algumas joias que estão guardadas lá. Heranças para as damas de Thornfield. Dentro de um ou dois dias espero poder colocá-las em seu regaço. Quero que tenha todos os privilégios e atenções que teria a filha de um de meus pares se com ela eu fosse me casar.

— Oh, senhor! Não se incomode com joias! Não quero que falem de mim por causa delas. Joias para Jane Eyre soam uma coisa forçada e estranha. Prefiro não usá-las.

— Eu mesmo colocarei o colar de diamantes em volta do seu pescoço e a tiara em sua testa, na qual ficará. Porque pelo menos nessa testa a natureza estampou o seu selo de nobreza, Jane. E eu mesmo fecharei as pulseiras nesses seus lindos pulsos e encherei de anéis esses dedos de fada.

— Não, não, senhor! Pense em outras coisas, e fale sobre outras coisas, e de outro modo. Não se dirija a mim como se eu fosse uma beldade. Sou sua simples governanta, como uma Quaker.

—Você é uma beldade para os meus olhos, e uma beldade como meu coração sempre desejou. Delicada e diáfana.

— O senhor quer dizer débil e insignificante. O senhor está sonhando ou está brincando. Pelo amor de Deus, não seja irônico!

— Farei que o mundo também reconheça a sua beleza — continuou ele, enquanto na realidade eu ficava sem jeito pelo tom que ele adotara, porque sentia que ele estava enganando-se ou tentando enganar-me. — Vestirei minha Jane de cetim e rendas, e ela deverá usar rosas nos cabelos. Cobrirei sua cabeça que eu amo com o mais caro dos véus.

— Assim o senhor não irá reconhecer-me, e eu não serei mais a sua Jane Eyre, mas sim uma macaca em trajes de arlequim. Uma gralha com plumas emprestadas. Seria mais fácil, Senhor Rochester, vê-lo vestido num figurino atuando num palco do que ver a mim mesma vestida como uma dama da Corte. E não o chamo de bonito para bajulá-lo, senhor, embora o ame demais. Portanto não me bajule.

Contudo ele retomou seu tema, sem prestar atenção à minha desvalorização.

— Hoje mesmo vou levá-la de carruagem até Millcote, e você deverá escolher alguns vestidos. Eu lhe disse que iremos casar-nos em quatro semanas. O casamento irá acontecer com tranquilidade na nossa igreja ali embaixo. Em seguida voaremos pelo ar imediatamente até a cidade. Depois de uma breve estada lá, levarei meu tesouro para regiões mais próximas do Sol, para os vinhedos da França e as planícies da Itália. E ela vai poder ver o que há de famoso na história antiga e nos registros modernos. Vai também experimentar a vida das cidades. E aprender a se valorizar por uma comparação mais justa com os demais.

— Vou viajar? E com o senhor?

— Poderá passar temporadas em Paris, Roma, Nápoles e Florença, Veneza e Viena. Todos os lugares por onde andei serão visitados novamente com você. Onde quer que tenha colocado meus cascos, você também colocará seus pés de sílfide. Dez anos atrás voei pela Europa meio louco, desgostoso, tendo como companhia ódio e raiva. Agora irei revisitá-la curado e limpo, com um anjo a me confortar.

Ri dele ao ouvir essas palavras.

Não sou um anjo — declarei. E não o serei enquanto viver. Enquanto isso serei apenas eu. Senhor Rochester, o senhor não deve esperar tampouco exigir de mim qualquer coisa celestial, pois não terá mais de mim do que eu possa vir a ter do senhor. O que nem consigo ao menos imaginar.

— E o que espera de mim?

— Durante pouco tempo o senhor talvez continue a ser como é agora. Mas por muito pouco tempo. E então se tornará frio. Depois ficará cheio de caprichos. Em seguida, austero. E eu terei de fazer de tudo para lhe agradar. Mas, quando ficar farto de mim, talvez volte a gostar de mim, *gostar de mim* digo, e não *me amar*. Suponho que o seu amor vá manifestar-se durante seis meses ou menos. Tenho observado, em livros escritos por homens, que esse é o período em geral mais longo que dura o ardor de um marido. Ainda assim, depois de tudo, como amiga e companheira, espero nunca desagradar ao meu querido senhor.

— Desagradar! Voltar a gostar de você! Acho que irei gostar de você cada vez mais, e farei você confessar que sabe não apenas que *gosto* de você, como também que a *amo* de verdade, com fervor e constância.

— Mas isso não está sendo um capricho seu, senhor?

— Para as mulheres que agradam a mim apenas pela aparência, sou o próprio demônio quando descubro que não têm nem alma nem coração. Principalmente quando abrem para mim a perspectiva da vulgaridade, da trivialidade e talvez da imbecilidade, da grosseria e do mau gênio. Mas para as que têm um olhar claro e uma língua eloquente, uma alma feita de fogo e um caráter que se verga, mas não se quebra, sendo ao mesmo tempo flexível e estável, afável e consistente, sou sempre terno e verdadeiro.

— E o senhor alguma vez conheceu alguém com esse tipo de caráter? Já amou alguém assim?

— Estou amando agora.

— Mas antes de mim. Quer dizer, estou na verdade e de algum modo à altura desse seu padrão difícil?

— Nunca encontrei ninguém como você, Jane. Você me agrada e me domina. Parece submeter-se, e eu gosto do senso de flexibilidade que você passa. E enquanto enrolo em meu dedo uma meada de seda macia, ela me faz tremer do braço até o coração. Estou influenciado — conquistado. E essa influência é mais doce do que consigo expressar. A conquista à qual estou submetido tem um encanto que ultrapassa qualquer triunfo que eu possa experimentar. Por que sorri, Jane? O que significa essa transformação inexplicável e misteriosa em seu semblante?

— Senhor, eu estava pensando, e desculpe-me por esta ideia, que foi involuntária, eu estava pensando em Hércules e Sansão com suas feiticeiras.

— Estava, é, sua pequena duende!

— Silêncio, senhor! O senhor não está falando sabiamente, assim como aqueles dois cavalheiros não agiram lá muito sabiamente. Contudo, se se tivessem casado iriam, sem dúvida, por sua severidade como maridos, mostrar-se flexíveis enquanto pretendentes. Da mesma forma como o senhor está fazendo, receio. Fico imaginando como o senhor me responderá daqui a mais um ano, se eu pedir um favor que não lhe agrade ou não lhe dê o prazer que espera.

— Peça-me alguma coisa agora, Janet, a coisa mínima. Desejo ser solicitado.

— Claro, senhor. Já tenho o pedido pronto.

— Fale! Mas, se me olhar e sorrir desse seu jeito, juro que lhe darei a concessão antes de saber qual é o seu pedido, aquele que fará de mim um tolo.

— Não farei isso, senhor. Peço apenas o seguinte: não mande buscar joias e não me coroe com rosas. Seria o mesmo que mandar bordar uma renda dourada em volta do lenço de bolso que o senhor tem aí.

— Seria o mesmo que dourar o que já é dourado. Já entendi. Seu pedido está então concedido. Pelo menos por enquanto. Cancelarei a ordem que dei ao meu banqueiro. Mas você ainda não pediu nada. Pediu apenas que eu retirasse o presente. Tente outra vez.

— Está bem, senhor, tenha a bondade de satisfazer minha curiosidade imensa sobre um ponto.

Ele pareceu perturbado.

— O que é? O que é? — perguntou, apressado. — A curiosidade é uma coisa perigosa. Ainda bem que eu não jurei que aceitaria todos os pedidos.

— Mas não pode haver perigo algum em concordar com este, senhor.

— Diga logo, Jane, mas gostaria que, em vez de uma simples pergunta sobre talvez um segredo, fosse um pedido de metade de minhas terras.

— Agora, Rei Assuero![1] O que eu faria com metade de suas terras? O senhor pensa que sou como um judeu usurário buscando bons investimentos com terras? Preferiria em vez disso ter toda a sua confiança. O senhor não irá excluir-me de sua confiança se me admitir em seu coração, irá?

— Jane, você tem toda a minha confiança, que é tudo que lhe posso dar. Mas pelo amor de Deus não me peça algo que

---

[1] Nome persa do equivalente grego Xerxes, antigo rei da Pérsia (486 a 465 a.C.), marido de Ester.

não seja útil! Não deseje veneno. Não se torne uma perfeita Eva em minhas mãos!

— Por que não, senhor? O senhor vem dizendo-me o quanto deseja ser conquistado e como lhe agrada ser persuadido. Não acha que é melhor eu tirar partido dessa confissão e começar a adulá-lo e suplicar, até mesmo chorar e me zangar se for necessário, como um simples ensaio de meus poderes?

— Eu a desafio a fazer esse tipo de experiência. Vá em frente, ouse e abuse, e o jogo está acabado.

— É isso, senhor? O senhor se entrega rápido. Como parece inflexível agora! Suas sobrancelhas tornaram-se mais grossas do que o meu dedo, e sua testa parece "a pira de um trovão", como li em algum poema extraordinário. Essa é que vai ser a *sua* aparência depois de casado, senhor?

— Se essa for a *sua* aparência depois de casada, eu, como cristão, logo desistirei de me unir a um duende ou a uma salamandra. Mas o que é mesmo que você quer pedir, sua coisinha, vamos com isso.

— O senhor agora esta sendo pouco civilizado, e eu gosto bem mais da rudeza do que da bajulação. Prefiro ser uma *coisinha* a um anjo. O que eu quero perguntar é o seguinte: por que foi que se esforçou tanto para fazer que eu acreditasse que desejava se casar com a Senhorita Ingram?

— É só isso? Graças a Deus que não é nada pior! — e agora relaxou as sobrancelhas negras, abaixou o olhar, sorriu para mim, tocou meu cabelo como se estivesse satisfeito por ver um perigo ser desviado. — Acho que posso confessar — continuou ele — embora saiba que farei que fique um tanto furiosa, Jane. E já vi como seu humor se incendeia quando fica furiosa. Ontem à noite, sob o frescor do luar, você pare cia cintilar quando se rebelou contra o destino e reivindicou ter o mesmo nível que eu, Janet. E, por falar nisso, você foi quem me fez a proposta.

— Claro que fui eu. Mas, por favor, senhor, não fuja do assunto. E a Senhorita Ingram?

— Bem, eu fingi que fazia a corte à Senhorita Ingram porque queria que ficasse tão perdidamente apaixonada por mim quanto eu estava por você. Sabia que o melhor aliado que podia ter para chegar a esse objetivo seria o ciúme.

— Excelente! Agora vejo como o senhor é pequeno, nem um nadinha maior do que o meu dedo mínimo. Foi uma vergonha corrosiva e uma desgraça escandalosa ter agido dessa maneira. Não pensou sequer nos sentimentos da Senhorita Ingram?

— Os sentimentos dela estavam concentrados em um só orgulho. E para este se necessita de humildade. Você ficou com ciúme, Jane?

— Não importa, senhor Rochester. Não é de seu interesse saber a resposta. Diga-me sinceramente desta vez. O senhor acha que a Senhorita Ingram não vai sofrer devido aos seus galanteios falsos? Não vai sentir-se abandonada e rejeitada?

— Impossível! Ao contrário, como eu disse, foi ela quem me rejeitou. A ideia da minha falência esfriou, ou melhor, extinguiu na mesma hora a chama que havia nela.

— O senhor tem uma mente curiosa e astuciosa, Senhor Rochester. Receio que seus princípios sobre certas questões sejam excêntricos.

— Meus princípios jamais foram treinados, Jane. Talvez tenham-se desenvolvido distorcidos por falta de atenção.

— Mais uma vez falando sério. Será que posso desfrutar do grande bem que me foi concedido sem temer que alguém mais sofra a dor amarga que eu própria senti antes?

— Claro que pode, minha boa menina. Não há outro ser humano que tenha em todo o mundo o mesmo amor puro que você tem por mim. Despejo esse unguento delicioso em minha alma, Jane, a crença em sua afeição.

Virei os lábios para a mão que estava sobre o meu ombro. Eu o amava muito — mais do que eu mesma podia dizer — mais do que as palavras tinham o poder de expressar.

— Peça mais alguma coisa — disse ele em seguida. — Tenho prazer em ouvir o que deseja, e em satisfazer os seus pedidos.

Mais uma vez estava pronta para fazer um pedido.

— Comunique suas intenções à Senhora Fairfax, senhor. Ela me viu com o senhor ontem à noite na entrada e ficou chocada. Explique as coisas para ela antes que eu a encontre de novo. Em mim dói muito ser mal interpretada por uma mulher tão boa quanto ela.

—Vá até o seu quarto e coloque o chapéu — respondeu ele. — Quero que me acompanhe a Millcote esta manhã. E enquanto se prepara para a viagem vou aproveitar e esclarecer as coisas para que a velha senhora possa entender. Será que ela pensou, Janet, que você tinha dado o mundo em troca do amor, e o considerava perdido?

—Acredito que ela pensou que eu esqueci minha posição e o senhor, a sua.

— Posição! Posição! Seu lugar é em meu coração, e no pescoço daqueles que a insultarem, agora e depois. Vá.

Vesti-me em um instante. E quando ouvi o Senhor Rochester sair da sala onde a Senhora Fairfax ficava, fui para lá correndo. Era o momento matinal em que a velha senhora lia nas Escrituras a Lição do dia. Sua *Bíblia* estava aberta na sua frente e seus óculos estavam apoiados nela. Seu hábito, diário, interrompido pelo anúncio feito pelo Senhor Rochester, parecia agora esquecido. Seu olhar fixo na parede vazia do lado oposto expressava a surpresa de uma mente tranquila ao ser agitada por notícias inesperadas. Ao ver-me, ela se levantou. Fez certo esforço para sorrir e dizer algumas palavras de felicitações, mas logo seu sorriso se desfez e sua frase ficou por terminar. Colocou os óculos, fechou a *Bíblia* e afastou a cadeira da mesa.

— Senhorita Eyre, estou tão confusa — começou ela — que nem sei mesmo o que lhe dizer. Seguramente, não estive sonhando, estive? Às vezes adormeço quando estou sozinha, e imagino coisas que nunca aconteceram. Mais de uma vez me pareceu que quando estou cochilando meu querido marido, morto há quinze anos, volta e fica sentado ao meu lado, Ouço quando me chama pelo nome, Alice, como costumava fazer. Agora, você pode me dizer se realmente é verdade que o Senhor Rochester lhe pediu que se casasse com ele? Não ria de mim. Mas realmente pensei que ele esteve aqui faz cinco minutos para me dizer que dentro de um mês você será a esposa dele.

— Ele me disse a mesma coisa — respondi.

— Disse? E você acredita nele? E aceitou o pedido dele?

— Aceitei.

Ela me olhou confusa.

— Jamais poderia imaginar uma coisa dessas. Ele é um homem orgulhoso. Todos os Rochester eram orgulhosos e, pelo menos, o pai dele gostava de dinheiro. Ele também, sempre foi considerado prudente. E tenciona casar com você?

— Foi isso o que me disse.

Ela me olhou de alto a baixo. Pelo seu olhar vi que não tinha encontrado em mim nenhum encanto poderoso capaz de resolver o enigma.

— Não consigo entender! — continuou ela. — Mas, se você está dizendo, sem dúvida, é verdade. Realmente não tenho a menor ideia de qual será o resultado disso. Nesses casos é sempre aconselhável uma igualdade de posição e fortuna. Ainda por cima, existem vinte anos de diferença entre as idades de vocês dois. Ele quase poderia ser seu pai.

— Não! Francamente, Senhora Fairfax! — disse eu irritada. — Ele nem de longe parece nada com um pai! Ninguém que nos tenha visto juntos poderia supor tal coisa. O Senhor Rochester parece tão jovem. Ele é tão jovem quanto muitos homens de vinte e cinco anos.

— Será realmente por amor que ele vai casar-se com você? — perguntou ela.

Fiquei tão magoada pela frieza e pelo ceticismo da pergunta, que senti brotarem lágrimas nos olhos.

— Lamento fazê-la sofrer — continuou a viúva —, mas você é tão jovem, e tão pouco experiente com os homens, que minha intenção foi alertá-la. Existe um velho ditado que diz: "nem tudo que reluz é ouro", e neste caso tenho medo que se possa encontrar algo diferente do que ambas esperamos.

— Por quê? Sou algum monstro? — disse eu. — É impossível que o Senhor Rochester possa gostar sinceramente de mim?

— Não, você está ótima. E melhorou bastante ultimamente. Não tenho dúvida de que o Senhor Rochester a admira. Sempre percebi que você era como um bichinho de estimação para ele. Houve ocasiões em que, por sua causa, me senti um tanto apreensiva pela forte preferência que ele demonstrava e desejei alertá-la. Mas não gostaria de sugerir algo que tivesse a possibilidade de engano. Sabia que uma ideia assim poderia vir a chocá-la ou até ofendê-la. Você sempre foi tão discreta, tão modesta e sensível. Esperei que soubesse como cuidar de si mesma. Ontem à noite nem sei lhe dizer o que sofri quando, depois de procurar pela casa toda, não encontrei você nem o patrão em lugar algum. E então, à meia-noite a vi entrando em casa com ele.

— Não se incomode mais com isso — interrompi-a meio impaciente. — Já é o bastante a senhora saber que está tudo bem.

— Faço votos para que tudo acabe bem — disse ela. — Mas acredite em mim, não basta que tenha muito cuidado. Tente manter o Senhor Rochester a distância. Desconfie de si mesma e dele também. Os cavalheiros de sua posição não costumam casar-se com suas governantas.

Eu já começava a ficar realmente irritada. Felizmente Adèle entrou correndo.

— Deixe-me ir! Deixe-me ir a Millcote, também! — gritou ela. — O Senhor Rochester não quer deixar, embora haja bastante lugar na carruagem. Implore a ele que me deixe ir, *Mademoiselle*.

— É o que farei, Adèle.

E saí dali com ela, satisfeita por poder deixar para trás minha monitora pessimista. A carruagem já estava pronta e sendo levada para defronte da casa, enquanto meu patrão esperava impaciente na entrada, com Pilot seguindo-o de lá para cá.

— Adèle pode ir conosco, não, senhor?

— Eu disse a ela que não. Não quero pirralhos! Quero apenas você comigo.

— Deixe-a ir, Senhor Rochester. Por favor, será melhor.

— Não. Ela só irá atrapalhar.

Ele foi quase categórico, tanto pela cara que fez, quanto

pelo tom de voz. A frieza da advertência da Senhora Fairfax e o desalento de suas dúvidas se abateram sobre mim. Alguma coisa parecida com irrealidade e incerteza assaltou minhas esperanças. Perdi pela metade o sentimento de poder sobre ele. Eu estava quase por seguir suas ordens mecanicamente, sem maiores objeções. Mas, enquanto me ajudava a entrar na carruagem, ele olhou para o meu rosto.

— Qual é o problema? — perguntou. — Desapareceu todo o brilho do sol. Você realmente quer que a criança vá? Ficará aborrecida se ela for deixada para trás?

— Preferia muito mais que ela fosse, senhor.

— Então corra para buscar seu chapéu e volte na velocidade de um raio — gritou ele para Adèle.

Ela o obedeceu na maior velocidade possível.

— Afinal, uma pequena interrupção matinal não irá fazer muita diferença — disse ele — quando eu pretendo em breve ter você, seus pensamentos, sua conversa e companhia para o resto da vida.

Adèle, ao entrar na carruagem, começou a me beijar, em sua maneira de expressar sua gratidão por minha intercessão. Mas instantaneamente foi afastada para outro canto do banco ao lado do Senhor Rochester. Ela então dava olhadas para o lugar onde eu estava. Mas com um vizinho tão carrancudo e mal-humorado, não se atrevia sequer a sussurrar sobre o que ia vendo ou a perguntar-lhe qualquer coisa.

— Deixe que Adèle venha sentar-se aqui junto de mim — pedi. — Aí ela vai atrapalhá-lo. Talvez do meu lado haja mais espaço.

Ele a passou para mim como se ela fosse um cãozinho de colo.

— Irei mandá-la para a escola logo — disse ele. Mas pelo menos estava sorrindo.

Adèle ouviu o que ele dissera e perguntou se seria mandada para a escola *sans Mademoiselle.*[2]

— Sim — respondeu ele — totalmente sem a senhorita. Pois eu vou levar a senhorita para a Lua e lá vou procurar uma caverna num dos vales brancos entre os cumes dos vulcões e a senhorita irá morar lá comigo, e só comigo.

— Lá ela não terá o que comer. O senhor a matará de fome — disse Adèle.

— Colherei maná para ela de manhã e à noite. As planícies e montanhas da Lua estão cobertas de maná, Adèle.

— Ela vai querer aquecer-se. Como é que vai fazer uma fogueira?

— O fogo sai das montanhas da Lua toda vez que ela estiver com frio. Vou levá-la para um de seus cumes e a colocarei na beira de uma cratera.

— *Oh, qu'elle y sera mal — peu confortable!*[3] E as roupas dela irão gastar-se. Como terá roupas novas?

O Senhor Rochester admitiu estar confuso, e pigarreou.

— Ram-ram! — fez ele. — O que você faria, Adèle? Quebre a cabeça para arranjar uma solução. Será que uma nuvem cor-de-rosa ou branca serviria de vestido? O que você acha de cortar um pedaço de um arco-íris para fazer um xale?

— Ela está melhor assim mesmo do jeito que é — concluiu Adèle, depois de pensar durante algum tempo. — Além do mais, ela se cansaria de morar só com o senhor na Lua. Se eu fosse ela, jamais concordaria em ir com o senhor.

---

[2] Em francês: "sem a senhorita".

[3] Em francês: "Oh, como isso será ruim para ela — muito desconfortável".

— Ela já consentiu. Deu sua palavra.

— Mas o senhor não pode levá-la para lá. Não há uma estrada para a Lua. Só existe o ar. Nem o senhor nem ela sabem voar.

— Adèle, está vendo aquele campo? — disse ele.

Agora já estávamos longe dos portões de Thornfield, indo suavemente pela estrada em direção a Millcote, onde a poeira estava assentada devido à chuva, e onde as baixas sebes e os altos troncos das árvores de cada lado da estrada resplandeciam verdes e revigorados pela chuva.

— Adèle, faz já uns quinze dias que estive caminhando por aquele campo à noite. Foi no final da tarde daquele dia em que você me ajudou a arrumar o feno nas campinas do pomar. Eu estava exausto de juntá-los com o ancinho e me sentei para descansar. Então peguei um caderninho e um lápis e comecei a escrever sobre um infortúnio que se abatera sobre mim muito tempo atrás e sobre o desejo que eu tinha de que viessem dias melhores. Escrevia com muita rapidez, pois a luz do dia estava indo embora, quando algo veio vindo pela estrada e parou a dois metros de onde eu estava. Olhei e o que vi era um ser pequenino com um véu diáfano sobre a cabeça. Fiz um sinal para que se aproximasse e logo estava em meu colo. Eu não lhe falei nada, e ele não falou nada comigo, mas li os olhos dele e ele leu os meus olhos e nossa conversa sem palavras foi a seguinte:

Ela me disse ser uma fada que vinha da Terra dos Elfos. Seu objetivo era fazer-me feliz. Eu devia ir com ela, sair do mundo comum e ir para um lugar solitário, como a Lua, por exemplo, e ela apontou com a cabeça em direção à ponta da Lua que se erguia sobre Hayhill. Ela me falou sobre uma caverna de alabastro e um vale de prata onde nós poderíamos morar. Eu disse que gostaria de ir. Mas lembrei-me, assim como você fez há pouco, que eu não tinha asas para voar.

— 'Oh,' — respondeu a fada — 'isso não tem importância! Aqui está um talismã que acabará com todas as dificuldades' — e me deu um lindo anel de ouro. — 'Coloque-o' — disse ela — 'no quarto dedo da minha mão esquerda e eu serei sua e você será meu. E assim iremos deixar a Terra e construiremos nosso próprio paraíso muito além daqui'. E apontou outra vez para a Lua. O anel, Adèle, está no bolso da minha calça, disfarçado de uma moeda de uma libra. Mas em breve vou fazer que se torne de novo um anel".

— Mas o que a *Mademoiselle* tem a ver com isso? Não quero saber da fada. O senhor disse que iria levar *Mademoiselle* para a Lua?

— *Mademoiselle* é uma fada — disse ele, sussurrando misteriosamente.

Nesse momento eu disse a ela que não acreditasse no que ele estava dizendo. Ela, por sua vez, demonstrou um ceticismo tipicamente francês, chamando o Senhor Rochester de "*un vrai menteur*",[4] e assegurando que não acreditava nem um pouco em seus "*contes de fée*",[5] e que "*du reste, il n'y avait pas de fées, et quand même il y en avait,*"[6] tinha certeza de que jamais apareceriam para ele, tampouco lhe dariam anéis ou se ofereceriam para morar com ele na Lua.

De certa forma, a hora que passamos em Millcote foi um tormento para mim. O Senhor Rochester me obrigou a ir a certa loja de tecidos de seda e lá me ordenou que escolhesse meia dúzia de vestidos. Odiei aquilo tudo e pedi para deixar

---

4 Em francês: "um verdadeiro mentiroso".

5 Em francês: "contos de fada".

6 Em francês: "além do mais, não existiam fadas, e mesmo que existissem".

para depois. Mas não. Tinha de ser resolvido naquela hora. Depois de muitas súplicas expressas por sussurros enérgicos, consegui reduzir a meia dúzia de modelos para dois. Entretanto, ele fez questão de escolhê-los sozinho. Ansiosa, observei seu olhar percorrer as lojas mais enfeitadas e se fixar numa rica seda cor de ametista e num cetim cor-de-rosa soberbo. Disse a ele, numa nova série de sussurros, que era melhor que comprasse logo para mim um vestido de ouro e um chapéu de prata, porque eu jamais usaria aquilo que ele havia escolhido. Com extrema dificuldade, pois ele era inflexível como uma pedra, consegui convencê-lo a trocar aquilo por um vestido sóbrio de cetim preto e outro de seda cinza-pérola.

— Posso deixar isso passar, por enquanto — disse ele, que ainda esperava me ver resplandecente como um canteiro de flores.

Fiquei contente em poder tirá-lo de dentro da loja de sedas e depois também de uma joalheria. Quanto mais comprava coisas para mim, mais vermelhas ficavam minhas faces com uma sensação de contrariedade e indignação. Quando voltamos para a carruagem e me sentei febril e exausta, lembrei-me de que na pressa dos acontecimentos, bons e maus, eu esquecera completamente da carta do meu tio John Eyre para a Senhora Reed e de sua intenção de me adotar e de me fazer sua herdeira.

"Seria realmente um alívio" — pensei — "se eu tivesse uma independência, ainda que pequena, pois não suportaria ser vestida como uma boneca pelo Senhor Rochester, ou permanecer como uma segunda *Danae*[7] com uma chuva de

[7] Segundo a mitologia grega, Danae era a princesa de Argos, do Peloponeso, filha do rei Acrísio e de Eurídice, engravidada por Zeus disfarçado de uma chuva de ouro.

ouro caindo diariamente à minha volta. A primeira coisa que farei ao voltar para casa será escrever para a Ilha da Madeira e contar ao meu tio John que estou para me casar, e com quem. E tendo a possibilidade de um dia juntar minha fortuna à do Senhor Rochester fica mais fácil tolerar ser sustentada por ele, por enquanto".

De certa forma aliviada com essa ideia, cujas providências tomei naquele mesmo dia, embora estivesse evitando tanto o rosto quanto o olhar do meu patrão, recuperei a coragem de encontrar seu olhar insistente e amado que procurava o meu. Ele sorriu. Eu achei que seu sorriso era igual ao de um sultão num momento de felicidade quando olhava para uma de suas escravas coberta do ouro e das pedras preciosas de seus tesouros. Comprimi sua mão, que estava sempre à caça da minha, e a empurrei de volta para ele vermelha pela pressão do meu toque apaixonado.

— Não precisa olhar-me dessa maneira — disse eu. — Se o fizer, voltarei a usar somente os velhos vestidos que usava em Lowood até o fim desta história e me casarei com o vestido lilás de algodão listrado. O senhor pode fazer um robe para si com a seda cinza-pérola e uma infinidade de coletes com o cetim preto.

Ele escondeu um risinho e esfregou as mãos.

— Como é belo vê-la e ouvi-la falar! — exclamou ele. — Ela não é original? Não é picante? Eu não trocaria esta inglesinha por todo o harém do Grande Turco, com suas belas mulheres de olhos de gazela e tudo!

Aquela alusão ao Oriente me irritou outra vez.

— Eu não aceitaria ser uma mulher do seu harém — disse eu —, portanto não me considere equivalente a uma delas.

Se o senhor tem alguma fantasia em algo desse tipo, sem demora pode ir para os bazares de Istambul. E reserve um pouco do dinheiro que parece gastar com satisfação por aqui para a compra de escravas.

— E o que fará você, Janet, enquanto eu estiver negociando toneladas de carne e um grande sortimento de olhos negros?

— Estarei preparando-me para seguir como missionária e pregar a liberdade daquelas que são escravizadas. Entre elas as de seu harém. Serei admitida nele e organizarei um motim. E o senhor, como o paxá de três caudas que é, em três tempos estará acorrentado e em nossas mãos. E eu não consentirei que cortem suas amarras até que o senhor assine um tratado o mais liberal que um déspota jamais assinou.

— Eu concordaria em ficar à sua mercê, Jane.

— Eu não teria mercê alguma, Senhor Rochester, mesmo que o senhor suplicasse pela minha misericórdia com um olhar como esse. Através dele eu teria certeza de que, qualquer que fosse o contrato assinado pelo senhor sob coação, seu primeiro ato após sua libertação seria violar as regras.

— Por que, Jane, o que quer? Receio que você irá obrigar-me a passar por uma cerimônia de casamento privada, além daquela celebrada no altar. Vejo que você estipulará termos particulares. Quais serão eles, então?

— Quero apenas uma mente sossegada, senhor. Não pressionada por grandes obrigações. O senhor se lembra do que disse sobre Céline Varens? Sobre os diamantes, e as caxemiras que deu a ela? Eu não serei a sua Céline Varens inglesa. Continuarei a ser a governanta de Adèle, e em função disso, continuarei recebendo casa e comida, além de trinta libras por ano. Comprarei minhas roupas com esse dinheiro, e o senhor não irá dar-me nada além de...

— Sim, além do quê?

— De sua estima. E se eu lhe der a minha em retribuição, estaremos quites.

— Bem, em matéria de um frio atrevimento e puro orgulho inatos, não há quem se iguale a você — disse ele.

Naquele momento estávamos chegando a Thornfield.

— Você me daria o prazer de jantar comigo hoje? — perguntou ele enquanto cruzávamos os portões.

— Não, obrigada, senhor.

— Por que esse "não, obrigada, senhor"? Se é que posso saber.

— Nunca jantei com o senhor, e não vejo motivo para que o faça agora. Até que...

— Até que o quê? Você gosta de frases pela metade.

— Até que eu não possa mais evitar.

— Você acha que eu como do mesmo jeito que um ogro ou um demônio e que deve temer acompanhar-me numa refeição?

— Não formei uma opinião a esse respeito, senhor. Mas desejo continuar da maneira que sempre foi por mais um mês.

— Você deverá abandonar suas funções de governanta imediatamente.

— Na verdade, e espero que me perdoe, senhor, não irei fazer isso. Continuarei como de costume. Não irei meter-me em seus assuntos durante o dia, como estou acostumada a fazer. E o senhor pode chamar-me à noite quando estiver disposto a estar comigo. Mas em nenhum outro momento.

— Vou ter de fumar um charuto ou cheirar uma pitada de rapé para aguentar isso, *pour me donner une contenance,*[8] como diria Adèle, e infelizmente não tenho aqui meus charutos e tampouco minha caixa de rapé. Mas ouça. Desta vez você venceu, sua pequena tirana. Mas agora será a minha vez. E quando eu a tiver bem segura em minhas mãos, em sentido figurado, é claro, vou prendê-la a uma corrente como esta aqui — e tocou a corrente do seu relógio. — É isso mesmo, minha lindinha, prenderei você ao meu peito, para não perder a minha joia.

Ele disse isso ao me ajudar a descer da carruagem. Enquanto ele levantava Adèle nos braços, entrei em casa e tomei o rumo do meu retiro escada acima.

Pontualmente, depois de escurecer, ele requisitou minha presença. Eu preparara uma proposta para lhe fazer, pois estava determinada a não passar o tempo todo em uma conversa *tête-á-tête*. Lembrei-me de sua ótima voz. Sabia que gostava de cantar, pois bons cantores geralmente gostam. Eu mesma não era cantora e, segundo o seu julgamento exigente, também não era uma musicista, mas gostava de ouvir uma boa apresentação. Assim que o crepúsculo, a hora romântica, chegou e começou a baixar seu manto estrelado sobre a treliça, eu me levantei, abri o piano e lhe pedi pelo amor de Deus que me oferecesse uma canção. Ele me respondeu que eu era uma feiticeira caprichosa, e que ele preferia cantar em outro momento. Mas eu asseverei que nenhum outro momento seria como aquele.

[8] Em francês: "para me manter sob controle" ou "para refazer minha compostura".

Ele quis saber se eu gostava da sua voz.

— Muito mesmo.

Não queria insuflar a sua vaidade suscetível, mas daquela vez, e por conveniência, achei melhor bajulá-la, estimulá-la.

— Então, Jane, você vai acompanhar-me.

— Com certeza, senhor. Vou tentar.

E tentei, mas fui logo retirada do banco e chamada de "pequena desajeitada". E sem a menor cerimônia fui empurrada para o lado, o que era justamente o que eu queria; ele tomou o meu lugar e começou a acompanhar-se, pois podia tocar e cantar ao mesmo tempo, perfeitamente. Eu fui para o recesso da janela e, enquanto me sentava lá e olhava para as árvores imóveis e o gramado que escurecia, a seguinte canção era cantada em tons suaves:

O amor mais verdadeiro que o coração
Em seu âmago jamais havia despertado,
Percorreu cada veia de modo acelerado
Como a maré que verte em profusão.

Sua chegada era a esperança de cada dia,
Sua partida, feita de dor e tormento,
O acaso que retardava seu advento
Era o gelo que em cada veia corria.

Sonhava com esta inominável ventura,
Ser tão amado como eu amava,
E era este o objetivo que eu buscava
Cego e ansioso em meio à procura.

Mas largo era o espaço inacessível
Que entre nossas almas estava colocado
Tão perigoso como a espuma do mar ondulado
Nas ondas verdes do oceano imprevisível;

E assombrado como o caminho do ladrão
Através do deserto ou da floresta densa;
Pois que o Poder, o Direito, a Ira e a Ofensa
Entre nossos espíritos prometem união,

Afrontei os perigos, ri dos impedimentos,
Os maus augúrios foram desafiados,
De forma impetuosa foram ultrapassados
Alertas, ameaças, agonias e sofrimentos.

Apressou-se meu arco-íris em seu arrebol
E voei como num sonho estonteante;
Pois se ergueu diante de mim triunfante
Aquela criança feita de chuva e sol.

Ainda brilhante nas nuvens de árdua escuridão
Onde a luz da alegria suave e solene aflora
Se densos ou implacáveis, não me importa agora,
Forem os desastres que se juntarão,

Não ligo se nessa ocasião delicada
Depois de tudo o que passei o tempo inteiro
Venha sobre mim o grilhão forte e ligeiro
Com a dor da vingança proclamada,

Mesmo que o Ódio altivo me derrubasse,
E o Direito me trouxesse a obstrução sem fim,
E o Poder opressor, com a cara fechada e ruim
Uma inimizade eterna por mim até jurasse.

Meu amor colocou sua pequena mão
Sobre a minha com um nobre sentimento
E jurou que o laço sagrado do casamento
Entrelaçará a essência de nossa união.

Meu amor jurou, e fez de seu beijo um selo
Para comigo viver até a hora da partida
E por fim possuo a bênção merecida
Porque amo e sou amado com desvelo![9]

Ele se levantou e veio na minha direção, e eu vi seu rosto todo inflamado, aqueles olhos de falcão que faiscavam e a ternura e paixão em todos os traços de suas feições. Por um momento eu me senti insegura. Mas logo me recompus. Não queria cenas ternas ou demonstração de carinho. E me arrisquei a essas duas coisas. Tinha de preparar uma arma de defesa. Afiei a língua e, quando ele me alcançou, perguntei com aspereza "com quem que ele ia se casar agora".

Aquela era uma pergunta estranha para ser feita por sua querida Jane.

De fato, eu a considerei como natural e necessária. Ele falara de sua futura esposa que morria com ele. O que é que queria dizer com uma ideia assim tão pagã? Eu não tinha qualquer intenção de morrer com ele. Podia ter certeza disso.

---

[9] Poema de autoria de Charlote Brontë.

Oh, tudo o que esperava, e pelo que rezava, era que eu vivesse com ele! A morte não é para alguém como eu.

Na verdade era! Eu tinha o mesmo direito de morrer que ele, quando chegasse a minha hora. Mas esperaria essa hora chegar e não seria apressada como uma sati.[10]

Deveria eu perdoá-lo pela ideia egoísta e provar meu perdão com um beijo reconciliador?

Não preferia que me dispensasse.

Aqui, ouvi-o classificar-me como uma "coisinha difícil" e ainda acrescentar que "qualquer outra mulher se teria derretido até a medula ao ouvir tais estrofes sendo cantadas em seu louvor".

Eu lhe assegurei que muitas vezes ele me acharia difícil por natureza e muito empedernida. E que, acima de tudo, estava determinada a lhe mostrar os pontos ásperos do meu caráter antes que se passassem as quatro semanas. Ele teria de conhecer muito bem o tipo de negócio que ia fazer, enquanto ainda tinha tempo para desistir.

Deveria eu ficar quieta e falar racionalmente?

Ficaria quieta se fosse isso o que lhe agradava. E quanto a falar racionalmente, eu achava que era o que já estava fazendo agora.

Ele fez cara feia, mostrou-se irritado e impaciente.

"Muito bem" — pensei —, "o senhor pode fumar e mostrar-se impaciente à vontade, mas estou segura de que este é o melhor plano para continuar com o senhor. Gosto do senhor mais do que posso dizer. Mas não irei afundar em sentimentalismos. É desta maneira que também irei protegê-lo

---

[10] Viúva que era incinerada viva na mesma pira que seu marido falecido, na Índia.

da beira do abismo e, sobretudo, que manterei a pungente ajuda da distância entre nós da forma que melhor beneficia a ambos".

Pouco a pouco acabei por colocá-lo num estado de irritação imenso. E, depois que se retirou zangado para o outro lado da sala, eu me levantei e disse:

— "Desejo-lhe boa noite, senhor".

Com minha maneira natural e respeitosa, escapuli pela porta lateral e desapareci.

Uma vez que esse sistema havia funcionado, continuei com ele durante toda a quarentena com o maior sucesso. Era certo que ele ficava irritado e ríspido, mas no geral eu podia ver que ele estava divertindo-se muito, e que uma submissão de ovelha e uma sensibilidade de pombinha, mesmo fomentando o seu despotismo, teriam agradado menos ao seu julgamento, satisfeito menos o seu bom-senso e até servido menos ao seu gosto.

Na presença de outras pessoas eu me portava como antes. De forma respeitosa e tranquila. Qualquer outro tipo de conduta não era justificável. Somente nas conversas noturnas é que eu o contrariava e afligia. Ele continuava a me requisitar pontualmente quando o relógio batia sete horas. Quando eu surgia na sua frente, embora não usasse termos mais melosos como "amor" e "querida", usava palavras como "bonequinha provocadora", "fada maliciosa", "duende", "bruxinha", etc. Em vez de carícias eu agora recebia caretas. No lugar de um aperto de mão, um beliscão no braço. No lugar de um beijo no rosto, um puxão de orelha. Por mim estava tudo bem. No presente preferia esses favores ríspidos a qualquer outra coisa mais terna. Eu via que a Senhora Fairfax me aprovava. Não estava mais ansiosa por minha causa. Portanto eu sabia que o que estava fazendo era certo. Enquanto isso, o Senhor Rochester afirmava que eu o estava deixando pele e osso e ameaçava para breve uma vingança terrível por causa do meu comportamento. Às escondidas, eu ria de suas ameaças.

"Agora posso mantê-lo sob um controle razoável" — pensava eu — "e não tenho dúvida de que posso continuar assim daqui para a frente. Se um recurso deixar de funcionar, outro deve ser inventado".

Ainda assim, afinal, minha tarefa não era fácil. Em muitas das vezes, teria sido preferível agradar-lhe a deixá-lo aborrecido. Meu futuro marido estava tornando-se para mim tudo no mundo e mais do que isso. Era quase minha esperança do paraíso. Ele estava entre mim e qualquer pensamento religioso, como um eclipse que se interpõe entre o homem e o vasto Sol. Naqueles dias, eu não conseguia ver Deus através de Sua criatura. Eu havia construído um ídolo.

XXV

O mês destinado à corte havia passado. Suas últimas horas estavam sendo contadas. Não havia como adiar o dia que se aproximava — o dia das núpcias. Toda a preparação para a sua chegada havia terminado. Pelo menos *eu* não tinha mais nada que fazer. Lá estavam meus baús arrumados, fechados, amarrados, dispostos em fila ao longo da parede do meu pequeno quarto. Amanhã, nessa mesma hora já estariam longe a caminho de Londres da mesma forma que eu deveria estar — ou melhor, não eu, mas sim uma Jane Rochester, uma pessoa que até então nem eu mesmo conhecia. Restava apenas colocar as etiquetas com o endereço. Ali estavam elas, quatro pequenos quadrados sobre a escrivaninha. O próprio Senhor Rochester tinha escrito em cada uma delas — "Senhora Rochester — Hotel... Londres".

Eu não consegui por mim mesma tomar a decisão de colocá-las ou fazer que fossem colocadas. Senhora Rochester! Essa pessoa não existia. Só nasceria no dia seguinte, em algum momento depois das oito da manhã. E eu esperaria para ter certeza de que estaria viva, antes de lhe atribuir tantas propriedades. Já bastava que naquele outro armário, do lado oposto da minha penteadeira, as roupas dela já tivessem tomado o lugar do vestido preto e do chapéu de palha que eu usava em Lowood. Pois que a mim não pertencia aquele traje de casamento — o vestido perolado, o véu vaporoso que estavam ali pendurados. Fechei o armário para esconder seu conteúdo, qual aparição estranha, e que naquele momento da noite, nove horas, emitia uma luz fantasmagórica em meio à penumbra do meu quarto.

"Vou deixá-lo a sós, sonho branco" — falei para mim. — "Estou desassossegada. Ouço o vento soprando. Vou lá fora para senti-lo."

Não era apenas a pressa dos preparativos que me deixava em desassossego. Não era apenas a expectativa da grande mudança e a nova vida que se iniciaria no dia seguinte. Ambas as circunstâncias, sem dúvida, eram responsáveis pelo sentimento de impaciência e excitação que me levou àquela hora para os jardins imersos na escuridão. Mas uma terceira causa influenciava minha mente mais do que todas as outras.

Eu guardava no coração um pensamento estranho e ansioso. Alguma coisa acontecera que eu não conseguia entender. Ninguém além de mim sabia ou tinha visto. Foi algo que acontecera na noite anterior. Naquela noite o Senhor Rochester estivera fora de casa. E não tinha voltado até então. Os negócios o tinham chamado para uma pequena propriedade de duas ou três fazendas que possuía a quase cinquenta quilômetros de distância e eram negócios que necessitavam da sua presença antes que partisse para Londres. Agora, eu esperava ansiosa a sua volta, ávida por aliviar o peso da minha mente, por encontrar nele a solução para o enigma que me mantinha perplexa. Espere até a sua chegada, leitor. E, quando eu lhe revelar meu segredo, você também compartilhará da confidência.

Fui para o pomar, guiada para aquele abrigo através do vento que soprara forte do sul durante o dia todo sem trazer, contudo, qualquer ameaça de chuva. Com a chegada da noite, ao invés de diminuir, parecia aumentar sua rapidez e fazer cada vez mais barulho. As árvores estavam todas vergadas para a mesma direção sem se contorcer. E poucas vezes fizeram que seus galhos voltassem à sua posição original uma vez durante uma hora, tão forte era a força do vento que os inclinava em direção ao norte. As nuvens eram levadas de um polo a outro em massas que se deslocavam rapidamente. Impossível de se ver qualquer nesga de céu azul naquele dia de julho.

Foi certamente com prazer espantoso que corri ao sabor do vento, entregando as preocupações da minha mente para a ventania desmedida que agitava o espaço. Descendo pela alameda dos loureiros, dei de cara com os destroços do castanheiro. Ali estava ele, negro e rachado. O tronco aberto até o meio, ofegante e macabro. As duas metades rachadas não se tinham separado por completo uma da outra, pois suas raízes fortes as mantinham unidas por baixo. Mas toda sua vitalidade fora destruída. Sua seiva não poderia mais fluir, e de cada lado seus galhos imensos estavam mortos. Com certeza as tempestades do próximo inverno iriam jogar uma das duas partes, ou ambas, por terra. Até então, entretanto, ainda era possível dizer que formavam uma árvore. Uma ruína, mas uma ruína inteira.

"Vocês fizeram bem em se manter unidas" — disse eu para mim mesma como se as lascas monstruosas fossem coisas vivas e pudessem ouvir-me. "Acho que feridas como parecem, carbonizadas e chamuscadas, ainda deve haver um sopro de vida brotando desse apoio fiel e honesto de suas raízes. Vocês nunca mais terão folhas verdes. Não mais verão pássaros fazendo ninhos e cantando o amor em seus galhos. O tempo dos prazeres e do amor terminou para vocês. Mas não estão abandonadas. Cada uma de vocês tem um companheiro com o qual se solidarizar em sua ruína."

Com os olhos levantados para vê-las, vi a Lua aparecer num relance na nesga de céu que ficava entre as duas partes. Seu disco estava vermelho como o sangue e meio encoberto. Ela parecia projetar sobre mim um olhar lúgubre e espantado. Em seguida mergulhou outra vez instantaneamente nas profundezas do incessante movimento de nuvens. A força do vento diminuiu por um segundo em torno de Thornfield, mas lá longe, sobre a floresta e a água, ele soprava forte, num lamento melancólico. Era triste ouvi-lo. E eu voltei a correr.

Andei a esmo pelo pomar, apanhando as maçãs que jaziam espalhadas cobrindo a grama em volta das raízes das árvores. E me ocupei em separar as maduras das verdes. Levei-as para dentro da casa e as coloquei na despensa. Em seguida, fui para a biblioteca para me certificar se a lareira estava acesa, pois, embora fosse verão, eu sabia que numa tarde escura o Senhor Rochester gostaria de ver um fogo vibrante quando chegasse. Sim, o fogo fora aceso já havia algum tempo e queimava bem. Coloquei a poltrona dele perto do canto da lareira. Empurrei a mesa para perto dela. Fechei a cortina e trouxe velas prontas para serem acesas.

Mais inquieta do que nunca, quando terminei essa arrumação não consegui sentar-me, e tampouco permanecer na casa. O pequeno relógio da sala e o velho carrilhão do corredor bateram simultaneamente as dez horas.

"Como ficou tarde!" — pensei. "Irei até os portões. A Lua aparece a intervalos e posso ver a estrada ao longe. Ele deve estar vindo agora, e encontrá-lo poupará alguns minutos de suspense."

O vento ainda fazia muito barulho nas grandes árvores que cobriam os portões. Mas a estrada, até onde eu podia enxergar, tanto para a direita quanto para a esquerda, estava tranquila e deserta. Salvo as sombras das nuvens que a cruzavam nos intervalos em que a Lua aparecia, ela não passava de uma linha pálida e comprida sem qualquer mancha.

Uma lágrima pueril turvou meu olho enquanto eu olhava. Uma lágrima de desapontamento e impaciência. Com vergonha dela, eu a enxuguei. Permaneci ali. A Lua recolheu-se totalmente ao seu quarto e fechou sua cortina de nuvens densas. A noite ficou ainda mais escura. E o vento rápido chegou trazendo a chuva.

"Gostaria que ele chegasse! Gostaria que ele chegasse!" — exclamei dentro de mim, tomada por um pressentimento hipocondríaco. Esperava que ele chegasse antes da hora do chá. Agora estava escuro. O que o estava atrasando? Teria acontecido algum acidente? Os acontecimentos da noite anterior voltaram à minha mente. Eu os interpretava como um alerta de desastre. Temi que minhas esperanças fossem fortes demais para serem reais. Pensei que minha felicidade ultrapassara seu apogeu e devia agora declinar, pois eu desfrutara de alegrias demais ultimamente.

"Bem, não posso voltar para dentro de casa" — pensei —, "não posso ficar sentada ao lado da lareira, enquanto ele está longe com esse tempo rigoroso. É melhor cansar as pernas do que desgastar o coração. Vou andar em frente ao encontro dele".

Parti. Andei depressa, mas não cheguei muito longe. Antes mesmo de cobrir quatrocentos metros comecei a ouvir o barulho de cascos. Um cavaleiro vinha vindo a galope e um cão corria a seu lado. Fora os maus pressentimentos! Era ele. Ali vinha ele montado em Mesrour e seguido por Pilot. Ele me viu, pois a Lua abrira um campo azul no céu e por ele corria brilhante. Tirou o chapéu e acenou com ele em volta da cabeça. Eu agora corria ao seu encontro.

— Olhe! — exclamou ele ao estender a mão e inclinar-se na sela. — É evidente que você não pode viver sem mim. Pise aqui na minha bota e me dê as duas mãos. Monte!

Eu obedeci. A alegria me deu agilidade. Pulei como uma mola para a frente dele. Como boas-vindas ele me deu um beijo apaixonado e uma demonstração de vitória que engoli da melhor maneira que pude. Ele interrompeu seu arroubo e perguntou:

— Mas o que a fez ficar aqui do lado de fora até esta hora para me encontrar? Aconteceu alguma coisa, Janet? Há algo errado?

— Não, eu é que pensei que o senhor jamais voltaria. Não aguentei ficar esperando dentro de casa, principalmente com essa chuva e esse vento.

— Realmente, chuva e vento! Você está pingando como uma sereia. Agasalhe-se com a minha capa. Acho que está febril, Jane. Tanto o seu rosto quanto suas mãos estão queimando. Vou perguntar outra vez. Está acontecendo alguma coisa?

— Agora não. Não estou nem com medo nem infeliz.

— Então esteve antes?

— Um pouco. Mais tarde eu vou lhe contar tudinho, senhor. E acho que vai rir das minhas dores.

— Vou rir de você com todo o coração depois de amanhã. Até lá não devo. Meu prêmio ainda não foi ganho. Esta que está aqui é você, que se tem mostrado tão escorregadia quanto uma enguia durante este último mês e tão cheia de espinhos quanto uma roseira? Eu não podia colocar meu dedo em lugar algum sem ser picado. Agora parece que recolhi uma ovelha perdida em meus braços. Você saiu do curral para encontrar o seu pastor, Jane?

— Eu queria. Mas não se vanglorie. Pronto, chegamos a Thornfield. Agora me deixe descer.

Ele me abaixou até o chão. Enquanto John pegava seu cavalo e ele me seguia pelo corredor, disse para me apressar e ir vestir alguma coisa seca e, então, voltasse para encontrá-lo na biblioteca. Quando eu ia subir ele me parou para me fazer prometer que não iria demorar. E não demorei mesmo. Em cinco minutos voltei a me reunir a ele. Encontrei-o jantando.

— Sente-se aqui e me faça companhia, Jane, por favor. Graças ao meu Deus, esta é a última refeição que você irá fazer em Thornfield Hall durante um bom tempo.

Eu me sentei perto dele, mas lhe disse que não queria comer.

— Isso é porque você está pensando na viagem que tem pela frente, Jane? É o pensamento de que está indo para Londres que tira o seu apetite?

— Não consigo ver com clareza a noite que tenho pela frente, senhor. E mal sei que pensamentos passam pela minha cabeça. Tudo na vida me parece irreal.

— Exceto eu. Sou bastante real. Toque em mim.

— O senhor é o mais fantasmagórico de tudo. O senhor é um simples sonho.

Ele estendeu a mão rindo.

— Isto é um sonho? — disse ele, colocando a mão sobre os meus olhos. Tinha uma mão redonda, musculosa e vigorosa, assim como um braço comprido e forte.

— Sim, embora eu a toque, ela é um sonho — disse eu, ao retirá-la do meu rosto. — Senhor, já terminou seu jantar?

— Sim, Jane.

Toquei a campainha e pedi que retirassem a bandeja. Quando estávamos outra vez sozinhos, aticei o fogo e me sentei no tamborete ao lado dos joelhos do meu patrão.

— Já é quase meia-noite — disse eu.

— Sim, mas lembre-se, Jane, que prometeu ficar acordada comigo na noite anterior ao dia do nosso casamento.

— Prometi, sim. E manterei minha promessa, pelo menos durante mais uma ou duas horas. Não tenho vontade de ir para a cama.

— Você já arrumou todas as suas coisas?

— Já, senhor.

— Eu também — respondeu ele. — Já deixei tudo em ordem e devemos sair de Thornfield amanhã meia hora depois de voltarmos da igreja.

— Muito bem, senhor.

— Com que sorriso extraordinário você disse essas palavras "muito bem", Jane! Como você está com as faces coradas! E como seus olhos brilham. Você está bem?

— Acredito que estou.

— Acredita? Como assim? Diga-me o que está sentindo.

— Não poderia fazê-lo, senhor. Não tenho palavras para exprimir o que estou sentindo. Gostaria que este momento jamais terminasse. Quem sabe o que o destino nos reserva para o próximo instante?

— Isto é hipocondria, Jane. Você tem estado muito excitada ou mesmo exausta.

— E o senhor, está sentindo-se calmo e feliz?

— Calmo? Não. Mas feliz, sim, até o fundo do coração.

Olhei para ele e vi em seu rosto sinais de felicidade. Estava ardente e corado.

— Abra seu coração para mim, Jane — disse ele. — Ao dividi-lo comigo, livre sua mente de qualquer peso que a esteja oprimindo. Do que sente medo? De que eu não prove ser um bom marido?

— Nem penso numa coisa dessas.

— Você está apreensiva com relação à nova esfera na qual está prestes a entrar? Com a nova vida para a qual está passando?

— Não.

— Você me intriga, Jane. Seu olhar e seu tom de uma tristeza audaciosa me deixam perplexo e me entristecem. Exijo uma explicação.

— Pois, então, ouça, senhor. O senhor esteve fora de casa ontem à noite?

— Estive, e você sabe. Foi você mesma que fez referência ainda há pouco a algo que aconteceu na minha ausência. Provavelmente nada importante. Mas, em resumo, foi algo que a perturbou. Conte-me o que foi. A Senhora Fairfax teria dito alguma coisa? Ou você teria ouvido alguma coisa dos empregados? Seu amor-próprio teria sido ferido de algum modo?

— Não, senhor.

O relógio anunciava doze horas e eu esperei até que o carrilhão parasse suas badaladas, e continuei:

— Durante todo o dia de ontem estive muito ocupada e muito feliz trabalhando sem parar. Portanto, não estou perturbada, como o senhor parece pensar, por quaisquer medos obsessivos de uma nova esfera de vida, etc. Acho uma glória ter a esperança de viver com o senhor, porque o amo. Não, senhor, não me acaricie agora. Deixe que eu fale sem ser interrompida. Ontem eu acreditava na Providência divina e que tudo estava correndo bem tanto para o senhor quanto para mim. O dia estava lindo, se o senhor se lembra, a calma do ar e do céu proibia qualquer apreensão em relação à segurança ou conforto da sua viagem. Após o chá fui caminhar um pouco pela calçada, enquanto pensava no senhor. E o vi tão junto a mim em minha imaginação que mal percebi sua ausência. Pensei sobre a vida que se descortinava à minha frente — a *sua* vida, senhor — uma existência mais expansiva e agitada do que a minha própria, tanto quanto as profundezas do mar que são maiores do que os leitos dos riachos que correm para ele. Fiquei pensando por que os moralistas chamam este mundo de deserto e triste. Para mim ele parecia desabrochar como uma rosa. Assim que o Sol se pôs, o ar se tornou frio e o céu, nublado, eu fui para dentro. Sophie me chamou lá em cima para que visse o meu vestido de noiva que tinham acabado de entregar. E sob a caixa encontrei o seu presente, o véu que o senhor, numa extravagância principesca, mandou vir de Londres. Pelo que suponho, na certa estava resolvido a enganar-me para que usasse algo tão caro quanto as joias que eu me recusara a usar. Sorri enquanto o desdobrava e fiquei imaginando de que modo o provocaria sobre seu gosto aristocrático e seus esforços para disfarçar sua noiva plebeia com os atributos de uma fidalga. Fiquei pensando em como lhe mostrar a mantilha bordada que eu mesma fiz para cobrir minha cabeça e perguntar se ela não era boa o suficiente para uma mulher que não iria trazer para seu marido nem fortuna, nem beleza nem pessoas influentes. Vi simplesmente como o senhor iria reagir. Ouvi suas respostas impetuosas e autoritárias e sua desaprovação arrogante a respeito da necessidade de aumentar sua riqueza ou elevar seu prestígio casando-se com uma rica ou com uma nobre.

— Como você me conhece bem, sua bruxa! — interrompeu o Senhor Rochester. — Mas o que foi que achou no véu além do bordado? Achou veneno, ou um punhal que a tenha deixado assim tão desolada agora?

— Não, não, senhor. Além da delicadeza e da riqueza do tecido, não encontrei qualquer outra coisa salvo o orgulho dos Fairfax Rochester. E isto não me assustou, porque estou acostumada à visão desse demônio. Mas, senhor, ao mesmo tempo que escurecia, o vento aumentava. Ontem à noite o vento soprava não como está soprando agora, violento e alto, mas, sim, com "um som sombrio e sinistro" muito mais assustador. Desejei que estivesse em casa. Vim até aqui na sala, e a visão da poltrona vazia e da lareira apagada me trouxe calafrios. Pouco tempo depois fui deitar-me. Não conseguia dormir. Um sentimento de ansiosa excitação me agoniava. A ventania continuava a aumentar, parecia aos meus ouvidos um lamento abafado. Não pude, num primeiro momento, perceber se era dentro da casa ou fora, mas retornava mais lúgubre depois de cada intervalo. Por fim percebi que devia ser o uivo longínquo de algum cão. Fiquei contente quando cessou. Ao cair no sono, continuei a sonhar com a noite escura e tempestuosa. Continuei também desejosa de estar com o senhor, e experimentei a estranha consciência de que havia alguma barreira a nos separar. Durante todo o meu primeiro sono, sonhei que percorria correndo as curvas de uma estrada desconhecida. Envolvida por uma total escuridão. A chuva me açoitava e eu carregava o peso de uma criança que estava no meu colo. Uma criaturinha bem pequena, muito nova e frágil para andar e que estremecia nos meus braços frios e chorava de um modo comovente em meu ouvido. Eu pensei que o senhor estivesse na estrada muito à minha frente e me esforcei ao máximo para alcançá-lo e para gritar seu nome e suplicar que parasse. Mas meus movimentos estavam paralisados e não conseguia articular quaisquer palavras com minha voz que aos poucos se consumia. Enquanto sentia que o senhor se afastava cada vez mais.

— E agora esses sonhos ainda pesam em seu espírito, Jane, mesmo agora que estou aqui ao seu lado? Sua nervosinha! Esqueça essa aflição imaginária e pense apenas na felicidade real! Você diz que me ama, Janet. Sim, não me esquecerei disso como também que você não pode negá-lo. *Essas* palavras não deixaram de ser articuladas pelos seus lábios. Ouvi-as de um modo claro e suave. Talvez um tanto solene, mas doce como música. "Acho uma glória ter a esperança de viver com você, Edward, porque o amo." Você me ama, Jane? Repita.

— Eu o amo, senhor. Eu o amo, de todo o meu coração.

— Bem — disse ele, depois de alguns minutos de silêncio — é estranho, mas essa frase entrou dolorosamente no meu peito. Por quê? Acho que foi porque você a falou com uma energia tão séria, tão religiosa. E por estar agora me olhando com esse olhar de fé, verdade e dedicação sublimes. É bastante semelhante à presença de um espírito junto de mim. Pareça má, Jane, Como você sabe bem como fazer. Coloque no rosto um de seus sorrisos selvagens, acanhados e provocantes e diga que me odeia, provoque-me, deixe-me irritado. Faça qualquer coisa que não me comova. Prefiro ficar irado que entristecido.

— Irei provocá-lo e irritá-lo até satisfazer seu coração assim que eu tiver terminado de contar minha história. Mas ouça-me até o fim.

— Pensei, Jane, que já tivesse contado tudo. Achei que já tinha descoberto a origem da sua melancolia em um sonho.

Eu balancei a cabeça.

— Como! Ainda tem mais? — Mas não acredito que seja alguma coisa importante. Aviso de antemão de minha incredulidade. Continue.

O seu ar inquieto, algum toque de impaciência e apreensão em suas maneiras me surpreenderam, mas continuei:

— Tive outro sonho, senhor. Sonhei que Thornfield era uma ruína lúgubre, refúgio de morcegos e corujas. Pensei que além da fachada nada mais restava a não ser um muro muito alto de aparência frágil. Era uma noite de luar e eu vagava pelo lado de dentro coberto pelo capim. Ali tropecei numa laje de mármore e pisei sobre o fragmento de uma cornija. Eu ainda carregava aquela criancinha desconhecida enrolada em um xale. Não poderia largá-la em qualquer lugar, embora estivesse com os braços muito cansados. Embora o peso dela dificultasse o progresso da minha caminhada, deveria mantê-la comigo. Ouvi o galope de um cavalo ao longe na estrada. Tinha certeza de que era o senhor que voltava depois de ter partido, há muitos anos, para um país estrangeiro. Subi apressada no muro frágil, de maneira frenética e arriscada, ansiosa por poder vê-lo lá de cima. As pedras rolaram sob meus pés, os ramos de hera que segurei cederam, a criança agarrou-se ao meu pescoço, aterrorizada, quase me estrangulando. Afinal consegui chegar ao topo. Vi-o como se fosse uma mancha que diminuía cada vez mais numa trilha branca. O vento soprava tão forte que eu não conseguia ficar de pé. Sentei-me na borda estreita. Acalmei a criança e a coloquei no colo. O senhor apareceu numa curva da estrada. Eu me inclinei para a frente e dei uma última olhada. O muro desabou. Fui sacudida. A criança rolou do meu colo, perdi o equilíbrio, cai no chão e acordei.

— Pronto, Jane, acabou.

— Isso é apenas o prefácio, senhor, a história ainda está por vir.

Ao acordar, uma luz ofuscou minha vista e pensei: "Oh, é a luz do dia!". Mas estava enganada. Era apenas a luz de uma vela. Era Sophie, supus, que havia entrado. Tinha uma luz na penteadeira, e a porta do armário onde eu pendurara meu vestido de noiva e o véu antes de ir para a cama permanecia aberta. Ouvi um ruído lá dentro e falei: "Sophie, o que é que você está fazendo aqui?". Ninguém respondeu, mas um vulto saiu do armário. Pegou a luz, levantou-a e examinou as roupas penduradas na mala de viagem. "Sophie! Sophie!", gritei outra vez. E o silêncio continuava. Levantei-me da cama e inclinei-me para a frente, primeiramente surpresa e em seguida completamente desnorteada. E meu sangue congelou em minhas veias, Senhor Rochester, aquela não era Sophie, e muito menos Leah ou a Senhora Fairfax. Não era — e não estava certa disto como ainda não estou agora — nem aquela estranha mulher, Grace Poole.

— Deve ter sido uma delas — interrompeu meu patrão.

— Não, senhor. Asseguro-lhe solenemente do contrário. O vulto que estava à minha frente jamais cruzara meus olhos antes nos arredores de Thornfield Hall. Sua altura e sua forma eram novas para mim.

— Descreva-a, Jane.

— Senhor, me parecia ser uma mulher alta e grande, com cabelo farto e escuro que lhe descia pelas costas. Não sei como ela estava vestida. Era uma roupa branca e reta. Mas não poderia dizer se era uma camisola, um lençol ou uma mortalha.

— Você viu o seu rosto?

— A princípio, não. Mas, na mesma hora ela tirou meu véu do lugar. Segurou-o. Olhou longamente para ele e o colocou sobre a sua própria cabeça e foi para o espelho. Naquele momento vi perfeitamente o reflexo do seu rosto e dos seus traços no espelho escuro e quadrangular.

— E como eram eles?

— Eram medonhos e assustadores para mim. Oh, senhor, jamais vira um rosto como aquele! Era um rosto sem cor, um rosto selvagem. Quem me dera poder esquecer seus olhos vermelhos e terríveis e suas feições sombrias e arrogantes.

— Os fantasmas em geral são pálidos.

— Senhor, esse era cor de púrpura. Os lábios eram grossos e escuros. A testa era peluda. As sobrancelhas saíam de olhos vermelhos como sangue. Devo dizer o que me lembravam?

— Sim.

— O espectro alemão. O vampiro.

— Ah! E o que foi que ele fez?

— Senhor, ele retirou o véu da cabeça descarnada, rasgou-o em duas partes e, jogando-as no chão, pisou sobre elas.

— E depois?

— Abriu a cortina da janela e olhou para fora. Talvez tenha percebido que o amanhecer se aproximava, pois pegou a vela e se dirigiu para a porta. O vulto então parou ao lado da minha cama e me olhou com seus olhos de fogo. Aproximou a vela do meu rosto e apagou-a sob os meus olhos. Vi bem o seu rosto lívido e chamejante sobre o meu, e perdi a consciência. Pela segunda vez em minha vida, apenas pela segunda vez, perdi a consciência em virtude do terror.

— Quem estava com você quando recobrou a consciência?

— Ninguém, senhor, a não ser o dia claro. Levantei-me, molhei a cabeça e o rosto, bebi um longo gole d'água. Senti que, embora fraca, eu não estava doente. Estava determinada a não repartir com ninguém essa visão que não fosse o senhor. Agora, senhor, diga-me quem e o que era aquela mulher?

— Com certeza era o resultado de um cérebro muito excitado. Devo cuidar de você, meu tesouro. Nervos como os seus não foram feitos para ter um tratamento com rudeza.

— Senhor, meus nervos não tinham qualquer problema. A coisa era real. Aquilo realmente aconteceu.

— E seus sonhos anteriores também foram reais? Thornfield Hall está em ruínas? Estou separado de você por obstáculos insuperáveis? Estou abandonando-a sem uma lágrima, sem um beijo e sem uma palavra?

— Ainda não.

— E estou prestes a fazer isso? Ora, mal começou o dia em que iremos nos unir indissoluvelmente. Quando estivermos unidos, não haverá mais a volta desses terrores mentais. Garanto.

— Terrores mentais, senhor? Gostaria de acreditar que fosse apenas isso. Agora mais do que nunca. Nem mesmo o senhor consegue explicar o mistério daquela visitante medonha.

— E justamente por não poder explicar, Jane, é que deve ter sido irreal.

— Mas, senhor, quando eu disse isso para mim mesma ao me levantar esta manhã e olhar em plena luz do dia em torno do quarto buscando tomar coragem com o aspecto dos objetos conhecidos vi, ali, sobre o tapete, o que desmentiu a minha hipótese. O véu rasgado de cima a baixo, em duas metades!

Vi que o Senhor Rochester estremeceu. Apressou-se em me envolver nos seus braços.

— Graças a Deus — exclamou ele — que nada mais grave aconteceu a você, e apenas o véu foi danificado. Penso no que poderia ter-lhe acontecido!

Ele ficou ofegante e apertou-me tanto de encontro a si que quase perdi o fôlego. Depois de alguns minutos de silêncio, continuou alegremente:

— Agora, Jane, eu vou lhe explicar tudo o que aconteceu. Foi metade sonho, metade realidade. Não tenho dúvida de que uma mulher realmente entrou em seu quarto. Essa mulher era, deve ter sido, Grace Poole. Você mesma diz que ela é uma criatura estranha. E bem sabe que tem motivos para achar isso. Pelo que ela fez a mim e a Mason, não? E em um estado entre o sono e a vigília, você percebeu que ela entrava e percebeu o que fazia. Mas febril e quase delirante como estava, atribuiu a ela a aparência de um duende diferente dela própria. O cabelo comprido e em desalinho, o rosto sombrio e intumescido, a estatura exagerada eram invenções da sua imaginação. Resultados de um pesadelo. O rasgo odioso do véu foi real, e é uma coisa bem típica. Vejo que gostaria de me perguntar por que mantenho essa mulher na minha casa.

Depois de um ano e mais um dia do nosso casamento, eu lhe direi. Mas não agora. Está satisfeita, Jane? Você aceita minha solução para o mistério?

Refleti, e na verdade aquela solução me pareceu a única possível. Satisfeita de verdade eu não estava. Mas para agradar-lhe fingi estar. Estava aliviada. Realmente era assim que me sentia. Portanto, respondi-lhe com um sorriso. E agora, como já passara bastante da uma hora, preparei-me para deixá-lo.

— Sophie não dorme com Adèle no quarto das crianças? — perguntou ele enquanto eu acendia minha vela.

— Dorme, sim, senhor.

— E na pequena cama de Adèle há espaço suficiente para você. Esta noite deve dormir com ela, Jane. Não me surpreenderia se o incidente que relatou a faça ficar nervosa. Eu preferiria que não dormisse sozinha. Prometa-me que irá para o quarto das crianças.

— Ficaria muito feliz de fazer isso, senhor.

— E tranque bem a porta por dentro. Acorde Sophie quando subir e lhe peça que a desperte amanhã de manhã cedo, para que se vista e termine seu café antes das oito. E agora não tenha mais pensamentos obscuros. Afaste-os de sua mente, Janet. Não está ouvindo que o vento diminuiu bastante e que a chuva não está mais batendo contra a vidraça da janela? Olhe só — levantou a cortina.

— A noite está linda!

E estava. Metade do céu estava limpa e sem manchas. As nuvens agora reunidas pelo vento que soprava na direção do oeste vinham do leste em longas colunas prateadas. A Lua brilhava placidamente.

— Bem — falou o Senhor Rochester, olhando-me nos olhos —, como é que a minha Janet está agora?

— A noite está serena e eu também.

— E você não irá sonhar com separações e tristezas esta noite. Mas sim com um amor feliz e com uma união abençoada.

Essa predição foi cumprida apenas pela metade. Realmente não sonhei com tristezas, mas tampouco sonhei com alegrias, pois acabei não dormindo nada. Com a pequena Adèle em meus braços, eu vigiava seu sono infantil — tão tranquilo, tão calmo, tão inocente — e esperava a chegada do dia. Toda a minha vida estava ali desperta e ativa. E, assim que o Sol se levantou, também eu me levantei. Lembro-me de Adèle me agarrar quando a deixei. Lembro-me de tê-la beijado ao tirar suas mãozinhas do meu pescoço. Emocionada chorei junto a ela e a larguei porque temi que meus soluços viessem a acordá-la. Ela parecia o símbolo da minha vida passada. E aquele com quem iria agora me encontrar era a figura temida, porém adorada, do meu dia futuro e desconhecido.

XXVI

Sophie veio às sete horas para me vestir. Ela foi bastante morosa em cumprir sua tarefa a ponto de o Senhor Rochester se impacientar com minha demora e mandar perguntar por que eu não descia. Ela estava justamente prendendo o véu que, no fim das contas, ficou sendo o simples quadrado de renda com um pregador no meu cabelo. Assim que foi possível me desvencilhei de suas mãos.

— Pare! — gritou ela em francês. — Olhe-se no espelho. Você nem deu uma olhada para ver como está.

Na porta virei-me então para olhar o espelho. Vi uma figura vestida de noiva com véu, tão diferente de mim própria, que me parecia estar defronte à imagem de uma estranha.

— Jane! — ouvi chamar, e corri escada abaixo. Fui recebida pelo Senhor Rochester no pé da escadaria.

— Atrasada! — disse ele. — Meu cérebro está fumegando de impaciência. Você demora demais!

Ele me levou para a sala de jantar, examinou-me minuciosamente de cima abaixo e disse que eu estava "linda como um lírio e que era não apenas o orgulho de sua vida, mas também o desejo de seus olhos". E tocou a sineta. Avisou que não me daria mais do que dez minutos para tomar café. Um dos seus empregados contratados recentemente respondeu ao chamado:

— John está preparando a carruagem?

— Sim, senhor.

— A bagagem já foi trazida para baixo?

— Está sendo trazida agora, senhor.

— Você, vá até a igreja e veja se o Senhor Wood, o clérigo, e o sacristão estão lá. Volte e me avise.

A igreja, como o leitor bem sabe, ficava logo além dos portões, e o criado voltou logo.

— O Senhor Wood está na sacristia, senhor, vestindo sua sobrepeliz.

— E a carruagem?

— Os cavalos já estão atrelados.

— Não queremos ir de carruagem até a igreja. Mas deve estar pronta para quando voltarmos, com todas as caixas e bagagens arrumadas e amarradas, e o cocheiro em seu assento.

— Sim, senhor.

— Jane, você está pronta?

Eu me levantei. Não havia padrinhos do noivo ou madrinhas da noiva, não havia parentes esperando ou mestre de cerimônia. Ninguém a não ser o Senhor Rochester e eu. A Senhora Fairfax estava de pé no saguão quando passamos. Eu teria falado com ela de bom grado, mas minha mão estava segura por uma mão de ferro. Fui quase rebocada por passadas que mal podia acompanhar. Não seria tolerado mais nenhum segundo de atraso, qualquer que fosse o motivo. Bastava olhar para a cara do Senhor Rochester para saber disso. Fiquei perguntando-me se algum outro noivo teria a mesma aparência que ele, tão determinada, tão resoluta. E se alguém já teria revelado um olhar tão faiscante e ardente por baixo de sobrancelhas tão imperturbáveis como aquelas.

Eu não sabia se o dia estava bonito ou feio. Ao descer pela calçada não olhei para o céu ou para a terra. Meu coração estava em meus olhos, que estavam cravados na figura do Senhor Rochester. Queria também ver a coisa invisível para a qual ele mantinha um olhar fixo e feroz enquanto descíamos a ladeira. Queria captar os pensamentos cuja força ele parecia enfrentar e resistir.

Na porta do pátio da igreja, deu uma parada. Descobriu que eu estava completamente sem fôlego.

— Estou sendo cruel com o meu amor? — disse ele. — Pare um instante. Apoie-se em mim, Jane.

E agora consigo me lembrar da imagem da velha construção cinzenta da casa de Deus erguendo-se tranquila diante de mim, de uma gralha que voava em torno do campanário e do céu matinal avermelhado mais ao longe. Lembro-me de algo também, dos montículos gramados das sepulturas, e tampouco me esqueço de duas figuras estranhas passeando entre os montículos e lendo as inscrições gravadas nas lápides cobertas de musgo. Prestei atenção nelas porque, ao nos avistar, deram a volta por trás da igreja. E eu fiquei na dúvida se iriam entrar pela porta lateral e assistir à cerimônia. O Senhor Rochester não as havia notado. Olhava sério para o meu rosto, de onde o sangue, não duvido, desaparecera. Eu sentia minha testa úmida, as faces e os lábios frios. Quando me reanimei, o que aconteceu logo, ele me acompanhou gentilmente pelo caminho até a entrada.

Entramos no templo tranquilo e simples. O sacerdote nos aguardava no altar modesto, vestido com sua sobrepeliz branca, e ao seu lado o sacristão. Tudo era quietude. Apenas dois vultos se moviam num canto afastado. Minha suposição fora correta. Os estranhos haviam-se esgueirado para dentro, antes de nós. E agora estavam sobre a catacumba dos Rochester, de costas para nós, olhando através da grade do túmulo de mármore manchado pelo tempo, onde um anjo ajoelhado guardava os restos de Damer de Rochester, assassinado em Marston Moor no tempo das guerras civis, e de sua esposa Elizabeth.

Tomamos nossos lugares na grade da comunhão. Ao ouvir passos cautelosos às minhas costas, olhei sobre o ombro com o canto do olho. Um dos estranhos, um cavalheiro, avançava em direção a nave da igreja. A cerimônia começou. Foram dadas as explicações da intenção do matrimônio e em seguida o clérigo deu um passo à frente e, curvando-se ligeiramente para o Senhor Rochester, continuou:

— Peço e ordeno a ambos, pois vós respondereis por isso no Dia do Juízo Final quando os segredos dos corações serão revelados, que, se algum dentre vós souber de algo que impeça vossa união legítima em matrimônio, fale agora. Deveis saber bem que muitos que estão juntos sem a permissão de Deus não estão unidos em Seu nome nem seu matrimônio é legítimo.

Ele então fez a pausa que é de praxe. Quando é que a pausa depois dessa sentença é quebrada por uma resposta? Nunca. Talvez uma vez a cada cem anos. E o clérigo, que não levantara os olhos da sua *Bíblia* e suspendera a respiração por um instante, continuou. Sua mão já estava estendida em direção ao Senhor Rochester, quando seus lábios se abriram para perguntar:

O senhor aceita esta mulher como sua legítima esposa?

Foi quando então se ouviu uma voz dizer claramente:

— Esse casamento não pode continuar. Eu declaro a existência de um impedimento.

O clérigo levantou os olhos até quem falara e ficou mudo. O sacristão fez o mesmo. O Senhor Rochester moveu-se ligeiramente, como se um tremor de terra tivesse ocorrido sob os seus pés. Tomou uma posição mais empertigada sem virar a cabeça para trás, e falou:

— Prossiga.

Um silêncio profundo caiu quando ele disse essa palavra, com um tom de voz profundo e baixo. Em seguida o Senhor Wood disse:

— Não posso prosseguir sem uma investigação sobre a veracidade ou falsidade do que foi declarado.

— A cerimônia está interrompida — acrescentou a voz por trás de nós. —Tenho condições de provar o que declarei. Existe um impedimento insuperável para esse casamento.

O Senhor Rochester ouviu aquilo, mas não deu crédito às palavras. Manteve-se inflexível e rígido sem se mover, mas agarrou a minha mão. Como estava quente e forte o aperto de sua mão! Como sua fronte estava pálida, firme e sólida qual mármore naquele momento! Como seus olhos cintilavam ainda atentos, porém selvagens!

O Senhor Wood parecia perdido.

— Qual é a natureza do impedimento? — perguntou. — Talvez ele possa ser esclarecido, explicado.

— Dificilmente — foi a resposta. — Chamei-o de insuperável e falo isso de forma deliberada.

A pessoa que falou veio mais para a frente e se apoiou na grade. Continuou, pronunciando cada palavra com clareza, calma e firmeza, mas não em voz alta:

— Trata-se simplesmente da existência de um casamento anterior. O Senhor Rochester tem uma esposa que está viva.

Ao ouvir aquelas palavras ditas em voz baixa, meus nervos vibraram como jamais vibraram sob o barulho de um trovão. Meu sangue sentiu a violência sutil delas como jamais sentira o frio ou o fogo. Mais fiquei firme, sem perigo de desfalecer. Olhei para o Senhor Rochester. Fiz que ele me olhasse. Seu rosto inteiro era como uma rocha sem cor. Seu olhar era ao mesmo tempo faiscante e duro como uma pedra. Ele não negou nada. Parecia pronto a desafiar tudo. Sem falar, sem sorrir, sem parecer reconhecer-me como um ser humano, somente enlaçou minha cintura com seu braço e puxou-me para junto de si.

— Quem é você? — perguntou ele ao estranho.

— Meu nome é Briggs, Procurador da rua..., Londres.

— E está acusando-me de ter uma esposa?

— Lembro-lhe a existência de sua esposa que a lei reconhece, mas o senhor, não.

— Faça o favor de descrevê-la. Seu nome, seus parentes, seu domicílio.

— Com certeza.

O Senhor Briggs tirou um papel do bolso e o leu como a um documento oficial, com voz anasalada:

"Afirmo e dou fé que no dia 20 de outubro do ano de... datado de quinze anos atrás, Edward Fairfax Rochester, de Thornfield Hall, do condado de..., de Ferndean Manor, em..., na Inglaterra, casou-se com minha irmã, Bertha Antoinetta Mason, filha de Jonas Mason, comerciante, e de Antoinetta, sua esposa, uma mestiça, na igreja de..., em Spanish Town, na Jamaica. A certidão do casamento pode ser encontrada nos arquivos daquela igreja e dela possuo uma cópia. Assinado, Richard Mason".

— Isso, caso o documento seja verdadeiro, prova apenas que fui casado. Mas não prova que a mulher nele mencionada como minha mulher ainda continua viva.

— Ela estava viva há três meses — respondeu o advogado.

— E como o senhor sabe?

— Tenho testemunhas do fato, cujo depoimento até mesmo o senhor dificilmente desmentirá.

— Apresente a testemunha. Ou vá para o inferno.

— Vou primeiro apresentá-la. Ela está aqui mesmo. Senhor Mason, tenha a bondade de dar um passo à frente.

Ao ouvir aquele nome, o Senhor Rochester trincou os dentes e experimentou também um forte tremor convulsivo. Perto dele como eu estava, senti os movimentos espasmódicos de fúria e desespero correrem pelo seu corpo. O segundo estranho, que até então permanecera à distância, aproximou-se. Um rosto pálido assomou por trás do ombro do advogado. Sim, era o próprio Mason. O Senhor Rochester virou-se e encarou-o. Seus olhos — como já fora dito muitas vezes — eram negros, mas agora apresentavam uma coloração e um brilho avermelhado como sangue. Seu rosto também estava ruborizado. As faces morenas e a testa sem cor receberam um brilho como que saído do seu coração em fogo. E ele se agitou, levantou o braço poderoso — poderia ter dado um soco em Mason, derrubado-o no chão e tirado seu fôlego com um golpe — mas Mason encolheu-se todo e gritou com uma voz quase inaudível:

— Deus piedoso!

O desprezo amainou os ânimos do Senhor Rochester. Seu ímpeto desapareceu como se tivesse sido paralisado de repente. Ele apenas perguntou:

— O que é que *você* tem a dizer?

Uma resposta inaudível escapou dos lábios brancos de Mason.

— Que o Diabo o carregue se não pode responder de forma clara. Eu lhe pergunto novamente. O que você tem a dizer?

— Senhor, senhor — interrompeu o clérigo — não se esqueça de que está em um lugar sagrado.

Em seguida, dirigindo-se a Mason, perguntou gentilmente:

— O senhor tem conhecimento de que a esposa deste cavalheiro ainda está viva?

— Coragem — recomendou o advogado. — Vamos, fale.

— Ela vive atualmente em Thornfield Hall — disse Mason, com mais firmeza. — Eu a vi lá em abril passado. Sou irmão dela.

— Em Thornfield Hall? — exclamou o clérigo. — Impossível, moro aqui há muito tempo, senhor, e nunca soube de uma Senhora Rochester em Thornfield Hall.

Vi um riso entortar os lábios do Senhor Rochester, e ele resmungar:

— Não, por Deus! Sempre tomei cuidado para que ninguém soubesse disso, ou que achasse que ela tinha esse nome.

Ficou parado durante dez minutos meditando e buscando conselho em si próprio. Formou sua opinião e a anunciou:

— Já chega! Isso tudo impulsionado agora, como uma bala que sai do cano de uma arma. Wood, feche a *Bíblia* e tire sua sobrepeliz. Que o sacristão John Green saia da igreja. Não haverá mais casamento hoje.

O homem obedeceu. O Senhor Rochester continuou, resoluto e indiferente:

— Bigamia é uma palavra imoral! Entretanto, eu pretendia ser bígamo. Mas o destino agiu contra mim. Ou foi a Providência que me colocou à prova. Talvez pela última vez. Neste momento sou um pouco melhor do que um diabo, como diria aqui o meu pastor. Mereço sem dúvida um dos mais severos julgamentos de Deus, do fogo eterno e dos vermes imortais. Cavalheiros, meu plano não deu certo! O que este advogado e seu cliente dizem é verdade. Fui casado, e a mulher com quem me casei ainda vive! Wood, você disse que nunca ouviu falar de uma Senhora Rochester na casa ali adiante. Mas ouso dizer que muitas vezes você deu ouvidos para os mexericos sobre a louca misteriosa que é mantida lá, vigiada e guardada. Algumas pessoas devem ter-lhe sussurrado que ela é minha meia-irmã bastarda. Outras, que é minha amante abandonada. Agora lhe informo que ela é minha esposa, com quem me casei há quinze anos. Bertha Mason é o seu nome. Irmã deste personagem resoluto que está agora com as pernas trêmulas e faces brancas, mostrando o que homens de coração valente podem aguentar. Anime-se Dick! Nunca mais tenha medo de mim! Mais depressa bateria numa mulher do que em você. Bertha Mason é louca. Vem de uma família de loucos. Três gerações de idiotas e maníacos! Sua mãe, uma mestiça, era tão louca quanto alcoólatra! Só descobri isso depois de ter casado com a filha dela. Antes disso a família guardou seus segredos. Bertha, como uma criança submissa, copiou as duas características da mãe. Eu tive uma companheira encantadora. Pura, sábia, modesta. Podem imaginar como eu fui feliz.

Vivi momentos maravilhosos! Oh! Se vocês soubessem o quanto minha experiência foi celestial! Mas não lhes devo mais nenhuma explicação. Briggs, Wood, Mason, convido a todos vocês que venham até minha casa para visitar a paciente da Senhora Poole, a *minha esposa*! Poderão não só ver o tipo de ser que fui enganado a desposar como julgar se eu tinha ou não o direito de romper o acordo para buscar o afeto de uma pessoa que fosse pelo menos humana. Esta moça — continuou ele com os olhos em mim — não sabia nada mais do que você, Wood, sobre esse segredo lamentável. Ela pensava que tudo estava correto e dentro da lei. E jamais sonhou ser pega numa armadilha como uma união mentirosa com um falsário desgraçado que já tinha ligação com uma parceira má, louca e embrutecida! Venham todos. Sigam-me!

Ainda me abraçando com força, ele deixou a igreja. Os três cavalheiros vieram atrás. Na porta da frente da casa estava a carruagem.

— Leve-a de volta para a cocheira, John — falou o Senhor Rochester friamente. — Ela não será mais necessária hoje.

Quando entramos, a Senhora Fairfax, Adèle, Sophie e Leah aproximaram-se para nos saudar.

— Meia volta, todas vocês — gritou o patrão. — Esqueçam os cumprimentos! Quem é que os quer? Não eu! Eles estão quinze anos atrasados!

Com sua mão agarrada à minha, passou por elas e subiu os degraus enquanto fazia sinal para que os cavalheiros o acompanhassem, o que todos obedeceram. Subimos o primeiro lance da escadaria, atravessamos o corredor e continuamos a subir para o terceiro andar. A porta baixa e preta foi aberta pela chave mestra do Senhor Rochester, que nos levou para o quarto revestido de tapetes, com sua cama grande e seu armário pintado.

— Você conhece este lugar, Mason — disse o nosso guia. — Ela o mordeu e o esfaqueou aqui.

Ergueu um dos tapetes que encobria uma segunda porta. Esta também foi aberta. Em um quarto sem janela queimava uma lareira protegida por um forte guarda-fogo de ferro. Havia um lampião pendente do teto por uma corrente. Grace Poole estava curvada diante do fogo e parecia cozinhar alguma coisa numa panela. Na escuridão, numa das extremidades do quarto, um vulto corria de um lado para o outro. Não era possível dizer à primeira vista se era uma fera ou um ser humano. Tinha-se a impressão de que se arrastava de quatro. Ameaçava morder e rosnava como um estranho animal selvagem. Mas estava coberto por roupas e uma quantidade imensa de cabelo escuro com mechas cinzentas, selvagem como uma juba, encobrindo sua cabeça e seu rosto.

— Bom dia, Senhora Poole — disse o Senhor Rochester. — Como vai a senhora? E como vai a sua protegida hoje?

— Vamos indo, senhor, obrigada. — respondeu Grace, retirando com cuidado a panela fervente do fogo e depositando sobre a chapa de metal do fogão.

— Um pouco brava, mas não furiosa.

Um grito feroz pareceu desmentir sua afirmação favorável. A hiena vestida levantou-se e ficou de pé sobre as patas traseiras.

— Oh, senhor, ela o está vendo! — exclamou Grace. — É melhor que não fique aqui.

— Apenas por alguns instantes, Grace. Permita-me ficar só um pouco mais.

— Então, tenha cuidado, senhor! Pelo amor de Deus, tenha cuidado!

A maníaca soltou um urro. Afastou os tufos de cabelo embaraçados que lhe caíam sobre os olhos e olhou de um modo selvagem para os visitantes. Na mesma hora reconheci bem aquele rosto cor de púrpura, aqueles traços intumescidos. A Senhora Poole adiantou-se.

— Saia da minha frente — disse o Senhor Rochester afastando-a para o lado. — Suponho que ela agora não esteja com uma faca, e eu estou alerta.

— Nunca se sabe o que traz escondido, senhor. É muito astuciosa. E não é o mais comum dos mortais que terá como desvendar suas trapaças.

— É melhor que a deixemos em paz — sussurrou Mason.

— Vá para o diabo! — foi a resposta do seu cunhado.

— Cuidado! — gritou Grace.

Os três cavalheiros recuaram ao mesmo tempo. O Senhor Rochester empurrou-me para trás dele. A louca pulou, agarrou a garganta dele ferozmente e mordeu sua face. Eles se engalfinharam. Ela era uma mulher grande com uma estatura quase igual à do marido. E além de corpulenta mostrava na luta que tinha uma força viril. Por mais de uma vez ela quase o estrangulou, apesar do corpo atlético que ele tinha. Poderia tê-la neutralizado com um soco bem dado. Mas não queria fazer isso. Apenas se defendia. Por fim conseguiu agarrar os braços dela. Grace Poole lhe deu uma corda e ele os amarrou às suas costas. Com o resto da corda prendeu-a a uma cadeira. A operação foi realizada entre os mais selvagens gritos e os mais convulsivos mergulhos. O Senhor Rochester então se virou para os espectadores e olhou-os com um sorriso sarcástico e desconsolado.

— Esta é a *minha* esposa — disse ele. — Este é o único abraço conjugal que eu fui capaz de conhecer. Estes são os carinhos que confortam minhas horas de repouso! E *isto* é o que eu desejava ter — falou isso enquanto colocava a mão em meu ombro. — Esta jovem que está aqui tão séria e quieta na boca do inferno, testemunhando junto com os senhores as cambalhotas do demônio. Eu a queria somente como uma mudança desta experiência selvagem. Wood, Briggs, vejam a diferença! Comparem estes olhos claros com as duas bolas vermelhas que ali estão. Este rosto com aquela máscara. Esta forma com aquele amontoado. Então, julgue-me, pastor dos Evangelhos e homem da lei, e lembrai-vos de que com o mesmo julgamento com que me julgais havereis de ser julgados! E agora saiam daqui. Preciso trancafiar minha recompensa.

Todos nós saímos. O Senhor Rochester ficou para trás, por alguns instantes, para dar mais algumas ordens a Grace Poole. O advogado dirigiu-se a mim enquanto descia a escada:

— A senhorita, madame, está isenta de qualquer culpa. Seu tio ficará satisfeito em saber, se é que, de fato, ainda esteja vivo quando o Senhor Mason voltar à Ilha da Madeira.

— Meu tio! O que tem ele? O senhor o conhece?

— O Senhor Mason, sim. Há muitos anos que o Senhor Eyre é o representante da empresa dele em Funchal. Quando seu tio recebeu sua carta avisando-o da união entre a senhorita e o Senhor Rochester, o Senhor Mason, que estava na Ilha da Madeira para recuperar a saúde antes de voltar à Jamaica, por acaso encontrou-se com ele. O Senhor Eyre então fez um comentário sobre a notícia de seu casamento, pois sabia que meu cliente conhecia um cavalheiro de nome Rochester. O Senhor Mason, surpreso e aflito, como a senhorita pode imaginar, revelou-lhe a real situação. Sinto muito dizer que seu tio está agora doente numa cama da qual, considerando a natureza de sua doença, a idade avançada e o estágio em que se encontra, é pouco provável que volte a se recuperar. Assim não pôde vir pessoalmente à Inglaterra para libertá-la da armadilha em que a senhorita caíra, mas implorou ao Senhor Mason que não perdesse tempo em agir para impedir esse falso casamento. E me pediu que lhe desse uma assistência legal. Agi o mais rápido que pude e dou graças a Deus por não ter chegado tarde demais. Como a senhorita, sem dúvida, também deve dar. Se eu tivesse quase certeza de que seu tio estaria vivo quando a senhorita chegasse à Ilha da Madeira, eu lhe recomendaria que acompanhasse o Senhor Mason de volta. Mas do jeito que as coisas estão, penso que é melhor que permaneça na Inglaterra até ter mais notícias, talvez, do próprio Senhor Eyre. Temos mais alguma coisa a dizer? — perguntou ele ao Senhor Mason.

— Não, não. Podemos ir — foi a resposta ansiosa. E, sem esperar para se despedir do Senhor Rochester, se retiraram pela porta da frente. O clérigo ficou para trocar ainda algumas palavras, fossem de conselho ou de repreensão, com o seu paroquiano arrogante. Cumprido o seu dever, ele também se retirou.

Ouvi-o sair enquanto estava parada na porta entreaberta do meu quarto para o qual eu me retirara. Depois que a casa ficou vazia, tranquei-me, passei o ferrolho na porta para que ninguém se intrometesse, e comecei — não a chorar, não a me lamentar, pois estava bastante calma — mas a despir mecanicamente o vestido de noiva e a substituí-lo pelo vestido de tecido barato usado no dia anterior, segundo pensava, pela última vez. Então, sentei-me. Sentia-me fraca e cansada. Apoiei os braços na mesa e minha cabeça desabou sobre eles. E então comecei a pensar. Até aquele momento eu só ouvira, vira e me movimentara seguindo para cima e para baixo para onde era levada ou arrastada, observando um acontecimento após outro, revelação após revelação. Mas *agora eu pensava*.

A manhã foi quase tranquila, não fosse a breve cena com aquela lunática. O incidente na igreja não foi nada escandaloso. Não houve qualquer explosão apaixonada, nenhuma altercação aos gritos, nenhuma disputa. Nem desafio ou provocação, lágrimas ou suspiros. Poucas palavras tinham sido pronunciadas, uma calma objeção foi feita ao casamento. Algumas perguntas curtas e ríspidas, colocadas pelo Senhor Rochester. Respostas, explicações foram dadas, provas foram apresentadas e uma admissão franca da verdade foi colocada pelo meu patrão. Em seguida foi exibida a prova viva. Os intrusos se foram, e tudo estava acabado.

Eu estava em meu quarto, como de costume — apenas eu — sem qualquer mudança óbvia. Nada me abalara ou me causara algum dano, ou me machucara. E então onde é que estava aquela Jane Eyre de ontem? Onde é que estava a sua vida? Onde é que estavam as suas perspectivas?

Jane Eyre, que fora uma mulher ardente e esperançosa, — a quase noiva — voltara a ser aquela jovem fria e solitária outra vez. Sua vida não tinha mais cor. Suas perspectivas eram desoladoras. Em pleno verão o gelo do Natal chegara. Uma tempestade de neve, comum em dezembro, descera em um redemoinho sobre junho. O gelo cobria as maçãs maduras, nevascas despetalaram as rosas em flor. Sobre o campo de feno e de milho jazia uma mortalha gélida. As aleias que ontem à noite estavam cheias de flores, hoje nem eram visíveis sob a neve imaculada. E os bosques onde doze horas antes as folhas se agitavam perfumadas como um pomar entre os trópicos, agora se estendiam, brancos, virgens e sem vida como as florestas de pinheiros no inverno da Noruega. Minhas esperanças estavam todas mortas, golpeadas por uma condenação sutil como aquela que, em uma noite, se abateu sobre todos os primogênitos nas terras do Egito. Contemplei meus acalentados desejos, ontem tão florescentes e luminosos, que agora jaziam rígidos, como cadáveres frios que jamais poderiam voltar à vida. Contemplei o meu amor, aquele sentimento que pertencia ao meu patrão, que ele mesmo criara. E que agora estremecia em meu coração, como uma criança que sofre em um berço frio, desesperada de dor e de angústia. Já não poderia procurar conforto nos braços do Senhor Rochester, não poderia sentir o calor do seu peito. Oh, jamais poderia voltar para ele. A fé foi arruinada, a confiança, destruída! O Senhor Rochester deixara de ser aquilo que tinha sido para mim. Ele não era a pessoa que eu julgava que fosse. Não poderia atribuir maldade a ele. Nem diria que me traiu. Porém, o atributo da uma verdade imaculada não existia mais na ideia que eu dele fazia e, portanto, era preciso que eu me afastasse da sua presença. *Aquilo* era algo que eu percebia com clareza. Quando, como e para onde, eu ainda não tinha ideia. Mas ele, não tinha dúvida, me mandaria embora de Thornfield. Ao que tudo indicava, não tivera por mim uma afeição verdadeira. Fora apenas uma paixão inconsequente. Frustrante. Ele não iria querer-me mais. Deveria mesmo evitar cruzar o seu caminho agora. Minha presença só poderia ser algo odioso, para ele. Oh, quão cegos foram os meus olhos! Quão fraca foi a minha conduta!

Mantinha os olhos cobertos e fechados. A escuridão parecia envolver-me enquanto minhas reflexões me chegavam com uma fluidez negra e confusa. Largada, entregue e sem vontade de qualquer coisa, parecia que tinha sido abandonada no leito seco de um grande rio. Eu ouvia o barulho intenso vindo das montanhas longínquas e sentia a chegada da torrente. Mas não tinha ânimo para me levantar. Não tinha forças para fugir dali. Jazia débil, desejando morrer. Apenas uma ideia ainda palpitava dentro de mim, a lembrança de Deus. Ela gerou uma prece não pronunciada. As palavras mudas vagavam perdidas em minha mente escura, como algo que devia ser dito em sussurros, mas não havia energia para expressá-las:

"Não vos afasteis de mim, pois o infortúnio está próximo. Não há ninguém que possa ajudar-me".

Estava próximo. E como eu não fizera qualquer pedido aos Céus para evitá-la, não juntei minhas mãos nem me ajoelhei ou movi os lábios, ela veio. A torrente caiu sobre mim com um estrondo forte. A consciência absoluta da minha vida desolada, a perda do amor, a extinção da esperança, minha fé mortalmente ferida, tudo isso pairou inteira e poderosamente sobre mim numa única e sinistra massa. Impossível descrever aquela hora amarga. Na verdade, "as águas inundaram a minha alma, afundei no lodo onde não dava mais pé, mergulhei em águas profundas e a enchente me cobriu".

XXVII

Certa hora durante a tarde, ao erguer a cabeça e olhar em volta, deparei-me com o reflexo dourado do Sol em declínio que se projetava na parede, então perguntei a mim mesma: "O que vou fazer?".

Mas a resposta dada pela minha mente foi tão imediata e tão temida que me fez tampar os ouvidos:

"Vá embora agora mesmo de Thornfield".

Disse a mim mesma que ainda não estava pronta para ouvir aquelas palavras.

"Não ser mais a noiva de Edward Rochester é parte mínima da minha infelicidade" — afirmei. "Ter despertado dos sonhos mais gloriosos, descobrir que todos eles eram vazios e inúteis, é um horror que posso suportar e dominar. Mas ter de deixá-lo para sempre, instantânea e completamente, é algo intolerável. Não posso fazer isso".

Foi então que uma voz dentro de mim me assegurou que eu poderia fazê-lo e previu que eu, de fato, o faria. Lutei contra minha própria decisão. Queria ser fraca para poder evitar a terrível travessia por outros sofrimentos que enxergava adiante. Mas a consciência se tornou tirana, agarrou a paixão pela garganta e lhe disse de forma insultante que ela já enfiara seu delicado pé no lodo. Jurou que com aquele braço de ferro a afogaria nas profundezas insondáveis da agonia.

"Que me tirem disso, então!" — gritava por dentro. — "Que alguém me ajude!"

"Não, você terá de sair daí por si própria, ninguém pode ajudá-la. Você mesma terá de arrancar seu olho direito. Você mesma cortará sua mão direita. Seu coração será a vítima e você, a sacerdotisa que irá transpassá-lo".

Levantei-me de pronto dominada pelo terror e pela solidão implacáveis que assombravam o juízo e pelo silêncio cuja voz terrível a tudo preenchia. Minha cabeça girou quando me levantei. Percebi que estava sofrendo de agitação e inanição. Nenhuma comida, nenhum líquido havia passado por meus lábios o dia todo. Nem tomara direito o meu café da manhã. E agora refletia, com uma dor forte e estranha, que durante o tempo todo em que ficara trancada, ninguém viera perguntar como eu estava, ou me chamar para descer. Nem mesmo a pequena Adèle batera na porta e tampouco a Senhora Fairfax me procurara.

"Os amigos sempre abandonam aqueles que foram abandonados pela sorte" — murmurei enquanto destrancava o ferrolho e saía. Tropecei em um obstáculo. Minha cabeça ainda girava, minha vista estava turva e minhas pernas estavam fracas. Não conseguira ainda voltar ao normal. Caí, mas não ao chão. Um braço estendido me segurou. Ergui o olhar e vi que estava sendo amparada pelo Senhor Rochester, que estava sentado em uma cadeira defronte ao portal do meu quarto.

— Finalmente você saiu — disse ele. — Bem, estive por muito tempo à sua espera e escuta. Mas não ouvi qualquer movimento nem sequer um soluço. Cinco minutos a mais desse silêncio mortal e eu teria forçado a porta qual um ladrão. Então você me evita? Você se trancou aí e sofria sozinha! Seria melhor ter saído e me censurado com veemência. Você é passional. Eu esperava que fizesse uma cena. Estava preparado para uma torrente de lágrimas. Apenas queria que ela fosse derramada sobre o meu peito. Entretanto, foi recebida por um chão sem sentimentos ou por seu lenço já encharcado. Mas me enganei. Você não derramou uma lágrima! Vejo um rosto branco e uns olhos murchos, mas nem sinal delas. Suponho então que seu coração deve ter chorado sangue, não? Então, Jane, nem uma palavra de censura? Nada cáustico? Nada pungente? Nada que fira o sentimento ou que espezinhe a paixão? Você fica parada aí onde a coloquei e apenas me olha com um olhar cansado e passivo. Nunca tive a intenção de feri-la dessa maneira, Jane. Se o homem que tivesse apenas uma ovelha a qual queria tanto quanto a uma filha, que comesse do seu pão e bebesse de sua taça, e se deitasse em seu peito, a tivesse sacrificado por engano no matadouro, não iria arrepender-se do engano sangrento mais do que eu me arrependo do meu. Será que você algum dia me perdoará?

Leitor, eu o perdoei ali mesmo, naquele momento e naquele lugar. Havia um remorso tão profundo em seu olhar, tamanha compaixão em seu tom, e uma energia tão varonil em suas maneiras! E, além disso, havia a demonstração de um amor que não mudara, em seu olhar e em seus modos, que o perdoei por completo. Sem palavras, sem exteriorizar meu perdão, mas o perdoei do fundo do meu coração.

— Você acha que eu sou um patife, não, Jane? — perguntou ansioso, ao imaginar que a continuidade de silêncio e submissão fosse o resultado mais de fraqueza do que de força de vontade.

— Sim, senhor.

— Então me diga franca e diretamente. Não me poupe.

— Não posso. Estou cansada e não me sinto bem. Quero beber um pouco d'água.

Ele se levantou, soltou uma espécie de suspiro estremecido, e me tomando em seus braços, levou-me para baixo. De pronto eu não soube para qual lugar ele me levara. Tudo ficava indefinido com a minha visão turva. Senti de imediato o calor revigorante do fogo. Embora fosse verão, eu estivera congelada no quarto. Ele colocou um pouco de vinho em meus lábios. O seu gosto me fez reviver. Em seguida comi algo que me ofereceu, e em pouco tempo voltei a mim. Estava na biblioteca, sentada na poltrona dele. E ele estava do meu lado. "Seria bom se eu pudesse perder a vida agora, sem sentir uma dor forte", pensei, "pois então não teria de machucar as emoções profundas do meu coração afastando-as das do Senhor Rochester. Ao que parece, preciso deixá-lo. Mas não quero deixá-lo e não posso deixá-lo".

— Como se sente agora, Jane?

— Bem melhor, senhor. Logo estarei boa.

— Beba mais um pouco de vinho, Jane.

Obedeci. Então ele colocou a taça sobre a mesa e ficou de pé ali na minha frente olhando-me com atenção. Virou-se de súbito com uma exclamação não expressa, cheia de emoção apaixonada. Andou pela sala apressado e voltou. Parou na minha frente como se fosse me beijar. Então me lembrei de que agora os carinhos estavam proibidos. Virei o rosto para o lado e o afastei do seu.

— Como assim! O que é isso? — exclamou rispidamente. — Oh, já sei! Você não quer beijar o marido de Bertha Mason, não é? Considera que meus braços e meus abraços já têm dono, não?

— De todo jeito, senhor, neles não há espaço ou direito que me caiba.

— Por que, Jane? Vou poupá-la da resposta e responderei por você. Porque eu já tenho uma esposa. É o que você responderia, adivinhei?

— Sim.

— Se pensa dessa maneira, deve ter um conceito estranho de mim. Deve considerar-me um conspirador dissoluto, um libertino abjeto que fingiu um amor desinteressado com a finalidade deliberada de fazer que caísse numa armadilha, aviltando a sua honra e usurpando o seu amor-próprio. O que tem a dizer sobre isso? Vejo que não pode dizer nada. Em primeiro lugar, por ainda estar fraca e precisar de tempo suficiente para recobrar o fôlego. Em segundo lugar, porque ainda não se acostumou a me acusar e me insultar, e, além do mais, os portões que prendem suas lágrimas estão abertos e elas poderiam vazar para fora caso começasse a falar. E você não deseja censurar-me, repreender-me e fazer uma cena. Está pensando como *agir* — já que você considera inútil *falar*. — Eu a conheço e estou preparado.

— Não desejo tomar qualquer atitude contra o senhor — disse eu. A minha voz vacilante me alertou para reduzir a frase.

— Não no sentido que dá às suas palavras, mas, sim, no meu, você está planejando destruir-me. Bem disse que eu sou um homem casado e que por isso se afastará de mim e sairá do meu caminho. Agora mesmo se recusou a me beijar. Pretende transformar-se numa completa estranha para mim. E viver sob este teto apenas como governanta de Adèle. Se eu algum dia disser alguma palavra afável para você, se algum dia algum sentimento amigável voltar a incliná-la em minha direção, você dirá: "Aquele homem quase fez de mim sua amante. Tenho de ser como pedra e gelo para ele", e como pedra e gelo você se comportará.

Limpei a garganta e firmei a voz para responder:

— Tudo mudou em meu redor, senhor. Eu também devo mudar. Não há dúvida quanto a isso. E para evitar incertezas em meus sentimentos e lutas contínuas com lembranças e associações, só há um caminho. Adèle deve ter uma nova governanta, senhor.

— Oh, Adèle irá para uma escola. Já tomei providências nesse sentido. Nem sequer pretendo importuná-la com associações desagradáveis e lembranças de Thornfield Hall, este lugar maldito, esta tenda de *Acar*,[1] esta caverna inóspita que expõe a palidez dos mortos-vivos à luz do céu, este inferno de pedras, com seu demônio real, pior do que uma legião desses que imaginamos. Jane, você não irá ficar aqui e tampouco eu. Errei em trazê-la para Thornfield Hall, sabendo, como eu já sabia, que este era um lugar assombrado. Ordenei, mesmo antes de conhecê-la, que toda a maldição deste lugar fosse escondida de você. Porque temia que Adèle jamais tivesse uma governanta que, ao saber do caso, desistisse de ficar e de conviver com tal prisioneira. E meus planos não me permitiam levar aquela louca para outro lugar qualquer. Mesmo que eu

[1] Personagem bíblico que foi morto a pedradas por ter praticado vários crimes.

a levasse para uma casa velha que possuo, a Ferndean Manor, que fica ainda mais retirada e escondida do que esta. Lá eu poderia tê-la alojado com segurança suficiente, não fosse o escrúpulo sobre a insalubridade do lugar, no meio da floresta, que fez que minha consciência desistisse disso. Provavelmente aquelas paredes úmidas logo ter-me-iam livrado dela. Mas cada vilão tem seu próprio vício. O meu não é uma tendência ao assassinato indireto, mesmo do que mais odeio.

Entretanto, esconder de você a presença daquela mulher louca era algo como enrolar uma criança em uma coberta e colocá-la junto de uma planta venenosa. A proximidade daquele demônio está contaminada de veneno, como sempre esteve. Mas irei fechar Thornfield Hall. Vou pregar a porta da frente e colocarei tábuas fechando as janelas. Darei duzentas libras por ano para que a Senhora Poole viva aqui com a *minha esposa*, como você chama aquela bruxa horrorosa. Grace fará tudo pelo dinheiro, e terá seu filho, o zelador de Grimsby Retreat, para lhe fazer companhia e ajudá-la nos ataques, quando a *minha esposa* estiver disposta a incendiar as pessoas na cama à noite, a esfaqueá-las, e arrancar a dentadas as carnes de seus ossos, e coisas desse tipo.

Eu o interrompi:

— Senhor, o senhor está sendo implacável com aquela mulher infeliz. O senhor fala dela com ódio, com uma antipatia vingativa. Isso é cruel. Ela não tem culpa de ser louca.

— Jane, minha queridinha. E é assim que a chamo porque é isso que você é. Você não sabe do que está falando. Está de novo me julgando mal. Não é pelo fato de ela ser louca que eu a odeio. Se a louca fosse você acha que eu a odiaria?

— Para dizer a verdade, senhor, acho.

— Então está enganada, e não sabe nada sobre mim, e nada sobre o tipo de amor de que sou capaz. Cada átomo de sua carne me é tão caro como se fosse meu. Na dor e na doença cada um deles ainda seria assim. Sua mente é meu tesouro, e se se despedaçasse, ainda assim seria meu tesouro. Se você enlouquecesse, seriam os meus braços que a protegeriam, e não uma camisa de força. E, mesmo se me agarrasse com fúria, isso seria um encanto. Se voasse para mim da forma selvagem como fez aquela mulher hoje de manhã, eu a receberia com um abraço, pelo menos tão afetuoso quanto restritivo. Não me esquivaria de você com nojo como fiz com ela. Em seus momentos de paz não teria nenhum vigia ou enfermeiro, além de mim. E me curvaria sobre você com uma ternura incansável, mesmo que nem sequer sorrisse para mim em retribuição. Jamais me cansaria de contemplar seus olhos, mesmo que eles não tivessem nem um vislumbre de reconhecimento de quem eu era. Mas por que é que sigo falando tais coisas? Eu estava falando sobre retirá-la daqui de Thornfield. Como sabe, já está tudo preparado para a partida imediata. Amanhã você deve partir. Peço-lhe apenas que aguente mais uma noite sob este teto, Jane. E, então, diga adeus às suas misérias e terrores para sempre! Eu tenho um lugar para onde ir que será um refúgio seguro de lembranças odiosas e de invasões indesejadas. Até mesmo da falsidade e da calúnia.

— E leve Adèle com o senhor — interrompi-o — ela lhe fará companhia.

— O que está querendo dizer, Jane? Eu disse que iria mandar Adèle para a escola. E para que eu quero a companhia de uma criança que não é minha filha, e sim, a filha bastarda de uma dançarina francesa? Por que é que você me importuna falando sobre ela? Por que acha que eu devia ter a companhia de Adèle?

— O senhor falou de reclusão. Reclusão e solidão são coisas tediosas. Muito tediosas para alguém como o senhor.

— Solidão! Solidão! — repetiu ele irritado. — Vejo que tenho de dar uma explicação. Não sei qual é o enigma que está formando-se em seu semblante. Você irá compartilhar da minha solidão. Está entendendo?

Sacudi a cabeça. Irritado como ele estava, era necessário ter certo grau de coragem para arriscar mesmo que fosse um sinal mudo de discordância. Ele havia andado pela sala toda, apressado, e parou, de repente, como se tivesse fincado raízes num determinado ponto. Olhou para mim durante muito tempo com um olhar duro. Desviei meus olhos dos dele, olhei para o fogo e tentei assumir e manter uma aparência calma e controlada.

— Agora, vamos aos tropeços do temperamento de Jane — disse ele por fim, falando com mais calma do que se podia esperar pela aparência que tinha. — O carretel da seda já se desenrolou bastante. Mas eu sempre soube que acabaria por encontrar um nó e um enigma. E aqui está ele. Então vamos à irritação, à exasperação e ao problema interminável! Deus meu! Eu queria ter uma fração da força de Sansão para desatar esse nó.

Ele recomeçou a andar pela sala, mas logo parou, e desta vez bem na minha frente.

— Jane, você vai ouvir a voz da razão? — ele se inclinou e aproximou os lábios do meu ouvido. — Porque, se não o fizer, terei de usar a força.

E sua voz era áspera e seu olhar era o de um homem que estava para romper um laço insuportável e mergulhar de cabeça na anarquia mais selvagem. Senti que em mais alguns instantes, se ele não pudesse conter seu frenesi, não haveria nada que eu pudesse fazer. Os segundos se escoavam, e aquele momento era tudo o que eu tinha para poder controlá-lo e contê-lo. Qualquer movimento de repulsa, fuga ou medo poderia selar minha sorte e a dele. Mas eu não estava com o menor medo. Sentia uma força interior, uma sensação de poder que me sustentava. A crise era perigosa, mas não deixava de ter o seu encanto. Tal como o que talvez o índio sinta quando navega em sua canoa pelas corredeiras. Tomei sua mão crispada, abri os seus dedos contorcidos, e lhe falei com toda a suavidade:

— Sente-se. Ficarei conversando com o senhor o tempo que o senhor quiser, e ouvirei tudo o que tem para me dizer, seja ou não razoável.

Ele sentou-se, mas não falou logo. Já havia algum tempo que eu vinha lutando com minhas lágrimas. Fazia grande esforço para reprimi-las, pois sabia que ele não gostaria de me ver chorando. Entretanto, agora, achei melhor deixá-las fluir livremente quanto quisessem. Tanto melhor se ficasse aborrecido pela inundação que causariam. Assim, cedi e chorei bastante.

Logo ouvi seu pedido sincero de que eu voltasse a me controlar. Respondi-lhe que não poderia fazê-lo enquanto ele mantivesse aquele estado alterado.

— Mas não estou zangado, Jane. É que eu também a amo demais. E você fechou seu rostinho pálido em uma expressão de chumbo com um olhar tão frio e decidido que não pude suportar. Acalme-se agora, e enxugue as lágrimas dos olhos.

Sua delicadeza de voz mostrava que estava mais manso. Assim eu, por minha vez, me acalmei. Agora insistia em descansar a cabeça sobre o meu ombro, e isso era algo que eu não permitiria. Depois tentaria me puxar para perto de si. Não.

— Jane! Jane! — disse ele, com tamanha tristeza com a voz amarga, que todos os meus nervos estremeceram. — Então você não me ama? Era apenas a minha situação e o papel de minha esposa que você valorizava? Agora que você me acha sem qualificações para ser seu marido, se livra do meu toque como se eu fosse um sapo ou um macaco.

Tais palavras me cortaram o coração. Ainda assim, o que eu podia fazer ou dizer? Provavelmente não deveria ter dito ou feito nada, mas tão torturada me senti pelo imenso remorso de ter ferido assim os sentimentos dele que não pude segurar o desejo de lançar um bálsamo onde o ferira.

— Eu *também o* amo — disse — mais do que nunca. Não posso é deixar transparecer ou me entregar a esse sentimento. Portanto, esta é a última vez que o expresso.

— A última vez, Jane? Como assim? Você pensa que pode viver comigo, me ver diariamente e, embora continue a me amar, ser sempre fria e distante comigo?

— Não, senhor. Isso eu tenho certeza que não seria possível. E assim vejo que só há um jeito, mas se eu disser qual é o senhor ficará furioso.

— Ora, fale! Se eu explodir, você tem a arte do pranto.

— Senhor Rochester, eu devo deixá-lo.

— Por quanto tempo, Jane? Por alguns minutos, enquanto você arruma o cabelo que está um tanto despenteado e banha seu rosto que parece afogueado?

— Devo deixar Adèle e Thornfield. Devo separar-me do senhor pelo resto da minha vida. Devo começar uma nova vida em meio a rostos e cenários estranhos.

— É claro. Fui eu que disse para você fazer isso. Passo por cima dessa loucura de afastar-se de mim. Você está insinuando é que precisa fazer parte de mim. Quanto a uma nova vida, está bem. Você já pode ser minha esposa. Não sou casado. Você irá ser a Senhora Rochester tanto nominal quanto potencialmente. Vou dedicar-me somente a você enquanto vivermos. Você irá para a propriedade que eu tenho no sul da França. Uma vila de paredes brancas na costa do Mediterrâneo. Lá viverá uma vida mais feliz, protegida e inocente. Não tema nunca que eu a esteja atraindo para um erro, para fazer de você a minha amante. Por que você sacudiu a cabeça? Jane, você precisa ser razoável, caso contrário voltarei a ficar bravo.

Sua voz, sua mão tremiam. Suas grandes narinas haviam-se dilatado. Seu olhar faiscava. Mesmo assim não me contive:

— Senhor, sua esposa está viva. Esta é uma realidade reconhecida pelo senhor esta manhã. Se eu for viver com o senhor, como o senhor deseja, viverei como sua amante. Dizer isto de outra maneira é um sofisma. É falso.

— Jane, eu não sou um homem de temperamento gentil. Você se esqueceu disso. Não sou masoquista. Mas também não consigo ser frio e imperturbável. Por compaixão a mim e a você mesma ponha o dedo em meu pulso e veja como lateja. Seja mais cautelosa!

Abriu a manga da camisa expondo o pulso e o estendeu para mim. O sangue abandonara seu rosto e seus lábios, que estavam ficando cada vez mais lívidos. Fiquei totalmente destroçada. Agitá-lo assim tão profundamente pela resistência que ele tanto odiava era algo cruel. Mas render-me estava fora de questão. Fiz o que fazem os seres humanos por instinto quando são levados a extremos. Procurei ajuda em algo maior do que o homem — as palavras.

— Deus me ajude! — palavras espontâneas que brotaram de meus lábios.

— Sou um idiota! — bradou de repente o Senhor Rochester. — Continuo dizendo a ela que não sou casado, e não lhe explico por quê. Esqueço que ela não sabe nada a respeito do caráter daquela mulher ou sobre as circunstâncias que levaram à minha união infernal com ela. Tenho certeza de que Jane concordará com minha opinião quando souber tudo o que eu sei! Coloque sua mão na minha, Janet. Assim, pelo seu olhar, terei certeza de que está junto a mim. Em poucas palavras exporei a realidade do caso. Você pode me ouvir?

— Sim, senhor. Durante horas, se o senhor quiser.

— Só lhe peço alguns minutos, Jane. Já ouviu dizer ou sabe que eu não era o filho primogênito da casa e que tinha um irmão mais velho que eu?

— A Senhora Fairfax me disse alguma coisa sobre isso.

— E ouviu também que meu pai era um homem avarento e ambicioso?

— Ouvi algo a respeito disso, sim.

— Pois muito bem, Jane, assim sendo, decidiu manter a propriedade inteira. Não suportava a ideia de ter de dividi-la e destinar a mim a parte que me cabia. Resolveu que tudo ficaria para o meu irmão Rowland. Tampouco suportava a ideia de que um de seus filhos fosse pobre. Eu necessitava de um casamento com alguém de posses. Ele procurou logo uma parceira para mim. O Senhor Mason, fazendeiro e comerciante das Índias Ocidentais, era seu velho conhecido. Certificou-se de que era mesmo um homem de grandes posses. Fez indagações sobre sua vida e descobriu que tinha um filho e uma filha. Por ele próprio soube que daria à filha um dote de trinta mil libras. O que era mais do que suficiente.

Quando terminei meus estudos na faculdade fui mandado para a Jamaica para me casar com uma noiva que já me estava destinada. Meu pai não me contou nada sobre o dinheiro dela. Mas me disse que a Senhorita Mason era motivo de orgulho em Spanish Town em virtude de sua beleza. O que não era mentira. Eu a achei uma linda mulher, parecida até com Blanche Ingram. Alta, morena e majestosa. Sua família, assim como ela própria, queria segurar-me porque eu era de boa linhagem. Ela me foi apresentada em festas, esplendidamente bem-vestida. Raramente encontrei-me com ela a sós, e em privacidade tive com ela pouquíssimas conversas. Ela me adulava, e com generosidade exibia, para meu deleite, seus encantos e habilidades. Todos os homens de seu círculo de amizade pareciam admirá-la e invejar-me. Eu estava deslumbrado e embriagado. Meus sentidos se extasiavam, e, sendo ignorante, despreparado e inexperiente, pensei que a amava. Não há loucura mais idiota do que aquela que leva um homem a enfrentar as rivalidades da sociedade, a lascívia, a imprudência, a cegueira da juventude. Os parentes dela me incentivaram. Os competidores me provocaram. Ela me seduzia. O casamento se realizou antes mesmo que eu pudesse localizar-me no tempo e no espaço. Oh, perco o respeito por mim mesmo quando penso nesse ato! Uma agonia de desprezo por mim mesmo me domina. Nunca a amei nem estimei, nem sequer a conhecia. Não tinha certeza da existência de qualquer virtude em sua natureza. Não percebera modéstia ou benevolência, candura ou refinamento em sua mente ou em suas maneiras. E casei-me com ela. Bruto, rastejante, toupeira imbecil e cabeça-dura que eu era! Por menos pecados que eu tivesse — mas deixe-me lembrar da pessoa de quem estou falando.

Nunca vi a mãe da minha noiva. Achava que tinha morrido. Terminada a lua de mel, foi que percebi o meu erro. A mãe dela era louca e vivia trancada num sanatório. Havia também um irmão mais novo, que era mudo e completamente idiota. O mais velho, a quem você conheceu, eu não posso odiar, embora deteste todos os seus parentes. Ele possui alguns grãos de afeto em seu débil cérebro, como demonstra pelo contínuo interesse por sua irmã desgraçada, além da ligação quase canina que teve por mim outrora. Talvez algum dia venha a ficar no mesmo estado que ela. Meu pai e meu irmão Rowland sabiam disso tudo, mas pensavam apenas nas trinta mil libras. E se uniram num conluio contra mim.

Essas foram descobertas abomináveis. Mas exceto pela traição de me terem escondido tudo isso, não deixaria que fossem motivo de censura à minha esposa, mesmo depois de ter percebido que sua natureza era totalmente diferente da minha, que seus gostos eram detestáveis, seu espírito era vulgar, baixo e estreito e sem a menor chance de se interessar por qualquer coisa mais elevada capaz de ajudá-la a evoluir. Foi quando descobri que não podia passar uma noite sequer, nem mesmo uma simples hora do dia em sua companhia. Que não podíamos manter um diálogo agradável, porque qualquer assunto que eu abordava recebia dela um comentário imediato, áspero e banal, perverso e imbecil. Então, percebi que jamais poderia ter, nem manter, um lar tranquilo. Nenhum criado aguentaria as contínuas explosões do seu temperamento violento e irracional, ou os vexames das suas ordens absurdas e contraditórias. Por isso então me continha, evitava censurá-la e restringia minhas queixas. Tentava engolir meu arrependimento e meu desgosto em segredo e reprimir a profunda antipatia que sentia.

Jane, não a aborrecerei com detalhes abomináveis. Umas poucas palavras fortes devem expressar o que tenho a dizer. Vivi durante quatro anos com aquela mulher que está lá em cima, e durante esse tempo ela me fez poucas e boas. Seu caráter amadureceu e aflorou numa rapidez assustadora. Seus vícios explodiram depressa e de maneira deplorável. Eram tão violentos, que só a crueldade conseguia contê-los. E eu jamais usaria de crueldade. Que cérebro pigmeu tinha e que tendências gigantescas! E quão apavorantes eram essas tendências que me amaldiçoavam! Bertha Mason, a filha legítima de uma mãe deplorável, levou-me a todas as agonias abomináveis e degradantes que podem abater-se sobre um homem ligado a uma mulher destemperada e libertina.

Nesse meio-tempo meu irmão morreu. Quatro anos depois morria também o meu pai. Eu agora estava bastante rico e, no entanto, pobre até a mais terrível indigência. A natureza mais grosseira, impura e depravada que eu já vira estava associada com a minha, e tida pela lei e pela sociedade como parte de mim. E eu não podia livrar-me dela por nenhum dos procedimentos legais. Os médicos tinham descoberto que *minha mulher* era louca. Seus excessos haviam contribuído prematuramente para desenvolver nela os germes da loucura. Jane, você não está gostando do que estou falando. Parece meio doente. Será que devo deixar o resto para outro dia?

— Não, senhor, termine agora. Estou com pena do senhor. Sinceramente. Estou com pena do senhor.

— Pena, Jane, vinda de certas pessoas é uma espécie nociva e insultuosa de tributo que seria justo vê-lo arremessado de volta aos dentes de quem o proferiu. É o tipo de pena que se destina a corações insensíveis e egoístas. É uma pena híbrida dos que ouvem as aflições com desprezo ignorante por aqueles que as têm sofrido. Mas essa não é a sua pena, Jane. Não é o sentimento do qual o seu rosto todo está tomado neste momento e pelo qual seus olhos estão agora quase transbordando, que pesa em seu coração, que faz sua mão tremer na minha. Sua pena, minha querida, é a da mãe que sofre por amor. Sua angústia é própria da dor do nascimento da paixão divina. Eu a aceito, Jane. Deixe que essa filha tenha uma acolhida livre. Meus braços estão prontos para recebê-la.

— Agora, senhor, continue. O que foi que fez quando descobriu que ela era louca?

— Jane, eu cheguei à beira do desespero. Um resquício de amor-próprio era tudo que existia entre mim e o abismo. Sem dúvida, aos olhos do mundo eu estava coberto por uma desonra imunda. Mas resolvi ficar limpo por mim mesmo. Até o fim repudiei ser contaminado pelos crimes dela, e afastei-me de qualquer ligação com seus problemas mentais. Ainda assim, a sociedade associava meu nome e minha pessoa ao dela. Eu continuava a vê-la e a ouvir sua voz todos os dias. Algo de seu hálito — que nojo! — misturava-se com o ar que eu respirava. Além disso, eu me lembrava de que um dia fora seu marido. Tal recordação era, como agora ainda é, absolutamente odiosa para mim, Para completar, soube que enquanto ela estivesse viva eu não poderia, jamais, ser marido de outra pessoa melhor. Embora cinco anos mais velha — sua família e seu pai mentiram para mim sobre a idade dela —, tinha disposição para viver tanto tempo quanto eu, pois o vigor que lhe faltava na mente sobrava na robustez de seu corpo. Desse modo, aos vinte e seis anos eu já perdera toda a esperança.

Certa noite fui acordado pelos gritos dela. É claro que desde que os médicos diagnosticaram sua loucura, eu a mantive em cativeiro. Pois bem, era uma daquelas noites abrasadoras das Índias Ocidentais que precedem os furacões daquelas partes. Como não conseguia dormir, resolvi levantar-me e abrir a janela. O ar estava semelhante ao vapor de enxofre, e eu não conseguia refrescar-me. Os mosquitos zumbiam com mau humor em volta do quarto. De onde estava eu podia ver o mar que bramia como se fosse um maremoto. Sobre ele, nuvens negras se formavam. A Lua grande e avermelhada estava pondo-se sobre as ondas. Ela lançava seu olhar sangrento por sobre um mundo que tremia com a agitação da tempestade, como uma bala de canhão. Eu estava fisicamente influenciado pela atmosfera e por aquela cena. Meus ouvidos se encheram das maldições que a louca ainda gritava, e às quais misturava o meu nome com um tom de raiva demoníaca e com um linguajar e tanto! Nem mesmo uma meretriz assumida jamais teve um vocabulário tão sujo como o dela. Apesar de separados por dois quartos, eu ouvia cada uma de suas palavras. As paredes finas das casas das Índias Ocidentais não opunham qualquer obstáculo aos seus gritos de loba.

"Esta vida" — eu disse para mim mesmo — "é um inferno. Este é o seu ar. Estes são os sons de um poço sem fundo! Tenho o direito de sair daqui, se puder. Os sofrimentos deste estado mortal me deixarão com a alma sobrecarregada. Das chamas da eternidade dos fanáticos, não tenho medo, não há qualquer estado pior do que este que estou vivendo. Deixe que eu me livre disto tudo, e volte para a casa de Deus!".

— Disse isso enquanto me ajoelhava e destrancava um baú que continha um par de pistolas carregadas. Tive vontade de me suicidar. Essa intenção foi mantida apenas por um momento. Uma vez que eu não era insano, a crise de desespero estranho e completo que originou o desejo de autodestruição passou no espaço de poucos segundos.

Um vento fresco vindo da Europa soprava por sobre o oceano e entrava pela janela aberta. A tempestade trovejou com seus raios brilhantes, caiu como uma torrente, e limpou o ar. Eu então me recompus e me empenhei numa solução. Enquanto caminhava pelo meu jardim molhado debaixo das laranjeiras que ainda pingavam, entre os pés de romãs e abacaxis; enquanto o amanhecer refulgente dos trópicos se iluminava à minha volta, tomei a seguinte resolução. Jane, agora preste atenção, pois a verdadeira sabedoria que me consolou naquela hora foi que me mostrou o caminho certo a seguir.

O vento doce da Europa continuava a sussurrar sobre folhas revigoradas, e o Atlântico trovejava em liberdade gloriosa. Meu coração, que havia muito tempo estava seco e queimado, se encheu de vigor e de sangue renovado. Meu ser ansiava por renascimento, minha alma estava sedenta por um gole de água fresca. Vi a esperança reviver e senti a possibilidade de regeneração. De uma arcada florida no fundo do meu jardim contemplei o mar, mais azul do que o céu. Além dele lá estava o Velho Mundo. Era lá que as perspectivas se abriam para mim.

“Vá” — disse a Esperança. — “Volte a viver na Europa. Lá ninguém sabe do nome manchado que você carrega nem do fardo imundo que está ligado a você. Pode levar a louca consigo para a Inglaterra. Encerre-a em Thornfield com a atenção e as precauções adequadas. E viaje para onde tiver vontade e forme os novos laços que quiser. Aquela mulher que abusou tanto do seu sofrimento e que sujou tanto o seu nome, ultrajou sua honra e arruinou sua juventude, não é a sua esposa nem você é seu marido. Que esteja cercada dos cuidados que sua doença requer, e terá você feito tudo o que

Deus e a humanidade exigem. Que a identidade dela e as ligações dela com você sejam sepultadas no esquecimento. Você não deve divulgá-las a nenhum ser vivo. Coloque-a em segurança e conforto, abrigue sua degradação em segredo, e deixe-a".

Agi exatamente conforme as sugestões recebidas. Meu pai e meu irmão não comunicaram meu casamento aos seus conhecidos. Na primeira carta que lhes escrevi, para informar a união, acrescentei o cuidado urgente de que ela fosse mantida em segredo. Já havia começado a sentir extremo desgosto de suas consequências, e o futuro horrível, que pelo caráter e pela constituição da família ela me reservava. E logo a conduta infame da mulher que meu pai escolhera para mim tornou-se tal, que o faria corar por tê-la como sua nora. Longe de desejar divulgar a relação, ele se tornou tão ansioso por escondê-la quanto eu.

Então a trouxe para a Inglaterra. Foi terrível fazer uma viagem de navio acompanhado daquele monstro. Fiquei aliviado quando finalmente pude colocá-la em Thornfield e alojá-la naquele quarto do terceiro andar que ela transformou nestes dez anos no covil de um animal selvagem ou numa cela de duende. Tive alguma dificuldade em encontrar quem cuidasse dela. Era necessário alguém em quem pudesse colocar toda a minha confiança, pois seus ataques iriam inevitavelmente revelar meu segredo. Além do mais, ela tinha intervalos de lucidez que duravam dias. Às vezes até semanas, durante os quais não dispensava abusos à minha pessoa. Por fim contratei Grace Poole, do Grimsby Retreat. Ela e Carter, o médico que cuidou dos ferimentos de Mason naquela noite em que ele foi esfaqueado e maltratado, foram as duas únicas pessoas em quem confiei. De fato, a Senhora Fairfax suspeitava de alguma coisa, mas não podia imaginar exatamente do que se tratava. Por tudo, Grace se mostrou uma ótima guardiã, embora sua vigilância tenha sido mais de uma vez burlada devido em parte a uma deficiência sua, aparentemente incurável, que a acompanha em sua ingrata profissão. A louca é esperta e maligna. Jamais deixou de tirar vantagem dos lapsos temporários da sua guardiã. Uma vez aproveitou para esconder a faca com a qual esfaqueou o irmão. Outra vez, para apoderar-se da chave de sua cela, e sair durante a noite. Na primeira das ocasiões tentou queimar-me enquanto eu dormia, e na segunda lhe fez aquela visita assustadora. Agradeço à Providência que a protegeu fazendo que a fúria dela fosse extravasada sobre o seu vestido de noiva, que talvez tenha trazido à memória vagas recordações de seus próprios dias como noiva. O que poderia ter acontecido eu nem quero pensar. Quando lembro que aquela coisa que voou na minha garganta esta manhã poderia ter colocado seu rosto negro e escarlate sobre o ninho da minha pombinha, meu sangue coagula.

— E o que o senhor fez — perguntei, enquanto ele fazia uma pausa — depois que a instalou aqui? Para onde foi?

— O que fiz, Jane? Transformei-me em fogo-fátuo. Para onde fui? Vaguei sem destino como um espírito selvagem. Busquei o Continente. E errante andei por todas as suas terras. Meu desejo era buscar e encontrar uma mulher boa e inteligente a quem pudesse amar. Um contraste com a fúria que deixara em Thornfield.

— Mas o senhor não podia casar-se.

— Eu estava determinado, e convencido de que podia e devia. Não era minha intenção inicial enganar ninguém, como enganei a você. Pretendia contar-lhe toda a minha história e fazer minhas propostas com transparência. Era tão absolutamente razoável a possibilidade de me sentir livre para amar e ser amado, que nunca duvidei de encontrar uma mulher capaz de entender meu caso e de me aceitar, apesar da maldição que pesava sobre mim.

— E então, senhor?

— Quando fica assim tão curiosa, Jane, sempre me faz sorrir. Você abre os olhos como um pássaro faminto, e de vez quando faz um movimento impaciente, como se as respostas não fluíssem na velocidade que você as quer ouvir. É como se quisesse ler o que está escrito na lousa do coração da gente. Mas, antes que eu continue, diga-me o que quis dizer com esse seu "e então, senhor?". Isso é uma frase que você usa sempre. E que muitas vezes me levou a falar de forma interminável. Não sei bem por quê.

— Eu quis dizer, o que aconteceu depois? O que foi que o senhor fez? Em que resultou o que o senhor fez?

— Precisamente! É isso que deseja saber agora?

— Se encontrou alguém de quem tenha gostado. Se a pediu em casamento. E o que foi que ela disse.

— Posso dizer se encontrei alguém de quem gostei, e se a pedi em casamento. Mas o que ela respondeu ainda está para ser escrito no livro do Destino. Durante dez longos anos vaguei por aí, vivendo em uma capital, depois em outra. Às vezes em São Petersburgo, frequentemente em Paris. Às vezes em Roma, em Nápoles e em Florença. Com bastante dinheiro, e um passaporte com um nome antigo, pude escolher minhas próprias companhias. Nenhum círculo se fechou à minha entrada. Procurei a mulher que idealizava, entre damas inglesas, condessas francesas, *signoras* italianas e as *Gräfinnen*[2] alemãs. Não pude encontrá-la. Algumas vezes,

[2] Em alemão: "condessas."

por um breve momento, pensei ter captado um vislumbre, ter ouvido certo tom de voz, visto uma forma, que prenunciavam a realização do meu sonho. Mas acabava decepcionado. Não deve achar que eu desejava a perfeição, intelectual ou física. Esperava encontrar alguém que me completasse. O oposto da mestiça. E esperei em vão. Entre todas não encontrei uma só que eu pudesse pedir em casamento, mesmo que fosse livre. Estava consciente dos riscos, dos horrores e dos erros das uniões impróprias. O desapontamento me fez impaciente. Tentei viver uma vida desregrada, não a devassidão. Isso eu odiava e odeio. Justo esse era o atributo da minha Messalina índia, e o desgosto que isso me causava me retraía até mesmo no prazer. Qualquer diversão que se aproximasse da orgia parecia levar-me para perto dela e de seus vícios, e eu evitava.

Ainda assim, não conseguia viver sozinho. Tentei a companhia de amantes. A primeira que tive foi Céline Varens, outro daqueles passos que levam um homem a desprezar-se quando deles se recorda. Você já sabe de quem se trata e de como terminou minha ligação com ela. Ela teve duas outras sucessoras — Giacinta, uma italiana, e Clara, uma alemã, ambas consideradas particularmente bonitas. O que, depois de poucas semanas, significou para mim a beleza delas? Giacinta não tinha princípios e era violenta. Cansei-me dela em três meses. Clara era honesta e quieta. Mas pesada, sem nada na cabeça, e insensível. Nem um pouco ao meu gosto. Fiquei contente em lhe dar um bom dinheiro para que montasse um negócio que me livrasse dela decentemente. Mas, Jane, vejo pelo seu rosto que não está fazendo um bom juízo de mim. Está achando-me uma pessoa dissoluta e sem princípios, não?

— De fato, já não gosto tanto do senhor quanto gostei em outros tempos. Não lhe pareceu nem um pouco errado viver dessa maneira, primeiro com uma amante e depois com outra? O senhor fala disso como se fosse uma coisa normal.

— Aquilo estava em mim. Eu mesmo não gostava. Era um tipo de vida humilhante à qual não gostaria jamais de voltar. Pagar os serviços de uma amante é quase tão vil quanto comprar um escravo. Ambos são frequentemente inferiores por natureza e por posição. E conviver mais estreitamente com inferiores é uma coisa degradante. Hoje em dia odeio a lembrança do tempo que passei com Céline, Giacinta e Clara.

Senti verdade em suas palavras. Percebi nelas a certeza de que se eu fosse esquecer-me de mim mesma e de tudo o que aprendi — sob qualquer pretexto e com qualquer justificativa ou por qualquer tentação — para me tornar sucessora daquelas três pobres moças, um dia ele iria olhar-me com o mesmo sentimento com o qual hoje profanava a memória delas. Não expressei essa certeza. Senti-la já foi suficiente. Gravei-a no coração para que lá ficasse e para me servir de auxílio na hora do julgamento.

— Agora, Jane, por que não diz "e então, senhor?". Ainda não terminei. Você parece séria. Vejo que continua a me desaprovar. Mas deixe-me chegar onde eu quero. Em janeiro passado, livre de todas as minhas amantes, sentindo-me mal, amargo, o resultado de uma vida inútil, errante e inútil, e corroído pelo desapontamento, aborrecido com todos os homens, e principalmente com as mulheres, comecei a considerar a ideia de uma mulher intelectual, fiel e amorosa como um mero sonho. Por causa dos negócios retornei à Inglaterra.

Em uma tarde gelada de inverno, eu cavalgava na direção de Thornfield Hall. Este lugar abominável! Aqui não esperava pela paz ou qualquer prazer. Vi uma pequena figura sentada sozinha em uma pedra na Hay Lane. Passei por ela sem lhe dar atenção, da mesma forma que fiz com o salgueiro do outro lado da estrada. Não tive qualquer pressentimento do que aquele encontro trazia para mim. Nenhum aviso interior de que quem estava ali humildemente disfarçada iria arbitrar a minha vida — meu gênio do bem e do mal. Eu não soube disso, nem mesmo quando com o acidente com Mesrour, ela veio de maneira muito séria me oferecer ajuda. Aquela criatura infantil e magra! Era como se um pintarroxo tivesse pulado no meu pé e oferecido para me carregar em suas pequenas asas. Mostrei-me grosseiro. Mas a coisa não foi embora. Ficou ali parada com estranha perseverança enquanto me olhava e falava com autoridade. Eu precisava de ajuda, e por aquela mão a ajuda me chegou. Quando me apoiei em seu ombro frágil, alguma coisa nova, uma sensação de seiva fresca invadiu meu corpo. Foi bom saber que aquele duende voltaria para mim. Que ele pertencia à minha casa lá embaixo ou não teria meios de impedir que me escapulisse da mão e sumisse por trás de uma cerca viva, sem um pesar singular.

Ouvi quando chegou à casa naquela noite, Jane. Embora provavelmente nem imaginasse que eu pensava em você, ou a observava. No dia seguinte fiquei olhando-a, sem ser visto, durante meia hora, enquanto brincava com Adèle no corredor. Lembro-me de que naquele dia nevava e vocês não puderam ir lá fora. Eu estava no meu quarto. A porta estava entreaberta. Podia tanto ouvir quanto espiar. Adèle solicitou sua atenção durante certo tempo. Percebi que seus pensamentos estavam em outro lugar, mas que tinha muita paciência com ela, minha pequena Jane. Conversou com ela e a divertiu durante bastante tempo. Quando por fim ela foi embora, você entrou em um profundo devaneio. Ficou andando vagarosamente pelo corredor. Quando passava por uma janela, olhava para a neve que se acumulava do lado de fora. Escutava o vento soluçante e depois voltava a caminhar com suavidade envolvida em seu sonho. Penso que as visões que teve aquele dia não foram sombrias. Às vezes, percebia.que havia uma luz prazerosa no seu olhar, uma excitação suave na sua aparência que falava de pensamentos nada amargos, biliosos ou hipocondríacos. Sua aparência, ao contrário disso, mostrava os doces pensamentos sonhadores da juventude quando o espírito segue nas asas da esperança em direção a um céu maravilhoso.

A voz da Senhora Fairfax, falando a um empregado no corredor, acordou-a. Como você sorriu curiosa para consigo mesma, Janet! Havia muito sentido naquele seu sorriso. Era um sorriso astucioso que parecia iluminar sua própria abstração, e dizer: "minhas belas visões são todas muito boas, mas não devo esquecer que são absolutamente irreais e embora tenha em minha cabeça um céu cor-de-rosa e um éden verde e florido, aqui fora, sei muito bem, está estendido um trecho grosseiro a percorrer, e ao redor dele se armam negras tempestades".

—Você desceu a escada correndo e pediu à Senhora Fairfax que lhe desse alguma coisa para fazer. Acho que as contas da semana da casa, ou alguma outra coisa desse tipo. Fiquei aborrecido por tê-la perdido da minha vista.

Esperei impaciente a noite chegar, quando seria possível chamá-la à minha presença. Suspeitei que tivesse um caráter incomum, inteiramente novo para mim. Desejava pesquisá-lo em profundidade e conhecê-lo melhor. Você entrou na sala com uma aparência e um ar ao mesmo tempo envergonhado e independente. Estava vestida de um modo singular, mais ou menos como está agora. Fiz que falasse. Logo encontrei em você muitos contrastes estranhos. Sua vestimenta e suas maneiras obedeciam a regras. Seu ar era sempre de desconfiança e de um modo geral de natureza refinada, mas completamente desacostumada com a companhia de outras pessoas, e bastante receosa da desvantagem de chamar muita atenção por cometer algum erro estúpido ou alguma gafe. No entanto, quando solicitada, dirigia seus olhos ao interlocutor, de forma sagaz, direta e desafiadora. Havia penetração e poder em cada olhar que dava. Quando importunada por perguntas indiscretas tinha respostas prontas e diretas. Muito depressa se acostumou comigo. Acredito que tenha percebido a existência de simpatia entre você e seu patrão austero e rabugento, Jane. Porque foi espantoso ver quão rapidamente ficou à vontade. Por mais que eu rosnasse, não se surpreendia, nem mostrava medo, aborrecimento ou desprazer com o meu tédio. Você me observava, e uma vez ou outra sorria para mim com uma graça simples, porém sagaz, que é difícil descrever. Eu me sentia ao mesmo tempo contente e estimulado com o que via. Gostava do que tinha visto e desejava ver mais. Ainda assim, durante um longo tempo tratei-a de forma distante, e raramente buscava a sua companhia. Eu era um epicurista intelectual e desejei prolongar o prazer daquela amizade nova e estimulante. Além do que, fiquei durante algum tempo preocupado com um medo de que se eu tratasse a flor sem o devido cuidado ela poderia vir a morrer. O suave encanto do seu frescor poderia abandoná-la. Naquela ocasião ainda não sabia que seu desabrochar não era passageiro, e que se assemelhava à lapidação radiante de uma pedra preciosa indestrutível. Acima de tudo, desejava ver se você me procuraria caso a evitasse, coisa que você não fez. Continuou em sua sala de aula tão quieta quanto a sua escrivaninha e seu cavalete. E, se eu a encontrava por acaso, passava por mim depressa, me dando pouca atenção, a não ser aquela própria do respeito. Sua expressão habitual naqueles dias, Jane, trazia um olhar pensativo. Não um olhar abatido, porque você não estava doente. Tampouco era animado, pois não demonstrava ter nenhum prazer, nem muita esperança no presente. Eu ficava imaginando o que pensava de mim, ou se você pensava em mim. Então resolvi colocar isso à prova. Passei a prestar atenção em você. Havia alguma coisa alegre em seu olhar e alguma coisa agradável em suas maneiras quando conversava. Vi que era sociável. Era o silêncio daquela sala de aula, era o tédio da sua vida que a faziam infeliz. Permiti-me a satisfação de ser atencioso para com você. A amabilidade despertou logo à emoção. A expressão do seu rosto tornou-se meiga, seu tom, mais suave. Gostava de ouvir meu nome pronunciado por seus lábios com um sotaque agradável e feliz. Durante esse período era gostoso encontrá-la de forma casual, Jane. Havia uma curiosa hesitação em seus modos. Olhava para mim sempre em dúvida, levemente preocupada. Não sabia nunca qual seria a minha reação, se eu ia comportar-me como o patrão e ser austero ou me comportar como o amigo e ser simpático. Eu já estava ligado demais a você até mesmo para simular o primeiro capricho. E quando eu estendia a mão cordialmente, um rubor subia à sua face jovem e melancólica. Eu tinha de conter a força que me impulsionava a estreitá-la imediatamente de encontro ao meu coração.

— Não fale mais daqueles dias, senhor — interrompi, escondendo furtivamente algumas lágrimas. Suas palavras eram como uma tortura, pois eu sabia o que devia fazer, depressa. E todas aquelas lembranças e revelações sobre seus sentimentos só faziam tornar as coisas mais difíceis.

— Não, Jane — recomeçou ele — não há necessidade de permanecermos no passado quando o presente é tão mais certo e o futuro tão mais radioso.

Estremeci ao ouvir aquela declaração apaixonada.

— Você percebe agora em que pé está o caso, não percebe? — continuou ele. — Depois de uma juventude e uma vida adulta passada parte em uma miséria indizível e parte em uma solidão sombria, pela primeira vez descobri que eu posso amar de verdade. Eu encontrei você. Você é minha ternura, minha parte melhor, meu anjo bom. Estou ligado a você por laços muito fortes. Acho-a boa, talentosa, adorável. Uma paixão ardente e respeitosa está guardada no meu coração. Ela se inclina para você e a traz para o centro de mim e para a minha fonte de vida, envolve minha existência ao seu redor, e uma chama pura, brilhante e poderosa nos funde um ao outro para formar um só ser.

Foi por sentir e saber disso que resolvi casar-me com você. Avisar a mim mesmo que já tinha uma mulher era puro escárnio. O que eu tinha, e agora você sabe bem, era um demônio aterrorizante. Errei em tentar enganá-la, mas temia a obstinação que existe em seu caráter. Temia preconceitos anteriores que você pudesse ter. Queria tê-la em segurança antes de arriscar-me em confidências. Isto foi covardia. Eu deveria, antes de tudo, ter apelado para a sua nobreza e magnanimidade, como estou fazendo agora. Ter aberto minha vida de agonia para você. Ter exposto minha fome e sede de uma existência mais elevada e mais digna. Ter-lhe mostrado não a minha *resolução*, pois esta palavra é fraca, mas sim minha irresistível *inclinação* a amar bem e com fidelidade a quem em troca me amasse bem e fielmente. Então deveria ter-lhe pedido que aceitasse a minha promessa de fidelidade e pedido a sua em troca.

"Jane, dê-me isso agora."

Uma pausa.

— Por que está em silêncio, Jane?

Eu estava passando por uma provação. Uma mão de ferro em brasa agarrava meus órgãos vitais. Era um momento terrível. Era só luta, escuridão e fogo! Nenhum ser humano desejaria ser mais amado do que eu era. E eu adorava àquele que me amava assim. E precisava renunciar ao meu amor e ao meu ídolo. Uma palavra triste encerrava meu dever intolerável — "Parta!".

— Jane, você entende o que eu desejo de você? É apenas essa promessa — "serei sua, Senhor Rochester".

— Senhor Rochester, eu *não* serei sua.

Outro silêncio longo.

— Jane! — recomeçou ele, com uma gentileza que me partiu de dor e me deixou fria como uma pedra, com um medo horrível, pois aquela voz era como o suspiro de um leão que se erguia.

— Jane, isso significa que você vai para um lado do mundo e me deixará ir para outro?

— Sim.

— Jane! — virando-se para mim e abraçando-me. — Você pretende fazer isso agora?

— Pretendo.

— Agora? — disse ele beijando gentilmente minha testa e meu rosto.

— Pretendo — desvencilhando-me rapidamente dele.

— Oh, Jane, isso é doloroso! Isso, isso é maldade. Não seria maldade me amar.

— Seria maldade obedecer ao senhor.

Uma expressão de fúria ergueu suas sobrancelhas, atravessou seu rosto. Ele levantou-se. Mas ainda tentava disfarçar um pouco. Coloquei a mão nas costas de uma cadeira para me apoiar. Eu tremia. Estava com medo — mas estava determinada.

— Espere um instante, Jane. Dê só uma olhada e veja como minha vida ficará horrível depois que você se for. Toda a felicidade será levada com você. O que é que vai restar? Por esposa tenho apenas aquela louca lá em cima. Seria o mesmo que você pensar em mim como um corpo no cemitério da igreja. O que farei, Jane? Para onde me voltar em busca de uma companheira, e de alguma esperança?

— Faça como eu. Confie em Deus e em si mesmo. Acredite nos céus. Tenha esperança de que poderemos encontrar-nos lá de novo.

— Então você não irá render-se?

— Não.

— Então você me condena a viver na desgraça e a morrer na maldição? — ele levantou a voz.

— Aconselho-o a viver sem pecado e desejo que morra tranquilo.

— Então rouba o amor e a inocência de mim? Lança-me de volta à luxúria por uma paixão — ao vício como uma ocupação?

— Senhor Rochester, não lhe desejo essa sorte assim como não a quero para mim. Nascemos para nos empenhar e resistir — tanto o senhor quanto eu. Faça isso. O senhor vai esquecer-me, antes que eu o esqueça.

— Com tal linguajar você faz de mim um mentiroso. Mancha a minha honra. Eu declarei que não podia mudar. Você diz na minha cara que mudarei logo. Quanta distorção em seu julgamento, quanta perversidade em suas ideias ficam evidentes em sua conduta! É melhor levar o semelhante ao desespero do que transgredir uma mera lei humana, quando ninguém sairia ferido por sua violação? Você não tem nem parentes nem conhecidos a quem receie desagradar por viver comigo.

Aquilo era verdade. E, enquanto ele falava, minha própria consciência e raciocínio se voltaram contra mim e me acusaram do crime de resistir a ele. Falaram quase tão alto quanto o sentimento que desesperadamente clamava dentro de mim.

"Oh, concorde!" — dizia ele. "Pense na tristeza dele, no perigo. Pense como ele ficará quando o deixar sozinho. Pense na natureza impetuosa dele. Considere a imprudência que se seguirá ao desespero. Conforte-o, salve-o, ame-o. Diga que o ama e que será dele. Quem mais no mundo se interessa por *você*? Ou quem ficará machucado com o que você faz?"

A resposta ainda era irredutível.

"*Eu* me interesso por mim. Quanto mais solitária, mais sem amigos, mais desamparada eu for, mais respeitarei a mim mesma. Manterei a lei de Deus que foi sancionada pelo homem. Vou ater-me aos princípios recebidos enquanto estava sã, e não louca como estou agora. Leis e princípios não são para momentos em que não existe tentação. São para momentos como este, quando o corpo e a alma levantam-se em revolta contra seus rigores. Severos como são. Invioláveis como devem ser. Se por minha conveniência eu viesse a quebrá-los, qual seria a serventia da sua existência? Eles têm serventia, e nisso sempre acreditei. E, se pudesse acreditar agora, seria porque estou louca. Totalmente louca, com minhas veias em fogo e as batidas do meu coração mais rápidas do que eu consigo contar pela pulsação. Opiniões preconcebidas, determinações já tomadas são o que tenho agora para me sustentar. E é nelas que eu vou fincar meu pé."

Foi o que fiz. Bastou o senhor Rochester ler minha expressão para ver que eu tinha decidido. Sua ira chegou ao máximo. Deveria entregar-se a ela a qualquer momento, acontecesse o que acontecesse. Atravessou a sala e agarrou meu braço e me pegou pela cintura. Parecia devorar-me com seu olhar inflamado. Naquele momento, tal qual um graveto exposto à enxurrada ou ao calor de uma fornalha, eu me sentia fisicamente impotente. Mentalmente ainda era dona da minha alma, e com ela tinha a certeza de que ainda estava segura. Felizmente a alma tem um intérprete no olhar que, embora quase sempre seja inconsciente, ainda assim é verdadeiro. Meu olhar elevou-se ao dele e, enquanto olhava para o seu rosto furioso, deixei escapar um suspiro involuntário. E minhas forças sobrecarregadas se exauriram.

— Nunca — disse ele enquanto rangia os dentes —, nunca vi nada tão frágil e indomável. Parece um caniço na minha mão! — e me sacudia com força. — Poderia dobrá-la entre meus dedos. E para que faria isso senão para quebrá-la e esmagá-la? Veja esses olhos. Veja seu olhar resoluto, feroz e livre a me observar com mais do que coragem, com um triunfo inflexível. Nada que eu faça para mantê-la aprisionada em meus braços colocará ao meu alcance a bela e selvagem criatura! Se eu a romper, se desfizer essa frágil prisão, o ultraje apenas fará que a cativa se solte. Poderia ser o conquistador da casa. Mas sua ocupante escaparia para o infinito antes mesmo que eu pudesse pronunciar-me como dono da sua moradia de barro. E é a você, espírito, com sua vontade e energia, virtude e pureza, que eu quero. Não somente o seu corpo frágil. Por vontade própria, se quisesse, poderia vir em um voo suave se aninhar em meu coração. Presa contra a vontade, você escapará da prisão como uma essência, e evaporará antes que eu inale sua fragrância. Oh, Jane, venha, venha!

Ao dizer isso, ele afrouxou a mão que me segurava e apenas olhou para mim. Era mais difícil resistir ao olhar do que ao aperto forte. Contudo, somente uma idiota teria sucumbido naquela hora. Eu ousara e vencera sua fúria. Devia agora escapar do seu sofrimento. Recuei para a porta.

— Você está indo, Jane?

— Estou indo, sim, senhor.

— Está me abandonando?

— Estou.

— Não vai voltar? Não irá confortar-me, salvar-me? Meu amor profundo, minha aflição, minha súplica, tudo isso não significa nada para você?

Quanta ternura existia em sua voz! Quão difícil foi reiterar com firmeza:

— Estou indo.

— Jane!

— Senhor Rochester!

— Retire-se então. Eu permito. Mas lembre-se, está abandonando-me aqui angustiado. Suba para o seu quarto, pense bem sobre tudo o que eu falei, e, Jane, olhe para o meu sofrimento. Pense em mim.

Ele, ao se virar, atirou-se com o rosto no sofá.

— Oh, Jane! Minha esperança, meu amor, minha vida! — foram as palavras angustiadas que saíram de seus lábios. Seguidas de um soluço profundo.

Eu já tinha chegado à porta, mas, leitor, voltei. Voltei com a mesma determinação com que saíra. Ajoelhei-me ao lado dele, afastei sua cabeça da almofada e beijei seu rosto. Alisei seu cabelo com minha mão.

— Deus o abençoe, meu querido senhor! — disse eu. — Deus o proteja de todo mal, o conduza e conforte. Que seja bem recompensado pela gentileza com que sempre me tratou.

— O amor da pequena Jane seria minha melhor recompensa — respondeu. — Sem ele, meu coração está em pedaços. Mas Jane irá me dar o seu amor, sim, de maneira nobre e generosa.

O sangue voltou à sua face. Em seguida acendeu o fogo de seu olhar. Ele se levantou, estendeu os braços. Mas eu evitei seu abraço e saí da sala em seguida.

— Adeus! — foi o grito do meu coração quando o deixei. E o desespero acrescentou — Adeus para sempre!

Naquela noite nem sequer pensei em dormir, mas o sono se abateu sobre mim assim que caí na cama. Fui transportada em pensamento para cenas da minha infância. Sonhei que estava no quarto vermelho de Gateshead. Que era uma noite escura e que medos estranhos impressionavam a minha mente. Aquela luz que tantos anos atrás me levara a uma síncope ressurgiu nessa visão. Parecia subir deslizando pela parede e parar no centro do teto escuro. Levantei a cabeça para olhar, O teto se transformou em nuvens, altas e diáfanas. A claridade era tal que parecia com a que a Lua transmite os vapores quando está prestes a desfazê-los. Observava a sua vinda. Observava-a com estranha antecipação. Como se alguma palavra de condenação estivesse por ser escrita em seu disco. Ela surgiu como nunca Lua alguma saíra de dentro de uma nuvem. De início como uma mão que penetrava nas dobras da escuridão e as afastava. Em seguida não era mais a Lua, mas sim um vulto humano branco que brilhava no azul, inclinando o semblante glorioso em direção à terra. E a Lua contemplou-me durante bastante tempo. E falou para o meu espírito. Sua voz vinha de um lugar incomensuravelmente distante, ainda assim próximo. E sussurrou em meu coração:

"Minha filha, fuja da tentação".

"Fugirei, mãe."

Foi o que respondi depois de ter acordado daquele transe que mais parecia um sonho. Ainda era noite, mas as noites de julho são curtas. Pouco depois da meia-noite já chega a madrugada.

"Não será cedo demais para começar a tarefa que tenho a cumprir" — pensei.

Levantei. Estava vestida, pois não tirara nada ao me deitar, senão os sapatos. Sabia onde encontrar, em minhas gavetas, roupa de cama, um medalhão, um anel. Ao procurar essas coisas, encontrei as pérolas de um colar que o Senhor Rochester me obrigou a aceitar alguns dias antes. Deixei-as ali mesmo. Não eram minhas. Eram daquela noiva imaginária que se dissolveu no ar. Embrulhei as outras coisas junto com minha bolsa, e os vinte xelins, que era tudo o que eu possuía, coloquei no bolso. Amarrei o chapéu de palha, fechei o xale, peguei o embrulho e os sapatos que ainda não iria calçar, e me esgueirei para fora.

— Adeus, gentil Senhora Fairfax! — sussurrei ao passar por sua porta. — Adeus, querida Adèle — disse ao olhar para a porta do quarto das crianças. Nem sequer podia pensar em entrar para lhe dar um abraço. Tinha de me prevenir de um ouvido atento que poderia estar agora à minha escuta.

Teria passado direto pela porta do quarto do Senhor Rochester. Mas meu coração parou de bater momentaneamente defronte ao portal, e meu pé também foi obrigado a parar. Ali dentro ninguém dormia. Seu ocupante andava sem cessar de uma parede até a outra e suspirava sem parar enquanto estive escutando. Naquele quarto havia um paraíso — um paraíso temporário — à minha espera. Se eu o quisesse, bastava abrir a porta e dizer:

"Senhor Rochester, irei amá-lo e viver com o senhor a vida toda até a morte" — pensei nisso. E uma fonte de êxtase brotaria de meus lábios.

Aquele patrão gentil, que agora não conseguia dormir, esperava impaciente pela chegada do dia. Ele mandaria chamar-me pela manhã. Eu já teria ido embora. Ele mandaria procurar-me em vão. Ele se sentiria abandonado. Rejeitado em seu amor. Sofreria. Talvez se desesperasse, pensei nisso também. Minha mão dirigiu-se para a maçaneta. Mas a recolhi e continuei meu caminho.

Com tristeza fui descendo a escadaria. Sabia o que tinha de fazer e o fiz mecanicamente. Procurei a chave da porta lateral da cozinha. Procurei também uma lamparina a óleo e uma pena. Lubrifiquei a chave e a fechadura. Peguei um pouco de água e um pouco de pão, pois talvez tivesse de andar muito. Minha resistência, muito abalada ultimamente, precisava manter-se firme. Fiz tudo isso sem qualquer ruído. Abri a porta, saí e fechei-a suavemente. A luz suave da aurora brilhava no jardim. Os grandes portões estavam fechados e trancados, mas a portinhola de um deles estava fechada apenas com o trinco. Atravessei-a e saí. Também a fechei. Agora estava fora de Thornfield.

Um quilômetro e meio adiante, além dos campos, ficava a estrada para Millcote, mas na direção oposta. Uma estrada pela qual eu nunca passara, mas sempre soubera, e imaginara onde iria dar. Para lá dirigi meus passos. Agora não podia pensar em mais nada. Nem sequer deveria olhar para trás, nem para a frente. Não deveria pensar nem no passado nem no futuro. O primeiro era uma página doce e celestial — mortalmente triste — a qual, se fosse lida uma de suas linhas, dissolveria minha coragem e acabaria com a minha energia. O último era uma terrível página em branco. Algo assim como o mundo depois do dilúvio.

Contornei campos e cercas vivas e caminhos até depois da aurora. Acredito que era uma linda manhã de verão. Sei que meus sapatos, que calcei ao sair de casa, ficaram logo úmidos pelo orvalho. Mas eu não olhei nem para o Sol que nascia, nem para o céu que se abria nem para a natureza que acordava. Quem é levado a passar por um cenário tão bonito em direção ao cadafalso não consegue pensar nas flores que sorriem na estrada, mas só no cepo e no fio do machado. Na separação de ossos e veias. Na sepultura aberta ao final. E eu pensava naquela fuga sombria e na minha perambulação sem destino. E oh! Com agonia pensava naquilo que deixara. Não tinha como evitar. Pensava nele agora, no seu quarto, observando o nascer do sol, esperando que eu surgisse em breve para lhe dizer que ficaria com ele e seria sua. Eu ansiava por ser sua. Queria voltar. Não seria tarde demais. Havia tempo para poupá-lo da dor da privação. Até aquela hora tinha certeza de que não tinham descoberto a minha fuga. Poderia voltar e ser a sua consoladora, seu orgulho. A redentora do seu infortúnio e talvez da sua ruína. Oh, como me magoava aquele medo que ele tinha do abandono de si mesmo — muito pior do que o meu abandono! Era como a farpa de uma ponta de flecha no meu coração. Que me rasgava enquanto tentava arrancá-la. Que me feria quando a lembrança a cravava ainda mais fundo. Os pássaros começaram a cantar nos matagais e na capoeira. Os pássaros eram fiéis aos seus companheiros, eram símbolos do amor. E eu, quem era? Em meio à dor do meu coração e ao esforço furioso dos princípios, eu me odiava. Não tinha o consolo da autoaprovação. Nem mesmo do respeito próprio. Eu machucara, ferira e abandonara o meu patrão. Eu mesma me achava odiosa. Ainda assim não podia voltar nem refazer um único passo. Deus haveria de me conduzir para a frente. Quanto à minha vontade e à consciência, a dor da paixão esmagara uma e sufocara a outra. Eu chorava copiosamente enquanto percorria o meu caminho solitário. Seguia rápido, rápido como um delírio. Fui pega por uma fraqueza que começou dentro de mim, estendeu-se pelos braços e pernas, e caí. Fiquei caída no chão durante alguns minutos com o rosto encostado na grama molhada. Tive certo medo, ou uma esperança, de que era ali que eu deveria morrer. Mas logo me ergui, primeiro apoiada nas mãos e nos joelhos e em seguida levantando-me e ficando em pé. Ansiosa e determinada como nunca a alcançar a estrada.

Quando lá cheguei, tive de me sentar sob a cerca viva para descansar. Dali onde estava ouvi o barulho de rodas e vi uma carruagem aproximar-se. Levantei-me e acenei. A carruagem parou. Perguntei para onde estava indo. O cocheiro falou o nome de um lugar que ficava bem longe e onde, tinha certeza, o Senhor Rochester não conhecia ninguém. Perguntei quanto custaria me levar até lá. Ele falou trinta xelins. Respondi que só tinha vinte. Bem, ele disse que tentaria me levar por esse preço. Consentiu que eu entrasse, já que a carruagem estava vazia. Entrei. A porta se fechou e ela seguiu o seu caminho.

Caro leitor, eu espero que nunca sinta o que senti! Que dos seus olhos nunca saiam lágrimas tão tempestuosas, escaldantes, arrancadas do coração, como as que transbordaram dos meus. Que você jamais tenha de suplicar aos céus por meio de preces tão desesperançadas e agoniadas como as que saíram dos meus lábios naquela hora. Que nunca tema ser o instrumento do mal, como eu fui, para quem você mais ama.

XXVIII

Dois dias se passaram. É um fim de tarde de verão. O cocheiro deixou-me em um lugar chamado Whitcross. Não me podia levar além dali pela quantia que eu lhe dera, e eu não tinha mais qualquer xelim no mundo. Àquela altura, a carruagem já estava a pouco mais de um quilômetro de onde me deixou. Estou sozinha. Naquele momento descubro que me esqueci de pegar meu embrulho na mala da carruagem, onde o colocara por segurança. Lá estava e lá iria ficar. Agora não tenho mais nada.

Whitcross não é uma cidade, nem sequer é uma aldeia. Trata-se apenas de um pilar de pedra no entroncamento de quatro estradas. Caiado de branco, suponho, para tornar-se mais visível de longe e no escuro. Quatro braços saem do topo da coluna. A cidade mais próxima para a qual aponta, segundo o que está escrito, fica a dezesseis quilômetros. A mais afastada, a cerca de trinta. Pelos nomes bem conhecidos dessas cidades, sei em que condado eu me encontro. Estou numa região ao norte, escurecida pela grande extensão pantanosa cortada pelas montanhas. Isso é o que vejo. Há grandes brejos atrás e em cada um dos meus lados. E cadeias de montanhas mais além do vale profundo aos meus pés. A população aqui deve ser pequena, e não vejo qualquer pessoa nessas estradas que se estendem para o leste, o oeste, o norte e o sul — brancas, largas, solitárias. Todas cortam os brejos, e as urzes crescem densas e selvagens nas suas margens. Contudo, um viajante pode surgir por aqui. Meu desejo é não ser vista por ninguém. Desconhecidos poderiam imaginar o que estou fazendo, parada aqui neste marco de sinalização, evidentemente sem ter o que fazer e perdida. Correria o risco de ser questionada. E não seria possível dar qualquer resposta, o que pareceria estranho e levantaria suspeitas. Nenhum laço me une à sociedade humana neste momento. Nenhum encanto ou esperança me chama para onde estão meus semelhantes. Ninguém que me visse teria um pensamento gentil ou me desejaria algo de bom. Não tenho qualquer parente além da mãe universal, a Natureza. Irei buscar o seu seio e pedir para nele descansar.

Fui direto para dentro da charneca. Entrei por uma clareira que sulcava profundamente a parte de urzes acastanhadas da margem do pântano. Andei em meio à sua vegetação escura, e enterrada até os joelhos acompanhei as curvas que o mato fazia e, ao encontrar um rochedo de granito escurecido pelo musgo em um ângulo escondido, sentei-me aos seus pés. Do meu lado via o barranco alto da charneca. O rochedo protegia minha cabeça, e acima dele só havia o céu. Demorou algum tempo até que eu me sentisse tranquila ali. Tive um vago receio de que por perto houvesse gado selvagem, ou que algum tipo de caçador pudesse descobrir-me. Se uma rajada de vento sacudia o mato, eu levantava os olhos temendo que fosse o ataque de um touro. Se um uma lavandeira piava, eu imaginava que podia ser um homem assobiando. Ao descobrir que minhas apreensões eram infundadas, acalmei-me com o silêncio profundo que reinava, enquanto a tarde caía em direção à noite, e ganhei confiança. Até então não tinha pensado em nada. Apenas ouvira, observara e temera. Agora recuperava a faculdade da reflexão.

O que eu ia fazer? Para onde iria? Perguntas intoleráveis essas, quando eu não podia fazer nada nem ir para lugar algum! Quanto minhas pernas cansadas e trêmulas ainda teriam de percorrer por um longo caminho até encontrar alguma habitação humana onde teria de implorar à fria caridade para conseguir um abrigo. Importunar a relutante simpatia alheia, certamente quase um sentimento de certa repulsa, para que, ao ouvir a minha história, uma de minhas necessidades fosse aliviada!

Toquei no chão da charneca. Estava seco e ainda morno pelo calor do dia de verão. Olhei para o céu, estava límpido. Uma estrela gentil brilhava acima da beira do precipício. O sereno caía, mas com uma suavidade propícia. Nenhuma brisa soprava. A natureza me parecia benigna e boa. Achei que ela me amava, perdida ali como eu estava. E eu, que só podia esperar desconfiança, rejeição e insulto dos homens, agarrava-me a ela com um apego filial. Por aquela noite, pelo menos, eu seria sua hóspede. E, como era sua filha, minha mãe iria acolher-me sem dinheiro e sem preço. Ainda tinha um pedaço de pão, o que restara de um pão inteiro que comprei em uma das cidades em que havíamos passado, por volta do meio-dia, com uma moeda que me sobrara. Minha última moeda. Vi bagas de mirtilo brilhando aqui e ali, como contas negras no matagal. Colhi um punhado e as comi com o pão. Minha fome, antes muito grande, foi, senão satisfeita, pelo menos apaziguada por essa refeição de eremita. Após terminá-la rezei minhas preces noturnas e escolhi onde me deitar.

Além do penhasco o matagal era muito espesso. Quando me deitei, meus pés afundaram nele. A vegetação que se elevava à minha volta era compacta. Sobrava apenas um espaço estreito para que entrasse o ar da noite. Dobrei meu xale ao meio e cobri-me com ele como se fosse uma colcha. Um pequeno monte de musgo foi o meu travesseiro. Assim alojada, pelo menos no começo da noite eu não estava sentindo frio.

Meu descanso poderia ter sido bastante feliz, mas foi interrompido por um coração partido. Ele reclamava de suas feridas abertas, de seu sangramento interno, de suas cordas partidas. Ele tremia pelo Senhor Rochester e por sua ruína. Sentia uma amarga compaixão por ele. Exigia-o com uma ânsia incessante. E, impotente como um pássaro de asas quebradas, me debatia na vã tentativa de ir procurá-lo.

Exausta desses pensamentos torturantes, ajoelhei-me. A noite caíra e seus planetas giravam no céu. Uma noite tranquila e segura. Serena demais para a companhia do medo. Sabemos que Deus está em toda parte. Mas certamente sentimos a Sua presença quando Suas obras se mostram em maior escala diante de nós. E era ali naquele céu noturno sem nuvens, onde Seus mundos giram em suas órbitas silenciosas, que lemos claramente a Sua infinitude, onipotência e onipresença. Eu me ajoelhara para rezar pelo Senhor Rochester. Olhando para cima, com os olhos rasos de lágrimas, vi a Via Láctea.

Lembrando-me do que ela era — um número incontável de sistemas que ali varriam o espaço como um suave rastro de luz — eu senti o poder e a força de Deus. Tinha certeza de Sua eficiência em zelar pelo que criara. Fiquei convencida de que nem a terra nem qualquer uma das almas que ela guardava como um tesouro pereceriam. Dirigi minha prece para agradecer. A Fonte da Vida era também o Salvador dos espíritos. O Senhor Rochester estava salvo. Ele era filho de Deus e por Deus seria protegido. Mais uma vez aninhei-me no seio da montanha. E ao dormir em pouco tempo esqueci as tristezas.

Mas no dia seguinte, a Necessidade veio até a mim, nua e crua. Muito tempo depois de os passarinhos terem deixado seus ninhos, muito tempo depois de as abelhas terem ido colher o mel das urzes antes que o orvalho secasse, quando as longas sombras da manhã se encolheram e o Sol tomou conta da terra e do céu, eu me levantei e olhei em volta.

O dia estava quente, tranquilo e perfeito! A charneca parecia um deserto dourado! Por toda parte o brilho do Sol. Quem dera pudesse viver ali, da Natureza. Vi um lagarto passar correndo para cima de uma pedra. Vi uma abelha ocupada trabalhando entre os doces mirtilos. Naquele momento eu teria de bom grado me transformado numa abelha ou num lagarto para encontrar alimento adequado e um abrigo permanente ali. Mas eu era um ser humano, e tinha as necessidades de um ser humano. Não podia demorar-me onde não havia nada que pudesse satisfazê-las. Levantei-me e olhei de volta para a cama que havia deixado. Sem esperanças no futuro, naquela noite não desejei outra coisa senão que o meu Criador tivesse achado por bem requisitar minha alma enquanto eu dormia. Se assim tivesse acontecido, meu corpo frágil, absolvido pela morte de conflitos do destino mais além, só precisaria apenas decompor-se e misturar-se em paz com o solo deste lugar ermo. Mas a vida, no entanto, ainda me possuía com todas as suas necessidades, dores e responsabilidades. O fardo devia ser carregado, a necessidade, satisfeita, o sofrimento, suportado e a responsabilidade, cumprida. Segui adiante.

Retornando a Whitcross, segui uma estrada na direção contrária à do Sol, agora ardente e alto no céu. Em nenhuma circunstância tinha eu desejo de decidir minha escolha. Caminhei bastante tempo e, quando achei que andara o suficiente e devia conscientemente ceder ao cansaço que quase me dominava, devia relaxar daquela ação forçada e sentar em uma pedra que vi ali perto e me entregar sem resistência ao desinteresse que me pesava sobre o coração, braços e pernas, ouvi o soar de um sino. O sino de uma igreja.

Voltei-me para a direção de onde viera o som, e lá, entre montanhas românticas cujas mudanças e aspecto eu deixara de notar já havia uma hora, vi uma aldeia e um campanário. Todo o vale à minha direita estava coberto de pastagens, milharais e florestas. Um córrego reluzente corria em ziguezague através de vários tons de verde, dos grãos que amadureciam, da mata sombria, do prado claro e ensolarado. Trazendo a atenção novamente para o ruído de rodas na estrada à minha frente, vi uma carroça carregada que subia com esforço a colina. E não muito além duas vacas e seu vaqueiro. A vida e o trabalho humanos estavam perto dali. Eu devia prosseguir na luta. Lutar para viver e curvar-me ao trabalho como os demais.

Por volta de duas horas da tarde entrei na aldeia. Ao fundo da sua única rua havia uma pequena loja com alguns pães na vitrina. Desejei um daqueles pães. Com aquela refeição talvez recuperasse um pouco de energia, sem ela seria difícil prosseguir. O desejo de ter alguma resistência e um pouco de vigor voltaram a mim tão logo me vi entre meus semelhantes. Senti que seria degradante desmaiar de fome na calçada de uma aldeia.

"Será que eu não trazia nada que pudesse trocar por um daqueles pães?" — pensei. Tinha um pequeno lenço de seda amarrado em volta do pescoço, tinha minhas luvas. Não tinha ideia de como homens e mulheres desvalidos se comportavam. Não sabia se algumas destas coisas seriam aceitas. Era provável que não fossem. Mas tinha de tentar.

Entrei na loja. Lá dentro havia uma mulher. Ao ver uma pessoa vestida com aprumo, uma dama, como supôs, veio atender-me atenciosa. Como poderia servir-me? Fui tomada pela vergonha. Minha língua não conseguiu fazer o pedido que eu preparara. Não ousei oferecer-lhe as luvas usadas, o lenço amarrotado. Além do mais, achei que aquilo seria um absurdo. Apenas pedi permissão para me sentar um instante, pois estava cansada. Desapontada pela expectativa da cliente, atendeu com frieza ao meu pedido. Apontou para uma cadeira. Desabei nela. Senti uma vontade imensa de chorar, mas, consciente de quão despropositada seria essa manifestação, me contive. Em seguida perguntei a ela se na aldeia havia alguma costureira ou auxiliar de costura.

— Sim, há duas ou três. Suficientes para o trabalho que existe.

Refleti. Eu agora fora impelida ao âmago da questão. Encontrava-me cara a cara com a Necessidade. Estava na posição de alguém sem recursos, sem amigos e sem dinheiro. Precisava fazer alguma coisa. Mas o quê? Precisava procurar em algum lugar. Mas onde?

— Será que sabia de alguém que precisasse de uma empregada?

— Não — não sabia dizer.

— Qual é a atividade principal desse lugar? O que a maioria das pessoas faz?

— Alguns trabalham nas fazendas, muitos trabalham na fábrica de agulhas do Senhor Oliver, e na fundição.

— O Senhor Oliver emprega mulheres?

— Não, lá só trabalham homens.

— E o que é que fazem as mulheres?

— Não sei — foi a resposta. — Fazem uma coisa ou outra. Gente pobre vive como pode.

Ela parecia cansada das minhas perguntas e, de fato, que motivos tinha eu para importuná-la? Um ou dois vizinhos entraram. Era evidente que minha cadeira seria necessária. Retirei-me.

Subi a rua olhando para todas as casas da direita e da esquerda, mas não encontrei um pretexto nem vi qualquer motivo para entrar em nenhuma delas. Perambulei pela aldeia indo até um ponto distante e voltando, durante uma hora ou pouco mais. Muito cansada, e agora sofrendo muito pela necessidade de me alimentar, entrei numa alameda e sentei-me sob uma cerca viva. Poucos minutos depois lá estava eu de novo em pé, em busca de alguma coisa. De um recurso, ou ao menos uma informação. No final da alameda havia uma casinha bonita com um jardim na frente, muito bem cuidado e florido. Parei defronte a ela. Quais os motivos que me faziam ir até a porta branca ou tocar em sua maçaneta reluzente? De que maneira eu poderia ser de interesse aos moradores daquela casa? Mesmo assim aproximei-me e bati na porta. Uma jovem de aparência meiga e vestida com asseio abriu a porta. Com uma voz de quem está desesperançada e com a aparência de quem está prestes a desmaiar, num lamento miseravelmente baixo e hesitante, perguntei se ali estavam precisando de empregada.

— Não — disse ela —, não temos empregada.

— Poderia dizer-me onde é que consigo algum tipo de emprego? — continuei. — Não sou daqui, ninguém me conhece neste lugar. Preciso de um trabalho. Não importa qual seja.

Mas não era problema dela pensar em mim, ou procurar uma colocação para mim. Além do mais, aos olhos dela, como devem ter parecido duvidosos o meu caráter, posição e história! Ela sacudiu a cabeça, disse que sentia muito não poder dar uma informação. E a porta branca se fechou de forma gentil e civilizada, mas deixou-me de fora. Se ela tivesse conservado a porta aberta mais um pouco, acredito que lhe teria pedido um pedaço de pão, pois estava morta de fome.

Não aguentaria voltar para aquela aldeia sórdida, onde, além do mais, não havia qualquer possibilidade de ajuda à vista. Eu já deveria ter tomado o caminho da floresta que avistei não muito distante e que parecia oferecer um abrigo convidativo à sua densa sombra, mas estava tão mal, tão fraca, tão consumida pelos anseios da natureza, que o instinto me fez ficar rondando casas onde houvesse alguma chance de conseguir comida. A solidão não seria solidão, o repouso não seria repouso enquanto o abutre da fome continuasse com seu bico e suas garras cravados em mim.

Aproximei-me das casas, afastei-me e voltei a me aproximar delas e novamente me afastei, sempre repelida pela consciência de não ter nenhum apelo. Nenhum direito de esperar interesse sobre a minha triste sina. Ao mesmo tempo, ia ficando cada vez mais tarde, enquanto eu vagava como um cão perdido. Ao atravessar um campo, vi a torre da igreja à minha frente. Corri na direção dela. Perto do cemitério e no meio do jardim havia uma pequena casa bem construída que sem dúvida era a casa paroquial. Lembrei-me de que os estranhos que chegam a um lugar onde não têm amigos e querem um emprego, às vezes, apelam para o clérigo para que os apresente e os ajude. Ajudar é função do clérigo. Pelo menos dar conselhos àqueles que desejam ajudar-se a si mesmos. Parecia que eu tinha algum direito de buscar auxílio ali. Então, enchendo-me de coragem outra vez e reunindo o que me restava de forças, fui em frente. Cheguei até a casa e bati na porta da cozinha. Uma velha senhora abriu. Perguntei se ali era a casa paroquial.

— Sim.

— E o pároco está?

— Não.

— E volta logo?

— Não, ele foi para a sua casa.

— E é longe?

— Nem tanto — menos de cinco quilômetros.

Ele foi chamado devido à morte súbita do seu pai. Estava em Marsh End agora e provavelmente poderia ficar lá mais uns quinze dias.

— E havia alguma senhora na casa dele?

Não, não havia ninguém mais a não ser ela, que era a governanta e para a qual, caro leitor, eu não suportaria pedir alívio para a necessidade na qual me afundava. Ainda não chegara ao nível de mendigar, e mais uma vez fui embora.

Uma vez mais peguei meu lenço. Uma vez mais pensei nos pães daquela pequena loja. Oh, uma migalha que fosse!

Apenas um bocado para diminuir a aflição de uma faminta! Instintivamente voltei de novo para a aldeia. Encontrei de novo a loja e entrei. Embora houvesse outras pessoas além da mulher, aventurei-me a perguntar — "Será que poderia me dar um pão em troca deste lenço?".

Ela me olhou com evidente desconfiança — "Não, ela nunca vendera nada assim dessa maneira".

Quase desesperada eu pedi metade de um bolo. E ela novamente recusou. "Como poderia saber onde eu conseguira aquele lenço"?

— Aceitaria minhas luvas?

— Não! O que faria com elas?

Leitor, não é nada agradável estender-me nesses detalhes. Alguns dizem que dá prazer recordar experiências dolorosas do passado. Mas até o presente momento mal posso aguentar lembrar o tempo ao qual faço alusão. A degradação moral, misturada ao sofrimento físico, formam uma lembrança angustiante demais para ser repetida de forma espontânea. Nenhuma daquelas pessoas que me repeliram tem culpa. Percebi que aquilo era o que devia ser esperado e que não se poderia evitar. Um mendigo é sempre objeto de desconfiança. Um mendigo bem-vestido então fatalmente o será. Na verdade, o que eu mendigava era um emprego. Mas de quem ali era o problema de emprego? Com certeza, não era de nenhuma daquelas pessoas que me viam pela primeira vez e que nada sabiam sobre meu caráter. O mesmo se pode dizer da mulher que não aceitou meu lenço em troca do pão, bem, estava certa, porque o oferecimento lhe pareceu sinistro ou a troca, desvantajosa. Deixe-me encurtar a história. Este assunto me faz mal.

Pouco antes de escurecer, passei por uma casa de fazenda. Junto à porta estava sentado o fazendeiro tomando sua sopa de pão e queijo. Parei e disse:

— O senhor me daria um pedaço de pão, porque estou com muita fome?

Ele me olhou surpreso. Mas sem responder, cortou uma fatia de seu pão e me deu. Imagino que não pensou que eu fosse uma mendiga, mas apenas uma dama excêntrica que ficara fascinada pelo seu pão preto. Assim que estava fora de sua vista, sentei-me e comi o pão.

Não tinha esperança de conseguir abrigo sob um teto e procurei-o na floresta à qual me referi anteriormente. Mas minha noite foi uma desgraça, meu descanso interrompido. O chão estava úmido, o ar, frio. Além disso, não me senti segura ou tranquila. Várias vezes, estranhos passaram perto de mim e eu tive de ir mudando de lugar. Ao se aproximar o amanhecer, começou a chover. E o resto do dia foi de chuva. Leitor, não me peça para contar com detalhes o que foi o resto do dia. Como antes, fui procurar trabalho. Como antes, fui repelida. Como antes, estava morta de fome. Só uma vez tive comida em meus lábios. Na porta de um chalé eu vi uma menina prestes a jogar num cocho de porcos um resto de mingau.

— Você me daria isso? — perguntei.

Ela me olhou com olhos de espanto.

— Mãe! — exclamou — tem uma mulher aqui que quer que eu lhe dê esse mingau.

— Bem, mocinha — respondeu uma voz que vinha lá de dentro — se ela for uma mendiga, dê a ela. O porco não quer.

A menina derramou em minha mão aquela massa dura e eu a devorei vorazmente.

Quando a luz do crepúsculo chuvoso ficou mais escura, parei na trilha solitária pela qual estivera andando havia uma hora ou mais.

"Minhas forças estão me deixando" — falei em um solilóquio. "Sinto que não posso ir muito além do que já fui. Serei mais uma vez excluída esta noite? Com a chuva caindo assim, terei de deitar com a cabeça no chão frio e encharcado? Temo que não possa ser de outra maneira, pois quem me receberá? Mas será terrível, com esta sensação de fome, fraqueza, e frio e este sentimento de abandono, a total prostração e desesperança. Entretanto, provavelmente estarei morta antes do amanhecer. E por que não posso conformar-me com a possibilidade da morte? Por que estou lutando para preservar uma vida sem valor? Porque eu sei, ou acredito que o Senhor Rochester está vivo. E, então, morrer de carência e de frio é um destino para o qual a natureza não pode submeter-se passivamente. Oh, Providência! Mantenha-me ainda por mais algum tempo! Ajude-me! Mostre-me o caminho!"

Meus olhos vidrados vagavam sobre a paisagem escurecida e indistinta. Percebi que me afastara da aldeia quando a perdi de vista. As plantações que a circundavam já haviam desaparecido. Por atalhos e trilhas que se cruzavam, cheguei mais vez perto da região pantanosa. E agora apenas poucos campos, quase tão selvagens e improdutivos quanto a charneca de que provinham, estavam entre mim e a colina sombria.

"Bem, seria preferível morrer lá a morrer em uma rua ou numa estrada cheia de gente" — pensei. "E seria melhor ainda que os corvos e as aves de rapina, se é que os há aqui nestas regiões, venham arrancar com o bico a carne de meus ossos, do que tê-los aprisionados dentro de um caixão mofando em uma cova de indigente".

Então virei-me para a montanha. Alcancei-a. Agora restava apenas encontrar um buraco onde pudesse deitar-me e pelo menos me sentir oculta, senão segura. Mas toda a superfície da mata parecia plana. Não apresentava qualquer variação, apenas de coloração. Verde, onde o musgo e o junco cobriam os charcos. Preto onde crescia a urze sobre o solo seco. Como estava ficando escuro, dava para perceber essas mudanças de cor apenas como simples alterações de luz e sombra, pois a cor em si já desaparecera junto com a luz do dia.

Meu olhar ainda corria pela elevação sombria ao longo da beira do charco, perdendo-se em meio àquele cenário despovoado, quando, em um ponto indistinto adiante do pântano e da serra, vi brilhar uma luz.

"Aquilo é fogo-fátuo" — foi o meu primeiro pensamento. E fiquei esperando que desaparecesse em seguida. Entretanto ele continuou aceso, bem firme, nem diminuindo nem aumentando. "Então é uma fogueira que foi acesa?" — perguntei a mim mesma. Fiquei observando para ver se iria alastrar-se. Mas não. Da mesma forma que não diminuía, também não aumentava. "Pode ser uma vela em uma casa" — conjecturei — "mas, se for, não tenho como chegar lá. Está muito distante Mesmo que estivesse a pouco menos de um metro de mim, de que adiantaria? Eu iria bater na porta e ela iria fechar-se na minha cara".

Afundei-me ali mesmo onde estava e escondi o rosto no chão. Fiquei imóvel durante algum tempo. O vento da noite varria a montanha. Passava sobre mim e morria gemendo ao longe. A chuva caía com força e me molhava a alma. Se eu ficasse rígida e fria, com a dormência amiga da morte, ela faria barulho ao bater em mim e eu não a sentiria. Mas a minha carne ainda viva tremia ao seu contato frio. Levantei-me.

A luz ainda estava lá, com seu brilho fraco, porém constante, através da chuva. Tentei voltar a caminhar. Arrastava vagarosamente as pernas exaustas em direção a ela. Para segui-la fui subindo a montanha em diagonal, através de um grande lamaçal que seria impossível atravessar no inverno, e que mesmo agora, no auge do verão, era encharcado e instável. Ali eu caí duas vezes, mas, como sempre, levantei-me e recuperei minhas faculdades. A luz era minha esperança. Precisava alcançá-la.

Tendo atravessado o pântano, avistei uma tira branca que cruzava a charneca. Aproximei-me dela. Era uma estrada, ou melhor, uma trilha. Ela conduzia diretamente para o lugar de onde a luz vinha e que agora saía de uma espécie de outeiro no meio a uma moita de árvores que pareciam abetos, pelo que eu podia perceber de suas formas e folhagem entre a escuridão. Minha estrela desapareceu quando cheguei perto. Algum obstáculo se colocou entre mim e ela. Estendi a mão para sentir a massa escura que se estendia à minha frente. Percebi as pedras brutas de um muro baixo. Acima dele, algo como uma paliçada, e por dentro dela uma cerca viva alta e espinhosa. Fui tateando. Mais uma vez um objeto esbranquiçado se tornou mais visível à minha frente. Era um portão; na verdade, uma portinha. E ela se moveu em suas dobradiças quando a toquei. De cada lado havia uma moita escura de azevinho ou teixo.

Passando pelo portão e pelos arbustos, surgiu o vulto de uma casa, escura, baixa e um tanto grande. Mas eu não via em nenhum lugar a luz que me guiara. Estava tudo escuro. Teriam seus habitantes se retirado para dormir? Receava que sim. Ao procurar a porta dobrei uma quina. Ali apareceu outra vez a luz amiga saindo dos vidros em losango de uma janela muito pequena com treliça, a trinta centímetros do chão. Parecia até menor em virtude da hera ou de alguma outra trepadeira cujas folhas cobriam a parede da casa naquele pedaço. A abertura era tão obstruída e estreita que não necessitava de qualquer cortina ou postigo. Quando me abaixei e afastei a folhagem que a cobria, pude ver tudo lá dentro. Vi claramente uma sala com o assoalho areado perfeitamente limpo. Uma cômoda de nogueira com pratos de estanho arrumados em fileiras e que refletiam a radiação avermelhada que vinha de um fogo de turfa. Pude ver um relógio, uma mesa de tampo branco e algumas cadeiras. A vela, cujos raios foram o meu farol, queimava sobre a mesa. Ao seu lado uma senhora de aspecto rústico, porém escrupulosamente limpa como tudo à sua volta, estava tricotando uma meia.

Percebi todas essas coisas de relance e nelas não havia nada de extraordinário. Um grupo mais interessante estava reunido perto da lareira, sentado em meio à tranquilidade e ao calor róseo que o banhava. Duas jovens graciosas — moças de alta classe, sem dúvida — estavam sentadas. Uma delas em uma cadeira de balanço baixa e a outra em uma poltrona mais baixa ainda. Ambas vestiam luto fechado de crepe e bombazina, trajes sombrios que davam uma aparência singular aos seus belos pescoços e rostos. Um grande cão perdigueiro estava com a cabeça enorme deitada nos joelhos de uma das moças e no colo da outra havia um gato preto aninhado.

Estranho lugar era aquela cozinha humilde para tais ocupantes! Quem eram elas? Não poderiam ser filhas da velha senhora que estava à mesa, pois ela parecia rústica, ao passo que elas eram todas delicadeza e finura. Eu jamais vira aqueles rostos, e ainda assim, ao contemplá-los, parecia que conhecia intimamente seus semblantes. Não posso dizer que eram bonitas, pois estavam pálidas e sérias demais para merecerem essa palavra. E, como cada uma delas se curvava sobre um livro, ambas pareciam pensativas e quase severas. Em uma bancada entre as duas havia uma segunda vela e dois livros grandes os quais elas consultavam com frequência, que, ao que parece, eram comparados com os livros menores que tinham nas mãos, como se buscassem informação num dicionário para ajudá-las em uma tradução. Essa cena era silenciosa, como se todas as figuras fossem sombras e a sala iluminada pela lareira fosse um quadro. E o silêncio era tal que eu podia ouvir as cinzas caindo da grade da lareira e o relógio que batia em seu canto escuro. Podia até ouvir o clique-clique das agulhas de tricô da senhora. Quando por fim uma voz quebrou aquele silêncio estranho, escutei perfeitamente o que dizia:

— Ouça, Diana — disse uma das estudantes absortas — Franz e Daniel estão juntos durante a noite, e Franz está contando o sonho do qual acordou aterrorizado. Ouça! — e leu alguma coisa em voz baixa que não consegui entender, pois era em uma língua desconhecida. Não era nem francês nem latim. Se grego ou alemão eu não saberia dizer.

— É forte — disse ela ao acabar de ler. — Eu gosto.

A outra jovem, que levantara a cabeça para ouvir a irmã, repetiu, enquanto contemplava o fogo, uma das frases que foram lidas. Mais tarde eu iria saber que língua e que livro eram aqueles, portanto vou repetir aqui a frase. No entanto, quando a ouvi pela primeira vez, soou como um golpe em algo metálico, sem qualquer sentido:

Da trat hervor Einer, anzusehen wie die Sternen Nacht.[1]

---

[1] Trata-se de uma passagem de um dos principais dramas do autor alemão Friedrich Schiller (1759 – 1805): *Os bandoleiros* (*Die Raüber*), de 1781. O trecho em questão é uma fala proferida por Franz, no quinto ato: "Então alguém dá um passo adiante, como a figurar a noite estrelada." (N. E.)

— Muito bom! Muito bom! — exclamou ela, enquanto seu olhar escuro e profundo brilhava. — É como se você tivesse um arcanjo tênue e poderoso bem aí diante de você! A frase vale cem páginas de uma linguagem empolada. — *Ich wäge die Gedanken in der Schale meines Zornes und die Werke mit dem Gewichte meines Grimms.*[2] — Eu gosto disto!

Ambas ficaram outra vez em silêncio.

— Existe algum país onde falam desse jeito? — perguntou a velha senhora, levantando os olhos do seu tricô.

— Sim, Hannah — um país muito maior do que a Inglaterra, onde não se fala senão assim.

— Bem, nesse caso nem imagino como um pode entender o que outro diz. Se uma de vocês fosse lá, na certa poderia dizer o que eles falaram, não?

— Provavelmente poderíamos saber alguma coisa do que foi dito, mas nem tudo. Não somos assim tão sabidas como pensa, Hannah. Nós não falamos alemão, e não conseguimos ler sem um dicionário para nos ajudar.

— E que proveito isso traz?

— Esperamos um dia poder ensinar alemão ou pelo menos seus fundamentos, como se diz, e então poderemos ganhar mais dinheiro do que ganhamos agora.

— É possível. Mas chega de estudo. Já fizeram bastante esta noite.

— É, acho que sim. Pelo menos já estou cansada. Mary, você também está?

— Estou morta. É duro estudar uma língua sem um professor e apenas com um dicionário.

---

[2] Trecho da mesma fala de Franz, personagem da referida peça de Schiller: "Eu pondero os pensamentos na balança de minha cólera e os trabalhos com o peso de minha fúria." (N. E.)

— É mesmo, principalmente uma língua como este confuso e glorioso alemão. Quando será que St. John vai voltar para casa?

— Com certeza não deve demorar. Já são dez horas — disse ela, olhando para um pequeno relógio de ouro que tirou do cinto.

— Está chovendo muito. Hannah, você faria a gentileza de ver como está o fogo da sala de visitas?

A mulher levantou-se. Abriu uma porta, através da qual vislumbrei uma passagem. Em seguida, ouvi que mexia no fogo de uma sala interna. Ela voltou logo.

— Ah, crianças! — disse ela — É um problema eu ir naquela sala. Ela parece tão triste com aquela cadeira vazia lá num canto.

Ela enxugou os olhos com o avental. As duas moças, antes sérias, agora pareciam tristes.

— Mas ele está em um lugar melhor — continuou Hannah. — Não deveríamos desejar que ainda estivesse aqui. E ninguém pode querer ter uma morte mais suave do que a que ele teve.

— Você diz que ele não falou sobre nós? — perguntou uma das moças.

— Ele não teve tempo para isso, criança. Seu pai foi embora assim, em um minuto. Estava sentindo-se um pouquinho doente no dia anterior, mas nem um pingo de nada que preocupasse. E quando o Senhor St. John perguntou se queria que chamassem uma de vocês, ele riu. No dia seguinte ele começou outra vez a sentir um peso na cabeça. Isso foi quinze dias atrás. Aí foi dormir e não acordou mais. Já estava ficando duro quando o irmão de vocês entrou no quarto e o encontrou. Ah, criança, ele era o último daquela raça, porque vocês e o

Senhor St. John são de uma sorte de gente diferente das que já se foram. Se bem que a sua mãe fosse meio igualzinha a vocês, pois gostava de livros. Ela era o retrato da senhorita Mary. Diana se parece mais com seu pai.

Eu as achei tão parecidas que não percebia onde a velha empregada — foi o que concluí que ela seria — via a diferença. Ambas tinham uma ótima aparência e eram esbeltas. Ambas tinham rostos distintos que aparentavam inteligência. Uma delas, com certeza, tinha o cabelo um pouco mais escuro que a outra, e seus penteados eram diferentes. Os cachos castanhos de Mary eram repartidos e trançados. Os cabelos mais escuros de Diana desciam até o pescoço em grossos anéis. O relógio bateu dez horas.

— Com certeza vocês devem estar querendo jantar — observou Hannah. — E o Senhor St. John também vai querer, assim que chegar.

E lá se foi ela preparar a refeição. As moças levantaram-se. Parecia que se preparavam para passar à sala de visitas. Até aquele momento, estive tão entretida em olhá-las, a aparência delas e a conversa me interessaram tanto, que quase esqueci a posição degradante em que me encontrava. Agora ela voltava a me assaltar. Vinha ainda mais desoladora, mais desesperada do que nunca por causa da comparação. E quão impossível se tornava tocar as moradoras dessa casa com o meu drama, fazê-las acreditar na verdade de minhas necessidades e angústias. E convencê-las a me conceder um repouso! Ao ir bater hesitante à porta, achei esta última ideia uma simples quimera. Foi Hannah quem a abriu.

— O que a senhora deseja? — perguntou ela com um tom de surpresa, enquanto me examinava sob a luz de uma vela que segurava.

— Posso falar com as suas patroas? — disse eu.

— É melhor a senhora me dizer o que quer falar com elas. De onde a senhora vem?

— Sou uma forasteira.

— O que quer aqui a esta hora?

— Quero um abrigo para a noite, fora de casa, ou em qualquer lugar, e um pedaço de pão para comer.

A desconfiança, o sentimento que eu temia, surgiu no rosto de Hannah.

— Vou dar um pedaço de pão para a senhora — disse ela depois de uma pausa. — Mas não podemos abrigar uma mendiga. Não é possível.

Deixe-me então falar com suas patroas.

— Não, eu não. O que poderão fazer pela senhora? A senhora não devia estar vagando por aí. O tempo está muito ruim.

— Mas para onde irei, se você me mandar embora? O que é que vou fazer?

— Oh, eu garanto que sabe aonde ir e o que fazer. Mas não vá fazer nada de errado, isto sim. Aqui está um *penny,*[3] agora vá.

— Um *penny* não é o suficiente para eu me alimentar e não tenho forças para ir mais longe. Não feche a porta. Não, pelo amor de Deus!

— Mas eu tenho de fechar. A chuva está entrando...

— Chame as moças. Deixe-me falar com elas.

— Com certeza, não. A senhora não é quem parece ser, ou não faria tanto barulho. Vá embora.

— Eu morrerei se for mandada embora.

[3] A centésima parte da libra esterlina, moeda utilizada na Inglaterra.

— Não vai, não. Receio que a senhora não tenha boas ideias na cabeça para vir bater na casa das pessoas numa hora dessas. Se a senhora tem alguns cúmplices, ladrões, e gente desse tipo aí por perto, diga que não estamos sozinhas na casa. Temos um cavalheiro, cães e armas.

Com essas palavras, a empregada honesta e inflexível fechou a porta e a trancou por dentro.

Aquilo foi o clímax. Uma pontada fulminante de sofrimento. Uma contorção dolorosa de verdadeiro desespero que rasgou e dilacerou meu coração. Eu estava em frangalhos. Não poderia dar mais um passo. Desabei ali mesmo na soleira molhada da porta. Gemi, torcia minhas mãos e chorei completamente agoniada. Oh, este espectro da morte! Oh, esta última hora, aproximando-se com tal horror! Oh, este isolamento, esta exclusão da minha própria espécie! Não somente a âncora da esperança, mas as bases da resistência não existiam mais, pelo menos naquele instante. Mas logo me empenhei em recuperar minha última gota de força.

— Não posso morrer simplesmente — disse. — Acredito em Deus. Que eu espere a vontade Dele em silêncio.

Tais palavras eu não apenas pensei, mas pronunciei. E, ao despachar de volta todo o infortúnio para dentro do meu coração, fiz um esforço para que ele permanecesse mudo e quieto.

— Todos os homens morrem um dia — disse uma voz calma pertinho de mim. — Mas nem todos estão condenados a um fim prematuro como seria o seu caso aqui, se morresse de privação.

— Quem ou o que está falando? — perguntei aterrorizada por aquele som inesperado, agora incapaz de tirar de qualquer ocorrência uma esperança de ajuda. Um vulto estava ali perto, vulto este que a escuridão da noite e minha visão enfraquecida me impediam de distinguir. Com uma batida sonora e forte na porta o recém-chegado se anunciou.

— É o senhor, Senhor St. John? — gritou Hannah.

— Sim, sim. Abra depressa.

— Bem, o senhor deve estar molhado e com frio numa noite como esta! Entre, suas irmãs estão preocupadas com o senhor e acho que há malfeitores nas redondezas. Apareceu uma mendiga. E vejo que ainda não foi embora e que continua aí deitada. Levante-se! Tome vergonha! Vá embora, já disse!

— Silêncio, Hannah! Tenho algo a falar para esta mulher. Você fez a sua parte expulsando-a, agora me deixe fazer a minha, recebendo-a. Eu estava aqui perto e ouvi tanto você quanto ela. Acho que esta é uma situação especial e quero pelo menos saber do que se trata. Jovem, levante-se e entre na casa na minha frente.

Com dificuldade obedeci. Em instantes eu estava naquela cozinha limpa e iluminada — na frente da lareira — tremendo e me sentindo péssima, consciente do meu aspecto no mínimo assustador, horrível e encharcada. As duas moças, seu irmão, o Senhor St. John e a velha empregada olhavam para mim.

— St. John, quem é ela? — ouvi quando uma delas perguntou.

— Não sei dizer. Encontrei-a na porta — foi a resposta.

— Ela parece pálida — disse Hannah.

— Tão pálida quanto o barro ou a morte — foi a resposta. — Ela vai cair. Deixe que se sente.

E de fato minha cabeça pendeu. Caí, mas uma cadeira recebeu minha queda. Eu ainda possuía meus sentidos, embora não conseguisse falar.

— Talvez um pouco d'água possa revigorá-la. Hannah, vá buscar água. Mas ela está esgotada, reduzida a nada. Como está magra, e exangue!

— Um simples espectro!

— Ela está doente, ou apenas faminta?

— Faminta, eu acho. Hannah, isso é leite? Dê-me, e também um pedaço de pão.

Diana — eu a reconheci pelos longos cachos pendentes que vi entre mim e o fogo quando ela se curvou sobre mim — partiu um pouco de pão, molhou-o no leite e o colocou entre meus lábios. Seu rosto estava bem perto do meu. Vi que nele havia compaixão, e senti benevolência em sua respiração acelerada. Suas palavras simples, também, eram como o bálsamo de uma emoção.

— Tente comer.

— Sim, tente — repetiu Mary delicadamente, enquanto sua mão retirava meu chapéu ensopado e erguia minha cabeça. Eu provei o que me ofereceram. De início, meio trêmula e logo avidamente.

— Que coma aos poucos, devagar. Contenham-na — disse o irmão. — Ela já comeu bastante — e retirou o copo de leite e o prato com o pão.

— Um pouco mais, St. John. Veja a avidez nos olhos dela.

— Agora não, irmã. Verifique se já pode falar agora. Pergunte o seu nome.

Senti que podia falar, e respondi:

— Meu nome é Jane Elliot. — apreensiva como estava de ser descoberta, resolvi assumir um nome falso.

— E onde a senhorita mora? Onde estão seus amigos?

Fiquei calada.

— Podemos chamar alguém que a conheça?

Sacudi a cabeça.

— O que nos pode dizer sobre a senhorita?

De alguma forma, agora que eu atravessara o portal dessa casa, e uma vez que fui colocada frente a frente com seus donos, não me sentia mais abandonada, errante e deserdada pelo mundo. Ousei colocar de lado aquela condição de mendiga e recuperei minha maneira de ser e meu caráter natural. Começava a me reconhecer, e quando o Senhor St. John me pediu que dissesse quem eu era — o que naquele momento em virtude da fraqueza me era impossível — então eu disse após um pausa breve:

— Senhor, eu não estou em condições de lhes dar maiores detalhes esta noite.

— Mas então — disse ele — o que espera que eu faça pela senhorita?

— Nada — respondi.

Não tinha forças senão para respostas curtas. Diana tomou a palavra:

— Você então está dizendo — perguntou ela — que lhe demos a ajuda que você queria? E que podemos mandá-la de volta para a charneca e para a noite chuvosa?

Olhei para ela. Achei que ela tinha um semblante notável, cheio de força e bondade. Fui tomada por uma súbita coragem. Respondendo ao seu olhar compassivo com um sorriso, disse:

— Eu irei confiar em vocês. Se eu fosse um cão vadio e sem dono, sei que não me negariam o seu calor esta noite. Assim, não tenho medo algum. Façam comigo e de mim o que acharem melhor. Mas me desculpem por não falar muito. Estou sem fôlego e sinto um espasmo que dói quando falo.

Todos os três me avaliaram e todos os três ficaram em silêncio.

— Hannah — falou o Senhor St. John por fim — deixe que ela fique sentada aqui e não lhe faça perguntas. Em dez minutos mais dê a ela o que sobrou do leite e do pão. Mary e Diana, vamos para a sala de visitas conversar sobre isso tudo.

Retiraram-se. Logo, logo, voltou uma das jovens. Não soube qual delas. Uma espécie de letargia agradável tomava conta de mim enquanto eu estava ali sentada ao lado daquele fogo maravilhoso. Falando baixinho deu algumas instruções a Hannah. Pouco depois, com a ajuda da empregada, consegui subir a escada. Minhas roupas molhadas foram tiradas e logo uma cama quente e seca me recebeu. Agradeci a Deus. Senti, em meio a uma exaustão indescritível, o calor da grata alegria. E adormeci.

XXIX

A lembrança dos três dias e noites que se sucederam está muito tênue em minha mente. Consigo lembrar-me de algumas sensações sentidas durante aquele intervalo. Mas alguns pensamentos eram vagos e nenhuma das ações continha veracidade. Sabia que estava em um pequeno quarto e em uma cama estreita. Parecia que eu fazia parte daquela cama. Deitada lá. Imóvel como uma pedra. E se me tirassem dali tinha a impressão de que morreria. Não tinha noção do passar do tempo. Da mudança da manhã para a tarde e da tarde para a noite. Percebia quando alguém entrava ou deixava o aposento. Podia até mesmo saber quem era. Podia entender o que se dizia quando a pessoa que falava estava perto de mim, contudo não conseguia responder. Tanto abrir os lábios como mover os braços ou pernas era algo impossível. Hannah, a empregada, era a minha visitante mais frequente. Suas vindas me incomodavam. Tinha a sensação de que queria me ver pelas costas. Que ela não entendia a mim assim como às circunstâncias. Que tinha preconceitos contra mim. Diana e Mary apareciam no quarto uma ou duas vezes por dia. Sussurravam frases como estas junto da minha cama:

— Fizemos bem em acolhê-la.

— Sim, ela certamente teria sido encontrada de manhã morta na nossa porta, caso passasse lá a noite toda. Fico imaginando por que se meteu nessa situação!

— Imagino que passou por grandes dificuldades para estar assim. Pobre, enfraquecida e pálida errante!

— Pela sua maneira de falar com a pronúncia correta, acho que não é uma pessoa inculta. E as roupas que tirou, embora enlameadas e molhadas, eram pouco usadas e de boa qualidade.

— Ela tem um rosto singular. Gosto dele mesmo magro e cansado como está. Quando estiver recuperada tenho certeza de que sua fisionomia terá um aspecto bem agradável.

Nenhuma vez em seus diálogos ouvi qualquer palavra de arrependimento pela hospitalidade que tinham oferecido, ou por suspeita de algo ou mesmo por aversão a mim. Isso me confortou.

O Senhor St. John só veio ver-me uma vez. Olhou para mim e disse que meu estado de letargia era o resultado de uma reação à fadiga excessiva e prolongada. Disse que não era necessário chamar um médico. Estava seguro de que a natureza, por si só, iria cuidar melhor de mim. Disse que, de alguma forma, todos os meus nervos tinham sido levados a extremos e que todo o sistema ficaria entorpecido por algum tempo. Não havia qualquer doença. Imaginava que minha recuperação seria bastante rápida assim que começasse. Tais opiniões foram dadas em poucas palavras, e sempre em voz baixa. Depois de uma pausa, acrescentou com um tom de um homem pouco acostumado a comentários expansivos:

— Sua fisionomia é um tanto incomum. Certamente não mostra nem um traço de vulgaridade ou degradação.

— Muito pelo contrário — respondeu Diana. — Para falar a verdade, St. John, meu coração se enternece com essa pobre alma. Espero que possamos ajudá-la de forma mais permanente.

— Isso é pouco provável — foi a resposta. — Você irá descobrir que ela é uma jovem que deve ter tido algum desentendimento com seus amigos e que, sem pensar, os abandonou. Talvez seja possível fazer que ela os reencontre, se ela não se mostrar obstinada, mas vejo em seu rosto traços que me deixam cético quanto à sua docilidade.

Ele ficou ali me olhando por alguns minutos e em seguida acrescentou:

— Ela parece sensível, mas nem um pouco bonita.

— Ela está doente, St. John.

— Doente ou sadia, ela será sempre desenxabida. A graça e a harmonia da beleza estão em falta em seus traços.

No terceiro dia eu já estava melhor. No quarto dia já podia falar, mover-me, levantar-me na cama e me virar. Hannah trouxera um mingau de aveia e uma torrada por volta da hora do jantar. Eu os comi com gosto. A comida estava boa. Estava livre daquele gosto horrível causado pela febre que até então havia envenenado tudo o que engoli. Quando ela me deixou só, senti que comparativamente estava mais forte e revigorada. Já estava cansada do repouso, e o desejo de fazer alguma coisa animou-me. Quis levantar-me, mas o que eu teria para vestir? Apenas minhas roupas úmidas e enlameadas com as quais dormi no chão e caí no charco. Senti vergonha de aparecer diante dos meus benfeitores naqueles trajes. Fui poupada dessa humilhação.

Todas as minhas coisas estavam sobre uma cadeira ao lado da cama, limpas e secas. Meu vestido preto de seda estava pendurado em uma das paredes. Os restos de lama tinham sido retirados dele. O amarrotado deixado pela água tinha sido passado a ferro. Ele estava perfeito. Meus próprios sapatos e meias estavam limpos e apresentáveis. No quarto havia como me lavar, além de um pente e uma escova para pentear os cabelos. Após um processo penoso, descansando a cada cinco minutos, consegui vestir-me. Minhas roupas estavam frouxas em mim, pois tinha emagrecido bastante. Mas disfarcei as deficiências com o xale, e uma vez com a aparência limpa e respeitável, sem o mínimo traço de sujeira ou vestígio de desleixo que eu detestava e que tanto me degradava, saí. Desci devagar por uma escada de pedra apoiando-me nos balaústres, até uma passagem estreita e baixa, e acabei chegando à cozinha.

A cozinha cheirava a pão fresco e tinha o calor de um fogo generoso. Hannah estava assando pães. É bem sabido que os preconceitos são difíceis de serem erradicados do coração daqueles cujo solo jamais foi revolvido ou fertilizado pela educação. Ali encontram terreno para se desenvolver, como as heras entre as pedras. Hannah, de fato, tinha sido fria e dura a princípio. Ultimamente andara relaxando um pouco, e quando me viu bem-arrumada e bem-vestida, chegou mesmo a sorrir.

— Ora, você levantou! — disse ela. — Então está melhor. Pode sentar aqui na minha cadeira perto da lareira, se quiser.

Apontou para uma cadeira de balanço. Eu me sentei. Ela trabalhava de um lado para outro pela cozinha e toda hora me olhava com o rabo do olho. Virou-se para mim e enquanto tirava alguns pães do forno, perguntou-me abruptamente:

— Você havia mendigado alguma vez antes de vir parar aqui?

Por um instante me senti indignada. Mas ao ver que não valia a pena ficar zangada, e que eu realmente parecia uma mendiga quando ela me encontrou, respondi com tranquilidade e com certa firmeza:

— Você estava enganada ao pensar que eu era uma mendiga. Não sou mendiga, nem mais do que você e suas duas jovens.

Depois de uma pausa, ela disse:

— Eu não entendo isso. Você não tem nem casa nem cobre, certo?

— A falta de uma casa ou de cobre, que suponho que é como se refere a dinheiro, não faz de alguém um mendigo, no sentido que deu a essa palavra.

— Você é uma pessoa letrada? — perguntou ela em seguida.

— Sim, bastante.

— Mas nunca esteve em um colégio interno?

— Estive, sim, durante oito anos.

Ela arregalou os olhos — Como é então que não conseguiu sustentar-se?

— Já pude me sustentar, e, acredite, voltarei a me sustentar. O que vai fazer com essas groselhas? — perguntei, ao ver que ela pegava uma cesta com as frutas.

— Vou fazer torta.

— Passe a cesta para mim que vou picá-las.

— Não, não quero que faça nada.

— Mas preciso fazer alguma coisa. Dê-me as groselhas.

Ela assentiu. Até me trouxe uma toalha limpa para que eu colocasse sobre o vestido, "para que não o emporcalhasse", como falou.

— Você não está acostumada com trabalho de criadagem. Vejo por suas mãos — notou. — Por acaso era costureira?

— Não, está enganada. Não importa o que eu tenha sido. Não canse mais sua cabeça em se preocupar comigo. Mas me diga o nome da casa onde estamos.

— Alguns chamam de Marsh End, outros chamam de Moor House.

— E o cavalheiro que mora aqui se chama Senhor St. John, não?

— Nada disso, ele não mora aqui. Só está passando uns tempos. A casa dele fica na paróquia em Morton.

— É aquela aldeia um pouco afastada daqui?

— É.

— E ele é o quê?

— Ele é o pároco.

Lembrei-me da resposta da velha governanta na paróquia, quando pedi para falar com o clérigo.

— Esta então era a casa de seu pai?

— Era. O velho Senhor Rivers morava aqui, assim como o pai dele, seu avô e seu bisavô, antes dele.

— Então o nome daquele cavalheiro é Senhor St. John Rivers?

— St. John é seu nome de batismo.

— E suas irmãs se chamam Diana e Mary Rivers?

— Sim.

— E o pai deles morreu?

— Morreu faz três semanas de um ataque cardíaco.

— E eles não têm mãe.

— Neste mês fez um ano que a senhora morreu.

— Faz muito tempo que você mora com a família?

— Moro aqui há trinta anos. Fui babá deles três.

— Isto demonstra que você tem sido uma serviçal honesta e fiel. É o que direi de você, embora tenha tido a descortesia de me chamar de mendiga.

Ela me olhou outra vez com surpresa.

— Creio — disse ela — que me enganei sobre você. Mas hoje em dia há tanta maldade por aí. Queira me desculpar.

— Embora — continuei falando com severidade — quisesse me botar porta afora numa noite em que não devia ter feito isso nem com um cão.

— Bem, foi difícil, mas o que se pode fazer? Pensei mais nas crianças e não em mim própria. Tadinhas! Elas não aceitam que ninguém que não seja eu tome conta delas. Costumo ser durona.

Eu me mantive séria e em silêncio por alguns minutos.

— Você não precisa pensar mal de mim — observou ela de novo.

— Mas penso — disse eu — e vou lhe dizer por quê. Não por ter-me recusado abrigo ou me considerado como uma impostora, ou ter-me censurado há pouco por não ter casa ou cobre. Algumas das melhores pessoas que já passaram por esta vida também não tinham nada, assim como eu, e, se você é cristã, não deveria considerar a pobreza um crime.

— Não faço mais isso — disse ela. O Senhor St. John me diz a mesma coisa e vejo que estou errada. Mas agora tenho uma ideia diferente da que tinha sobre você. Parece uma criaturinha pra lá de decente.

— Assim está bem. Eu a desculpo desta vez. Aperte a minha mão.

Ela estendeu sua mão calejada e suja de farinha para apertar a minha. Outro sorriso mais aberto iluminou o seu rosto rude, e daquele momento em diante nos tornamos amigas.

Hannah gostava de jogar conversa fora. Enquanto eu picava as frutas e preparava a massa para as tortas continuou a me dar diversos detalhes sobre seus falecidos patrões e sobre "as crianças", como ela chamava os mais jovens.

Ela me disse que o velho Senhor Rivers era um homem bastante simples, mas um cavalheiro, de uma família tão antiga quanto se podia encontrar. A casa, Marsh End, pertencera ao Senhor Rivers desde que fora construída e, segundo ela, tinha mais de duzentos anos. Contudo, parecia pequena e até humilde comparada com a grande mansão do Senhor Oliver no vale de Morton. Mas ela conseguiu lembrar-se do pai de Bill Oliver, um operário fabricante de agulhas quando os Rivers já eram nobres desde o tempo dos Henriques, como qualquer pessoa podia ver nos registros da sacristia da igreja de Morton. Ainda assim, continuou ela, o velho patrão era uma pessoa como qualquer outra. Nada diferente do comum. Gostava de caçar, de plantar e desse tipo de coisa. A patroa era diferente. Gostava muito de ler e estudava muito. As crianças saíram a ela. Não havia ninguém como eles por aqui, e nunca houve. Gostavam de aprender, todos os três, e começaram a ler quase ao mesmo tempo em que aprenderam a falar. Sempre pensaram pela cabeça deles mesmos. O Senhor St. John, quando cresceu, foi para a universidade e se tornou pároco. As meninas, assim que terminaram a escola, foram procurar emprego como governantas, pois contaram a Hannah que, alguns anos antes, o pai delas perdera muito dinheiro ao confiar num homem que foi à falência. E como agora ele não era mais tão rico a ponto de lhes deixar grandes fortunas, elas deveriam bastar-se a si mesmas. Durante muito tempo viveram fora de casa e só vieram agora passar umas poucas semanas em virtude da morte do pai, mas gostavam muito de Marsh End e de Morton e de todos aqueles charcos e montanhas das redondezas. Tinham estado em Londres e muitas outras cidades grandes. Mas sempre disseram que não havia lugar como a terra delas. Eram muito amigas uma da outra. Nunca brigaram. Ela não sabia onde encontrar outra família tão unida como aquela.

Tendo terminado de picar as groselhas, perguntei onde que as duas jovens e o irmão estavam naquela hora.

— Foram passear em Morton, mas vão estar de volta em meia hora para o chá.

Na hora que Hannah previra estavam de volta. Entraram pela porta da cozinha. Quando o Senhor St. John me viu simplesmente se curvou e passou direto. As duas jovens pararam. Mary expressou em poucas palavras, de modo calmo e gentil, o prazer que sentia por me ver bem o bastante para ter descido. Diana tomou minha mão. Cumprimentou-me com a cabeça.

— Deve ter esperado a minha saída para descer — disse ela. — Você ainda parece muito pálida. Muito magra! Pobre criança! Pobre criança!

Aos meus ouvidos a voz de Diana soava como o arrulhar de uma pombinha. Eu me deliciava ao encontrar os olhos dela. Todo o seu rosto era encantador. A fisionomia de Mary era igualmente a de uma pessoa inteligente. Seus traços eram igualmente bonitos, mas sua expressão era mais reservada, e suas maneiras, embora gentis, eram mais distantes. Diana aparentava e falava com certa autoridade. Sem dúvida era decidida. Era de minha natureza obedecer a uma pessoa como ela, e a me sentir submissa, até onde minha consciência e meu amor-próprio conseguissem ceder a uma vontade assim.

— O que é que você está fazendo aqui? — continuou. — Aqui não é o seu lugar. Mary e eu ficamos na cozinha às vezes, porque em casa gostamos de nos sentir bastante livres, mas você é uma visita e deve ir para a sala de visitas.

— Estou bem aqui.

— De maneira alguma, aí trabalhando com Hannah com as mãos todas sujas de farinha.

— Além de tudo, o fogo aqui está forte demais para você — interrompeu Mary.

— É verdade — acrescentou a irmã. — Venha, você deve ser obediente — e ainda segurando minha mão me fez levantar e me levou para a sala de dentro.

— Sente-se aí — disse ela colocando-me no sofá — enquanto nós preparamos o chá. Este é mais um privilégio que temos aqui em nossa casinha da charneca. Poder preparar nossas próprias refeições quando queremos, ou quando Hannah está assando pão, fazendo cerveja, lavando ou passando a ferro.

Ela fechou a porta e me deixou a sós com o Senhor St. John, que estava sentado do outro lado, com um livro ou um jornal nas mãos. Primeiro examinei a sala de visitas, e depois seu ocupante.

Era de fato uma sala pequena, mobiliada com simplicidade, embora confortável, porque limpa e arrumada. As cadeiras antigas eram bem polidas e a mesa de nogueira parecia um espelho. Alguns retratos antigos de homens e mulheres de outros tempos decoravam as paredes manchadas. Um armário com portas de vidro continha alguns livros e um jogo antigo de porcelana. Não havia qualquer ornamento supérfluo na sala, nem qualquer peça de mobília moderna, a não ser um par de caixas de costura e uma escrivaninha feminina em pau-rosa ao lado de uma mesa lateral. Tudo, incluindo o tapete e as cortinas, parecia ao mesmo tempo bastante usado e bastante conservado.

O Senhor St. John — sentado imóvel como um dos quadros na parede, com os olhos fixos na página que lia, e com os lábios selados em sua mudez — era fácil de ser observado. Se ele fosse uma estátua em vez de um homem, não teria sido mais fácil. Ele era jovem — talvez com uma idade entre vinte e oito e trinta anos —, alto e esguio. Seu rosto com olhos cravados na leitura tinha os traços puros de um rosto grego. Tinha nariz clássico reto, boca e queixo atenienses. Dificilmente um rosto inglês chegava tão perto dos modelos antigos como o dele. Ele bem que podia ficar um pouco chocado com a irregularidade das minhas feições, uma vez que as dele eram tão harmoniosas. Seus olhos eram grandes e azuis, com cílios castanhos. Sua testa alta, pálida como o marfim, era parcialmente coberta por mechas soltas de cabelo farto.

Essa é uma descrição delicada, não é, leitor? Contudo, aquele a quem ela descreve dificilmente daria a ideia de ser de uma natureza delicada, flexível ou mesmo plácida. Tranquilo como estava, havia algo sobre suas narinas, sua boca, e sua testa que, até onde percebo, denotavam inquietude, dureza ou ansiedade. Ele não falou uma palavra para mim, nem sequer me dirigiu um olhar, até a volta de suas irmãs. Diana, enquanto passava para lá e para cá preparando o chá, trouxe-me um bolinho assado na chapa do forno.

— Coma-o agora — disse ela. Deve estar com fome. Hannah disse que você não comeu nada além daquele mingau no café da manhã.

Eu não o recusei, pois meu apetite estava desperto e era grande. O Senhor Rivers fechara seu livro, aproximou-se da mesa e, ao sentar-se, fixou os olhos azuis, que mais pareciam uma pintura sobre mim. Havia uma falta de cerimônia naquele olhar direto, perscrutador, decidido e firme que provava que fora a intenção, e não o acanhamento, que o fizera afastado daquela estranha.

— Você está com muita fome — disse.

— Estou, sim, senhor — respondi.

Este é o meu jeito. Eu sempre fui assim, por instinto. Sempre respondi com brevidade àquele que era breve, e com simplicidade àquele que era direto.

— Foi bom que a sua febre baixa tenha feito que jejuasse durante os últimos três dias. Teria sido perigoso entregar-se logo às súplicas do seu apetite. Agora você pode comer, embora ainda com moderação.

— Espero não precisar comer durante muito tempo às suas expensas, senhor — foi minha resposta meio irrefletida e um pouco grosseira.

— Não — respondeu ele friamente —, assim que nos disser onde moram os seus amigos, poderemos escrever para eles e a senhorita poderá ser levada para casa.

— Isso, eu devo dizer-lhe, é algo que simplesmente está fora de minhas cogitações. Não tenho, absolutamente, casa e amigos.

Os três me olharam, porém sem desconfiança. Senti que não havia indícios de suspeita em seus olhares O que havia era curiosidade. Falo, sobretudo, em relação às moças. Os olhos de St. John, embora claros em sentido literal, eram difíceis de decifrar no sentido figurado. Ele parecia usá-los mais como instrumentos de pesquisa dos pensamentos alheios do que como agentes que revelassem os seus próprios pensamentos. Combinação de agudeza e reserva que parecia mais calculada para desconcertar do que para incentivar.

— Você está querendo dizer — perguntou ele — que vive completamente isolada e que não conhece mais ninguém?

— Estou. Nenhum laço me liga a qualquer ser vivo. Não possuo qualquer coisa sob qualquer teto na Inglaterra.

— Uma situação singular, considerando-se a sua idade!

Nessa altura, observei que ele olhava para as minhas mãos, que estavam cruzadas sobre a mesa à minha frente. Fiquei imaginando o que ele procurava ali. Suas palavras logo resolveram a questão.

— Você nunca se casou? É solteira?

Diana riu.

— Ora, ela não pode ter mais do que dezessete ou dezoito anos, St. John — disse ela.

— Já tenho quase dezenove, mas não sou casada, não.

Senti um rubor chegando à minha face, pois recordações amargas e inquietantes foram despertadas com aquela alusão a casamento. Todos notaram o constrangimento e a emoção. Diana e Mary me aliviaram desviando seus olhares para longe do meu rosto enrubescido. Mas seu irmão, mais frio e severo, continuava a me olhar, até que o incômodo que me causou fez que brotassem lágrimas enquanto meu rubor se acentuava.

— Onde foi que morou por último? — perguntou ele.

— Você está sendo muito inquisitivo, St. John — murmurou Mary, baixinho.

Mas ele inclinou-se sobre a mesa e exigiu uma resposta com um segundo olhar firme e penetrante.

— O nome do lugar assim como o da pessoa com quem eu vivi são segredos meus — respondi de forma lacônica.

— Que, em minha opinião, tem o direito de guardar, tanto de St. John quanto de quem mais quiser saber — disse Diana.

— Contudo, se eu não souber nada sobre você ou sobre a sua história, não poderei ajudá-la — disse ele. — E você precisa de ajuda, não?

— Preciso e o que mais procuro agora, senhor, é de algum verdadeiro filantropo que me indique um trabalho que eu possa fazer com um salário que possa me manter e suprir minhas necessidades mínimas de vida.

— Não sei se sou um verdadeiro filantropo, porém desejo ajudá-la até onde for possível para que alcance um objetivo tão honesto. Primeiro, então, diga-me o que você está acostumada a fazer e o que *pode* fazer.

Eu agora já tinha tomado meu chá. A bebida me devolvera a energia assim como o vinho refaz um gigante. Ela deu um novo tom aos meus nervos destroçados, permitindo-me encarar com firmeza esse jovem e penetrante juiz.

— Senhor Rivers — disse eu virando-me para ele e olhando-o enquanto ele me olhava, abertamente e sem acanhamento — o senhor e suas irmãs me prestaram um grande serviço, o maior que um homem pode fazer a seu semelhante. Vocês me salvaram da morte com sua nobre hospitalidade. Esse benefício os torna credores ilimitados da minha gratidão, e, até certo ponto, também da minha confiança. Irei contar-lhes o que puder da vida errante que vocês acolheram, do jeito que possa fazê-lo sem que isso comprometa minha própria paz de espírito, minha segurança moral e física, e a de outras pessoas.

— Sou órfã, filha de um clérigo. Meus pais morreram antes que eu pudesse conhecê-los. Fui criada como dependente de uma família e educada numa instituição de caridade. Posso mesmo lhes dizer o nome dessa instituição, na qual passei seis anos como aluna e dois como professora — Asilo de Lowood para Órfãs, no condado de... O senhor já ouviu falar dele, senhor Rivers? O tesoureiro de lá é o Reverendo Robert Brocklehurst.

— Ouvi falar do Senhor Brocklehurst e conheci a escola.

— Eu saí de Lowood há quase um ano para me tornar governanta particular. Tinha um bom emprego e estava feliz. Fui obrigada a deixar o lugar onde morava, quatro dias atrás. Não posso e não devo explicar o motivo da minha partida. Seria inútil, perigoso e soaria inacreditável. Não há qualquer culpa pesando sobre mim. Estou tão livre de qualquer culpa como qualquer um de vocês três. Sou infeliz e continuarei sendo por algum tempo, porque a catástrofe que me tirou da casa que para mim era um paraíso foi de uma natureza estranha e triste. Levei em conta duas coisas ao planejar minha partida. Velocidade e segredo. Para conseguir essas duas coisas foi preciso deixar para trás tudo o que possuía, exceto um pequeno embrulho que, por causa da pressa e do nervosismo, esqueci na carruagem que me trouxe até Whitcross. Então cheguei aqui sem nada. Dormi duas noites ao relento, e vaguei durante dois dias por aí sem cruzar nenhuma porta. Duas vezes nesse tempo comi um pouco e foi quando, levada pela fome, pela exaustão e pelo desespero até quase o último suspiro, o Senhor, senhor Rivers, me impediu de morrer de inanição em sua porta e me deu abrigo sob o seu teto. Sei tudo que suas irmãs têm feito por mim desde então, pois não estive insensível durante meu aparente torpor, e tenho uma dívida imensa pela compaixão espontânea, autêntica e genuína delas quanto a que tenho por sua caridade evangélica.

— Não a obrigue a falar mais, St. John. — disse Diana, quando eu fiz uma pausa. — É evidente que ainda não está em condições. Venha para o sofá e sente-se, Senhorita Elliot.

Tive um involuntário e pequeno tremor ao ouvir aquele sobrenome. Havia esquecido o novo nome que eu mesma me dera. O Senhor Rivers, a quem nada parecia escapar, percebeu logo.

— A senhorita disse que seu nome era Jane Elliot, não? — observou ele.

— Disse, sim. Este é o nome pelo qual acho conveniente ser chamada por enquanto. Mas não é o meu nome verdadeiro, e quando o ouço ele me soa estranho.

— E não nos dirá o seu nome verdadeiro?

— Não. Acima de tudo tenho medo de ser descoberta e devo evitar qualquer coisa que leve a isso.

— Estou certa de que você tem razão — disse Diana. — Agora, meu irmão, deixe-a em paz por enquanto.

Depois de pensar por alguns instantes, St. John recomeçou tão imperturbável e perspicaz quanto antes:

— A senhorita não gostaria de ficar muito tempo dependente de nossa hospitalidade. Vejo que gostaria de dispensar a compaixão de minhas irmãs assim que possível e, sobretudo quanto à minha *caridade,* percebi perfeitamente a distinção feita, e não me ressinto, ela está certa. Deseja ficar independente de nós, não é?

— Sim. Já tinha dito isso. Tudo o que peço é que me indique algum trabalho, ou como encontrar um trabalho. Em seguida eu irei até mesmo para o chalé mais humilde. Mas até lá, permita que eu fique aqui. Temo outra experiência dos horrores de não ter um teto.

— É claro que você *deve* ficar aqui — disse Diana, colocando sua mão branca sobre a minha cabeça. — É claro que *deve* — repetiu Mary, com um tom mais reservado, que parecia ser sua maneira de falar.

— Minhas irmãs, como vê, têm prazer em mantê-la aqui — disse o Senhor St. John — da mesma forma que teriam prazer em acolher e cuidar de um pássaro meio-congelado que, trazido pelos ventos do inverno, entrasse pela janela. Eu me sinto mais inclinado a colocá-la no caminho no qual possa cuidar de si própria, e me empenharei nesse sentido. Mas tenha em mente que tenho poucas relações. Sou apenas responsável por uma pobre paróquia do interior. Meu auxílio deve ser bem modesto. E se você estiver inclinada a desprezar ofertas pequenas, procure um auxílio mais eficiente do que aquele que lhe posso oferecer.

— Ela já disse que está querendo fazer qualquer coisa honesta da qual seja capaz — respondeu Diana por mim. — E St. John sabe que ela não tem muita escolha. É obrigada a lidar com pessoas tão rabugentas quanto você.

— Posso trabalhar como costureira. Posso ser uma simples operária. Posso trabalhar como empregada ou como babá, se não aparecer nada melhor — respondi.

— Muito bem — disse o Senhor St. John, friamente. — Se essa é a sua disposição, prometo ajudá-la à minha maneira assim que for possível.

Ele voltou ao livro que estava lendo antes do chá. Eu me retirei logo, pois havia falado muito e ficado sentada tanto tempo quanto minhas forças, no momento, permitiam.

XXX

Quanto mais eu conhecia os moradores de Moor House, mais gostava deles. Em poucos dias tinha recuperado de tal modo a minha saúde que podia ficar sentada o dia todo e até andar por algum tempo. Podia juntar-me a Diana e Mary em seus trabalhos, conversar com elas o tanto que quisessem e ajudá-las no que me permitissem. Nessa relação havia um tipo de prazer revigorante que pela primeira vez era experimentado — o prazer da perfeita identidade de gostos, sentimentos e princípios.

Eu gostava das mesmas leituras que elas. O que apreciavam me agradava. O que aprovavam, eu reverenciava. Elas adoravam sua casa retirada. E eu também. Com sua estrutura pequena cinzenta e antiga, seu teto baixo, suas janelas com treliças, suas paredes mofadas, suas aleias de velhos abetos que cresceram enviesados devido à força dos ventos da montanha. Com seu jardim escuro de teixos e azevinhos, onde só havia flores silvestres. Tudo tinha um encanto ao mesmo tempo poderoso e permanente. Elas apreciavam as charnecas de cor púrpura que ficavam do lado de trás e por toda a volta da sua casa, até o vale descampado pelo qual descia o caminho de seixos que começava no portão e primeiro ia serpenteado entre as margens cobertas de samambaias e depois ia por entre as pequenas pastagens que sempre margeavam a charneca brava ou servia de alimento a um rebanho de ovelhas cinzentas e seus cordeirinhos de focinho escuro. Elas adoravam aquele cenário com ardor e apego. Eu entendia bem esse sentimento, e partilhava sua força e sua verdade. Vi o fascínio que a localidade exercia. Senti a natureza sagrada da sua solidão. Meu olhar se deleitava com o panorama de elevações e de amplidão, com as cores fortes dos musgos que ligavam os topos das serras com os vales, e suas flores silvestres, sua turfa salpicada de flores, suas samambaias bravas brilhantes e seus penhascos suaves de granito. Esses detalhes eram fontes de prazer, puras e delicadas para mim como também para elas. A ventania e a brisa suave, os dias ruins assim como os de bom tempo, as horas que antecediam o nascer e o por do sol, o luar e o céu nublado de lugares como esse desenvolviam em mim a mesma atração que para elas. E envolvia minhas faculdades no mesmo encanto que a elas extasiava.

Dentro de casa nós também concordávamos. Ambas tinham uma cultura maior do que a minha e eram mais ilustradas. Mas com determinação segui o caminho do conhecimento que percorreram antes de mim. Devorei os livros que me emprestaram e à noite passei a discutir prazerosamente com as duas aquilo que eu havia lido atentamente durante o dia. Pensávamos da mesma forma. Nossas opiniões coincidiam perfeitamente.

Se em nosso trio havia alguém superior ou líder, esse alguém era Diana. Fisicamente ela era melhor do que eu. Era bonita e vigorosa. Em seu espírito havia uma fartura de vida e um fluxo permanente de certeza que provocavam minha admiração e ao mesmo tempo confundiam minha compreensão. Podia conversar um pouco com elas quando a noite começava, mas assim que se esgotava o primeiro impulso de vivacidade e fluência preferia sentar-me num banquinho aos pés de Diana, apoiando a cabeça em seu colo, para ouvir alternadamente a ela e a Mary, enquanto discorriam com fluência sobre um argumento que eu apenas havia levantado. Diana ofereceu-se para me ensinar alemão. Eu gostava de aprender com ela e via que o papel de professora lhe caía muito bem e o prazer que eu sentia em ser sua aluna não era menor. Nossas naturezas se encaixavam perfeitamente. O resultado era uma forte afeição mútua. Elas descobriram que eu sabia desenhar. Seus lápis e caixas de cores foram imediatamente colocados à minha disposição. Minha habilidade, que nesse caso era maior do que a que as duas tinham, as surpreendia e encantava. Mary ficava sentada durante uma hora me observando. Em seguida, eu a ensinava. Ela se tornou uma aluna dócil, inteligente e assídua. Ocupada e ao mesmo tempo distraída, os dias para mim passavam como se fossem horas, e as semanas, como se fossem dias.

Quanto ao Senhor St. John, a intimidade que havia nascido tão natural e rapidamente entre mim e as suas irmãs não se estendeu a ele. Um dos motivos da distância observada entre nós é que ele raramente estava em casa. Uma grande parte do seu tempo era dedicada à visita que fazia à população esparsa de doentes e pobres de sua paróquia.

Não havia tempo ruim que o impedisse de realizar essas visitas paroquias. Fizesse chuva ou sol, depois que terminavam seus estudos matinais, lá ia ele com seu chapéu, acompanhado por Carlo, o velho perdigueiro do seu pai, em sua missão de amor e dever — não sei de que maneira as classificava. Às vezes, quando o tempo não estava nada bom, suas irmãs o repreendiam. Ele então dizia, com um sorriso peculiar, mais solene do que animador:

— Se eu deixar que uma rajada de vento ou um chuvisco me desvie dessas tarefas fáceis, o que esse cultivo da indolência ajudaria no futuro que pretendo ter?

A resposta que em geral Diana e Mary davam a essa questão era um suspiro às vezes seguido de um minuto de reflexão aparentemente desolado.

Mas, além das suas frequentes ausências, havia outro obstáculo à nossa amizade. Ele parecia ser de uma natureza reservada, difícil e mesmo taciturna. Zeloso de seus trabalhos pastorais, irrepreensível em sua conduta e em seus hábitos, não parecia gozar da serenidade mental, da satisfação íntima que devia ser a recompensa de todo filantropo cristão, sincero e praticante. Às vezes, à noite, quando se sentava à sua escrivaninha cheia de papéis junto à janela, parava de ler ou de escrever, sustentava o queixo na mão e se entregava a não sei qual pensamento. Mas era algo perturbado e excitante que podia ser percebido pela oscilação do brilho e pela dilatação de seus olhos.

Além do mais, penso que a natureza não era para ele o tesouro de deleite que era para as suas irmãs. Uma vez manifestou, foi somente essa vez que escutei, um forte sentimento pelo tosco encanto das montanhas e uma afeição inata pelo telhado escuro e pelas paredes envelhecidas que ele chamava de seu lar. Mas havia mais melancolia do que prazer no tom de voz e nas palavras que demonstravam o seu sentimento. E ele nunca parecia interessado em passear pelas charnecas em busca de seu tranquilizante silêncio. Nunca procurava e nunca se concentrava nos milhares de prazeres serenos que elas podiam oferecer.

Pouco comunicativo como era, demorou algum tempo até que eu tivesse oportunidade de desvendar sua mente. Tive uma primeira ideia do seu valor ao ouvi-lo pregar na sua própria igreja em Morton. Gostaria de poder descrever o sermão que ouvi, mas isso está além da minha capacidade. Não consigo sequer descrever o efeito que teve sobre mim.

Começou calmo, e de fato, levando-se em conta a expressão e o tom da voz, foi calmo até o fim. Um zelo contido de início transpirou em distintas inflexões e acabou por provocar uma linguagem emocionada. Esta cresceu e ganhou uma força comprimida, condensada e controlada. O coração estava emocionado e a mente surpresa pelo poder do pregador. Mas nem o coração nem a mente, eram tratados com doçura. Em todo o sermão havia um estranho amargor. Uma ausência da gentileza que conforta. Severas alusões às doutrinas calvinistas — escolha, predestinação e condenação — eram frequentes. E cada referência a essas questões soava como uma sentença pronunciada para o juízo final. Quando terminou, em vez de me sentir melhor, mais calma e mais esclarecida por seu sermão, senti uma tristeza inexprimível. A mim pareceu, não sei se as outras pessoas sentiram o mesmo, que a eloquência daquilo que eu ouvira havia surgido das profundezas onde repousavam os restos turvos da decepção, onde se debatiam os inquietantes impulsos de anseios insaciáveis e de aspirações insatisfeitas. Estava certa de que St. John Rivers, homem de vida pura, consciencioso e zeloso como era, ainda não encontrara a paz de Deus que ultrapassa toda compreensão. Penso que ainda não a tinha encontrado. Era como eu, com meus arrependimentos torturantes e velados pelo meu ídolo partido e meu paraíso perdido. Arrependimentos aos quais ultimamente evitava referir-me, mas que me dominavam e tiranizavam impiedosamente.

Um mês se passou. Diana e Mary estavam prestes a deixar Moor House e voltar para a vida e para o cenário muito diferente que as esperava, como governantas, numa grande e elegante cidade no sul da Inglaterra, onde cada uma delas tinha um emprego em casa de família. Onde eram consideradas pelos donos, ricos e orgulhosos, como humildes dependentes apenas. Eles não só desconheciam, como nem queriam saber de suas qualidades inatas e apreciavam apenas seus conhecimentos adquiridos, do mesmo modo que apreciavam as qualidades de suas cozinheiras ou o gosto de suas aias. O Senhor St. John ainda não me dissera nada sobre o emprego que me prometera arranjar, embora fosse urgente que eu arranjasse algum tipo de ocupação. Certa manhã, tendo ficado sozinha com ele alguns minutos na sala de visitas, arrisquei-me a chegar bem próxima do recesso da janela onde ficavam sua mesa, cadeira e escrivaninha, num espaço consagrado ao seu estudo. Eu ia falar, apesar de não saber muito bem de que maneira colocar minha pergunta. É sempre muito difícil quebrar o gelo de pessoas de natureza reservada como a dele. No entanto foi ele quem me salvou do embaraço ao ser o primeiro a falar. Ergueu o olhar e disse:

— A senhorita tem algo a me perguntar?

— Sim, gostaria de saber se o senhor ouviu falar de algum serviço ao qual eu possa me candidatar.

— Encontrei ou penso que encontrei há três semanas alguma coisa para a senhorita. Mas como me parecia estar, ao mesmo tempo, útil e satisfeita aqui, e como minhas irmãs ficaram bastante apegadas à senhorita e sua companhia lhes trouxe algo fora do comum, julguei inadequado interromper esse conforto mútuo até que a próxima partida delas de Marsh End tornasse a sua também necessária.

— E elas irão embora daqui a três dias, não? — disse eu.

— Sim, e quando forem eu voltarei para a paróquia em Morton. Hannah me acompanhará. E esta velha casa será fechada.

Esperei alguns momentos na expectativa de que fosse continuar com o assunto do início da conversa. Mas ele parecia ter enveredado por outro pensamento. Sua fisionomia denotava abstração de mim e de meu problema. Fui obrigada a chamá-lo de volta ao tema que era de meu extremo interesse e me trazia grande ansiedade.

— Qual era o emprego que o senhor tinha em vista, Senhor Rivers? Espero que a demora não tenha aumentado a dificuldade de consegui-lo.

— Oh, não, uma vez que é um emprego que depende apenas de mim para oferecer e da senhorita para aceitar.

Ele fez uma nova pausa. Parecia relutante em continuar e fui ficando impaciente. Um movimento ou dois de inquietação e um olhar fixo, ansioso e severo, lhe transmitiram meu sentimento tão bem quanto teriam feito as palavras, e com menos problema.

— Não tenha pressa em ouvir — disse ele. — Deixe-me dizer francamente à senhorita que não tenho nada vantajoso ou lucrativo para sugerir. Antes que explique, lembre-se, por favor, do conselho que lhe dei que, caso viesse a ajudá-la, seria como o cego que ajudaria o manco. Sou pobre. Depois que paguei as dívidas deixadas por meu pai, descobri que todo o patrimônio que resta para mim é este sítio caindo aos pedaços com sua fileira de abetos maltratados atrás e uma picada de solo pantanoso com os pés de teixo e as moitas de azevinhos na frente. Sou uma pessoa sem prestígio. Rivers é um sobrenome tradicional. Mas dos três únicos descendentes da família, dois ganham seu pão entre estranhos e o terceiro se considera um estrangeiro em seu próprio país, não só na vida como também na morte. Sim, e se considera, e é obrigado a se considerar, honrado pela sorte. Tudo que aspira é ver o dia seguinte quando a cruz que o separa dos laços da carne for colocada sobre os seus ombros, quando o Chefe da Igreja da qual ele é um dos membros humildes puder dar a ordem "Levanta-te e segue-Me".

St. John disse tais palavras como costumava pronunciá-las em seus sermões, em voz baixa e profunda, com o rosto impassível e um olhar cintilante. Continuou:

— E, como sou pobre e obscuro, não posso senão lhe oferecer um emprego na pobreza e obscuridade. Você pode até mesmo achá-lo degradante, pois agora percebo que possui hábitos que o mundo chama de refinados. Seus gostos tendem ao ideal, e seu lugar tem sido entre pessoas bem-educadas. Entretanto, não considero degradante nenhum trabalho que possa tornar-nos pessoas melhores. Sustento que quanto mais árido e menos cultivado for o solo que o trabalhador cristão deva arar, quanto mais magra a recompensa que resulte de seu trabalho árduo, tanto maior será a sua honra. Sob essas circunstâncias esse é o destino do pioneiro, e os primeiros pioneiros do Evangelho foram os Apóstolos. Seu capitão era Jesus, O Redentor, Ele próprio.

— Então? — disse eu, quando ele fez uma nova pausa. — Prossiga.

Ele me olhou antes de prosseguir. De fato parecia ler o meu rosto com calma, como se os traços dele fossem letras em uma página. Expressou em parte as conclusões às quais chegou depois do seu exame, nas observações seguintes:

— Creio que irá aceitar o emprego que tenho para lhe oferecer — disse ele. — Ficará nele por algum tempo. Não para toda a vida. Não mais do que eu poderia ficar no cargo estreito e restrito, tranquilo e obscuro, de uma paróquia rural inglesa. Há em sua natureza um componente tão avesso ao sossego quanto na minha, embora de um tipo diferente.

— Então explique — insisti, quando ele fez mais uma pausa.

— Vou explicar. A senhorita verá como a proposta é pobre, banal e limitada. Não devo ficar por mais muito tempo em Morton, agora que meu pai está morto e sou dono de mim mesmo. Deverei sair de lá provavelmente dentro dos próximos doze meses. Vou empenhar-me ao máximo para melhorar aquele lugar enquanto permanecer por lá. Dois anos trás, quando cheguei a Morton, não havia nem escola. As crianças pobres estavam excluídas de qualquer esperança de um futuro melhor. Construí uma escola para meninos. Agora tenho a intenção de abrir outra para meninas. Para tal finalidade aluguei uma casa que tem, anexo, um chalé de dois quartos para alojar a professora. O salário dela será de trinta libras por ano. A casa já está mobiliada, de forma bem simples, mas suficiente, graças à gentileza de uma dama, a Senhorita Oliver, a filha única do único homem rico da minha paróquia, o Senhor Oliver, proprietário de uma fábrica de agulhas e de uma metalúrgica situada no vale. A mesma dama pagará pela educação e roupas de uma órfã do asilo, sob a condição de que esta ajude a professora nos trabalhos domésticos em sua própria casa e na escola, uma vez que a atividade de professora não lhe dará tempo para cuidar dessas coisas pessoalmente. Gostaria de ser essa professora?

Ele fez a pergunta com certa pressa. Meio que esperava por uma resposta indignada, ou pelo menos uma desdenhosa rejeição à sua oferta. Sem conhecer todos os meus pensamentos e sentimentos, embora adivinhasse alguns, ele não saberia dizer se essa luz atrairia o meu destino. Na verdade era uma proposta modesta, mas era uma acolhida, e eu queria um asilo seguro. Era um trabalho fatigante, mas, comparado com o de governanta em uma casa de gente rica, era independente. O medo de voltar a trabalhar para estranhos era como um ferro penetrando na minha alma. Não era ignóbil, e tampouco sem valor, nem mentalmente degradante. Tomei minha decisão.

— Agradeço sua proposta, Senhor Rivers, e a aceito de todo o coração.

— Mas a senhorita entendeu bem? — disse ele. — É uma escola de aldeia. Suas alunas serão apenas meninas pobres, filhas de camponeses. Na melhor das hipóteses, filhas de fazendeiros. Tricotar, costurar, ler, escrever e contar é tudo o que terá de ensinar. O que fará com os resultados que tiver disso? O que fará com as suas qualificações? Com a maior parte do seu intelecto, seus sentimentos e gostos?

— Estarão a salvo até que voltem a ser necessários. Ficarão guardados.

— Então sabe do que será encarregada, não?

— Sei.

Ele sorriu, então. Não foi um sorriso amargo ou triste, mas um sorriso satisfeito. E profundamente agradecido.

— E quando irá começar a exercer sua função?

— Vou ocupar minha casa amanhã, e, se for do seu agrado, abrirei a escola na semana que vem.

— Muito bem. Que seja assim.

Ele levantou-se e atravessou a sala. Deu uma parada breve e me olhou outra vez. Sacudiu a cabeça.

— O que o senhor desaprova, Senhor Rivers? — perguntei.

— A senhorita não vai ficar por muito tempo em Morton. Não vai, não!

— Por quê? Qual é a razão de o senhor dizer isso?

— É o que leio em seus olhos. Eles não me demonstram a continuidade de um tipo de vida como esse.

— Não sou ambiciosa.

Ele se inquietou diante da palavra "ambiciosa", e repetiu:

— Não. O que a fez pensar em ambição? Quem é ambicioso? Eu sei que sou. Mas como foi que descobriu?

— Eu falava de mim mesma.

— Bem, se a senhorita não é ambiciosa, então é...

Ele fez uma pausa.

— O quê?

— Eu ia dizer obstinada. Mas talvez pudesse interpretar a palavra errado e achasse desagradável a minha colocação. Quer dizer, as afeições e as simpatias humanas exercem grande domínio sobre a senhorita. Tenho certeza de que não pode passar seus momentos de lazer em completa solidão, e dedicar suas horas de trabalho a uma atividade monótona totalmente desprovida de estímulos. Da mesma forma que eu. — E acrescentou com ênfase — Viver enterrado aqui neste brejo, confinado nestas montanhas. A natureza que Deus me deu contradiz isso. A capacidade a mim concedida pelos Céus fica aqui paralisada e torna-se inútil. A senhorita veja só como eu me contradigo. Eu que prego a satisfação com o destino humilde, que justifico o trabalho dos lenhadores e carregadores de água como um serviço de Deus. Eu, seu pastor ordenado, quase enlouqueço no meu desassossego. Bem, as tendências e os princípios devem harmonizar-se de algum modo.

Ele saiu da sala. Nessa breve conversa aprendi mais sobre ele do que durante todo o mês anterior. Ainda assim ele continuava a me intrigar.

Diana e Mary Rivers se tornavam cada vez mais tristes e quietas com a proximidade do dia em que deixariam seu irmão e sua casa. As duas tentavam comportar-se como de costume. Mas a tristeza contra a qual lutavam não podia ser vencida ou ocultada. Diana declarou que essa separação poderia ser diferente das que conheceram antes. No que diz respeito ao Senhor St. John, talvez fosse uma separação por anos. Talvez fosse uma separação para o resto da vida.

— Ele irá sacrificar tudo pelos objetivos que vem perseguindo há muito tempo — disse ela —, o afeto natural e sentimentos ainda mais poderosos. St. John parece tranquilo, Jane, mas por dentro uma febre o consome. Poder-se-ia pensar que é gentil, mas para algumas coisas é tão inexorável como a morte. O pior disso é que minha consciência dificilmente me permitirá dissuadi-lo da sua decisão. Com certeza, não posso nem por um instante culpá-lo por isso. Ele é correto, nobre, cristão. Ainda que me parta o coração! — e as lágrimas saltaram de seus lindos olhos. Mary abaixou a cabeça sobre o trabalho que fazia.

— Agora não temos mais um pai. E daqui a pouco ficaremos sem casa e sem irmão — murmurou.

Naquele instante sobreveio um pequeno acidente que pareceu destinado a provar a verdade do ditado que diz que "uma desgraça nunca vem sozinha" e acrescentar àquelas duas mais um aborrecimento às suas aflições. St. John passou pela janela lendo uma carta e entrou na sala.

— Nosso tio John morreu — disse ele.

As duas irmãs pareceram surpresas. Não chocadas ou horrorizadas. A notícia surgiu em seus olhos mais grave do que aflitiva.

— Morreu? — repetiu Diana.

— Sim.

Ela olhou para o rosto do irmão inquisitivamente. — E dai? — perguntou ela em voz baixa.

— Como e daí, Di? — respondeu ele com o rosto imóvel como se fosse de mármore. — E daí? Ora, daí nada. Leia.

Ele jogou a carta no colo dela. Ela olhou-a e passou para Mary. Mary olhou-a em silêncio e devolveu-a ao irmão. Os três se entreolharam e sorriram. Um sorriso pesaroso e cansado.

— Amém! Podemos continuar vivendo — disse Diana por fim.

— De qualquer modo, isso não nos deixa pior do que já estávamos — observou Mary.

— Apenas nos obriga a pensar bastante no que *poderia ter sido* — falou o Senhor Rivers —, que contrasta de algum modo com o que é.

Ele dobrou a carta, trancou-a na gaveta da sua escrivaninha e voltou a sair.

Durante alguns minutos ninguém falou nada. Diana então se voltou para mim.

— Jane, você deve estar admirada conosco e com os nossos mistérios — disse ela. — E deve estar achando-nos seres insensíveis que não nos comovemos com a morte de um parente tão próximo quanto um tio. O fato é que jamais o vimos nem sequer o conhecíamos. Ele era irmão da minha mãe. Meu pai e ele brigaram há muito tempo. Foi por um conselho dele que meu pai arriscou a maior parte de seus bens na especulação que o levou à ruína. Houve recriminações mútuas que se converteram em raiva. Jamais voltaram a se reconciliar. Meu tio acabou envolvido em atividades mais lucrativas e parece que conseguiu fazer uma fortuna de vinte mil libras. Nunca se casou, e não tinha nenhum parente próximo além de nós e de outra pessoa com um parentesco mais distante. Meu pai sempre acalentou a ideia de que ele acabaria por reparar o erro deixando-nos sua fortuna. E essa carta nos informa que ele deixou de herança todo o seu dinheiro para a outra pessoa, com exceção de trinta guinéus a serem divididos entre St. John, Diana e Mary Rivers, para a compra de três anéis de luto.[1] Ele tinha o direito, é claro, de fazer o que quisesse. Mesmo assim sofremos um golpe momentâneo ao receber uma notícia como essa. Mary e eu teríamos ficado ricas com mil libras cada uma, e para St. John uma soma dessas teria sido de grande valia, pelo bem que lhe permitiria fazer ao próximo.

[1] Anel usado em memória de alguém que morreu. Muitas vezes, levava o nome e a data da morte da pessoa.

Dadas essas explicações, o assunto foi abandonado. Nem o Senhor Rivers e tampouco suas irmãs fizeram mais qualquer referência a ele. No dia seguinte eu deixei Marsh End e fui embora para Morton. No outro, Diana e Mary foram para a cidade distante de B... Uma semana depois o Senhor Rivers e Hannah foram para a casa paroquial, e assim a velha granja foi abandonada.

XXXI

Minha casa, então — finalmente posso dizer que tenho uma casa —, é um chalé. Um pequeno aposento com paredes caiadas de branco e piso de terra batida, contendo quatro cadeiras pintadas e uma mesa, um relógio, guarda-louça com dois ou três pratos e panelas e um jogo de chá de porcelana holandesa. Em cima, um quarto com o mesmo tamanho da cozinha, com uma cama de pranchas de pinho e uma cômoda com gavetas, que, embora pequena, é suficiente para guardar o meu exíguo guarda-roupa, apesar do acréscimo de mais um modesto estoque de coisas necessárias, fruto da gentileza de minhas amigas generosas.

É noite, e a pequena órfã que me serve de empregada já foi dispensada, após receber uma laranja como pagamento. Estou sozinha sentada junto à lareira. Hoje de manhã a escola da aldeia foi inaugurada. Foram vinte alunas. Apenas três delas sabem ler. E nenhuma sabe escrever ou contar. Muitas sabem fazer tricô e poucas sabem costurar. Falam com o sotaque mais rústico do distrito. Por enquanto, temos dificuldade em nos fazer entender. Algumas delas são mal-educadas, rudes, intratáveis, além de ignorantes. Outras são dóceis e têm desejo de aprender. Manifestam uma disposição que me agrada. Preciso não esquecer que essas pequenas camponesas de roupas grosseiras são de carne e osso como as meninas descendentes de uma genealogia mais refinada. E que essências inatas da excelência, refinamento, inteligência e sentimentos gentis são tão propensos a existir em seus corações como nos corações das mais bem-nascidas. Meu dever será desenvolver essas essências. É óbvio que me sentirei feliz em fazer esse trabalho. Na vida que se abre à minha frente, não espero uma alegria maior do que essa. Não obstante, se me concentrar e conseguir fazer o que pretendo, isso me renderá os frutos necessários para viver o dia após dia.

Será que me senti alegre, segura e feliz naquela sala de aula humilde durante as horas que passei hoje de manhã e de tarde? Para não enganar a mim mesma devo responder — não. De certa forma, estava desolada. Sentia-me, por mais idiota que pareça — degradada. Fiquei indecisa se tinha dado um passo para me afundar ao invés de ascender na escala social. Senti-me debilmente desanimada pela ignorância, a pobreza e a rudeza de tudo o que vi e ouvi ao meu redor. Mas é preciso que eu não me odeie e não me despreze por ter sentimentos assim. Sei que reconhecer esses sentimentos como algo errado é um grande passo ganho. Devo esforçar-me para superá-los. Acredito que, pelo menos em parte, amanhã vou conseguir lidar melhor com eles, e que em poucas semanas, talvez, já os tenha dominado. É possível que dentro de poucos meses, ao ver o progresso e a mudança para melhor das minhas alunas, eu possa transformar o desgosto em gratificação.

Enquanto isso, me deixe fazer uma pergunta a mim mesma — O que é melhor? Ter sucumbido à tentação, ter dado ouvidos à paixão, não ter feito nenhum esforço penoso, não ter lutado, mas me deixado afundar na armadilha de seda, adormecer coberta de flores, acordar numa região do sul, cercada dos prazeres e luxos de uma mansão, e estar ainda vivendo na França como amante do Senhor Rochester, envolta pelo delírio do seu amor durante metade do meu tempo? Porque, oh, sim, ele ter-me-ia amado muito nos primeiros tempos. Ele *me amava*. Ninguém jamais me amará tanto assim outra vez. Nunca mais conhecerei as doces deferências que se prestam somente às belas e graciosas jovens, pois nunca mais, para mais ninguém, parecerei tão encantadora. Ele gostava de mim. Tinha orgulho de mim, coisa da qual nenhum outro homem jamais seria capaz. Mas para onde esses devaneios me levam? O que estou dizendo e sobretudo sentindo? Pergunto o que seria melhor. Ser uma escrava em um paraíso fútil em Marselha — uma hora acalorada pelo êxtase embriagador e no instante seguinte sufocada pelas lágrimas mais amargas da vergonha e do remorso — ou ser a professora de uma escola de aldeia, livre e honesta, num recanto montanhoso no saudável coração da Inglaterra?

Sim, sinto agora que estava certa quando escolhi os princípios e a lei e desprezei e repeli os estímulos loucos de um momento de arrebatamento. Foi Deus quem me guiou para uma escolha correta. Agradeço à Sua Providência por ter-me guiado.

Ao chegar até este ponto das minhas reflexões vespertinas, levantei-me, fui até a porta e olhei o por do sol de um dia de colheita e os campos silenciosos em volta do meu chalé, que, como a escola, ficava a quase dois quilômetros de distância da aldeia. Os passarinhos cantavam seus últimos gorjeios.

"O ar era suave e o orvalho era um bálsamo."[1]

Enquanto olhava, percebi que estava feliz, e me surpreendi ao descobrir que um pouco antes estivera chorando — e por quê? Pela maldição que me fizera apartar-me do meu patrão, a quem eu não voltaria a ver. Pela desesperada dor e a fúria fatal que, como consequência da minha partida, deveriam agora tê-lo arrastado para bem longe do caminho da retidão sem esperança de retorno. Com esse pensamento, desviei o olhar daquele céu lindo e do vale solitário de Morton. E digo solitário, pois naquela curva que me era visível não havia qualquer outra construção além da igreja e da casa paroquial meio escondidas entre as árvores. E, no outro extremo, o telhado de Vale Hall, onde moravam o rico Senhor Oliver e sua filha. Protegi os olhos e encostei a cabeça no umbral de pedra da minha porta. Logo um ruído perto do portão que separava meu jardim mínimo da campina adiante me fez levantar o rosto. Um cão, o velho Carlo, o perdigueiro do Senhor Rivers, empurrava o portão com o focinho, enquanto o próprio St. John se debruçava sobre ele com os braços cruzados e o cenho franzido. O seu olhar grave quase a ponto do desagrado se fixara em mim. Eu o convidei a entrar.

---

[1] Verso do poema narrativo "The Lay of the Last Minstrel" (1805), do romancista, poeta e dramaturgo escocês Sir Walter Scott (1771–1832).

— Não, não posso ficar. Vim apenas para lhe trazer um pequeno embrulho que minhas irmãs deixaram. Acho que contém uma caixa de tintas, lápis e papéis.

Aproximei-me para pegá-lo. Era um presente muito bem--vindo. Quando cheguei perto dele achei que examinava o meu rosto com seriedade. Os vestígios das lágrimas deviam estar, sem dúvida, ainda visíveis.

— A senhorita achou seu primeiro dia de trabalho mais puxado do que esperava? — perguntou ele.

— Oh, não! Ao contrário. Acho que com o tempo me darei muito bem com minhas alunas.

— Mas talvez suas acomodações, seu chalé, sua mobília tenham frustrado suas expectativas, não? Eles são, na verdade, bastante modestos, mas...

Eu o interrompi:

— Meu chalé é limpo e bem protegido das intempéries. Minha mobília é suficiente e confortável. Tudo o que vi me agradou, nada me decepcionou. Não sou absolutamente uma pessoa tola e fútil para me lamentar pela falta de um tapete, de um sofá e de pratarias. Além do mais, cinco semanas atrás eu não tinha nada. Eu era uma rejeitada, uma mendiga, uma errante. Agora tenho conhecidos, um lar e um trabalho. Isto é um milagre da bondade de Deus e da generosidade de meus amigos. Um prêmio da minha sorte. Não tenho do que me queixar.

— Mas não se sente solitária e oprimida? A pequena casa aí atrás da senhorita é escura e vazia.

— Não tive tempo sequer de desfrutar da tranquilidade e muito menos de me impacientar com a solidão.

— Muito bem. Espero que esteja sentindo o contentamento que expressa. De qualquer modo, seu bom-senso lhe dirá que ainda é muito cedo para sentir o medo vacilante, como a esposa de Ló. Aquilo que você deixou antes que eu a conhecesse não posso saber, é claro. Mas a aconselho a resistir firmemente a toda tentação que queira dirigir seu olhar para o passado. Insista em sua carreira atual, com perseverança. Pelo menos por alguns meses.

— É isso o que pretendo fazer — respondi.

St. John continuou:

— A tarefa de controlar os anseios e conter a inclinação da natureza é algo difícil. Mas que pode ser feita. Digo por experiência própria. De certo modo, Deus nos deu o poder de fazer nosso próprio destino. E quando nossas energias parecem necessitar de um alimento que não conseguimos alcançar, quando nossa vontade nos leva para um caminho pelo qual não podemos seguir, não devemos nem morrer de inanição nem nos imobilizar em desespero. Devemos, sim, buscar outro alimento para a mente, tão forte quanto o alimento proibido, e talvez mais puro que ele. E talhar para pés aventurosos um caminho tão direto e largo quanto aquele que nos foi bloqueado pela fortuna, apesar de ser mais penoso do que ela.

"Há um ano eu estava completamente miserável, porque achava que tinha cometido um erro ao me tornar pastor. Os deveres repetitivos dessa atividade me matavam de tédio. Eu ansiava por uma vida mais ativa e por um trabalho mais excitante, por uma carreira literária, pelo destino de um artista, autor, orador ou outro diferente daquele de um pastor. Sim, o coração de um político, um soldado, de alguém que ansiava a glória, a fama e o poder, batia por baixo da minha sobrepeliz de pároco. Eu refletia. Minha vida estava tão desprezível que ou sofria uma mudança ou então me mataria. Depois de uma temporada de trevas e lutas, a luz se fez e trouxe com ela o alívio. Na mesma hora minha existência limitada se expandiu transformada numa planície sem fronteiras. Meus poderes ouviram um chamado dos céus para ascender, juntar sua força total, abrir suas asas e partir para além do alcance da visão. Deus tinha uma missão para mim. Para levá-la adiante e desempenhá-la direito eram necessárias habilidade e força, coragem e eloquência e as melhores qualidades de um soldado, de um estadista e de um orador, pois estas todas se concentram no bom missionário.

"E resolvi ser missionário. Daquele momento em diante meu estado de espírito mudou. Os entraves desapareceram e não deixaram nada, senão as marcas das dores ressentidas — que só o tempo pode curar. Meu pai, sem dúvida, impôs a decisão. Mas desde a sua morte não tive um obstáculo real a enfrentar. Alguns assuntos acertados. O sucessor para a paróquia de Morton providenciado, uma complicação ou duas de relacionamentos afetivos cortados ou desfeitos. Um último conflito da fraqueza humana que sei que irei superar, porque jurei que *vou* superar. E partirei para a Europa, rumo ao Oriente."

Ele disse isso tudo com o tom de voz que lhe era peculiar. Abafado, porém enfático. Quando havia terminado de falar olhou, não para mim, mas para o por do sol, para o qual eu também olhava. Nós dois estávamos de costas para o caminho que levava ao campo e ao portão. Não ouvimos os passos sobre a grama já crescida da trilha. O único ruído que embalava o cenário àquela hora era a água do córrego que corria no vale. Portanto foi natural o susto que levamos quando uma voz alegre e doce como uma sineta de prata exclamou:

— Boa tarde, senhor Rivers. E boa tarde, velho Carlo. Seu cão é mais rápido em reconhecer seus amigos do que o senhor. Ele levantou as orelhas e abanou a cauda quando eu estava ainda lá no fundo do vale, e o senhor está de costas para mim.

Era verdade. Embora de início o Senhor Rivers se tivesse sobressaltado com aquele sotaque musical, como se um trovão partisse ao meio uma nuvem sobre sua cabeça, ele ainda permanecia, ao final daquela frase, na mesma posição na qual a recém-chegada o havia surpreendido. Um dos braços apoiado no portão e o rosto virado para o oeste. Virou-se, finalmente, com uma atitude estudada. Uma aparição, segundo me parecia, surgiu ao seu lado. Ali estava, a um metro dele, uma figura inteiramente vestida de branco. Uma figura juvenil e graciosa. Volumosa, mas com um contorno elegante, que, depois de curvar-se para acarinhar Carlo, ao levantar a cabeça, afastou um longo véu e colocou à mostra um rosto de beleza perfeita. Beleza perfeita é uma expressão forte. Mas não vou corrigi-la ou modificá-la. Traços tão doces como o clima temperado de Albion jamais havia modelado, tons tão puros de rosas e lírios como os ventos úmidos e os céus vaporosos jamais haviam criado pareciam adequados à expressão usada. Não faltava nenhum encanto, não havia nenhum defeito perceptível. A jovem tinha traços perfeitos e delicados. Olhos com formato e cor bem delineados como os que vemos em belas pinturas. Grandes e escuros e profundos. Pestanas longas e sombreadas que emolduram olhos tão lindos com um fascínio sutil. As sobrancelhas desenhadas traziam claridade ao semblante. A testa clara e macia trazendo tamanho repouso aos encantos mais vivazes de tonalidade e brilho. O rosto oval, fresco e suave. Os lábios também frescos, vermelhos, carnudos e de formato delicado. Os dentes perfeitos e brilhantes sem uma falha. O pequeno queixo com covinha.

O ornamento de tranças generosas e fartas. Em resumo, todas essas coisas que combinadas realizavam o ideal de beleza nela se mostravam plenas. Fiquei maravilhada quando olhei para aquela bela criatura. Admirei-a de todo o coração. Certamente, a natureza a modelou num estado de ânimo privilegiado, e ao abandonar a sovinice de madrasta dotou sua queridinha com a recompensa generosa de uma grande dama.

O que St. John pensava daquele anjo terrestre? É claro que me fiz essa mesma pergunta ao vê-lo virar-se para olhá-la. E é claro que também busquei a resposta em seu semblante. Ele já desviara o olhar daquela linda criatura e estava olhando agora para uma humilde touceira de margaridas que crescia ao lado do portão.

— Está uma tarde adorável, mas já não é mais hora para a senhorita andar sozinha por ai — disse ele, enquanto esmagava com os pés as flores que ainda não tinham desabrochado.

— Oh, é que só voltei de S... — disse o nome de uma cidade grande, distante uns trinta e poucos quilômetros — para casa esta tarde. Papai me disse que o senhor tinha aberto sua escola e que chegara uma nova professora. Assim coloquei o chapéu depois do chá e subi o vale para conhecê-la. É essa? — disse ela apontando para mim.

— É — falou St. John.

— A senhorita acha que vai gostar de Morton? — perguntou ela a mim, com uma simplicidade direta e ingênua de tom e gesto bem agradáveis, embora infantis demais.

— Espero que sim. Estou bastante motivada.

— A senhorita achou suas alunas tão interessadas quanto esperava?

— Bastante.

— A senhorita está gostando da sua casa?

— Sim, bastante.

— Eu a mobiliei a contento?

— Sim, está muito boa assim.

— E Alice Wood terá sido uma boa escolha para ser sua empregada?

— Foi muito bem escolhida, sim. Ela é fácil de ensinar e é prestativa. "Aquela" — pensei — "devia ser a Senhorita Oliver, a herdeira favorecida, como parecia, pela fortuna, assim como pela natureza!".

Fiquei imaginando que conjunção planetária feliz teria acontecido por ocasião do seu nascimento.

— Virei aqui algumas vezes ajudá-la em seu trabalho de professora — acrescentou ela. — Vai ser algo diferente vir visitá-la aqui uma vez ou outra. Gosto de coisas diferentes. Senhor Rivers, fiquei muito feliz durante minha estadia em S... Ontem à noite, ou melhor, hoje de madrugada fiquei dançando até as duas da manhã. O regimento está acampado lá desde os tumultos. E os oficiais são os rapazes mais agradáveis do mundo. Eles colocam todos os nossos amoladores de facas e vendedores de tesouras para trás.

A mim pareceu que o lábio inferior do Senhor Rivers se projetou para a frente enquanto seu lábio superior se encolhia. Sua boca parecia estar bem comprimida, e a parte de baixo do seu rosto estava surpreendentemente rígida e quadrada enquanto a mocinha lhe dava essas notícias entre risos. Ele ergueu o olhar das margaridas e o voltou para ela. Era um olhar sisudo, um olhar questionador e significativo. Ela respondeu a isso com uma segunda risada. E seu riso mostrou toda a sua juventude, sua cor rosada, suas covinhas e seus olhos brilhantes.

Como ele continuasse mudo e sério, mais uma vez ela se abaixou para acariciar Carlo:

— Pobre Carlo, ele me adora — disse ela. — *Ele* não é sério e distante com seus amigos. E se pudesse falar não ficaria em silêncio.

Enquanto dava umas pancadinhas na cabeça do cão, curvada graciosamente diante de seu dono jovem e austero, eu vi um rubor subir pelo o rosto de St. John. Vi seu olhar solene derreter-se com um calor súbito e brilhar com uma emoção irresistível. Assim corado e aceso, ele parecia tão bonito como homem quanto ela como mulher. De súbito seu peito alargou-se como se seu coração, cansado de um aperto despótico, se tivesse se expandido independentemente da vontade, e desse um salto vigoroso para alcançar a liberdade. Mas acho que ele lhe deu uma estancada, como um cavaleiro resoluto conteria um cavalo empinado. Não respondeu nem com palavras nem com gestos aos acenos gentis que lhe foram feitos.

— Papai diz que você agora não vem mais nos visitar — continuou a Senhorita Oliver, olhando para ele. — Você é como um estranho em Vale Hall. Ele está sozinho esta tarde e não está muito bem. Você voltaria comigo e lhe faria uma visita?

— A hora não é adequada para incomodar o Senhor Oliver — respondeu St. John.

Não é adequada! Pois eu afirmo que é. É a hora em que papai mais aprecia uma companhia. Justo quando os trabalhos já terminaram e ele não tem outra coisa com que se ocupar. Agora, Senhor Rivers, *venha*. Por que o senhor é tão tímido, tão sombrio?

Ela completou o hiato do silêncio dele com sua própria resposta:

— Esqueci-me! — exclamou ela sacudindo seus belos cabelos ondulados, como se estivesse chocada. — Sou uma tonta e descuidada! *Devo* desculpar-me. Deixei que me fugisse da memória que o senhor tem bons motivos para não querer participar da minha tagarelice. Diana e Mary o deixaram, a Moor House está fechada e o senhor ficou sozinho. É certo que tenho pena do senhor. Venha visitar papai.

— Não esta noite, senhorita Rosamond. Não esta noite.

O Senhor St. John falava quase como se fosse um autômato. Só ele mesmo é que sabia o esforço que lhe custara recusar àquele convite.

— Bem, se o senhor está assim tão decidido, irei sozinha. Não me arrisco a ficar mais. O sereno começa a cair. Boa noite!

Ela estendeu a mão. Ele apenas a tocou. — Boa noite! — repetiu ele, em voz baixa, como um eco vazio. Ela se virou, mas voltou no instante seguinte.

— O senhor está bem? — perguntou ela. Tinha motivos para perguntar. O rosto dele estava tão branco quanto o vestido dela.

— Estou bem, sim — disse ele. E inclinando-se numa reverência, largou o portão. Ela foi para um lado e ele para outro. Ela se virou duas vezes para olhar para ele enquanto ia descendo alegremente pelo campo. Ele caminhou a passos firmes na direção oposta. Sem se virar uma única vez.

Essa comprovação do sofrimento e sacrifício alheios desviou meus pensamentos da reflexão exclusiva sobre mim mesma. Diana Rivers havia descrito o irmão como "inexorável como a morte". Não fora exagero dela.

XXXII

Continuei trabalhando na escola da aldeia da maneira mais ativa e dedicada que pude. Inicialmente o trabalho foi muito árduo. Demorou algum tempo até que, com muito esforço, consegui entender minhas alunas e sua maneira de ser. Totalmente analfabetas, com o raciocínio bastante lento, elas me pareciam de uma estupidez irremediável. À primeira vista a estupidez se apresentava como um atributo comum a todas, mas logo descobri que estava enganada. Havia diferenças entre elas, assim como há diferenças entre as pessoas educadas. E, quando comecei a conhecê-las melhor, e elas a mim, as diferenças se tornaram evidentes com muita rapidez. Quando a perplexidade delas diante do meu jeito de falar, das minhas regras e maneiras passou, foi-me possível fazer que algumas daquelas meninas rudes e mal-encaradas se revelassem jovens bastante perspicazes. Muitas se mostravam prestativas e amigáveis também. E descobri entre elas um bom número de exemplos de polidez natural e de amor-próprio inato, bem como excelente capacidade que acabaram por ganhar não só a minha boa vontade quanto a minha admiração. E ficou evidente que elas tinham prazer em fazer bem os seus trabalhos, em manter sua boa aparência, em aprender suas lições e adquirir bons modos. Algumas vezes, a rapidez do progresso que apresentavam era tão surpreendente, que me fazia sentir um honesto orgulho por isso. Além do que comecei a gostar pessoalmente de algumas das melhores meninas, e elas de mim. Entre minhas alunas havia várias moças, filhas de fazendeiros. Quase todas bem jovens. Como estas já sabiam ler, escrever e costurar, eu lhes ensinei os princípios da gramática, geografia, história e trabalhos manuais mais delicados. Descobri entre elas algumas com ótimo caráter, desejosas de conhecimento e dispostas ao aperfeiçoamento. Com elas costumava passar horas agradáveis à noite em suas casas. Seus pais, o fazendeiro e sua esposa, então me cumulavam de agrados. Dava prazer aceitar tanta gentileza simples e retribuí-la com consideração e uma atenção cuidadosa com seus sentimentos, cujo tipo de tratamento, talvez, nem sempre estivessem acostumados a receber. O que não só os encantava, como lhes fazia bem, porque os engrandecia diante de seus próprios olhos e os fazia merecedores do tratamento respeitoso que recebiam.

Senti que me tornava benquista nas redondezas. Ouvia por todos os lados saudações cordiais, toda vez que saía, e era sempre acolhida por sorrisos gentis. Viver admirada pelas pessoas — embora fossem trabalhadoras e humildes — é como estar sentada ao sol calmo e doce, onde serenos sentimentos íntimos desabrocham e florescem sob seus raios de luz. Nesse período da minha vida, meu coração se encheu muito mais vezes de gratidão do que de desalento. Mesmo assim, leitor, para ser sincera, no meio dessa vida calma e proveitosa — depois de um dia passado no trabalho honrado entre minhas alunas, e uma tranquila tarde dedicada ao desenho ou à leitura — eu me precipitava em sonhos estranhos à noite. Sonhos multicoloridos, agitados, cheios de fantasias, tempestuosos. Sonhos entre cenários inusitados, cheios de aventura, risco e romance, nos quais eu me encontrava com o Senhor Rochester, sempre envolvido em crises excitantes. Então me sentia em seus braços, ouvindo sua voz, encontrando seus olhos, tocando suas mãos e seu rosto, amando-o e sendo amada por ele. Desse modo, a esperança de passar o resto da vida ao seu lado se renovava com toda a força e ardor do início. Então acordava. Em seguida me dava conta de onde e como estava agora. Levantava-me da cama sem cortinado, tremendo e tiritando. A noite escura e quieta testemunhava o meu desespero e ouvia meus arroubos de paixão. Às nove da manhã do dia seguinte eu estava pontualmente abrindo a escola. Tranquila, apaziguada, preparada para os deveres normais do dia.

Rosamond Oliver cumpriu sua palavra e veio visitar-me. Sua vinda à escola, em geral, acontecia durante seu passeio matinal a cavalo. Vinha trotando em seu pônei, seguida por um criado de libré, também a cavalo. Nada era mais exótico do que sua aparência, com roupa púrpura e boné de amazona de veludo preto colocado graciosamente sobre o cabelo comprido encaracolado que lhe acariciava o rosto e esvoaçava sobre os ombros. Era dessa maneira que ela entrava na escola humilde e deslizava entre as fileiras das crianças da aldeia completamente deslumbradas. Em geral aparecia quando era a hora de o Senhor Rivers dar sua aula diária de catequese. Sutilmente, receio, o olhar da visitante tocava o coração do pastor. Uma espécie de instinto parecia avisá-lo da sua entrada, mesmo se ainda não a tivesse visto. E quando olhava numa direção oposta à da porta, se ela estivesse ali, o rosto dele se inflamava. Suas feições frias como o mármore, embora se recusassem a relaxar, mudavam de maneira indescritível. Em sua quietude se tornava expresso um fervor reprimido, mais forte do que o trabalho dos músculos ou do olhar direto poderiam indicar.

É claro que ela sabia do próprio poder. Na verdade, ele não conseguia esconder nada dela, nem poderia. A despeito da sua atitude cristã inabalável, quando ela entrava e se dirigia a ele e sorria de modo alegre e encorajador, a mão dele tremia e seus olhos queimavam. Ele parecia dizer, com seu olhar triste e resoluto, ainda que não dissesse com os lábios, "eu a amo, e sei que você me escolheu. Não é a desesperança de sucesso que me mantém calado. Se eu lhe oferecesse meu coração, creio que você iria aceitar. Mas este coração já repousa em um altar sagrado. Está cercado pelo fogo. Em breve não será senão um sacrifício consumado".

Ela então poderia fazer um beicinho como uma criança desapontada. Uma nuvem pensativa abrandaria sua vivacidade radiante e ela retiraria depressa sua mão da dele e daria, com breve petulância, as costas ao seu aspecto, ao mesmo tempo tão heroico e martirizado. Não havia dúvida de que St. John daria o mundo para segui-la, chamá-la e retê-la, quando ela o deixava dessa maneira. Mas ele não perderia a chance do céu, não abriria mão da bem-aventurança, por conta do amor dela, da esperança pelo verdadeiro paraíso eterno. Além do mais, não conseguiria reunir tudo o que tinha em sua natureza

— o viajante, o aspirante, o poeta, o clérigo — nos limites de uma única paixão. Ele não podia, nem queria, renunciar à vastidão da sua missão em troca da sala de visitas e da paz de Vale Hall. Aprendi muito com ele, apesar da sua reserva, numa incursão que fiz um dia quando tive a ousadia de me oferecer como sua confidente.

A Senhorita Oliver já me honrara com visitas frequentes ao meu chalé. Eu já conhecia todo o caráter dela, que não tinha qualquer mistério ou disfarce. Ela era faceira, mas não insensível, minuciosa, mas não egoísta. Fora mimada desde que nascera, mas isso não chegava a estragá-la. Tinha um temperamento impetuoso, mas tinha também bom humor. Era fútil. Não podia evitar que todas as vezes que se olhava no espelho este lhe devolvesse toda a sua graça e beleza, porém sem afetação. Era mão-aberta. Sua riqueza não a fazia orgulhosa. Era ingênua. Bastante inteligente. Alegre, animada e despreocupada. Em resumo, era muito charmosa, mesmo para uma observadora fria de seu próprio sexo como eu. Mas não muito interessante, nem inteiramente impressionante. Tinha uma mentalidade completamente diferente, por exemplo, das irmãs de St. John. Ainda assim eu gostava dela quase do mesmo modo que gostava da minha aluna Adèle. Exceto que, no caso de uma criança de quem tomamos conta e a quem ensinamos, acabamos desenvolvendo uma afeição mais íntima do que a que podemos ter por uma pessoa igualmente atraente, porém adulta.

Ela se tomou de amores por mim. Dizia que eu era como o Senhor Rivers, entretanto certamente era preciso admitir que eu não era "nem um décimo tão bonita quanto", de qualquer forma eu era "uma alminha graciosa bastante gentil e limpa, mas ele era um anjo". E que eu era boa, inteligente, discreta e firme como ele. Dizia que eu era uma *lusus naturae,*[1] como professora da escola da aldeia. Dizia também que se minha história de vida fosse conhecida, na certa daria um romance delicioso.

Certa noite, enquanto remexia a cômoda e a gaveta da mesa da minha pequena cozinha com sua costumeira energia infantil e curiosidade instintiva, nem por isso desagradável, descobriu primeiro dois livros em francês, um volume de Schiller, uma gramática e um dicionário alemão, além do meu material de desenho e alguns esboços, inclusive o de uma linda menina como um querubim feito a lápis, inspirado em uma de minhas alunas. Além de diversas vistas da natureza, do Vale de Morton e dos brejos da redondeza. Inicialmente ficou paralisada pela surpresa, e, em seguida, eletrizada pela alegria.

"Fora eu quem fizera aquelas pinturas? Eu sabia francês e alemão? Que amor! Eu era um milagre! Meu desenho era melhor que o do seu professor na escola de S... Será que eu faria um esboço de um retrato dela para mostrar ao seu papai?"

— Com prazer — respondi. E senti a empolgação do artista ante a ideia de copiar um modelo tão perfeito e radiante como ela. No momento ela usava um vestido de seda azul-escuro. Os braços e o pescoço à mostra e seu único ornamento eram suas longas tranças castanhas que balançavam soltas sobre seus ombros com toda a graça rebelde da sua ondulação. Peguei uma folha de cartolina fina e desenhei com cuidado o seu perfil. Prometi a mim mesma colori-lo. E, como estava ficando tarde, disse-lhe que devia voltar outro dia para posar.

Ela falou a meu respeito de tal maneira, que seu pai, o Senhor Oliver, veio junto com ela na tarde seguinte. Era um

---

[1] Em latim: pessoa de aspecto incomum, deformada.

homem de meia-idade, alto, corpulento e grisalho, ao lado de quem sua filha era como uma flor brilhante que desabrocha junto a uma torre antiga. Ele parecia taciturno e talvez orgulhoso. Mas foi gentil comigo. O esboço do retrato de Rosamond agradou-lhe imensamente, e ele disse-me que devia transformá-lo em uma pintura acabada. Insistiu em que eu fosse visitá-los no dia seguinte à noitinha em Vale Hall.

Fui. Era uma residência grande e bonita, exibindo muitas evidências da riqueza de seu proprietário. Rosamond mostrou-se plena de alegria e prazer durante o tempo todo em que estive lá. Seu pai foi afável e, quando conversamos depois do chá, com veemência expressou sua aprovação pelo que eu estava fazendo na escola de Morton. Disse que, pelo que via e ouvia, temia apenas que eu fosse boa demais para o lugar que ocupava, e que em breve o trocasse por algo mais adequado.

— Certamente — disse Rosamond — ela é bastante preparada para ser governanta numa família de alta classe, papai.

Achei que naquele lugar era melhor ficar onde estava do que com alguma família de alta classe. O Senhor Oliver falou do Senhor Rivers — da família Rivers — com muito respeito. Disse que aquele era um nome tradicional daquela região. Que os ancestrais da família foram muito ricos. Que toda Morton um dia pertencera a eles. E que mesmo hoje em dia considerava que qualquer membro daquela família poderia, se quisesse, casar-se com alguém das melhores famílias. Ele considerava uma pena que um jovem tão bonito e talentoso tenha tido o desejo de se tornar missionário. Era como jogar uma vida valiosa fora. Parecia que seu pai não colocaria qualquer obstáculo à união entre Rosamond e St. John. Era evidente que o Senhor Oliver considerava o berço do jovem clérigo, o seu nome e sua atividade como compensação suficiente para a falta de fortuna.

Era cinco de novembro, dia de feriado. Minha pequena empregada tinha ido embora depois de me ajudar a limpar a casa, bem satisfeita com o pagamento de um pêni que lhe dei pela ajuda. Tudo à minha volta estava imaculado e brilhando — o chão varrido, a lareira polida e as cadeiras bem esfregadas. Eu também me arrumara e tinha agora toda a tarde diante de mim para aproveitar como quisesse.

A tradução de algumas páginas de alemão me ocuparam durante uma hora. Depois peguei minha palheta e meus lápis e me entreguei à mais prazerosa das atividades, e a mais fácil também, de terminar a miniatura de Rosamond Oliver. A cabeça já estava pronta. Faltava apenas pintar o fundo e sombrear a cortina. Um toque de carmim também, para acrescentar aos seus lábios carnudos. Um cacho aqui e ali em seu cabelo solto das tranças. Um tom mais profundo na sombra da pestana sob a pálpebra azulada. Estava entretida na execução desses detalhes encantadores quando, depois de uma batida rápida, minha porta destrancada se abriu e St. John Rivers entrou.

— Vim ver como está passando o feriado — disse ele. — Espero que não apenas entregue a pensamentos, não é? Pelo visto está tudo bem. Enquanto desenha não se sente solitária. Veja só, ainda desconfio da senhorita, embora até agora tenha-se saído muito bem. Trouxe um livro para alegrar sua noite — e colocou o livro sobre a mesa. — É um livro de poemas. Um daqueles livros que faziam a alegria de um público afortunado daquele tempo, a era de ouro da literatura moderna. Meu Deus, os leitores desta nossa era são menos favorecidos. Mas coragem! Não irei parar para acusar quem quer que seja, ou lamentar. Sei que a poesia não está morta, nem o gênio está perdido. Tampouco Mamon assumiu o poder ainda para prender e escravizar.[2] Ambos voltarão um dia a afirmar sua existência, sua presença, sua liberdade e força. Anjos poderosos, a salvo no Céu! Sorriem quando as almas sórdidas triunfam e as fracas choram por sua destruição. A poesia destruída? O gênio banido? Não! Mediocridade, não. Não deixe que a inveja a faça pensar assim. Não, eles não só vivem, como reinam e se redimem. Estaríamos no inferno sem a sua influência divina espalhada por todos os lugares. O inferno de nossa própria mesquinharia.

Enquanto eu contemplava ansiosa as páginas brilhantes de *Marmion* — pois que era *Marmion*[3] — St. John parou para examinar meu desenho. Mas no instante seguinte já estava empertigado de novo. Não disse nada. Olhei para ele. Ele evitou o meu olhar. Já conhecia bem os seus pensamentos e podia ler claramente o que se passava no seu coração. Senti-me mais calma e fria do que ele naquele momento. Estava assim em vantagem sobre ele e senti vontade de lhe fazer algum bem, se pudesse.

"Com toda a sua firmeza e autocontrole" — pensei — "ele exige demais de si próprio. Guarda todos os sentimentos e aflições dentro de si. Nada expressa, confessa ou reparte. Tenho certeza de que seria um alívio para si próprio se falasse um pouco sobre essa doce Rosamond, com quem pensa que não pode casar-se. Vou fazer que fale".

---

[2] Jesus ao nos personificar como Mamon coloca ante nós um dilema, do qual não se pode fugir: "Não podeis servir a Deus e a Mamon" (Lc 16, 13). Mamon é mais do que simplesmente dinheiro: é o dinheiro adorado, feito absoluto, o capital de valor máximo.

[3] Obra (1808) do poeta, romancista e ensaísta romântico escocês Sir Walter Scott (1771–1832), considerado o pioneiro do romance histórico.

E comecei:

— Pegue uma cadeira, Senhor Rivers.

Mas, como sempre fazia, ele respondeu que não poderia ficar.

"Muito bem" — respondi mentalmente — "fique de pé, se é assim que quer. Estou determinada a fazê-lo ficar. A solidão é ruim. Tanto para o senhor quanto para mim. Vou ver se descubro, se for possível, a fonte secreta do seu segredo e encontrar a abertura nesse peito de mármore através da qual eu possa derramar uma gota do bálsamo da solidariedade".

—O retrato está parecido? — perguntei-lhe abruptamente.

— Parecido! Parecido com quem? Não o olhei em detalhe.

— Olhou sim, Senhor Rivers.

Ele balançou diante do meu estranho rompante. Olhou-me espantado.

— "Ora, ainda não foi nada" — murmurei para dentro. —"Não pretendo deixar-me derrotar por um pouco da rigidez que ele usa como defesa. Estou preparada para ir até o fim."

E continuei:

— Seu olhar me pareceu bem minucioso. Mas, se quiser, não custa nada olhar de novo — e me levantei colocando-o em suas mãos.

— É um quadro muito bem-feito — disse ele. — Muito suave e com cores bem claras. Muito gracioso e bem pintado.

— Sim, sim, já sei disso tudo. Mas e quanto à semelhança? Com quem se parece?

Dominando certa hesitação, ele respondeu:

— Segundo eu creio, com a Senhorita Oliver.

— Isso mesmo. E agora, senhor, como recompensa por ter acertado, prometo pintar uma duplicada deste quadro para o senhor, desde que o senhor demonstre que gostaria de receber esse presente. Há de convir que não posso perder meu tempo e trabalho para lhe oferecer algo a que o senhor não vai dar valor.

Ele continuou contemplando a pintura. Quanto mais a olhava, mais firmemente a segurava e mais a cobiçava.

— Está igual! — murmurou. — Os olhos estão perfeitos, a cor, a luz, a expressão estão perfeitas. O quadro está sorrindo!

— Uma duplicata do retrato lhe traria bem-estar ou transtorno? Diga-me. Gostaria de tê-lo como lembrança quando estiver em Madagascar, na Cidade do Cabo ou na Índia, ou vê-lo traria recordações que o deixariam infeliz?

Agora ele erguia o olhar furtivamente para mim. Encarou-me indeciso e perturbado. Porém mais uma vez contemplou a pintura.

— É claro que gostaria de tê-lo, sim. Se isso me faria bem ou não, é outra questão.

Como eu sabia que Rosamond realmente gostava dele e que o pai dela não teria nada a opor ao casamento — eu, menos exaltada do que St. John — estava disposta, de todo coração, a promover a união dos dois. Minha sensação era que se ele viesse a se tornar o usufrutuário da fortuna do Senhor Oliver, ela faria melhor uso dela do que se fosse deixar-se definhar e desgastar sob o sol tropical. E com essa ideia em vista respondi:

— Até onde posso perceber, seria melhor e mais aconselhável que o senhor levasse logo o original.

A essa altura, ele já estava sentado. Colocou a pintura sobre a mesa diante de si, e, com a testa apoiada nas duas mãos, debruçou-se sobre ela. Percebi que não estava nem zangado nem chocado com a minha audácia. Até mesmo vi que ao ser abordado assim, francamente, sobre um assunto que considerava reservado — com tamanha liberdade — começava a sentir um novo prazer, um alívio inesperado. Às vezes as pessoas reservadas têm uma necessidade maior de uma discussão franca de seus sentimentos e aflições do que aquelas que são expansivas. As pessoas estoicas e sérias são humanas, afinal de contas, e irromper no mar silencioso de suas almas com audácia e boa vontade é fazer-lhes um grande bem inesperado.

— Tenho certeza de que ela gosta do senhor — disse eu, de pé atrás da sua cadeira. — E o pai dela tem grande respeito pelo senhor. Além do mais, ela é uma moça encantadora, embora um pouco distraída. Mas o senhor possui concentração suficiente para ambos. O senhor devia casar-se com ela.

— *Ela* gosta de mim? — perguntou ele.

— Sem dúvida. Gosta mais do senhor do que de qualquer outra pessoa. Fala o tempo todo no senhor. Não tem outro assunto que lhe agrade tanto e do qual fale com mais frequência.

— É muito agradável ouvir isso — disse ele —, muito. Continue falando por mais quinze minutos.

E o tempo que me dera era real. Tirou seu relógio e o colocou sobre a mesa para controlá-lo.

— Mas qual é a utilidade de ir adiante — perguntei — quando o senhor deve estar preparando algum golpe inflexível que me contradiga, ou forjando uma cadeia para prender seu coração?

— Não imagine tais coisas de tamanha rigidez. Pense em mim como alguém que está rendendo-se e se enternecendo, que é justamente o que estou fazendo. O amor humano cresce como uma fonte recém-aberta na minha mente que transborda com sua doce inundação todo o campo que preparei com tanto trabalho e cuidado. Que semeei assiduamente com sementes de boas intenções e de planos abnegados. E agora o campo está alagado por uma enchente de néctar, novos brotos submergiram e um delicioso veneno os corrói. E eu me vejo aos pés da minha noiva Rosamond Oliver, recostado num sofá na sala de visitas de Vale Hall. Ela me fala com sua doce voz, me contempla com aqueles olhos que suas mãos talentosas souberam reproduzir tão bem. Está sorrindo para mim com aqueles lábios de coral. Ela é minha e eu sou dela. Esta vida e este mundo me satisfazem. Silêncio! Não diga nada. Meu coração está pleno de prazer, meus sentidos estão em êxtase. Deixe que o tempo que eu marquei passe em paz.

Concordei com ele. O relógio continuava a marcar o tempo. Sua respiração era acelerada mas contida. Fiquei calada. Em meio a esse silêncio, os quinze minutos terminaram rapidamente. Ele pegou de volta o relógio, largou a pintura, levantou-se e foi para perto da lareira.

— Pronto — disse ele. — Este pouco espaço de tempo foi dedicado ao delírio e à ilusão. Descansei o rosto no seio da tentação. Voluntariamente coloquei o pescoço sob sua guirlanda de flores. Provei de seu cálice. O apoio sob meu rosto queima. Há uma víbora na guirlanda. O vinho tem gosto amargo. Suas promessas são vazias. Suas dádivas são falsas. Isso tudo eu vejo e sei.

Olhei o surpresa.

— É estranho — prosseguiu ele — que enquanto amo Rosamond Oliver tão loucamente, com toda a intensidade de uma primeira paixão, cujo objeto é de uma beleza exótica, graciosa e fascinante bem pouco comum, ao mesmo tempo tenho consciência de que ela não seria uma boa esposa. Que ela não é a companheira que me convém. Que eu poderia descobrir isso logo após o primeiro ano de casamento. E que aos doze meses de enlevo se sucederia uma vida inteira de arrependimento. Sei disso.

— É realmente estranho! — não pude deixar de exclamar.

— Embora algo em mim — prosseguiu ele — seja extremamente sensível aos encantos dela, alguma outra coisa percebe claramente os seus defeitos. Eles são tais que ela não gostaria de nada que eu almejasse ou não ajudaria em nada que eu me envolvesse. Rosamond, uma sofredora e trabalhadora, uma apóstola? Rosamond, a mulher de um missionário? Não!

— Mas o senhor não precisa ser missionário. Pode bem abdicar desse plano.

— Como abdicar? Essa é a minha vocação. Minha grande obra. Meus alicerces se firmam na terra para uma mansão no céu. Minhas esperanças de estar entre aqueles que renunciaram a todas as ambições pela glória de melhorar seus semelhantes, de levar o conhecimento ao reino da ignorância, de substituir a guerra pela paz, a servidão pela liberdade, a superstição pela religião, o medo do inferno pela esperança do paraíso. Devo abdicar disso? Isso me é mais precioso do que o sangue que corre em minhas veias. Isso é o que almejo e para o que vivo.

Depois de uma pausa considerável, eu falei:

— E a Senhorita Oliver? O sofrimento e a decepção dela não o afetam de modo algum?

— A Senhorita Oliver está cercada de pretendentes e bajuladores. Em menos de um mês minha imagem se apagará do seu coração. Ela me esquecerá. E se casará, provavelmente, com alguém que a fará muito mais feliz do que eu poderia fazer.

— O senhor fala com bastante frieza. Mas sofre com esse conflito. O senhor está definhando.

— Não, se emagreci um pouco foi por causa da ansiedade pela definição dos meus projetos. E com a minha partida, continuamente adiada. Nesta manhã mesmo recebi a notícia de que meu sucessor, cuja chegada vem sendo aguardada há tanto tempo, não estará pronto para me substituir senão daqui há três meses. E que talvez esses três meses possam se estender por seis.

— O senhor fica trêmulo e vermelho sempre que a Senhorita Oliver entra na sala de aula.

Outra vez uma expressão de surpresa cruzou seu rosto. Ele jamais imaginara que uma mulher ousasse falar dessa maneira com um homem. Por mim, eu me sentia em casa nessa espécie de conversa. Eu não conseguia sentir-me à vontade com pessoas de mente refinada, homens ou mulheres, até que a conversa tivesse ultrapassado os limites da reserva convencional, cruzado as barreiras da confidência e conquistado um lugar dentro de seus corações.

— A senhorita é uma pessoa original — disse ele. — E nada tímida. Possui um espírito bravo, assim como um olhar penetrante. Mas permita-me assegurá-la de que está interpretando de forma um tanto errada as minhas emoções. Está achando que elas são mais profundas e poderosas do que na verdade são. Está dando-me uma margem de simpatia maior do que mereço. Quando me ruborizo e tremo diante da Senhorita Oliver, não sinto pena de mim mesmo, mas sim desprezo pela minha fraqueza. Sei que isso é ignóbil. Uma mera febre da carne e não, lhe garanto, uma convulsão da alma. *Esta* está mais firme do que uma rocha que repousa nas profundezas de um mar agitado. Conheça-me como realmente sou — um homem frio e duro.

Eu sorri incrédula.

— A senhorita tomou minha confidência como se fosse uma tempestade — continuou ele. — E agora ela está, em grande parte, à sua disposição. Eu estou aqui simplesmente em meu estado original. Despido do manto limpo de sangue com o qual o cristianismo cobre a deformidade humana. Um homem frio, duro e ambicioso. De todos os sentimentos apenas a afeição natural tem um poder permanente sobre mim. A razão é meu guia, não o sentimento. Minha ambição não tem limites. Meu desejo de elevação e de fazer mais pelos outros é insaciável. Louvo a resistência, a perseverança, o trabalho, o talento, porque estes são os meios pelos quais o homem alcança grandes feitos e ascende a grandes alturas. Observo sua carreira com interesse, porque a considero um tipo de mulher diligente, ordeira e enérgica. E não porque tenho pena pelos quais passou, ou pelos que ainda sofre.

— O senhor se descreveria como sendo um mero filósofo pagão? — perguntei.

— Não. Existe uma diferença entre mim e os filósofos deístas. Eu creio. E creio nos Evangelhos. A senhorita falhou em seu epíteto. Não sou pagão, mas sim um filósofo cristão, um seguidor da seita de Jesus. Adoto Sua disciplina, adoto Sua doutrina pura, misericordiosa e bondosa. Defendo-a. Jurei divulgá-la. A religião fez que eu cultivasse minhas qualidades originais dessa forma porque bem cedo fui convertido. De uma semente diminuta, a afeição natural transformou-se em uma árvore frondosa, a filantropia. Da raiz fibrosa e brava da retidão humana, ela criou o devido sentido da justiça divina. Da ambição de conquistar o poder e a fama para o meu ser desgraçado, ela formou a ambição de divulgar o Reino do meu Senhor, de conquistar vitórias para a glória da Cruz. O quanto a religião fez por mim. Transformou a matéria-prima original e deu a ela a melhor utilização. Podou e educou a natureza. Mas não conseguiu erradicar a natureza. Nem jamais conseguirá erradicá-la, "até que este mortal alcance a imortalidade".

Dito isso, pegou o chapéu que estava sobre a mesa ao lado da minha palheta. Olhou mais uma vez para o retrato.

— Ela é linda — murmurou. — Não é à toa que se chama Rosa do Mundo.

— E devo pintar outra igual para o senhor?

— *Cui bono?*[4] Não.

Cobriu a pintura com uma folha de papel fino que eu usava para apoiar a mão enquanto pintava, para evitar manchar o cartão. É impossível dizer o que ele viu de repente naquele papel em branco. Mas alguma coisa prendeu seus olhos nele. Ele o puxou rapidamente, olhou para a sua borda e em seguida olhou para mim com um olhar inexpressivo e totalmente incompreensível que lhe era peculiar. Um olhar que parecia reparar e anotar todos os detalhes da minha forma, rosto e roupa e que me atravessou rápido como um raio. Seus lábios abriram-se como se ele fosse falar, mas reprimiu o que ia dizer, fosse o que fosse.

— O que aconteceu?

— Não foi nada — foi sua resposta. Recolocou o papel onde estava. Vi que rasgou com cuidado uma tira fina da sua margem, que sumiu dentro da luva.

E com um rápido aceno e um "boa-tarde", foi embora.

— Bem! — exclamei, usando uma expressão do lugar. — Aí deve ter coisa!

---

[4] Em latim: "em benefício de quem?".

Fui verificar o papel, mas não vi nada nele salvo as manchinhas mínimas de tinta onde eu experimentara as cores de meus lápis. Durante um ou dois minutos procurei entender aquele mistério. Mas como o achei insolúvel e estando certa de que não devia ter tanta importância assim, deixei-o para lá. E logo o esqueci.

XXXIII

Quando o Senhor St. John saiu começava a nevar. A nevasca continuou pelo resto da noite. No dia seguinte um vento penetrante trouxe novas chuvas pesadas e ao entardecer o vale estava inundado, quase intransitável. Fechei os postigos das janelas, coloquei uma manta sob a porta para evitar que o vento soprasse a neve para dentro de casa por baixo dela, melhorei o fogo, e, depois de ficar sentada por quase uma hora diante da lareira ouvindo a fúria abafada da tempestade, acendi uma vela, peguei o *Marmion* e comecei a ler:

"Nas encostas acasteladas de Norham raiou o dia
E sobre o rio Tweed largo e profundo seguiu viagem
E sobre as solitárias montanhas de Cheviot o que se via
Eram torres imensas e a torre de menagem

E os muros que cercavam a tênue paisagem
Um brilho amarelo sob o qual tudo fulgia".[1]

Acabei por esquecer a tempestade, envolvida pela poesia.

Ouvi um barulho. "Deve ser o vento" — pensei — "batendo na porta". Mas não. Era St. John Rivers que levantava o ferrolho e entrava, refugiando-se do furacão gelado, do vazio da escuridão. Estava agora em pé diante de mim. A capa que cobria sua figura alta estava branca como uma geleira. Fiquei preocupada, pois um convidado vindo do vale intransitável numa noite como aquela não era de se esperar.

— Alguma má notícia? — perguntei. — Aconteceu alguma coisa?

— Não. Como a senhorita se assusta com facilidade! — respondeu ele, retirando a capa e pendurando-a na porta, para a qual, agora, empurrava o tapete que fora deslocado pela sua entrada. Bateu os pés nele, com força, para retirar a neve das botas.

—Vou sujar a pureza do seu chão — disse ele —, mas deve desculpar-me desta vez.

Em seguida se aproximou do fogo.

— Asseguro-lhe que foi difícil chegar até aqui — observou, enquanto esquentava as mãos no braseiro. — A neve chegou quase até a minha cintura. Felizmente ainda está fofa.

— Mas por que o senhor veio até aqui? — não pude evitar a curiosidade.

— Pergunta pouco hospitaleira essa para ser feita a uma visita. Mas, já que foi feita, respondo simplesmente que vim

[1] Versos do poema épico "Marmion" (1808), de Sir Walter Scott.

para conversar um pouco com você. Fiquei cansado da mudez de meus livros e de meus aposentos vazios. Além disso, desde ontem vivo a ansiedade de uma pessoa para a qual foi contada uma história pela metade e que fica impaciente para saber o resto.

Ele sentou-se. Lembrei-me do seu comportamento estranho do dia anterior e comecei realmente a temer que estivesse perturbado. Entretanto, se estava insano, sua loucura era bastante fria e contida. Ainda não tinha visto aquele belo rosto adquirir a aparência de mármore cinzelado como agora, enquanto retirava da testa o cabelo molhado pela neve e recebia a luz do fogo da lareira direto sobre a fronte do rosto pálido. O que me doía era perceber o traço nítido da preocupação e da tristeza, ali, tão claramente gravadas naquele momento. Esperei, na expectativa de que falasse alguma coisa que eu pudesse, ao menos, compreender. Mas a mão dele estava agora no queixo, e um de seus dedos sobre o lábio. Estava pensando. Surpreendi-me ao ver que sua mão parecia tão gasta quanto o rosto. Fui tomada por uma sensação forte e inesperada de compaixão dentro do coração, que me levou a dizer:

— Bom seria se Diana e Mary viessem para cá morar com o senhor. É muito ruim ficar tão sozinho. Além do mais, o senhor é muito imprudente e se descuida da própria saúde.

— De jeito algum — disse ele. — Cuido de mim quando é necessário. Estou bem agora. O que vê de errado em mim?

Isso foi dito com uma indiferença displicente e distraída que parecia mostrar o quanto a minha preocupação tinha sido supérflua, ao menos na opinião dele. Fiquei calada.

Ele continuava a mover o dedo devagar sobre o lábio superior, e seu olhar ainda vagava sonhador sobre a grelha brilhante.

Imaginando que precisava urgentemente dizer-lhe algo, perguntei se sentia alguma corrente de ar frio passando pela porta atrás dele.

— Não, não! — respondeu ele depressa e um tanto irritado.

— Bem — refleti —, se o senhor não quer falar, pode ficar calado. Vou deixá-lo em paz e voltarei ao meu livro.

Avivei a chama da vela e voltei à leitura atenta de "Marmion". Ele não demorou a se mexer. Meus olhos acompanharam instantaneamente seus movimentos. Tirou do bolso um caderninho com capa de couro e dele sacou uma carta que leu em silêncio, dobrou-a, recolocou-a no caderninho e pôs-se a meditar. Era impossível tentar continuar minha leitura com aquela figura impenetrável ali na minha frente. E tampouco podia, em minha impaciência, ficar muda. Que ele me repelisse, caso fosse seu desejo, mas eu precisava falar.

— O senhor tem tido notícias de Diana e de Mary?

— Não, depois da última carta que lhe mostrei na semana passada.

— E houve alguma mudança em seus próprios planos? O senhor não será convocado a deixar a Inglaterra mais cedo do que esperava?

— De fato, receio que não. Essa possibilidade é boa demais para acontecer.

Então, frustrada, resolvi mudar de assunto. Pensei em falar sobre a escola e sobre minhas alunas.

— A mãe de Mary Garret está melhor. E Mary voltou hoje de manhã para a aula. Na próxima semana virão mais quatro novas alunas de Foundry Close, que não vieram hoje por causa da neve.

— Verdade?

— O Senhor Oliver vai pagar a escola para duas delas.

— Vai mesmo?

— Ele prometeu fazer uma reforma na escola para o Natal.

— Eu sei.

— Isso foi sugestão sua?

— Não.

— De quem terá sido?

— Da filha dele, eu acho.

— Isso é bem dela. Ela é muito bondosa.

— Sim.

Mais uma vez veio o vazio de uma pausa. O relógio bateu oito horas. Isso fez que ele voltasse a si. Descruzou as pernas, sentou-se ereto e virou-se para mim.

— Deixe seu livro por um momento e venha para mais perto do fogo — disse ele.

Surpresa, sem mesmo entender por que, concordei.

— Meia hora atrás — ele prosseguiu — eu lhe falei sobre a minha impaciência em ouvir a continuação de uma história. Pensando um pouco melhor, achei que o assunto seria melhor abordado se eu assumisse o papel de narrador e a senhorita, o de ouvinte. Antes de começar, me parece justo avisá-la de que a história soará um tanto banal aos seus ouvidos. Mas detalhes mofados em geral ganham um novo frescor quando contados por lábios novos. Contudo, seja a história batida ou nova, ela é curta.

Há vinte anos um pobre vigário, não importa o seu nome agora, se apaixonou pela filha de um homem muito rico. Ela também estava apaixonada e com ele se casou. Todos os seus parentes foram contra, mas ela não ouviu os seus conselhos. Em consequência disso, logo após o casamento, eles se afastaram dela. Nem dois anos se haviam passado e o casal impetuoso morreu, e ambos foram enterrados lado a lado numa mesma sepultura. Eu mesmo visitei o túmulo, que fica em um grande cemitério ao lado da velha e sombria catedral de uma grande cidade manufatureira no condado de... Eles deixaram uma filha, que, ainda recém-nascida, foi entregue à Caridade, que lhe deu abrigo. Um abrigo tão frio quanto a nevasca em que quase fiquei preso esta noite. A Caridade levou a órfã para a casa de alguns parentes ricos, onde foi criada por uma tia postiça chamada... Agora devo citar nomes: Senhora Reed, de Gateshead. A senhorita estremeceu? Ouviu algum barulho? Suponho que seja um rato escalando os caibros da sala de aula. Aí ao lado era um celeiro antes da reforma que fiz, e os celeiros costumam ter ratos. Mas, continuando, a Senhora Reed manteve a órfã por dez anos. Se ela foi ou não feliz lá, não sei dizer, pois nada me foi contado. Porém, ao final daquele tempo, a menina foi transferida para um lugar que a senhorita conhece e que não é outro senão a Escola de Lowood, onde morou durante muitos anos. Parece que a sua carreira lá foi muito meritória. De aluna passou a professora, como a senhorita. E realmente é curioso constatar as coincidências da história dela e da sua. Ela saiu de lá para ser governanta. Nisto, outra vez, seus destinos são análogos. E ela ficou encarregada da educação de uma protegida de certo Senhor Rochester.

— Senhor Rivers! — interrompi.

— Posso imaginar o que a senhorita está sentindo — disse ele —, mas se contenha um pouco mais. Estou quase terminando. Ouça-me até o final. Não sei nada sobre o caráter do Senhor Rochester, apenas o fato de que ele propôs um casamento honroso para essa jovem, e que no altar a moça descobriu que ele já era casado e que sua esposa ainda vivia, embora fosse louca. Como ele se comportou e o que propôs a ela depois disso é algo que só posso conjecturar. Mas, quando o fato se espalhou e foi necessário procurar a governanta para que fosse inquirida, descobriu-se que havia desaparecido e ninguém sabia quando, para onde e como. Ela deixou Thornfield Hall durante a noite. Todas as pesquisas sobre seu paradeiro resultaram infrutíferas. A região foi vasculhada de cima a baixo e não foi encontrado qualquer vestígio ou informação sobre seu paradeiro. Ainda assim tornou-se de séria urgência que fosse encontrada. Foram colocados anúncios em jornais. E eu mesmo recebi uma carta de um advogado, Senhor Briggs, comunicando-me os detalhes que acabei de fornecer. Não é uma história bizarra?

— Diga-me apenas — disse eu —, já que o senhor sabe tanto, com certeza poderá dizer-me o que foi que aconteceu com o Senhor Rochester. Como e onde está ele? O que esta fazendo? Está bem?

— Sou totalmente ignorante de tudo o que diz respeito ao Senhor Rochester. A carta apenas narra a tentativa de ele fazer um casamento fraudulento e ilegal, ao qual me referi. Não fala nada sobre ele. A senhorita deveria antes perguntar o nome da governanta e a natureza dos acontecimentos que exigem o aparecimento dela.

— Então ninguém foi a Thornfield Hall? Ninguém viu mais o Senhor Rochester?

— Penso que não.

— Mas escreveram para ele?

— É claro.

— E o que foi que ele disse? Quem recebeu as cartas dele?

— O Senhor Briggs declarou que a resposta que recebeu não veio do Senhor Rochester, mas sim de uma senhora. A assinatura era de Alice Fairfax.

Eu sentia frio e desânimo. Meus piores receios provavelmente eram verdade. Com toda a certeza ele teria ido embora da Inglaterra e corrido em afobado desespero para algum antro do Continente. E que narcótico para os seus sofrimentos e que objeto para as suas paixões não fora ele tentar buscar por lá? Eu não ousava responder a essa pergunta. Oh, meu pobre patrão, aquele que quase foi meu marido, a quem chamei algumas vezes de "meu querido Edward"!

— Ele deve ter sido um homem mau — observou o Senhor Rivers.

— O senhor não o conhece, portanto não manifeste uma opinião errada sobre ele — disse eu com ternura.

— Muito bem — respondeu com tranquilidade —, de fato, tenho outras coisas em que pensar, além dele. Tenho de terminar minha história. Como você não quer saber o nome da governanta, eu mesmo terei de dizê-lo. Espere! Está bem aqui. E é sempre melhor ver as coisas importantes escritas, preto no branco.

E novamente ele abriu seu caderninho e folheou-o. De uma de suas páginas tirou um pedaço de papel amarrotado que tinha sido arrancado de algum lugar. Por sua textura e suas manchas de tinta azul, de laca e vermelhão, eu reconheci a margem arrancada do papel de proteção do desenho que eu fizera no dia anterior. Ele se levantou, colocou-o perto de meus olhos. E eu li escrito com tinta indiana, com minha própria caligrafia, as palavras "Jane Eyre", sem dúvida o resultado de um momento de distração.

— Briggs escreveu-me sobre uma tal Jane Eyre — disse ele — e os anúncios buscavam uma Jane Eyre. Eu conhecia uma Jane Elliot. Confesso que tive minhas desconfianças, mas foi só ontem à noite que passei a ter certeza. Você assume esse nome e renuncia ao seu nome falso?

— Sim, sim, mas onde está esse Senhor Briggs? Talvez ele saiba mais sobre o Senhor Rochester do que o senhor.

— Briggs está em Londres. Duvido que saiba qualquer coisa a respeito do Senhor Rochester. Não é no Senhor Rochester que ele está interessado. No entanto, não quer saber do que é essencial e está interessada em coisas sem importância. Nem perguntou por que o Senhor Briggs está atrás da senhorita e o que queria.

— Está bem, o que ele queria?

— Apenas lhe dizer que o seu tio, o Senhor Eyre, da Ilha da Madeira, morreu e que lhe deixou todos os seus bens e que a senhorita agora está rica. Simplesmente isso. Nada mais.

— Eu! Rica?

— Sim, a senhorita. Rica, uma autêntica herdeira.

Seguiu-se um silêncio.

— É claro que deve provar sua identidade — continuou St. John — coisa que certamente não será difícil, e então poderá tomar posse imediata de sua herança. Sua fortuna está investida em fundos ingleses. Briggs tem o testamento e os documentos necessários.

Ali estava uma nova carta virada para cima! É uma coisa maravilhosa, leitor, ser levada de uma hora para outra da indigência para a riqueza. Uma coisa ótima. Mas não é algo que se possa entender, ou apreciar com tanta facilidade. E há outras possibilidades na vida muito mais emocionantes e arrebatadoras. *Isto* era algo palpável, uma coisa do mundo real, não tinha nada de imaginário. Tudo o que está associado a isto é palpável e racional, como também o são suas manifestações. Não se pula, se atira e se grita "hurra!" ao saber que se ganhou uma fortuna. Mas se começa a pensar nas responsabilidades e a imaginar o que fazer. Sobre uma base de constante satisfação se erguem certos cuidados graves, e devemos nos conter e refletir sobre a origem da nossa felicidade com um semblante solene.

Além disso, as palavras herança, legado acompanham as palavras morte e enterro. Eu já sabia que meu tio morrera. Meu único parente. Desde que soube da sua existência acalentava a esperança de um dia poder vê-lo. Agora isso não seria mais possível. E então surge esse dinheiro todo só para mim. Não para mim e para a alegria de uma família. Mas só para mim. Sem dúvida, era uma grande bênção. Seria uma glória a independência que me traria — sim, eu tinha consciência disso — e era esse pensamento que ocupava meu coração inteiro.

— Por fim, a senhorita levantou a cabeça — falou o Senhor Rivers. — Achei que Medusa tivesse lançado um olhar sobre você e a transformado numa pedra. Talvez agora me pergunte quanto está valendo, não?

— Quanto estou valendo?

— Ora, uma ninharia! Nada que valha a pena falar. Umas vinte mil libras. Acho que foi o que disseram. Mas o que vale isso, afinal?

— Vinte mil libras?

Ali estava um motivo para espanto. Eu calculara umas quatro ou cinco mil. Por instantes essa notícia realmente me deixou sem fôlego. O Senhor St. John, que nunca ria, soltou uma gargalhada agora.

— Bem — disse ele —, se tivesse cometido um assassinato e eu lhe dissesse que seu crime fora descoberto, não me pareceria mais espantada.

— É que é muito dinheiro. O senhor não acha que houve algum engano?

— Não há engano algum.

— Talvez o senhor se tenha enganado ao ver os números. Devem ter sido duas mil libras!

— Está escrito por extenso, sem números — vinte mil libras.

Mais uma vez senti-me como uma pessoa que de todo nem é glutona, mas está sentada sozinha diante de uma mesa de banquete repleta de iguarias para cem pessoas.

O Senhor Rivers levantou-se e vestiu a capa.

— Se a noite não estivesse tão ruim — disse ele —, eu mandaria Hannah vir para cá lhe fazer companhia. A senhorita me parece decepcionada demais para ser deixada sozinha. Mas Hannah, pobre mulher! Não poderia caminhar muito bem sobre a neve como eu. Suas pernas não são tão compridas como as minhas. Assim devo deixá-la só com suas mágoas. Boa noite.

Ele estava levantando o ferrolho da porta quando, de súbito, me ocorreu um pensamento.

— Espere um minuto! — gritei. — Intriga-me saber por que o Senhor Briggs escreveu para o senhor sobre mim, ou como ele o conhecia ou poderia saber que o senhor, vivendo neste lugar tão remoto, seria capaz de ajudar na minha descoberta.

Ora, sou um clérigo — disse ele —, e os clérigos são frequentemente consultados sobre assuntos estranhos.

Mais uma vez o ferrolho rangeu.

— Não, essa resposta não me satisfaz! — exclamei. E de fato havia alguma coisa estranha na resposta rápida e mal explicada que, em vez de me tranquilizar, aguçou minha curiosidade mais do que nunca.

— Esse assunto está muito estranho — acrescentei. — Preciso saber mais sobre ele.

— Numa outra hora.

— Não, hoje à noite! Hoje à noite!

E, quando se virou para a porta, eu me coloquei na frente dela. Ele ficou bastante intrigado.

— Pode ter certeza de que não irá embora sem ter-me dito tudo — disse eu.

— Preferia não dizer mais nada, por enquanto.

— O senhor vai dizer, sim! Tem de dizer!

— Prefiro que Diana ou Mary falem com você sobre isso.

É claro que suas objeções fizeram que minha ansiedade atingisse o clímax. E ela precisava ser aplacada, sem mais delongas. Foi justamente isso o que eu disse a ele.

— Eu já lhe avisei que sou um homem duro — disse ele —, difícil de ser convencido.

— E eu também sou uma mulher dura — impossível de ser dissuadida.

— Além do mais— continuou ele — sou frio. Nenhuma emoção acalorada me contagia.

— Se eu sou quente como fogo, o fogo desfaz o gelo. O calor da lareira derreteu toda a neve da sua capa que escorreu para o meu chão, que ficou com a aparência de uma rua cujo gelo é pisado e repisado pelos transeuntes. Como o senhor espera ser perdoado, Senhor Rivers, pela má ação de ter sujado o chão da cozinha, diga-me o que eu quero saber.

— Está bem — disse ele —, eu me rendo. Se não pela sua veemência, ao menos por sua perseverança. Como a água mole em pedra dura. Além do mais, você acabaria por saber algum dia. Agora ou mais tarde. Seu nome é Jane Eyre?

— Lógico. Tudo isso já ficou mais do que claro.

— Você por certo não está ciente de que tenho o mesmo nome que você, não é? De que fui batizado com o nome de St. John Eyre Rivers?

— Não, de fato! Lembro-me de ter visto a letra "E" incluída em suas iniciais gravadas nos livros que tantas vezes o senhor me emprestou, mas nunca perguntei o que aquela letra queria dizer. Mas então? Quer dizer que...

Parei de falar. Não devia confiar em mim mesma para avaliar qualquer coisa e muito menos para expressar o pensamento que passou de repente sobre mim, que tomou corpo e que, em um segundo, se ergueu como uma forte e sólida possibilidade. As circunstâncias se entrelaçavam e se encaixavam, e tomavam seu lugar rapidamente. A cadeia que até então tinha sido um monte de elos soltos agora se mostrava completa. Cada elo estava perfeito e a conexão, finalizada. Soube de tudo, por instinto, antes mesmo de St. John dizer qualquer outra palavra. Mas não poderia esperar que o leitor tivesse a mesma percepção intuitiva. Portanto devo repetir o que ele me explicou:

— O sobrenome da minha mãe era Eyre. Ela tinha dois irmãos. Um deles era clérigo e se casou com a Senhorita Jane Reed, de Gateshead. O outro, John Eyre, era comerciante em Funchal, na Ilha da Madeira. O Senhor Briggs, sendo advogado do Senhor Eyre, nos escreveu em agosto passado para informar a morte de nosso tio e para dizer que ele deixara seus bens para a filha órfã de seu irmão clérigo. Com isso nos deixara de fora, em consequência de uma desavença jamais perdoada entre ele e meu pai. Escreveu-nos outra vez, há poucas semanas, para informar que a herdeira estava desaparecida e para perguntar se sabíamos alguma coisa sobre ela. Um nome casualmente escrito num pedaço de papel me permitiu encontrá-la. O resto a senhorita já sabe.

Mais uma vez fez menção de sair, mas eu me coloquei contra a porta.

— Por favor, deixe-me falar — disse eu. — Dê-me um tempo para respirar e refletir.

Fiz uma pausa.

Ele estava defronte a mim com o chapéu na mão me olhando impassível. Eu continuei:

— Sua mãe era irmã do meu pai?

— Sim.

— Então era minha tia.

Ele inclinou-se, assentindo.

— Meu tio John era o seu tio John? O senhor, Diana e Mary são filhas dele, da mesma forma que eu sou filha do irmão dele?

— Inegavelmente.

— Então vocês três são meus primos. Metade do nosso sangue de cada lado brota da mesma fonte?

— Sim, somos primos.

Eu o olhei. Parecia que eu encontrara um irmão, alguém de quem eu podia orgulhar-me — alguém que eu podia amar. E duas irmãs, cujas qualidades eram tais que, quando eu as conheci como meras estranhas, inspiraram em mim afeição e admiração verdadeiras. As duas jovens as quais, ajoelhada no chão molhado e olhando através da janela baixa com gelosias da cozinha de Moor House, contemplei com uma mistura tão amarga de interesse e desespero, eram minhas parentas mais próximas. E o jovem cavalheiro imponente que me encontrara quase morta em seu portal era meu parente de sangue. Que gloriosa descoberta para uma pobre coitada! Isso era de fato riqueza! Riqueza para o coração! Uma mina de afetos puros e maravilhosos. Isso era uma bênção, brilhante, vívida, estimulante e diferente da poderosa dádiva de ouro. Rica e muito bem-vinda, mas preocupante pelo peso que carregava. Eu agora batia palmas de alegria. Meu pulso estava acelerado. Minhas veias vibravam.

— Estou muito feliz, muito feliz! — exclamei.

St. John sorriu.

— Eu não disse que a senhorita negligenciava pontos essenciais para se preocupar com ninharias? — disse ele. — A senhorita ficou séria quando eu lhe disse que tinha uma fortuna, E agora, sem mais nem menos, está toda alegre.

— O que está dizendo? Pode não ser o momento para o senhor, que tem irmãs e não se importa de ter uma prima. Mas eu não tinha ninguém. Agora tenho três parentes, ou dois, se o senhor não quiser entrar na conta, que já nasceram adultos. Digo mais uma vez, estou feliz!

Caminhei pela sala de lá para cá. E parei. Estava meio sufocada com os pensamentos que cresciam dentro de mim com maior rapidez do que era possível recebê-los, entendê-los e apaziguá-los. Pensamentos do que poderia, deveria e iria acontecer. E muito em breve. Olhei para a parede branca. Ela parecia um céu coalhado de estrelas, e cada uma me iluminava com um propósito ou alegria. Aqueles que me salvaram a vida e aos quais até o momento eu amava de modo estéril, agora eu poderia recompensar. Eles estavam vivendo com dificuldades e eu poderia livrá-los delas. Estavam separados e eu poderia uni-los. A independência, a riqueza que era minha também poderia pertencer a eles. Nós não éramos quatro? Vinte mil libras divididas igualmente dariam cinco mil libras para cada um de nós. O que bastava e sobrava, e a justiça seria feita. E a felicidade mútua estaria assegurada. Agora a riqueza não pesava mais sobre mim. Não se tratava de mera herança de dinheiro. Era antes um legado de vida, esperança e alegria.

Não sei qual era a minha aparência enquanto essas ideias tomavam de assalto conta do meu espírito. Mas percebi que o Senhor Rivers colocara uma cadeira atrás de mim e tentava gentilmente fazer que eu me sentasse. Também me aconselhou que mantivesse a calma. Desprezei a insinuação de fraqueza e agitação. Afastei sua mão e voltei a andar de lá e para cá.

— Escreva amanhã para Diana e para Mary — disse eu — e diga-lhes que venham imediatamente para casa. Diana me disse que as duas iriam considerar-se ricas com mil libras, portanto, com cinco mil cada uma, ficarão muito melhor.

— Diga-me onde posso pegar um copo d'água para a senhorita — falou St. John. — Tente fazer um esforço para se acalmar.

— Bobagem! E que tipo de efeito a herança terá sobre o senhor? Ela o irá manter na Inglaterra, induzi-lo a se casar com a Senhorita Oliver, e se instalar aqui como um mortal comum?

— Você começa a delirar. Sua cabeça está tornando-se confusa. Acho que fui pouco hábil ao lhe dar essas notícias de uma forma tão abrupta. Esse estado de perturbação está muito além das suas forças.

— Senhor Rivers! O senhor está fazendo que eu perca a paciência. Sou bastante racional. O senhor é quem não está entendendo, ou melhor, está fingindo que não entende.

— Talvez. Se explicar com um pouco mais de clareza, posso vir a entender.

— Explicar! O que há para explicar? O senhor parece não ver que vinte mil libras, a quantia em questão, dividida igualmente entre um sobrinho e três sobrinhas de nosso tio, darão cinco mil para cada um, não? O que quero é que o senhor escreva para as suas irmãs e conte a elas sobre a fortuna que lhes cabe.

— Que coube à senhorita, é o que quer dizer.

— Já explanei minha visão sobre o caso. Não sou capaz de vê-la de outra forma. Não sou brutalmente egoísta, cegamente injusta ou diabolicamente ingrata. Além do mais, estou decidida a ter um lar e parentes. Gosto de Moor House e viverei em Moor House. Gosto de Diana e de Mary e ficarei com elas pelo resto da vida. Ter cinco mil libras irá ser muito bom para mim. Ter vinte mil libras me causaria preocupação e tormento. E, acima de tudo, jamais poderiam ser minhas por justiça, embora possam ser pela lei. Abro mão para vocês daquilo que me é absolutamente supérfluo. Que não haja oposição e discussão sobre este assunto. Concordemos, todos nós, e decidamos a questão de uma vez.

— Seu ato está sob o efeito dos primeiros impulsos. É melhor refletir por alguns dias e depois então sua palavra terá o crédito devido.

— Oh, se tudo o que senhor duvida é da minha sinceridade, estou tranquila. O senhor concorda que minha decisão é justa?

— Posso ver certa justiça. Mas é contrária a todos os costumes. Além do mais, a fortuna é sua por direito. Meu tio a ganhou com o seu próprio esforço. Ele era livre para deixá-la para quem quisesse, e a deixou para a senhorita. Afinal, a justiça permite que a conserve. A senhorita pode, com a consciência tranquila, considerá-la como toda sua.

— Por mim — disse eu — trata-se muito mais de uma questão de sentimento do que de consciência. Devo satisfazer meus sentimentos. Muito raramente tive a oportunidade de fazer isso. Mesmo que o senhor argumente, não concorde e me perturbe durante um ano, não posso impedir o prazer do qual tive um vislumbre — o de pagar, em parte, uma dívida importante e de ganhar amigos pelo resto da vida.

— A senhorita pensa assim hoje — voltou a falar St. John — porque não sabe o que é ter posses, e consequentemente como gozar da riqueza. Não tem a menor noção da importância que vinte mil libras dariam à sua vida. O lugar na sociedade que lhe proporcionariam ocupar. As possibilidades que lhe abririam. Não pode...

— E o senhor — interrompi — não pode ter a menor ideia de como é desejar ardentemente ter um amor fraterno. Nunca tive um lar, nem irmão e irmãs. Esta é a oportunidade de tê-los agora. Não está relutante em me aceitar ou me reconhecer como irmã, está?

— Jane, eu serei seu irmão e minhas irmãs serão suas irmãs sem que para isso precise sacrificar o que é seu de direito.

— Irmão? Sim, a uma distância de mil léguas! Irmãs? Sim, escravizadas entre estranhos! E eu, rica. Cheia do ouro que não fiz nada para ganhar e que não mereço! E vocês, sem um tostão! Que igualdade e fraternidade notáveis! Estreita união! Ligação íntima!

— Mas, Jane, suas intenções em relação aos laços de família e felicidade doméstica podem ser concretizadas por outros meios além daqueles que pensa. Você pode vir a se casar.

— Outra bobagem! Casar! Eu não quero me casar e nunca me casarei.

— Está falando demais. Tais afirmações são arriscadas e uma prova da grande perturbação sob a qual se encontra.

— Não estou falando demais. Sei muito bem o que estou sentindo e como minhas intenções são avessas à simples ideia de casamento. Ninguém me aceitaria por amor. E não serei encarada como uma simples especulação financeira. E não quero um estranho, alguém intolerante, diferente de mim. Quero os meus afins, aqueles com os quais tenho plena identidade. Diga outra vez que será meu irmão. Quando falou essas palavras fiquei contente, feliz. Repita-as, se puder, e o faça com sinceridade.

— Acho que posso. Sei que sempre amei minhas próprias irmãs, e sei que minha afeição por elas se baseia no respeito pelo valor que têm e na admiração por seus talentos. Você também tem princípios e inteligência. Seus gostos e hábitos são parecidos com os de Diana e de Mary. Sua presença me é sempre agradável. E algumas vezes, ao conversar com você, encontrei um alívio benéfico. Sinto que posso com a maior facilidade e naturalidade fazer um espaço em meu coração para você, como minha terceira e mais jovem irmã.

— Obrigada. Isso me satisfaz, por ora. É melhor que se vá, pois se ficar mais tempo eu acabarei, talvez, por me irritar com mais alguma colocação acovardada.

— E a escola, senhorita Eyre? Suponho que agora ela será fechada, não?

— Não, continuarei mantendo o meu lugar até que o senhor arranje uma substituta.

Ele sorriu mostrando aprovação. Apertamos as mãos e ele foi embora.

Não preciso contar em detalhe as lutas subsequentes que tive, e os argumentos que usei para acertar as questões relativas à herança do modo que eu queria. Minha tarefa foi difícil. Mas, a minha decisão era irrevogável. Como afinal meus primos perceberam que meu pensamento em relação a fazer uma divisão justa dos bens não tinha volta, devem ter sentido a justiça da intenção e, além disso, devem ter reconhecido que em meu lugar teriam feito exatamente o mesmo.

Acabaram por consentir em levarmos a questão a julgamento. Os juízes escolhidos foram o Senhor Oliver e um advogado competente. Ambos concordaram com a minha opinião. Meu ponto de vista prevaleceu. Os documentos de transferência foram providenciados. St. John, Diana, Mary e eu, tomamos posse de nossa parte na herança.

XXXIV

Já estávamos próximos do dia de Natal quando tudo foi acertado. Era o início da temporada de férias. A escola de Morton foi fechada, e por meu lado tive o cuidado de que da minha passagem por ela resultasse algo fecundo. A boa fortuna abre as mãos e o coração de um modo extraordinário. E dividir alguma coisa quando se é visitado pela abundância não é outra coisa senão uma forma incomum de canalizar a energia dos sentimentos. Já fazia tempo que eu percebia, com prazer, o quanto várias de minhas rudes alunas gostavam de mim, e, quando nos separamos, esse sentimento se confirmou. Elas demonstraram seu afeto de maneira clara e intensa. Profunda foi a minha gratificação ao descobrir que eu tinha realmente um lugar naqueles corações simples. Prometi que não deixaria que uma semana se passasse, no futuro, sem que eu as visitasse e lhes desse uma hora de aula em sua escola.

O Senhor Rivers apareceu a tempo de ver as classes formadas à minha frente, agora compostas por sessenta moças, e eu parada à frente delas com a chave na mão para fechar a porta. Ainda trocava umas poucas palavras especiais de despedida com meia dúzia das minhas melhores alunas, as jovens mais decentes, respeitáveis, modestas e bem informadas que seria possível serem encontradas entre camponesas inglesas. E dizer isto é dizer muito, pois, afinal, os camponeses ingleses são os mais bem-educados, os de melhores modos e os que têm maior respeito próprio entre todos os outros na Europa. Naquela mesma época conheci *paysannese* e *Bäuerinnen*,[1] e os melhores deles me pareceram ignorantes, rudes e estúpidos em comparação com as minhas meninas de Morton.

— Você se acha gratificada pela temporada em que trabalhou aqui? — perguntou o Senhor Rivers quando todas já tinham ido embora. — Não lhe dá prazer a consciência de ter feito algo de bom durante o exercício da sua profissão?

— Sem dúvida.

— E você trabalhou apenas uns poucos meses. Uma vida dedicada à tarefa de melhorar seus semelhantes não seria recompensadora?

— Sim — disse eu — mas eu não poderia fazer isso para sempre. Quero desfrutar de minhas próprias faculdades assim como cultivar as de outras pessoas. Quero aproveitá-las agora. Não lembre à minha mente e ao meu corpo que a escola existe. Estou de férias e disposta a aproveitar totalmente meu tempo livre.

Ele me olhou sério. — E agora? Que súbito ímpeto será esse que você demonstra? O que tenciona fazer?

---

[1] Em francês e alemão: "camponeses" e "agricultores".

— Viver uma vida ativa. Tão ativa quanto possível. Em primeiro lugar devo pedir-lhe que libere Hannah e arranje outra pessoa para servi-lo.

— Você a está querendo?

— Sim, quero que ela venha comigo para Moor House. Diana e Mary estarão aqui dentro de uma semana e quero que na chegada delas tudo esteja em ordem.

— Entendo. Pensei que você fosse sair de viagem. Assim está melhor. Hannah poderá ir com você.

— Então, diga-lhe que esteja pronta amanhã. Aqui está a chave da sala de aula. Amanhã lhe darei também a chave do meu chalé.

Ele a pegou.

— Você está abrindo mão de tudo com muita alegria — disse ele. — Não entendo bem a sua serenidade, pois não posso dizer qual é a ocupação que pretende ter em substituição ao que está deixando. Qual é a intenção, o propósito, a ambição que você tem agora?

— Minha primeira intenção será a de uma *faxina geral*. Você entende o alcance dessa expressão? Uma *faxina geral* em Moor House, dos quartos ao porão. A segunda será dar um polimento geral com cera de abelhas, óleo e panos até que fique tudo brilhando outra vez. A terceira será consertar cada cadeira, mesa, cama, tapete, com precisão matemática. E depois chegar quase a levá-lo à ruina de tanto estocar carvão e turfa para manter bom fogo em todos os aposentos. E, por último, os dois dias anteriores à chegada das suas irmãs serão dedicados por mim e por Hannah a bater ovos, colher groselhas, moer temperos, assar bolos de Natal, preparar os ingredientes para as tortas e me dedicar à solenidade de todos os rituais culinários, que palavras não conseguem traduzir a um não iniciado como o senhor. Em resumo, minha intenção é que tudo esteja absolutamente perfeito e pronto para Diana e Mary antes da próxima quinta-feira. E minha ambição é dar-lhes a melhor das boas-vindas quando elas chegarem.

St. John sorriu levemente. Ainda assim não parecia satisfeito.

— Por enquanto está tudo bem — disse ele. — Mas, para falar sério, creio que, quando terminar esse primeiro afluxo de entusiasmo, irá procurar coisas um pouco mais elevadas do que esses agrados domésticos e essas alegrias de dona de casa.

— Estas são as melhores coisas do mundo! — interrompi.

— Não, Jane, não. Este mundo não é um cenário de deleites. Não tente fazer que seja. Tampouco é um lugar de descanso. Não se torne preguiçosa.

— Exatamente ao contrário. Tenciono ser muito ativa.

— Jane, eu a desculpo por enquanto. Dou-lhe dois meses para que aproveite bastante sua nova situação e se alegre com a descoberta tardia deste novo relacionamento. Mas, *daí em diante,* eu espero que você comece a olhar para além da Moor House e de Morton, das relações de irmandade, da calma egoísta e do conforto do luxo da vida da sociedade civilizada. Espero que suas energias possam mais uma vez perturbá-las com sua força.

Eu o olhei surpresa.

— St. John — disse eu — acho que está sendo quase malvado ao falar assim. Estou disposta a ficar tão contente quanto uma rainha e o senhor tenta me deixar inquieta! Com que finalidade?

— Com a finalidade de transformar em lucro os talentos que Deus entregou aos seus cuidados. E que com certeza um dia Ele irá pedir-lhe para acertar as contas. Jane, eu a observarei atenta e ansiosamente. Pode estar certa disto. E tente diminuir o entusiasmo desproporcional com que se lança aos prazeres domésticos banais. Não se prenda de maneira tão tenaz aos laços da carne. Guarde sua fidelidade e ardor para uma causa adequada. Evite gastá-los em coisas bobas e objetivos transitórios. Está ouvindo, Jane?

— Estou, como se o senhor estivesse falando grego. Sinto que tenho uma boa causa para ser feliz, e *serei* feliz. Adeus!

Estava feliz em Moor House e nela trabalhei duro, assim como Hannah. Ela ficava encantada com a minha jovialidade em meio ao alvoroço de uma casa virada de cabeça para baixo. A disposição que eu tinha para esfregar, espanar, limpar e cozinhar. E, na verdade, depois de um dia ou dois na pior confusão, era uma maravilha ir gradualmente colocando ordem no caos que nós mesmas havíamos feito. Eu tinha antes ido até S… comprar uma nova mobília. Minhas primas me deram *carta branca* para fazer as alterações que eu quisesse, e uma quantia fora destinada para essa finalidade. Deixei a sala de visitas e os quartos mais ou menos como eram, pois sabia que Diana e Mary teriam mais prazer em ver as antigas mesas, cadeiras e camas familiares, do que um espetáculo de inovações mais modernas. Ainda assim, era necessária alguma novidade, para que o retorno delas tivesse o sabor que eu queria. Tapetes escuros novos e cortinas, um arranjo de enfeites antigos de porcelana e bronze cuidadosamente escolhidos, colchas, espelhos e armários novos para as penteadeiras respondiam a essa finalidade. Pareciam novos sem chamar demais a atenção. Troquei inteiramente a mobília de uma das salas de visitas e de um quarto de hóspede por outra de mogno e com estofamento cor de carmim. Coloquei uma passadeira no corredor e na escada. Quando tudo ficou pronto, achei Moor House um modelo reluzente de conforto acolhedor em seu interior, que, naquela estação, contrastava com o abandono desértico do inverno em seu exterior.

A memorável quinta-feira finalmente chegou. Elas eram esperadas ao anoitecer, as lareiras foram acesas na parte de cima e na de baixo. A cozinha estava um brinco. Hannah e eu colocamos roupas condizentes com a ocasião e tudo estava pronto.

St. John chegou primeiro. Eu havia pedido que ficasse bem longe da casa até que tudo estivesse pronto. E, de fato, a simples ideia da confusão, ao mesmo tempo composta por sujeira e afazeres banais, que acontecia dentro daquelas paredes foi o bastante para mantê-lo afastado. Ele me encontrou na cozinha, onde eu acompanhava a preparação de alguns bolos para o chá, para então colocá-los no forno. Aproximando-se da lareira, ele perguntou:

— E então, está pelo menos satisfeita com o serviço de criada da casa?

Minha resposta foi um convite para que me acompanhasse numa inspeção geral do resultado do meu trabalho. Com alguma dificuldade consegui fazer que percorresse a casa. Ele apenas olhava para dentro das portas que eu ia abrindo. E, depois de ter visto tudo na parte de cima e na de baixo, disse que eu devia estar muito cansada por ter feito tantas mudanças em tão pouco tempo. Mas não manifestou satisfação pela melhoria do aspecto de sua casa.

Aquele silêncio me deixou desanimada. Pensei que as alterações talvez tivessem perturbado as velhas lembranças que ele valorizava. Com um tom de voz que era, sem dúvida, do mais puro desalento, perguntei se isso tinha acontecido.

— Não, de jeito nenhum — disse ele, e que, muito ao contrário, percebera que eu havia tido o escrúpulo de respeitar todas as lembranças. De fato, temia que mais atenção àquele assunto estivesse sendo maior do que ele merecia. Quantos minutos, por exemplo, teria eu dedicado a estudar a arrumação de cada aposento? A propósito, será que eu seria capaz de lhe dizer onde estava determinado livro?

Eu lhe mostrei o livro na prateleira. Ele o pegou e, retirando-se para o seu costumeiro recesso ao lado da janela, começou a lê-lo.

Francamente não gostei nada daquilo, leitor. St. John era um bom homem, mas comecei a sentir que falara a verdade sobre si mesmo quando dissera ser um homem duro e frio. As humanidades e amenidades da vida não o atraíam. Os prazeres tranquilos não tinham qualquer encanto. Vivia, apenas, literalmente para absorver o que era bom e grande. No entanto, não descansaria jamais nem aprovaria o descanso dos outros à sua volta. Ao olhar para a sua testa altiva, pálida como uma pedra branca, e seus traços finos absortos na leitura, compreendi na mesma hora que seria difícil que desse um bom marido. Que seria muito difícil ser mulher dele. De forma intuitiva entendi a natureza do seu amor pela Senhorita Oliver. Concordei com ele que aquele amor não passava senão de um amor dos sentidos. Compreendi como desprezava a si próprio pela influência ardorosa que esse amor exercia sobre ele. Como havia desejado sufocá-lo e destruí-lo. Como também desconfiava de que algum dia levasse à felicidade permanente para ele ou para ela. Vi que era feito do mesmo material com que a natureza esculpe seus heróis — cristãos ou pagãos —, seus legisladores, seus estadistas, seus conquistadores. Uma base consistente para a sustentação de grandes interesses. Mas, ao lado da lareira, com frequência o que se via era uma coluna fria e incômoda, sombria e deslocada.

"Esta sala de visitas não é o *habitat* dele" — pensei. — "A cordilheira do Himalaia, a floresta de Cafre e até mesmo os pântanos infestados de pragas da costa da Guiné lhe seriam lugares mais adequados. Ele pode muito bem fugir da calma da vida doméstica. Não é o seu elemento. Nela suas faculdades ficam estagnadas. Não podem desenvolver-se ou sobressair. Só em cenários de disputa e perigo — onde a coragem é posta à prova, a energia é exercitada e a força, desafiada — é que ele se expressará e movimentar-se-á, como líder superior. Uma criança se sentiria mais feliz do que ele aqui neste lugar. Vejo agora que ele acertou quando escolheu viver a vida de missionário."

— Elas estão chegando! Elas estão chegando! — gritou Hannah, abrindo a porta da sala de visitas.

Ao mesmo tempo Carlo latiu alegremente. Eu corri para fora. Já estava escuro, mas era possível ouvir um barulho de rodas de carruagem. Hannah logo veio com um lampião aceso. Os cavalos estacaram ao lado do portão. O cocheiro abriu a porta. E dois vultos bastante conhecidos saltaram, um seguido do outro. No minuto seguinte eu estava com o rosto sob os seus chapéus. Primeiro em contato com a pele macia do rosto de Mary, e depois com o cabelo encaracolado de Diana. Elas riam — me beijaram — e beijaram Hannah. Fizeram carinho em Carlo, que não se continha de tanta alegria. Perguntaram ansiosas se estava tudo bem. E sendo informadas que sim, entraram em casa.

Estavam cansadas depois da viagem longa e sacolejante desde Whitcross e tremiam de frio devido ao ar gelado da noite. Mas suas feições se iluminaram diante do agradável calor da lareira. Enquanto o cocheiro e Hannah traziam suas bagagens para dentro, perguntaram por St. John. Nesse momento ele acabara de aparecer, vindo da sala de visitas. Ambas na mesma hora jogaram os braços em volta do pescoço dele. Ele as beijou com delicadeza e disse em voz baixa algumas palavras de boas-vindas. Ficou por ali um pouco e, então, informou que as esperava em breve na sala de visitas, retirando-se para seu refúgio.

Acendi velas para que fossem levadas por elas para cima, mas antes disso Diana foi dar algumas ordens ao cocheiro. Depois, ambas me seguiram. Ficaram encantadas com a reforma e a decoração que fiz em seus quartos, com as cortinas e os tapetes novos e os vasos finos de porcelana. A gratidão que sentiram foi expressa com generosidade. Tive o prazer de sentir que o que fiz agradou em cheio aos anseios das irmãs e acrescentou um vívido encanto ao seu alegre retorno ao lar.

Aquela foi uma noite maravilhosa. Minhas primas, cheias de entusiasmo, eram tão eloquentes em suas falas e comentários que encobriam o ar taciturno de St. John. Ele aparentava uma sincera satisfação em rever as irmãs, mas não comungava com toda a demonstração da animada efervescência e da exuberante alegria. O acontecimento do dia — ou seja, a volta de Diana e Mary — era algo agradável para ele. Mas o que acompanhava esse acontecimento, o tumulto alegre, a algazarra da recepção o aborreciam bastante. Vi que ansiava pela chegada de um amanhã mais calmo. No meio da alegria daquela noite, cerca de uma hora depois do chá, ouviu-se uma batida na porta e Hannah chegou com a informação de que "um rapaz pobre estava ali, naquela hora improvável, para pedir que o Senhor Rivers fosse ver sua mãe que estava tendo uma hemorragia".

— Onde ela mora, Hannah?

— Lá para os lados de Whitcross Brow, mais além uns seis quilômetros, com pântanos e brejos por todo o caminho.

— Diga a ele que irei.

— Tenho certeza de que é melhor que o senhor não vá. A estrada para lá fica pior do que todas depois que escurece. Além do mais não há uma trilha pelo lamaçal. E a noite está péssima e a ventania, muito forte. É melhor dizer que irá amanhã pela manhã.

Mas ele já estava no corredor, vestindo a capa. Partiu sem fazer qualquer objeção, sem nenhum murmúrio. Eram nove horas, e só chegou de volta lá pela meia-noite. Estava morto de fome e cansado. Mas parecia mais feliz do que quando saiu. Tinha cumprido um dever, feito um esforço, sentido a própria força de insistir e negar a interferência em seu dever. Sentia-se melhor consigo mesmo.

Receio que o restante da semana tenha sido um teste para a paciência dele. Era a semana do Natal. Não nos concentramos numa só atividade, mas gastamos o tempo em alegres desperdícios domésticos. O ar dos brejos, a liberdade da casa, a anunciação de prosperidade agiram sobre os espíritos de Diana e Mary como um elixir de nova vida. Elas transpiravam alegria de manhã à tarde e da tarde até a noite. Estavam sempre falando, e o discurso delas era espirituoso, expressivo, original e tão encantador que eu preferia ouvi-las e participar, a fazer qualquer outra coisa. St. John não reprovava nossa animação, mas não participava dela. Raramente estava em casa. Sua paróquia era grande e a população muito espalhada. Ele passava o dia ocupado em visitar os doentes e pobres em diversos lugares.

Numa manhã, depois de ficar com um ar pensativo por alguns minutos durante o café, Diana perguntou a ele "se não havia mudanças em seus planos".

— Nada mudou nem mudará — respondeu ele. E aproveitou para informar a todas nós que sua despedida da Inglaterra já estava definitivamente marcada para o ano seguinte.

— E quanto a Rosamond Oliver? — sugeriu Mary, com palavras que pareceram escapulir sem querer dos seus lábios. Em verdade, tão logo as pronunciou, fez um gesto como se desejasse recolhê-las. St. John, que estava com um livro nas mãos — seu costume antissocial de ler às refeições — o fechou e ergueu os olhos.

— Rosamond Oliver — disse ele — está para se casar com o Senhor Granby, um dos mais bem relacionados e mais estimados moradores de S…, neto e herdeiro de Sir Frederick Granby. Essa foi a informação que ontem recebi do pai dela.

Suas irmãs se entreolharam e depois olharam para mim. E nós três olhamos para ele. Parecia tão sereno quanto um espelho.

— O noivado deve ter sido acertado com rapidez — disse Diana. — Não deve fazer tanto tempo assim que se conheceram.

— Apenas há dois meses. Eles se conheceram em outubro no baile do condado de S… Mas, onde não há obstáculos para uma união, como nesse caso, onde a ligação é desejável em todos os aspectos, não existe motivo para prorrogações. Irão casar-se assim que a residência em S… Place, que *Sir* Frederick irá ceder-lhes, estiver pronta para recebê-los.

A primeira vez que encontrei St. John a sós depois dessa informação, senti-me tentada a lhe perguntar se isso o havia deixado angustiado. Ele aparentava tamanha aversão à simpatia que, longe de me aventurar a oferecer-lhe mais, senti um pouco de vergonha ao lembrar que já me havia arriscado a lhe oferecer solidariedade. Além do mais, eu perdera a prática de conversar com ele. Seu ar reservado voltara a ficar gelado, e diante disso minha franqueza congelou. Ele não mantivera a promessa de tratar-me como tratava suas irmãs. Era constante a distinção que fazia entre nós, o que de maneira nenhuma facilitava o desenvolvimento da cordialidade. Em resumo, agora que eu era reconhecida como sua parenta, e vivia sob o mesmo teto que ele, sentia que a distância entre nós era maior do que quando ele me conhecia apenas como a professora da aldeia. Quando me lembrava de até onde fora admitida como sua confidente, mal podia compreender sua frieza atual.

Diante disso, não fiquei nem um pouco surpresa quando de repente ele levantou a cabeça da mesa na qual estava e disse:

— Veja só, Jane, a luta foi travada e a vitória, garantida.

Espantada por ter sido abordada assim, não retruquei imediatamente. Levei alguns momentos de hesitação para responder:

— Mas o senhor garante que não é como aqueles conquistadores cujas vitórias lhes custaram caro demais. Por acaso essa vitória de agora não o deixará arruinado?

— Acho que não. E, se deixasse, não teria grande importância. Jamais serei chamado a travar outra luta dessas. A ocorrência do conflito foi decisiva. Meu caminho agora está livre. Agradeço a Deus por isso! — e voltou aos seus papéis em silêncio.

Como a nossa felicidade mútua, quer dizer, a de Diana, a de Mary e a minha, acomodou-se de um modo mais tranquilo, retomamos os nossos hábitos costumeiros e nossos estudos regulares. St. John passou a ficar mais tempo em casa. Sentava-se conosco na mesma sala, às vezes durante horas. Enquanto Mary desenhava, Diana continuava em um curso de leitura enciclopédica que — para minha surpresa e perplexidade —

resolvera fazer. Eu me esforçava com o alemão. Ele avaliava por conta própria o saber místico de uma língua oriental cujo aprendizado achava necessário para os seus planos.

Assim envolvido e sentado em seu canto, parecia bastante quieto e absorto. Entretanto, aqueles seus olhos azuis tinham o hábito de se desviar da gramática estrangeira e vagar pela sala. Às vezes se fixavam em nós, suas companheiras de estudos, com uma curiosidade intensa. Se surpreendido, os olhos se desviavam instantaneamente. Ainda que de tempos em tempos, voltavam a nos observar em nossa mesa. Eu gostaria de saber o que isso significava. Como também saber da manifestação habitual de satisfação que ele sempre demonstrava, em momentos que me pareciam sem importância, como, por exemplo, durante as minhas visitas semanais à escola de Morton. Eu ficava ainda mais intrigada se suas irmãs me dissuadiam de sair caso o dia não fosse favorável e tivesse muita neve, chuva ou muito vento, e ele, invariavelmente, se apresentava solícito e me incentivava a cumprir essa tarefa sem levar em conta as intempéries.

— Jane não é essa fraqueza toda que vocês estão querendo fazer dela — dizia ele. — Ela pode suportar uma ventania, uma chuvarada ou uns poucos flocos de neve tão bem quanto qualquer um de nós. Sua constituição é, ao mesmo tempo, forte e flexível e bem calculada para resistir melhor às variações do clima do que muitas pessoas mais robustas.

E, na volta, quando eu chegava algumas vezes bastante cansada, e nem um pouco castigada pelo tempo, jamais ousei reclamar porque via que mesmo um simples murmúrio poderia aborrecê-lo. Em todas as situações, a resistência lhe agradava, e o inverso era um aborrecimento fora do comum.

Uma tarde, entretanto, me permiti ficar em casa, pois realmente estava resfriada. Suas irmãs tinham ido a Morton em meu lugar. Fiquei quieta lendo Schiller enquanto ele decifrava seus obscuros pergaminhos orientais. Ao trocar uma tradução por um exercício, meu olhar se dirigiu até ele. Foi então que me senti vigiada por aqueles olhos azuis sempre atentos. Por quanto tempo estivera observando-me de forma insistente, não posso dizer. Tão penetrante era o seu olhar, e ao mesmo tempo tão frio, que naquele momento senti-me momentaneamente supersticiosa — como se eu estivesse sentada naquela sala em companhia de um ser sobrenatural.

— O que está fazendo, Jane?

— Aprendendo alemão.

— Quero que pare de aprender alemão e aprenda hindustani.[2]

— Você não está falando sério, está?

— Nunca falei tão sério. E vou dizer-lhe por quê.

Ele então passou a explicar que o hindustani era a língua que ele próprio estava estudando naquele momento, e que, à medida que progredia, corria o risco de esquecer o que de início aprendera. Por isso seria de muita ajuda se tivesse uma aluna com quem pudesse repetir vezes e mais vezes os elementos da língua e assim fixá-los na mente. Que sua escolha oscilou algumas vezes entre mim e suas irmãs. Mas acabou por decidir por mim porque eu seria, entre as três, quem poderia dedicar mais tempo a essa tarefa. Será que eu podia fazer-lhe esse favor? Talvez não fosse preciso fazer um sacrifício muito longo, pois faltavam pouco menos de três meses para a sua partida.

---

[2] Língua muito falada no norte da Índia, mistura de hindi e urdu.

St. John não era um homem a quem se podia recusar um favor com facilidade. Era possível que cada impressão recebida, fosse de dor ou de prazer, ficasse gravada de maneira profunda e permanente em seu interior. Eu concordei. Quando Diana e Mary retornaram, a primeira encontrou sua aluna agora transformada em aluna de seu irmão. Ela riu, e tanto ela quanto Mary concordaram que St. John jamais iria pedir que fizessem aquilo. Ele respondeu com tranquilidade:

— Eu sei disso.

Encontrei nele um professor paciente, tolerante, mas ainda assim exigente. Esperava muito de mim, e quando eu preenchia suas expectativas demonstrava plenamente sua aprovação, do jeito dele. Gradualmente foi exercendo certa influência sobre mim que acabou por me tirar a liberdade de pensamento. Seus elogios e observações eram mais restritivos do que sua indiferença. Eu já não podia mais falar ou rir abertamente quando ele estava por perto, porque um instinto cansativo e inoportuno me lembrava de que a animação — pelo menos em mim — não agradava a ele. Eu estava ciente de que em sua presença só eram aceitáveis ocupações e modos sérios. Que era inútil ter qualquer outro comportamento. Eu me sentia sob um feitiço que me congelava. Quando ele dizia "vá" — eu ia. Se me dizia "venha" — eu vinha. "Faça isto" — eu fazia. Mas não estava gostando dessa escravidão. Várias vezes desejei que tivesse continuado a me ignorar.

Uma noite, na hora de ir para a cama, suas irmãs e eu o rodeamos para lhe desejar boa noite. Ele beijou cada uma delas como era seu costume. E como também era seu costume me estendeu a mão. Diana, que estava de ótimo humor, e como não era controlada com o rigor da vontade dele, porque a ele se igualava em força, exclamou:

— St. John! Você costuma dizer que Jane é a sua terceira irmã, mas não a trata como tal. Você devia beijá-la também.

Ela me empurrou na direção dele. Achei o gesto de Diana muito inconveniente e me senti embaraçadamente confusa. Enquanto tentava me recompor, St. John inclinou a cabeça. Seu rosto de perfil grego ficou no mesmo nível do meu, seus olhos procuraram os meus de um modo penetrante — e ele me beijou. Se existissem beijos de mármore ou beijos de gelo, eu diria que a saudação eclesiástica do meu primo pertencia a algum desses tipos. Mas pode ser que existam beijos experimentais, e o dele foi um desse tipo. Uma vez dado, ele me olhou para conferir o resultado. Não foi nada surpreendente. Tenho certeza de que não corei. Talvez tenha até ficado um pouco mais pálida, pois senti como se esse beijo atasse algemas em mim. Depois disso ele nunca mais deixou de repetir a cerimônia, e a gravidade e imobilidade com que recebia seus beijos parecia exercer certo encanto nele.

Quanto a mim, cada dia que passava mais desejava agradar-lhe. Para isso sentia a cada dia que devia renunciar à metade da minha natureza, sufocar metade das minhas aptidões, modificar meus gostos, forçar-me a adotar atividades para as quais não tinha uma vocação natural. Ele queria treinar-me para que eu alcançasse uma elevação acima de minhas possibilidades. Tentar almejar o padrão ao qual ele queria me elevar era sempre torturante. Era tão impossível moldar minhas características irregulares ao seu padrão correto e clássico, quanto dar aos meus olhos verdes a mesma cor azul e o mesmo brilho solene dos seus.

Não era somente sua ascendência, entretanto, que agora me escravizava. Fazia tempo que para mim era mais fácil ter uma aparência triste do que alegre. Um grande mal se apoderara do meu coração e drenara toda a minha felicidade diretamente na fonte — o mal da dúvida.

Talvez você, leitor, pense que me esqueci do Senhor Rochester, entre essas mudanças de lugar e riqueza. Mas não, nem por um momento. Sua lembrança ainda estava comigo, pois ela não era um vapor que o calor do sol pudesse dispersar, e tampouco um desenho na areia que as águas de uma tempestade pudessem lavar. Era um nome gravado numa pedra, destinado a durar tanto quanto o mármore no qual fora talhado. O desejo de saber o que fora feito dele me seguia por todos os lugares. Quando estava em Morton, eu voltava para o meu chalé todas as noites para pensar nisso. Agora em Moor House eu ia para a cama todas as noites para remoer esse passado.

Durante o tempo em que tive necessidade de me corresponder com o Senhor Briggs em função do testamento, perguntei-lhe se tinha alguma informação sobre o paradeiro atual e o estado de saúde do Senhor Rochester. Mas, assim como St. John, ele também não tinha qualquer informação sobre ele. Decidi então escrever para a Senhora Fairfax, pedindo informações. Tinha certeza de que em breve teria uma resposta elucidativa. Fiquei surpresa quando não tive qualquer retorno mesmo depois de quinze dias. Mas fui presa de uma grande ansiedade que perdurou por mais de dois meses sem que o correio me trouxesse qualquer carta.

Escrevi outra vez. Sempre haveria a chance de que minha primeira carta se tivesse extraviado. Ao esforço renovado se seguiu uma esperança renovada. Por causa dela fiquei mais otimista durante algumas semanas. E então, da mesma forma, ela se desvaneceu e se apagou. Nem uma linha e nem uma palavra chegaram até mim. Depois de seis meses de expectativas em vão, minha esperança desapareceu completamente, e eu mergulhei na escuridão.

À minha volta, uma linda primavera brilhava e eu não consegui desfrutá-la. O verão se aproximava. Diana tentava animar-me. Dizia que eu tinha um aspecto doente e que desejava levar-me para o litoral. St. John foi contra. Disse que eu não queria dispersão, que o que eu queira era ocupação. Que minha vida estava sem sentido e que eu precisava de um objetivo. E suponho que foi para sanar essa deficiência que ele prolongou minhas aulas de hindustani e tornou-se mais exigente. E eu, como uma boba, nunca pensei em opor-me a ele. Não conseguia desobedecer-lhe.

Em um determinado dia cheguei para os meus estudos com o moral mais baixo do que o costume. Esse refluxo foi resultado de uma grande decepção. Pela manhã Hannah me contara que havia uma carta para mim. Estava quase certa de que as notícias há muito esperadas por fim haviam chegado quando desci para pegá-la. Mas encontrei apenas uma nota sem importância do Senhor Briggs sobre negócios. O amargo desapontamento arrancou de mim algumas lágrimas. E agora, aqui debruçada sobre esses caracteres e arabescos da escrita indiana, meus olhos se encheram de água outra vez.

St. John chamou-me para que eu lesse ao seu lado. Ao tentar fazer isso, minha voz falhou e as palavras se perderam entre soluços. Ele e eu estávamos sozinhos na sala de visitas. Era um dia lindo de maio, de céu claro, ensolarado e fresco. Diana estava estudando música na outra sala, Mary estava fazendo jardinagem. Meu companheiro não demonstrou surpresa com minha emoção, e nem ao menos perguntou qual era o motivo. Apenas disse:

— Vamos esperar alguns minutos, Jane, para que se recomponha.

E enquanto eu me apressava em abafar o pranto repentino, ele permanecia sentado calma e pacientemente à sua mesa e, parecendo um médico, olhava com o olho da ciência uma crise esperada e plenamente compreendida da doença de um paciente. Tendo abafado meus soluços, enxugado meus olhos e murmurado alguma coisa sobre não estar sentindo-me bem naquela manhã, voltei à tarefa e consegui terminá-la. St. John colocou de lado os meus livros e os dele. Fechou sua escrivaninha e falou:

— Agora, Jane, venha dar uma volta comigo.

— Vou chamar Diana e Mary.

— Não. Quero apenas uma só companhia nesta manhã. E deve ser a sua. Vá arrumar-se, saia pela porta da cozinha e tome o caminho que vai para Marsh Glen. Eu a alcançarei em seguida.

Eu não sou de meio-termo. Nunca na minha vida consegui ser comedida ao lidar com pessoas de temperamento forte e positivo, antagônicas ao meu jeito de ser, que vai da absoluta submissão à determinante revolta. Sempre respeitei fielmente o outro, até o momento de uma explosão que às vezes chega com veemência vulcânica. E como nem as atuais circunstâncias nem meu estado de ânimo me inclinavam à revolta, obedeci cuidadosamente às instruções de St. John. E em dez minutos estava caminhando pela trilha do vale, lado a lado com ele.

A brisa soprava do oeste. Vinha por cima das montanhas e com doçura trazia o aroma das urzes e juncos. O céu era de um azul sem manchas. O córrego que descia a ravina, mais largo em função das últimas chuvas da primavera, que caíram fartas, corria ao lado, abundante e claro, captando os raios dourados do sol e os tons de safira do firmamento. Enquanto avançávamos e deixávamos a trilha, pisávamos a turfa macia e o musgo delicado verde-esmeralda, com detalhes pontilhados por minúsculas flores brancas e salpicados por botões amarelos em forma de estrelas. Enquanto isso, as montanhas nos cercavam por todos os lados porque o vale as cortava bem no centro.

— Vamos descansar aqui — disse St. John, ao chegarmos às primeiras pedras de um batalhão de rochas que margeavam uma espécie de passagem além da qual o córrego se precipitava numa queda d'água. E onde, um pouquinho mais adiante, a montanha se livrava da turfa e das flores, se vestia apenas de urzes e se enfeitava com joias de pedra — onde o rústico se transformava em selvagem, e o fresco, em agreste — onde estavam guardados a desesperada esperança da solidão e o último refúgio do silêncio.

Eu me sentei. St. John ficou de pé perto de mim. Ele olhou a passagem acima e o vazio abaixo. Seu olhar vagou junto com a correnteza do regato e voltou para atravessar o céu sem nuvens que a coloria. Tirou o chapéu e deixou que a brisa despenteasse seus cabelos e beijasse sua testa. Ele parecia em comunhão com o espírito daquele lugar. Com o olhar dizia adeus para alguma coisa.

— Ainda verei isto de novo — disse em voz alta — em sonhos, quando dormir ao lado do Ganges. E novamente, numa hora mais remota, quando outro tipo de sono me vencer, às margens de um riacho mais escuro!

Palavras estranhas de um amor estranho! A paixão de um patriota austero por sua terra natal! Ele sentou-se. Durante a meia hora que se seguiu nenhum de nós falou uma palavra.

Nem ele para mim e tampouco eu para ele. Passado esse intervalo ele recomeçou:

— Jane, dentro de seis semanas vou embora. Já reservei meu beliche num navio que vai partir no dia vinte de junho.

— Deus o protegerá, pois o senhor está indo para executar o trabalho Dele — respondi.

Sim — disse ele —, essa é a minha glória e a minha alegria. Sou o servo de um Senhor infalível. Não estou indo por orientação humana, sujeito às leis imperfeitas e ao controle errático de frágeis vermes, meus irmãos. Meu rei, meu legislador, meu capitão é o Todo-poderoso. A mim parece estranho que todos à minha volta não estejam ardendo de vontade de se alistar sob a mesma bandeira, de se juntar à mesma empreitada.

— Nem todos têm forças como o senhor. E seria loucura que os fracos desejassem caminhar com os fortes.

— Não falo para os fracos nem penso neles. Dirijo-me apenas aos que merecem o esforço e têm a competência para cumpri-lo.

— Esses são pouco numerosos, e difíceis de descobrir.

— É verdade, mas uma vez encontrados é certo poder instigá-los, estimulá-los e exortá-los a se esforçar. Mostrar-lhes quais são os seus dons, e por que eles lhes foram dados. Para lhes falar ao ouvido a mensagem dos Céus, para que possam receber, diretamente de Deus, um lugar nas fileiras de Seus escolhidos.

— Se estiverem realmente prontos para realizar a tarefa, não será o coração o primeiro a avisá-los sobre ela?

Senti como se um encantamento estranho estivesse envolvendo-me. Tremia à espera de alguma palavra fatal que num instante revelasse e fixasse o encanto.

— E o que é que diz o *seu* coração? — perguntou St. John.

— Meu coração está mudo. Meu coração está mudo — respondi atônita e comovida.

— Então eu devo falar por ele — continuou, com um tom de voz profundo e implacável. — Jane, venha comigo para a Índia. Venha como minha companheira e ajudante.

O vale e o céu giraram à minha volta. As montanhas se elevaram! Foi como se eu tivesse ouvido um chamado dos Céus. Como se um mensageiro visionário, como aquele da Macedônia, tivesse declarado "Vinde ajudar-nos!". Entretanto eu não era um apóstolo. Não poderia contemplar o arauto, não poderia aceitar o seu chamado.

— Oh, St. John! — disse eu. — Tenha piedade.

Apelava para quem, ao fazer o que julgava seu dever, não sabia o que era piedade nem remorso. Ele continuou:

— Deus e a natureza destinaram você para que seja esposa de um missionário. Não pelos dons pessoais, mas sim os mentais que lhe foram dados, você foi feita para o trabalho, não para o amor. E tem tudo para ser esposa de um missionário, e será. Deverá ser a minha esposa. E eu a requisito — não para o meu prazer, mas sim para o serviço do meu Soberano.

— Não fui feita para isso. Não tenho vocação — disse eu.

Ele já esperava por essas primeiras objeções. Não ficou irritado por causa delas. De fato, ao se recostar na pedra às suas costas, cruzou os braços no peito, e manteve um olhar imóvel. Vi que estava preparado para uma longa e exasperante objeção e que se havia munido de um estoque de paciência para levá-la até a sua conclusão, E resolveu que essa conclusão deveria ser uma conquista sua.

— Jane, a humildade é — disse ele — a base das virtudes cristãs. Você diz com razão que não está preparada para esse trabalho. Quem está? Ou quem, que alguma vez foi verdadeiramente chamado, acreditou ser merecedor do chamado? Eu, por exemplo, não sou mais do que pó e cinza. Junto com São Paulo, reconheço-me como o maior dos pecadores, mas não deixo que este senso da minha própria vilania me assombre. Conheço meu Líder. Sei que Ele é tão justo quanto poderoso. E apesar de Ele ter escolhido um instrumento fraco para realizar uma grande tarefa, Ele irá, a partir dos inúmeros recursos de Sua Providência, suprir a carência dos meios para essa finalidade. Pense como eu, Jane, acredite como eu. É na Rocha dos séculos[3] que quero que você se ampare. Não tenha dúvida de que ela irá suportar o peso da sua fraqueza humana.

— Não sei como é a vida de um missionário. Nunca estudei os trabalhos dos missionários.

— Sobre isso, com toda a humildade que tenho, posso ajudá-la. Posso passar-lhe tarefas de hora em hora e apoiá-la sempre. Posso ajudá-la em todos os momentos. Isso poderia ser feito de início e logo, pois conheço a sua capacidade, você estaria tão forte e capaz quanto eu e não iria mais precisar da minha ajuda.

— Mas onde estão minhas forças para enfrentar tamanha responsabilidade? Não as sinto em mim. Nada fala aqui dentro ou me anima enquanto o senhor fala. Não sinto nenhuma luz se acender. Nada que acelere minha vida. Nenhuma voz me aconselha ou anima. Oh, gostaria de fazer que visse como, neste momento, minha mente é uma masmorra escura, com

[3] Em inglês *Rock of ages* — "rocha eterna" é como algumas edições da *Bíblia* traduzem o trecho de Isaías 26.4, que dá esse título a Jeová.

um medo encolhido e acorrentado em suas profundezas. Medo esse de ser persuadida pelo senhor a assumir uma missão que não posso cumprir.

— Tenho uma resposta para você. Ouça. Venho observando-a desde que nos conhecemos. Você tem sido meu objeto de estudo nestes últimos dez meses. Tenho feito que passe por diversos testes — e o que tenho visto e concluído? Na escola da aldeia descobri que você se saiu muito bem, realizando com pontualidade e correção um trabalho alheio aos seus hábitos e inclinações. Vi que o realizou com capacidade e discernimento. Sempre se saía vencedora no controle de suas alunas. Com a calma com que recebeu a notícia de que ficara rica, percebi uma mente sem o vício de Demas.[4] O lucro não tem qualquer influência sobre você. Com a presteza resoluta com que dividiu sua riqueza em quatro partes, ficando apenas com uma e abrindo mão das outras três sob a argumentação de uma justiça abstrata, reconheci uma alma que se alegrava sob a chama e o deleite do sacrifício. Na amabilidade com a qual, a meu pedido, você abandonou um estudo no qual estava interessada e adotou outro porque este me interessava, na assiduidade incansável com a qual você perseverou nele enfrentando com energia persistente e temperamento firme suas dificuldades, reconheço as qualidades que procuro. Jane, você é uma pessoa dócil, diligente, desinteressada, fiel, constante e corajosa. Muito gentil e muito heroica. Pare de desconfiar de si mesma. Eu confio em você sem reservas.

---

[4] Personagem bíblico do Novo Testamento que seguia os apóstolos, mas que depois renegou sua fé. "*Saúda-vos Lucas, o médico amado, e Demas.*" (Colossenses 4:14)

Como diretora de escolas na Índia e ajudante das mulheres indianas, sua assistência me será inestimável.

Uma mortalha de ferro fechou-se em torno de mim. A persuasão crescia em seu passo lento e gradual, por mais que mantivesse os olhos fechados, mas essas suas últimas palavras conseguiram fazer que o caminho que parecia bloqueado se tornasse da maior clareza. Meu trabalho, que parecia vago e desesperadamente difuso, ia definindo-se, e enquanto ele me falava, aos poucos, assumia forma definitiva, moldada por suas mãos. Ele esperava uma resposta. Pedi um quarto de hora para pensar antes de me aventurar a responder.

— De acordo — respondeu ele. Levantou e se afastou um pouco pela trilha para se atirar sobre uma elevação da charneca, onde ficou quieto.

"Eu *posso* fazer o que ele quer que eu faça, sou forçada a reconhecer essa possibilidade" — meditei — "isto é, caso a vida tenha misericórdia de mim. Mas sinto que não fui feita para viver sob o sol indiano. E então? Ele não liga para isso. Quando chegar a hora da minha morte, ele me submeterá com toda a serenidade e santidade à vontade de Deus. O caso está bem claro diante de mim. Ao deixar a Inglaterra deixarei uma terra amada, mas vazia, na qual o Senhor Rochester não está mais. E, se estiver, qual é, ou qual seria a diferença para mim? Agora eu tinha de viver sem ele. Nada tão absurdo, tão sem sentido como me arrastar dia após dia, à espera de alguma mudança impossível nos acontecimentos que pudesse unir-me a ele de novo. É claro, como St. John uma vez disse, que devo procurar outro interesse na vida para substituir o que perdi. E não será realmente a ocupação que agora me oferece a mais gloriosa que Deus pode dar e que alguém pode assumir? Por sua preocupação nobre e seus resultados sublimes, essa não é a ocupação mais adequada para preencher o vazio deixado por afetos desfeitos e esperanças destruídas? Acredito que deva dizer sim. E mesmo assim me arrepio. Meu Deus! Unir-me a St. John é como abandonar metade de mim mesma. Se eu for para a Índia, vou ao encontro da morte prematura. E como será preenchido o intervalo entre trocar a Inglaterra pela Índia e a Índia por uma sepultura? Oh, sei muito bem! Isso também está muito claro para mim. Será preenchido pela tentativa de satisfazer St. John até a exaustão. *Devo* satisfazê-lo até o ponto mais central e o círculo mais externo de suas expectativas. Se eu *realmente* for com ele, se eu *realmente* fizer o sacrifício que ele me pede, irei fazê-lo na íntegra. Deporei tudo sobre o altar — meu coração, minhas entranhas, a vítima inteira. Ele jamais me amará, porém deverá aprovar-me. Eu lhe mostrarei energias que ainda não viu e recursos dos quais jamais suspeitou. Sim, posso trabalhar tão duro quanto ele, e reclamar tão pouco quanto ele.

"Dizer sim, então, à sua exigência é algo possível, exceto por uma questão — uma questão terrível. A de que ele me pede para ser sua esposa, e não me mostra um coração de marido mais do que aquela pedra enorme embaixo da qual a espuma do córrego desaparece numa garganta. Ele me elogia como um soldado elogiaria uma boa arma, e apenas isso. Se não me casar com ele, tal situação jamais me afligirá. Mas será que aguento deixá-lo completar o que tem em mente, colocar friamente em prática os seus planos, passar pela cerimônia de casamento? Posso receber dele a aliança de casamento, submeter-me a todas as demonstrações de amor, pois não duvido que ele as cumpra de forma meticulosa mesmo sabendo que o espírito está ausente? Posso suportar a consciência de que todos os carinhos que me faça sejam um sacrifício em nome de um princípio? Não. Tal martírio seria uma monstruosidade. Jamais passarei por isto. Como sua irmã, posso até acompanhá-lo. Mas nunca como sua esposa. É o que vou dizer-lhe."

Olhei na direção da elevação e lá estava ele, quieto e imóvel como uma coluna. Seu rosto voltou-se para mim. Seus olhos brilhavam atentos e ansiosos. Colocou-se de pé e se aproximou.

— Estou pronta a ir par a Índia, se eu puder ir de forma livre.

— Sua resposta necessita de uma explicação — disse ele —, não está totalmente clara.

— Até agora o senhor tem sido meu irmão adotivo. E eu, sua irmã adotiva. Continuemos assim. É melhor que não nos casemos.

Ele sacudiu a cabeça.

— A fraternidade adotiva não tem nada a ver nesse caso. Se você fosse minha irmã verdadeira seria diferente. Eu a levaria comigo e não procuraria uma esposa. Mas do jeito que são as coisas, ou nossa união deve ser consagrada e selada por um casamento, ou então não deve existir. Obstáculos práticos se colocam contra qualquer alternativa. Você não percebe, Jane? Pense por um instante. Seu forte bom-senso a guiará.

Eu pensei. E mesmo assim o meu bom-senso só me esclarecia o fato de que não nos amávamos como marido e mulher deveriam amar-se. E, portanto, não deveríamos casar nos. E falei assim:

— St. John, eu o considero como um irmão e o senhor a mim como irmã. Continuemos assim.

— Não podemos, não podemos — respondeu ele, determinado. — Não iria dar certo. Você disse que iria comigo para a Índia, lembra-se? Você disse.

— Sob condição.

— Bem, bem, voltemos à questão principal. Você não colocou empecilhos à sua partida comigo para fora da Inglaterra e à sua cooperação com as minhas atividades futuras. Até já colocou a mão na massa, e não iria agora querer retirá-la. Você não tem senão um objetivo em vista: como realizar da melhor maneira possível o trabalho do qual se encarregou. Simplifique seus interesses, sentimentos, pensamentos, desejos e objetivos complicados. Junte todas as considerações em um único propósito. O de realizar de fato, com toda a força, a missão de seu grande Mestre. Para fazer isso, deve ter um auxiliar, não um irmão, que é um laço muito tênue, mas sim um marido. Eu, também, não quero uma irmã. Uma irmã pode a qualquer momento se afastar de mim. Quero uma esposa. A única colaboradora à qual possa influenciar de modo eficiente e conservar comigo até o fim da vida.

Estremeci com seu jeito de falar. Senti sua influência na medula — seu poder sobre meus membros.

— Procure outra pessoa diferente de mim em algum outro lugar, St. John. Procure alguém que o complete.

— Alguém que se adeque aos meus propósitos, você quer dizer, que se adeque à minha vocação. Mais uma vez lhe digo que não é um indivíduo particular insignificante, um mero ser humano, com o sentido egoísta humano, que quero como esposa. Quero uma missionária.

"Irei dar ao missionário minhas energias, que é tudo o que ele quer. E não eu mesma. Isso seria apenas como acrescentar uma casca ao núcleo. E, com ela, ele não tem o que fazer. Portanto devo conservá-la comigo."

— Você não pode. Não deve. Você acha que Deus irá ficar satisfeito com meia oferenda? Irá aceitar um sacrifício pela metade? É a causa de Deus que eu advogo. É sob as normas Dele que eu a convoco. Em nome Dele não posso aceitar uma aliança dividida. Ela deve ser inteira.

— Oh, darei meu coração a Deus — disse eu. — O *senhor* não o quer.

Leitor, não posso jurar que não reprimi certo sarcasmo tanto no tom em que falei essas palavras quanto no sentimento que as acompanhou. Até agora eu tinha medo do Senhor St. John porque não o compreendia. Ele tinha-me amedrontado porque me deixara em dúvida. O quanto dele era santo e o quanto era mortal jamais pude dizer. Mas nessa nossa conversa estavam sendo feitas revelações. A análise da sua natureza se desenrolava diante dos meus olhos. Eu vi suas falhas e fraquezas e as compreendi. Entendi que, ali sentada como estava, na beira do córrego, com aquele vulto bonito à minha frente, estava aos pés de um homem tão falível quanto eu. Caiu por terra o véu de sua dureza e despotismo. Vi nele a presença dessas características, enxerguei sua imperfeição e tomei coragem. Eu estava na presença de um igual. Alguém de quem eu podia discordar. Alguém a quem, se achasse por bem, eu podia resistir.

Ele ficou em silêncio depois que falei minhas últimas palavras e arrisquei levantar os olhos diretamente para o seu semblante. Seu olhar, pousado em mim, expressava ao mesmo tempo uma surpresa austera e uma indagação perspicaz. "Ela está sendo sarcástica em relação *a mim*!" — era o que parecia estar querendo dizer. "O que é que significa isto?"

— Não nos esqueçamos de que esta é uma questão solene — disse ele depois de algum tempo — sobre *a qual* não devemos pensar e tampouco falar levianamente sem cair em pecado. Acredito, Jane, que você está falando sério quando diz que entregará seu coração a Deus. Isso é tudo o que eu quero. Uma vez tendo o homem arrancado de si o seu coração e entregado ao Criador, a elevação ao reino espiritual do nosso Criador aqui na terra será o seu deleite e empenho. Na mesma hora você estará pronta a fazer qualquer coisa para atingir esse objetivo. Você verá o impulso que será dado aos seus esforços e aos meus pela nossa união física e mental pelo casamento. A única união que proporciona um caráter de conformidade permanente aos destinos e desígnios dos seres humanos. E ao ultrapassar todos os caprichos menores, todas as dificuldades triviais e delicadezas de sentimentos, todos os escrúpulos sobre o grau, o tipo, a força ou a ternura de meras inclinações pessoais, você se apressará em aceitar essa união sem demora.

—Será? — disse eu sem convicção. E olhei para as suas feições, belas em seus traços harmoniosos, mas estranhamente formidáveis em sua imóvel serenidade. Seu cenho, imperioso, porém fechado. Seus olhos brilhantes e profundos, mas nunca suaves. Sua figura alta e imponente. E tentei imaginar-me como *sua esposa*. Oh! Nunca seria possível! Como sua auxiliar, sua companheira, tudo estaria certo. Como tal, atravessaria com ele os oceanos. Nessa missão trabalharia com ele sob os sóis orientais e cruzaria desertos asiáticos. Admiraria e estimularia sua coragem, dedicação e vigor. Em silêncio me acomodaria ao seu domínio. Sorriria sem problema de sua arraigada ambição. Distinguiria o cristão do homem. Respeitaria profundamente um e perdoaria o outro. Sofreria algumas vezes, sem dúvida, ligada a ele apenas dessa forma. Meu corpo estaria sob um jugo um tanto rigoroso, mas meu coração e minha mente estariam livres. Eu ainda teria meu eu intocado ao qual recorrer. E também meus sentimentos naturais não escravizados com os quais me comunico em momentos de solidão. Haveria recessos em minha mente que seriam apenas meus, e aos quais ele jamais teria acesso. E protegidos da sua austeridade, os sentimentos que lá cresceriam e se abrigariam não poderiam ser arruinados nem pisoteados por seus passos de guerreiro. Mas como sua esposa ao seu lado sempre, sempre reprimida, sempre controlada, forçada a manter sempre baixo o fogo da minha natureza, compelida a queimar por dentro sem jamais deixar escapar um grito, enquanto a chama aprisionada consumisse cada uma das minhas partes vitais, *isso* seria algo insuportável.

— Senhor St. John! — exclamei, depois de ter chegado tão longe em minha meditação.

— Sim? — respondeu ele friamente.

— Repito que concordo em ir com o senhor como ajudante de missionário. Mas não como sua esposa. Não posso casar-me e tornar-me parte do senhor.

—Você deve tornar-se uma parte de mim — disse ele com firmeza. — De outra forma, minha proposta não faz sentido. Como posso eu, um homem que ainda não chegou aos trinta anos, levar para a Índia comigo uma menina de dezenove, a menos que ela esteja casada comigo? Como poderemos ficar sempre juntos, às vezes sozinhos, às vezes entre tribos selvagens, sem sermos casados?

— Muito bem — atalhei. — Nessas circunstâncias, seria o mesmo que ser sua irmã de verdade. Da mesma forma que seria, se eu fosse um homem ou um clérigo como o senhor.

— Todos sabem que você não é minha irmã. E não posso apresentá-la como tal. Tentar fazer isso seria levantar suspeitas prejudiciais a nós dois. Além do mais, embora você tenha o cérebro tão vigoroso quanto o de um homem, tem um coração de mulher, e isso não iria dar certo.

— Daria, sim — afirmei com certo desprezo —, perfeitamente certo. Tenho um coração de mulher, mas não no que lhe diz respeito. Para com o senhor tenho apenas a dedicação de um companheiro, a franqueza de um companheiro de batalhas, a fidelidade e a fraternidade, se o senhor quiser. O respeito de um neófito e a submissão de um neófito para com seu hierofante. Nada mais. Não tenha medo.

— É isso que eu quero — disse ele, como se falasse para si mesmo. — É justamente isso o que eu quero. E existem obstáculos no caminho que devem ser removidos. Jane, você não irá arrepender-se de se casar comigo. Pode ter certeza. Nós *devemos* nos casar, repito. Não há outro caminho. Não tenho dúvida de que surgirá bastante amor depois do casamento para lhe mostrar que a união foi acertada.

— Eu desprezo sua ideia de amor — não pude evitar de dizer ao me levantar e ficar diante dele com as costas apoiadas na pedra. — Desprezo o sentimento falso que me oferece. Sim, St. John. Como desprezo o senhor por oferecê-lo a mim.

Ele me olhou fixamente apertando seus bem desenhados lábios um contra o outro. Se estava exasperado ou surpreso, o que estava sentindo, não era fácil dizer. Tinha controle total sobre as expressões do rosto.

— Dificilmente esperaria ouvir tal expressão de você — disse ele. — Penso que não fiz nem disse nada para merecer o seu desprezo.

Fiquei tocada pela calma do seu tom de voz e intimidada pelo seu ar superior.

— Perdoe-me as palavras, St. John, mas foi por culpa sua que falei assim com tamanho descuido. O senhor trouxe à baila um argumento sobre o qual nossas naturezas estão em desacordo. Um argumento no qual nunca devíamos tocar.

A simples palavra amor é um pomo de discórdia entre nós. Se a realidade nos exigisse isso, o que deveríamos fazer? Como deveríamos sentir-nos? Meu caro primo, abandone esses seus planos de casamento. Esqueça isso.

— Não — disse ele —, é um plano que acalento há muito tempo, e o único que permitiria atingir meu grande objetivo. Mas, por agora, não mais irei pressioná-la. Amanhã parto para Cambridge. Tenho muitos amigos dos quais desejaria despedir-me. Ficarei ausente por uma quinzena. Use esse espaço de tempo para pensar na minha proposta. E não se esqueça de que, se a rejeitar, não é a mim que estará rejeitando, mas a Deus. Por meu intermédio Ele abre para você uma carreira nobre. Somente como minha esposa é que pode ter acesso a ela. Recuse-se a ser minha esposa e se limitará para sempre a uma trilha de conforto egoísta e obscuridade estéril. E trema de medo de que, nesse caso, possa estar incluída entre aqueles que renegaram a fé e são piores do que os infiéis!

Tinha terminado de falar. E de novo me deu as costas.

"Olhou para o rio, olhou para a colina."

Dessa vez seus sentimentos estavam todos apertados em seu coração, e eu não era digna de ouvi-los. Enquanto caminhava para casa ao seu lado, percebi em seu silêncio de ferro tudo o que sentia em relação a mim. O desapontamento da sua natureza austera e despótica por ter encontrado resistência onde esperava encontrar submissão. A desaprovação do seu julgamento frio e inflexível que detectou, no outro, sentimentos e visões com os quais não concordava. Em resumo, como homem, desejaria ter me obrigado a obedecer. Era apenas como um cristão sincero que suportava com paciência a minha perversidade e me dava tempo suficiente para reflexão e arrependimento.

Naquela noite, depois de ter beijado suas irmãs, achou por bem nem sequer apertar a minha mão. Saiu da sala em silêncio. Eu, que, embora não o amasse, tinha por ele grande amizade, fiquei magoada pela omissão. Tão magoada que meus olhos se encheram de lágrimas.

— Jane. Vejo que você e St. John andaram discutindo — disse Diana — durante o passeio que fizeram pela charneca. Mas vá atrás dele. Está parado no corredor à sua espera. Fará as pazes com você.

Diante de tais circunstâncias, não sou uma pessoa assim tão orgulhosa. E sempre escolheria sentir-me feliz e não soberba. E corri atrás dele. Estava parado ao pé da escada.

— Boa noite St. John — disse eu.

— Boa noite, Jane — respondeu ele com toda a calma.

— Então aperte minha mão — acrescentei.

Que toque frio e frouxo foi aquele com que tocou os meus dedos! Ele estava profundamente aborrecido com o que acontecera naquele dia. Nem de longe a cordialidade iria melhorá-lo e tampouco as lágrimas o comoveriam. Não haveria uma reconciliação feliz com ele, nenhum sorriso de satisfação ou palavra generosa. Mas ainda assim o cristão era paciente e calmo. Quando lhe perguntei se me perdoava, respondeu que não tinha o hábito de alimentar lembranças de situações desgostosas. Que não tinha nada que perdoar, pois não tinha havido qualquer ofensa.

E com essa resposta me deixou. Preferia muito mais que me tivesse dado um safanão.

XXXV

Ele não partiu para Cambridge no dia seguinte como havia dito que faria. Adiou a partida por uma semana inteira, e durante esse tempo me fez sentir que um homem bom embora duro, consciencioso e implacável, podia infligir um castigo severo a quem o tivesse ofendido. Num instante, sem qualquer ato evidente de hostilidade ou qualquer palavra de censura, conseguiu fazer-me perceber que havia sido alijada de seus favores.

Não que St. John abrigasse um espírito vingativo anticristão. Não que tivesse tocado em um fio do meu cabelo, embora tivesse todo o poder para fazê-lo. Ele era superior à desprezível gratificação da vingança, tanto por natureza quanto por princípio. Por eu ter dito que desprezava a ele e ao seu amor já me havia perdoado. Mas não se esqueceu daquelas palavras. E enquanto ele e eu vivêssemos jamais as esqueceria. Quando se virou para mim, vi pelo seu olhar que elas ficariam escritas no ar entre mim e ele para sempre. Elas soavam em minha voz e alcançavam seus ouvidos toda vez que eu falava. E seu eco me era devolvido no tom de cada resposta que me dava.

Ele não deixava de conversar comigo. Como de costume continuava até mesmo a me chamar de manhã para lhe fazer companhia à mesa. Meu temor era que o homem cruel dentro dele sentisse um prazer, não explícito nem compartilhado com o seu lado puramente cristão, em demonstrar toda a habilidade com que agia e falava, aparentemente como se nada tivesse acontecido. Extraía de cada ação e de cada frase o espírito de interesse e aprovação que antigamente dera certo encanto à sua linguagem e modos austeros. Para mim, na realidade ele não era mais feito de carne, mas de mármore. Seus olhos eram frios, brilhantes. Uma pedra preciosa azul. Sua língua era um instrumento da fala. Nada mais.

Tudo isso era uma tortura para mim — uma tortura persistente e refinada. Mantinha aceso um fogo lento e trêmulo de indignação e sofrimento que me perturbava e esmagava ao mesmo tempo. A sensação que eu tinha era de que, caso fosse sua esposa, aquele homem bom, puro como a fonte profunda sem sol, poderia matar-me em breve sem retirar de minhas veias uma só gota de sangue e manter sua própria consciência cristalina sem a menor mancha de crime. Especialmente, senti isso quando tentei reconciliar-me com ele. Minha compaixão não recebeu da parte dele qualquer compaixão. *Ele* não demonstrava sofrimento algum pela nossa desavença, assim como anseio algum pela reconciliação. Embora por mais de uma vez minhas lágrimas molhassem as páginas sobre as quais ambos estávamos debruçados, não produziram nele qualquer efeito, como se o seu coração fosse de pedra ou de algum metal. Enquanto isso, para suas irmãs, ele parecia ser mais gentil do que o habitual. Como se tivesse receio de que uma simples demonstração de frieza não fosse suficiente para me convencer do quanto fora expulsa e banida, acrescentou a força do contraste. E isso, tenho certeza, não foi feito por pressão, mas sim por princípio.

Na noite anterior à partida dele, ao vê-lo caminhar pelo jardim ao pôr do sol, lembrei-me de que aquele homem hostil, que agora se tornara, um dia me salvara a vida, e que éramos parentes próximos. Ao observá-lo, fui levada a fazer uma última tentativa para reconquistar sua amizade. Fui para fora e me aproximei dele quando estava encostado no pequeno portão. Fui direta ao assunto que queria abordar.

— St. John, eu estou infeliz porque o senhor continua zangado comigo. Sejamos amigos.

— Acho que já somos amigos — foi sua resposta indiferente, enquanto continuou olhando o nascer da Lua que já contemplava quando cheguei.

— Não, St. John. Não somos mais amigos como éramos. O senhor sabe disso.

— Não somos? Isso é um engano. Da minha parte, não lhe desejo nenhum mal, mas todo o bem.

— Acredito, St. John, porque estou certa de que o senhor é incapaz de desejar o mal a quem quer que seja. Mas, como sou sua parenta, desejaria um pouco mais de afeto do que a filantropia geral que o senhor concede aos estranhos.

— Claro — disse ele — seu desejo é razoável, e longe de mim considerá-la uma estranha.

A frase, em um tom frio e tranquilo, foi humilhante e muito frustrante. Tivesse eu aceitado as sugestões do orgulho e da raiva, e o teria deixado na mesma hora. Mas algo dentro de mim agiu mais forte do que aqueles sentimentos. Eu venerava profundamente o talento e os princípios do meu primo. Sua amizade tinha muito valor para mim. Perdê-la me desgastava cruelmente. Eu não desistiria tão cedo da tentativa de reconquistá-la.

— Devemos separar-nos dessa maneira, senhor St. John? E quando o senhor for para a Índia, me deixará assim, sem dizer nenhuma palavra gentil como as que já me falou?

Ele então virou o rosto, que estivera voltado para a Lua, em minha direção.

— Quando eu for para a Índia, Jane? Eu a deixarei? Como assim? Você não vai para a Índia comigo?

— O senhor mesmo disse que eu não poderia ir, a menos que me casasse com o senhor.

— E você não se casará comigo? Continua a manter essa resolução?

Leitor, você sabe, tanto como eu, quanto terror as pessoas frias podem colocar no gelo de suas perguntas, não? Quanto do ódio delas nos envolve como uma avalanche, não? E como seu descontentamento parece com o mar gelado se quebrando, não?

— Não, St. John. Não me casarei com o senhor. Mantenho minha resolução.

A avalanche sacudiu e deslizou um pouco, mas acabou não desmoronando totalmente.

— Por que essa recusa mais uma vez? — perguntou ele.

— Anteriormente — respondi — porque o senhor não me amava. Agora, respondo, porque quase me odeia. Se fosse casar-me com o senhor, o senhor poderia matar-me. Como já está matando agora.

Seus lábios e suas maçãs do rosto ficaram brancos, inteiramente brancos.

— *Eu a mataria! Estou matando-a agora?* Suas palavras são tais que nem sequer devem ser ditas. São violentas, nada femininas, e incorretas. Elas mostram um estado de espírito infeliz. Merecem uma severa reprovação. Seriam indesculpáveis, mas o dever do homem é perdoar seu semelhante ainda que até setenta vezes sete.

Para mim eu acabara de encerrar a questão. Enquanto tentara sinceramente apagar da mente dele os vestígios da minha injúria anterior, na verdade, marquei a fogo sobre sua superfície uma impressão ainda mais profunda.

— Agora o senhor me odiará de fato — disse eu. — É inútil tentar fazer as pazes com o senhor. Percebo que fiz do senhor um inimigo eterno.

Tais palavras causaram um novo mal. Um mal pior, porque tocaram na verdade. Aquele lábio sem sangue tremeu num espasmo. Sabia da raiva dura que tinha atiçado. O meu coração estava doendo.

— O senhor fez uma interpretação totalmente errada das minhas palavras — disse eu enquanto agarrava a mão dele. Realmente não tenho qualquer intenção de lhe causar tristeza ou aflição.

Ele sorriu um sorriso amargo. De forma decidida retirou sua mão da minha.

— E agora você reafirma sua promessa de que não irá para a Índia de jeito nenhum, presumo? — disse ele, depois de uma longa pausa.

— Irei sim, como sua assistente — respondi.

Seguiu-se um longo silêncio. Eu não tinha ideia da luta que se travava no seu íntimo entre a Natureza e a Graça durante essa pausa. Apenas cintilavam em seus olhos brilhos singulares, e sombras estranhas passavam pelo seu rosto. Por fim ele falou:

— Anteriormente lhe provei o absurdo de uma mulher solteira da sua idade se propor a acompanhar ao exterior um homem solteiro da minha idade. Provei isso em termos tais que pensei que não fariam você voltar a esse assunto. Que tenha insistido nisso, lamento. Por você própria.

Eu o interrompi. Alguma coisa, como uma reprovação palpável, me deu coragem na hora.

— Mantenha o bom-senso, Senhor St. John. O senhor está beirando o absurdo. O senhor finge estar chocado com o que eu disse. Não está realmente chocado. Com a mente superior que tem, não pode ser assim tão insensível ou tão vaidoso a ponto de não entender o que estou dizendo. Repito, serei sua assistente, se o senhor quiser, mas nunca sua esposa.

Mais uma vez ele ficou lívido. Mas, como antes, controlou perfeitamente sua emoção. Respondeu de maneira enfática, porém calma:

— Uma assistente mulher que não fosse minha esposa jamais me serviria. Assim, parece então que você não poderá ir. Mas, se esse seu oferecimento é sincero, enquanto estiver na cidade irei falar com um missionário cuja esposa precisa de uma assistente. Sua própria fortuna a irá tornar independente do auxílio da sociedade. E assim você poderá ser poupada da desonra de ter quebrado sua promessa e abandonado aquele com quem se preparava para uma união.

Como o leitor sabe, jamais fiz qualquer promessa formal ou me preparei para qualquer união. E esse discurso era muito duro e muito despótico para o momento. Respondi:

— Não há qualquer desonra, qualquer quebra de promessa, qualquer abandono. Não tenho a menor obrigação de ir para a Índia, principalmente com estranhos. Com o senhor até me aventuraria, pois o admiro, confio no senhor, e como irmã eu o amo. No entanto, estou convencida de que, fosse com quem fosse, não conseguiria viver por muito tempo num clima como aquele.

— Ah! O que você tem é medo de si mesma — disse ele torcendo o lábio.

— Tenho sim. Deus não me deu esta vida para que eu a jogue fora. E começo a pensar que fazer o que o senhor quer que eu faça seria o mesmo que cometer suicídio. Além do mais, antes de resolver sair da Inglaterra em definitivo, saberei ao certo se não posso ser mais útil ficando aqui do que indo embora.

— O que você está querendo dizer?

— Seria inútil tentar explicar. Mas existe um ponto sobre o qual há muito tempo uma dúvida torturante me consome, e não posso ir a nenhum lugar antes de fazer que tal dúvida seja esclarecida de algum modo.

— Sei para onde o seu coração pende e em que ele se apega. As esperanças que você nutre são ilegais e amaldiçoadas. Você já devia tê-las esmagado. E agora deveria envergonhar-se de fazer alusão a elas. Você está pensando no Senhor Rochester?

Era verdade. Confessei em silêncio.

— Você irá procurar o Senhor Rochester?

— Preciso descobrir o que foi feito dele.

— Então não me resta outra coisa — disse ele — senão lembrá-la em minhas preces e rogar a Deus com todo o ardor para que não se torne uma rejeitada. Eu pensei ter encontrado em você uma escolhida. Mas Deus não vê as coisas como os homens. Sua vontade será feita.

Ele abriu o portão, saiu e foi descendo o vale. Em pouco tempo já não era mais possível vê-lo.

Ao voltar para a sala de visitas, encontrei Diana de pé defronte à janela, meio pensativa. Diana era bem mais alta do que eu. Colocou a mão no meu ombro e inclinou-se para a frente buscando examinar meu rosto.

— Jane — disse ela —, você tem estado pálida e agitada. Tenho certeza de que há algo errado. Diga-me qual é o assunto com o qual St. John e você andam às voltas. Fiquei observando vocês aqui da janela durante a última meia hora. Por favor, perdoe tê-los espionado, mas faz um bom tempo que venho pressentindo algo que nem eu mesma sei o que é. St. John é uma pessoa estranha…

Ela fez uma pausa. Eu não falei nada e ela logo recomeçou:

—Tenho certeza de que meu irmão cultiva ideias peculiares a seu respeito. Faz muito tempo que ele a tem distinguido com um interesse e uma atenção que jamais demonstrou por nenhuma pessoa. Com que finalidade? Eu gostaria que ele a amasse. Ele a ama, Jane?

Coloquei sua mão fria sobre a minha testa quente.

— Não, Di, nem um pouquinho.

— Então por que é que vive seguindo você com os olhos e quer sempre que fique sozinha com ele? Mary e eu concluímos que ele quer que você se case com ele.

— Ele quer, sim. E pediu para que me case com ele.

Diana bateu palmas.

— Isso é o que pensávamos e esperamos que aconteça! E você irá casar-se com ele, não, Jane? E ele irá permanecer na Inglaterra.

— Longe disso, Diana. Sua única ideia ao me pedir em casamento é encontrar uma companheira adequada para os seus trabalhos na Índia.

— O quê? Ele quer que você vá para a Índia?

— Quer.

— Loucura! — exclamou ela. — Tenho certeza de que você não conseguiria viver três meses lá. Você jamais irá. Não concordou em ir, não é, Jane?

— Recusei casar-me com ele.

— O que deve ter certamente desagradado a ele, não? — disse ela.

— Profundamente. Receio que ele jamais me perdoe. Mesmo assim eu me ofereci para acompanhá-lo, como sua irmã.

— Foi uma desvairada tolice ter feito isso, Jane. Pense na encrenca em que se meteu e no cansaço sem fim. Naquele lugar o cansaço mata até os mais fortes, e você é fraca. St. John, você o conhece, a obrigaria a fazer coisas impossíveis. Junto dele não teria permissão para descansar durante as horas de maior calor. E, infelizmente, tenho observado que, o que quer que ele exija, você se esforça em realizar. Estou pasma por saber que teve coragem de recusar seu pedido de casamento. Então você não o ama, não é, Jane?

— Não como marido.

— E ele é uma pessoa muito bonita.

— E, como você pode comprovar, Di, sou uma pessoa sem encantos. Jamais nos completaríamos.

— Sem encantos! Você? De jeito nenhum. Você é muito bonita, assim como muito boa para ser assada viva em Calcutá.

Mais uma vez ela me disse que não pensasse mais em ir para o exterior com seu irmão.

— Na verdade, devo desistir — disse eu — porque quando repeti a oferta de servi-lo como assistente ele se mostrou chocado com minha falta de decência. Pareceu concluir que eu cometera uma impropriedade propondo-me a acompanhá-lo sem me casar com ele. Como se eu não tivesse desde o início a esperança de ter encontrado nele um irmão, o que continuo a pensar.

— O que a faz dizer que ele não a ama, Jane?

— Você devia ouvi-lo falar sobre esse assunto. Repetiu várias vezes que não era ele, mas sim a sua missão que precisava de uma companheira. Ele me disse que eu fora feita para o trabalho, e não para o amor. O que, sem dúvida, pode até ser verdade. Mas, em minha opinião, se não sou feita para o amor, significa que não sou feita para o casamento. Não seria estranho, Di, ficar presa pelo resto da vida a um homem que a considera como uma ferramenta útil?

— Insuportável. Antinatural. Fora de questão!

— Então — continuei — pensei que se hoje tenho por ele o afeto de uma irmã, se forçada a ser sua esposa, é bem possível que venha a conceber por ele uma espécie de amor inevitável, estranho e torturante, em virtude do seu grande talento e de certa grandeza heroica em sua aparência, maneiras e conversação. Neste caso, minha sorte se tornaria uma desgraça indescritível. Ele não aceitaria que eu o amasse e, se eu demonstrasse tal sentimento, faria que eu visse que aquilo era supérfluo e não desejado por ele. E impróprio para mim. Sei que ele agiria dessa forma.

— Ainda assim, St. John é um bom homem — disse Diana.

— Ele é bom e é um grande homem. Mas se esquece, sem piedade, dos sentimentos e direitos das pessoas comuns, porque só sabe enxergar os seus objetivos grandiosos. Portanto, é melhor que aqueles que são insignificantes saiam da sua frente, para que ele não os atropele em sua caminhada. Aí vem ele! Vou deixá-la, Diana — e corri para cima quando o vi entrar no jardim.

Porém fui obrigada a encontrá-lo outra vez no jantar. Durante a refeição aparentava o controle de costume. Pensei que pouco falaria comigo. Estava certa de que desistira de seus planos matrimoniais. O que se segue mostra que eu estava errada nas duas suposições. Ele dirigiu-se a mim da maneira costumeira, ou daquela que ultimamente era sua maneira costumeira, de forma comedida e educada. Não havia dúvida de que invocara a ajuda do Espírito Santo para aplacar o ódio que eu provocara nele. E por causa disso eu acreditava mais uma vez que ele poderia perdoar-me.

Para as leituras da noite, antes das preces, ele escolheu o capítulo 21 de Apocalipse. Era sempre agradável ouvi-lo enquanto as palavras da *Bíblia* escorregavam de seus lábios. Nunca sua linda voz tinha soado tão doce e encorpada. Nunca suas maneiras foram tão veementes em sua simplicidade nobre, como quando ele proferia os oráculos de Deus. E nessa noite aquela voz assumiu um tom solene, enquanto os modos, um significado mais impressionante com ele ali no centro de seu círculo familiar. A luz da Lua de maio atravessava a janela sem cortinas, tornando quase desnecessária a luz da vela sobre a mesa, enquanto ele lá estava, curvado sobre a *Bíblia*, descrevendo a visão do novo paraíso na terra contida em suas páginas. Dizia como Deus viria para viver entre os homens, como enxugaria as lágrimas de seus olhos, prometendo que não haveria mais mortes, nem tristezas, nem gritos nem dor, porque todas essas coisas anteriores haviam passado.

As palavras que vieram em seguida me causaram uma impressão estranha quando foram pronunciadas. Sobretudo porque senti, pela ligeira alteração indescritível no som ao pronunciá-las, que seus olhos se voltaram contra mim.

— "Aquele que triunfar herdará todas as coisas e eu serei o seu Deus, e ele será o meu filho". "Mas" — e neste ponto ele leu acentuando bem as palavras — "o temeroso, o descrente terá sua parte no lago que arde com fogo e enxofre, que é a segunda morte".

Dali em diante, soube qual era o destino que St. John temia que eu tivesse.

Uma vitória calma e tranquila, misturada com uma seriedade ardente, marcou a leitura que ele fez dos últimos versículos gloriosos do capítulo. O pregador acreditava que seu nome já estava escrito no Livro da Vida do Cordeiro, e ansiava pela hora de ser admitido na cidade à qual os reis da terra levam sua glória e honra. Onde não há necessidade de Sol ou Lua para iluminá-la, porque a glória de Deus brilha sobre ela, e o Cordeiro é a sua luz.

Na prece que se seguiu à leitura daquele capítulo, ele colocou toda a sua energia. Todo o seu zelo inflexível foi despertado. Estava profundamente sério, lutando com Deus, e decidido a vencer. Suplicou força para os fracos de coração, orientação para os desgarrados do rebanho. Um retorno, mesmo que de última hora, para aqueles que em virtude das tentações do mundo e da carne foram atraídos para um caminho estreito. Pediu, suplicou, clamou pela bênção de arrancar da fogueira um pedaço de lenha ainda não totalmente queimado. O fervor é sempre profundamente solene. Logo de início, enquanto ouvia a prece, eu tentava entendê-lo. Depois, enquanto seu fervor continuava e aumentava, fui sendo tocada pelo conteúdo, que, ao final, me causou respeito. Ele sentia a grandeza e a bondade de seu propósito tão sinceramente, que todos os que o tivessem ouvido fazer suas súplicas também iriam sentir o mesmo que eu senti.

Terminada a oração, nós nos despedimos dele, que teria de sair muito cedo na manhã seguinte. Diana e Mary o beijaram e saíram da sala, penso que em obediência a algo sussurrado por ele. Eu lhe estendi minha mão e desejei uma boa viagem.

— Obrigado, Jane. Como eu disse, só voltarei de Cambridge daqui a uma quinzena. Enquanto isso, este espaço é deixado para que possa fazer uma reflexão. Se eu ouvisse mais acerca do orgulho humano não voltaria a lhe falar sobre casar-se comigo. Mas ouço o meu dever e mantenho firmemente visível meu objetivo principal, fazer todas as coisas para a glória de Deus. Meu Senhor foi resignado. Que eu seja assim também. Não posso desistir de você em favor da perdição como um vaso de ira. Arrependa-se. Decida, enquanto ainda há tempo. Lembre-se de que devemos trabalhar enquanto é dia, avisados de que "chegará a noite em que nenhum homem trabalhará". Lembre-se do destino de Dives,[1] que teve boas coisas nesta vida. Deus deu a vocês forças para escolher, de tal jeito que a melhor parte não seja tirada!

Ao falar suas últimas palavras colocou a mão sobre a minha cabeça. Falou-as de um modo sério e suave. Seu olhar não era, de fato, o de um amante que contemplasse sua amada, mas era o de um pastor que chamava uma ovelha desgarrada. Ou melhor, o de um anjo da guarda que cuidava da alma de alguém por quem é responsável. Todos os homens talentosos, sejam ou não homens sensíveis, sejam fanáticos ou ambiciosos, ou déspotas, contanto que sejam sinceros, têm seus momentos sublimes quando conquistam e dominam. Eu sentia veneração por St. John. Uma veneração tão forte que seu ímpeto me

[1] Referência ao texto bíblico em Lucas 16:19-31. Dives representa o homem rico. (N. E.)

levava direto a um ponto que havia muito tempo eu evitava. Sentia-me tentada a deixar de lutar contra ele, a mergulhar na torrente de sua vontade e ir até o fundo de sua existência perdendo lá dentro a minha própria. Estava quase tão fortemente envolvida por ele agora, quanto estivera antes, porém de um modo diferente. Fui uma tola nas duas vezes. Ter-me entregado anteriormente teria sido um erro de princípios. Entregar-me nessa hora seria um erro de julgamento. Assim penso eu hoje, mas quando volto os olhos para trás, para a crise através da tranquila abrangência do tempo, vejo que naquele instante não tinha consciência da minha insensatez.

Fiquei imóvel sob o toque do meu hierofante. Minhas recusas foram esquecidas, meus medos, superados, minha luta, paralisada. O Impossível — ou seja, meu casamento com St. John — rapidamente começava a se tornar o Possível. Tudo estava mudando totalmente com um movimento súbito. A religião chamava, os anjos acenavam, Deus ordenava. A vida rolava junto como um rolo de pergaminho. Os portões abertos da morte mostravam a eternidade adiante. Parecia que, para a segurança e a felicidade de lá, tudo daqui deveria ser sacrificado em um segundo. A sala na penumbra estava cheia de visões.

— Você poderia decidir agora? — perguntou o missionário. A pergunta foi feita em um tom suave. Ele me puxou para si com delicadeza. Oh, aquela delicadeza! Como ela era mais potente do que a força! Eu poderia resistir à ira de St. John. Mas me tornava flexível como um caniço sob a sua gentileza. Embora soubesse durante todo o tempo que, se cedesse agora, um dia teria de lhe pedir perdão por minha recusa anterior. A natureza dele não havia mudado por causa de uma hora de preces solenes. Estava apenas mais elevada.

— Poderia decidir se tivesse certeza — respondi. — Se estivesse convencida de que essa é a vontade de Deus, eu me casaria com o senhor. Poderia jurar isto aqui e agora — o que quer que depois viesse a acontecer!

— Minhas preces foram ouvidas! — exclamou St. John.

Comprimiu sua mão firme sobre a minha cabeça como se me confirmasse. Enlaçou-me com seu braço, *quase* como se me amasse, digo *quase* porque sei a diferença, por já ter sentido como era ser amada. Mas, como ele, eu agora tinha colocado o amor fora de questão, e pensava apenas no dever. Lutei contra o meu obscurecimento interno de visão diante do qual ainda rolavam nuvens. Eu queria sincera e ardentemente fazer o que era certo, e mais nada.

"Mostrai-me, mostrai-me o caminho!" — supliquei aos Céus.

Estava mais excitada do que jamais estivera. O leitor poderá julgar se o que se passou em seguida foi efeito da excitação.

A casa toda estava em silêncio, pois creio que todos, exceto St. John e eu, já se haviam retirado para dormir. A luz da única vela já se extinguia. A sala estava inundada pelo luar. Meu coração batia rápido e forte e eu ouvia o seu pulsar. De repente, parou de bater, diante de uma sensação inexprimível que o tomou e que se expandiu, imediatamente, para a minha cabeça e minhas extremidades. O que eu sentia não era como a sensação de um choque elétrico, mas era quase tão aguda e estranha e assustadora quanto. Agia em meus sentidos como se a principal atividade deles até então fosse de certo torpor, do qual, nesse momento, foram chamados e forçados a despertar. Eles se aguçaram em expectativa. Olhos e ouvidos esperavam enquanto a carne tremia em volta de meus ossos.

— O que foi que ouviu? O que foi que viu? — perguntou St. John.

Não vi nada, mas ouvi uma voz gritar em algum lugar:

— "Jane! Jane! Jane!" — e nada mais. — Oh, meu Deus! O que é isso? — eu disse, ofegante.

Deveria ter dito — de onde vem isso? Pois parecia que não vinha dali da sala, nem da casa, nem do jardim, não vinha do ar lá fora, nem de dentro da terra, nem de cima. Eu a ouvira. Onde, ou de onde, era impossível saber! E era a voz de um ser humano. Uma voz conhecida, amada e bem lembrada. A voz de Edward Fairfax Rochester. Era uma voz de dor e aflição, de loucura, mistério e urgência.

— Estou indo! — gritei. — Espere por mim! Oh, estou indo!

Voei em direção à porta e olhei para o corredor. Estava escuro. Corri para o jardim. Estava vazio.

— Onde está você? — exclamei.

As montanhas além de Marsh Glen enviaram a resposta de forma quase inaudível. "Onde está você?" — ouvi. O vento gemia de leve nos abetos. Tudo o que havia ali era a solidão da charneca e o silêncio da meia-noite.

"Chega de superstição!" — disse para mim mesma, enquanto aquele espectro escuro ergueu-se ao lado do teixo negro no portão. — "Isso não é um engano teu nem uma bruxaria tua. É uma obra da natureza. Ela foi acordada, e se manifestou não como um milagre, mas, sim, da melhor forma que podia".

Livrei-me de St. John, que me seguira e tentava deter-me. Aquela era a *minh*a hora de assumir o controle. *Meus* poderes estavam em plena atuação, e com força. Disse-lhe que não me fizesse perguntas e que devia deixar-me sozinha. Eu devia e precisava ficar sozinha. Ele obedeceu imediatamente. Onde há energia para exercer uma ordem, a obediência nunca falha. Subi para o meu quarto e tranquei-me nele. Caí de joelhos e rezei à minha maneira. Uma maneira diferente da de St. John, mas tão eficiente quanto a dele. Parecia que eu chegara muito perto do Poderoso Espírito e que minha alma se precipitava com gratidão a Seus pés. Levantei-me depois da prece em ação de graças. Tomei uma resolução. Depois fui deitar-me, sem medo, iluminada. Ansiosa pela chegada da luz do dia.

XXXVI

A luz do dia chegou. Levantei-me com a aurora. Fiquei ocupada por uma ou duas horas, arrumando as coisas das gavetas e do armário do meu quarto do jeito que gostaria de deixá-las durante uma breve ausência. Enquanto isso, ouvi St. John sair do seu quarto. Parou defronte à minha porta. Temi que ele fosse bater. Mas, não. Uma folha de papel foi enfiada por baixo da soleira. Peguei-a. Ela continha as seguintes palavras:

"Você me deixou subitamente ontem à noite. Se tivesse ficado mais um pouco, teria colocado sua mão sobre a cruz de Cristo e a coroa do anjo. Espero uma decisão clara quando eu voltar daqui a quinze dias. Nesse meio-tempo, vigie e reze para que não caia em tentação. O espírito, confio, está disposto, mas a carne, vejo, é fraca. Orarei por você todas as horas. Sinceramente, St. John".

"Meu espírito" — respondi mentalmente — "tem vontade de fazer o que é certo, e espero que minha carne seja forte o bastante para atender à vontade dos Céus, quando eu souber claramente que vontade é essa. De qualquer modo, será forte o bastante para procurar, perguntar e descobrir uma saída desta nuvem de dúvidas, e encontrar o dia claro da certeza".

Era o dia primeiro de junho. Contudo a manhã estava nublada e fria. A chuva batia com força na minha janela. Ouvi a porta da frente se abrir, e St. John sair. Olhando pela janela, vi-o atravessar o jardim. Ele tomou o caminho das charnecas enevoadas, na direção de Whitcross, onde iria encontrar a carruagem.

"Em mais algumas horas eu também estarei na estrada, primo" — pensei. — "Também tenho de esperar uma carruagem em Whitcross. Também tenho alguém que quero ver e procurar na Inglaterra, antes de partir para sempre".

Ainda faltavam duas horas para a hora do café da manhã. Preenchi esse intervalo dando passadas leves de lá para cá no meu quarto e pensando no que acontecera e na reviravolta que havia dado agora em meus planos. Lembrei-me da sensação interna que experimentei. Seria capaz de revivê-la, com toda a sua estranheza inexplicável. Lembrei-me da voz que ouvi. Questionei mais uma vez de onde teria vindo. Em vão. Parecia que vinha de *dentro de mim*, não do mundo exterior. Perguntei-me se não teria sido mera sensação nervosa, um delírio. Não podia conceber ou acreditar. Era mais como uma inspiração. O choque extraordinário daquele sentimento viera como o terremoto que abalou os alicerces da prisão de Paulo e Silas, abrira as portas da cela da alma e soltara suas amarras. Acordara-a de seu sono, de onde saltara tremendo e ouvindo estupefata. Depois, por três vezes vibrara aquele grito em meus ouvidos assustados, em meu coração estremecido e através de meu espírito que nem tremeu nem se abalou, mas exultou de alegria pelo sucesso do único esforço que tivera o privilégio de fazer, independente do corpo incômodo.

"Dentro de alguns dias" — disse para finalizar meus pensamentos — "saberei alguma coisa dele, cuja voz ontem à noite pareceu chamar-me. Cartas de nada adiantaram. As perguntas pessoais irão substituí-las".

No café da manhã anunciei a Diana e Mary que eu ia fazer uma viagem e estaria ausente por pelo menos quatro dias.

— Vai sozinha, Jane? — perguntaram.

— Sim. Para ver ou saber notícias de um amigo com o qual, já faz algum tempo, ando preocupada.

Elas deviam ter argumentado. Não tenho dúvida de que pensaram que eu não tinha outros amigos que não fossem elas, pois eu de fato sempre lhes dissera isso. Mas, com a sua delicadeza natural, abstiveram-se de fazer comentários, exceto Diana, que me perguntou se eu estava em boas condições para viajar. Eu parecia muito pálida, observou ela. Respondi que nada me afligia a não ser certa ansiedade mental, da qual esperava ficar aliviada em breve.

Foi fácil ultimar os preparativos para a viagem, uma vez que eu não fui incomodada por perguntas ou por suspeitas. Já tendo explicado a elas que naquele momento não poderia detalhar meus planos, elas, delicada e sabiamente, concordaram com o meu silêncio, concedendo-me o privilégio de agir livremente como eu faria com elas se este fosse o caso.

Saí de Moor House às três horas da tarde e logo depois das quatro lá estava eu aos pés do marco de Whitcross à espera da chegada da carruagem que iria levar-me para a longínqua localidade de Thornfield. Em meio ao silêncio daquelas estradas solitárias e montanhas desertas, ouvi o barulho dela quando ainda bem longe. Era a mesma da qual, um ano atrás, numa tarde de verão eu saltara desolada nesse mesmo ponto. Como eu estava desolada, desesperançada e sem saber o que fazer! Ao meu sinal, ela parou e entrei. Desta vez não mais obrigada a dar tudo o que tinha em troca de uma acomodação. Quando me vi na estrada para Thornfield, senti-me como um pombo-correio voando de volta para casa.

Foi uma viagem de trinta e seis horas. Saí de Whitcross numa tarde de terça-feira e cedo, na quinta-feira seguinte, a carruagem parou para que os cavalos bebessem água numa estalagem à beira da estrada. Estava situada no meio de um cenário de cercas vivas verdes e de grandes campos e colinas. Como eram suaves e verdejantes comparados com as charnecas feias de North-Midland em Morton! A paisagem encontrou em meu olhar os contornos de um rosto conhecido. Sim, eu conhecia as características desse cenário. Estava certa de que estávamos próximos do meu destino.

— A que distância daqui fica Thornfield Hall? — perguntei ao rapaz da estrebaria.

— Só três quilômetros e meio, madame, atravessando os campos.

"Minha viagem termina aqui" — pensei comigo mesma.

Saltei da carruagem, dei ao rapaz da estrebaria uma caixa que trouxera para que ele guardasse até que eu a pedisse de volta, paguei a passagem, dei uma gorjeta ao cocheiro e fui caminhando. A luz do sol brilhava sobre a placa com o nome da estalagem em letras douradas: "The Rochester Arms". Meu coração deu um salto. Eu já estava nas terras do meu patrão! Mas um pensamento fez que desse outro salto:

"Seu patrão pode ter atravessado o Canal da Mancha, pelo que se diz. E se estiver em Thornfield Hall, para onde está indo, quem, além dele, estará lá? Sua esposa louca. Você não tem nada a ver com ele. Não ouse falar com ele ou saber onde ele está. Você perdeu seu tempo. É melhor não seguir adiante" — disse uma voz dentro de mim. — "Peça informações às pessoas da estalagem. Elas podem dizer-lhe o que você quer saber. Podem esclarecer logo suas dúvidas. Vá até aquele homem e pergunte se o Senhor Rochester está em casa."

A sugestão fazia sentido, e ainda assim eu não conseguia forçar-me a aceitá-la. Tinha muito medo de que uma resposta pudesse esmagar-me de desespero. Prolongar a dúvida era prolongar a esperança. Tinha de ver a casa mais uma vez sob a luz da sua estrela. Ali estavam a passagem na cerca à minha frente e os mesmos campos através dos quais eu correra, cega e surda, perturbada por uma fúria vingativa que me perseguia e chicoteava, na manhã em que deixei Thornfield. Antes que eu soubesse bem que rumo tomar já estava no meio deles. Andava depressa! Às vezes corria! Como eu olhava para a frente na expectativa de ser surpreendida pela primeira visão da floresta, velha conhecida! Com que sentimentos eu daria boas-vindas àquelas árvores que conhecia tão bem, e vislumbraria a campina e a colina entre elas!

Afinal surgiram os bosques. As colônias de corvos se juntavam num bando negro. Seu pio alto quebrava o silêncio da manhã. Um prazer estranho me inspirou, e apressei o passo. Atravessei mais um campo, uma estradinha, e ali estavam os muros do pátio, as dependências dos fundos, a casa e o ninho dos corvos ainda escondido.

"Minha primeira vista dela deve ser a da frente" — disse para mim mesma com determinação —, "onde suas ameias ousadas irão logo impressionar nobremente os olhos, e de onde poderei ver a janela do meu patrão. Talvez ele esteja de pé na frente dela. Ele acorda cedo. Quem sabe está caminhando no pomar, ou na calçada da frente. Talvez possa vê-lo! Mas um momento! Certamente, nesse caso, devo fazer a loucura de correr para ele? Não sei dizer, não tenho certeza. E, se fizer isso, qual é o problema? Deus o abençoe! E então? A quem magoaria ao provar mais uma vez toda a vida que seu olhar me transmite? Estou delirando. Talvez neste momento ele esteja vendo o nascer do sol sobre os Pireneus, ou então o mar sem ondas do sul".

Dei a volta ao longo do muro baixo do pomar. Virei sua esquina. Havia ali um portão que dava para a campina, entre duas colunas de pedra encimadas por bolas também de pedra. De trás de uma das colunas poderia espiar com discrição toda a frente da mansão. Estiquei a cabeça com cuidado, desejosa de verificar se alguma das vidraças das janelas dos quartos já estava aberta. Ameias, janelas, a longa fachada, daquela posição abrigada tudo estaria sob o domínio da minha visão.

Os corvos que sobrevoavam talvez me observassem enquanto eu fazia essa pesquisa. Perguntei-me o que estariam pensando. Deviam estar achando que a princípio eu era muito cuidadosa e tímida, e que aos poucos me tornava mais audaciosa e despreocupada. Uma espiadela e depois um olhar prolongado. E em seguida saí de onde estava e fui caminhando pela campina. De repente parei defronte àquela grande mansão e olhei-a demoradamente.

"Que simulação de timidez foi essa?" — devem ter perguntado os corvos. — "Que estúpido descuido agora?"

Ouça a história seguinte, leitor.

Um amante encontra sua amada dormindo sobre a relva. Ele deseja ver seu rosto sem acordá-la. Aproxima-se delicadamente pela grama, com cuidado para não fazer qualquer ruído. Faz uma pausa. Ao perceber que ela se mexeu, se afasta. Não quer ser visto por nada neste mundo. Tudo está quieto. Ele se aproxima de novo. Inclina-se sobre ela. Um véu tênue cobre o seu rosto e ele o levanta, abaixa-se mais um pouco. Agora seus olhos antecipam a visão da beleza cálida, radiante e linda, em seu descanso. Quão apressado foi o seu primeiro olhar! Mas agora ele fixa os olhos nela! Como se assusta! Como de pronto e num ímpeto agarra com ambos os braços aquela forma que há um momento não ousava sequer tocar com um dedo! Como agora grita alto o nome dela, deixa cair o seu fardo e olha para ela com loucura! Em vista disso ele a agarra e grita, e olha, porque não teme mais acordá-la com os sons que emite com os movimentos que faz. Pensava que seu amor dormia docemente e descobre que está morta.

Olhei para aquela casa imponente com uma alegria tímida. Vi uma ruína enegrecida.

De fato, não havia mais necessidade de me esconder atrás da coluna do portão! Nem de espreitar pelas gelosias das janelas, temerosa de ver uma vida agitada atrás delas! Não era mais possível ouvir o barulho das portas se abrindo, ou imaginar passos na calçada ou no piso de cascalho! O gramado e o quintal estavam pisoteados e abandonados. O portal não passava de um vão. A fachada, como eu uma vez vira em um sonho, era apenas um muro muito alto e de aspecto muito frágil, perfurado por janelas sem vidros. Não havia mais telhado, ameias, chaminés. Tudo desabara.

E em volta havia o silêncio da morte, a solidão de um deserto abandonado. Não me admiro que as cartas endereçadas a pessoas daqui jamais tenham sido respondidas. Era o mesmo que mandar cartas para um túmulo no cemitério da igreja. O negrume das pedras dizia por qual destino a mansão caíra — por incêndio. Mas como fora queimada? Qual a história que guarda esse desastre? Quais as perdas, além do cimento, do mármore e das madeiras que se seguiram a ele? Teria alguma vida se perdido, assim como o imóvel? Se isso aconteceu, quem teria morrido? Terrível questionamento. Não havia ali ninguém para responder. Nem mesmo um sinal mudo, um indício sem som.

Dando a volta pelos escombros das paredes e passando pelo interior devastado, percebi que aquela calamidade não ocorrera recentemente. As neves do inverno, pensei, entraram pela arcada agora vazia, e as chuvas lavaram os vãos das janelas, porque agora, entre pilhas de escombros e detritos, a primavera fizera crescer alguma vegetação. Grama e capim cresciam ali e acolá entre as pedras e as vigas caídas. E oh! Enquanto isso, onde é que estaria o infeliz proprietário desses escombros? Em que terra? Sob quais auspícios? Meu olhar vagou involuntariamente até a torre cinzenta da igreja perto dos portões, e eu me perguntei — “Será que não estaria ali junto com Damer de Rochester, partilhando a proteção de sua estreita morada de mármore?”.

Essas perguntas devem ter alguma resposta. Não poderia encontrá-las em outro lugar que não fosse a estalagem. E para lá, sem delongas, voltei. O próprio dono da estalagem foi quem trouxe meu café da manhã na sala. Pedi que ele fechasse a porta e se sentasse. Tinha algumas perguntas a lhe fazer. Mas, depois que ele concordou em me ouvir, fiquei sem saber como começar, tal era o horror que tinha das possíveis respostas. Ainda assim o espetáculo de desolação que eu acabara de deixar para trás me preparara de certo modo para uma história triste. O estalajadeiro era um homem bem-apessoado de meia-idade.

— Com certeza o senhor conhecia Thornfield Hall, não? — consegui falar, por fim.

— Sim, madame, até já morei lá.

— Verdade?

"Não na mesma época que eu" — pensei. — "Não conheço este senhor."

— Fui o último mordomo que o Senhor Rochester teve — acrescentou ele.

Último! Eu parecia ter recebido, com toda a força, o golpe do qual vinha tentando escapar.

— O último! — gaguejei. — Ele está morto?

— Estou referindo-me ao pai do atual proprietário, o Senhor Edward — explicou ele.

Respirei fundo e meu sangue voltou a circular. Aquelas palavras eram a prova de que o Senhor Edward, o *meu* Senhor Rochester — que Deus o abençoe, onde quer que esteja! — ao menos estava vivo. E era, em resumo, "o atual proprietário". Palavras agradáveis! Parecia que eu poderia ouvir o que tinha a me dizer, qualquer que fosse a revelação, com relativa tranquilidade. Uma vez que ele não estava morto, pensei que podia até suportar saber que estava vivendo na Antípoda.[1]

— O Senhor Rochester está morando atualmente em Thornfield Hall? — perguntei, sabendo, é claro, qual seria a resposta. Ainda assim o meu desejo era adiar a pergunta direta sobre o paradeiro dele.

[1] Um lugar da Terra diametralmente oposto a outro lugar (onde se está, por exemplo).

— Não, madame. Não! Ninguém mora lá. Suponho que a senhora não conheça bem estas paragens, senão saberia o que aconteceu lá no outono do ano passado. Thornfield Hall virou uma ruína. Foi queimada perto da época da colheita. Uma calamidade horrível! Uma propriedade de grande valor completamente destruída. Quase não se salvou nenhuma peça de mobília. O fogo começou na calada da noite, e antes de os bombeiros virem de Millcote, o prédio já era uma massa de chamas. Foi um terrível espetáculo. Fui testemunha de tudo.

— Na calada da noite — murmurei.

Sim, aquela era a hora fatal em que aconteciam as tragédias em Thornfield.

— E se sabe como o fogo começou? — perguntei.

— As pessoas especularam, madame. Realmente especularam. De fato, não lhe poderia afirmar sem sombra de dúvida. Talvez a senhora não esteja a par — continuou ele puxando sua cadeira mais para perto da mesa e falando mais baixo —, mas havia uma senhora, uma louca, que era mantida na casa.

— Ouvi alguma coisa a esse respeito.

— Ela era mantida trancada, madame. Durante muito tempo as pessoas nem sabiam da sua existência. Ninguém jamais a viu. Apenas sabiam por meio de boatos que aquela pessoa morava na casa. E quem ou o que era, ficava difícil de alguém saber ao certo. Dizia-se que o Senhor Edward a trouxera do estrangeiro, e algumas pessoas acreditavam que ela havia sido sua amante. Mas uma coisa esquisita aconteceu um ano antes, uma coisa muito esquisita.

Temi que agora ouvisse a minha própria história. Esforcei-me para tentar mantê-lo direcionado para o fato principal.

— E essa senhora?

— Essa senhora, madame — respondeu ele — era na verdade esposa do Senhor Rochester! A descoberta foi feita da maneira mais estranha. Havia uma jovem, governanta da casa, pela qual o Senhor Rochester se...

— Mas quanto ao incêndio? — sugeri.

— Pela qual o Senhor Edward se apaixonou. Vou chegar lá, madame. Os empregados disseram que nunca viram ninguém mais apaixonado do que seu patrão. Estava sempre à procura dela. Eles costumavam espreitá-lo. Sabe, madame, os empregados fazem isso. E ele só queria saber dela e de mais nada. Ninguém, a não ser ele, a achava tão bonita. Ela era baixinha, dizem, quase como uma criança. Eu nunca a vi, mas ouvi Leah, a criada, contar sobre a moça. Leah gostava muito dela. O Senhor Rochester tinha cerca de quarenta anos e sua governanta não chegava aos vinte. E a senhora sabe, quando cavalheiros dessa idade se apaixonam por moças jovens, ficam como que enfeitiçados. Bem, ele ia casar-se com ela.

— O senhor pode me contar essa parte da história em outra ocasião — disse eu. Mas agora eu tenho um interesse particular em saber tudo sobre o incêndio. Suspeitou-se que a louca da Senhora Rochester teve algo a ver com ele?

— A senhora acertou, madame. É quase certo que foi ela, e ninguém além dela, que ateou o fogo. Havia uma senhora que tomava conta dela, a Senhora Poole, uma mulher competente e de confiança. Exceto por um defeito, um defeito comum a enfermeiras e acompanhantes. *Tinha sempre uma garrafa de gim com ela*, e uma vez ou outra bebia um pouco mais da conta. É desculpável, uma vez que sua vida era dura. Mas ainda assim era um perigo. Porque quando a Senhora Poole dormia depois de ter bebido gim e água, a louca, que era tão ladina quanto uma bruxa, pegava as chaves no bolso dela, saía do quarto e perambulava pela casa fazendo toda sorte de loucuras que lhe vinham à cabeça. Dizem que uma vez ela quase queimou o marido vivo em sua própria cama. Mas eu não sei nada sobre isso. Contudo, naquela noite ela começou por colocar fogo nas cortinas do quarto ao lado do seu. Em seguida desceu para um andar inferior e foi até o quarto que tinha sido ocupado pela governanta. Era como se de alguma forma soubesse o que tinha acontecido e tinha raiva dela. E pôs fogo na cama lá, mas felizmente não havia ninguém dormindo nela. A governanta tinha ido embora dois meses antes. Aliás, por mais que o Senhor Rochester tenha procurado por ela, como se ela fosse a coisa mais preciosa do mundo, jamais soube uma palavra sobre o seu destino. E daí em diante ele virou uma pessoa intratável, totalmente intratável por seu desapontamento. Nunca fora um homem violento, mas passou a ficar perigoso depois que a perdeu. Quis ficar sozinho. Mandou embora sua criada, a Senhora Fairfax, para ir morar na casa de amigos, longe dali. Mas o fez com elegância, pois resolveu pagar-lhe uma pensão pelo resto da vida. Ela bem que mereceu, pois era uma mulher muito boa. A Senhorita Adèle, uma órfã que ele criava, foi mandada para uma escola. Ele cortou relações com todos os seus amigos da pequena nobreza e enclausurou-se na mansão como um eremita.

— Como assim? Então não deixou a Inglaterra?

— Deixar a Inglaterra? Graças a Deus não! Ele nem sequer cruzava o muro de pedra da casa, exceto de noite, quando caminhava como um fantasma pelo quintal e pelo pomar, como se tivesse perdido o juízo, o que eu acho que aconteceu, pois era um cavalheiro muito espirituoso, corajoso e esperto como jamais se viu, madame, antes de aquela governanta ter cruzado seu caminho. Ele não era um homem dado à bebida, ou ao jogo, ou às corridas, como alguns, e nem era um homem assim tão bonito. Mas tinha uma coragem e uma força de vontade como só ele e mais ninguém seria capaz de ter. Eu o conhecia desde pequeno, e, por mim, sempre desejei que a anã da Senhorita Eyre se tivesse afogado no mar antes de vir para Thornfield Hall.

— Então o Senhor Rochester estava em casa quando o fogo começou?

— Sim, de fato estava. E quando tudo estava ardendo em chamas, de cima abaixo, correu para o sótão e acordou os criados e os ajudou a descer. Depois foi tirar sua esposa louca do quarto em que a mantinha encerrada. Então gritaram para ele que ela estava no telhado, sacudindo os braços por sobre as ameias e gritando tão alto que seus gritos podiam ser ouvidos a mais de um quilômetro dali. Eu a ouvi e a vi com meus próprios olhos. Ela era uma mulher grande e tinha os cabelos pretos e compridos. Podíamos vê-los contra as chamas enquanto ela estava lá de pé. Eu testemunhei, e muito outros também, o Senhor Rochester subir pela claraboia para o telhado. Ouvimo-lo gritar "Bertha!". Vimos quando se aproximou dela. E foi então, madame, que a mulher berrou e deu um salto. E no instante seguinte jazia estatelada na calçada.

— Morta?

— Morta! Sim, morta como as pedras sobre as quais seus miolos e seu sangue ficaram espalhados.

— Meu Deus!

— A senhora tem razão, madame. Foi horrível! — e teve um calafrio.

— E depois, o que foi que aconteceu?

— Bem, madame, depois a casa incendiou-se por completo. Hoje em dia sobraram apenas restos de paredes.

— Alguém mais morreu?

— Não, talvez fosse melhor que tivesse morrido, sim.

— O que o senhor está querendo dizer?

— Pobre do Senhor Edward! — exclamou ele — Penso que eu não deveria nunca ter visto o que vi! Algumas pessoas dizem que foi bem-feito para ele, por ter mantido em segredo o seu primeiro casamento e querido se casar outra vez enquanto a primeira esposa ainda estava viva. Mas, de minha parte, tenho pena dele.

— O senhor disse que ele está vivo, não? — exclamei.

— Sim, sim, está vivo. Mas muita gente pensa que seria melhor que estivesse morto.

— Por quê? Como? — meu sangue tornara a gelar nas veias. — Onde está ele? — perguntei. — Ele está na Inglaterra?

— Está na Inglaterra, sim. Não pode sair da Inglaterra por que acho que hoje em dia está inválido.

Que agonia era aquela! E o homem parecia resolvido a prolongá-la.

— Ele está totalmente cego — disse ele por fim. — Sim, o Senhor Edward está totalmente cego.

Eu pensara coisa ainda pior. Pensei que podia ter enlouquecido. Reuni minhas forças para perguntar o que causara tal calamidade.

— Foi por causa da sua coragem, e se pode dizer também, de certa forma, por sua bondade, madame. Ele não queria deixar a casa senão depois que todos já tivessem saído. Ao descer a grande escadaria, depois que a Senhora Rochester se atirou das ameias do telhado, houve um grande estrondo e tudo veio abaixo. Ele foi retirado de baixo dos escombros. Vivo, mas muito ferido. Uma viga caíra de tal modo a protegê-lo parcialmente. Mas ele recebeu uma pancada em um dos olhos e em uma das mãos, que foi esmagada, de tal modo que o Senhor Carter, o cirurgião, teve de amputá-la na mesma hora. O outro olho inflamou e ele perdeu a visão dessa vista também. Ele agora está deveras indefeso. Cego dos dois olhos e aleijado.

— E onde está ele? Onde é que ele mora atualmente?

— Em Ferndean, em um solar nas terras que tem a cerca de quarenta e oito quilômetros daqui. Um lugar bastante isolado.

— E quem está com ele?

— O velho John e sua esposa. Ele não tem mais ninguém. Está bastante alquebrado, dizem.

— O senhor tem algum tipo de condução aqui?

—Temos uma caleça, madame. Uma caleça muito bonita.

— Então faça que esteja pronta agora mesmo. E se seu mensageiro me puder levar até Ferndean antes que escureça, eu pagarei a ambos, ao senhor e a ele, o dobro do que costumam cobrar.

XXXVII

O solar de Ferndean era um prédio de bom tamanho, embora bastante antigo e sem pretensões arquitetônicas, escondido dentro da mata. Já ouvira falar dele antes. Algumas vezes, o Senhor Rochester fizera alguma referência a ele, e de vez em quando ia lá. Seu pai comprara a propriedade para usá-la durante suas caçadas. Ele queria ter alugado a casa, mas não encontrou pretendente em virtude das condições impróprias e insalubres do local. Ferndean então ficou desabitada e sem mobília, com exceção de dois ou três quartos para acomodar o proprietário quando lá se hospedava na estação de caça.

Foi nessa casa que cheguei quando já começava a escurecer, em uma tarde marcada por um céu triste, um vento frio e uma chuva fina contínua e penetrante. O último quilômetro e meio preferi ir caminhando depois de ter dispensado a caleça e seu cocheiro com o pagamento em dobro, conforme prometera. Mesmo a uma distância bem próxima da casa, não era possível ver nada dela, tão cercada que estava pelas árvores da mata sombria que a circundava. Os portões de ferro entre pilares de granito me indicaram por onde se entrava, e ao passar por eles encontrei-me logo na penumbra de uma fileira de árvores bem juntas, umas às outras. Havia uma trilha com o capim alto que descia do corredor da mata entre troncos velhos e nodosos debaixo dos galhos que formavam arcos. Eu segui em frente, esperando chegar logo à casa. Mas o caminho se prolongava cada vez mais para longe e eu não via qualquer sinal de habitação ou terreno.

Achei que tinha ido para a direção errada e estava perdida. A escuridão do lugar e o lusco-fusco da mata ao anoitecer se acercaram de mim. Olhei à minha volta procurando outro caminho. Não havia nenhum. Só via galhos entrelaçados, troncos grossos e densa folhagem sem qualquer passagem em lugar algum.

Continuei. Por fim o caminho alargou-se, as árvores ficaram mais espaçadas. Cheguei a uma cerca, e adiante se erguia a casa, quase camuflada entre as árvores por causa da penumbra. Suas paredes maltratadas eram úmidas e verdes. Atravessando um portal, fechado apenas com um trinco, encontrei-me no meio de um espaço que parecia ser um pátio interno cercado de árvores em semicírculo. Não havia flores nem canteiros. Apenas uma trilha de cascalho circundando um gramado, e este emoldurado pela floresta densa. A casa tinha duas cumeeiras pontudas na fachada. As janelas eram estreitas e com gelosias. A porta da frente também era estreita com um degrau. Tudo aquilo parecia, como o estalajadeiro de

Rochester Arms dissera, "um lugar bastante desolado". Era tão silencioso como uma igreja num dia de semana. O barulho da chuva caindo sobre as folhas das árvores era o único som audível em suas vizinhanças.

— Pode haver vida aqui? — me perguntei.

Sim, algum tipo de vida devia haver, pois ouvi certo movimento. Em seguida a porta estreita da frente foi destrancada e um vulto preparava-se para deixar a estância.

A porta se abriu lentamente, uma figura saiu na penumbra e ficou parada sobre o degrau — era um homem sem chapéu. Estendeu a mão à frente para verificar se chovia. Escuro como estava, eu o reconheci. Não era outro senão meu patrão, Edward Fairfax Rochester.

Fiquei onde estava, quase sem respirar, parada a observá-lo, a examiná-lo e — ai! — invisível para ele. Foi um encontro súbito, no qual o êxtase era mantido controlado pela dor. Não tive dificuldade em reprimir minha voz de uma exclamação ou meus passos de um avanço apressado.

Seu vulto mantinha o mesmo aspecto forte e a mesma forma atlética de sempre. O porte ainda era ereto e o cabelo ainda era preto como as penas de um corvo. Seus traços não tinham-se alterado nem estavam mais envelhecidos. Nem mesmo no espaço de um ano, depois de todos os sofrimentos, sua força atlética pôde ser consumida e seu vigor nobre, arruinado. Mas em seu semblante percebi uma mudança que parecia desesperada e agourenta que me fez lembrar um animal selvagem ou um pássaro acuado, perigoso de se chegar perto. Uma águia engaiolada, cujos olhos dourados foram cruelmente extirpados, e que se parecia com o cego Sansão.

E, leitor, pensa que eu tive medo da sua ferocidade cega? Se for isso o que pensa, é porque me conhece muito pouco.

Meu sofrimento misturou-se com uma terna esperança de que em breve teria coragem para depositar um beijo naquela testa de pedra e sobre aqueles lábios tão severamente fechados. Mas ainda não era a hora. Não o abordaria.

Ele desceu o único degrau e avançou devagar, tateando, em direção ao gramado. Onde se atreveria a ir agora? Então parou como se não soubesse para que lado deveria seguir. Ergueu a mão e abriu as pálpebras. Com o olhar vazio e com grande esforço, olhou para o céu e para o anfiteatro das árvores. Dava para perceber que para ele tudo era uma escuridão vazia. Estendeu a mão direita. Mantinha o braço esquerdo, mutilado, oculto no peito. Parecia querer tocar e ter uma ideia do que havia à sua volta, mas encontrou o vazio porque as árvores estavam a alguns metros de onde ele havia parado. Desistiu da tentativa, cruzou os braços e ficou quieto e mudo na chuva que agora caia mais forte sobre sua cabeça descoberta. Naquele momento John surgiu de algum lugar.

— Quer segurar em meu braço, senhor? — disse ele. — A chuva está muito forte. O senhor não acha melhor entrar?

— Deixe-me sozinho — foi a resposta.

John se retirou sem me ver. O Senhor Rochester agora tentava andar por ali. Em vão. Tudo era incerto. Ele tateou o ar para voltar para a casa, entrou e fechou a porta.

Eu então me aproximei e bati à porta. A esposa de John veio abri-la para mim.

— Mary — disse eu — como vai você?

Ela ficou surpresa como se tivesse visto um fantasma. Eu a tranquilizei. Diante da sua pergunta apressada — "é realmente a senhorita, quem chega a esta hora neste lugar isolado?", eu respondi tomando a sua mão e a seguindo até a cozinha, onde John estava sentado ao lado de um bom fogo. Expliquei a eles, em poucas palavras, que eu soubera de tudo o que acontecera desde que eu saíra de Thornfield, e que estava de volta para ver o Senhor Rochester. Pedi a John que fosse até o entroncamento onde eu dispensara a caleça e trouxesse a caixa que eu deixara lá. E então, enquanto tirava o chapéu e o xale, perguntei a Mary se havia como me acomodar no solar durante aquela noite. E ao ver que, embora difíceis, as providências não eram impossíveis, informei a ela que eu ficaria. Naquele mesmo instante soou a campainha da sala de visitas.

— Quando você for atendê-lo — disse eu — diga ao seu patrão que há uma pessoa que deseja falar com ele. Mas não diga o meu nome.

— Acho que ele não vai querer atendê-la — respondeu ela. — Ele se recusa a receber qualquer pessoa.

Quando ela voltou eu perguntei o que ele dissera.

— A senhorita deverá dar o seu nome e dizer qual é o assunto — respondeu ela.

Ela então começou a encher um copo com água e o colocou em uma bandeja, junto com velas.

— Foi para isso que ele a chamou?

— Sim. Ele sempre quer que se acendam velas quando está escuro, embora esteja cego.

— Dê a bandeja para mim. Eu irei levá-la.

Tomei-a de suas mãos. Ela me mostrou onde ficava a porta para a sala de visitas. A bandeja tremia enquanto eu a levava. A água salpicou para fora do copo. Meu coração golpeava minhas costelas, alto e rápido. Mary abriu a porta para mim e fechou-a depois que passei.

A sala de visitas era sombria. Na lareira queimava um fogo quase esquecido. E encostado nela, com a cabeça apoiada sobre a prateleira alta e de estilo antigo, estava o ocupante cego da sala. Pilot, seu velho cão, estava deitado ao seu lado, enroscado e fora de seu caminho, como se tivesse medo de ser pisado sem querer. Pilot ergueu as orelhas quando entrei. Em seguida pulou, com um latido e um ganido, e veio para o meu lado, quase derrubando a bandeja de minhas mãos. Eu a coloquei sobre a mesa. Em seguida acariciei-o e disse baixinho — "Deite".

O Senhor Rochester virou-se mecanicamente para *ver* o que estava acontecendo. Mas como não *viu* nada tornou a virar o rosto e suspirou.

— Dê-me a água, Mary — disse ele.

Eu me aproximei dele com o copo agora apenas pela metade. Pilot seguiu-me, ainda excitado.

— O que é que está acontecendo? — perguntou ele.

— Deite, Pilot! — disse eu outra vez.

Ele parou com a água a caminho dos lábios e pareceu ouvir. Bebeu e depositou o copo na bandeja.

— É você, não é, Mary?

— Mary está na cozinha — respondi.

Ele estendeu a mão num gesto rápido, mas, sem saber onde eu estava, não me tocou.

— Quem é você? Quem é você? — perguntou ele, tentando *ver* com os seus olhos cegos numa tentativa frustrada e aflita. — Responda, fale outra vez! — ordenou ele, em voz alta e de forma imperiosa.

— O senhor quer um pouco mais de água? Derramei um pouco da que estava no copo — disse eu.

— *Quem* é você? *O que* é isto? Quem está falando?

— Pilot me conhece, e John e Mary sabem que estou aqui. Cheguei agora à noite — respondi.

— Deus do Céu! Que ilusão é esta que se abateu sobre mim? Que doce delírio é este que tomou conta de mim?

— Não há ilusão nenhuma, tampouco loucura. Sua mente, senhor, é forte demais para ilusões, e sua saúde é boa demais para delírios.

— Onde está quem fala? É apenas uma voz? Oh! Se eu *não posso* ver, preciso sentir, do contrário meu coração vai parar e meu cérebro vai explodir. O que, ou quem quer que seja, deixe que eu a toque, do contrário não poderei mais viver!

Sua mão veio apalpando e eu a segurei e prendi entre as minhas duas.

— Os mesmos dedos! — gritou ele. — Os mesmos dedos pequenos e finos dela! Se assim é. Deve haver mais dela aqui.

Sua mão musculosa soltou-se da minha. Meu braço foi agarrado, meu ombro, meu pescoço, minha cintura. Agora estava enlaçada e apertada a ele.

— É você, Jane? *O que* é isto? É o corpo dela. É o tamanho dela!

— E esta é a voz dela — acrescentei eu. — Ela está toda aqui. Seu coração também. Deus o abençoe, senhor! Estou feliz em estar junto do senhor outra vez.

— Jane Eyre! Jane Eyre! — foi tudo o que ele disse.

— Meu querido patrão — respondi. — Sou eu mesma, Jane Eyre. Encontrei-o. E aqui estou de volta para o senhor.

— De verdade? Em carne e osso? Minha Jane?

— O senhor me toca, me abraça forte. Não sou fria como um cadáver, nem vazia como o ar, sou?

— Minha querida! Estes com certeza são os seus membros, e estes, seus traços. Mas não posso estar sendo abençoado depois de toda a minha desgraça. Isto é um sonho. Um sonho como os que costumava ter à noite quando a apertava mais uma vez contra o meu coração, como estou fazendo agora. E a beijava assim, e sinto que ela me amava e me fazia crer que jamais me abandonaria.

— A partir de hoje, jamais o abandonarei, senhor.

— Jamais, é o que diz a visão? Mas sempre acordei e descobri que era tudo mentira e me senti desolado e abandonado, na minha vida escura, triste e sem esperança, com minha alma sedenta e proibida de beber, meu coração faminto e nunca alimentado. Sonho doce que agora se aninha em meus braços, você voará também, como seus parentes que voaram antes de você. Beije-me antes de partir. Abrace-me, Jane.

— Aqui, senhor. E aqui!

Colei meus lábios em seus olhos antes brilhantes e agora sem vida. Afastei o cabelo da sua testa e beijei-a também. Subitamente ele pareceu despertar. Foi tomado pela certeza da realidade.

— É você, mesmo. É você, Jane? Então voltou mesmo para mim?

— Voltei.

— E não está morta, caída em uma vala no fundo de um rio? Nem está vagando perdida entre estranhos?

— Não, senhor! Hoje sou uma mulher independente.

— Como independente? O que está querendo dizer, Jane?

— Meu tio da Ilha da Madeira morreu e me deixou uma herança de cinco mil libras.

— Oh, mas isso é algo real, isso é real! — gritou ele. Jamais poderia ter sonhado com algo assim. Além do mais, aí está a voz peculiar dela, animada, picante e ao mesmo tempo suave. A voz que alegra meu coração sem vida e o traz de volta à vida. Como, Janet! Você é uma mulher independente? Uma mulher rica?

— Bastante rica, senhor. Se o senhor me permitir viver ao seu lado, posso construir uma casa para mim junto da sua porta e o senhor pode vir e sentar em minha sala de visitas se quiser companhia durante a tarde.

— Mas como agora você está rica, Jane, sem dúvida deve ter amigos que cuidarão de você, e não suportarão que se dedique a um aleijado como eu, não?

— Já disse que sou independente, senhor. Assim como estou rica, sou dona de mim mesma.

— E ficará comigo?

— Certamente — a menos que o senhor não queira. Serei sua vizinha, sua enfermeira, sua governanta. Vejo que o senhor está sozinho. Serei sua companheira — para ler para o senhor, caminhar com o senhor, sentar-me com o senhor. Servi-lo. Serei seus olhos e suas mãos. Pare de se sentir melancólico, meu querido patrão, o senhor não estará mais abandonado enquanto eu viver.

Ele não respondeu. Parecia sério, absorto. Suspirou e entreabriu os lábios como se fosse falar, mas fechou-os outra vez. Eu me senti um pouco envergonhada. Talvez tivesse passado por cima das formalidades com muita rapidez e, como St. John, ele havia percebido indiscrição em minha espontaneidade. De fato, fiz minha proposta partindo da ideia de que ele me desejava e que me pediria em casamento. Uma expectativa sem consistência, porque ele nada falara, tinha-me impulsionado para cima dele, como se em seguida fosse reclamar-me como sua. Mas como ele não mostrava qualquer indício de que faria isso, e seu semblante se tornava cada vez mais fechado, lembrei-me, de súbito, de que podia estar totalmente errada. E, se estivesse, talvez estivesse fazendo um papel de boba sem perceber. E comecei a gentilmente me soltar de seus braços. Mas ele me arrebatou de volta, ansiosamente.

— Não, não, Jane. Não se vá. Não. Eu a toquei, a ouvi, senti o conforto da sua presença, a doçura do seu consolo. Não posso abdicar destas alegrias. Pouco resta de mim mesmo. Tenho de ter você. O mundo todo pode rir. Pode chamar-me de ridículo e egoísta, mas isso não significa nada. Minha alma a exige e será satisfeita, caso contrário, será consumida por uma vingança mortal.

— Bem, senhor, eu ficarei ao seu lado. Como já disse.

— Sim, mas você entende uma coisa, quando diz que ficará comigo, e eu entendo outra coisa. Você, talvez, pudesse ter em mente ficar ao meu lado para me ajudar e servir-me como uma enfermeira, pois tem um coração bondoso e um espírito generoso que a deixa sempre pronta a se sacrificar por aqueles de quem tem pena. Isso sem dúvida deveria ser suficiente para mim. Eu por minha vez não deveria ter por você outros sentimentos que não os de um pai. Não é assim que pensa? Vamos, diga-me.

— Pensarei o que o senhor quiser, senhor. Fico contente em ser apenas sua enfermeira, se é o que o senhor acha melhor.

— Mas você não poderá ser sempre minha enfermeira, Janet. Você é jovem. Precisa casar-se um dia.

— Não me importo com casamento.

— Mas devia importar-se, Janet. Se eu fosse o que era antes, tentaria fazer você se importar, mas como um velho cego…

Ele voltou a ficar sombrio. Eu, ao contrário, fiquei mais animada e me enchi de coragem. Suas últimas palavras me mostraram onde é que residia a dificuldade. E como essa dificuldade não era coisa alguma para mim, senti-me bastante aliviada do meu embaraço anterior e retomei a conversa com uma disposição mais animada.

— Já está na hora de alguém começar a reumanizá-lo — disse eu, separando os seus cabelos longos e sem corte. — Vejo que o senhor se está transformando em um leão, ou coisa parecida. O senhor está com um "*faux aire*"[1] de Nabucodonosor nos campos à sua volta, não tenho dúvida. Seu cabelo lembra as penas de uma águia. E ainda não notei se suas unhas cresceram, ou não, como as garras da águia.

— Neste braço não tenho nem mão nem unhas — disse ele tirando o braço mutilado do peito e mostrando-o. — Não passa de um coto, de uma visão sinistra! Não acha, Jane?

— Dá pena vê-lo e dá pena ver seus olhos e a cicatriz feita pelo fogo em sua testa. E o pior de tudo é que corro o perigo de amá-lo demais por causa disso tudo, e de fazer demais pelo senhor.

— Eu achei que você se revoltaria quando visse meu braço e minha cicatriz no rosto.

— Verdade? Não diga para que eu não lhe responda com algo afrontoso. Agora permita que eu o deixe por um instante para melhorar o fogo e limpar a lareira. O senhor pode dizer-me quando o fogo estiver bom?

— Sim, com meu olho direito eu percebo um brilho, um clarão vermelho.

— E consegue ver as velas?

— Muito fracamente. Cada uma delas é como uma nuvem luminosa.

— E pode ver-me?

— Não, minha fada. Mas já estou agradecido demais em poder ouvi-la e senti-la.

— A que horas o senhor janta?

---

[1] Em francês: "ar falso".

— Eu nunca janto.

— Mas deve jantar hoje. Estou com fome. E ouso dizer que o senhor também. O senhor apenas se esqueceu da fome.

Chamei Mary e logo tinha a sala arrumada de modo mais alegre. Preparei para ele uma boa refeição. Meu espírito estava excitado, e com prazer e à vontade conversei com ele durante o jantar e por longo tempo depois. Não havia qualquer reserva embaraçosa, nenhuma repressão à alegria e à vivacidade em sua companhia. Ao seu lado estava em perfeita calma porque sabia que lhe agradava. Tudo o que eu dizia ou fazia parecia consolá-lo e revivê-lo. Era ótimo ter consciência disso! Trazia à vida e à luz toda a minha natureza. Em sua presença eu me sentia completamente viva, e ele vivia em mim. Cego como estava, sorrisos estampavam seu rosto, alegria raiava em sua fronte. Suas feições eram mais brandas. E calorosas.

Depois do jantar, começou a me fazer várias perguntas. Onde eu havia estado e o que tinha feito ou como o encontrei. Mas eu lhe dei apenas meias respostas. Era muito tarde para entrar em detalhes naquela noite. Além do mais, não queria tocar em nenhum assunto emocional profundo. Não desejava abrir nenhuma fonte de emoções em seu coração. Meu único intuito era animá-lo. E animado, como eu disse, ele estava. Com momentos de alguma euforia. Se um instante de silêncio interrompia nossa conversa, ele se virava para mim impaciente, me tocava e me chamava "Jane".

— Você é mesmo um ser humano, Jane? Tem certeza disso?

— Estou consciente que sim, Senhor Rochester.

— Mesmo assim, como é que numa noite escura e triste pôde surgir tão de repente em minha casa solitária? Estendo a mão para pegar um copo d'água da mão de um empregado e o recebo de você. Faço uma pergunta esperando que a esposa de John me responda, e é a sua voz que escuto.

— Porque fui eu que entrei no lugar de Mary, com a bandeja.

— E há um encantamento até agora por estar com você. Quem é que pode calcular que vida escura, terrível e sem esperança tenho vivido há tantos meses? Sem nada para fazer, esperando pelo nada. Vendo a noite se ligar ao dia. Não sentindo outra coisa senão o frio quando o fogo se apaga, fome quando me esqueço de comer e uma tristeza infinda. Às vezes surge um delírio pelo desejo de contemplar minha Jane de novo. Sim, pois era a volta dela que eu desejava, muito mais do que a volta da minha visão perdida. Como posso agora acreditar que Jane está comigo e dizendo que me ama? Será que ela não irá partir tão subitamente como chegou? Amanhã, temo que não possa mais encontrá-la aqui.

Eu estava certa de que o melhor a fazer para tranquilizar sua mente era dar-lhe uma resposta prática e trivial fora da sequência de suas ideias perturbadas. Passei meu dedo em suas sobrancelhas e comentei que elas também tinham sido queimadas, e que eu poderia aplicar sobre elas algo que as fizesse crescer outra vez. Grossas e pretas como eram antes.

— Para que serve me tratar tão bem, espírito benéfico, quando em algum momento fatal você me deixará de novo passando feito uma sombra branca e incógnita por mim, tornando-se para sempre desaparecida?

— O senhor tem um pente no bolso?’

— Para que, Jane?

— Para que eu penteie essa sua juba preta. Estou assustada ao examiná-lo bem de perto. O senhor diz que eu sou uma fada, mas tenho certeza de que o senhor mais parece um duende.

— Estou assim tão feio, Jane?

— Muito, senhor. Aliás, feio o senhor sempre foi, bem sabe.

— Hum! Você não perdeu sua maldade, por onde quer que tenha andado.

— Contudo, morei com gente muito boa. Centenas de vezes melhores do que o senhor. Gente de ideias e visões que o senhor jamais em sua vida cogitou ter. Gente bem mais refinada e superior.

— Com quem, diabos, você morou?

— Se não parar de se virar, acabarei por arrancar todos os cabelos da sua cabeça. Só então acho que vai parar de ter dúvidas se sou de verdade.

— Com quem esteve, Jane?

— O senhor não vai conseguir tirar essa informação de mim hoje à noite. Terá de esperar até amanhã. Vou deixá-lo com minha história contada pela metade. Será uma espécie de garantia de que aparecerei em sua mesa do café da manhã para acabar de contá-la. A propósito, devo lembrar-me de não aparecer em sua lareira apenas com um copo d'água. Devo trazer-lhe, pelo menos, um ovo e, quem sabe, presunto frito.

— Sua criança trocada, nascida fada em corpo de gente! Você faz que eu me sinta como nunca me senti nestes últimos doze meses. Se Saul pudesse ter tido você em vez do seu Davi, seu espírito maligno teria sido exorcizado sem precisar de harpa.

— Pronto, o senhor já está penteado e decente. Agora vou deixá-lo. Estive viajando estes últimos três dias e creio que estou cansada. Boa noite.

— Apenas mais uma palavra, Jane. Lá de onde você veio havia apenas mulheres na casa?

Eu ri e fui saindo, e subi as escadas sem parar de rir.

"Boa ideia!"— pensei com alegria. — "Já sei como tirá-lo dessa melancolia daqui para a frente."

Bem cedo na manhã do dia seguinte, eu o ouvi acordar, se levantar e se movimentar de um cômodo para outro. Logo que Mary desceu, ouvi a pergunta:

— A Senhorita Eyre está aqui? — E em seguida — Em que quarto foi que a colocou? Ele estava seco? Ela já acordou? Vá perguntar se ela quer alguma coisa, e quando é que ela vai descer.

Eu desci tão logo achei que já era a hora do café da manhã. Entrei na sala sem fazer barulho e o vi antes que ele suspeitasse da minha presença. Era de fato triste testemunhar a sujeição daquele espírito vigoroso a uma deficiência corporal. Ele estava sentado em sua cadeira. Quieto, porém tenso. Em evidente expectativa, agora as linhas da tristeza habitual estavam marcadas em suas feições de traços fortes. Seu semblante lembrava-me um candeeiro apagado que espera voltar a ser aceso. E, meu Deus! Não era ele próprio quem poderia agora acender o brilho de uma expressão animada. Dependia de outra pessoa para isso! Eu planejara ser alegre e descontraída, mas a impotência daquele homem forte tocava o meu coração. Ainda assim o abordei com a vivacidade que pude.

— Está uma linda manhã de sol, senhor — disse eu. — A chuva parou e deixou um terno brilho agradável. Está ótimo para dar uma caminhada.

Reacendi o candeeiro. Sua expressão iluminou-se.

— Oh! É você quem está aí, minha cotovia! Venha até a mim. Você não foi embora, não desapareceu? Ouvi uma da sua espécie cantando ainda há pouco na floresta, mas seu canto não era uma música, da mesma forma que o Sol nascente não tinha raios. Toda a música do mundo chega aos meus ouvidos na voz da minha Jane. E fico feliz que você não fique em silêncio. E é a sua presença que me traz toda a luz do Sol.

Meus olhos se encheram d'água ao ouvi-lo falar desse modo sobre a sua dependência. Era como se uma águia real acorrentada a um poleiro fosse obrigada a ser alimentada por um pardal. Mas eu não deveria ficar chorosa. Enxuguei depressa as gotas salgadas e ocupei-me em preparar o café da manhã.

Passamos a maior parte da manhã ao ar livre. Levei o Senhor Rochester para os campos mais aprazíveis, fora da floresta fechada e úmida. Descrevi para ele como agora a vegetação estava brilhante e verde, como as flores e as cercas vivas se mostravam viçosas. Quão cintilante estava o azul do céu. Procurei um lugar escondido e secreto para que se sentasse em um toco de árvore seco. E não me recusei quando, depois de sentado, colocou-me em seus joelhos. Por que deveria, quando ele e eu estávamos mais felizes juntos que separados? Pilot deitou-se ao nosso lado. Tudo estava calmo. De repente ele quebrou o silêncio enquanto me apertava em seus braços:

— Sua fujona cruel! Oh, Jane, não imagina o que senti ao descobrir que você tinha fugido de Thornfield. E quando não consegui encontrá-la em lugar nenhum. Depois de examinar em seu quarto me dei conta de que você não levara dinheiro e tampouco qualquer coisa de valor! O colar de pérolas que eu lhe dera ficou lá intocado em seu pequeno estojo. Seus baús tinham sido deixados amarrados e fechados como haviam sido preparados para a nossa viagem de núpcias. Perguntei-me o que é que a minha querida faria, completamente sem dinheiro e sem nenhum pertence. E o que foi que ela fez. Conte-me tudo agora.

Encorajada assim, comecei a narrativa do que eu tinha passado naquele último ano. Suavizei consideravelmente o que dizia respeito aos primeiros três dias em que passara vagando morta de fome, pois contar a ele tudo seria infligir-lhe um sofrimento desnecessário. O pouco que eu disse já foi suficiente para dilacerar seu coração fiel mais do que eu gostaria.

Ele disse que eu não deveria tê-lo deixado assim, sem meios de seguir meu caminho, e que eu deveria tê-lo contado de minhas intenções. Devia ter confiado nele. Jamais ter-me-ia me forçado a ser sua amante. Por mais violenta que sua reação parecesse em seu desespero, ele, na verdade, me amava demasiado e tinha por mim tanto carinho que jamais me trataria como um tirano. Ter-me-ia me dado metade da sua fortuna sem pedir sequer um beijo em troca, em vez de me jogar sozinha e sem quaisquer amigos num mundo selvagem. Tinha certeza de que eu suportara coisas piores do que as que lhe havia contado.

— Bem, quaisquer que tenham sido os meus sofrimentos, eles foram passageiros — respondi.

E continuei a contar como fui recebida na Moor House. Como consegui o emprego de professora, etc. Em seguida falei do recebimento da fortuna e da descoberta de meus parentes. É claro que o nome de St. John Rivers foi mencionado várias vezes durante a minha história. Quando terminei, o nome dele voltou logo à cena.

— Esse tal St. John então é seu primo?

— Sim.

— Você falou dele muitas vezes. Você gosta dele?

— Ele é um homem muito bom, senhor. Não posso deixar de gostar dele.

— Um homem bom. Isto significa que ele é uma pessoa respeitável, um homem bem-comportado de seus cinquenta anos? Ou o que isso quer dizer?

— St. John só tem vinte e nove anos, senhor.

— "*Jeune encore*",[2] como dizem os franceses. Ele é baixo, fleumático e comum? Uma pessoa cuja bondade consiste mais na ausência de vícios do que no talento de suas virtudes?

— Ele é incansavelmente ativo. Vive para realizar obras grandes e elevadas.

— E quanto à sua mente? É provavelmente limitada. Talvez tenha boas intenções, mas você dá de ombros ao ouvi-lo falar?

— Ele fala pouco, senhor. Mas o que fala é sempre o que precisa ser dito. Sua mente é excelente, diria que não é de todo brilhante, mas é vigorosa.

— Então é um homem competente, não?

— Muito competente.

— Um homem muito bem-educado?

— St. John é um erudito profundamente talentoso.

— Penso que você disse que não gostava das maneiras dele, que eram um tanto pedantes e clericais?

— Jamais mencionei nada sobre as suas maneiras. E seria de muito mau gosto se o fizesse. Elas eram educadas, calmas e cavalheirescas.

— E a aparência dele? Esqueci a descrição que fez. Era uma espécie de padre grosseiro, meio estrangulado por seu colarinho branco e empertigado em suas botinas de cano alto, não?

— St. John veste-se muito bem. É um homem muito elegante. Alto, bonito, de olhos azuis, um perfil grego.

---

[2] Em francês: "Jovem ainda".

— Desgraçado! — disse ele virando a cabeça para o outro lado.

E depois, ao se voltar para mim:

— Você gostou dele, Jane?

— Sim, senhor Rochester, eu gostei dele. Mas o senhor já havia perguntado isso.

É claro que percebi o que se passava com o meu interlocutor. O ciúme se apoderara dele. Estava mordido, mas a mordida era salutar. Livrava-o temporariamente das garras da melancolia. Por isso eu não iria logo acalmar a serpente.

— Talvez você não deva ficar sentada assim tanto tempo sobre os meus joelhos, Senhorita Eyre. — foi sua próxima observação um tanto inesperada.

— E por que não, senhor Rochester?

— O quadro que você acaba de pintar sugere um contraste bastante grande. Suas palavras delinearam lindamente um Apolo gracioso. Ele está presente na sua imaginação. Alto, bonito, de olhos azuis e com um perfil grego. Seus olhos agora se concentram sobre Vulcano,[3] um ferreiro de pele escura e ombros largos e ainda por cima cego e aleijado.

— Nunca pensei nisso, mas o senhor certamente se parece com Vulcano.

— Bem, você pode me deixar então, madame. Mas antes de ir quero que me faça o favor de responder ainda a uma ou duas perguntas.

Ele me reteve com mais força do que nunca, e fez uma pausa.

— Que perguntas, Senhor Rochester?

---

[3] Deus romano do fogo, filho de Júpiter e Juno, feio e disforme, que trabalhava na forja.

Em seguida ele continuou o interrogatório.

— St. John fez que se tornasse professora em Morton antes de saber que você era sua prima?

— Sim.

— Você o via com frequência? Ele ia muitas vezes à escola?

— Diariamente.

— Ele aprovava os seus planos, Jane? Sei que deveriam ser inteligentes, porque você é uma criatura talentosa.

— Ele os aprovava, sim.

— Ele teria descoberto em você muitas coisas que não esperava encontrar? Algumas de suas habilidades não são comuns.

— Disso não sei.

— Como disse, você tinha um pequeno chalé perto da escola. Ele ia até lá algumas vezes para vê-la?

— De vez em quando, sim.

— E ia à noite?

— Uma ou duas vezes.

Pausa.

— Por quanto tempo você morou com ele e suas irmãs depois que descobriram que eram primos?

— Cinco meses.

— Rivers passava muito tempo com as moças da sua família?

— Sim, a sala de visitas dos fundos era o local de estudos dele e o nosso. Ele ficava perto da janela e nós na mesa.

— Ele estudava muito?

— Um bocado.

— Estudava o quê?

— Hindustani.

— E o que você fazia enquanto isso?

— Aprendi alemão, de início.

— Foi ele que lhe ensinou alemão?

— Ele não entendia alemão.

— Ele ensinou alguma coisa a você?

— Um pouco de hindustani.

— Rivers ensinava hindustani a você?

— Sim, senhor.

— E ensinava também às suas irmãs?

— Não.

— Só a você?

— Só a mim.

— Foi você quem pediu para aprender?

Não.

— Foi ele quem quis ensinar-lhe?

— Sim.

Uma segunda pausa.

— E por que ele quis fazer isso? Que utilidade o hindustani poderia ter para você?

— Queria que eu fosse com ele para a Índia.

— Ah! Então cheguei à raiz da questão. Ele queria que você se casasse com ele?

— Ele me pediu em casamento.

— Isso é ficção, uma invenção maliciosa para me atormentar.

— Sinto muito, mas é a pura verdade. Pediu-me em casamento mais de uma vez, e foi mais obstinado em seu ponto de vista do que o senhor jamais teria sido capaz.

— Senhorita Eyre, repito que você pode deixar-me quando quiser. Quantas vezes terei de dizer a mesma coisa? Por que é que continua com tanta insistência aboletada em meus joelhos, quando já lhe disse que podia sair?

— Porque estou sentindo-me confortável aqui.

— Não, Jane, você não está confortável aí, porque seu coração não está comigo. Está com esse seu primo, esse tal de St. John. Oh, até este momento eu pensava que minha pequena Jane fosse só minha! Acreditava que ela me amava mesmo depois de ter-me deixado. Que era um átomo de doçura em meu amargor. Pelo tempo que nos separamos e pelas lágrimas quentes que chorei por causa dessa separação, jamais pensei que enquanto eu lamentava sua perda ela estava amando outro! Mas é inútil lamentar, Jane, deixe-me, vá casar-se com Rivers.

— Então me afugente daqui, me empurre para fora, porque não irei deixá-lo por minha própria vontade.

— Jane, eu sempre gostei do tom da sua voz. Isso ainda renova minhas esperanças, porque soa tão sincero! Quando o ouço, ele me carrega a um ano atrás. Esqueço que você formou novos laços. Mas não sou tolo — vá.

— Para onde devo ir, senhor?

— Siga seu próprio caminho com o marido que escolheu.

— Quem é ele?

—Você sabe. É esse tal de St. John Rivers.

— Ele não é meu marido e nunca será. Ele não me ama. E eu não o amo. Ele ama do jeito que *consegue* amar — não como o senhor ama — uma linda jovem chamada Rosamond. Quis casar-se comigo somente porque pensava que eu daria a esposa perfeita para um missionário. O que ela não daria. Ele é bom e justo, mas é severo. E, para mim, frio como um *iceberg*. Ele não é como o senhor. Não me sinto feliz ao lado dele, nem perto dele e tampouco com ele. Ele não tem complacência comigo, nenhum afeto por mim. Não vê em mim nada que o atraia. Nem mesmo minha juventude. Só se interessa por alguns dos meus atributos mentais que lhe são úteis. É por isso que eu devo deixá-lo, senhor, e voltar para ele?

Senti um tremor involuntário e me agarrei instintivamente ao meu patrão cego, porém amado. Ele sorriu.

— Como assim, Jane! Isso é verdade? Então é assim que são as coisas entre você e Rivers?

— Exatamente, senhor! O senhor não precisa ficar com ciúmes! Eu só quis provocá-lo um pouquinho para que se sentisse menos triste. Achei que a raiva lhe faria um bem maior do que a tristeza. Mas se o que o senhor quer é ser amado por mim, ficaria orgulhoso e contente se pudesse ver o quanto realmente o amo. Meu coração é todo seu, senhor. Ele lhe pertence. E com o senhor ficará, mesmo que o destino me exilasse para sempre da sua presença.

Outra vez, enquanto ele me beijava, pensamentos dolorosos escureceram o seu semblante.

— Minha visão perdida! Minha força aleijada! — murmurou ele lamentoso.

Eu o acariciei, confortando-o. Sabia o que estava pensando e queria falar com ele, mas não me atrevi. Ao virar o rosto para o lado por um instante, vi uma lágrima escorregar de sua pálpebra fechada e escorrer por seu rosto másculo. Senti um aperto no coração.

— Não sou melhor do que aquele velho carvalho do pomar de Thornfield atingido por um raio — disse ele depois de algum tempo. — E que direito teria aquela ruína de pedir a uma madressilva em botão que cobrisse com o seu frescor a sua decadência?

— O senhor não é uma ruína, não é uma árvore atingida por um raio. O senhor está verdejante e vigoroso. Muitas plantas nascerão de suas raízes, queira o senhor ou não, porque se deleitam em sua sombra generosa. E ao crescerem tenderão a se curvar para o seu lado e a se enrolar em torno do senhor, porque a sua força lhes oferece um esteio seguro.

Ele sorriu outra vez. Eu lhe havia dado conforto.

— É de amizade que você está falando, Jane?

— Sim, é de amizade — respondi um pouco hesitante, porque sabia que deveria dizer mais do que amizade, mas não consegui achar outra palavra para empregar em seu lugar. Ele então me ajudou.

— Ah, Jane, mas o que eu quero é uma esposa.

— Quer mesmo, senhor?

— Isso é novidade para você?

— Evidente. O senhor ainda não tinha falado nada sobre isso.

— E é uma notícia vinda em hora inoportuna?

— Depende das circunstâncias, senhor. A escolha foi sua.

— Escolha essa que você irá fazer para mim, Jane. Eu acatarei a sua decisão.

— Então escolha, senhor, àquela que mais o ama.

— Irei pelo menos escolher àquela a quem mais amo. Jane, quer casar-se comigo?

— Sim, senhor.

— Com um pobre cego que terá de guiar pela mão?

— Sim, senhor.

— Com um aleijado, vinte anos mais velho que você, de quem terá de tratar?

— Sim, senhor.

— De verdade, Jane?

— Como a verdade mais verdadeira, senhor.

— Oh, minha querida! Deus a abençoe e a recompense!

— Senhor Rochester, se alguma vez em minha vida eu fiz uma boa ação, se alguma vez tive bons pensamentos, se alguma vez rezei uma prece sincera e sem culpa, e se alguma vez tive um desejo justificado, estou agora sendo recompensada. Para mim, ser sua esposa é ser a pessoa mais feliz na face da terra.

— Porque se deleita no sacrifício.

— Sacrifício? Que sacrifício? Trocando a fome pelo alimento, a esperança pela alegria. Ter o privilégio de colocar meus braços em volta do que valorizo, de pressionar meus lábios contra o objeto do meu amor, de repousar no regaço da pessoa em quem confio, isso é sacrifício? Se for, então certamente este sacrifício é uma delícia.

— E ter de suportar minhas debilidades, Jane. Fingir que não vê minhas deficiências.

— Que não são, para mim, coisa alguma, senhor. Amo-o melhor agora que posso ser-lhe útil, do que o amava quando o senhor era orgulhoso da sua independência, quando desdenhava de qualquer posição que não fosse a de provedor e protetor.

— Até este momento tenho detestado ser ajudado, ser guiado. Mas daqui por diante sinto que não mais detestarei. Não gosto de colocar minha mão na mão de quem me ajuda por dinheiro, mas é agradável senti-la enlaçada pelos pequenos dedos de Jane. Prefiro a solidão absoluta à servidão constante dos empregados. Mas a ajuda suave de Jane será uma alegria permanente. Jane é a pessoa certa para mim. Será que eu sou também a pessoa certa para ela?

— Até a mais tênue fibra da minha natureza, senhor.

— Se o caso é esse, não temos mais o que esperar neste mundo. Devemos casar-nos imediatamente.

Ele demonstrava na expressão e na voz a sua ansiedade. Sua velha impetuosidade começava a crescer.

— Devemos tornar-nos sem demora uma única carne, Jane. Precisamos apenas obter a licença e então nos casaremos.

— Senhor Rochester, acabo de descobrir que o Sol está declinando de seu meridiano e Pilot já entrou para comer. Deixe-me ver o seu relógio.

— Prenda-o ao seu cinto, Janet, e mantenha-o aí daqui por diante. Ele não me serve de nada.

— Já são quase quatro horas da tarde, senhor. O senhor não está com fome?

— Daqui a três dias será o nosso casamento, Jane. Não se preocupe com roupas finas e joias agora. Nada disso vale um tostão.

— O Sol secou toda a chuva, senhor. Não há nem vento. Está bem quente.

— Sabe, Jane, que tenho aqui comigo o seu pequeno colar de pérolas preso ao alfinete de bronze sob a minha gravata? Uso-o desde o dia em que perdi o meu único tesouro. Como lembrança dele.

— Iremos por dentro da floresta. Lá o caminho estará mais sombreado.

Ele continuou envolto em seus pensamentos sem me dar atenção.

— Jane, você naturalmente pensa que eu seja como um cão sem religião, mas meu coração transborda de gratidão ao benigno Deus desta terra, nesta hora. Ele não enxerga como os homens o fazem, mas com muito mais clareza, não julga como os homens julgam, mas com muito mais sabedoria. Eu me portei mal. Teria maculado minha flor inocente, soprado culpa sobre a sua pureza. O Onipotente a tirou de mim. Eu, em minha revolta teimosa, quase amaldiçoei a vontade divina. Ao invés de me curvar ao seu decreto, eu a desafiei. A justiça divina seguiu seu curso. E as punições severas são poderosas. Fui obrigado a caminhar através do vale da sombra da morte. *Suas* punições são poderosas, e uma delas me golpeou e me fez humilde para sempre. Você sabe que eu era orgulhoso da minha força. Mas do que vale ela agora que tenho de ser guiado como uma criança que é fraca? Tarde, Jane, somente muito tarde, eu comecei a ver e reconhecer a mão de Deus no meu destino cruel. Comecei a sentir remorso, arrependimento e desejo de me reconciliar com o meu Criador. Comecei a rezar de vez em quando. Eram preces breves, mas muito sinceras.

Há alguns dias, não posso dizer quantos. Talvez tenham sido uns quatro. Foi na última segunda-feira, quando uma sensação singular tomou conta de mim. A dor substituiu o frenesi, a tristeza, o mau humor. Já havia muito tempo que tinha a impressão, uma vez que eu não podia encontrá-la em lugar nenhum, de que devia estar morta. Tarde, naquela noite, talvez tenha sido entre as onze e a meia-noite, enquanto me recolhia para o meu descanso melancólico, supliquei a Deus que me levasse, se Ele achasse por bem, logo desta vida e me admitisse no mundo futuro, onde ainda restava a esperança de poder reencontrá-la, Jane.

Eu estava em meu quarto, sentado à beira da janela aberta. Senti o ar perfumado da noite me acalmar, embora não pudesse ver as estrelas. Somente por uma vaga claridade sabia da presença da Lua. Como senti sua falta, Janet! Senti falta da sua presença em corpo e alma! Perguntei a Deus, com simultânea angústia e humildade, se já não havia estado tempo suficiente desolado, aflito e atormentado, se não podia logo provar mais um vez um pouco de alegria e paz. Sabia que tudo pelo que passei era merecido, mas que dificilmente poderia suportar mais. Implorei. Todos os desejos do meu coração irromperam involuntariamente dos meus lábios nas palavras "Jane! Jane! Jane!."

— O senhor falou essas palavras em voz alta?

— Falei, Jane. Se alguém me tivesse ouvido teria pensado que eu estava louco, pois as pronunciei com uma força frenética.

— E isso foi na última segunda-feira à noite, perto da meia-noite?

— Sim, mas a hora não tem importância. O que se seguiu é que foi estranho. Você achará que sou supersticioso. Em meu sangue sempre tive alguma superstição. No entanto, isso é verdade. É a verdade que ouvi e que conto agora.

Enquanto eu falava "Jane! Jane! Jane!", uma voz que não posso dizer de onde veio, mas que eu sabia de quem era, respondeu — "Estou indo, espere por mim". E um momento depois o vento sussurrou — "Onde está você?".

Eu lhe contarei, caso consiga, a ideia que essas palavras descortinaram em minha mente. É difícil expressar o que eu quero dizer. Ferndean, como você viu, está enterrada aqui no meio desta floresta densa, onde o som cai pesado sem reverberar. "Onde está você?" parecia ter sido falado entre as montanhas. Pois ouvi um eco que delas veio repetindo as palavras. Um vento mais fresco parecia ter vindo visitar naquele momento a minha fronte. E era como se eu estivesse encontrando-me com Jane em espírito em algum lugar deserto e retirado. Acredito que tenhamos nos encontrado em espírito. Você, sem dúvida, àquela hora estava num sono profundo, Jane. Talvez sua alma tivesse saído do seu corpo para vir confortar a minha, porque aquele jeito de falar, tanto quanto tenho certeza de que estou vivo agora — era seu!

Leitor, foi na noite de segunda-feira — perto da meia-noite — que eu também recebi um apelo misterioso. E aquelas foram as mesmas palavras com as quais eu respondi. Eu ouvi a narrativa do Senhor Rochester, mas não fiz nenhuma revelação de volta. A coincidência me surpreendeu como sendo incrivelmente inexplicável para ser dita ou conversada. Se eu falasse qualquer coisa sobre o que me acontecera, o resultado poderia causar uma impressão muito forte na mente do meu interlocutor. E aquela mente, já predisposta à melancolia em função dos seus sofrimentos, não necessitava ser assombrada por coisas sobrenaturais. Guardei aquelas coisas e as ponderei em meu íntimo.

— Você agora imagina — continuou meu patrão — o que aconteceu quando você surgiu aqui ontem à noite de forma tão inesperada? Tive dificuldade em acreditar que era mais do que a mesma voz e a mesma visão, algo que acabaria se evaporando no silêncio e na aniquilação como o sussurro da meia-noite e o eco da montanha que tinham evaporado-se antes. Agora agradeço a Deus! Sei que é o oposto. Sim, agradeço a Deus!

Ele me fez sair do seu colo, levantou-se e com uma reverência retirou o chapéu da testa, e dirigindo seus olhos cegos para baixo, ficou parado em muda devoção. Apenas as últimas palavras de sua prece foram audíveis:

"Agradeço ao meu Criador, que, no meio de Seu julgamento, se lembrou da compaixão. Peço humildemente ao meu Redentor que me dê forças para que, daqui para a frente, eu possa levar uma vida mais pura do que a que vivi até agora!"

E estendeu, então, a mão para que eu pudesse guiá-lo. Tomei aquela mão querida, levei-a por um momento aos lábios e depois a deixei enlaçar o meu ombro. Como eu era bem mais baixa do que ele, servia tanto de apoio quanto de guia. Entramos na mata e nos dirigimos para a casa.

XXXVIII

Conclusão

Leitor, eu me casei com ele. Foi um casamento discreto. Éramos só ele e eu, o pároco e seu assistente. Quando voltamos da igreja, fui para a cozinha da casa onde Mary estava preparando o jantar e John limpava as facas, e falei:

— Mary, esta manhã casei-me com o Senhor Rochester.

A governanta e seu marido eram pessoas do tipo discreto e decente ao qual, a qualquer momento, se podia dar com segurança uma notícia sem correr o risco de ouvir interjeições de espanto ou logo em seguida ser surpreendido por uma avalanche de palavras de encantamento. Mary levantou os olhos e me encarou. A concha com a qual regava as duas galinhas que assava ao fogo ficou suspensa no ar por uns três minutos. E durante o mesmo tempo as facas de John deixaram de ser polidas. Mas Mary curvou-se mais uma vez sobre o assado e apenas disse:

— Foi mesmo, senhorita? Ora, mas só podia ser isso!

Pouco tempo depois ela continuou:

— Vi a senhorita ir para a igreja com o patrão, mas não sabia que estavam indo casar-se — e continuou com o assado. John, quando me virei em sua direção, estava sorrindo de orelha a orelha.

— Eu falei a Mary que seria assim — disse ele. — Eu sabia o que o Senhor Edward — John era um empregado antigo, e conhecia o seu patrão desde que começou a trabalhar na casa ainda jovem, e chamava o patrão por seu nome de batismo. — Eu sabia que o Senhor Edward faria isso. E tinha certeza de que não esperaria muito tempo. No que fez muito bem, pelo que eu saiba. Desejo felicidades à senhorita! — e educadamente ajeitou o topete.

— Muito obrigada, John. O Senhor Rochester me disse que desse isto a você e a Mary.

Coloquei em sua mão uma nota de cinco libras. Sem esperar ouvir mais, saí da cozinha. Depois de algum tempo, ao passar pela porta daquele lugar sagrado, ouvi as seguintes palavras:

— Ela fará mais bem a ele do que qualquer grande dama.

E logo depois:

— Se ela não é das mais feias, tampouco é bonita, e tem um bom gênio. E se para ele ela é bonita, qualquer um pode ver isso.

Escrevi para Moor House e para Cambridge imediatamente para dizer o que fizera. Expliquei, em detalhe também, porque agi dessa maneira. Diana e Mary aprovaram sem reservas o que eu fiz. Diana respondeu dizendo que viria visitar-me depois da minha lua de mel.

— É melhor ela não esperar até depois, Jane — disse o Senhor Rochester, quando eu li para ele a carta dela — porque senão vai ter de esperar demais. O brilho da nossa lua de mel irá durar pelo resto de nossas vidas. Só se apagará sobre o seu túmulo ou o meu.

Como foi que St. John recebeu a notícia, não sei. Nunca respondeu à carta na qual comuniquei o casamento. Ainda assim, seis meses depois me escreveu, sem mencionar o nome do Senhor Rochester ou fazer referência ao meu casamento. Sua carta tinha um tom calmo, embora muito sério. Desde então mantivemos uma correspondência regular, embora não assídua. Ele esperava que eu estivesse feliz e acreditava que eu não era daquelas que vivem no mundo sem Deus. E que se preocupam apenas com as coisas terrenas.

Você não se esqueceu de Adèle, não é mesmo, leitor? Eu não me esqueci. Logo pedi e logo obtive permissão do Senhor Rochester para ir vê-la na escola para onde fora mandada. Sua alegria frenética por me ver outra vez comoveu-me muito. Ela parecia pálida e magra. Disse que não estava feliz. Achei que o regulamento da escola era muito austero e que os estudos eram muito severos para uma criança da idade dela. Levei-a de volta para casa comigo. Tencionava ser, mais uma vez, a sua governanta, mas logo percebi que isso era impraticável. Meu tempo e meus cuidados eram agora requisitados por outra pessoa. Meu marido precisava deles. Assim, procurei uma escola com um sistema mais liberal e perto o bastante para que eu pudesse visitá-la com mais frequência e, algumas vezes, trazê-la para casa. Cuidei para que ela tivesse tudo que lhe trouxesse conforto. Ela logo se acostumou com sua nova escola. Sentia-se feliz lá e ia desenvolvendo-se bastante bem em seus estudos. Enquanto ia crescendo, uma sólida educação inglesa foi corrigindo grande parte dos defeitos da sua educação francesa, e, quando ela saiu da escola, era uma criatura agradável e uma ótima companhia — dócil, com um bom temperamento e bons princípios. Por sua atenção a mim e aos meus, ela já retribuíra qualquer pequena gentileza que algum dia eu tive em mãos para lhe oferecer.

Meu relato se encaminha para o final. Uma palavra a respeito da minha experiência da vida de casada, e um breve resumo do destino daqueles cujos nomes foram mais frequentemente citados nesta narrativa, e terei terminado.

Já estou casada há dez anos. Sei o que significa viver inteiramente para e com aquele a quem mais amo na terra. Considero-me extremamente abençoada. Abençoada além do que as palavras possam expressar. Porque eu completo a vida do meu marido e ele, a minha. Nenhuma mulher esteve tão perto do seu amado quanto eu. Sou osso de seu osso e carne de sua carne. Não me canso jamais da minha ligação com Edward, nem ele da minha. Da mesma forma que cada um de nós não se cansa da pulsação do coração que bate em nosso peito. Consequentemente, estamos sempre juntos. Estar juntos é para nós, ao mesmo tempo, sentirmo-nos livres sozinhos e alegres na companhia um do outro. Acho que falamos um com o outro ao longo do dia inteiro. Falar um com o outro não é outra coisa senão pensar de maneira alegre e audível. Tenho toda a confiança nele e toda a confiança dele é dedicada a mim. Somos exatamente feitos um para o outro. E o resultado é uma harmonia perfeita.

O Senhor Rochester continuou cego durante os primeiros dois anos da nossa união. Talvez tenha sido esta circunstância que nos fez tão próximos, que nos uniu tão fortemente. Passei a ser a sua visão, como ainda sou a sua mão direita. Eu fui literalmente — que é como ele sempre me chama — a pupila de seus olhos. Ele via a natureza e lia livros por meu intermédio. Eu nunca me cansei de ser o seu olhar e de colocar em palavras a aparência dos campos, de uma árvore, uma cidade, um rio, uma nuvem, um raio de sol, o panorama à nossa frente, o tempo à nossa volta e dizer ao seu ouvido qual era a luz que seus olhos não podiam mais ver. Jamais me cansei de ler para ele. Jamais me cansei de levá-lo para onde ele quisesse ir, ou de fazer para ele o que quisesse que fosse feito. E fazia essas coisas com prazer, por maiores e mais estranhas que fossem, ainda que fossem tristes — porque ele me pedia que as fizesse sem sentir vergonha ou humilhação. Ele me amava com tanta sinceridade que não relutava em usufruir do mundo por meu intermédio. Sentia que eu o amava tão profundamente, que aquelas atenções me proporcionavam o mais doce dos prazeres.

Uma manhã, depois de dois anos, eu estava escrevendo uma carta que ele ditava, quando ele se curvou sobre mim e disse:

— Jane, você está com algum enfeite brilhante em volta do pescoço?

Eu usava uma corrente de ouro de relógio, e respondi:

— Sim.

— E está com um vestido azul claro?

Estava. Ele então me disse que já há algum tempo vinha notando que a nuvem que obscurecia seu olho estava ficando menos densa. E que agora tinha certeza.

Fomos para Londres. Ele foi consultar um oculista eminente e acabou recuperando a visão daquele olho. Hoje não consegue ver tudo com muita nitidez. Não consegue ler ou escrever durante muito tempo. Mas pode locomover-se sem ter de ser guiado pela mão. O céu não é mais um espaço em branco para ele. A terra não é mais um vazio. Quando o seu primogênito foi posto em seus braços ele pôde ver que o menino tinha herdado seus olhos como eram antes — grandes, brilhantes e negros. Naquela ocasião, ele mais uma vez reconheceu de todo o coração que Deus tinha temperado castigo com compaixão.

Meu Edward e eu, então, somos felizes. Ainda mais porque aqueles a quem amamos o são igualmente. Diana e Mary Rivers casaram-se. Alternadamente, uma vez por ano, vêm nos visitar, e nós também vamos visitá-las. O marido de Diana é um capitão da marinha, um oficial simpático e bom homem. O de Mary é um clérigo, colega de faculdade do seu irmão, e, por seus méritos e princípios, digno dessa ligação. Tanto o Capitão Fitzjames quanto o Senhor Wharton amam suas esposas e por elas são amados.

Quanto a St. John Rivers deixou a Inglaterra e foi para a Índia. Tomou o caminho que traçou para si, e continua nele. Um pioneiro resoluto e incansável jamais visto em meio àquelas montanhas e perigos. Firme, fiel e devotado, cheio de energia, zelo e verdade, ele trabalha para os seus semelhantes. Limpa seus caminhos difíceis para que melhorem. Derruba como um gigante os preconceitos da crença e de casta que os sobrecarrega. Ele pode ser severo, pode ser exigente e ambicioso, mas ainda assim sua seriedade é igual à do guerreiro Greatheart,[1] que guardou seu comboio de peregrinos dos

[1] Greatheart (em inglês, "bom coração") é um personagem do romance *O progresso do peregrino*, de John Bunyan.

ataques de Apollyon.[2] Ele tem o espírito exigente do apóstolo, que fala de Cristo, quando diz:

"Aquele que vier comigo, deve negar-se a si mesmo, tomar sua cruz e seguir-me". Sua ambição é a do espírito mais elevado, que visa preencher um lugar na primeira fila daqueles que se libertam da terra, que se colocam sem culpa diante do trono de Deus, que partilham as últimas vitórias poderosas do Cordeiro, que são chamados, escolhidos e fiéis.

St. John não se casou. E agora jamais irá casar-se. Ele sozinho tem-se bastado para realizar o seu trabalho, e o trabalho vai aproximando-se do seu fim. Seu Sol glorioso se apressa em mergulhar no poente. A última carta que recebi dele fez que meus olhos derramassem lágrimas e encheu meu coração de alegria divina. Ele previa sua recompensa para breve, sua coroa incorruptível. Sei que a próxima carta será escrita por uma mão estranha, para dizer que o bom e fiel servo foi finalmente chamado para a glória de seu Senhor. E por que chorar por causa disso? O medo da morte não tornará mais escura a última hora de St. John. Sua mente estará limpa, seu coração não terá mais receio, sua esperança será certa e sua fé, inquebrantável. Suas próprias palavras são uma garantia disso:

— "O meu Senhor" — diz ele — "me preveniu. Ele me avisa diariamente. 'Tem certeza de que eu chego depressa a ti!' E a cada hora eu respondo apaixonadamente:

— Amém, vinde a mim, Senhor Jesus!".

[2] Personagem do romance *O progresso do peregrino*.

Posfácio

A mulher em *Jane Eyre*: princípios da sociedade vitoriana em uma visão atual

Lilian Cristina Corrêa[1]

Jane Eyre, personagem tipicamente romântica, um grande legado de Charlotte Brontë para o que podemos considerar como um dos importantes exemplos de figuras femininas icônicas desse movimento, mas que carrega, em si, já algumas das influências da mudança de ares trazida pelas novas posturas que assumiam vulto no momento em que a Rainha Vitória governava a Inglaterra.

O reinado de Vitória, que vigorou entre 1837 e 1901, foi um momento considerado de grande prosperidade naquele país, trazendo paz e muitos lucros advindos da expansão do território britânico ao redor do planeta, amparado, também, pelo auge da Revolução Industrial e pelo aparecimento de diversas invenções — tantas modificações sociais e econômicas permitiram o desenvolvimento de uma classe média como não se vira antes: grandiosa e educada, espelho da *Pax Britannica*.

[1] Mestre e Doutora em Comunicação e Letras pela Universidade Presbiteriana Mackenzie.

Durante a era vitoriana, a população da Inglaterra quase duplicou e a sociedade apresentava-se como extremamente moralista e disciplinada, apoiando tais comportamentos em pontos de vista muito preconceituosos e em proibições mais do que significativas. Esse comportamento, por parte dos vitorianos, devia-se à herança histórica dos valores ditos puritanos, como a dedicação ao trabalho em prol do desenvolvimento e do enriquecimento, a extrema importância dada aos valores morais e aos papéis sociais entre homens e mulheres e as questões relacionadas aos deveres. Constituíam deveres tipicamente masculinos, por exemplo, os espaços públicos e os cargos administrativos, enquanto às mulheres restava a exclusividade ao lar e a árdua tarefa da educação de seus filhos.

Por conta desses papéis moralmente definidos e traçados, as questões comportamentais sempre traziam à tona problemas de inapropriação ou o sentimento de não pertencimento, o que, de alguma forma, motivou escritores do período a retratar tal inconformismo em suas obras.

Tal divisão de espaços também se refletia em outras cenas, o que, de algum modo, resultava na aparência sistematizadora e restrita que a sociedade vitoriana demonstrou durante toda sua existência. É preciso enfatizar que os processos de estabilização, sucesso e inovações trazidos pela Revolução Industrial geraram muitas alterações na cultura, no modo de vida e, consequentemente, nos valores praticados na época.

As classes sociais passaram a ser mais claramente separadas e definidas, cada qual com suas características e deveres, uma para com as outras. A maior parte da população habitava, agora, o espaço urbano e havia uma separação clara entre os espaços de trabalho e os residenciais, o que deixa também evidenciada uma outra separação: a vida profissional e a vida particular das pessoas deviam ser colocadas em esferas diferentes, e a vida familiar passa a constituir um capítulo à parte nessa sociedade ditadora de regras.

A típica família vitoriana retratada pelas obras do período traz a noção do lar com uma estrutura ampla e definida. Ali habitavam a família propriamente dita, marido, esposa e filhos e, eventualmente, outras pessoas que mantinham relações com aquelas, como tias, avós ou agregados, com o seu devido espaço de importância. A privacidade passou a ser mais do que fundamental e os aspectos físicos das casas também foram alterados, uma vez que os espaços interiores passaram a ser mais protegidos para que fossem evitadas interrupções por estranhos — portões e grossas cortinas passaram a fazer parte mais do que meramente decorativa desses espaços, uma vez que representavam o símbolo da privacidade e a proteção desses mesmos espaços com relação à observação de pessoas alheias àquela família.

Apenas ocasiões sociais como festas ou um convite para o chá trariam um estranho àquele universo familiar tão restrito — mais uma característica que faz da sociedade vitoriana aquela da qual pode-se dizer primar pela sobriedade e pelo mistério. Todo esse cuidado com a privacidade familiar pode, de certa forma, ser explicado pela estrutura de classes, que, embora definida, parecia um pouco confusa. Havia os aristocratas e a nobreza da *upper class*, separados da *middle class*, como se intitulava a classe burguesa, enquanto a clássica classe média e a baixa tentavam imitar os comportamentos estabelecidos pelas classes mais altas, no afã de conseguir igualar-se a elas.

É neste universo que conhecemos a personagem Jane Eyre, tão milimetricamente adequada a toda essa realidade social por Charlotte Brontë, em 1847. Ainda que Jane possa ser vista como um retrato da era vitoriana, esse retrato pode ser visto de maneira bastante controversa, principalmente se tomarmos por base o que se entendia por papel feminino naquele contexto e como as mulheres, de fato, o representavam.

Idealmente, constituíam tarefa tipicamente feminina, nesse âmbito familiar, os cuidados com a casa e a educação dos filhos, além de garantir o bem-estar do marido para que nenhuma preocupação o afligisse na volta do trabalho. Essa mesma mulher também era, por força das circunstâncias estabelecidas pelo período, a guardiã da moral e da sexualidade, feita apenas pera servir ao marido quando assim o satisfizesse — do contrário, o sexo deveria ser esquecido e entendido como algo obscuro e repreensível; à mulher cujo marido não procurasse ou à mulher solteira restavam a característica da assexualidade, pois a noção do "anjo do lar", assim como se referia a essas mulheres, não permitia que isso fosse diferente.

Ainda que esse fosse o comportamento esperado da figura feminina, pode-se dizer que o período vitoriano trouxe, em si, uma dupla moral no âmbito sexual, pois, aos homens, a satisfação dos desejos ia muito além do dever de procriação. Fora dos lares, as questões morais eram esquecidas, principalmente no submundo dos prostíbulos e casas de jogos, nos cabarés, os chamados espaços de ócio masculino: ali, o adultério parecia constituir palavra de ordem e a "amoralidade" reinava, fosse com as simples prostitutas de rua, fosse com as grandes cortesãs.

Entretanto, a imagem da pureza da mulher como guardiã do lar e dos bons costumes deveria, a todo custo, ser mantida. Na obra *The Functions and Disorders of the Reproductive Organs* (1857), William Acton reforçou tais pressuposições quando deixou claro a quem quer que lesse sua obra que as mulheres não apresentavam outras paixões que não fossem a submissão ao marido, a maternidade e os afazeres domésticos — a assexualidade confirmada só poderia ser interrompida caso o marido apresentasse necessidades que deveriam ser prontamente sanadas por aquelas mulheres. Essas e outras concepções similares só reforçavam o controle sobre o comportamento feminino pela sociedade e pelo poder masculino.

O que restava, entretanto, às mulheres solteiras que não pertenciam às classes mais favorecidas ou àquelas que não poderiam ascender com o casamento por não possuírem um bom dote? Certamente, o trabalho não seria a melhor saída, mas serem governantas ou professoras era uma saída digna para tais mulheres, uma vez que as mães de família da alta sociedade não mais apresentavam tanto interesse em tomar conta dos filhos ou da casa... preferiam dedicar-se à leitura ou aos compromissos sociais. Segundo Maria Conceição Monteiro (2000),

> A solução imediatamente encontrada foi recorrer aos pensionatos da moda, cuja tarefa precípua era revestir a mulher de certo verniz cultural. A aristocracia tinha, há muito, resolvido o problema de poupar a senhora-mãe das obrigações pedagógicas, contratando os serviços de uma professora residente. A principal função da preceptora era dar aos seus pupilos uma orientação moral e social. Por agir dentro de um ambiente refinado, próprio de uma lady, era necessário que a preceptora, como substituta da mãe, fosse uma *gentlewoman*. Em geral, ela era filha de pároco ou alguém da própria família, como uma prima ou sobrinha.(p. 2)

Monteiro acrescenta, ainda, que a publicação do romance *Jane Eyre* trouxe à figura da preceptora uma nova realidade, pois Charlotte Brontë, "[...] através de sua heroína, Jane Eyre, desestabiliza todas as ideias anteriormente estabelecidas sobre a preceptora" (*id*, p. 4). A protagonista, Jane, representa a sociedade vitoriana na qual as relações entre os gêneros e as classes criam padrões específicos, modelos estereotipados que reforçavam as questões de imobilidade e inferioridade femininas na tradição social. O que Brontë faz é construir, junto à sua obra, uma crítica severa às condições femininas ditadas pelo período vitoriano, pois, ao constituir sua protagonista, faz dela uma mulher frágil e obediente, mas ao mesmo tempo passional e insatisfeita com o que o destino lhe reservou e com as perdas que sofreu. Jane, diferente das mulheres vitorianas, entretanto, ao invés de se conformar, luta por sua sobrevivência e aprende a buscar sua força interior para revelar sua força exterior a si mesma e às outras personagens.

No início do romance, a personagem busca por uma identidade que é construída em meio a muito sofrimento e solidão, vê-se perdida e sem rumo certo, se encontra em um lar que não pode ser traduzido como perfeito (nem mesmo seu, pois era apenas uma preceptora), mas que revela mistérios e a promessa de um amor correspondido que, como uma bênção, parece cair do céu para aquela moça sem uma família que a amasse, sem a única amiga que jamais tivera e sem perspectiva alguma de vida a não ser seguir sempre em frente...

De fato, não há bênçãos, mas a grande promessa de uma nova série de sofrimentos e momentos de profunda solidão, marcando uma nova busca pela já tão sofrida Jane Eyre.

Este percurso pode ser relacionado à famosa jornada do herói, retratada já por Aristóteles, em *A arte poética*, e, anos mais tarde, por diversas das obras de Joseph Campbell, como *O herói de mil faces*, como aquela trajetória que marca as lutas e comportamentos pelos quais passam diversos protagonistas em busca de um sentido para sua existência, ou na tentativa de solucionar um problema que, em si, significa sua existência, como o chamado para a aventura, a recusa do chamado, o encontro com o mentor, a ideia de cruzar portais e passar por provações e grandes perigos, a aproximação, a recompensa, o retorno ao início e a purificação.

Jane Eyre é uma personagem extremamente forte, marcante, que busca tomar as rédeas de seu próprio destino (ainda que isso parecesse incomum em seu tempo, assim como o afirma St. John), quando poderia, como as típicas heroínas sofredoras românticas, esperar por soluções vindas de outras esferas. Ao contrário, ela foge para buscar seu próprio eu e descobrir força, personalidade e uma identidade as quais nem sequer pensava ser capaz de demonstrar.

Com aparência frágil e dócil, mas internamente determinada e consciente de sua realidade, Jane provoca nos homens uma sensação dúbia: a de que podem ter poder sobre ela, mas ao mesmo tempo a de que podem ser dependentes de sua força, como acontece tanto com Rochester quanto com St. John, e ela, de algum modo, desfruta desse poder para que possa entender, ou ao menos tentar entender, quem realmente é e o que quer para si.

Retrato de uma época severa em termos de comportamento moral e social, *Jane Eyre* traz à tona a ideia de que as convenções sociais que são impostas pelos padrões considerados aceitáveis e corretos podem e devem ser questionadas e acabam por dar margem a alguns questionamentos: qual o papel feminino naquela sociedade? O que a mulher vitoriana de fato buscava? O poder ainda é típico e irrestritamente masculino? Quais os reais significados das transgressões dispostas ao longo deste romance em vista do momento em que foi escrito?

Entretanto, inevitavelmente, temos a questão da punição, do expurgo, como tentativas de correção social, de purificação, como mostra ser o caso do que ocorre com Rochester e, por fim, a sensibilidade e a coragem de Jane vêm para salvá-lo de si mesmo ou, de alguma forma, por que não dizer, salvar Jane Eyre de sua própria busca cíclica pela solidão e pelo reconhecimento?

De maneira mais conclusiva, fica a ideia de que a personagem encerra uma força mais do que essencial a mulheres de quaisquer períodos. A noção de que a heroína romântica precisa passar pelo sofrimento para alcançar a redenção deixa de ter importância e fica a necessidade do querer mais quando a leitura é feita em momentos posteriores, como o contemporâneo. Embora o romance continue a brilhar e as concepções críticas de Brontë sejam cada vez mais compreendidas, fica para a contemporaneidade o desejo de que outras personagens fortes como Jane Eyre tomem conta de sua própria trajetória e gritem por sua liberdade e por sua posição em um mundo no qual homens e mulheres, embora diferentes, sejam de fato, iguais em necessidades, dores e amores.

Referências

ACTON, William. The functions and disorders of the reproductive organs in: *Desire and Imagination*. Penguin Books: New York, 1995.

ARISTÓTELES. *Arte retórica e arte poética*. Rio de Janeiro: Ediouro, 1979.

CAMPBELL, Joseph. *O herói de mil faces*. São Paulo: Cultrix, 2007.

MONTEIRO, Maria Conceição. *Figuras errantes na época vitoriana*: a preceptora, a prostituta e a louca. Artigo disponível em: http://lfilipe.tripod.com/Conceicao.html.

Título original: *Jane Eyre.* (1847)

Direção
MARTIN CLARET

Produção editorial
CAROLINA MARANI LIMA / FLÁVIA P. SILVA

Diagramação
GIOVANA GATTI LEONARDO

Direção de arte e capa
JOSÉ DUARTE T. DE CASTRO

Ilustração de capa
JULIO CARVALHO

Revisão
APARECIDO DONIZETE ROSSI / WALDIR MORAES / LINCOLN MARTINS.

Impressão e acabamento
PAULUS GRÁFICA

A ortografia deste livro segue o novo Acordo Ortográfico da Língua Portuguesa.

Dados Internacionais de Catalogação na Publicação (CIP)
(Câmara Brasileira do Livro, SP, Brasil)

Brontë, Charlotte
Jane Eyre / Charlotte Brontë; [tradução e notas: Carlos Duarte e Anna Duarte]. — São Paulo: Martin Claret, 2014.

Título original: *Jane Eyre*

ISBN 978-85-7232-999-6

1. Ficção inglesa I. Título.

13-13056 CDD-823

Índices para catálogo sistemático:

1. Ficção: Literatura inglesa 823

EDITORA MARTIN CLARET LTDA.
Rua Alegrete, 62 — Bairro Sumaré — CEP: 01254-010 — São Paulo — SP
Tel.: (11) 3672-8144 — Fax: (11) 3673-7146
www.martinclaret.com.br

7ª reimpressão – 2020